JN190285

ミエン・ヤオの歌謡と儀礼

Songs and Rituals of the Mien-Yao

廣田 律子【編著】

大学教育出版

刊行にあたって

今回アジア研究センターの共同研究「湖南省藍山県過山系ヤオ族の言語学的研究」(2013 年度～ 2015 年度）の成果として『ミエン・ヤオの歌謡と儀礼』が刊行できることは大変に幸いなことである。まずは刊行にかかわりご尽力いただいた方々に心より御礼申し上げたい。

2015 年 4 月に神奈川大学プロジェクト研究所ヤオ族文化研究所は一般社団法人ヤオ族文化研究所に改組したが、2008 年の設立以来、中心となる調査地である中国の湖南省文聯・民間文芸家協会はもとより藍山県政府、藍山県の伝承者の祭司、儀礼を主催する家をはじめとする現地の方々のご協力のもと、調査研究の成果を積み重ねて来ることができた。この書面を借りて深謝申し上げる。

これまでヤオ族文化研究所は日本の文部科学省科学研究費補助金基盤研究（B）2008 年度～2011 年度「ヤオ族の儀礼と儀礼文献の総合的研究」、同 2012 年度～2014 年度「ヤオ族の儀礼知識と儀礼文献の保存・活用・継承」、トヨタ財団 2009 年度アジア隣人プログラム 特定課題「アジアにおける伝統文書の保存、活用、継承」、公益財団法人横浜学術教育振興財団研究助成 2014 年度「ヤオ族儀礼文献の文化資源としての活用 — 文献資料のデータ化と公開へ向けての試み — 」を得て活動し、また神奈川大学アジア研究センターのメンバーとして共同研究「湖南省藍山県過山系ヤオ族の言語学的研究」を遂行してきた。2012 年湖南省長沙開催国際シンポジウム「ヤオ族度戒と道教・法教の伝度をめぐる問題」及び 2015 年神奈川大学開催国際シンポジウム「瑶族の歌謡と儀礼」は、神奈川大学の国際交流事業の支援を受けた。本著はヤオ族文化研究所がこれまで実施してきた調査研究活動を凝集した成果と位置付けられるため、以下にこの数年の活動を紹介する。

中国湖南省藍山県のミエン・ヤオ族が 2008 年 11 月に実施した度戒儀礼の儀礼内容の分析と合わせ、儀礼で使用された大量の儀礼文献及び文書の録文作成、校訂作業、解読分析、現代語訳を進め、儀礼の実践と儀礼文献の対応を明確にし、宗教儀礼知識の総体に関して立体的研究を行ってきた。2011 年 11 月には藍山県の盤家（大盤）で実施された還家願儀礼調査を行い、家を単位とする中規模の儀礼内容、使用文献を把握したほか、2010 年 8 月には藍山県で実施された葬送儀礼の調査を実施することで小規模の儀礼内容、使用文献を把握したが、儀礼間の異同を確認するために必要な資料を得た。2009年8月以降2012年8月、2013年8月、2015年1月に儀礼の祭司及び受礼者に対し聞き取り補足調査を行い、儀礼内容と使用文献及び受礼者の家族親族等についての確認作業を進め、儀礼の全容の解明に努めた。年中行事及び言語に関しても調査を進め、2012年3月中国湖南省藍山県送船儀礼調査（国際常民文化研究機構の共同研究「アジア祭祀芸能の比較研究」班として研究所のメンバーが参加）、2013年2月湖南省藍山県春節調査、2014年3月湖南省藍山県言語予備調査、2014年8月湖南省藍山県言語調査（神奈川大学アジア研究センター「湖南省藍山県過山系ヤオ族の言語学的研究」主催による）、2015年8月湖南省藍山県言語調査（前述の神奈川大学アジア研究センター共同研究班主催。趙金付氏を招聘）を行った。2015年12月から2016年1月にかけ藍山県の盤家（小盤）で実施された還家願儀礼調査を実施した。中国以外のヤオ族への調査も進め、2014年1月タイ北部ミエン・ヤオ族調査、2015年3月、同年9月、2016年2月にベトナムミエン・ヤオ（ザオ）族の文献及び儀礼に関する調査を実施した。

また、ヤオ族の関連儀礼文献を収蔵するバイエルン州立図書館（250件、2010年3月）、オックスフォード大学ボードリアン図書館（100件、2010年8月、2012年12月）、アメリカ議会図書館（45件、2014年9月）及び南山大学人類学博物館（130件、2011年3月、2011年6月、2012年6月、2015年8月）で文献調査を行い、比較分析の材料を収集し、国際的なネットワーク形成を図った。2009年8月中国長沙において湖南省民間文芸家協会と共同で「第1回湖南瑶族伝統文化研討会」を開催し、地元研究者との研究交流及び地元への還元を図った。2010年11月に神奈川大学においてバイエルン州立図書館員、現地中国湖南省の研究者及び伝承者（祭司）を招聘し「ヤオ族伝統文献研究国際シンポジウム」を実施し、歴史学、文化人類学、地理学、言語学等多分野の研究者間での活発な研究交流を図った。さらに2011年1月に東京大学で「『ラオス北部のランテンヤオ族民間伝統文書の保存・集成・解題』プロジェクト・神奈川大学ヤオ族文化研究所共同研究会」を開催しラオスのヤオ族研究者との研究交流を深めた。2015年1月にはヤオ族文化研究所主催講座「アジアに生きる少数民族の文化を知る」を実施し一般の方々への研究成果の公開を行った。

なおヤオ族文化研究所は年に6回程度研究会を開催するほか、『ヤオ族伝統文献研究国際シンポジウム予稿集』及び『瑤族文化研究所通訊』1〜5号を刊行し、さらに神奈川大学歴民調査報告12集『中国湖南省藍山県ヤオ族儀礼文献に関する報告Ⅰ』(神奈川大学大学院歴史民俗資料学研究科発行)、同14集『中国湖南省藍山県ヤオ族儀礼文献に関する報告Ⅱ』及び同17集『南山大学人類学博物館所蔵上智大学西北タイ歴史文化調査団収集文献目録』でも研究成果の公表に努めた。この際映像資料に字幕を付すことで儀礼の実践と読誦されるテキスト及び呪文を明確化する取り組みをした。儀礼文献・文書及び画像資料は、ヤオ族文化研究所ウェブサイト(http://www.yaoken.org/)で公開している。

さらにメンバーが国際学会「地方道教儀礼実地調査比較研究」(香港大学)、「道教の帰依と伝度に関する国際会議」(フンボルト大学)、「アメリカ人文基金セミナー　道教の文献と歴史」(コロラド大学)、日本民俗学会第64回年会(東京学芸大学)、日本道教学会第63回大会(名古屋大学)、宗教生命関懐国際学術研討会(正修科技大学通識教育中心)、NEHセミナー「道教の文献と歴史への入門」(コロラド大学)、日本文化人類学会第47回研究大会(慶應義塾大学)、日本タイ学会2013年度(第15回)研究大会(横浜市立大学)、國學院大學中國學會第53回大会、同56回大会、同57回大会、道教文化研究会例会(専修大学)、華僑大學中日宗教文化論壇2010華僑大學哲學與社會發展學院主辦(華僑大學)、平成27年度第1回儀礼文化研究会(儀礼文化学会)、「比較視野中的道教儀式」国際学術研討会(香港中文大学人文科学研究所比較古代文明研究中心)にも招聘を受けるなど研究交流の成果を挙げた。

今回のようにミエン・ヤオ族の複雑な儀礼知識の中でも、特に解明が必要である言語や歌謡にかかわる刊行物が刊行できたのも、調査研究の積み重ねの結果といえるが、何よりヤオ族の伝統文化が世界中の種々な学問分野の研究者から関心を集めていることを表わしているのであり、本著を通じてヤオ族伝統文化が高く評価されることを切望し、また総合的に研究される必要があることを高らかに表明したく考える。

いわゆるヤオ族と他称される人々は中国ばかりでなくタイ・ベトナムをはじめとする東南アジア大陸部やアメリカ等世界各地に分散して居住しており、収集した儀礼文献・文書の公開を通じて自民族の文化を再発見し、再評価することに繋がると考える。すでに本研究所の活動に呼応して、中国では近年新たに省レベルで湖南省瑤族文化研究センター、県レベルで藍山県瑤族文化研究学会が設立されたほか、相同の儀礼知識を伝承してきたタイのミエン・ヤオ族と中国のミエン・ヤオ族の間の交流を実現した。さらに2015年12月に藍山県で実施された「還家願儀礼」と2016年2月にラオカイ省サパ県チュンチャイ社で実施された「祭司として養成する子どもを選ぶ儀礼」に中国とベトナムの祭司が相互に参加する等ベトナムのミエン・ヤオ族と中国のミエン・ヤオ族の交流も進んでおり、ミエン・ヤオ族の儀礼伝承にさらなる展開が予想される。それぞれの国で程度の差こそあれ儀礼知識の継承が難しい状況ある中、儀礼と儀礼文献・文書及びその使用法を収集記録保存そして活用することは、ヤオ族の社会にとどまらず人類文化の保存継承活用の観点からもその意義は大きいと考える。

中国・タイ・ベトナム・日本・欧米等の諸機関とも連携し国際的な研究ネットワークが構築され、研究交流がさらに活発に行われることを切望するが、今後とも引き続き関係の方々のお力添えが不可欠と考える。

最後に、大学教育出版代表取締役の佐藤守氏をはじめとし、編集の方々には、差し迫った日程であったにもかかわらず煩雑かつ膨大な作業を粛々とこなしていただいた。あらためて感謝の意を表したい。

2016年2月吉日

廣田律子

ミエン・ヤオの歌謡と儀礼
Songs and Rituals of the Mien-Yao

目　次

儀礼における歌謡

――「大歌」の読誦詠唱される還家願儀礼を事例として――

Songs in Ritual

―― Recitation of "Great Song"（大歌）for Pien Hung（盤王）in the Initiation Ritual of the Mien-Yao ――

廣田律子

はじめに

ミエン・ヤオ族は儀礼の実践において漢字文書（経典）を使用するが、種々な儀礼で読誦される韻文の経文は、7言上下句が対をなし、7言の4句をひとまとまりとして構成され、日常使用されるミエン語や漢語とは異なる音訓が付され、経文によって異なるリズムと旋律をそなえた曲節を付けて発声される。韻文経文の内容は、ミエン・ヤオ族のアイデンティティーの根幹をなす神話や歴史叙事、儀礼の執行内容や祭司として守るべき教訓、口承の記録等多岐にわたるが、単なる道教からの借用ではないミエン・ヤオ族独自の信仰知識や伝統的概念が凝縮され、対句や反復や多義の比喩表現が用いられる。儀礼の実践では経文を文面通り読誦するだけではなく、口承と書承部分を混在させたり、掛け合い問答形式で進める等極めて難解な法則が存在する。男性祭司と女性歌手とでは同時進行で詠唱を行うが、経文や詠唱法が異なる。今まで充分になされてこなかったこの韻文経文の儀礼における読誦詠唱システムの解析を進める必要を感じている。

中国の少数民族の歌謡に関する研究は近年急速に進展してきている。特に日本の古歌謡研究を基礎にする日本人による研究が牽引役を果たしているといえる[1)]。

フィールドワークによる一次資料の収集が進められ、相互に比較研究を進める条件も整い、中でも歌垣の研究は多くの成果が報告されている。折口信夫の問答歌に対する解釈を中国の事例に展開できるか否かを論ずる研究、音数律に着目してアジア全体の視座からの研究も見られる。中でも辰巳正明は、歌謡を大歌と小歌とに分類し、大歌は儀礼的な場、小歌は私的な場で歌われると解釈する［辰巳正明　2011：201］。そして大歌について、『万葉集』の事例を示した上、祖先神の物語が叙事大歌として伝承され、民族の歴史を歌うのが大歌であり、祭祀において、始祖神の物語が大歌を通して人々の前に表されるとし［辰巳正明　2011：215］、さらに中国の侗族の大歌の儀礼的性格にも言及している［辰巳正明　2011：219-233］。古歌や大歌と称される創世記や民族の起源や歴史に関する叙事歌が儀礼の中でどのように歌われているか、儀礼の実践と接合させた報告を試みることで、辰巳正明の論を基礎としさらに展開できるのではないかと考える。

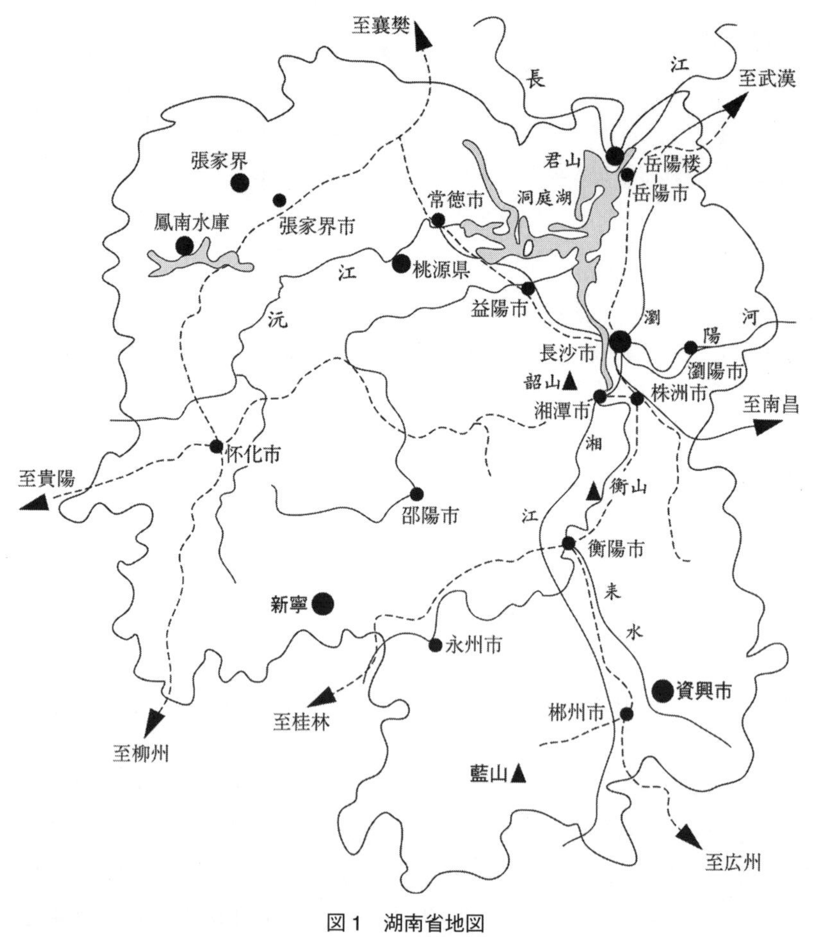

図１　湖南省地図

本論では中国湖南省藍山県（図 1）のミエン・ヤオ族におけるフィールド調査を通して、漢字文書のうち儀礼執行に欠かせない民族の起源や歴史の記された『大歌書』（トンゾンスー、通称『盤王大歌』）が読誦詠唱される還家願儀礼（ミエン語の漢語読みではジャビャオニョオン、ミエン語ではゾオダン）の盤王願（ビェンフンニョオン）部分の詳細な儀礼の執行内容を示し、複雑な読誦詠唱のもつ意味を探りたいと考える。この儀礼は歌堂儀礼（ガートン）とも称され、歌謡が重要とされるが、中でも韻文の経文が問答形式で歌われる例に着目し、祭祀歌謡の特性まで踏み込んで考察したい。さらに藍山県の「盤王大歌」の個性と普遍性を明らかにするために、異なる地域において実際の歌堂儀礼で使用されているベトナム国バザット県トンサイン社キコンホ集落の「盤王大歌」の経文との比較対照も試みる。

1. 還家願儀礼の行われた状況

今回儀礼の実践と使用文献と歌謡の内容を接合させた詳細な程序の作成のための聞き取りを実施した還家願儀礼の全体について概説する。還家願儀礼は、藍山県所城郷幼江村の盤家（大盤）[2] において 2011 年 11 月 16 日～ 11 月 21 日（旧暦 10 月 21 日～ 26 日）実施された。盤家の跡継ぎである盤栄富氏とその妹婿の盤明古氏、そして盤栄富氏の父の妹の夫である盤林古氏（故人）とその子で栄富氏にとってはいとこである盤継生氏・盤認仔氏・盤新富氏の 3 兄弟、計 6 名が受礼者となり祭司となる法名を得、家を継ぎ先祖の祀りを行い、自分も祖先の法名が連ねられる家先単（図 2）に法名が加えられ祀られる資格を得るために行われる掛三灯儀礼が中心となる。状況としては盤家では 1930 年代に流行病によって 7 人が亡くなる不幸があり、その時に願を掛けたがその後ずっと願ほどきをできない状態が続いていた。2011 年になり条件がととのい、願ほどきの儀礼を行うことが約束され、実現された還家願儀礼では、願掛けが成就したことに対する願ほどきの儀礼、さらなる願掛けの儀礼、さらに盤王を祀る儀礼も行われた。

還家願儀礼では 3 人の祭司が程行師・招兵師・還願師・賞兵師・掛灯師と称される役割を分担し、その弟子たちと共に祭祀を行う。そのほかに供物を準備し、儀礼の段取りを取り仕切る主厨官、文書作成を担当する書表師、歌を担当す

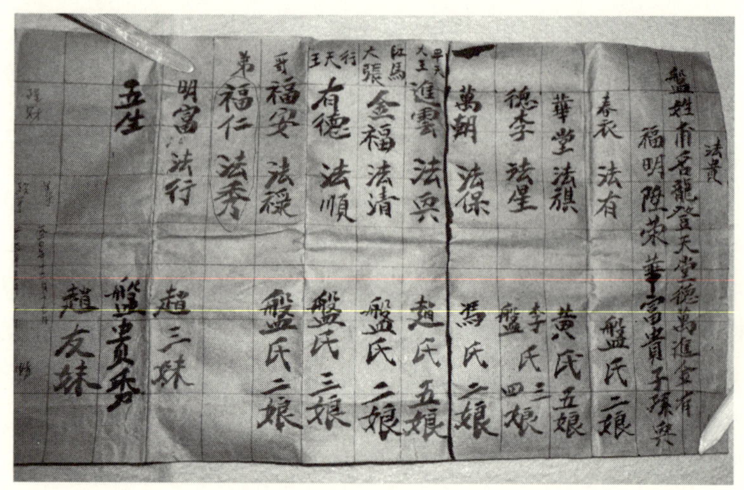

図２　盤家家先単

る歌娘、若い男女３名ずつの三姓単郎と三姓青衣女人、はやし方の笛吹師・鑼鼓師、祭壇に線香を供える香燈師等の役割がある［神奈川大学大学院歴史民俗資料学研究科　2012：23-116］。

祭場は盤栄富氏宅の庁堂において行われ、入口を入って正面右側に盤栄富氏の先祖を祀る常設の祭壇（家先壇）があり、中央に祭壇[3)]がしつらえられ、壁には元始天尊の左右に道徳天尊、霊宝天尊を配し、この三清を中央とし、左に聖主・太歳・十殿・李天師・地府・大海番・海番張趙二郎・把壇師、右に玉皇・総壇・張天師・三将軍・天府・監斎大王の神像の描かれた軸（神画）17種22軸が掛けられた[4)]。

祭儀の進行に従って、先祖を祀る祭壇には紅紙の切り紙が掲げられたり、七星姐妹等を祀る祭壇や開天門の儀礼を行うための祭場等が加えられた。祭儀の後半の盤王を祀る儀礼の祭壇は前半と一変し、神画は外され、正面に盤王を象徴する紅紙を切り抜いた紅羅緞が貼られ、丸ごと豚１頭が供物として並べられ、その上にちまきが置かれ、切り紙の花旗が挿された。

2. 願書と願ほどき

盤王への祭祀の本質を理解するために、施主の盤家で以前立願され成就された願をほどく行為に着目する必要がある。かつて立願した状況が記された願書は、1つ1つの願を表す紙を丸めたものと一緒に竹筒に入れられ、盤家の先祖を祀る祭壇に置かれていたが（図3）、還家願儀礼の際に取り出された。さらに新たに作成された盤栄富氏の家先単の最初の頁には願書の内容が筆写された。

願書

①辛未年七月十四日出心許上香火良愿白帋忩（馬六十）[5]

②共日盤王[6]

③辛卯年三月卄九日出心伸上香火良愿

④許上招兵良愿　点信

⑤共日盤王

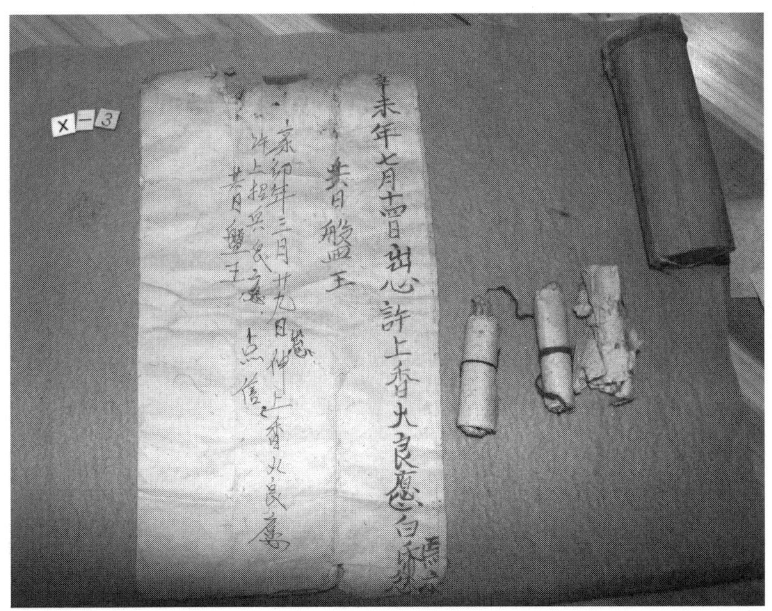

図3　竹筒に入れられ神龕に置かれていた願書（左）と願を表す丸められた紙（右）

願書に記述された①〜⑤部分の内容について趙金付氏、盤栄富氏に行った聞き書きを踏まえて以下に説明する。

①について、祭司の盤喜古氏と盤栄富氏の父の陸財氏（1920年12月17日生、2001年5月30日没）は、かつて陸財氏14歳の頃、陸財氏の父明富氏を含む7人が流行病で死亡する不幸があり、この時大願が掛けられたが、この大願成就の願ほどきの儀礼を行う件について何回も相談を行った。願書は文化大革命の際消失してしまったので、当時の記憶を呼び覚まし、大願成就にあたり香火良願の願ほどきの祭祀を行い紙馬（紙銭）60份を献じるとの約束が、辛未（1991年）7月14日に祭司の盤喜古氏により記された。この時すぐには願ほどきの儀礼を行うことができないことを伝える法事が執り行われたという。

②について、願ほどきの儀礼の際に盤王に感謝し加護を祈る盤王願の祭祀も行うことの約束も記された。

③について、願ほどきの儀礼を行いたいという陸財氏の生前の強い意志を継ぎ、栄富氏は種々な問題を乗り越え、経済的にも条件を整えることができたので、1991年7月14日に約束したことが延長されていることと願ほどきの儀礼を行う意思を固めたことが、辛卯（2011年）3月29日に祭司の盤保古氏によって記された。

④について、さらに願を掛け、招兵良願の願ほどきの祭祀を行うことの約束も記され、儀礼の祭司を招請する塩信[7)]を準備し通知することも記された。

⑤について、願ほどきの儀礼の際に盤王に感謝し加護を祈る盤王願の祭祀を行うことの約束も記された。

願を表す紙を丸めたものは、儀礼の各段階において粉々に粉砕され消却されるが、1991年に記された祖先の香炉を分け分家するために以前に立願された香火良願の紙は、開壇還願の還元盆願において、2011年の香火良願と陰兵を得ようと立願した招兵良願の紙は還招兵願において、さらに盤王へ加護を祈る願の紙は、盤栄富氏の家先単の願の書かれた頁と共に盤王願の送王において、それぞれ消却された。

願書が消却されることで、願掛けと願掛けの際約束したことが果たされ、すべて清算されたことが表され、これで願ほどきが成立すると考えられる。さらに願掛けに際して必ず盤王への願掛けと祭祀を行うことが約束されている点は見逃せない[8)]。

家々で行われる立願は、盤王への祭祀契約とも考えられていることは明らかであり、還家願儀礼において実践される願ほどきはこの契約履行といえる[9)]。ミエン・ヤオ族のアイデンティティーの根幹をなす神話には、海を渡り遭難した際盤王に救いを求め願を掛け、無事に上陸できたので、誓いを果たす祭祀を行うようになったとある。神話世界の盤王との契約関係は、現在に至り引き継がれ、盤王は救世主であるだけでなく祖先神として子孫の祈願の対象であり続け、願ほどきの祭祀が続けられてきたといえる。

3. 還家願儀礼の程序

神画を掛けて行われる儀礼の度戒儀礼・還家願儀礼・葬送儀礼は、規模の大小はあるものの儀礼の骨格をなす基本構造は一致し、祭司が祭場の準備を整え、開始の酒を飲み、祭司の資格を告げ、神を招き、祭司の師匠の助けを求め、神に祭りの目的等を伝え、神を喜ばせ、叙任の儀礼を行い、神に紙銭等を献上し、願掛けをし、願ほどきをし、神を送り、師匠に感謝し、ねぎらいの酒を飲み終了する構成を取る。それぞれの儀礼の目的に合わせ、この骨格に特徴ある肉付けがなされる［廣田　2013b：1-25］。

中規模の儀礼に位置付けられる還家願儀礼だが、全体の儀礼執行の程序を表にして示す。還家願儀礼の前半では、家々で以前立願されたことへの願ほどきが行われ、後半ではかつて神話世界で行われたとされる盤王への救いを求めた願掛けと祭祀を行う願ほどきが再現されている。個人の家々の大願成就の願ほどきには盤王の祭祀が必須とされている。儀礼全体を貫く重要なテーマの１つは盤王との祭祀契約と履行といってよいのではないかと考える。

還家願儀礼程序表

日　付	大儀礼名	内　容
11／16	落兵落将	祭司各自が連れて来た陰界の兵を施主の家先壇に入れる。
11／16	脱鞋酒	祭司と施主と厨官が酒を飲む。
11／16	做紙馬	神に献上する紙銭作り。
11／16	石鑿銭酒（做紙酒）	さらに手伝いの人も交え酒を飲む。

日 付	大儀礼名	内 容
11／16	写願簿	家先単作り。
11／16	紙馬進堂	祭司が紙銭を家先壇に置く。
11／16	落脚酒	祭司および受礼者、厨官、歌娘等が酒を飲み、祭司は自身の資格、儀礼の趣旨説明を行う。
11／16	掛聖	神像画の軸を掛ける。
11／16	冷排盞	厨官が供物盆を出し礼拝。
11／16	点香	厨官が線香灯明を家先壇に供える。
11／16	羅鼓開始	はやし方の鳴り物が始まる。
11／16	恭賀主家	祭司から施主への祝金が準備される。
11／16	昇香	厨官が祭壇を整え、祭司が線香を壇に供える。
11／16	安祖先（安家先）	分家に香炉を分け祖先を迎える。
11／16	接外祖	妻方の祖先を迎える。
11／16	写家先対聯	書表師が対聯を準備する。
11／16	請聖	祭壇に神々を招聘し、儀礼の目的、経過、式次第を説明。祭場を清める。
11／17	做紙馬	紙銭作り。
11／17	添香	厨官が線香と灯明を供える。
11／17	準備五穀幡	五穀幡を準備。
11／17	入席	はやし方が演奏。
11／17	請聖	神々を祭壇に招聘し、儀礼の経過、式次第を説明。
11／17	封斎	斎戒の開始。
11／17	掛家灯	祭司となる通過儀礼。
11／17	入席	はやし方が演奏。
11／17	做紙馬	紙銭作り。
11／17	開壇還願	神々を招聘しあらためて願が伝えられる。壊れた盆を修復し再び陰兵の受け入れができるようにする。願ほどきが行われる。
11／18	招兵願	神兵を招き、五穀豊穣を祈願して行われる。
11／18	入席	はやし方が演奏。
11／18	招兵願	天の門を開き神兵を招き、五穀豊穣を祈願して行われる。
11／18	還招兵願	兵を楽しませるために行われる。願ほどきが行われる。
11／18	大運銭	献上される銭が届けられる。
11／18	送孤神	孤神を送る。
11／18	監牲	豚を犠牲とする。
11／18	謝師	師匠に感謝する。
11／18	監香	線香を供える。
11／18	収聖	神像画を片付ける。
11／19	盤王願	盤王に感謝し行われる。
11／20	盤王願	盤王に感謝し行われる。願ほどきが行われる。
11／20	拝師	師匠に感謝する。

日 付	大儀礼名	内 容
11／20	散袱酒	祭司、歌娘、厨官等がテーブルに着き、それに対し受礼者が礼拝。
11／20	散袱拝師	祭司に対して受礼者が礼拝。
11／20	唱賀歌	歌娘が歌い言祝ぐ。
11／21	分紅	厨官が肉を分配。
11／21	拆兵	祭司は家先壇から自身の兵を取り戻し、帰り支度をする。
11／21	奉倉庫	倉庫を作る。
11／21	上馬酒	最後の酒盛り。

4. 儀礼「盤王願」の実践

還家願儀礼の後半において『大歌書』の読誦詠唱が行われる大儀礼名「盤王願」部分を取り上げ、祭司による儀礼の実践と経典の読誦詠唱について、特に問答形式で進められる部分に重点を置いて記述を行う。

2011年11月19日から20日に実施された大儀礼名「盤王願」部分の儀礼執行内容順序に従い以下に記述するが、さらに「請聖」（11月17日実施儀礼）でそらで唱えられる「大庁意者」（「東方意者」）[10] の内容が儀礼の実践にどのように反映されているのか明らかにするために「大庁意者」の内容と対応する儀礼内容には「大庁意者」に述べられていることを加えて記す[11]。

1.（19日7時45分頃～）庁堂正面に祭壇をしつらえる。

祭壇の様子は、紅紙の切り紙（上から柱歯・石榴花・大紅花・荷花・盤王印・天狗・香炉)、その下に黄紙の切り紙（金魚）が貼り付けられた紅羅緞が正面に飾られる。その両脇に紙銭がつるされている。

供物は、豚の頭部に脂の膜がかぶせられ、その上に豚の腹から切り取られた四角の肉片を載せ、さらに盤王の塩信・灯明・箸の束が置かれる。頭部の両脇には内臓、その脇に胴・足が置かれる。右に2足、左に1足、胴の上は笹に包まれたちまきに覆われ[12]、ちまきには色とりどりの切り紙の旗が挿してある。さらに正面の壁には背骨と1足がつるされている。豚の血の入った桶は祭壇の右わきに置かれる。

豚の頭部前には、左右に3つずつの碗、中央に香炉碗、左右に米の入った碗・水杯・塩の入った杯が並べられる。

祭壇に供えられるものについては「大庁意者」には「紅羅花帳（紅羅緞）脚下金魚、三十六朶龍鳳花園、龍鳳花廳（色とりどりの切り紙の旗）、花園腳下備辦油麻糯糍（ちまき）、裝起請王聖席、處備上席三封托盤錢紙（紙銭）、下席四杠回車下降排前坐位銀錢（紙銭）、四邊三十杠當許勾愿銀錢（紙銭）、高臺己位燒起一爐海岸太白明香（香炉碗）、太白明燈（灯明）、明水（水杯）、六雙六對蓮花酒碗（左右3つずつの碗）、四邊珍珠白米（米の入った碗）、大斗下桌一命四腳牲頭（豚の頭部）、壁上竹籬背上豬腿（吊るされた背骨と1足）、臺頭安血（血の入った桶）、零散零肉、臺盤腳下牒出還愿大酒缸（酒かめ）」とあり、儀礼の実践との内容の一致が見られる。

2.（8時20分頃）主厨官が祖先壇に線香をともす。

3.（8時20分頃～）「剪花酒」を行う。庁堂に祭司とその弟子、歌娘、主厨官等がテーブルを囲み着席し、祭司が盤王願を行う施主盤家の願掛けの経緯、願ほどきの実施内容等を説明する内容の「意者」を暗唱する。招聘する神名および祖先の名を唱える[13]。神々に献酒後皆で酒を飲む。「大庁意者」には「處備剪花谷花米酒火爐細溫細暖（酒席が設けられる）、托出東廳高臺己位、五七名童子（祭司と弟子）、三姓單郎、三姓青衣女人（歌娘）、行動求良坐落臺頭臺尾、不敢貪飲添言說句、行動求良通行三州三廟聖王面前、頭上添起一爐海岸太白明香、太白明燈明水（主厨官が線香を点す）、陞起鑼鼓宣宣（囃子方チャルメラを鳴らす）、一名童子牒出當初許愿邦愿、世間碼頭意者還愿意者、串破一度龍門（祭司が意者を暗唱、家先単を読む）、三州三廟聖王陰貪在前、陽貪在後、坐落凳頭、抬頭貪飲、臺尾留杯、琉璃碗盞（神々に献酒後、皆で酒を飲む）、收歸碗櫃內藏 —— 中略 —— 第一封奉還歌堂良愿寶書回章、把中谷花米酒交把大廟靈師承接（祭司から酒を飲む）、不敢貪飲、中途一停推把還愿家主當家理事之人承接（施主が飲む）、不敢貪飲 —— 中略 —— 有去有回回轉一杯、無去無回回轉光杯（神々に献酒後、皆で酒を飲む）」とある。

4.（10時頃～）祭司は祭壇前で「意者」を暗唱する。

5.（10時10分頃～）祭司は祭壇前で「請盤王」を行う。この時招聘する神名と神についての叙事文を暗唱する。「大庁意者」には「大廟靈師着衣衫帶起羅帽（祭司は正装し）、四邊出唱二郎手拿琉璃沙板横吹竹笛相伴（弟子が板を組み合わせたカスタネットのような沙板と笛をもつ）、大廟靈師搖鈴請聖、請王一便協王一便、請王二便協二便（祭司は玉簡と鈴をもって唱えごとをし神を招く）、又牒出奉還歌堂良愿寶書、碼頭意者（『意者』を暗唱する）」とある。

6.（10時30分頃～）祭司は祭壇前で献酒および献紙銭し、足りたかどうか卜具で確かめる。「大庁意者」には「再打開臺盤腳下還愿大酒一缸、請出下馬酒杯相獻、第一勸王下車之酒、第二勸王落馬酒杯、第三有約酒中酒齊（献酒）」とある。

7.（11時30分頃～）祭司は「意者」を暗唱し、神が受け取ったかどうか卜具で占う。「大庁意者」には、「牒出奉還一個解愁解意歌堂良愿寶書東廳意者（祭司は「意者」を暗唱する）」とある。

8.（14時10分頃～）祭司は神名を暗唱。神々を招聘するため紙銭30扛を献じる。

9.（14時15分頃～）「流楽」が開始される。祭司は卜具で占った後、経典の「点男点女過山根[14)]」（文献Z-15[15)]）箇所が読誦される。「大庁意者」には「男站前女人站後、點男點女牒出來由去處（男が前に女が後ろに立ち「点男点女過山根」が読誦される）」とある。

10.（14時25分頃～）「陰声保、陽声気」とされ、祭司は神の声がわたされ歌詞が引き出されたか卜具で占う。この時男女が歌う歌の題が表明される（文献Z-15を読誦）。米が撒かれ、神声がわたされたことを表し、歌が開始される。歌

図4　三姓青衣の女性が立ち並ぶ、歌女（右座る）は歌う

女は文献Z-29を読誦詠唱する。三姓青衣の女性は祭壇前に並ぶ（図4)。「大庁意者」には「請出小位二十四路歌詞行賀三州三廟聖王（歌の題が表明され歌が開始される)」とある。

11.（15時15分頃～)祭司により上光儀礼が進められる（文献Z-32aを読誦)。「大庁意者」には「托上光己位把中谷花米酒、交把一名童子承接（上光儀礼が進められる)」とある。

12.（15時50分頃～）祭司は文献Z-26を読誦。

13.（16時～）祭司は戸口のところで内外に別れて問答を行い、内の者は紙銭の金を払い、外からの来訪者は贈り物を表す楽器（長鼓・笛・沙板・角笛・鈴）を送る。

問答の内容は、

どこから来た	鉄の産地の塘村から来た
何しに来た	工具（刀、斧刀等）を作りに来た
いくらかかる	7千8万
8万7千だろ	
何しに来た	お祝いに
何をもって来たのか	牛、鴨、鵝鳥をもって来た

である。

状況としては、歌堂が催されると聞きつけ、鉄の産地の塘村から神々が訪れるのに橋を架けるために必要な鉄製工具を作りに、さらに供物となる品々を携え祝いにやってきた来訪者と歌堂を催す家の者との問答である。7千8万と言い間違えると8万7千と直し、そこで笑いを誘う。問答の最後には内からは銭、外からは贈り物が交換される。

14.（16時5分頃～）弟子たちは祭壇前で、鍛冶屋が橋を架けるための工具を作る様子を演じる。木を切り製材し橋を作る様子を演じる。文献Z-26に「行到州門開鉄舗、行過県門得日焼（行きて州門に至れば鍛冶屋を開き、行きて県門を過ぎれば日焼きを得る)」とあるように鍛冶屋を開く。ドラを伏せた上に鉄の焼き入れに使う水を表す杯、炉を表す碗を置く。笛でふいごを表し、炉で鉄を熱し、風を送り炉の温度を上げ、鉄を打ち焼き入れをし、鉄製品を作る工程を演じる（図5)。さらに鍛冶屋はシンバルの鉄帽をかぶる。連州路、行平路等祖先神

図5　弟子たちが鍛冶屋となり橋を架ける工具を作る様子を演じる

が祭場に至る道を直すのに必要な鎌・斧・鋸を作製することを演じる。牛の角笛の牛角で牛を表し、卜具で刀を表し、牛を殺し土地神を祀ることを表現する。沙板で鴨を表し、ドラで鵝鳥を表す。紙銭を燃やし土地神を祀る。笛を天秤ばかりに見立て、牛に見立てた牛角の重さを量ろうとする。この時の問答では、

どのくらいの重さか　　　　　　3百斤の骨、4百斤の肉

いやいや、4百斤の肉、3百斤の骨だろ、多すぎる

等といい、周りは皆笑う。引き続き作製した刀・斧・鋸を使い、木に見立てた杖を切る動作をするが、まず杖を倒しどこまで倒れて至るか確かめる動作を行う。その後わざと弟子のいる方に杖の木を切り倒し弟子が転び笑いを誘う。倒れた木を製材し橋を作る様子を表現する。問答は、間違った内容をいい、それを訂正する言葉の掛け合いで笑いを誘う。

15.（16時15分頃～）祭司は手訣で陰兵を派遣し三廟に至る橋を架けることを表す。卜具で占い、橋が架かったか判断する。

16.（16時20分頃）玉簡は橋を表し、弟子は橋を平らにする様子等演じる。文献Z-26を読誦。「大庁意者」には「一名上光己位承接修山造路架橋使者、家使者、殺牲使者、鋪臺下案紅羅花帳、進廟歌詞、長沙木鼓、横吹竹笛、琉璃沙板、行賀三州三廟聖王（三廟聖王を招くために橋を架ける。13、14、15、16を含む）」。

17.（16時50分頃）弟子は紅羅帳（盤王を象徴する刺繍の布）を正面に貼られた切り紙紅羅緞の上に飾る。文献Z-26の「紅羅帳」の頁を読誦。

18.（17時10分頃～）祭司は神々に献酒を行い、文献Z-26・『善果書●乙本』（文献Z-16）を読誦。（●は不明箇所。以降同様）

19.（17時55分頃～）祭司は戸口で内（女性を演じる）と外（男性を演じる）で文献Z-15「題目主家問答」部分および文献Z-26の同様の内容の収められている部分を併用し問答を行う（図6）。

1女問：お尋ねします。どの州のどの県の方ですか？　何しにいらしたのですか？　門前で鼓を打ち、歌堂を歌うなんて。

1男答：お尋ねにならないでください。連州から来たのです。連州から山を半分来たところで夜になりました。あなたは私を気の毒だとは思いませんか？

2女問：お尋ねします。どの道から来たのですか？　どうしてこんなに遅くなったのですか？

2男答：答えましょう。遠いからです。連州から山を半分来たところで日が沈みました。まだいい方です。その日のうちに着いたのですから。

3女問：お尋ねします。どちらからいらしたのですか？　明るいうちに何で着かなかったのですか？　何でこんなに遅くなったのですか？

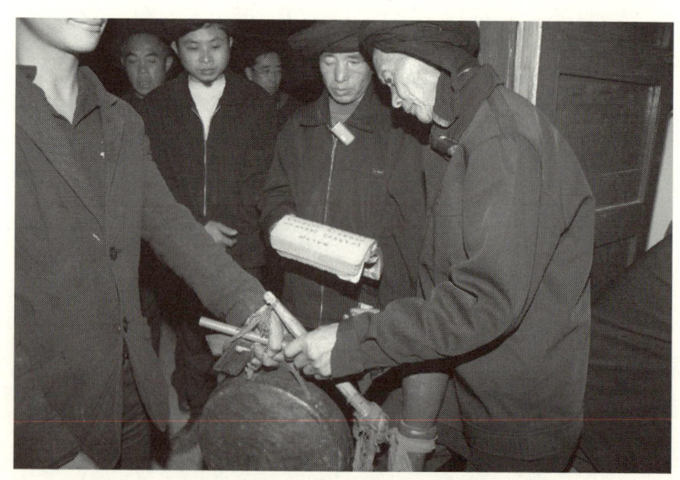

図6　戸口で来訪者の男性と主家の女性の問答が行われる

3 男答：お答えします。小さい声で劉三娘に答えます。お聞きしたところご主人は還家願をなさるそうで私は参加しに、歌いに来ました。

4 女問：お尋ねします。遠くからいらした厚意の方でしょう。還家願があると知っているようですが、誰が歌堂があるといったのですか？

4 男答：3 日前にあることを知っていました。主人は厚意があり私も厚意があります。真心を込めてこのためだけに参加したいと来ました。自分のことを怒らないで遠くて遅く着いたことを。

5 女問：疑っていました。理由もなくあなたを責めてつらい思いをさせてしまいました。あなたが私のところに来てくださり申し訳ありません。ハンサムボーイに夜道を来てもらってもともと遠かったのが分かりました。

5 男答：自分を恨まないでください。道が遠かったのだから。連州から山を半分来たところで夜になりました。あなたは私を気の毒だと思いませんか。

6 女問：恨みはしません。ハンサムボーイさん遠路はるばる来てくれたのだから怒らないわ。疑っていたけれどご苦労さま。

6 男答：先に着いている 3 人の女性は大王の娘です。盤王のために来たのです。遠くから来て皆集まっていて女性たちは歓迎して待っていました。

7 女問：遠くからいらしたのに、あなたを責めてつらい思いをさせてしまいました。連州の山を越える時奇怪なものを見ませんでしたか？　もし怪しいものに会ったら、隠さないでください。

7 男答：連州の山で小怪を見ました。猪がついて来ました。家で還良願を盛大にやっています。金銀財帛がくっついて来て、家に入って来ました。

8 女問：お尋ねします。行平大郎にお尋ねします。行平の山を越える時、何か奇怪なものを見ませんでしたか？　隠し事をしないでください。

8 男答：行平の山を越える時怪を見ました。猪が笑ったのを見ました。家で還良願を盛大にやっています。金銀財帛がくっついて来て家に入って来ました。

9 女問：お尋ねします。伏霊大郎にお尋ねします。伏霊の山で怪を見ませんでしたか？　どうぞどんな怪に会ったか、ちゃんと話してください。

9 男答：伏霊の山で小怪を見ました。亀が道をふさぎ寝ていました。家で還良願を盛大にやっています。金銀財帛がくっついて家に入って来ました。

10 女問：お尋ねします。伏江のお 2 人にお尋ねします。伏江の山で怪を見ませんでしたか？　どうぞどんな怪にあったか、ちゃんと話してください。

10 男答：伏江の山で怪を見ました。狸が飛んで天を横切ったのを見ました。家で還良願を盛大にやっています。五穀豊穣が末永く続くように。

11 女問：頭のよい連州の人たち。歌いながらやって来ました。種々な怪についてみんな話してくれました。とても頭のよい人たち。

11 男答：門の前に一晩中立っています。ずっと門を開けてくれませんでした。お手数をお掛けしますが、迎えてください。ご主人を言祝ぎにすべてそろいました。

12 女問：お手数をお掛けします。あなたは心掛けがよく、ありがたいです。誠心誠意門を開けてお入りいただきます。あなたを入れ、一緒に神に感謝します。

12 男答：湖南大門が開かれます。大王を祀る儀礼の場ができています。紅羅帳も貼られ、大王の娘も集まっています。

13 女　：女性の左手で男性の鼓を招き、女性の右手で男性の鈴を招きます。連州から貴人がやって来ました。若い男性の両手をもって大庁に招きます。

女　：感謝します男性の情は天のように大きい。感謝します男性の情は沙糖のように甘い。門を開け男性を入れます。本当に心があり厚情の人です。

女　：左手で男性のもって来た笛を受け取り、右手で男性のもって来たドラを受け取ります。伏霊、伏江からやって来た貴人は門の外に到着し両手を取って部屋に招きます。

女　：ありがたい。とてもよい心の方でありがたい。家では還良願を行い、みんな誠をもって神に感謝します。

女　：門前の石垣の花が開きうれしい。主人は心を込めて神を招きます。主人は真心をもって神を招き、男性は今夜歌堂で歌います。

状況としては、主家で歌堂があると聞き、連州、行平、伏霊、伏江から歌を歌いに来訪した男性と主家の女性との問答である。この問答は本来男性と女性との間で行われたとされるが、今は祭司たちが代わりをしている。

初め女性は来訪者をなかなか受け入れようとせず、すでに歌を歌う 3 人の娘は着いており、到着の遅れを責める。後に受け入れるが、道中怪しいものに出会わなかったか尋ね、出会ったことが伝えられる。怪しいものは吉祥で福をもたらすと考えられており、男性は福を携え訪れたこと、家に福がもたらされたことを言祝ぐ。さらに来訪者によってもたらされた楽器（長鼓・笛・ドラ・沙板）が受け取られ、訪れが歓迎される。

来訪者は焼畑による移住を繰り返してきたミエン・ヤオ族の移動地点と考えられる連州、行平、伏霊、伏江からやってきたとされる。この移動地はそこで活躍したと思われる祖先とも結び付けられて記憶される地であり、ミエン・ヤオ族の民族の歴史にかかわる地である。祖先神のいるとされる地からの来訪者だからこそ最終的には福をもたらす存在として受け入れられるのだが、その正体を確かめるための問答が繰り広げられている。

この歌問答の後、口語でも「怪を見たか？」「見た」というやり取りが行われ、周囲から笑いが生まれる。

20.（18 時 20 分頃～）外から人を室内に招き入れ、酒を勧める。

21.（18 時 30 分頃～）長鼓舞を主厨官が舞うにあたり、玉簡を弟子が背から後ろに落とし鼓を作る「做鼓」を表現し、主厨官が笹で玉簡の上下を巻き鼓を用意する「置鼓」を表し、さらに玉簡をもちしゃがみ鼓の出来を試す「試鼓」を表し、その後木を切り長鼓を作製する内容の次の問答、

どこへ行った？	山へ
何をしに？	木を切ってきた
何にする？	長鼓を作る

を行い、さらに祭司は『善果書●乙本』（文献 Z-16）の「唱鼓木出世歌」にある梓木で美しいよい音の鼓が作られ歌堂で打ち鳴らされる内容を読誦し、鼓の音を聞く「聴鼓」を表す。その後主厨官によって長鼓の舞が舞われるが、厨官の長鼓

図7　主厨官による長鼓の舞

の舞は本来、瓢洋過海の様子、還盤王願の儀礼、餅つき、叩首、楽神、家作り、農耕（焼畑）、度戒儀礼の磨刀の場面等を表現する72の動作からなる[16)]。実際に舞われたのは、測量、地を掘る、木を植える、木を切る、木を立てる枠を作る、地を掃く、鋸で板にする内容であった（図7）。長鼓の舞を行うにあたり長鼓の作製から始め、長鼓の舞ではミエン・ヤオ族の歴史や生活や祭祀という重要な内容が身体によって表現される。

さらに祭司は『善果書●乙本』（文献Z-16）の「出門外園堂」を読誦し、歌堂の場で大歌を歌う「唱歌堂」を表す。

22.（18時40分頃～）祭司、歌女は戸外に出てそれぞれ『善果書●乙本』（文献Z-16）・Z-29を読誦する。三姓青衣の女性3名三姓単郎の男性3名は対面して並ぶが、その間を弟子は8字に回り串歌堂を意味する。「大庁意者」によれば「引出三姓單郎、三姓青衣女人、三天門外、游天轉地、游地轉天、圍破愿頭、串破愿尾、回頭轉面（男女3名が対面して並び、その間を弟子が8の字に回る）」とある。

23.（18時50分頃～）祭司は祭壇正面で『善果書●乙本』（文献Z-16）を読誦し、読誦に神名があがるごとに、弟子は箸で祭壇上から卜具を床に落とし、神に対して供物の数を数え確認したか満足したかを占う。「大庁意者」によれば「解開神愁神意、一名童子賞浪兵頭、賞浪兵物（弟子は箸で祭壇上から卜具を床に落とし、神に対して供物を確認したかを占う）とある。

24.（19時25分頃）祭司は脱童の儀礼を行い、『善果書●乙本』（文献 Z-16）を読誦する。「大庁意者」によれば「脱童歸去脱馬歸鞍（脱童）」とある。

25.（19時35分頃）祭司は師父に感謝する。「大庁意者」によれば「謝勞陰陽師傅（師父に感謝）」とある。

26.（19時45分頃）祭司は神々を招聘し、約束した紙銭を献納する。供物（おかず・酒等7組）を献納する。数を数え確認したか、食べたか卜具で占う。「大庁意者」によれば「處備七星銀盞、七星銀筷、先油細菜、眼睡細雙、金銀瓶鵝嘴、良行大席、大廟靈師着起衣衫、帶起羅帽、站在臺頭臺尾、三州三廟聖王、若下下席臺頭上、點過第一、降過第一、點過第二、降過第二、第三一便（7組の供物を献納する。数を数え確認したか等卜具で占う）」とある。

27.（19時50分頃）祭司は『善果書●乙本』（文献 Z-16）の大歌の目次が並べられた部分を請盤王の節回しで詠唱し、神の声（劉三妹娘の声）と歌詞を引き出す。紙銭を献ずる。「大庁意者」によれば「請出三十六段歌詞、七任天堂歌曲（歌詞を引き出す）」とある。

28.（21時30分頃）「唱盤王大歌」（ガービエンフンヅォン）が開始され、祭司は祭壇前で「意者」を暗唱した後『大歌書一本上冊』（文献 Z-19）を歌謡語を用い読誦詠唱する（盤王大歌の節回し）。ただし「坐席三幡」部分は唱える。『大歌書一本上冊』（文献 Z-19）の本文は、段ごとの冒頭は問答形式で読誦詠唱する（図8）。『大歌書一本上冊』（文献 Z-19）冒頭部分を例にすると、

唸（意味は何、読みはニャン）話唸村唸堂到
唸上唸頭唸後来
唸堂到
唸上唸頭唸後行
唸小唸聲唸聴後
唸得唸来唸也来
唸聴後
唸得唸来唸也行

と1人が歌うと、もう1人は本文に従い、

人話郎村歌堂到　　（人の話では男の村で歌の祭りがあるそうだ）

図８　『盤王大歌』を詠唱する祭司たち

踏上船頭聴後来	（船の舳先に登り、聞いてから来る）
歌堂到	（歌の祭りがある）
踏上船頭聴後行	（船の舳先に登り、聞いてから行く）
郎小聴聲又聴後	（彼は音を聞いて聞いてから）
聴得娘来郎也来	（聞けば彼女が来れば彼も来る）
又聴後	（聞いたら）
聴得娘来郎也行	（聞けば彼女が来れば彼も来る）

と答える。

１人が７言上下句４句を、１句の１言、３言、５言、２句の１言、３言、５言、３句の１言、３言、５言、４句の１言、３言、５言を唸（ニャン、何の意味）に置き換え歌うと、２人目が唸部分に回答を入れ歌う。この時文面通りではなく、１句７言、２句７言、１句７言の末３言を繰り返し、２句７言、３句７言、４句７言、３句７言の末３言を繰り返し、４句７言を歌う。詞章は７言上下句が対となり４句でひとまとまりを構成し、実際の詠唱は、反復が繰り返される。謎掛けと謎解きの問答が詠唱される。詞章は４句を１組とするが、最初の段は１句目の「人話郎村歌堂到」を必ず１句目に据え反復させて進められる。それが終わると祭司２人で経典の左右の頁を分担する等し読誦詠唱が進められる。

「洪水沙曲」を初めとする７「韻曲」がはされまれるがこの時は詠唱のメロディー

が変わる（レイチューの節回し）。「曲」に入る前主厨官が線香を献じ、祭司たちが沙板と鈴を鳴らし、礼をすることを3回繰り返した後問答がある。この時の問答は、

問 青天白日		答 白日青天	
問 各歌乱唱	（それぞれの歌を歌う）	答 各曲乱排	（それぞれの曲を歌う）
問 乱排乱唱	（めちゃくちゃに歌う）	答 乱唱乱排	
問 唱歌唱曲	（歌と曲を歌う）	答 唱曲唱歌	（曲と歌を歌う）
問 唱到第一洪水沙	（第一洪水沙に歌い至る）	答 伸過第一洪水沙	（第一洪水沙に至る）
問 唱得句句也是歌	（歌っている1句1句は歌）	答 唱得句句也是曲	（歌っている1句1句は曲）
問 唱得有頭有尾之歌	（始めと終わりのある歌を歌う）	答 得唱得無頭無尾之歌	（始めと終わりのない歌を歌う）

………

の掛け合いで行われる。前者の下句を受け後者が反復させ、次々と繋いでいく。さらに盤王に対し“声気”（声）を守ってくれるように、また感謝の意を唱える。その後「曲」の調子を合わせるための「拉里連郎里拉利　連郎拉里利拉里　里呀連郎利　連郎拉里利拉里」（「洪水沙曲」用）が歌われ「曲」に入る。「拉里連郎里拉利…」は調子のずれを修正するために「曲」の途中にも入れられる。「拉里連郎里拉利…」は言語的な意味は不明であるので、呪術的な詞章であると考えていたが［廣田　2011d］、「曲」の調子が表されており7ある「曲」ごとに異なる調子を取るので、その「曲」の調子を思い返すための実質的な役を果たしているといえる。「曲」が終わると『大歌書一本上冊』（文献Z-19）の本文部分に戻るが、初めの数頁は問答形式で詠唱される。

29.（20日3時頃～）祭司が歌娘に鈴を与え『四廟歌書』（文献B-2）の「四断完了又接鈴歌語」を読誦詠唱し、次に歌娘が祭司に鈴をわたすと、祭司は『大歌書一本上冊』（文献Z-19）の「接鈴用」を読誦詠唱し、歌娘の歌を評価する。この「接鈴用」の内容は、大歌に入る直前に読誦された（27、19日21時30分頃～）『大歌書一本上冊』（文献Z-19）の最初にある「坐席三幡」の内容と対をなしているといえる。「坐席三幡」では、「大歌の作者である劉三妹娘の歌詞と劉三妹娘の歌声を受け取らないうちは、粗末な言葉で連州、行平、伏霊、伏江、五

旗、家先の心にかなうものではない」としているが、「接鈴用」では「劉三妹娘の歌詞と声を受け取って貰い言葉で神々の心にかなったものである」としており、前を受けて後で展開されていることが分かる。

30.（4時40分頃）祭司は『大歌書一本下冊』（文献Z-20）に進むにあたり、歌書を管理している劉三妹娘の書棚から、下冊を取り出して歌の場に戻ってくる様子を以下のように問答形式で表現する。

問　何楽嶺　何楽生子何楽源何楽山
　　人話石榴何生子何楽生子出何源出何山
答　石榴嶺　石榴生子石榴源石榴山
　　人話石榴要生子　石榴生子出深源
　　要生子　石榴生子出深山

源と山の部分を旗/埂、排/崩、河/洞、儺/壩、沟/田、京/州、郷/村、街/院、楼/門、庁/房、京/棹、廂/書の順に置き換え、さらに逆に書/廂から山/源へとさかのぼって置き換え問答を行う。これは歌書を歌の場に導くための道筋が示されており、この問答を行うことで、下冊を歌の場に取り出すとされる。問いの「何楽」の部分に石榴を入れて答える形式となっており、解読は難しいが「どこの山に、何の木の実、どこの源/どこの山、人は石榴が何の実をつけ、どこの源/どこの山に生えるか？」「石榴の山に、石榴の実、石榴の源/石榴の山、人は石榴が実をつけ、石榴の実は源/山にあるという」と読むことができ、謎を掛けて謎を解く問答であることは明確である。現実に存在する歌書だが、歌の魂を劉三妹娘からいただいてこないと真実の歌詞や詠唱にならないと考えられているかのようであり、歌書（歌の魂）が祭場に至る道順が謎掛けで説かれているのである。

31.（5時15分頃～）『大歌書一本下冊』（文献Z-20）の初めは問答形式で読誦される。以降「又何物段」部分は全体が問答で構成されている。

冒頭部分を例にすると経文の文面の4句は、

何物変	変成何様得娘連	（何に変われば、何に変われば彼女に繋がることができようか）
得郎変成銀梳子	上娘頭上作横眠	（彼が銀の櫛に変われば彼女の頭の上で横になって眠ることができる）

とある。実際にはミエン語の歌謡語で詠唱されるが、漢語の文面に直すと、

問	何物変　変成何様得娘連	(何に変われば、何に変われば彼女に繋がることができようか)
	得郎変成何様子　上娘頭上作横眠	(彼が何に変われば彼女の頭の上で横になって眠ることができるだろうか)
	何様子上娘頭上作横眠	(どうすれば彼女の頭の上で横になって眠ることができるだろうか)
答	容易変　変成一様得娘愛	(変われる　1度変われば彼女のハートをつかめる)
	変成二様得娘連	(2度変われば彼女に繋がることができる)
	容易変　変成二様得娘連	(変われる　2度変われば彼女に繋がることができる)
	得郎変成銀梳子	(彼が銀の櫛に変われば)
	上娘頭上作横眠	(彼女の頭の上で横になって眠ることができる)
	銀梳子　上娘頭上作横眠	(銀の櫛なら彼女の頭の上で横になって眠ることができる)

の内容である。女性の頭から足元まで身に着けるものに男性が変身する内容が続くが、本文の7言上下句4句のうち3句目と4句目が何に変身するか、変身するとどのようかという答えになっており、それを引き出すために、一定の調子が繰り返される。「何に変わればよいのかな、何に変われば〇〇になるかな？」「簡単簡単何に変わればよいかって、〇〇に変われば〇〇になる」のように謎掛け形式で次々と反復展開される。この時祭司たちは経文を一切見ておらず、完全に暗記しており、2人で問答が続けられる。

「大庁意者」によれば「起席三蟠、唱歌唱曲、唱得第一洪水沙、第二三峰閑、第三滿段、滿齋赦放四腳牲頭、曲子鄗位、女人依禮奉別行賀三州三廟聖王、第四荷葉盃、第五南花仔、五郎行山、金鼓行鄉、第六飛江南、出席掬愿、大杯谷花米酒、曲子鄗位、掬出愿頭、交把三姓單郎三姓青衣女人、掬出愿尾（28、29、30、31を含む。『大歌書』の目次が述べられる。読誦が進められる）」とある。

32.（7時頃）「又何物」部分も全部問答形式で構成されている。冒頭部分を例にすると経文の文面の7言上下2句は、

樵子立立隨坭出　樵叶層層盖寸頭/皮

とあるが、実際にはミエン語の歌謡語で詠唱され、2人の問答が行われる。漢語の文面に直すと、

問　何子何立何坭出　何叶何層何寸頭/皮　(何がどのように生え、どのように泥から出るの。何の葉がどれくらいに重なって、少しの頭/皮をどうするの)
答　樵子立立随坭出　樵叶層層盖寸頭/皮　(草が生え泥から出る。草の葉は折り重なり、少しの頭/皮を覆う)

と、7 言の 1、3、5 言目を何にして問い掛け、文面に従い答える、謎掛け謎解き形式で進められる。

33.（10 時 50 分頃）祭司は神々への供物（内臓・紙銭・鈴・碗・箸）を船に積み込む。

34.（10 時 55 分頃）戸外で三姓単郎 3 人三姓青衣女人 3 人は対面して並ぶ。歌娘と男性歌手は「遊願」の読誦詠唱を続ける。「大庁意者」によれば「交把三姓單郎三姓青衣女人、行出三天門外、游天轉地、游地轉天、扯破愿頭、拆破愿尾、回頭磚面、扶上愿頭、扶上愿尾、第七梅花湯碗（男女 3 人は対面して並ぶ、『大歌書』の読誦が進められる)」とある。

35.（11 時 42 分頃）「打令放船」では、主厨官が豚の心臓の入った碗を運び、酒と箸を並べる。祭司は杯を倒し酒をこぼす。『大歌書一本下冊』（文献 Z-20）「解開船欑放船去」の内容の読誦詠唱を続ける。

36.（11 時 52 分頃）「退席」は祭司により文献 Z-15 が読誦されるが、問答形式で、片付けることを神々に知らせる。

酒是何人酒　棹是何人棹　何人声々還良愿　酒是大王酒　棹是大王棹　家主声々還良愿　何人棹上得分明　大王悼得分明

（酒は誰の酒　船の櫂は誰の櫂　誰が還家願を行うのか　酒は大王の酒　櫂は大王の櫂　施主が還家願を行う　誰が船のこぎ方を分かっているのか　大王が船のこぎ方を分かっている）

帰りの船を整え、供物も載せ、神を送る支度をする中、あえて問い掛けで、謎掛け謎解きの形式を取り、祭祀の終わりを予告しお帰りいただくように促している。

37.（14 時 10 分頃〜）「送王」で祭司はまず神々を招聘し、献酒を行う。「大庁意者」によれば「三州三廟聖王面前、頭上添香、復請上宮請上、下宮元納、一勾一請、一勾二請、打開臺盤腳下還愿大酒一缸、請出酒來相獻一碗、勸王二碗三

碗、勸王四碗五碗、勸王六碗七碗、勸王八碗九碗、勸王十碗、千人同碗、萬人同杯、大王托給小王、小王托來推給大王、會貪之人多貪一碗（献酒）」とある。

38.（14時35分頃～）祭司は神々に約束した紙銭を献上し、足りたかどうかト具で占う。「做証」（証明を行う）してくれたありとあらゆる神々や師父、関係する神霊に対して銭を献じる。「拆願」は、すべての願ほどきを完了させるために願掛けの証書を消却させる（図9）。

「大庁意者」によれば「交納連州唐王聖帝下車下馬銀錢各納銀錢、行平十二游師下車下馬銀錢、伏靈五婆聖帝下車下馬銀錢各納銀錢、福江盤王聖帝下車下馬銀錢、祖司五旗兵馬下車下馬銀錢、相陪眾位宗祖家先人人下車下馬銀錢、各拿銀錢、求財銀錢、買財銀錢、所保銀錢、忌禁銀錢、冷腳銀錢、退進銀錢、說前銀錢、說後銀錢、為合銀錢、打筶定筶銀錢、一臺零散銀錢、足夠還是未曾足夠、銀錢足夠打轉太陽之筶（神々に紙銭を献上し、足りたかどうか占う）」とある。さらに「大庁意者」には、勾願のための献納金として30扛ずつ「交納當許銀錢三十杠、還愿銀錢三十杠、許多還少銀錢三十杠、許少還多銀錢三十杠、還愿不清勾愿也清三十杠、許愿不明勾愿也明三十杠、許愿不齊勾愿也齊三十杠、把筆銀錢三十杠、把簿銀錢三十杠、打箱銀錢三十杠、打籠銀錢三十杠、連州唐王聖帝三十杠、行平十二游師三十杠、伏靈五婆聖帝三十杠、福江盤王聖帝三十杠、祖司五旗兵馬三十杠、相陪眾位宗祖家先人人三十杠、當許勾愿銀錢當許勾愿銀錢也有求財

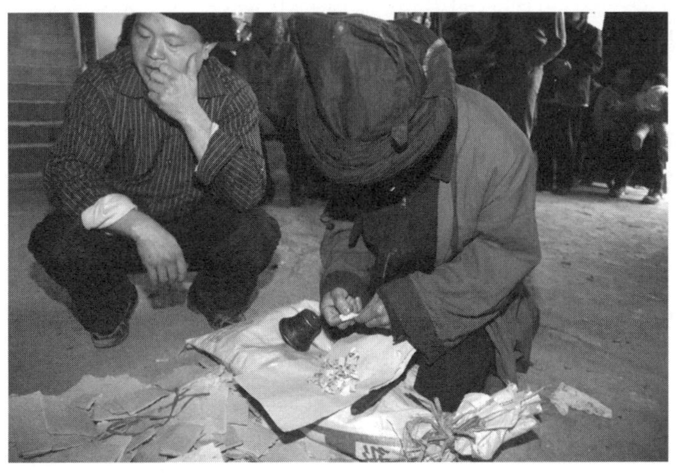

図9　盤王願の送王で願書が粉砕され消却される

銀錢三十杠、買財銀錢三十杠、所保銀錢三十杠、收禁銀錢三十杠、冷腳銀錢三十杠、退進銀錢三十杠、說前銀錢三十杠、說後銀錢三十杠、為合銀錢三十杠、當許勾愿銀錢足夠還是未曾足夠、銀錢足夠、杯轉太陽之筶、再來交納屬師銀錢四個三十杠、屬女銀錢三個三十杠、屬廚銀錢四個三十杠、屬瑤銀錢三個三十杠、銀錢足夠、打轉太陽之筶、又來交納貼大板銀錢三十杠、貼上錢團銀錢三十杠、貼香銀錢三十杠、貼水銀錢三十杠、貼燈銀錢三十杠、貼米銀錢三十杠、貼酒銀錢三十杠、貼碗銀錢三十杠、貼缸銀錢三十杠、貼桌銀錢三十杠、貼鹽銀錢三十杠、貼帳銀錢三十杠、貼花銀錢三十杠、貼魚銀錢三十杠、貼粑銀錢三十杠、貼筷銀錢三十杠、貼瓶銀錢三十杠、貼頭銀錢三十杠、貼圈銀錢三十杠、貼●銀錢三十杠、貼腿銀錢三十杠、貼篙（尾）銀錢三十杠、貼巾（乃）銀錢三十杠、貼血銀錢三十杠、貼腸銀錢三十杠、貼肝銀錢三十杠、貼肚銀錢三十杠、貼肺三十杠、貼肉銀錢三十杠、貼箍銀錢三十杠、貼筶銀錢三十杠、貼簡銀錢三十杠、貼鈴銀錢三十杠、貼鼓銀錢三十杠、貼笛銀錢三十杠、貼板銀錢三十杠、貼鑼銀錢三十杠」と、神々の名を挙げ献納するとある。さらに証明を行ってくれたことへの謝礼として「上壇兵馬為邦作証緉愿銀錢三十杠、下壇兵將為邦作証緉愿銀錢三十杠、福江盤王聖帝為邦作証緉愿銀錢三十杠、五龍司命灶君三十杠、宅住龍神三十杠、眾位宗祖家先人人三十杠、為邦作証緉愿銀錢、神王神將三十杠、何娘姊姐三十杠、部籙眾兵伏童小將三十杠、為邦作証緉愿銀錢、大廟靈師出門托帶一堂行司官將三十杠、開教師爺出門托帶一堂行司官將三十杠、三戒弟子出門托帶一堂三清兵頭玉皇玉物三十杠、都是為邦作証緉愿銀錢、五七名童子於各人陰陽師傳人人三十杠、為邦作証緉愿銀錢、連州唐王聖帝三十杠、行平十二游師三十杠、伏靈五婆聖帝三十杠、福江盤王聖帝三十杠、祖司五旗兵馬三十杠、為邦作証緉愿銀錢、鑒齋大王三十杠、天斗星君三十杠、七星姊妹三十杠、為邦作証緉愿銀錢、屋簷童子把門將軍三十杠、本方地主三十杠、本洞廟王三十杠為邦作証緉愿、大位元宵三十杠、小位元宵三十杠、山宵水宵三十杠、長郎元宵人人三十杠、白公元宵三十杠、為邦作証緉愿銀錢、高漢二郎三十杠、土地公公三十杠、土地婆婆三十杠、求財八寶眾官三十杠、金剛大物過往神通三十杠、為邦作証緉愿白紙銀錢、男人行動求良隨身隨去家先三十杠、女人行動求良隨身隨去家先三十杠、三姓單郎隨身隨去家先三十杠為邦作証緉愿銀錢、許愿童子把愿判官三十杠、邦愿童三十杠、轉愿童子三十杠、珍珠磨書磨墨把筆之人三十杠、打箱三杠、打籠三十杠、管簿消簿郎三十杠、前代後代做

師香花門路老位各人三十杠、為邦作証緉愿銀錢、師男●大廟靈師勾愿緉愿陰陽師傅人人三十杠勾愿緉愿白紙銀錢、緉愿也有求財買財各有三十杠、郎保三十杠、忌禁三十杠、冷腳三十杠、退進三十杠、說前三十杠、說後三十杠、為合三十杠、請神不到給錢不勻三十杠、還愿不清勾愿不明三十杠、解愁解意三十杠、打笤定笤三十杠」と、証明を行ってくれた神名を挙げ、献上金を示し、足りたかどうか占う内容が記されている。さらに「大庁意者」は拆願の内容へと続く。

39.（15時5分頃）祭司は神々に繁栄と五穀豊穣、家畜の増殖、金銀財宝を願う。瘟神、災殃、傷神、耗、七精八怪等の害をなすものから守ってくれるように願う。

40.（15時8分頃）祭司は献酒を行う。

41.（15時12分頃）すべて紙銭が燃やされ神々に届けられる。祭司は納められたか卜具で占う。

42.（15時24分頃）祭司は米を撒き、神々を送り去らしめる。

43.（15時25分頃）祭司は戸外に香炉と水杯を持ちだし、伏せて中身を出し、線香で符を書き「送王」を終了する。

以上『大歌書』いわゆる『盤王大歌』が詠唱される儀礼の程序の詳しい復元を試みた。

5. 儀礼における「盤王大歌」詠唱のもつ意義

「盤王願」という大儀礼名が示すように、盤王の名に集約されてはいるものの、実際には三廟聖王とも総称され、さらに連州唐王グループ、行平十二遊師グループ、福（伏）霊五婆グループ、福江盤王グループ、厨司五旗兵馬グループ、陽州宗祖家先グループとにグループ分けすることができる、ミエン・ヤオ族の祖先神の神統に属する神々が祭祀の対象とされている。神々は連州、行平、福（伏）霊、福江、厨司、陽州の地名を付して称されるが、これはミエン・ヤオ族が長年にわたって移住を繰り返してきた記憶の地とそこで活躍した祖先神とが接合して理解されていることを表している[17)]。現地では三廟聖王の中でも盤王を特別と考え、救世主の盤王（ビエンフン）さらに龍犬盤瓠[18)]（盤護）とも一致すると考えている。

最初の「流楽」段階で読誦された「点男点女過山根」の漂洋過海神話にあるように、かつてミエン・ヤオ族が海を渡り遭難した際、三廟聖王に救いを求め願を掛け、無事に上陸できたので、約束を果たす祭祀を行うようになった。神々との契約関係は現在に至っても引き継がれ、救世主盤王に象徴される祖先神は、子孫の祈願の対象であり続け、大願成就の願ほどきの祭祀が続けられてきたのである［廣田　2013c］。

盤王願儀礼は、広い意味での祖先への祭祀である。神話叙事および歴史叙事である『大歌書』（いわゆる『盤王大歌』）を詠唱することで自民族の起源や出自にかかわる伝承を再確認し、祖先を讃え、綿々と継続されてきた祭祀契約とその履行の実践である祭祀が行われる。

祭祀においては、祭壇の供物にまで民族の漂洋過海神話が表現され、豚の頭の上に載せられた肉片は、大時化の際船の舳先で無事を祈るのに使ったハンカチを表すとされる。さらにしっぽは船の櫂、腸は接岸のロープ、肝臓は船の碇、脂肪は帆布を表すとされる。豚の上に積み重ねられた笹に包まれたちまきは帆を表す葉でくるまれているとされ、その上に挿された旗は救世主盤王の好きな36種の花を表すとされる（図10）。神話と歴史が歌われる儀礼空間には神話世界が表現され、自民族のアイデンティティーを五感で認識する場となる。岡部隆志の説く「神話的時間」［岡部隆志　2012］の成立する空間が設えられるのである。

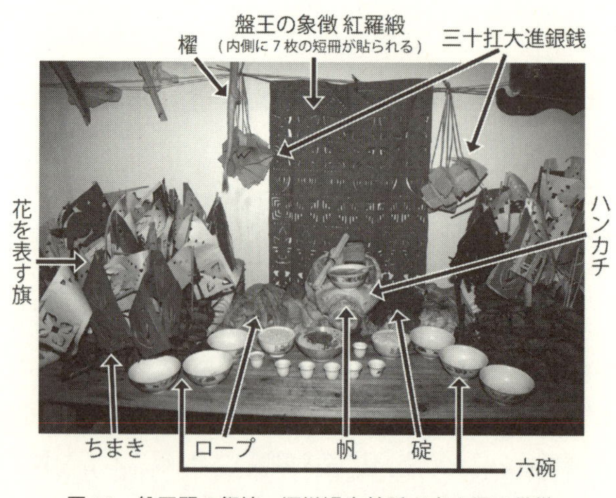

図10　盤王願の祭壇　漂洋過海神話を表す豚の供犠

本事例では、歌は神の声がわたされ歌書や歌詞が引き出されて初めて詠唱されると考えられており、歌謡語を用いた大歌の詠唱自体極めて神聖な行為だといえる。永池健二によれば、歌は目に見えない存在に働きかけを行い、隠れている者を言葉によって顕在化する［永池健二　2011：342］とするが、事例の中でも効果的に歌が用いられており、祖先の移住の記憶と歴史、神とされる祖先の所業を顕在化しているといえる。

さらに比嘉実が南島歌謡の研究において「言霊にすがりながら、呪術的に自然に立ち向かい、克服しようとする祭式歌謡には、ひたすら呪術的心性にのみ頼るのではなく、歴史的に獲得された体験的な自然に対する認識が基層にあることを忘れてはならない」［比嘉実　1982：196］と述べているが、ミエン・ヤオ族の大歌にも民族が蓄積してきた自然に対してのみならず種々な知識や精神文化が凝縮されており、詠唱では問答や反復の形式を取りつつ発露されるのである。

折口信夫は『古事記』にある倭建命が東征の途中で火の番をする老翁と掛け合った歌を取り上げ、掛け歌が歌の起源であると説明している[19]。さらに折口信夫は、片歌五七七を原型に短歌の様式が発生すると考え「神様の詞を促し尋ねようとすると、どうしてもある定（キマ）つた神の語の様式を以てしなければならないと信じてゐた」［折口信夫　1995：254］ところから発して、人間が神と応接する様式が五七七であったとされたというのである[20]。金文京は従来の演劇史において取り上げてこられなかった祭祀性を強くもつ文芸の詩讃系文学・詩讃系演劇に光を当て論じている。金文京によれば詩讃系文学は主に七言詩を基本とするが、この起源は巫歌等民間宗教にあり、それ故、知識人からは五言詩に比べ軽視されたとする［金文京　1992］。

祭祀性の強いとされる 7 言からなる詞章は、祭祀の場において歌謡語を用いた詠唱という形態を取って表出されることで、より一層呪力が発揮されると考えられていると推測する［廣田　2009］。神の声によって、7 言の調子でミエン・ヤオ族の重要な民族知識が伝えられることに意義があるといえる。

大歌の詠唱は多くの場面で問答形式を取り、謎掛けと謎解きが行われ、祖先の移住が記憶されている地から来た来訪者との遭遇が表現される。謎掛けと謎解きは極めて重要な意味をもつが、民族の知識を引き出し、民族の歴史を学習する仕掛けともなっている。さらに謎掛けにより知りたい欲求も増長され、修辞的反復繰り返しにより民族知識の定着に繋がることになる。対句と反復は儀礼において重要な意味をもつ［山本直子　2006］とされるが、本稿の事例においても複数の修辞の反復が確認でき、大歌における反復は祭祀歌謡の重要な特性といえる。

6. 中国藍山県とベトナム国ラオカイ省の「盤王大歌」の対照

「盤王大歌」[21)] を構成する段および小段を並べることは、内容を推測するためのある程度の手がかりとなるが、中身を知ることにはならない。なぜなら段の名称が段ごとに付されている経典はむしろ少なく、段の名称が中身に対応して統一して付されているというわけでもなく、中身は短いもので7言上下句4言で成立するものもあり、経典によって欠失・加筆が存在するからである。これはミエン・ヤオ族が移動分散する過程で写本を重ねているうちに生じたと考えられるが、各地域各祭司の所蔵する「盤王大歌」の異本を対校する必要があると考える。多くのバリエーションを集め、複数の異本を比較対照させることで、プロトタイプを復元できる見通しも出てくる。

いわゆる「盤王大歌」と総称されるものの、経典には「盤王歌」「大歌書」「盤王大路書」「大堂歌書」等と題名が付けられているものもある。

盤王・ビエンフンはミエン・ヤオ族にとって、過海で遇難した際に命を救ってくれた救世主である。いわゆる「盤王大歌」が歌われる「歌堂」が行われる場は、湖南省藍山県の場合大願成就の願ほどきの際、盤王に感謝する盤王願儀礼において行われることから考えても、通称「盤王大歌」と表現されるのは自然なことといえる。ただし藍山県の経典の題は「大歌書」とされている。経文の内容が盤王の所業のみで成り立ってはおらず、盤王は西天福江の地に生まれたとされ、鋤を作り、田を耕し、豊作をもたらし、苧麻を植え、織機を作り、布を作り、太平をもたらしたとされる生業神としての性格をもち、三廟神あるいは四廟神（連州の唐王、行平の遊師、伏霊の五婆、厨司の五旗）とされる祖先神と並んで記述されているに過ぎず、むしろ、洪水、兄弟婚、天地創造、祖先神等ミエン・ヤオ族のアイデンティティーの根幹をなす神話や歴史叙事や重層的に蓄積された種々な伝承が混在して綴られている。このことから考えても「大歌書」と題されているのは実情に合っているといえる。

祭司の趙金付氏によれば、ミエン・ヤオ族の漢字文書読誦には、儀礼語（サイワァ・師話）と歌謡語（ズンニェンワァ）の別がある。『大歌書』はズンニェンワァが用いられ、テキストを使うので読歌（ドゥヅォン）に属す。さらにズンニェンワァにはテキストを使わない唱歌（バァヅォン）と念歌（ニェンヅォン）と造歌（ツゥヅォン）がある。師話（サイワァ）は、テキストの読誦に用いられるが、漢語とミエン語と歌謡語が混ざった読み方である。例として「意者書」などを読むのに用いられる。『大歌書』は7言上下句4句からなり、現地語で上句をアンジュウ、下句はハアジュウ、4句をビェジュウ、7言節句つまり1句語をイエジュウワァ、7言上下句4句1條をヤッディズォンと称すということである。

本稿では、編集を加えられ刊行されたものではなく、書写され現役の祭司によって実際の歌堂の場で使用されている「大歌書」を選んで比較対照を試みたい。「大歌」の歌われる歌堂の儀礼的背景を調査している中国湖南省藍山県匯源郷湘藍村祭司趙金付氏の使用している『大歌書』（上下冊）（Z-19、Z-20）とベトナム国ラオカイ省バサット県トンサイン社キコンホ集落祭司趙徳貴氏の使用している無題の歌堂の経典（V-3）を並べて校異を試みたい。中国湖南省藍山県匯源郷湘藍村祭司趙金付氏所有の経典は、2011年の盤家で実施された還家願儀礼での使用にあわせ、馮栄軍氏が寧遠県の経典を書写したものとされる。

ベトナム国ラオカイ省バサット県トンサイン社キコンホ集落祭司趙徳貴氏所有の経典は本の表紙に題名は記されていない。表紙の次頁裏に、「丙子年正月十九日趙徳貴」と書かれており、丙子は1996年とみられる。経典の末尾には「天運年間八十五年丙子歳六月初三依右抄成壱本盤王坐席書壱巻終抄書人依右代筆完了依右抄出三十六段歌曲書留意字字不論開書主趙徳貴傳流後帯（代）念用記號」とある。概要は、丙子の年6月3日に「盤王坐席書」を代筆により写本し終えた。36段の歌書であり、持ち主は趙徳貴で、後世に伝えるとする。経典の題は「盤王坐席書」と読み取ることができる。

離れたミエン・ヤオ族のグループが現在でも「盤王大歌」の歌書を詠唱する歌堂儀礼を伝承しており、この儀礼で詠唱されている経典の文字の異同を比べ合わせることで、欠失・加筆を見いだし、地域的な差異はもちろん綿々と受け継がれ続けている部分にも注目してみたい。

以下に経典の冒頭に記された段（小段）の目次を並べてみる。

中国藍山県匯源郷本（Z-19）

1 起声唱、2 初入席、3 隔席唱、4 論娘唱、5 日出早、6 日出晏、7 月正中（日正中）、8 月正斜（日落斜）、9 月落江（日落江）、10 月落西（日落西）、11 月落流（日落過）、12 夜黄昏、13 夜深闌、14 夜深深、15 天星上、16 天上星、17 月亮亮、18 第一洪水沙曲、19 天大旱、20 天柱倒（天杵倒）、21 洪水発、22 洪水浸、23 北邊暗、24 天暗鳥、25 葫蘆叫、26 葫蘆熟、27 見大怪、28 伏羲相合、29 為婚了、30 第二三峯閑曲、31 造天地（?）、32 置天地、33 唐王出世、34 平王出世、35 信王出世、36 第三満段曲、37 大盤州、38 小盤州、39 第四荷葉盃曲、40 桃源洞、41 閭山学堂、42 造寺魯班、43 花巧、44 鄧古、45 何物、46 第五南花子曲、47 彭祖、48 郎老、49 第六飛江南、50 木倒地、51 船到水、52 神去、53 第七梅花大盌

39 第四荷葉盃曲までを上冊、以降は下冊の内容となる。

（丸括弧内は筆者の校訂。以後同様。）

ベトナム国ラオカイ省キコンホ集落本（V-3）

1 請出起声唱、2 初入席、3 月出早（日出早）、4 月正中（日正中）、5 月落西（日落西）、6 月落江（日落江）、7 夜深深、8 天上星、9 月亮亮、10 天大早（天大旱）、11 天暗鳥、12 北邊暗、13 雷落地、14 葫蘆熟、15 洪水発、16 洪水尽、17 置天地、18 大盤州、19 小盤州、20 小盤県、21 先起記、22 烏雲生、23 桃源洞、24 魯班造寺、25 梅山明、26 何物便（変）、27 鄧古郎老、28 第一黄条沙、29 第二三伏閑、30 第三満段、31 第四荷葉●（盃）、32 第五南●花子、33 第六五（無）江南、34 第七梅花大碗酒付

28 ～ 34 の曲は本文の中では段にはさまれている。

経典の冒頭に記された目次を見ると、中国藍山県匯源郷本もベトナム国ラオカイ省キコンホ集落本両者ともに経文の一部分を段の題名にしている場合が多く見える。ただ題名に取り上げる箇所や題名を付ける頻度が異なる。段の題名は経文の文面と一致していない場合もある。さらに経文の配置順が異なる場合も見える。由に両者の経文を最初から最後まで並べて対象比較させる必要がある。

漢字文書は、限られたスペースに漢字が連ねられており、1 行を左右に分ける分け字で記されることも多く、祭司は詠唱される順番を頭にしっかり入れた上詠

唱している。実際の詠唱法は極めて複雑であり、経文の文面を一見するだけでは詠唱法まで理解することはできない。さらに今後は『大歌書』の漢字経文がどのような音訓と節が付され詠唱されるかが重要となる。

しかしそれぞれどのような音訓が付されてどのような曲節が付されているのかは、ここでは扱わない。経典の文字のみを扱うこととする。また経典全体ではなく中国藍山県匯源郷の経典（Z-19）の目次にある小段の 1 起声唱から 17 月亮亮まで、ベトナム国ラオカイ省キコンホ集落の経典（V-3）の目次にある小段の 1 請出起声唱から 9 月亮亮まで冒頭部分のみを対校するにとどめる[22)][23)][24)]。

中国藍山県匯源郷本

ベトナム国ラオカイ省キコンホ集落本
1 行～ 31 行に対応する句欠

1	人話郎村歌堂到	踏上船頭聽後來/行
2	郎小聽聲又聽後	聽得娘來郎也來/行
3	人話郎村歌堂到	湖南江口自船元/行
4	第一自傳出貴地	第二自傳出貴門/村
5	人話郎村歌堂到	郎小得知自得來/行
6	第一自傳得(到)水步	木(無)木合船自得來/行
7	人話郎村歌堂到	九州八步自傳(船)由(遊)/郎(涼)
8	第一自傳到水步	第二自傳正貴州/鄉
9	人話郎村歌堂到	九州八步自傳州/元
10	第一自傳到水步	第二自傳正貴村/行
11	人話郎村歌堂到	九州八步自傳來/行
12	第一自傳到水步	第二自傳正貴門/村
13	人話郎村歌堂到	怕娘不念○○○/○
14	手拿酒盞方哀(挨相)坐	怕娘不念○○○/○
15	人話郎村歌堂到	湖南江口插條○(系)/排
16	共村姊妹開書讀	書自(字)不眞郎自來/知
17	起　　聲　　唱	歌堂裡(内)起聲○/○(齊)
18	人話郎村歌堂到	踏上船頭聽後來/行
19	郎小聽聲又聽後	聽得娘來郎也來/行
20	人話郎村歌堂到	湖南江口自船元/行
21	第一自傳出貴地	第二自傳出貴門/村

22	人話郎村歌堂到	郎小得知自得來/行	
23	第一自傳到水步	第二合船自得來/行	
24	人話郎村歌堂到	九州八步自傳由(遊)/郎(涼)	
25	第一自傳到水步	第二自傳正貴村/鄉	
26	人話郎村歌堂到	九州八步自傳來/行	
27	第一自傳到水步	第二自傳正貴門/村	
28	人話郎村歌堂到	九州八步自傳村/鄉	
29	手拿酒盞方哀坐	怕娘不念○○○/○	
30	人話郎村歌堂到	湖南江口插條行/排	
31	共村姐妹開書讀	書自(字)不眞郎自(正)來/知	
32	起　聲　唱	歌堂林裡(里内)起聲愁/雲[1]	32・33行と34・35行が入れ替わり(以降32・33⇔34・35のように記す)、1齊、2今夜申酉、3便、4明日寅卯、5欠34行の前にタイトル「又起根唱用」入る、6欠
33	戌亥[2]二時歌聲[3]起	午未[4]二時歌便齊/完[5]	
34	起　歌　唱	一雙陽鳥起聲齊/歡[6](完)	
35	黃[7]鳥起聲座杵[8]尾	郎小起聲座[9]席齊/圓[10]	7陽、8樹尾、9在、10頭
36	三百二人郎在小[11]	人人勸我座[12]南行	11少、12敢首在
37	座得/在[13]南行世席口	鯉魚過背本擔[14]當	13欠、14背上本組
38	三百二人郎在小	人人加[15](教)我座[16]南尊[17]	15敢、16在、17村
39	座得南尊[18]世席口	以[19]後聲[20]傳郎有名[21]	18衍、19舊、20人、21緣
40	初/座[22]　入席	席頭席尾冷秋秋/浪修修[23]	22欠、23欠
41	手拿七寸銀刀子	歌詞力斷[24]滿席抛[25]/流	24僚斷歌詞、25欠
42	隔　席　唱	又隔二重燈火爐/煙[26]	42行の前に4行有、26欠
43	莫放風吹燈火息[27]	衫袖籠娘[28]過席圖/連[29]	27死、28娘、29欠
44	論　娘　唱	娘也唱條郎也[30]條	44行の前に2行有、30唱
45	娘也唱條定[31]酒盞	郎也唱條定酒筵[32]/行	31還、32四遙
46	日頭欲上欲[33]不上	松柏齊生亦不生[34]/欲垂欲不垂[35]	46行の前に2行有、この後83行まで順番が異なる、33若上若、34若齊若不齊/章、35欠、36欠、37隘、38真/齊
47	日頭出[36]早挨[37]松柏	拗條松柏引路行/生[38]	
48	日頭出早挨松柏[39]	專上專挨松[40]柏江/枝[41]	39、若上若不上、40隘、41生/垂
49	專上專挨松柏杵	拗條松柏引路雙/思	対応する句欠
50	日頭出早白石/席[42]嶺	有邊着[43]月有邊陰/涼[44]	42欠、43著、44良/陰
51	有邊著月人有我	有邊無月子○(單)身/○	対応する句欠

52	日頭出早白席[45]/石嶺	水過龍門白石州/中[46]	45 欠、46 灘
53	日頭在天照下海[47]	照見海[48]中無萬魚/龍[49]	47 地、48 下地、49 娘/人
54	日頭出早白石[50]嶺	水過龍門白石[51]灘/州[52]	54・55 行は 56・57 行よりあと、50 后、51 后、52 州/灘
55	平田[53]晒禾番复晒	燕子排行把/排你看/收[54]	53 地、54 取
56	日頭出早高三丈	任[55]高四尺[56]著雲遮[57]	55 應、56 三丈、57 作龍為/遮
57	常常[58]得見雲遮[59]月	不曾得見月遮雲[60]	58 長長、59 龍為、60 為龍/雲
58	日頭出早娘擔水	半筒清水半筒沙/油	
59	半筒煮飯[61]爺娘喫[62]	半筒洗面出蓮花/風光(流)[63]	61 飯、62 飲、63 風流
60	日頭出早娘擔水	半筒清水半筒苔[64]/圷[65]	64 台、65 塵
61	半筒煮飯爺娘喫[66]	半筒洗面出秀才/官人	66 飲
62	日頭出早娘擔水	擔到月斜不見歸/行	
63	娘/郎[67]姐問郎[68]/娘因何事	步[69]頭擔水著[70]龍為/爭	67 欠、68 欠、69 部、70 得
64	問娘/你[71]是晏不是晏	問你[72]是中/丁不是中/丁	71 欠、72 妹
65	是中/丁報娘[73]煮晏飯	擔水埠[74]頭等舊龍/情	73 郎、74 步
66	問你[75]是晏不是晏	是晏報娘煮晏茶[76]/更	75 娘、76 問你是恭/更不是恭
67	煮得晏茶無菓送	屋背楊梅[77]暗結花/生[78]	77 柳、78 欠
68	日　　正　　中[79]	南蛇過海便[80](變)成龍[81]	79 中/真、80 變、81 龍/人
69	南蛇也難過海[82]見	好雙過路也難連[83]	82 過海也難、83 逢/連
70	日　　正　　中[84]	要娘擔傘過平沖[85]	70 行の前 2 行有、84 中/真、85 中/車
71	要娘共擔[86]平沖水[87]	衫領衫袖不齊籠[88]	86 飲、87 中庫水、88 不齊衫袖龍/遮
72	日　　落　　斜[89]	要娘擔水[90]過平車[91]	89 中/斜、90 傘、91 車/坑
73	要娘共擔[92]平車水[93]	衫領[94]不齊衫袖遮[95]	92 飲、93 坑/車水、94 裙腳、95 閉傘龍/遮
74	日　　落　　江[96]/流	秀才騎馬過連塘/州[97]	96 欠、97 州唐
75	手拿馬鞭[98]鞭連子	蓮子分分[99]發下塘/州[100]	98 把蓮描、99 紛紛、100 落州/唐
76	日　　落　　西	鷓鴣無伴隔江啼	77 行と対ではない、異なる句が入る
77	打破一州成兩縣	大姐落東妹落西/底[101]	101 天/西
78	日　　落　　江[102]/西	黄蜂過嶺口含糖/坭[103]	102 陰、103 塵
79	黄蜂含糖[104]歸結閈	共[105]娘作笑結[106]成雙/妻[107]	104 門苔、105 鄧、106 咲討、107 辛
80	日　　落　　西[108]/烏	湖南江口打鷓鴣	108 江
81	打得鷓鴣籠裡隱[109]	一[110]夜偷啼心裡悽/無[111]	109 蘊、110 日、111 無/妻

82	日　落　西	鷓鴣無伴隔江啼	
83	人話鷓鴣不有屋	鷓鴣有屋在深坭/底[112]	112 坑
84	日頭過江不早過	上[113]留月影照娘[114]村/鄉	113 重、114 郎
85	千村[115]/鄉萬村/鄉[116]月[117]不照	單[118]照丹[119]身無有我[120]	115 鄉、116 香、117 日、118 丹、119 單、120 我香/村
86	日頭過江專是夜	沙牛裡[121]磊[122]下江行/歸[123]	121 累、122 呂、123 歸/行
87	沙牛有欄鷄有屋[124]	郎小單身自獨行/歸[125]	124 禄、125 獨自歸/行
88	日頭過江專是夜	屋背離根全[126]是陰/涼[12]	126 專、127 思
89	格木好做蓮塘透	水流不過你[128]無心/香[129]	89 行の前 2 行有、128 妹、129 有思/心
90	日頭過江專是夜	屋背離根全[130]是陰[131]	90・91 行が逆で対となり 87・88 行の間に入る、130 專、131 陰/量
91	平地種葱葉細粒[132]	風吹離根細演演[133]	132 小、133 寅寅/肩肩
92	日頭過江專是夜[134]	屋背離根全是陰[135]	134 江背陰、135 白紙過涼涼過思/心
93	白紙過涼涼過線	白涼過線細仁仁[136]	136 寅寅/肩肩
94	日頭過江全是夜[137]	屋背離根全是陰[138]	137 江背陰、138 白紙過涼涼過頭/今
95	看娘便是過[139]江月	落了干（千）娘[140]何處尋[141]	139 落、140 郎隨、141 愁/尋

夜深歌

タイトル欠

1	夜　深　蘭[1]	塞爹[2]（得）主人燈火難/銭[3]	順番異なる、1 深連/蘭、2 麥、3 錢/難難
2	天堂落日歌堂散	慢慢散[4]錢把你看/教還燈火銭[5]	4 郎慢數、5 連
3	夜　深　深	絲線繡鞋來討親/雙[6]	6 郎便遊/連
4	絲線繡鞋三重底	踏來娘屋討成親/雙[7]	7 雙連/齊
5	夜　深　深	把火入房照細針/絲	対応する句欠
6	照得[8]細針帶/托[9]細線	針娘裙脚細演演/微微[10]	8 見、9 陀、10 寅寅/眉眉
7	夜　深　深	脚底無鞋凍（涼）到心/驚[11]	11 良
8	郎姐開門把郎入	無床貼[12]地也甘心/慢商量[13]	12 睡、13 萬
9	夜　深　深	把火夜行蘆/蕉[14]裡林	14 驢/其
10	郎今不圖蘆/蕉子喫	且圖蘆/蕉[15]葉貼娘身[16]/得庶身[17]	15 爐、16 好遮身、17 其葉識席眼
11	夜　深　深	把火夜[18]行漆（漆）/茶裡林[19]	18 便、19 甘蔗林
12	郎今不圖漆（漆）/茶子[20]喫	且圖漆[21]（漆）買得黃金/茶話討成親[22]	20 甘蔗、21 糖、22 欠
13	夜　深　深	把火夜行班[23]竹林	23 舟
14	班[24]竹好做簸箕合	簸箕團[25]米穀歸心	24 舟、25 仗

15	夜　深　深	把火夜行舟[26]（丹）竹林	26 班
16	舟[27]（丹）竹好做郎傘柄	擔來娘屋討成[28]親	27 班、28 雙
17	夜　黄　昏	作笑[29]不知姐（妹）鎖離[30]	夜深深が先、順番異なる、29 咲、30 門/籬
18	歸到門前偷出淚	不得鎖匙開姐離[31]	31 門/籬
19	夜　黄　昏	作笑[32]不知姐（妹）鎖街/門[33]	32 咲、33 門/籬
20	但[34]觀[35]門前隱姐[36]眼	后門當當[37]望娘[38]來/行	34 且、35 鎖、36 影人、37 堂、38 妹
21	黄昏十二時[39]	手拿歌卷（巷）過娘離/門[40]	39 夜黄昏、40 門/籬
22	歌卷裡頭有句話	話[41]娘夜睡不〇（關）離/門[42]	41 報、42 莫關門/籬
23	黄昏十二時	欠雙無我早商量/尋思[43]	43 尋思/偷
24	欠雙無我商量[44]/尋思討	莫守爺娘是共腸/時[45]	44 藕、45 意思愁/遲
25	黄昏十二時	入娘羅帳解娘衣/衫	対応する句欠
26	入娘羅帳細聲/心話	含笑解娘身上衣/衫	対応する句欠
27	黄昏抄欖欄橋坐	橋卷裡頭好綪麻/結絲	対応する句欠
28	欠雙便來對面話	莫益楊梅暗開花/結枝	対応する句欠
29	黄昏抄[46]欖[47]欄橋[48]坐	得見七星便過天/江	46 抽、47 燈、48 門
30	娘/郎[49]姐問郎[50]/娘因何事	思量無[51]事入心連[52]/子無雙	49 欠、50 娘、51 閑、52 是人
31	黄昏騎馬過河[53]巷	河[54]巷不通馬轉頭/身[55]	29・30 行と 31・32 行は逆順、53 葉、54 俠、55 身/頭
32	光處點燈暗處坐	思你看娘心裡[56]愁/子無雙[57]	56 過子、57 心
33	大星也上月也上	北斗也行/隨[58]月也行/隨	58 欠
34	大[59]星原來問北斗	北斗原來問[60]月生/歸[61]	59 七、60 伴、61 隨
35	天　上　星	打落台[62]盤四箇（角）丁[63]	62 抬、63 圓/丁
36	大船無脚行千里	台[64]盤四（無）脚守空廳	64 抬
37	天　上　星	無雲無雨白清靈/藏藏	
38	白日便入青雲裡	夜裡出來看舊情/雙	
39	天　上　星[65]	小星在後托香爐/煙[66]	65 大星上、66 烱
40	大星又問小星事	小星在後討雙圖/連	
41	大　星　上	小星在後托香爐/煙[67]	39・40 行と 41・42 行は逆順、67 烱
42	托得香爐/煙[68]欠水碗	以[69]後托來郎慢圖/連[70]	68 欠、69 日、70 正連/圖
43	月　亮　亮	亮下大州牛喫秧[71]/禾[72]	71 英、72 塵、43・44 行の間に別の句有
44	牛子喫秧/禾[73]娘莫怨	牛角做梳列[74]六娘/人[75]	73 英、74 劉、75 人/娘

45	月　亮　亮	亮下大州擔水娘/人	45・46 行の順が逆で間に別の句有
46	擔水小娘/姐(76)不使火	頭插銅(77)釵(78)引地眞/涼(79)	76 欠、77 金、78 影、79 光
47	月　亮　亮	亮下大州客賣糖/油	47・48 行の間に別の句有
48	買糖不得糖托(80)飯	買油不得油炒湯(81)	80 桃、81 煮油湯/耕
49	月　亮　亮	亮下大州客賣油	対応する句欠
50	大州買油七分價	日夜點燈涙雙流	対応する句欠
51	月亮何曾是白日	水大何曾(82)浸巷頭/邊	82 單
52	娘/郎擔抄頭郎/娘看面	不曾無我大家愁/連	対応する句欠
53	月亮光光光(83)托光(84)	過娘門下托門樓/眉	83 月、84 托、53・54 行と51・52 行は逆順
54	千樓/眉(85)(層)萬樓(86)/眉(87)(層)月不托	單托門前花一莵/枝(88)	85 欠、86 數、87 欠、88 支
55	水裡鴨(89)背成珠子	脚踏鴨(90)毛心裡驚(91)/容	89 押、90 鵝、91 良/靈
56	十五年間月正亮	月亮何曾協重(92)鄉/村(93)	92 衆、93 星
57	水過鴨背成珠子	脚踏鴨毛心裡靈/愁	対応する句欠
58	十五年間月正亮	月亮何曾協重鄉/頭	対応する句欠
59	十五年間月正亮	月亮何曾協衆生/日頭	対応する句欠

(〇は空白を示す。)

おわりに

異なる経典を対照させると欠失と加筆の実態が分かる。経文は７言上下４句を単位としているため、この４句の中で欠失加筆が起こっているといえる。漢字の相違は発音が同じ異なる漢字の置き換えが起こっていると想像できる。

例えば文字のうち日と月が混同されることがしばしば見受けられるが、趙金付氏の説明では、日常のミエン語では日をニエ、月をニユというが、歌謡語では日も月も区別が難しくほとんど同じニィユと発音する。そこで日と月の混同が起こるという。また烏と鳥はビィとオウのまったく異なる発音であるが、文字の見分けがつきづらいので混同が起こっているという。

文字には日常語とは異なる特別な音訓の歌謡語が付され発声される。音の記憶をベースにしてミエン語が漢字で表現されるときには音は同じでも異なる漢字が頻繁に使用されることになる。このことが、経文の読誦を複雑にしており、その上経典の経文によって異なる曲節が付されることで、さらに読誦詠唱を難解にしているといえる。

ミエン語を表現するときに使用される漢字は、本来の意味とは異なる意味が当てられることがある。まずは異なる地域の歌謡語における漢字と音声との対応の実態を解明することが必須であると考えられるため、今後各経典ごとの言語学的な分析を行う必要がある。加えて曲節の解明には、音楽学からの取り組みが必要である。

現在のところ、儀礼知識の継承は、法事の実践の中で祭司が弟子に手本を示し、弟子は五感を駆使して経文の読み方や曲節を記憶する方法がとられている。実際、趙金付祭司（1963年生まれ、掛三灯儀礼は1994年、度戒儀礼は1995年）は15歳で父方の伯父趙子鳳祭司の弟子となり7～8年かけ、舞→経典の読誦→呪言→罡歩・手訣・符の段階で習得したが、独立後も20年余師匠から指導を受け続けたという。社会の変化の中で、このように弟子として修行を積んで祭司になろうとする若者は減少し、次世代への継承は危ぶまれている。

地域ごとの経典の読誦詠唱における極めて複雑な知識の解明は、今後のミエン・ヤオ族の儀礼知識の次世代への継承にも深くかかわっており、さらに解明を進めることは、ミエン・ヤオ族にとどまらない人類の文化資源としての評価につながる大きな意義をもつと考える。

注

1）研究としては、星野紘に「中国トン族と日本の掛け合い歌など ― 多声合唱の由来 ―」『民俗音楽研究』34 日本民俗音楽学会 2009年 pp.13-24、「歌垣の始まりの問題 ― 不可視な存在との問答 ―」『奄美沖縄民間文芸学』10 奄美沖縄民間文芸学会 2011年 pp.49-59、『歌垣と反閇の民族誌 ― 中国に古代の歌舞を訪ねて ―』創樹社 1996年、「中国少数民族の掛け合い歌」『歌・踊り・祈りのアジア』勉誠出版 2000年 pp.292-305がある。

工藤隆に『ヤマト少数民族文化論』大修館書店 1999年、『歌垣と神話をさかのぼる ― 少数民族文化としての日本古代文学 ―』新典社 1999年、岡部隆志（共）『中国少数民族歌垣調査全記録 1998』大修館書店 2000年、『日本 神話と歌の国家』勉誠出版 2003年、「歌垣と身体」『大航海』53 新書館 2004年 pp.156-166、『雲南省ペー族歌垣と日本古代文学』勉誠出版 2006年がある。

岡部隆志に『古代文学の表象と論理』武蔵野書院 2003年、『万葉集講義 なぜ歌うのか』共立女子短期大学文科日本語・日本文学研究室 2006年、「歌垣をめぐって」高岡市万葉歴史館編集『恋の万葉集』笠間書院 2008年 pp.287-314、「問答論 ― 彝族の神話『梅葛』と

折口信夫の問答論 ― 」『共立女子短期大学文科紀要』55 共立女子短期大学文科 2012 年 pp.1-15、「水平としての問答論」『日本歌謡研究』52 日本歌謡学会 2012 年 pp.1-11 がある。

辰巳正明に『万葉集と比較詩学』おうふう 1997 年、『詩の起源 ― 東アジア文化圏の恋愛詩 ― 』笠間書院 2001 年、『詩霊論 ― 人はなぜ歌に感動するのか ― 』笠間書院 2004 年、「中国文学の視点から万葉集における叙事大歌の形成 ― 中国西南少数民族の大歌との関係から ― 」『万葉古代学研究所年報』第 3 号 2005 年 pp.126-136、『折口信夫 ― 東アジア文化と日本学の成立 ― 』笠間書院 2007 年、『歌垣 恋歌の奇祭を訪ねて』新典社新書 2009 年、『万葉集の歴史 日本人が歌によって築いた原初のヒストリー』笠間書院 2011 年がある。

手塚恵子に「歌掛けの起源説話とその風土 ― 中華人民共和国、壮族の事例から ― 」日本歌謡学会編『日本歌謡研究 ― 現在と展望 ― 』日本歌謡学会 1994 年 pp.545-562、『中国広西壮族自治区歌垣調査記録』大修館書店 2002 年がある。

遠藤耕太郎に「歌掛け歌における五七音への指向性 ― 中国西南少数民族歌謡の音数律 ― 」『アジア民族文化研究』7 アジア民族文化学会 2008 年 pp.189-201、『モソ人母系社会の歌世界調査記録』大修館書店 2003 年、『古代の歌 ― アジア歌文化と日本古代文学 ― 』瑞木書房 2009 年、「歌の呪力と歌掛けの技 ― 歌垣・問答・贈答 ― 」『古代文学』43 古代文学会 2003 年 pp.77-88 がある。

岡部隆志・工藤隆・西條勉に『七五調のアジア ― 音数律からみる日本短歌とアジアの歌 ― 』大修館書店 2011 年、岡部隆志・手塚恵子・真下厚に『歌の起源を探る歌垣』三弥井書店 2011 年がある。

梶丸岳に『山歌の民族誌 ― 歌で詞藻を交わす ― 』京都大学学術出版会 2013 年、「『うまいこと言う』のための語用論 ― 中国西南部における掛け合い歌の認知詩学的考察 ― 」『言語科学論集』14 京都大学大学院人間・環境学研究科言語科学講座 2008 年 pp.89-107、「歌掛けを見る/聞く ― 前観光的芸能としての中国貴州省山歌 ― 」『人文学報』99 京都大学人文科学研究所 2010 年 pp.61-77、「中国貴州省羅甸県プイ族の『年歌』 ― プイ語による長詩系歌掛け ― 」『アジア民族文化研究』10 アジア民族文化学会 2010 年 pp.1-40 がある。

伊藤悟に「徳宏タイ族社会の『うた』の職能者 ― 文脈の変化に関する考察 ― 」『総研大文科学研究』8 総合研究大学院大学文化科学研究科 2012 年 pp.99-115 がある。

中国国内の研究状況としては、中国国内で歌謡研究が盛んであった 1980 年代に少数民族の多く居住する地域を中心に歌謡の収集が進められ『民間文学』『三月三』『山花』『楚風』等の雑誌に発表されたり、本にまとめられたりした。貴州省民間文学組整理、田兵編選『苗族古歌』貴州人民出版社 1979 年は、初めて苗族の創世神話がまとまった形で紹介された書である。続いて 1980 年代中国民間文芸研究会貴州分会編で『民間文学資料』と題して貴州省の各少数民族の歌謡が収集され 100 冊以上刊行されている。貴州省民族研究所編で貴州省少数民族の歴史、文化、政治、経済の分野について民族研究参考資料がまとめられ、第 23 集には苗族の『開親歌』（1985 年）が入れられており、民族の起源、歴史、婚姻に関する叙事歌が収められている。貴州省社会科学院文学研究所および黔南布依族苗族自治州文芸研究室編で布依族民間文学叢書がまとめられ、『布依族古歌叙事歌選』(1982年 貴州人民出版社)には民族の起源や歴史の叙事歌が収められている。その他の少数民族が集居する地域の雲南省からは、雲南省民間文学集成編輯弁公室の編集による『雲南依族歌謡集成』(1985年 雲南民族出版社)にも創世歌等が収められているが、口絵に祭祀の場面が収められている。雲南少数民族文学叢書編輯委員会編の雲南少数民族文学叢書『傣族古歌謡』(1981年 中国民間文芸出版社雲南)創世歌等が収められている。この時点では、儀礼との接合はなく歌の収集に終わっている。近年道教や民間の法教の儀礼とそこで使用される経典を接合させた研究報告が、王秋桂を主編として『中国伝統科儀本彙編』(新文豊出版公司)と題する叢書として出版が継続されているが、歌謡に焦点をあてた研究とはいえない。

2)盤姓には大盤と小盤の区別があり、儀礼の供物等の点で相違が見られる。

3)4箇所に酒杯、線香立て等が配置され、開壇願・元盆願・招兵願・盤王願の各儀礼に対応するとされる。

4)2006年馮家で実施された還家願儀礼では馬元帥の軸を加え、18種であり、貼る順番にも違いが見える[廣田 2011a:320]。祭司の役割に従い、持参する神画の内容も異なる。

5)祭司によれば①と③と④の願を掛ける対象となる神は、上壇兵馬・下壇兵将・福江盤王・五龍司命・灶君・宅住竜神・衆位祖宗家先・神王神将・仙妹姐妹とされる。

6)同じく②と⑤の願を掛ける対象となる神は、連州唐王聖帝・行平十二遊師・福江盤王・伏霊五婆聖帝・五旗兵馬・衆位祖宗家先とされる。

7)祭司に対して儀礼を依頼する際送られる包み。中に塩が入れられており、表面に盤王と記されている。

8)馮家の願書の事例でも、願掛けと献上紙馬の額、同時に盤王祭祀を行うと見える[廣田 2011a:553-554]。

9)竹村卓二は、盤皇願儀礼の目的を太古ヤオ族の先祖が救世主盤皇と結んだ契約を履行することにあるとする[竹村 1981]。吉野晃は、盤皇祭祀をミエンの祖先を救護した盤皇を祀る謝恩儀礼とする。掛灯はミエンの男子が通過すべき成人式であり、道教の道士叙任儀礼の形式を取るとし、功徳造成の修道儀礼とする。掛灯は家先と受礼者との祖先―子孫の関係を確立する儀礼であるとする[吉野 2010、2011]。張勁松は、還家願は祖先祭祀を受け継ぎ、先祖を祭ることと除災招福を行える祭司になるために行う。3代続けて掛灯と還願を行わなければ、祖先の盤王はその子孫として認めなくなるとする[張 2002]。李祥紅は、掛灯は始祖であり救世主である盤王の子孫としてその祭祀を継承すべく祭司になるために行う。盤王祭祀は除災招福を意図していたが、後に願ほどきへと変化したとする[李 2010]。

10)2015年7月趙金付氏が来日の際、文字に起こした「東庁意者」をもってきてくださった。それに基づいて記述する。ただ趙金付氏のものは趙姓用であり、今回の事例は盤姓なので儀礼実践では相違点が存在することを付け加えておく。

11)「大庁意者」の文面と( )内は儀礼の実践を記す。程序に挙げていない行動は、行動主と時間をあらためて示す。

12）供物は姓によって異なるとされる。同姓であっても大小が存在し、供物が異なる。大盤は笹に包まれたちまきだが、小盤は糯米をつき丸めたものを供える。

13）盤王願儀礼において招聘される神々は、文献（C-3）にあるように、いくつかのグループに分けることができる［松本　2011］。連州唐王グループは、龍王、嗇教四王、起刀五王、托天六王、置山七王、盖天八王、南楼九王、楼上相公、地下羅任秀才、門前進壇十丈、竜古聖人、竜依竜十七官、貴依唐十八官、長衫長聖九娘、長衫長聖十娘、里頭便請唐十五娘、花窮便請唐衫十娘、里頭出門托帯小王、小王出門托化前占夫人、後古夫母、連山盖山童子、青衣女人で、連州大廟に属するとされる。

行平十二遊師グループは、大堂高●六位師主、大堂高●六位師傳、藤家師、坭家師、落家滅家師、色家師、奉家師、泰家師、李師、兪家師、楼泥三唱、楼坭四唱、十二歩刀梯、十二面莿床含梨、潑沙漢病使者、退病使者、師公、師男、師孫、師色で、行平大廟に属すとされる。

福（伏）霊五婆グループは、伏霊聖公母、左●母手、過雲右手過雲順手、過雲太白聖人、置皷一郎、置皷二郎、横吹竹黄三郎、拍板四郎、長沙木皷五郎、●頭六郎、●尾七郎、王上楼桃花妹妹、下楼流鑼仙娘、前門強琶、後門立椅、後生年少唱歌、有叚劉三妹娘で、伏霊大廟に属すとされる。

福江盤王グループは、盤古郎老聖人、金童、玉女、黄趙二位、●禾花姉妹、五谷仙娘、李家李請書丁、劉一劉二仙童、把瓶献瓶郎官、許愿童子、把愿判官で、福江大廟に属すとされる。

厨司五旗兵馬グループは、東門五旗、南門五旗、西門五旗、北門五旗、中門五旗、撑船過海踏馬、過街、寄書、寄話、寄文、寄語五旗、真硃小筆、磨墨二郎、把瓶童子、献郎官五旗で、厨司大廟に属すとされる。

陽州衆位宗祖家先は、家先単に記載されている直接の先祖を示す。

ここにはミエン・ヤオ族の血統ではなく比喩的な意味での祖先神の名が連ねられている。全体的に見ればミエン・ヤオ族の儀礼にかかわる神々は道教系の神々、梅山系の神々、盤王に関連する神々、灶神、土地神とグループ分けでき、ミエン・ヤオ族の霊界は多くのシンクレティクな諸神が大きな神統をなしているといえる。

14）流楽の最初にミエン・ヤオ族のアイデンティティーの根幹をなす、移住と海を渡り遭難した際の盤王への救済の願掛けと無事に難を乗り越えた後の盤王への願ほどきの祭祀の実行、その後の移動と祭祀の継承が明らかにされる「点男点女過山根」が読誦される。内容は、

船先にあり船尾にひざまずきどんどん進む。

連州唐王聖帝、行平十二遊師、福（伏）霊五婆聖帝、福江盤王聖帝、厨司五旗兵馬、陽州宗祖家先集まってください。大神父母たち集まってください。

きびすを返し、広々とした聖席にお着きください。それぞれ傍らの言を聞き、耳を傾け、私の言を聞いてください。1人の大廟の霊師は、奏上します。瑶人の子孫の某音

の者が還家願を行います。始まり由来を述べれば、盤古が天地を創造し、高王が天を造り、平王が地を造り、太陽と月を造り、太陽は第1の宝、また七星を造り、第2の宝とし、また果てしなく広い地方（田）を造りくねくね曲がる川を造る。

そのようだったが、景定元年4月8日のよい日に洪水が起こり、どんどん水があふれ、上は33天、下は18地下まで水があふれ、天下に誰もいなくなり、ただ伏羲と姉妹のみとなった。天下を手をかざしてみると、手をかざして上は33天、下は18閻羅大王地下を見るが、まったく誰もおらず、仙人が1丈2尺の鉄の棒を手にし、行くも天下にまったく子孫がいなくなり、伏羲と姉妹のみとなり、2人が夫婦となるしか方法がなくなった。両岸で髪をすけば髪が絡み合い、両岸の竹は互いに繋がりあい、両岸で焼香をすれば煙がまとわりあう。それでも姉妹は夫婦となるのを拒んだ。まさに進んで行くと、亀に出会う。亀は夫婦となるように勧めるが、姉妹はきびすを返して亀を打ち割ってしまう。それでも亀は円満に2人を夫婦とさせる。

天下に人なく2人は夫婦となる。楊梅の木の下夫婦となった。7日7晩身ごもって血の塊を産むが人ではなく、九州の聖人である養女が刀で塊を120の姓の人に分け、九州六国に住まわせる。12姓の瑶人も分けられ、南京十保山に落ちつく。久しく年を経て住むが、地が壊れた。

寅卯2年に天地は日照りとなり、1人の老女が川べりで魚釣りをし、たばこを吸った。その時、たばこの火を落としてしまい、人々の黄杉の木を焼いてしまった。もう住むことができず、どうにもならず瑶人の子孫は12姓それぞれ12艘の船を用意し、大海を渡った。

途中三更の頃、夜も静けき戌亥の頃、風が吹き出し、波が高くなり、船は波に翻弄されぐるぐると回った。兄は妹の刺繍のハンカチを手にし、船頭に船尾にひざまずき大願「流羅歌堂酬神酬意保書」を掛けた。すべての大壇のもろもろの神々、三廟聖王、有道有法の大神父母の神々に、人々の命を救い順風で進めるように願掛けをした。すると船頭も船尾も安定し、順風となり、無事南海の岸に上陸できた。丁卯の年、8月13の良日に願ほどきを行い「歌堂良愿保書」の祭祀を行い大神父母の神々に念誦した。その後代々続き、竹の根と竹の子のように継承された。それぞれ分かれ雷古山や伏子連州に定住した。久しく年を経て土地が荒れ、それぞれ移り住み、湖南道州や黄土塘に至り、さらに久しく年を経て、長い時間を経て土地が荒れ、また移り住み寧遠や西洞北路や黄塘宝塞山に至り定住した。さらに久しく年を経て、さらに土地が荒れ、移り住み桂陽州や滴山水に至り定住した。さらに久しく年を経て土地が荒れ、また移り住み藍山に至り定住した。あっという間に30年40年と年が経ち土地が荒れてさらに寧遠や九疑に移り定住した。現在某音の某子孫は某所に至り、前に虎後ろに山の地脈に住まいし、泥で家を建て衆神祖先を祀る祭壇を設けた。三廟聖王を敬い祀り、掛灯を行い代々継承し、以前某月某日に願掛けを行う「歌堂良愿保書」を行い、今願ほどきを行い、三姓単郎と三姓青衣女人によって師に依頼し、祭壇を設け「還歌堂良愿保書」を行う。1人の大廟霊師は鈴を振り、神々を招き「大聴意者書」を述べる。三姓単郎と三姓青衣女人は男が女の前に立ち、古代の礼によって、もともとそうであったように心に不都合なことがあり、神に対して犯をおかした場合、入席3拝し、出席3拝し、回席2拝し、今某音の子孫が願ほどきを行う。心に不都合がなく犯をおかしていなければ入席2拝出席2拝回席2拝し大神父母神に念誦する。祭壇で我らの礼拝に接し壇上で礼拝を受け、ゆっくりと聖席に座し、男人が「拝神聖」を歌い「引歌出歌」を歌うのを受けてください。

である。

最初にミエン・ヤオ族が盤王願儀礼を行うことになった原点に立ち返り、願掛けと願ほどきの祭祀の原義を確認することで、過去から現在に至るまで綿々と引き継がれる盤王との祭祀契約とその履行を再現する儀礼を行うことを表明しているといえる［廣田　2013c］。

15）文献番号は神奈川大学プロジェクト研究所ヤオ族文化研究所の閲覧収集資料番号を示す。文献の多くは題名が記されていないからである。

16）盤姓では、大盤は1つの長鼓で1人が舞い、小盤は2つの長鼓で2人で舞う。

17）吉野晃によるとミエン・ヤオ族にとって焼畑に伴う移住が、神話儀礼文書、個人的経験のレベルにも共通したものとされ、祖先以来連綿と続けられてきた「先祖伝来の営為」と認識されており、それは「単なる生業の種別だけでなく、水稲耕作などの定着農耕を営む他の民族と自らを弁別する特徴」ともなっているという。ミエン・ヤオ族のアイデンティティーは移動し続けることを核とし形成されており、当然神話にも反映され移住の経緯が示されている。これは北タイばかりでなく藍山県のミエン・ヤオ族にも同様に見られ、ミエン・ヤオ族に共通するといえる［吉野晃　2001、2008］。

18）丸山宏の聞き取り［丸山　2010］および今回祭場外にコピーされた評王券牒が張り出されていることからも推測できる。入口正面中央は盤王（三廟）を祀る場所とし、家の直接の先祖の祭壇は正面をさけ、左右どちらかに寄せて作る。盤古は創世神であるとされる一方でテキストでは盤王グループに入れられ、福江廟に吸収され、盤王と混同されている。さらに祭司によれば盤古は太上老君の父であると認識されている。

19）辰巳正明の解説による［辰巳正明　2007］。

20）かけあいの項の解説による［西村亨　1998：101］。

21）いわゆる「盤王大歌」と総称されるミエン・ヤオ族の伝承には創世神話等の神話叙事、民族の歴史叙事、祖先にまつわる種々な伝承等が含まれている。広西・湖南の過山瑤が行う、盤王願で歌われる「盤王大歌」は7言を主とし36段または32段、または24段または18段から構成され、さらに七任曲と称される曲調を異にする7つの歌を加えて成立するとされる。

中国湖南省藍山県匯源郷湘藍村馮家で実施された還家願儀礼で実施された時使用された「盤王大歌」（文献B-3）は、祭司の盤保谷氏所有だが、起声唱・齊入席・隔席唱・論娘唱・日頭出・日正中・日落江・日落西・日落鳥・日頭過江・夜深深・夜黄昏・天上星・月亮亮および第一紅紗曲、次に天大旱・見怪歌・天暗烏・北邊暗・洪水発・雷落地・葫爐・伏羲・洪水盡・為婚了および第二山逢閑曲、次に造得地・置天地・唱王打水・深山竹木・唐王出世・信王出世・玉女梳頭・白涼扇・坦傘・盤王出世・石崇・富貴・琵琶頭・紗板・魯班および第三満段曲、次に楼上伏門・大婆女・説婚早・劉山・秀才・師人・十二遊師・烏雲生・五婆見・英台・山伯・生時・大州大・大州・老鼠・大舡・石榴生および第四葉荷葉で成立している［廣田　2011a：369、2013f］。

中国湖南省江華瑤族自治県で収集された乾隆年間の手抄本を整理した『盤王大歌』（中国少数民族古籍瑤族古籍之一湖南少数民族古籍弁公室主編 岳麓書社 1987 年）には充実した内容の「盤王大歌」が収められていると考えられるが、起声唱・日出早・日正中・日斜斜・種竹木・唐王出世・盤王出世・盤王献計・流羅子・琵琶頭・石崇富貴・歌一段・魯班造寺・梅花曲・雷落地・郎老了・彭祖歌・夜深深・大小星・月亮亮・黄条沙・天大旱・天地動・天地暗・北邊暗・見大怪・相逢賢曲・造天地・万段曲・送神去・亚六曲・荷葉杯曲・桃源洞歌・四字歌・放猎狗・夜黄昏・何物歌・盤州歌・南花子曲・閭山歌・梁山伯・鄧古歌・飛江南曲から構成されている。

中国広西チワン族自治区の賀県で収集されたとされる『盤王大歌』（中国少数民族音楽古籍叢書之一盤承乾等収集整理　天津古籍出版社　1993 年）に収められたものは、起声唱・輪娘唱・日出早・日正中・日斜斜・日落江・黄昏歌・夜深深・大星上・月亮亮・黄沙曲・天大旱・見大怪・北邊暗・雷落地・葫蘆暁・洪水尽・為婚了・三逢延曲・造天地・種竹木・三更深曲・盤王出世・盤王起計・富貴竜・荷葉杯曲・梁山伯歌・南花曲・桃源洞・閭山学堂歌・造寺歌・飛江南曲・何物歌・彭祖歌・梅花曲・亚六曲で構成されている。

1960 年代に中国広西チワン族自治区大瑤山瑤族自治県三角公社で収集された『盤王歌』（広西民族学院中文系民族民間文学教研究翻印 1980 年）に収められたものは、起声唱・初入席・隔席唱・論娘唱・日出早・日正中・日斜斜・日落紅・日落西・夜黄昏・夜深深・天上星・月亮亮・天大旱・見大怪・天地動・天暗烏・北邊暗・雷落地・伏羲姉妹・葫蘆・洪水発・洪水天・造天地・烏雲生・大盤計・小盤計・桃源・閭山学堂・魯班造寺・何物・鄧古・彭祖・郎老了・放猎狗・歌船・第一黄条沙・第二三峯寒・第三暁段曲・第四荷葉盃・第五南花子・第六飛江南・第七梅花で構成されている。

張勁松によれば中国湖南省藍山県桐村の「盤王大歌」は、第 1 章は日出早・日正中・日斜斜・日落西・日落崗・夜黄昏・夜深深・天星上・大星上・月亮亮のほか、第一曲黄条沙を加えて構成され、第 2 章は、天大旱・見大怪・天地動・天柱倒・天暗烏・北邊暗・雷落地・洪水発・洪水尽・怕不合・為婚了のほか、第二曲三逢閑を加えて構成され、第 3 章は、造得天・造得地・造得火・置山源・置青山・相説報・唐王出世・盤王起計・邀娘売・白涼扇・富貴竜・琵琶竜・嘍羅真のほか、第三曲万段曲を加えて構成され、第 4 章は、賜嫁早・劉岭大・烏雲生・梁山伯・大州大のほか、第四曲荷葉杯を加えて構成され、第 5 章は、桃源峒・閭山烏・閭山青・入連洞・会造寺天字大・鄧鼓歌のほか、第五曲南花子を加えて構成され、第 6 章は、何物変・得郎変・何物輪・何物爛・何物死・彭祖生・彭祖死・

郎老了のほか、第六曲飛江南を加えて構成され、第7章は、木倒地・船成了・船到水・送路去・帰去也・飲酒了・不唱了のほか、第七曲梅花相送を加えて構成されるとしている［張勁松　2002：63-65］。

中国湖南省資興市の祭司所有の乾隆42年（1777年）の銘がある手抄本の『大堂歌書』は、起声唱・論娘唱・●入席・隔席唱・分●唱・平平唱・日頭出・月正中・月斜斜・月落西・月落江・日頭過江・夜深蘭・夜深深・夜黄昏・黄昏・月亮・第一紅系紗曲・一片鳥・二十八後生・第二圍歌曲・天大旱・見怪歌・天柱倒・天暗鳥・北邊暗・洪水発・雷落地・葫蘆歌・大州出・葫蘆熟・洪水発・洪水浸・為婚了・第二圍三逢閑曲・造得地・造得天・置天地・仰歌曲・深山竹木・唐王出世・信王出世・盤王出世・白涼扇・坦傘・盤王歌曲・盤王起計・石崇富貴・琵琶・魯班・第三圍満叚曲・出嫁早・秀才・師人・十二遊師・烏雲上・大州・英台・梁山・大舡・第四叚荷葉歌曲・桃源洞・閭山・起造歌曲・造寺魯班・四字・鄧古歌・遭小何物歌・第五叚南花曲・唱何物歌・唱古人歌・郎老了・唱彭祖歌・唱第六叚飛江南曲・唱送聖歌・舡成了・舡到水・送神去・第七叚鴨六曲で構成されている。

『瑶人経書』（鄭徳宏等編　岳麓書社　2000年）には「還盤王愿経」が収められるが『盤王大歌』（鄭徳広整理　湖南少数民族古籍辨公室編　岳麓書社　1987年）を補うものとされる。両者とも儀礼の還盤王願において、祭司によって読誦詠唱されるとされる。「還盤王愿経」には部分的には「盤王大歌」に共通する内容が収められてはいるが、構成は異なるので同一の目次を並べることはできない。

同じく中国湖南省江華瑶族自治県を中心に経典が収集編集された『湖南瑶族奏鐺田野調査』（李祥紅・鄭艳琼　岳麓書社　2010年）に収められた「盤王大歌」は、起声唱・初入席・隔席唱・日出早・娘担水・日正中・日正真・日落江・日斜斜・夜深深・夜黄昏・大小星・月亮亮・天上旱・見大怪・天地動・葫蘆暁・天暗鳥・洪水発・洪水尽・天柱倒・造天地・為婚了・劉王種竹・天子歌・唐王出世・盤王出世・大盤州・小盤州・桃源学堂・造寺歌・鄧古歌・何物歌・彭祖歌・郎老了・歌散歌・黄条沙曲・相逢閑曲・万段曲・荷葉杯曲・南花子曲・飛江南曲・梅花大碗曲の36段7首曲で構成される。さらに同書には縮小された、白鴣・部霊聖・聖人倒・問娘・黄条沙曲・相逢賢曲・万段曲・荷葉杯曲・飛江南・梅花曲相送大王・東老尊から構成される「盤王大歌」も収められている。

中国広東省の乳源瑶族自治県の経典が収められた『乳源瑶族古籍滙編』上・下（盤才万・房先清編注　広東人民出版社　1997年）には「盤王大歌」の36段7首曲の題目のみ記されているが、「承接唐王聖帝衆神書」の中に「盤王大歌」の内容と一致する内容が見える。

さらに中国以外の諸機関に所蔵されている「盤王大歌」については、バイエルン州立図書館はヤオ族写本を2776件所有し、うち867件が目録化されている。（Höllmann, T. O. hrsg. 2004 Handschriften der Yao Teil 1 Bestände der Bayerischer Staatsbibliothek München Cod.Sin.147 bis Cod.Sin.1045, Stuttgart : Franz Steiner Verlag）そのうち盤王崇拝にかかわる盤王書・盤王歌をはじめとし約200件を閲覧し、「盤王大歌」の内容を確認できた。中でもCod.sin.200は経典の末尾には『盤王大路書』は86篇で大清咸豊2年（1852

年）に抄写され、李進●のものであると見える。冒頭に起声唱・夜黄昏・夜深深・大星上・月亮亮・天上焊・見大怪・天地動・天暗島・雷落地・北邊暗・葫蘆暁・造天地・大盤州・小盤州・桃源洞・鄧老・何物・郎老了・彭祖・第一黄条沙・第二三逢閑・第三万段曲・第四何葉盃・第五南花子・第六梅江南・第七梅花大碗酒と目次が記された後、起声唱から内容に移る。目次に立てられてはいないが、初入席・隔席唱・輪娘唱・日出早・日正中・日斜斜・日落西・洪水発・洪水尽・種竹・起己・鳥雲生・閭山・梁山佰・歌字・放猟狗・舡到水・送神等の内容が含まれている。

イギリスオックスフォードボードレアン図書館所蔵ヤオ族写本テキスト145件も閲覧したが、その中にも盤王歌を確認できた。Ox.sin.3325は、経典の末尾には『盤王大路書』は道光28年（1848年）に抄写され、李文縣のものであると見える。1頁目には、「置主李文縣・徴音隴西郡慶賀廟王枝書一巻」とある。各段に付された題名等を集めてみると、仰声唱・起声唱・初入席・隔席唱・輪娘唱・日頭出・日正中・日斜斜・日落西・日落紅・夜黄婚・夜深深・天上星・月亮亮・第一黄条沙曲・天大焊・歌怪・天地動・天暗烏・雷落地・北邊暗・葫蘆・洪水尽・為婚了・第二段三逢閑曲・造天地・竹木列王種・唐王出世・盤王出世・石崇・第三万段曲・歌嫁・大盤州・梁三伯・第四荷葉盃曲・桃源洞・第五南花子・閭山・造寺・歌字・鄧古・第六飛江南曲・何物・郎老・彭祖・放臘狗・家先・来時歌堂・第七梅花大碗曲から構成されている。

上記のCod.sin.200とOx.sin.3325は収集地が明らかではないが、2冊とも「盤王大歌」の内容が網羅されており、数少ない貴重な経典といえる。

南山大学人類学博物館所蔵白鳥文書のうち、9箱に収められた約160件の北タイのヤオ族写本の写真コピーを閲覧したが、その中に盤王歌を確認できた［廣田　2011c、2013d、f］。写真のコピーは、経典ごとにまとめられておらず「盤王大歌」の内容が確認できる断片を集め順番を確定する作業をする必要がある。「71・12・29李文官パレー5冊のうちの3」とメモ書きのある経典は、コピーの裏面に74と鉛筆書きされ、表の経文は、天上星から始まり、月亮亮・第一黄条沙曲・天大旱・天地動・天暗鳥・雷落地・北邊暗で、次にコピーの裏面に75と鉛筆書きされ、表の経文は、葫籚・洪水発・洪水尽・為婚了・第二三逢閑曲・造天地・種竹木・唐王出世・盤王出世・盤王起計・富貴・第三万段曲・色嫁早・第四荷茱盃曲・烏雲生・桃源洞で、次にコピーの裏面に76と鉛筆書きされ、表の経文は、第五南花子・閭山・梁山・造寺・鄧古・何物・郎老了・彭祖・放獵狗・舡到水・送神から構成されている。前半部が欠落しており網羅されているとはいえない。

さらに実際に北タイでの調査において拝見した『盤王書』と題されている書（T-20）は、冒頭部分は請聖書の内容から始まり、いくつかの種類の経典が合わせて構成されている。7言上下句の経文の中には、いわゆる盤王大歌の内容に含まれる夜深深の部分、そして何物歌の部分が含まれるが完全なものではない。

ヤオ族文化研究所メンバーが米議会図書館蔵のヤオ族写本テキストを調査し、うち40冊の写真撮影を行った。そのうちのC-003（9878-24）とC-001（9878-48）の2冊は題名や記名もないものの上下本とみられ、盤王歌と確認できた。C-003の写本は、途中から始まっているとみられるが、段に付された題名には天大旱、葫蘆曉、第二三逢閑曲子、造天地、第三無萬叚曲子、唐王出世があり、さらに内容が続いているC-001の写本の段ごとに付された題名は、第四荷葉盃曲子、劉王、第五南花子曲、桃源、閭山、何物、第六飛江南曲子、郎老、彭祖で構成されるが、途中で終わっているようで、欠落があると考えられ、完全なものとはいえない。

ベトナム国で拝見した経典でキコンホ集落経典（V-3）以外の3冊の経典の構成を以下に記す。

ラオカイ省トンパチ集落経典（V-42）は標題はないものの裏表紙に「皇上●伍拾年辛丑正月拾二日添書歌詞」とある。冒頭の目次には、起声唱、初入席、月出早（日頭出早）、月正中（日正中）、月落西/江（日落西/江）、夜深深、天上星、月亮亮、天大早（天大旱）、天暗烏、北边暗、雷落地、葫蘆熟、洪水發/尽、置天地、大盤州、小盤州、先起記（先起計）、烏雲生、桃源洞、魯班造寺、梅山明何物●、鄧古郎老、歌船歌送、第一黄条沙、第二三伏閑、第三無万叚（満叚）、第四何葉盃、第五南花子、第六吾江南、第七梅花大碗とある。（　）は経典の本文に基づき校訂した。

イエンバイ省ラハバン集落経典（V-85）は表紙に書主名が書かれている。内容および本文中に付された段名に基づくと、起声唱、初入席、日頭出、日正中、日落江、夜婚、夜深深、月亮亮、第一黄倏沙曲、天大旱、天暗烏、北边暗、葫蘆、洪水発、洪水尽、第二三逢閑曲、造天地、第三萬叚曲、唐王歌、第四叚荷葉盃曲、劉王、第五叚南花曲、桃源、閭山、何物、第六飛江南曲、郎老、船成了、送神去、第七叚曲、日出早から構成される。

ソンラー省トンタンホイ集落経典（V-89）は標題も段名もなく、本文の内容および付された題名に基づくと、隔席唱、月頭出早、月正中、月落西、下深深、天上星、月亮亮、第一黄京沙、天大焊、雷落地、葫蘆熟、天暗烏、北边暗、洪水発、洪水尽、為婚了、造天地、第二相逢閑、第三叚連州、第三文叚曲、陀系、小遥昌上、劉三、大州、第四荷葉盃、桃元、第五南歌子、魯班、鄧浩、何物、郎老了、船成了、送神去、月出早、山茶、五旗から構成される。

22）ベトナム本をもって校異する。中国本の方に傍線を引いて異なる箇所を示しそれに相当するベトナム本の語句は、数字番号で掲げる。

23）ベトナム本の校異番号で欠としてあるのは、ベトナム本にその語句がないことを示す。

24）本文の括弧で示した文字は2015年実施の言語調査時趙金付氏による訂正を示す。

本論はこれまで発表した拙稿［廣田 2015a、2015b、2015c、2015d］に加筆訂正を加えたものである。なお湖南省永州氏藍山県瑶族文化研究学会の趙金付氏・馮栄軍氏・盤栄富氏からは調査研究において全面的な協力を得ている。調査対象として名前等を明記し、写真資料を使用することにも同意をいただいている。

参考文献

浅野春二

2011 「バイエルン州立図書館所蔵『招魂書』に見るヤオ族の招魂儀礼について」『瑶族文化研究所通訊』第 3 号 ヤオ族文化研究所 pp.103-137

2015 「招五穀兵について ― 中国湖南省瑤族（過山瑤）の還家願儀礼から ― 」『瑶族文化研究所通訊』第 5 号 ヤオ族文化研究所 pp.52-63

岡部隆志

2012 「水平としての問答論」『日本歌謡研究』52 号 pp.1-11

折口信夫

1995「古代歌謡」『折口信夫全集』第 5 巻 中央公論社

神奈川大学大学院歴史民俗資料学研究科

2011 神奈川大学歴民調査報告第 12 集『中国湖南省藍山県ヤオ族儀礼文献に関する報告』Ⅰ 神奈川大学大学院歴史民俗資料学研究科

2012 神奈川大学歴民調査報告第 14 集『中国湖南省藍山県ヤオ族儀礼文献に関する報告』Ⅱ 神奈川大学大学院歴史民俗資料学研究科

2014 神奈川大学歴民調査報告第 17 集『南山大学人類学博物館所蔵上智大学西北タイ歴史文化調査団資料文献目録』Ⅱ 神奈川大学大学院歴史民俗資料学研究科

金文京

1992 「詩讃系文学試論」『中国 ― 社会と文化』第 7 号 中国社会文化学会 pp.110-136

黄海・邢淑芳

2006 『盤王大歌 ― 瑶族図騰信仰与祭祀経典研究』貴州民族宗教文化研究叢書 貴州人民出版社

泉水英計

2011 「家屋と家先単からみるヤオの家族史」『瑶族文化研究所通訊』第 3 号 ヤオ族文化研究所 pp.46-60

竹村卓二

1981 『ヤオ族の歴史と文化』弘文堂

辰巳正明

2011 『万葉集の歴史 ― 日本人が歌によって築いた原初のヒストリー ― 』笠間書院

2007 「文学における信仰起源説と恋愛起源説」『折口信夫 ― 東アジア文化と日本学の成立』笠間書院 pp.370-371

張勁松

2002 『藍山県瑶族伝統文化田野調査』岳麓書社

鄭長天

2009 『瑶族坐歌堂的結構与功能 ― 湖南盤瑶剛介活動研究』瑶学叢書 民族出版社

永池健二

2011 『逸脱の唱声 — 歌謡の精神史 — 』新泉社

西村亨

1998 『折口信夫事典』大修館書店

比嘉実

1982 『古琉球の世界』三一書房

廣田律子

2009 「湖南省藍山県ヤオ族の還家愿儀礼の演劇性」『中国近世文芸論 — 農村祭祀から都市芸能へ — 』東方書店 pp.99-128

2011a『中国民間祭祀芸能の研究』風響社

2011b「『盤王大歌』 — 旅する祖先 — 」『万葉古代学研究所年報』第 9 号 万葉古代学研究所 pp.167-216

2011c「資料紹介 文献に見る盤王伝承」『瑶族文化研究所通訊』第 3 号 ヤオ族文化研究所 pp.61-74

2011d「“囉哩嗹(ルオリレン)”の詞章に関する研究」『神奈川大学国際常民文化研究機構年報』2 神奈川大学国際常民文化研究機構 pp.235-247

2013a「祭祀儀礼に見る旅 — 中国湖南省藍山県ヤオ族の通過儀礼を事例として — 」『旅のはじまりと文化の生成』大学教育出版 pp.210-244

2013b「構成要素から見るヤオ族の儀礼知識 — 湖南省藍山県過山系ヤオ族の度戒儀礼・還家愿儀礼を事例として — 」『國學院中國學會報』第 58 輯 國學院大學中國學會 pp.1-25

2013c「湖南省藍山県過山系ヤオ族の祭祀儀礼と盤王伝承」『東方宗教』第 121 号 日本道教学会 2013 年 pp.1-23

2013d「祭祀儀礼と盤王伝承 — 儀礼の実施とテキスト — 」『瑶族文化研究所通訊』第 4 号 ヤオ族文化研究所 pp.88-106

2013e「ヤオ族春節調査」『瑶族文化研究所通訊』第 4 号 ヤオ族文化研究所 pp.133-136

2013f「願掛け願ほどきの民俗 — 中国福建省漢族の元宵会と湖南省ヤオ族の還家愿儀礼を事例として — 」『東アジア比較文化研究』第 12 号 東アジア比較文化国際会議日本支部 pp.56-68

2013g「ボードリアン図書館蔵ヤオ族テキスト盤王関連校訂用資料」『麒麟』第 22 号 神奈川大学経営学部 17 世紀文学研究会 pp.58-68

2013h「湖南省藍山県勉系瑤族道教儀式調査研究 — 以表演性項目為中心之考察 — 」『「地方道教儀式実地調査比較研究」国際学術検討会論文集』新文豊出版股份有限公司 pp.217-306

2014 「儀礼知識の伝承に関する研究 — 身体コミュニケーションによる伝承とテキストによる伝承から — 」『国際常民文化研究叢書 7 — アジア祭祀芸能の比較研究 — 』神奈川大学国際常民文化研究機構 pp.199-230

2015a「湖南省藍山県ミエン・ヤオ族調査報告」アジア研究センター年報 2014-2015『神奈川大学アジア・レビュー』No.2 神奈川大学アジア研究センター pp.82-96

2015b「湖南省藍山県過山系ヤオ族（ミエン）の祭祀儀礼にみる盤王の伝承とその歌唱」『歴史民俗史料学研究』第 20 号 神奈川大学大学院歴史民俗資料学研究科 pp.103-146

2015c「儀礼における歌書の読誦 — 湖南省藍山県ヤオ族還家愿儀礼に行われる歌問答 — 」國學院雑誌 第 116 巻第 1 号 國學院大學 pp.225-254

2015d「湖南省藍山県過山瑶的還家愿儀礼与盤王伝承及其歌唱（中文）」『民俗曲藝』第 188 期 財団法人世合鄭民俗文化基金会 pp.177-249

松本浩一

2010 「『掛三燈』の儀礼」『瑶族文化研究所通訊』第 2 号 ヤオ族文化研究所 pp.6-16

2011 「度戒儀礼に見える神々：呉越地方・台湾の民間宗教者の儀礼と比較して」『瑶族文化研究所通訊』第 3 号 ヤオ族文化研究所 pp.24-34

丸山宏

2010a「湖南省藍山県ヤオ族伝統文化の諸相 — 馮栄軍氏からの聞き取り内容 — 」『瑶族文化研究所通訊』第 2 号 ヤオ族文化研究所 pp.21-22

2010b「2010 年 3 月バイエルン州立図書館所蔵ヤオ族写本調査報告」『瑶族文化研究所通訊』第 2 号 ヤオ族文化研究所 pp.58-59

2011a「中国湖南省藍山県ヤオ族の度戒儀礼文書に関する若干の考察 — 男人用平度陰陽拠を中心に — 」『知のユーラシア』明治書院 pp.400-427

2011b「中国湖南省藍山県ヤオ族度戒儀礼に用いられた女人用陰陽拠 — その校訂と書き下し — 」『瑶族文化研究所通訊』第 3 号 ヤオ族文化研究所 pp.41-45

2013 「湖南省藍山県勉系瑶族宗教儀式文字資料的研究価値 — 以度戒儀式文書為中心之探討」『「地方道教儀式実地調査比較研究」国際学術研討会論文集』新文豊出版股份有限公司 pp.185-215

森由利亜

2010 「榜文の翻刻と現代和訳の一例 — 約束榜 — 」『瑶族文化研究所通訊』第 2 号 ヤオ族文化研究所 pp.26-28

ヤオ族文化研究所

2009 『瑶族文化研究所通訊』第 1 号 ヤオ族文化研究所

2010a『瑶族文化研究所通訊』第 2 号 ヤオ族文化研究所

2010b『ヤオ族伝統文献研究国際シンポジウム予稿集』ヤオ族文化研究所

2011 『瑶族文化研究所通訊』第 3 号 ヤオ族文化研究所

2012 『第 2 回国際瑶族伝統文化研討会 — 資源与創意 — 会議論集』ヤオ族文化研究所

2013 『瑶族文化研究所通訊』第 4 号 ヤオ族文化研究所

2015a『瑶族文化研究所通訊』第 5 号 ヤオ族文化研究所

2015b『国際シンポジウム“瑶族の歌謡と儀礼”予稿集』ヤオ族文化研究所

山本直子

2006 「古代歌謡の対句と祭式儀礼」『同志社国文学』第 65 号 同志社大学国文学会 pp.1-10

吉野晃

2001 塚田誠之編「中国からタイへ — 焼畑耕作民ミエン・ヤオ族の移住 — 」『流動する民族 — 中国南部の移住とエスニシティ — 』平凡社 pp.333-353

2008 塚田誠之編「槃瓠神話の創造？ — タイ北部のユーミエン（ヤオ）におけるエスニック・シンボルの生成 — 」『民族表象のポリティクス — 中国南部における人類学・歴史学的研究 — 』風響社 pp.299-325

2010a「タイ北部におけるユーミエン（ヤオ）の儀礼体系と文化復興運動」『東アジアにおける宗教文化の再構築』風響社 pp.273-299

2010b「ユーミエンの儀礼の研究における課題：儀礼の意味と伝承、不易と変差」『瑶族文化研究所通訊』第 2 号 ヤオ族文化研究所 pp.17-18

2010c「ユーミエン（ヤオ）の国境を越えた分布と社会文化的変差」塚田誠之（編）『中国国境地域の移動と交流 — 近現代中国の南と北 — 』有志舎 pp.237-258

2011 「〈掛三台燈〉の構造と変差:タイ、ラオス、中国湖南省藍山県のユーミエンにおける〈掛燈〉の比較研究」『瑶族文化研究所通訊』第 3 号 ヤオ族文化研究所 pp.35-40

2012 「タイ北部、ユーミエン（ヤオ）の船送り」『国際シンポジウム報告書Ⅲ“カラダ”が語る人類文化 — 形質から文化まで — 』国際常民文化研究機構 pp.141-147

2013a「ユーミエンにおける〈家先〉祭祀 — タイと藍山県との〈家先単〉の比較 — 」『瑶族文化研究所通訊』第 4 号 ヤオ族文化研究所 pp.82-87

2013b「廟と女性シャマン — タイ北部、ユーミエン（ヤオ）の新たな宗教現象に関する調査の中間報告 — 」『東京学芸大学紀要 人文社会科学系Ⅱ』第 64 巻 東京学芸大学学術情報委員会 pp.115-123

2014a「タイ北部ユーミエンの儀礼における女性と歌謡」『国際常民文化研究叢書』7 国際常民文化研究機構 pp.141-155

2014b「タイ北部、ユーミエンにおける儀礼文献の資源としての利用と操作」塚田誠之（編著）『中国の民族文化資源：南部地域の現在および分析』風響社 pp.67-95

2014c「タイにおけるユーミエンの家族構成の社会史 — 合同家族から核家族へ — 」クリスチャン・ダニエルズ（編著）『東南アジア大陸部 山地民の歴史と文化』言叢社 pp.219-246

2015a「歌と儀礼の越境 — タイ北部、ミエン社会における〈歌〉と〈設鬼〉のカテゴリー間の越境現象について — 」吉野晃（編）『越境の動態的地域研究 — 空間とカテゴリーの越境の地域間比較をめざして — 』研究代表者 吉野晃 東京学芸大学教育学部人文科学講座地域研究分野 pp.37-43

2015b「〈歌〉の詠唱法と儀礼への応用 — タイ北部、ユーミエン（ヤオ）社会における新たな宗教現象に関する中間報告 3 — 」日本文化人類学会第 49 回研究大会 2015 年 5 月 30

日 国際交流センター（於大阪府）『発表要旨集』p.70
李祥紅等
2010 『湖南瑶族奏鑼田野調查』岳麓書社
2014 『湖南瑶族奏抖簓田野調查』岳麓書社

タイ北部のミエンにおける歌と歌謡語

――「歌二娘古」発音と注釈――

Songs and Song-Language of the Iu Mien (Yao) of Northern Thailand

―― Phonological Description and Interpretation of "*Kaa ɲei ɲaaŋ kəu*"「歌二娘古」――

吉野　晃

1. 緒　語

ミエン（ヤオ）はタイに約5万人居住している。彼等は焼畑耕作を営みながら移住を繰り返し、中国からベトナムあるいはラオスを経てタイへ到った。移住生活の中でも、彼等が精緻なる儀礼体系を保持してきたのは既に知られているが、それとともに、歌謡の文化も遠路の移住の中で保持されてきた。本稿で報告するのは、そうしたミエンの〈歌〉dzuŋ[1)]の一作例である。

ミエンはミエン語を話すが、彼等の文化は漢族文化の影響を強く受けており、儀礼の経文は漢字で書かれている。〈歌〉もまた、漢字で書かれる。〈歌〉は、ミエンの書承文化の一端をになうものであるが、一方で、〈歌〉は即興で唱われるものでもあり、単に書承文化のなかにとどまるものではない。活動領域としても、儀礼＝〈設鬼〉と〈歌〉とは別の領域に属し、また、異なる技法がある。

筆者はミエンの儀礼の調査研究を行ってきたが、21世紀に入って、タイのミエンの村で新しい宗教現象が生じた。固定的祭祀施設〈廟〉で女性が〈歌〉を唱って儀礼を司祭する現象が生じたのである。タイ北部のチエンラーイ県の二箇所の村（HCL村とHCP村）において、(1)〈廟〉が建設された。これまで焼畑耕作に伴う移住を繰り返してきたミエンにとっては「初めての」[2)] ことであった。しかも、(2) これまで儀礼執行に関わらなかった女性がシャマンとして儀礼執行に携わり、(3) 従来行われてきた読経ではなく〈歌〉で儀礼を執行している。この三点が新しい宗教現象の特徴である。(3) の〈歌〉について言えば、シャマンに降りた神が〈歌〉で託宣を述べたり、儀礼執行を指示したりする。そのため、ミエンの〈歌〉について調査する必要が生じた。

ミエンの〈歌〉については、パーネル（Herbert C. Purnell）がタイ・ラオスにおける〈歌〉の資料に基づき、基本的な分析を行っている［珀内尔 1988, Purnell 1991, Purnell 1998］。しかし、パーネルはタイ・ラオスのミエンの許で膨大な〈歌〉を収集したにもかかわらず、その実例が示されたのは少数に限られる。また、後述するように、ミエンの〈歌〉は、日常の口語とは異なる歌謡語 dzuŋ ɲei waa` という語彙が用いられるが、そこで歌謡用にもちいられる語彙の実例の報告と分析は十分になされたとは言えず、これからの課題である。それに応じるために、本稿ではミエンの〈歌〉の実例を報告し、若干の検討を加えるものである。

2. ミエンの〈歌〉

ミエンの〈歌〉は、歌謡用の語彙体系を用いて唱われる。ミエン語の語彙体系には数種類の区別がある。まず、一般的に日常生活で用いるミエン口語ミエン・ワー miən^ wa:`、儀礼で用いる儀礼語ツィア・ワー tsiə´-wa:`、歌謡で用いる歌謡語ヅゥン・ニェイ・ワー dzuŋ ɲei wa:`（あるいはヅゥン・ワー dzuŋ wa:`）の三種である。それぞれの語彙体系は異なった語彙を多く使い、そのため同じ漢字でも三様に発音することがある。口語と歌謡語は共通の語彙も多いが、儀礼語は口語・歌謡語とは異なる語彙が多い。いずれにしても、〈歌〉に使われる歌謡語は日常会話の口語とは異なる語彙が多く、口語だけ知っていても〈歌〉の意味は分からない。

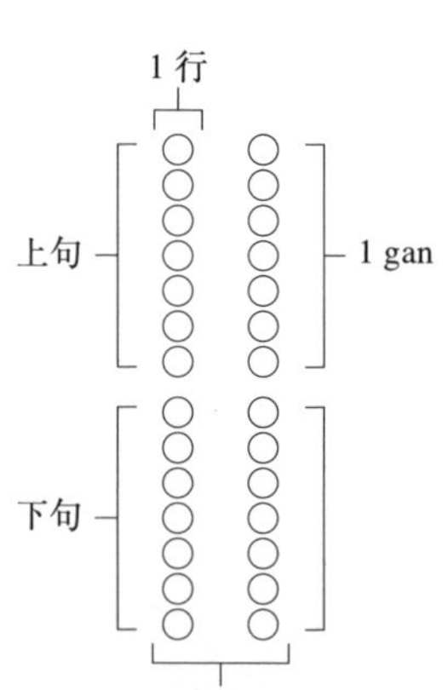

図1　歌詞の型

歌謡語で唱われるミエンの〈歌〉の定型的な歌詞は、7音節が一つの単位となる。漢詩で言えば七言詩の形である。7音節＝七言の単位をイェット・ガン jiət` ganˇ あるいはイェット・チョウ・ワー jiət` cəuˇ wa:` という（jiət` は「1」の意）。2ガン14音節で1行となる。書かれた歌詞は漢字で縦書きされるが、この1行の上の7音節を上句、下の7音節を下句ということにする。2行＝4ガンをイエット・ティウ・ヅゥン jiət` tiu^ dzuŋ という。意味は「一つながりの歌」であり、漢字で書くと〈一條歌〉となる。これが歌の単位となる（図1)。パーネルは、トッ・ヅゥン toʔ` dzuŋ、パーオ・ヅゥン paːuˇ dzuŋ、ツェン・ヅゥン tsʰen´ dzuŋ の三種の詠唱法を挙げている［Purnell 1991:378, Purnell 1998:291-292］。しかし、筆者がHCP村の村人と従来の調査地のPY村（パヤオ県）の祭司たちから聞いたところでは、〈歌〉の詠唱法にはもう一つ、コン・ヅゥン kɔŋ´ dzuŋ という類型がある。それらをまとめると以下のようになる。

(1) パーオ・ヅゥン paːuˇ dzuŋ

広義では、歌を唱うこと一般をさすが［Purnell (ed.) 2012（以下IMEDと記す）:611］、狭義では韻律に従った歌詞を長い節（cʰiəˇ daːu´）を付けて唱う詠唱法である。一字ごとに「産み字」（母音長音）をつけ、規則的な挿入音節（囃子詞）が入り、比較的高音になる。本来は男女の歌掛けの形式で唱われる。婚前の求愛活動の歌掛けの唱い方である。その時にイェット・ティウ・ヅゥンごとに唱い合う。1行の上句を一度唱い、その後下句を二度唱う。挿入音節が差し挟まれるのが特徴である。挿入音節にはツェイ tsei^ とファー fa: の二種類がある。ツェイは上句の第3音節或いは第4音節の後に「ツェイ」という挿入音節を差し挟むものである。下句は二回繰り返して唱うが、その二回目の冒頭に、「ファー」という挿入音節を入れる。PY村の祭司によると、「パーオ・ヅゥンは、イェット・ティウ・ヅゥンに2回のファーと2回のツェイを伴うが、トッ・ヅゥンやコン・ヅゥンはファーもツェイも伴わない」という。

(2) トッ・ヅゥン toʔ` dzuŋ（〈讀歌〉）

トッ toʔ は「読む」の意味である。用いる言語は歌謡語であり、パーオ・ヅゥンと比べて節が短い（cʰiəˇ naŋ´)。比較的装飾のない平板なメロディーを用いる［IMED：612］。パーオ・ヅゥンのように下句を二度唱うことはしない。同じ歌詞をパーオ・ヅゥンで唱うことも、トッ・ヅゥンで唱うこともできる。

(3) コン・ヅゥン kɔŋ´ dzuŋ（〈講歌〉）

PY 村の祭司と HCP 村の村人から聴取した筆者の調査では、このコン・ヅゥンには三種類の詠唱法が含まれる。

①韻律と定型に従った即興の歌詞（dzuŋ）を短い節（c^{h}iəˇ naŋ´）を付けて唱うこと。節は基本的にトッ・ヅゥンと同じである。

②歌詞を節をつけずに読み上げること。

③歌詞の定型に従っていない文章を節をつけて唱うこと。

コン・ヅゥン①の基本的な節はトッ・ヅゥンと同じである。しかし、トッ・ヅゥンが既成の歌詞を読み唱うことであるのに対し、コン・ヅゥン①は即興で唱うことである。即ち、即興で且つトッ・ヅゥンの節で唱うのがコン・ヅゥン①であると考えられる。このトッ・ヅゥン/コン・ヅゥン①の区別は人によって説明が異なるため、現在の調査段階では以上のように解釈する。

(4) ツェン・ヅゥン ts^{h}en´ dzuŋ

「婚礼で乾杯を促すときに唱う歌」［IMED:611］である。結婚式の宴席で言祝ぎのために、また婚礼諸役割を担う人々（主催者、祭司、料理人、奏楽者など）を褒めるために唱われる［Purnell 1998:292］。PY 村の祭司によれば、婚礼の他に、新年の〈拜年〉pa:i´ n̥aŋ´ という儀礼の時にも唱われる。節回しはトッ・ヅゥンと同じである。イェット・ティウ・ヅゥンごとに、冒頭の第 1 行の前に ts^{h}en´ + 挿入音節 + ts^{h}en´ na という挿入句が入るのが特徴である。

これらを節回しで区別すると、パーオ・ヅゥン（長い節）/ト・ヅゥン（短い節）となり、ト・ヅゥンの節回しを使う唱い方に、トッ・ヅゥンとコン・ヅゥン①とツェン・ヅゥンの三種があることになる。先に述べたように、既成の歌詞テキストを読み唱うスタイルはトッ・ヅゥンであった。本稿で報告する歌はそうした既成の歌詞である。これは個人が歌をテキストとして書いたものである。歌詞テキストを書くことをフィア・ヅゥン fiə´ dzuŋ という。フィアは「書く」意味である。

3. 〈歌〉のテキスト例「歌二娘古」

以下に示したテキストは、タイ王国ナーン県ムアン郡のNG村に住む鄧貴華氏が歌二娘という女性の故事を書いたものである。鄧氏自身が筆を執って漢字テキストを書いたものであるが、創作というわけではない。本人の話では、口承伝承で伝わっている故事を書き付けたというが、テキストで伝承された部分もあると推察される。このテキストを唱うときには、トッ・ヴゥンの節回しで唱う。鄧氏は、この歌の後にもう一つの歌を書きつけており、その末尾には、「民國五十六年七月上旬抄得来　又到民國九十六年丁亥歳五月初六日照来留有」と書かれている。すなわち、1967年陰暦七月に元のテキストを書き、2007年陰暦五月にそれをあらためて書写したものである。

調査に当たっては、2013年6月にテキストを撮影して文字起こしし、テキストを読んでもらって各字の発音を録音した。さらに、2015年9月に再度意味と発音の確認を行った。語彙と発音については、IMEDで確認したが、IMEDにも収録されていない語彙も若干あった。下記の発音記述は、音声ではなく音素の表記である。漢字については、フォントがあるものはそれを利用した。ただし、ミエンには日本の国字のように、ミエンが作った「ミエン字」がある。例えば「父」の下に「上」と書く字がある。こうした既成のフォントに見いだせない「ミエン字」は、[父冠+上]という具合に記した。行番号は吉野が付した。

歌二娘古 ka: ɲei` ɲa:ŋ^ kəu´（歌二娘の故事）

①重 在 肚 中 人 来 問　　　落 地 三 朝 人 定 茶

tsoŋ^ tsɔiˇ təu´twaŋ ɲiən^ ta:i^ muən`　　　lɔʔ` tei` fa:m tsiu^ ɲiən^ tiŋ` tsa:^

娘がまだ胎内にいるときに人（六郎の父母）が尋ねてきた。生まれて三日後、彼等は茶を贈り、娘を将来の嫁に欲しい旨伝えた。

（注）落地 lɔʔ` tei`：生まれる。

②重 在 登 籠 吃 白 飯　　　守 在 [父冠+車] 娘 在 六 家

tsoŋ^ tsɔiˇ taŋ´ lɔŋ^ k^hiʔ´ pɛʔ` pen`　　　sjəu tsɔiˇ　　jiə^ ɲa:ŋ^ tsɔiˇ luəʔ` ca:

娘が胎内にいるときに母が白飯を食べた。　　六郎の父母は自分たちの家にいた。

（注）登籠 taŋ´ lɔŋ^：胎内。

③一 歳 会 行 教 言 語　　二 歳 会 行 教 細 言

jiət´ fui˘ wui` hɛŋ^ ɟa:u˘ ɲin^ ɲəu˜　　ɲei` fui˘ wui` hɛŋ^ ɟa:u˘ fai˘ ɲin^

（娘が生まれ）1 歳になると歩けた。言葉を教えた。2 歳で歩けて、話すことを教えた。

（注）fai˘ ɲin^：話す。

④三 歳 細 言 都 教 尽　　四 歳 喀 滕 礼 数 錢

fa:m fui˘ fai˘ ɲin^ sjaŋ´ɟa:u˘ tsiən˜　　fei˘ fui˘ kɛʔ` da:ŋ^ lei` səu˘ tsin^

3 歳になると話すことは全て教え尽くした。　　4 歳では kɛʔ`da:ŋ^ をつとめ、僅かな金を得た。

（注）kɛʔ` da:ŋ^：正しくは、kɛʔ` da:ŋ^ siəʔ´。〈歌堂〉という儀礼の中の役割の一つ。少女が演じる。

⑤五 歳 聰 明 高 肌 劦 細 歩　　六 歳 留 辣 川 細 言

m̥˜ fui˘ ts^{h}oŋ-meŋ^ ku^ cei l̥iəp´ fai˘ pəu`　　luəʔ` fui˘ liəu^ la:^ tsun` fai˘ ɲin^

5 歳になると聰明で、刺繍を知った。　　6 歳になると聰明で、殆どの事を話せた。

（注）ku^ cei：知る。l̥iəp´ fai˘ pəu`：刺繍。liəu^ la:^：IMED では「バジル」の意味［IMED: 377］。ここでは「聡明な」の意味。tsun` fai˘ ɲin^：完全ではないが殆ど話せる。

⑥七 歳 労 衣 上 教 尽　　八 歳 在 地 秀 労 衣

ts^{h}iət´ fui˘ lau` ei sjaŋ´ ɟa:u˘ tsiən˜　　pet´ fui˘ tsɔi˘ tei` fiəu˘ lau` ei

7 歳では刺繍は全て教え終わった。　　8 歳では地面近くに座し、上手に刺繍した。

（注）lau` ei：刺繍。

⑦九 歳 労 衣 都 秀 尽　　十 歳［口偏+接］归 安 好 相

cuə´ fui˘ lau` ei sjaŋ˘ fiəu˘ tsiən˜　　tsiəp` fui˘ dzip´ kwei ɔn loŋ˘ fa:ŋ

9 歳では何でも刺繍できた。10 歳の時には刺繍した布を畳んで箱の中にしまった。

（注）fa:ŋ 相＝箱。dzip´：畳む［IMED:603］

⑧十 一 十 二 人 来 問　　十 三 十 四 領 人 茶

tsiəp` jiət´ tsiəp` ɲei` ɲiən^ ta:i^ muən`　　tsiəp` fa:m tsiəp` fei˘ lɛŋ˜ɲiən^ tsa:^

11、12 歳になると六郎の父母が尋ねてきた。13、14 歳の時に六郎の父母が茶を供し、娘を息子の嫁に欲した。

⑨十　五　十　六　成　人　苗

tsiəp` m̥˜ tsiəp` luəʔ` tsjaŋˆ ɲiənˆ ŋɔ˜

15、16歳の時に妻となった。

十　七　十　八　在　人　莧

tsiəp` ts$^{h}$iət´ tsiəp` pet´ tsɔiˇ ɲiənˆ winˆ

17、18歳には、夫の家にあった。

(注) ŋɔ˜ 苗：妻。winˆ 莧：家。

⑩十　九　二　十　政　知　辛　苦　事

tsiəp` cuə´ ɲi`- tsiəp` tsiŋˆ pei fin-k$^{h}$əu´ dzai`

19、20歳の時に辛苦を本当に知った。

簿 头 担 但 手［扌＋癶＋口＋手］茶

baʔ` tauˆ da:mˇ da:mˇ sjəu´ p^{h}ənˆ tsa:ˆ

肩に荷物を担ぎながら茶を捧げ持つ。

(注) baʔ` tauˆ：肩。

⑪群 部 謂 破［扌＋癶＋口＋手］茶 破

cunˆ p^{h}ei` weiˆ ba:iˇ phənˆ tsa:ˆ ba:iˇ

群　部　烟　謂　拝［父冠＋上］娘

cunˆ p^{h}ei` jiən´ weiˆ pa:iˇ jiəˆ ɲa:ŋˆ

スカートがすり減り破け、茶を捧げ持って破けた。スカートがすり減ったのは、夫の父母を拝したから。

(注) cunˆ 群＝裙：スカート。p^{h}ei`：すり減る。謂＝為。烟＝因。［父冠＋上］娘 jiəˆ ɲa:ŋˆ：父母。

⑫郎　拝　娘［父冠＋上］头　托　地

lɔŋˆ pa:iˇ ɲa:ŋˆ jiəˆ tauˆ t^{h}ɔʔ´ tei`

夫は妻の父母を拝し、地面に頭をつける。

娘　拝　郎［父冠＋上］群　托　坭

ɲa:ŋˆ pa:iˇ lɔŋˆ jiəˆ cunˆ t^{h}ɔʔ´ naiˆ

妻は夫の父母を拝し、スカートを地面につける。

⑬天　光　拝　到　月　在　岩

thin-ɟaŋ pa:iˇ t^{h}auˇ ɲut` tsɔiˇ ŋa:n`

拝　到　月　斜　成　未　妻

pa:iˇ t^{h}auˇ ɲut` tsiəˆ tsjaŋˆ mei` ts^{h}ai

明け方から日が中天に到るまで拝し続けた。日が傾くまで拝し続けても、まだ妻になっていない。

(注) ɲut` 月＝日。ŋa:n`：真上。

⑭郎　双　洛　地　成　罵　府

lɔŋˆ sɔŋ lɔʔ` tei` tsjaŋˆ ma:ˇ fəu´

罵　府　変　成　馬　尾　归

ma:ˇ fəu´ penˇ tsjaŋˆ ma:˜ mwei˜ kwei

妻は生まれて罵られる所となる（夫の父母、キョウダイが罵る）。罵ると、最後には妻が実家に戻ることになる。

(注) ma:` fəu´：罵る。

⑮一　更　倒　洛　深　堂　里

jiət´ kɛŋ təuˇ lɔʔ` siəm-tɔŋˆ lei˜

二　更　踏　対　屋　莧　辺

ɲei` kɛŋ taap` tɔiˇ oʔ´ winˆ pin

一更には仕事が大変な場所へゆく。　　二更には家の傍で踏臼を踏む。

（注）siəm-tɔŋ^ lei˜：仕事が大変な場所。taap` tɔiˇ：唐臼、踏臼。oʔ´：家屋。

⑯三 更 抽 米 下 河 [口偏+腊]　　四 更 抽 甑 下 炉 吹

fa:m kɛŋ tsʰau´ mai˜ giə` hɔ^ dza:t´　　feiˇ kɛŋ tsʰau´ tsaŋˇ giə^ ləu^ tswi

三更には米に水を入れてとぐ。　　四更には米を甑に入れて下に火をつける。

（注）giə` hɔ^：水を入れる。dza:t´：こする，（米を）とぐ。

⑰五 更 入 莧 剪 九 深　　九 深 也 归 天 也 光

m̥˜ kɛŋ piəʔ` win^ ka:t´ cəu´-tsʰɔiˇ　　cəu´-tsʰɔiˇ ja:` kwei tʰin ja:` ɟaŋ

五更には畑に入り、韮菜を採る。　　韮菜を採って家に戻ると天が明けてくる。

（注）win^ 儘：ここでは「家の畑」の意味。cəu´-tshɔiˇ：韮菜。

⑱洗 浄 銅 禍 煮 九 采　　水 自 清 々 深 自 黄

dza:uˇ dzeŋ` tɔŋ^-tsʰɛŋ tsəu´cəu´-tsʰɔiˇ　　swi´ tsei` tsʰiŋ-tsʰiŋ tsʰɔiˇ tsei` jaŋ^

銅鍋を洗って、韮菜を煮る。　　水は清く、菜は自づから黄色くなる。

⑲天 光 庄 飯 家 母 吃　　家 母 世 啈 肚 未 飢

thin-ɟaŋ tsɔŋ pen` ca:-məu˜ kʰiʔ´　　ca:-məu˜ seiˇ siŋ təu´ mei` cei

明け方、飯を盛って夫の父母に食べさせる。父母は、まだ腹がすいていないので食べたくないという。

⑳天 光 庄 飯 父 母 吃　　父 母 世 啈 伏 嫩 児

tʰin-ɟaŋ tsɔŋ pen` puə`-məu˜ kʰiʔ´　　puə`-məu˜seiˇ siŋ puə` nuŋ`ɲei^

明け方、飯を盛って夫の父母に食べさせる。父母は、子供をだいて寝ているので食べないという。

㉑天 光 庄 飯 六 叔 吃　　六 叔 鵲 娘 六 湮 時

tʰin-ɟaŋ tsɔŋ pen` luəʔ` suəʔ´ kʰiʔ´　　luəʔ` suəʔ´ sɛʔ´ ɲa:ŋ^ luəʔ` l̥eŋˇ tsei^

明け方、飯を盛って夫の叔父に食べさせる。　　叔父はしゃもじで六回叩く。

（注）sɛʔ´：しゃもじで叩く

㉒天 光 庄 飯 大 伯 吃　　大 伯 执 来 抛 下 離

tʰin-ɟaŋ tsɔŋ pen` ta:i`-pɛʔ´ kʰiʔ´　　ta:i`-pɛʔ´ tsip´ ta:i^ beu giə` lei^

明け方、飯を盛って夫の長兄に食べさせる。　　長兄は碗を受け取ると食べずに捨ててしまう。

㉓姐 妹 相 遥 下 礼 执

tsei´ mui` faŋ` iu giə` lei` tsip´

夫の姉妹はやってきて捨てた飯を受け取る。

莫 放 四 辺 人 苗 知

i˘ puŋ˘ fei˘ pin ɲien^ ŋɔ˜ pei

そうして周辺の人々に知られないようにする。

㉔天 光 庄 飯 大 家 吃

t^{h}in-ɟaŋ tsɔŋ pen` ta:i` ca: k^{h}iʔ´

明け方、飯を盛って家の皆に食べさせる。

大 个 五 鉤 話 五 神

ta:i` kɔ˘ m̥˜ kəu wa:` m̥˜ tsiən^

夫の姉５人が罵る。

（注）kəu: 姉、夫の姉。wa:` m̥˜ tsiən^：罵る。

㉕第 一 个 鉤 閑 飯 冷

ta:i^ jiət´ tau^ kəu gem^ pen` leŋ˜

長姉は飯が冷えていると言って嫌う。

第 二 个 鉤 嫌 飯 焼

ta:i^ ɲei` tau^ kəu gem^ pen` siu

次姉は飯が焦げていると言って嫌う。

（注）tau^: 人、動物を数えるときの類別詞。

㉖第 三 个 鉤 又 罵 咐

ta:i^ fa:m tau^ kəu jəu` ma:˘ fəu´

三姉もまた罵る。

第 四 个 鉤 罵 咐 归

ta:i^ fei˘ tau^ kəu ma:˘ fəu´ kwei

四姉は罵って、食べに来ない。

㉗第 五 个 鉤 过 得 意

ta:i^ m̥˜ tau^ kəu kiə˘ tuʔ´ ei´

五姉は何も言わず、満足している。

十 分 有 事 守 哥 归

tsiəp` puən ma:i^ dzai` sjəu´ kɔ˘ kwei

何事があっても、夫の帰りを待つ。

㉘九 日 过 了 三 曾 信

cuə´ ɲiət´ kiə˘ liu˜ fa:m dzaŋ^ fiən˘

以前、便りを三回出した。

不 見 六 郎 轉 面 归

ja:m` kiŋ˘ luəʔ` lɔŋ^ dzuən˘ min` kwei

しかし、六郎は帰ってこない。

（注）cuə´ ɲiət´ 九日：以前。

㉙亏 也 亏

k^{h}wei jəu` k^{h}wei

うまくゆかないものだ。

在 洛 六 郎 家 中 寿 苦 亏

tsɔi˘ lɔʔ` luəʔ` lɔŋ^ ca: twaŋ sjəu` k^{h}əu´ k^{h}wei

六郎の家にいて苦労しても、うまくゆかない。

（注）k^{h}wei 亏：欺く、搾取する［IMED:349］。ここでは「うまくゆかない」の意。
sjəu` k^{h}əu´：苦労する、難儀する［IMED:676］。

㉚無 計 奈 何 合 起 三 船 板

məu` cei˘ nɔi` hɔ^ kap´ k^{h}i´ fa:m tsun^ pɛn´

掙 船 無 掌 也 难 飛

dzɛŋ tsun^ məu` tsuŋ´ ja:` na:n^ bwei

どうしようもないので、三隻の船を造った。しかし、船を漕ごうにも漕ぎ手が見つからず、行けない。

（注）無計奈何 məuˋ ceiˇ nɔiˋ hɔˆ：どうしようもない。kapˊ kʰiˊ 合起：組み合わせて作る。
bwei 飛：飛ぶ［IMED:477］。ここでは「行く」の意味。

㉛天 光 飛 到 三 江 口　　得 見 六 郎 轉 面 归
tʰin-ɟaŋ bwei tʰauˇ fa:m kɔŋ kʰəuˊ　　tuʔˊ kiŋˇ luəʔˋ lɔŋˆ dzuənˇ minˋ kwei
明け方、三江口に到った。　　そこで六郎が帰ってくるのに会った。

㉜六 郎 下 馬 拜 三 拜　　拜 到 月 斜 娘 未 归
luəʔˋ lɔŋˆ giəˋ ma˜pa:iˇ fa:m pa:iˇ　　pa:iˇ tʰauˇ ɲutˋ tsiəˆ ɲa:ŋˆ meiˋ kwei
六郎は馬を下りて妻を三拝した。　　日が傾くまで拝したが、妻は帰らない。

㉝娘 未 归　　在 洛 家 中 寿 苦 亏
ɲa:ŋˆ meiˋ kwei　　tsɔiˇ lɔʔˋ ca: twaŋ siəuˋ kʰəuˊ kʰwei
私は帰らない。　　私は貴方の家で大変苦労した。

㉞[父冠+上] 娘 庄 嫁 連 銭 三 車 半　　牒 出 半 車 留 半 車
jiəˋ ɲa:ŋˆ tsɔŋ ca:ˇ linˆ tsinˆ fa:m tsʰiə piənˇ　　tipˋ tsʰuətˊ pienˇ tsʰiə liəuˆ piənˇ tsʰiə
父母が私を嫁に出すとき持参金として車三台半の銭を持たせました。半分は自分で持って帰り、半分は置いて行きます。

㉟床 头 安 対 金 釵 盞　　交 把 六 郎 定 後 妻
tsɔŋˆ tauˆ ɔn tɔiˋ ciəm-tsʰaiˊ tsa:nˊ　　ciu pa:ˊ luəʔˋ lɔŋˆ tiŋˋ ho˜ tsʰai
枕元に金盞を一対置いてきました。貴方にあげますから、後妻を娶るときに使いなさい。

㊱定 得 後 妻 能 娘 様　　門 前 江 水 倒 流 西
tiŋˋ tuʔˊ ho˜ tsʰai n̥aŋˊ ɲa:ŋˆ jaŋˋ　　muənˆ tsinˆ koŋ-swi tɔˇ liəuˋ fai
決まった後妻がもし私のような女性であったら、門前の川の水が西へ逆流するでしょう。

㊲江 水 倒 流 車 倒 轉　　挌 木 種 生 娘 不 归
koŋ-swi tɔˇ liəuˋ tsʰiə tɔˇ dzuənˇ　　kɛʔˊ muəˋ tswaŋˇsɛŋ ɲa:ŋˆ ja:mˋ kwei
川の水が逆流し、車が逆走しても、　　格木を植えて生えてきても、私は帰りません。
（注）kɛʔˊ muəˋ：芯の硬い木。

㊳亏 也 亏　　在 洛 六 郎 家 中 寿 苦 亏
kʰwei ja:ˋ kʰwei　　tsɔiˇ lɔʔˋ luəʔˋ lɔŋˆca: twaŋ sjəuˋ kʰəuˊ kʰwei

うまくゆかないものだ。私は貴方の家にいて大変苦労したがうまくゆかなかった。

㊴[父冠＋上] 娘 庄 嫁 緞 群 十 八 伏　留 伏 六 郎 弟 五 鉤

jiə^ ɲa:ŋ^ tsɔŋ cuə˘ tun`-cun^ tsiəp` pet´ puə´ liəu^ puə´ luəʔ` lɔŋ^ ta:i^ m̥˜ kəu

父母は、嫁に出るときにスカート 18 着を持参財として与えた。1 着は六郎の第五姉に残しておいた。

㊵劦 零 点 火 能 劦 零　劦 零 过 街 歌 二 娘

l̥iəp´ liŋ^ tiəm´ kʰiə´ n̥aŋ´ l̥iəp´ liŋ^　l̥iəp´ liŋ^ kiə˘ ca:i ka: ɲei`ɲa:ŋ^

火を点けるときの火花のように素早く行く。　素早く村を過ぎる歌二娘。

（注）ca:i：村。l̥iəp´ liŋ^：素早いことの形容詞。

㊶細 言 技 句 六 郎 听　千 慢 回 莧 莫 熩 憂

fai˘ ɲin^ buə˘ cəu˘ luəʔ` lɔŋ^ tʰiŋ˘　tsʰin-ma:n` wui^ win^ i˘ jiə´ jəu

私は六郎様に申し上げました。聞いたでしょう？貴方は家に帰っても、私のことを思って憂えることはありません。

（注）：tsʰin-ma:n`：（後に否定を伴って）必ず、絶対に［IMED:87］。

㊷今 世 無 元 捨 抛 下　煩 身 二 世 秀 成 双

ciəm sei˘ məu` jun^ siə´ beu giə`　fa:n-siən ɲei` sei˘ fiəu˘ tsjaŋ^ sɔŋ

今世は縁がなかったものと諦めてください。　後世に夫婦となりましょう。

（注）jun^：因、因縁。fa:n：繰り返す［IMED:162］。siən：身体［IMED:669］

㊸辟 别 六 郎 娘 归 去　後 世 有 元 在 慢 連

tseʔ` peʔ` luəʔ` lɔŋ^ ɲa:ŋ^ kwei cʰəu˘　ho˜ sei` ma:i^ jun^ tsɔi˘ ma:n` lin^

六郎と別れて娘は帰っていった。　後世に縁があれば後に連れ添うだろう。

（注）tseʔ` peʔ`：秘匿する、別れる。

4. 整理と考察

これは、故事を鄧貴華氏が書き留めたものである。ミエン語は漢語の語彙が多く入っているとともに、純ミエン語の語彙も多い。いわば日本語において漢語語彙と大和言葉語彙が混在しているのと同じである。漢語に由来する語彙はそれに対応する漢字が確定できるが、ミエン語独自の語彙は元になる漢字表現がない。

また、古い時代に漢語から入りその後ミエン語として訛った語彙については、漢字を宛てることが難しいものがある。そのため、これらの語彙に対しては、漢語としては意味をなさない漢字が宛てられる。ミエンの歌の歌詞には、こうした漢語由来の語彙と、純ミエン語語彙に音通で漢字を宛てた宛字が混在するので、漢字テキストだけ見ても意味が判然としない。ミエン歌の歌詞を読解するときの困難はここにある。「庄」のように、tsɔŋ（分与する、装う）/ tsɔŋ^（寝床）と異なる語彙に宛てられている字もある。こうなると、口頭での歌詞が分かっていないと、正確には読めない。宛字にも二種類あり、kəu（姉）に音の近い「鉤」の字を宛てる音通宛字と、tseʔ`peʔ`（別れる、秘匿する）に「辟別」を宛てる意通宛字がある。

歌謡語語彙

この歌詞の中に出てくる歌謡語語彙と判断されるものを拾い上げると以下のようになる。

表１ 「歌二娘古」中の歌謡語語彙

歌謡語語彙	意　味	漢　字	口語語彙
twaŋ	中	中	kaʔ`ɲuə˜
lɔʔ` tei`	生まれる	落地	tsʰuət´ seiˇ
taŋ´ lɔŋ^	胎内		kuʔ`gwaa˜-buəʔ`
pen`	飯	飯	ŋ̥a:ŋˇ
faiˇ ɲin^	話す	細言	kɔŋ
ku^ cei	知る		çiu´
l̥iəp´ faiˇ pəu`	刺繍		tsʰoŋˇ
lau` ei	刺繍		
win^	家	莧	pjau^
oʔ´	家	屋	
jiə^ ɲa:ŋ^	父母	■娘	tiə ma:
ma:ˇ	罵る		hemˇ
wa:` m̥˜ tsiən^	罵る	話五神	
ca:i	口語では「街」だが、歌謡語では「村」の意味	街	la:ŋ˜
giə` hɔ^	水を入れる	下河	toˇ uəm
khiʔ´	食べる	吃	ɲan`
seiˇ siŋ	～と言う		buəˇ

<table>
<tr><td>kwei</td><td>帰る</td><td>帰</td><td>dzuənˇ</td></tr>
<tr><td>cuəˊ ɲiətˊ</td><td>以前</td><td></td><td>tsinˆ da:ŋˋ</td></tr>
<tr><td>ja:mˋ</td><td>不、～しない</td><td>不</td><td>maiˊ</td></tr>
<tr><td>məuˋ</td><td>無い</td><td>無</td><td>maiˊma:iˆ</td></tr>
<tr><td>sjəuˋ k^{h}əuˊ</td><td>苦労する、難儀する</td><td></td><td>k^{h}əuˊ</td></tr>
<tr><td>ŋɔ˜</td><td>妻</td><td></td><td rowspan="2">auˊ</td></tr>
<tr><td>ts^{h}ai</td><td>妻</td><td>妻</td></tr>
<tr><td>sɔŋ</td><td>夫婦</td><td>双</td><td>auˊgoˇ</td></tr>
<tr><td>l̥iəpˊ liŋˆ</td><td>素早い</td><td></td><td>siəpˊ</td></tr>
<tr><td>jiəˊ jəu</td><td>憂う</td><td>燱憂</td><td>dzauˆ</td></tr>
<tr><td>kiŋˇ</td><td>見る</td><td>見</td><td>maŋˋ</td></tr>
</table>

「漢字」は他のテキストにもあり確定している、あるいは発音と漢字が相応していると筆者が判断したもののみ。■＝［父^{冠}＋上］

このように、ミエンの〈歌〉の語彙は、口語語彙の間に歌謡語語彙が交じり、甚だ複雑な構成を取っている。

韻　律

韻律については、パーネルがミエンの〈歌〉の歌詞の韻律を幾つか抽出している。パーネルによると、ミエン語の声調は、漢語の声調分類に倣って平声：高中平調（無印)、中降調（ˆ）と、仄声：高昇降調（ˊ)、低昇調（ˇ)、低平調（ˋ)、低昇降調（˜）の二種類に分けられる［Purnell 1991:382, 珀内尔 1988：150］。パーネルが明らかにした韻律の主なものは二つある。(1）一行の上句の末音節は仄声、下句の末音節は平声となる［Purnell 1991：382, 珀内尔 1988：150-151］、(2）一行の上句と下句それぞれの句の第２音節、第４音節、第６音節は、仄/平/仄または平/仄/平という構成をとるという［Purnell 1991：383-384, 珀内尔 1988：151］。パーネルがタイ・ラオスで収集した歌詞の事例（81編、2712句）のうち、(1）の韻律に従っていなかった事例は5%未満、下句末字が平声となる規則に従っていなかった事例は1%であった［Purnell 1991：382, 珀内尔 1988：150-151］。一方、(2）の規則は、パーネルが収集した上句については47.86%、下句事例では91.08%が従っており、ここからパーネルは、下句についてはこの韻律は規定的であると判断している［Purnell 1991：383-384, 珀内尔 1988：151］。

この二つの規則について「歌二娘古」歌詞を検討した。その結果、(1) 句末音節仄/平の韻律は、43 行中、上句が 3 音節の第㉙行（亐也亐）、第㉝行（娘未归)、第㊳行（亐也亐）を除いた 40 行全てが当てはまっている。除いた 3 行についても、下句の末音節は全て平声である。(2) 第 2、第 4、第 6 音節が平/仄/平または仄/平/仄となっている規則に従っている事例は、上句で 40 例中 18 例（②④⑥⑦⑫⑮⑯⑱、㉓～㉕、㉗、㉚～㉜、㉞㊴㊶）45.00％であった。これには、第㉙行、第㉝行、第㊳行の 3 音節上句の事例を除いてある。下句では、43 例中 37 例（①～④、⑤、⑦～⑧、⑩、⑫～㉖、㉘～㉟、㊲～㊴、㊶～㊸）86.05％が (2) の規則に従っていた。これにより、(2) の韻律についてはパーネルが示唆したのと同様の傾向を示している。これら (1) と (2) の韻律に関するデータを総合すると、「歌二娘古」の歌詞は従来のミエン歌謡の韻律に概ね従った作詞がなされていることが判明した。

今後、別の〈歌〉の歌詞を報告分析し、歌謡語語彙の収集を行ってゆく予定である。

注

(1) ミエン語の表記は基本的に IPA に従う。ミエン語のアルファベット表記は、Purnell (ed.) 2012 *Iu-Mien-English Dictionary* の表記が標準となっているが、ミエン語を専らとする読者以外には甚だ読みにくいものである。そのため IPA 表記に近づけた表記とした。/ʦ/と/ʣ/はそれぞれ ts と dz で示した。歌詞の声調は音節末に記した。声調記号は以下の通りである。高、中、低は音の高さを示し、平、昇、降は音の高さの変化を示す。無記号＝高中平。ˆ＝中降。ˊ＝非促音節（母音あるいは鼻音で終わる音節）の時は高昇降、促音節（-p, -t, -k, -ʔ で終わる音節）の時は高平。˜＝低昇降。ˇ＝低昇。ˋ＝低平。また、ハイフン (-) で示された熟語の場合、その第一音節は、元の声調にかかわらず、非促音節の場合は中降、促音節の場合は低平で発音される。歌詞以外の漢字は〈 〉で括った。

(2) 中国にいるミエンの場合は、定着化して長く、〈廟〉を作っている村もある。しかし、タイにいるミエンにとって〈廟〉建設は経験したことのない初めてのことであった。

参照文献

IMED → Purnell (compl. & ed.) 2012.

珀内尔（Purnell, H.C.）1988「“優勉”瑶民間歌謡的韵律結構」喬健/謝劍/胡起望（編）『瑶族研究論文集』北京：民族出版社 , pp.143-170.

Purnell, H. C. 1991 The metrical structure of Yiu Mien secular songs. In Lemoine, J./Chiao

Chien (eds.) *The Yao of south China: Recent international studies*. Paris: Pangu, Editions de l'A.F.E.Y., pp.369-394.

Purnell, H. C. 1998 Putting it all together: Components of a secular song in Iu Mien. In Chelliah, S. / de Reuse, W. (eds.) *Papers from the Fifth Annual Meeting of the Southeast Asian Linguistics Society 1995*, Tempe, AZ: Arizona State University, pp.277-302.

Purnell, H. C. (compl. & ed.) 2012 *An Iu-Mienh - English Dictionary with Cultural Notes*. Chiang Mai: Silkworm Books.

吉野　晃 2013「廟と女性シャマン ― タイ北部、ユーミエン（ヤオ）の新たな宗教現象に関する調査の中間報告 ― 」『東京学芸大学紀要　人文社会科学系Ⅱ』64,pp.115-123.

吉野　晃 2014「タイ北部、ユーミエン（ヤオ）の儀礼における女性と歌謡」神奈川大学国際常民文化研究機構（編）『アジア祭祀芸能の比較研究』（国際常民文化研究叢書第 7 巻）神奈川大学国際常民文化研究機構 , pp.141-155.

吉野　晃 2016「歌〉の詠唱法と儀礼への応用：タイ北部、ユーミエン（ヤオ）の新たな宗教現象に関する調査の中間報告 2」『東京学芸大学紀要　人文社会科学系Ⅱ』67, pp.105-112.

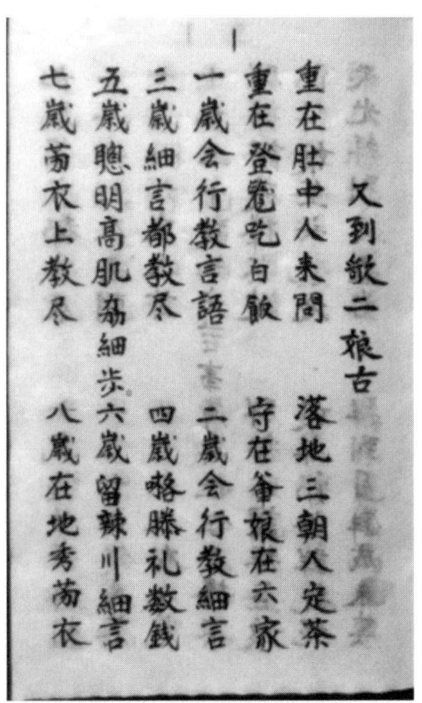

又到歌二娘古
重在肚中人来問　落地三朝人定茶
重在登篭吃白飯　守在爺娘在六家
一歲会行教言語　二歲会行教細言
三歲細言都教尽　四歲𠿷勝礼数錢
五歲聰明高肌為細歩　六歲留辣川細言
七歲菊衣上教尽　八歲在地秀菊衣

写真１　「歌二娘古」テキストの冒頭部分　１丁表
「又到」はテキストの題目を示す導入句。

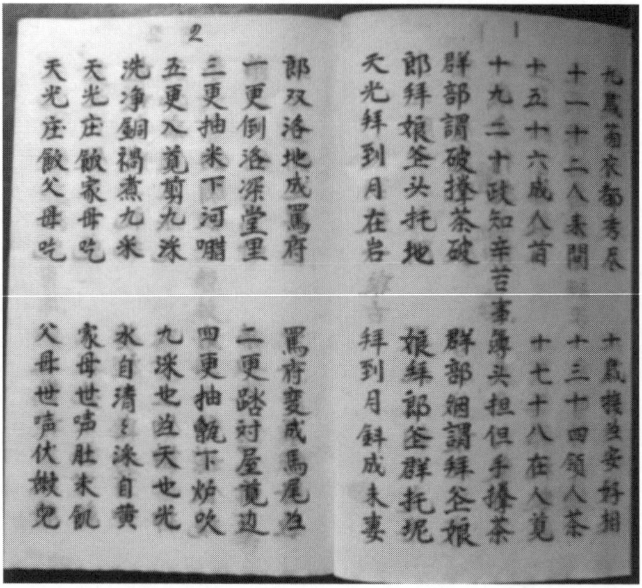

写真２　「歌二娘古」テキスト１丁裏・２丁表

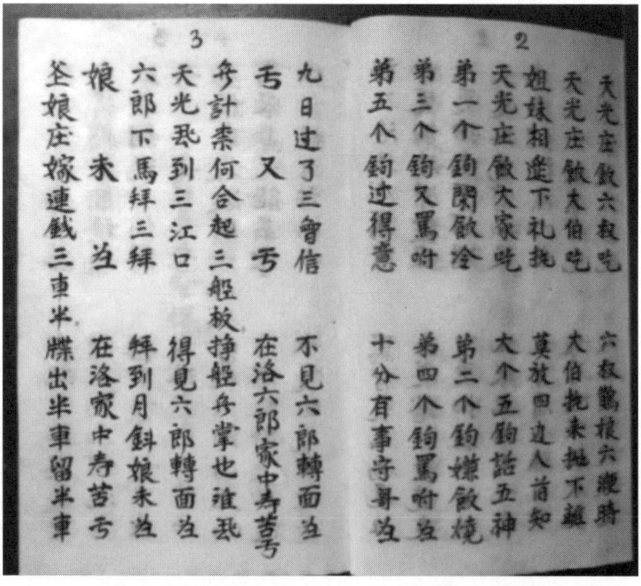

写真３　「歌二娘古」テキスト　２丁裏・３丁表

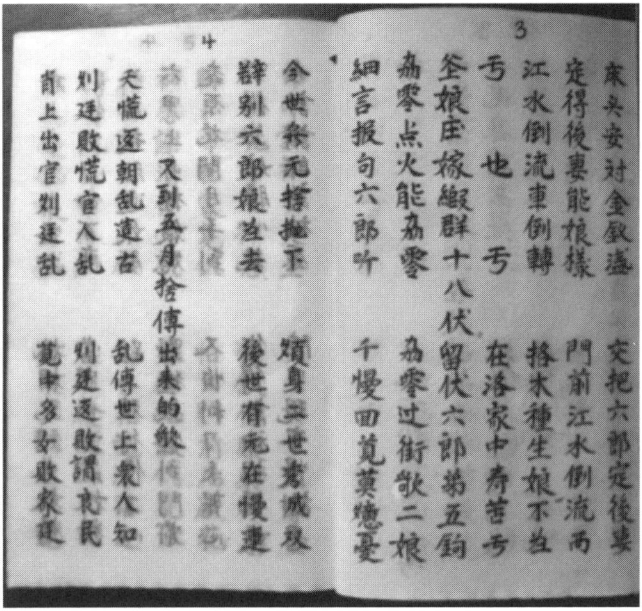

写真４ 「歌二娘古」テキスト３丁裏・４丁表

『大歌書』上冊記音
―― ミエン語（勉語）藍山匯源方言による ――
The IPA Transcription of the First Volume of the "Dageshu" according to the Mien Language of Huiyuan Village, Lanshan County, China

吉川雅之

1. 緒　言

多くの過山ヤオにとっての母語であるミエン語（勉語）は、漢語に由来する借用語を数多く擁する言語である。基礎語彙に於いてさえも固有語の占有率が高いと言えないことは、吉川（2015）に掲げられた単音節語の例からも分かる。漢語由来の語には古音の特徴を反映するものも含まれていることから、ミエン語と漢語との接触が早期より繰り返されてきたことが窺える。そして、漢語との接触の重要性は、過山ヤオの宗教文書が漢文で記されていることからも明らかである。

本稿では中国湖南省藍山県匯源郷湘藍村の司祭馮栄軍氏が2011年に写経した「盤王大歌」である『大歌書』上冊（Z-19。本書廣田論文の称する「中国藍山県匯源郷本」）の、ミエン語匯源郷方言による朗読音を国際音声記号で記す。『大歌書』上冊には第1丁表「人話郎村歌堂到」から第47丁裏「拖歸家裡滿台補」まで、延べ11,633字が記されている。朗読音の聞き取り調査は2015年7月28日から31日までの4日間、神奈川大学横浜キャンパス20号館3階のスタジオで行った。朗読音提供者は同村の司祭趙金付氏（1963年生まれ。男性）である。

今回の聞き取り調査に先立ち、筆者は2013年に同村出身の趙付佑氏（1986年生まれ。女性）、2014年に馮運古氏（1949年生まれ。男性）をインフォーマントとして、それぞれ基礎語彙約2100項目の調査を行った。それについては吉川（2015）を参照されたい。また、藍山県の地理と言語分布状況についてもそこに略記されている。

予め断りを要するであろうことは、筆者が行った調査が、宗教儀礼の現場に臨んでの読誦の聞き取りではなく、スタジオに招いての経文朗読の聞き取りであることである。そのため、本稿に示す音価は厳密には「読誦音」よりも寧ろ「朗読音」と称すべきものである。宗教儀礼の現場に於ける読誦でないことが、読誦音の記録という目的に対して望ましからぬ影響を惹起した可能性は、残念ながら否定できない。実際に、聞き取りの過程では、『大歌書』上冊全体に渡り、朗読音提供者による読み直しが多くの箇所で起きた。加えて、一部分の漢字については音価を聞き出すことができなかった。しかしながら、宗教儀礼の現場に臨んでの音声記述が、儀礼の進行を頻繁に阻碍する事態を招くことは明白であり、また録画された宗教儀礼の音声を国際音声記号に書き取ることは、残念ながら筆者の能力を超えていると言わざるを得ない。もう一点断りを要することは、本稿は伝承文化の記録を目的とするため、必ずしも音韻を追究していないことである。国際音声記号を音韻表記ではなく音声表記として用いた面が有る。

『大歌書』上冊の朗読では、大多数の字はミエン語漢字音が使用（音読）されたが、「有」[mai^{31}] など少数の字はミエン語の固有語が使用（訓読）された。ミエン語漢字音については、「綫」[sjəŋ^{13}] と [fiŋ^{13}] の様に同一の漢字が異なる箇所で異なる音形にて朗読される現象が観察された。また、ミエン語を表記するために、字形が『広韻』や『康熙字典』といった官製の韻書や字書に現れない新造字や、本来の音義とは無関係に万葉仮名的に当てられた訓読字や同音字が経文に使用されていることも確認された。但し、本稿は『大歌書』の記音を以てその任務とする故、字音や字形、用字についての考察は別の機会に譲る。

2. 『大歌書』上冊に現れた藍山匯源方言の声韻調

(1) 声　母

趙金付氏による『大歌書』上冊の朗読で現れた声母は表1のとおりである。表には子音連結を含める。

表１　『大歌書』上冊に現れた声母（表中の「調音部位」と「調音方法」は、j、w、jw を除き１つ目の音的要素について）

調音方法 ＼ 調音部位	破裂・破擦音			摩擦音	鼻音		接近音	
	無声無気	無声有気	有声	無声	有声	無声	有声	無声
唇	p	p^{h}	b	f	m			
	pj	$p^{h}j$	bj	fj	mj			
	pw	$p^{h}w$	bw	fw	mw			
歯茎	t	t^{h}	d		n	n̥	l	l̥
	tj						lj	
	tw	$t^{h}w$			nw		lw	
歯茎	ts	ts^{h}	dz	s				
	tsj	$ts^{h}j$	dzj	sj				
	tsw	$ts^{h}w$	dzw	sw				
前部硬口蓋	tɕ	$tɕ^{h}$	dʑ	ɕ	ȵ			
	tɕw	$tɕ^{h}w$	dʑw		ȵw			
軟口蓋	k	k^{h}	g		ŋ			
	kw	$k^{h}w$	gw		ŋw			
声門	ʔ			h				
	j			hj				
	w			hw				
	jw			hjw				

説明：

①声母 j と w は屡々直前に声門閉鎖［ʔ］を伴い、それぞれ［ʔj］と［ʔw］で実現する。本稿では一律に j と w で記す。尚、声母 j が韻母 i、əu、əŋ と結合するとき、持続時間の短い有声摩擦音［j̝］が現れる。

②声母 h は韻腹 a、ʌ、ə、ɔ と結合するとき、無声軟口蓋摩擦音［x］で実現する。本稿では一律に h で記す。

③声母 hj と hjw では、h は無声喉頭蓋摩擦音［ʜ］で実現する。本稿では一律に h で記す。

(2) 韻　母

趙金付氏による『大歌書』上冊の朗読で現れた声母は表２のとおりである。

表2 『大歌書』上冊に現れた韻母

韻尾 / 韻腹			-Ø	-i	-u	-ŋ	-ʔ
非円唇	前舌	広母音	a	ai	au	(ĭ)aŋ	aʔ
		半広母音（等）	ε			εŋ	ᴇʔ
		半狭母音		ei (ɜ̝i)		eŋ (ɜ̝ə̝ŋ)	
		狭母音	i			iŋ (e̝ŋ)	iʔ
	中舌	中段母音	ə		(ĭ)əu	(ĭ)əŋ	əʔ
	後舌	半広母音				ʌŋ	ʌʔ
円唇		半広母音（等）	ɔ			ɔŋ	oʔ
		狭母音	u			ʊŋ	uʔ

説明：

①表中の形式以外に、成節的子音として［ŋ̍］が現れる。

②広母音 a を除き、韻腹を担う母音の多くに、音節開始点が低音域に在る声調で広めに推移する現象が観察される。この現象は、低降調［21］である調類 6、更に低昇調［13］である調類 5 で顕現する。例えば、韻母 əu の韻腹 ə は、調類 2 では中段母音の［ə］で実現するのに対し、調類 5 や調類 6 では半広母音の［ɜ］で実現する[1)]。本稿の記音では、広めに推移した結果と考えられる音価は用いない。

③声門閉鎖音声母 ʔ の音節では、韻腹を担う母音が後舌に推移する現象が観察される。本稿では、特に注意が必要と判断した韻母についてのみ、後舌に推移した結果と考えられる音価を記すことにする（後述⑪、⑫、⑭）。

④韻母 ai の韻尾 i は、精密表記では［ɪ］と記すべき音である。本稿では一律に i で記す。

⑤韻母 au の韻尾 u は、精密表記では［ʊ］と記すべき音である。本稿では一律に u で記す。

⑥韻母 aŋ、əu、əŋ は、前部硬口蓋音声母と結合するときに限り、持続時間の短い［ĭ］を冠した形で実現する。本稿では一律にこの渡り音を括弧内に付記し、(ĭ)aŋ、(ĭ)əu、(ĭ)əŋ と記すことにする。

⑦韻母 ε、εŋ の韻腹 ε は、調類 5 や調類 6 ではより広めに推移し、［æ̝］で実現することもある。本稿では一律に ε で記す。尚、韻母 εŋ は、ŋ を韻尾と

する他の韻母よりも持続時間が少し長い。

⑧韻母 ᴇʔ の韻腹 ᴇ は、調類 7b では調類 7a に比してより広めに推移し、[ɛ̞] で実現する。本稿では一律に ᴇ で記す。

⑨韻母 ei の韻腹 e は中舌寄りであり、精密表記では［ë］と記すべき音である。本稿では一律に e で記す。

⑩韻母 eŋ では韻腹 e の出渡り（韻尾 ŋ の入渡り）に持続時間の短い［ĭ］が聞こえることが多い。本稿では一律にこの渡り音を記さない。

⑪韻母 ɜ̝i は音節［ʔɜ̝i］でのみ現れる。韻母 ei と異音の関係に在ると思われるが、本稿では特に ɜ̝i で記す。

⑫韻母 ɜ̝ə̝ŋ は音節［ʔɜ̝ə̝ŋ］でのみ現れる。韻母 ɛŋ と異音の関係に在ると思われるが、本稿では特に ɜ̝ə̝ŋ で記す。

⑬韻母 iŋ の韻腹 i は、基本母音［i］よりも僅かに広めであり、精密表記では［i̞］と記すべき音である。調類 5 や調類 6 ではより広めに推移し、[e̞] で実現する。但し、前部硬口蓋音声母と結合するときに限り、如何なる声調でも基本母音［i］で実現する。本稿では一律に i で記す。

⑭韻母 e̞ŋ は音節［ʔe̞ŋ］でのみ現れる。韻母 iŋ と異音の関係に在ると思われるが、本稿では特に ʔe̞ŋ で記す。

⑮韻母 əu、əŋ の韻母 ə は、調類 5 や調類 6 ではより広めに推移し、[ɜ] で実現する。また、韻母 əŋ の韻母 ə は、前部硬口蓋音声母や全ての j を含む声母と結合するときは前舌に推移し、[ə̝] で実現する。本稿では一律に ə で記す。

⑯韻母 ʌŋ、ʌʔ の韻腹 ʌ は中舌寄りであり、精密表記では［ʌ̈］と記すべき音である。調類 5 や調類 6 ではより広めに推移し、[ɐ̠] で実現することがある。声門閉鎖音声母 ʔ の音節では、より後舌の［ʌ］で実現する。本稿では一律に ʌ で記す。

⑰韻母 ɔ、ɔŋ の韻腹 ɔ は、基本母音［ɔ］よりも狭めであり、精密表記では［ɔ̝］と記すべき音である。調類 5 や調類 6 ではより広めに推移し、基本母音［ɔ］で実現する。そして、声門閉鎖音声母 ʔ の音節では更に広めだが、円唇性が稍弱い［ɔ̞̜］で実現する。本稿では一律に ɔ で記す。

⑱韻母 oʔ の韻腹 o は、高音域の声調である調類 7a でのみ現れ、音価は基本母音［o］である。

⑲韻母 ʊŋ の韻腹 ʊ は、調類 5 や調類 6 ではより広めに推移し、[o̞] で実現する。本稿では一律に ʊ で記す。

⑳声門閉鎖音 ʔ が韻尾を担う韻母 aʔ、ᴇʔ、iʔ、əʔ、ʌʔ、oʔ、uʔ は、いわゆる「入声韻」であり、調類 7a と 7b にのみ現れる（表 3 参照）。これに対して、入声韻以外の韻母は 7a・7b 以外の調類にのみ現れる。

(3) 声　調

趙金付氏による『大歌書』上冊の朗読で現れた声調は表 3 のとおりである。表中の調類名は、漢語の調類との対応関係を念頭に置いて筆者が与えた。

調値の表記には、中国語学で声調言語を記述する場合に普遍的に使用されている五度法を用いた。これは、聴覚印象に基づき、音節の開始点と終了点についてそれぞれ 1（低）、2（半低）、3（中）、4（半高）、5（高）の数値を与え、[13]（低昇調）や [55]（高平調）の様に 2 桁乃至は 3 桁（最多で 4 桁）の数字で以て表すものである。また、韻尾が閉鎖音によって担われる音節、いわゆる「入声」では概して音節の持続時間が短い。この種の音節については、数字に下線を加えて [33]（中平短調）の様に表す。

尚、『大歌書』上冊の朗読では、表 3 の「陽平」に属さないはずの漢字が調値 [31] で現れるという場面に少なからず遭遇した。例えば、「第」は中古音の去声字であり、調値 [21] で現れる箇所が多いが、「第一」（第 1 丁表第 4 行）では調値 [31] で現れた。これは、任意の調類が陽平と同じ調値 [31] に変化するという連読変調が本方言に存在しているためと考えられる。本稿では、調値については趙金付氏による朗読形式を忠実に記すことにする。

表 3 『大歌書』上冊に現れた声調

調類番号	調類名	調値	音節の特徴
1	陰平	[33]	
2	陽平	[31]	
3a	陰上 A	[45]	喉頭化
3b	陰上 B	[24]	喉頭化
5	陰去	[13]	
6	陽去	[21]	
7a	陰入 A	[44]	声門閉鎖
7b	陰入 B	[34]	声門閉鎖

説明：

①調類番号 4 は欠番である。中古音の濁上字は調類 1 の調値で現れており、独立した調類 4 の存在は確認できなかった。本方言では調類 4 は既に調類 1 に合流していると判断される。

②調類番号 7a と 7b は、声門閉鎖音 ʔ が韻尾を担う音節に特有な声調、いわゆる「入声」である（表 2 を参照)。これに対し、7a・7b 以外の声調には声門閉鎖音 ʔ が韻尾を担う音節は現れない。

③調類番号 8 は欠番である。中古音の濁入字は調類 6 の調値で、且つ開音節で現れており、調類 8 の存在は確認できなかった。本方言では調類 8 は既に調類 6 に合流していると判断される。

④陰平は中平調であるが、稀に僅かに上昇する［34］で現れる。本稿では一律に［33］で記す。

⑤陽平は高降調である。音節開始点の音高は陰平と略同じであるが、句頭では稍高くなり、高降調［41］で現れる傾向にある。本稿では一律に［31］で記す。

⑥陰上 A は音節の持続時間が稍短い高昇調である。特に単母音韻母では音節の持続時間は陰入 A と同程度に短い。音節開始点の音高は陰入 A と略同じである。本稿では一律に［$\underline{45}$］で記すことにする。特筆すべきは、音節後半で喉頭化と思しき現象（喉頭の緊張乃至声門の閉鎖）を伴う点である。この喉頭化と思しき現象は陰上 A に不可欠な要素であるが、その解明には精査を要するため、本稿ではこの現象の記号化を保留する。この現象が陰上 A に随伴することに因り、「把」［pa$^{\underline{45}}$］:「筆」［paʔ$^{\underline{44}}$］の如き単母音韻母の対では陰入 A との弁別の難度は高い。実際に、陰入 A で現れることが期待される字音でありながら、「作」［tso$^{\underline{45}}$］（第 5 丁表第 8 行）や「曲」［tɕ^{h}u$^{\underline{45}}$］（第 11 丁表第 9 行）の如く陰上 A で現れた箇所が見られ、また反対に陰上 A で現れることが期待される字音でありながら、「把」［paʔ$^{\underline{44}}$］（第 32 丁裏第 8 行）や「且」［ts^{h}iʔ$^{\underline{44}}$］（第 10 丁表第 7 行）の如く陰入 A で現れた箇所も見られた。これらはいずれも単母音が韻母を担う点で特徴を同じくしている。

⑦陰上 B は音節の持続時間が稍短い低昇調である。音節開始点の音高は陰平

より少し低いが、音節終了点の音高は陰上Aの音節開始点での音高と略同じか、更に高いこともある。陰上A同様に音節後半で喉頭化と思しき現象を伴うが、その聴覚印象は陰上Aほど顕著ではない。本稿では一律に［24］で記すことにするが、この喉頭化と思しき現象の記号化は陰上A同様、保留する。尚、陰上Bに属する音節は声母が有声破裂音・破擦音声母である点で一致しており、例外は「能」［n̥aŋ^{24}］のみである。

⑧陰去は低昇調である。本方言の全声調の中で音節の持続時間は最も長く、低平調から低昇調に転じる［113］で現れることもある。本稿では一律に［13］で記す。音節開始点の音高が低い音域に在るためか、声母と韻母の音価については特筆を要する。声母に関しては、他の声調に比べ声帯振動の開始が明らかに早い。そのため、無声無気破裂音・破擦音声母からは有声破裂音・破擦音に似た聴覚印象を受けることがある。韻母に関しては、他の声調に比べ韻腹がより広母音に推移する（韻母の説明②を参照）。

⑨陽去は低降調である。本稿では一律に［21］で記す。音節開始点の音高が低い音域に在るためか、陰去同様、韻腹がより広母音に推移する。

⑩陰入Aは韻尾を声門閉鎖ʔが担う平板短調である。音節開始点と終了点の音高は共に句頭での陽平の開始点（前述⑤を参照）と略同じである。本稿では一律に［44］で記す。

⑪陰入Bは韻尾を声門閉鎖ʔが担う上昇短調である。音節開始点の音高は陰平と略同じである。音節終了点の音高は陰入Aと略同じか、更に高いこともある。本稿では一律に［34］で記す。尚、陰入Bに属する音節は声母が有声破裂音・破擦音声母である点で一致しており、例外は「協」［hjəʔ^{34}］のみである。

3. 記　音

本稿で音価を記すのは、趙金付氏の朗読による『大歌書』上冊、全47丁分である。本稿での記し方は次のとおりである。

①左端に丁・表裏・行の情報を記した。xは表、yは裏を表す。

②同一行に2つの小字が記されている箇所はスラッシュ（/）で分けた。

③『大歌書』上冊で簡化字で記されている箇所は、筆者が伝統的な字体に書き換えた。

④『大歌書』上冊で空白となっている箇所は、漢字の代わりに●を記した。空白ではないが字が不鮮明な箇所は、漢字の代わりに○を記した。

⑤漢字の直下に音価を国際音声記号で記した。

⑥聞き取りで音価が得られなかった漢字には、直下に罫線（—）を記した。

⑦聞き取りで得られた音価に疑義が有るものには、疑問符（?）を付記した。

⑧又音については脚注で明記した[2)]。

⑨聞き取りで得られた音価が当該漢字と語源を同じくするものでない箇所は多いため、本稿では敢えてそれを指摘せず、稿を改めて論じることにする。一例を示すならば、「下」（第 16 丁表第 4 行）に対する朗読音［di^{24}］の本字は「底」であるし、「入」（第 3 丁表第 5 行）に対する朗読音［pi^{21}］は漢語由来でなく、ミエン語の固有語を表すものである。

第 1 丁

01x1	人	話	郎	村	歌	堂	到
	ȵ(ĭ)əŋ^{31}	wa^{21}	lɔŋ^{31}	ts^{h}ʊŋ^{33}	ka^{31}	daŋ^{31}	t^{h}au^{13}
	踏	上	船	頭	聽	後	來/行
	daʔ$^{\underline{34}}$	tswaŋ^{21}	tsʊŋ^{31}	tau^{31}	t^{h}iŋ^{13}	hu^{33}	tai^{31}/heŋ^{31}
01x2	郎	小	聽	聲	又	聽	後
	lɔŋ^{31}	fwi$^{\underline{45}}$	t^{h}iŋ^{13}	siŋ^{33}	jəu^{21}	t^{h}iŋ^{13}	hu^{33}
	聽	得	娘	來	郎	也	來/行
	t^{h}iŋ^{13}	tuʔ$^{\underline{44}}$	ȵwaŋ^{31}	tai^{31}	lɔŋ^{31}	ja^{21}	tai^{31}/heŋ^{31}
01x3	人	話	郎	村	歌	堂	到
	ȵ(ĭ)əŋ^{31}	wa^{21}	lɔŋ^{31}	ts^{h}ʊŋ^{33}	ka^{31}	daŋ^{31}	t^{h}au^{13}
	湖	南	江	口	自	船	元/行
	ʔɔ^{31}	naŋ^{31}	kɔŋ^{31}	k^{h}u$^{\underline{45}}$	tsəŋ^{21}	tsʊŋ^{31}	jʊŋ^{31}/heŋ^{31}
01x4	第	一	自	傳	出	貴	地
	tei^{31}	jəʔ$^{\underline{44}}$	tsəŋ^{21}	tsʊŋ^{31}	ts^{h}wʌʔ$^{\underline{44}}$	kwei^{13}	tei^{21}
	第	二	自	傳	出	貴	門/村
	tei^{31}	ȵei^{21}	tsəŋ^{21}	tsʊŋ^{31}	ts^{h}wʌʔ$^{\underline{44}}$	kwei^{13}	mwʌŋ^{31}/

							ts^{h}ʊŋ^{33}
01x5	人	話	郎	村	歌	堂	到
	ŋ̥(ĭ)əŋ^{31}	wa^{21}	lɔŋ^{31}	ts^{h}ʊŋ^{33}	ka^{31}	daŋ^{31}	t^{h}au^{13}
	郎	小	得	知	自	得	來/行
	lɔŋ^{31}	fwi$^{\underline{45}}$	tuʔ$^{\underline{44}}$	pei^{33}	tsəŋ^{21}	tuʔ$^{\underline{44}}$	tai^{31}/heŋ^{31}
01x6	第	一	自	傳	得	水	步
	tei^{31}	jəʔ$^{\underline{44}}$	tsəŋ^{21}	tsʊŋ^{31}	t^{h}au^{13}	swi$^{\underline{45}}$	pəu^{21}
	木	木	合	船	自	得	來/行
	məu^{31}	mu^{21}	kaʔ$^{\underline{44}}$	tsʊŋ^{31}	tsəŋ^{21}	tuʔ$^{\underline{44}}$	tai^{31}/heŋ^{31}
01x7	人	話	郎	村	歌	堂	到
	ŋ̥(ĭ)əŋ^{31}	wa^{21}	lɔŋ^{31}	ts^{h}ʊŋ^{33}	ka^{31}	daŋ^{31}	t^{h}au^{13}
	九	州	八	步	自	傳	由/郎
	tɕu$^{\underline{45}}$	tsjəu^{33}	pəʔ$^{\underline{44}}$	pəu^{21}	tsəŋ^{21}	tsʊŋ^{31}	jəu^{31}/lwaŋ^{31}
01x8	第	一	自	傳	到	水	步
	tei^{31}	jəʔ$^{\underline{44}}$	tsəŋ^{21}	tsʊŋ^{31}	t^{h}au^{13}	swi$^{\underline{45}}$	pəu^{21}
	第	二	自	傳	正	貴	州/鄉
	tei^{31}	ŋ̥ei^{21}	tsəŋ^{21}	tsʊŋ^{31}	tsiŋ^{13}	kwei^{13}	tsjəu^{33}/ hjwaŋ^{33}
01x9	人	話	郎	村	歌	堂	到
	ŋ̥(ĭ)əŋ^{31}	wa^{21}	lɔŋ^{31}	ts^{h}ʊŋ^{33}	ka^{31}	daŋ^{31}	t^{h}au^{13}
	九	州	八	步	自	傳	州/元
	tɕu$^{\underline{45}}$	tsjəu^{33}	pəʔ$^{\underline{44}}$	pəu^{21}	tsəŋ^{21}	tsʊŋ^{31}	tsjəu^{33}/jʊŋ^{31}
01y1	第	一	自	傳	到	水	步
	tei^{31}	jəʔ$^{\underline{44}}$	tsəŋ^{21}	tsʊŋ^{31}	t^{h}au^{13}	swi$^{\underline{45}}$	pəu^{21}
	第	二	自	傳	正	貴	村/行
	tei^{31}	ŋ̥ei^{21}	tsəŋ^{21}	tsʊŋ^{31}	tsiŋ^{13}	kwei^{13}	ts^{h}ʊŋ^{33}/ heŋ^{31}
01y2	人	話	郎	村	歌	堂	到
	ŋ̥(ĭ)əŋ^{31}	wa^{21}	lɔŋ^{31}	ts^{h}ʊŋ^{33}	ka^{31}	daŋ^{31}	t^{h}au^{13}
	九	州	八	步	自	傳	來/行
	tɕu$^{\underline{45}}$	tsjəu^{33}	pəʔ$^{\underline{44}}$	pəu^{21}	tsəŋ^{21}	tsʊŋ^{31}	tai^{31}/heŋ^{31}
01y3	第	一	自	傳	到	水	步
	tei^{31}	jəʔ$^{\underline{44}}$	tsəŋ^{21}	tsʊŋ^{31}	t^{h}au^{13}	swi$^{\underline{45}}$	pəu^{21}

	第	二	自	傳	正	貴	門/村
	tei^{31}	ȵ̥ei^{21}	tsəŋ^{21}	tsʊŋ^{31}	tsiŋ^{13}	kwei^{13}	mwʌŋ^{31}/tsʰʊŋ^{33}
01y4	人	話	郎	村	歌	堂	到
	ȵ̥(ĭ)əŋ^{31}	wa^{21}	lɔŋ^{31}	tsʰʊŋ^{33}	ka^{31}	daŋ^{31}	tʰau^{13}
	怕	娘	不	念	●	●	●/●
	dzi^{13}	ȵ̥waŋ^{31}	jaŋ^{21}	niŋ^{21}	●	●	●/●
01y5	手	拿	酒	盞	方	哀	坐
	sjəu$^{\underline{45}}$	ȵ̥ʊŋ^{33}	tsjəu$^{\underline{45}}$	tsaŋ$^{\underline{45}}$	faŋ^{31}	ŋai^{33}	tsɔ^{13}
	怕	娘	不	念	●	●	●/●
	dzi^{13}	ȵ̥waŋ^{31}	jaŋ^{21}	niŋ^{21}	●	●	●/●
01y6	人	話	郎	村	歌	堂	到
	ȵ̥(ĭ)əŋ^{31}	wa^{21}	lɔŋ^{31}	tsʰʊŋ^{33}	ka^{31}	daŋ^{31}	tʰau^{13}
	湖	南	江	口	插	條	● [3)]/排
	ʔɔ^{31}	naŋ^{31}	kɔŋ^{31}	kʰu$^{\underline{45}}$	tsʰəʔ$^{\underline{44}}$	ti^{31}	fei^{33}/bai^{31}
01y7	共	村	姊	妹	開	書	讀
	tɕwəŋ^{31}	tsʰʊŋ^{33}	tsei$^{\underline{45}}$	mwi^{21}	gwai^{33}	səu^{33}	tu^{21}
	書	自	不	眞	郎	自	來/知
	səu^{33}	dzaŋ^{21}	jaŋ^{21}	tsjəŋ^{33}	lɔŋ^{31}	tsəŋ^{21}	tai^{31}/pei^{33}
01y8	起			聲			唱
	tɕʰi$^{\underline{45}}$			siŋ^{33}			tsʰwaŋ^{13}
	歌	堂	裡	起	聲	●	●/● [4)]
	ka^{31}	daŋ^{31}	nwai^{21}	tɕʰi$^{\underline{45}}$	siŋ^{33}	●	●/dzwai^{31}

第２丁

02x1	人	話	郎	村	歌	堂	到
	ȵ̥(ĭ)əŋ^{31}	wa^{21}	lɔŋ^{31}	tsʰʊŋ^{33}	ka^{31}	daŋ^{31}	tʰau^{13}
	踏	上	船	頭	聽	後	來/行
	daʔ$^{\underline{34}}$	tswaŋ^{21}	tsʊŋ^{31}	tau^{31}	tʰiŋ^{13}	hu^{33}	tai^{31}/heŋ^{31}
02x2	郎	小	聽	嘀	又	聽	後
	lɔŋ^{31}	fwi$^{\underline{45}}$	tʰiŋ^{13}	siŋ^{33}	jəu^{21}	tʰiŋ^{13}	hu^{33}
	聽	得	娘	來	郎	也	來/行
	tʰiŋ^{13}	tuʔ$^{\underline{44}}$	ȵ̥waŋ^{31}	tai^{31}	lɔŋ^{31}	ja^{21}	tai^{31}/heŋ^{31}
02x3	人	話	郎	村	歌	堂	到

	ŋ̩(ĭ)əŋ^{31}	wa^{21}	lɔŋ^{31}	ts^{h}ʊŋ^{33}	ka^{31}	daŋ^{31}	t^{h}au^{13}
	湖	南	江	口	自	船	元/行
	ʔɔ^{31}	naŋ^{31}	kɔŋ^{31}	k^{h}u$^{\underline{45}}$	tsəŋ^{21}	tsʊŋ^{31}	jʊŋ^{31}/heŋ^{31}
02x4	第	一	自	傳	出	貴	地
	tei^{31}	jəʔ$^{\underline{44}}$	tsəŋ^{21}	tsʊŋ^{31}	ts^{h}wʌʔ$^{\underline{44}}$	kwei^{13}	tei^{21}
	第	二	自	傳	出	貴	門/村
	tei^{31}	ŋ̩ei^{21}	tsəŋ^{21}	tsʊŋ^{31}	ts^{h}wʌʔ$^{\underline{44}}$	kwei^{13}	mwʌŋ^{31}/ ts^{h}ʊŋ^{33}
02x5	人	話	郎	村	歌	堂	到
	ŋ̩(ĭ)əŋ^{31}	wa^{21}	lɔŋ^{31}	ts^{h}ʊŋ^{33}	ka^{31}	daŋ^{31}	t^{h}au^{13}
	郎	小	得	知	自	得	來/行
	lɔŋ^{31}	fwi$^{\underline{45}}$	tuʔ$^{\underline{44}}$	pei^{33}	tsəŋ^{21}	tuʔ$^{\underline{44}}$	tai^{31}/heŋ^{31}
02x6	第	一	自	傳	到	水	步
	tei^{31}	jəʔ$^{\underline{44}}$	tsəŋ^{21}	tsʊŋ^{31}	t^{h}au^{13}	swi$^{\underline{45}}$	pəu^{21}
	第	二	合	船	自	得	來/行
	tei^{31}	ŋ̩ei^{21}	kaʔ$^{\underline{44}}$	tsʊŋ^{31}	tsəŋ^{21}	tuʔ$^{\underline{44}}$	tai^{31}/heŋ^{31}
02x7	人	話	郎	村	歌	堂	到
	ŋ̩(ĭ)əŋ^{31}	wa^{21}	lɔŋ^{31}	ts^{h}ʊŋ^{33}	ka^{31}	daŋ^{31}	t^{h}au^{13}
	九	州	八	步	自	傳	由/郎
	tɕu$^{\underline{45}}$	tsjəu^{33}	pəʔ$^{\underline{44}}$	pəu^{21}	tsəŋ^{21}	tsʊŋ^{31}	jəu^{31}/lwaŋ^{31}
02x8	第	一	自	傳	到	水	步
	tei^{31}	jəʔ$^{\underline{44}}$	tsəŋ^{21}	tsʊŋ^{31}	t^{h}au^{13}	swi$^{\underline{45}}$	pəu^{21}
	第	二	自	傳	正	貴	村/鄉
	tei^{31}	ŋ̩ei^{21}	tsəŋ^{21}	tsʊŋ^{31}	tsiŋ^{13}	kwei^{13}	ts^{h}ʊŋ^{33}/ hjwaŋ^{33}
02x9	人	話	郎	村	歌	堂	到
	ŋ̩(ĭ)əŋ^{31}	wa^{21}	lɔŋ^{31}	ts^{h}ʊŋ^{33}	ka^{31}	daŋ^{31}	t^{h}au^{13}
	九	州	八	步	自	傳	來/行
	tɕu$^{\underline{45}}$	tsjəu^{33}	pəʔ$^{\underline{44}}$	pəu^{21}	tsəŋ^{21}	tsʊŋ^{31}	tai^{31}/heŋ^{31}
02y1	第	一	自	傳	到	水	步
	tei^{31}	jəʔ$^{\underline{44}}$	tsəŋ^{21}	tsʊŋ^{31}	t^{h}au^{13}	swi$^{\underline{45}}$	pəu^{21}
	第	二	自	傳	正	貴	門/村
	tei^{31}	ŋ̩ei^{21}	tsəŋ^{21}	tsʊŋ^{31}	tsiŋ^{13}	kwei^{13}	mwʌŋ^{31}/

							tsʰʊŋ^{33}
02y2	人	話	郎	村	歌	堂	到
	ɳ(ĭ)əŋ^{31}	wa^{21}	lɔŋ^{31}	tsʰʊŋ^{33}	ka^{31}	daŋ^{31}	tʰau^{13}
	九	州	八	步	自	傳	村/鄉
	tɕu$^{\underline{45}}$	tsjəu^{33}	pəʔ$^{\underline{44}}$	pəu^{21}	tsəŋ^{21}	tsʊŋ^{31}	tsʰʊŋ^{33}/hjwaŋ^{33}
02y3	手	拿	酒	盞	方	哀	坐
	sjəu$^{\underline{45}}$	ɳʊŋ^{33}	tsjəu^{33}	tsaŋ$^{\underline{45}}$	faŋ^{31}	ŋai^{33}	tsɔ^{13}
	怕	娘	步	念	●	●	●/●
	dzi^{13}	ɳwaŋ^{31}	jaŋ^{21}	niŋ^{21}	●	●	●/●
02y4	人	話	郎	村	歌	堂	到
	ɳ(ĭ)əŋ^{31}	wa^{21}	lɔŋ^{31}	tsʰʊŋ^{33}	ka^{31}	daŋ^{31}	tʰau^{13}
	湖	南	江	口	插	條	行/排
	ʔɔ^{31}	naŋ^{31}	kɔŋ^{31}	kʰu$^{\underline{45}}$	tsʰəʔ$^{\underline{44}}$	ti^{31}	heŋ^{31}/bai^{31}
02y5	共	村	姐	妹	開	書	讀
	tɕwəŋ^{21}	tsʰʊŋ^{33}	tsei$^{\underline{45}}$	mwi^{21}	gwai^{33}	səu^{33}	tu^{21}
	書	自	不	眞	郎	自	來/知
	səu^{33}	dzaŋ^{21}	jaŋ^{21}	tsjəŋ^{33}	lɔŋ^{31}	tsiŋ^{13}	tai^{31}/pei^{33}
02y6	起			唓			唱
	tɕʰi$^{\underline{45}}$			siŋ^{33}			tsʰwaŋ^{13}
	歌	堂	林	裡	起	唓	愁/云
	ka^{31}	daŋ^{31}	lei^{31}	nwai^{21}	tɕʰi$^{\underline{45}}$	siŋ^{33}	dzau^{31}/jʊŋ^{31}
02y7	戌[5]	亥	二	時	歌	聲	起
	fuʔ$^{\underline{44}}$	hwai^{33}	ɳei^{21}	tsjaŋ^{31}	ka^{31}	siŋ^{33}	tɕʰi$^{\underline{45}}$
	午	未	二	時	歌	便	齊/完
	ŋ̍^{33}	mei^{21}	ɳei^{21}	tsjaŋ^{31}	ka^{31}	piŋ^{21}	dzwai^{31}/jʊŋ^{31}
02y8	起			歌			唱
	tɕʰi$^{\underline{45}}$			ka^{33}			tsʰwaŋ^{13}
	一	雙	陽	鳥	起	唓	齊/歡
	jəʔ$^{\underline{44}}$	sɔŋ^{33}	jwaŋ^{31}	pi$^{\underline{45}}$	tɕʰi$^{\underline{45}}$	siŋ^{33}	dzwai^{31}/jʊŋ^{31}
02y9	黃	鳥	起	唓	座	杵	尾

	jwaŋ^{31}	pi$^{\underline{45}}$	tɕʰi$^{\underline{45}}$	siŋ^{33}	tswei^{33}	tsəu^{21}	mwei^{33}
	郎	小	起	啨	座	席	齊/圓
	lɔŋ^{31}	fwi$^{\underline{45}}$	tɕʰi$^{\underline{45}}$	siŋ^{33}	tswei^{33}	tsi^{21}	dzwai^{31}/ jʊŋ^{31}

第3丁

03x1	三	百	二	人	郎	在	小
	faŋ^{31}	pᴇʔ$^{\underline{44}}$	ȵei^{21}	ȵ(ĭ)əŋ^{31}	lɔŋ^{31}	tswai^{13}	fwi$^{\underline{45}}$
	人	人	勸	我	座	南	行
	ȵ(ĭ)əŋ^{31}	ȵ(ĭ)əŋ^{31}	kʰwiŋ^{13}	ŋɔ^{33}	tswei^{33}	naŋ^{31}	heŋ^{31}
03x2	座	得/在	南	行	世	席	口
	tswei^{33}	tuʔ$^{\underline{44}}$/tsai^{13}	naŋ^{31}	heŋ^{31}	sei^{13}	tsi^{21}	kʰu$^{\underline{45}}$
	鯉	魚	過	背	本	擔	當
	lei^{31}	ȵ(ĭ)əu^{31}	tɕwi^{13}	pwi^{13}	pwʌŋ$^{\underline{45}}$	daŋ^{31}	tɔŋ^{33}
03x3	三	百	二	人	郎	在	小
	faŋ^{31}	pᴇʔ$^{\underline{44}}$	ȵei^{21}	ȵ(ĭ)əŋ^{31}	lɔŋ^{31}	tswai^{13}	fwi$^{\underline{45}}$
	人	人	加	我	座	南	尊
	ȵ(ĭ)əŋ^{31}	ȵ(ĭ)əŋ^{31}	dʑa^{13}	ŋɔ^{33}	tswei^{33}	naŋ^{31}	tsʊŋ^{33}
03x4	座	得	南	尊	世	席	口
	tswei^{33}	tuʔ$^{\underline{44}}$	naŋ^{31}	tsʊŋ^{33}	sei^{13}	tsi^{21}	kʰu$^{\underline{45}}$
	以	後	聲	傳	郎	有	名
	jəʔ$^{\underline{44}}$	hu^{33}	siŋ^{33}	tsʊŋ^{31}	lɔŋ^{31}	mai^{31}	meŋ^{31}
03x5	初/座			入			席
	tsʰɔ^{31}/ tswei^{33}			pi^{21}			tsi^{21}
	席	頭	席	尾	冷/浪	秋/修	秋/修
	tsi^{21}	tau^{31}	tsi^{21}	mwei^{33}	l̥eŋ^{33}/ lwaŋ^{21}	tsʰjəu^{33}/ hjəu^{33}	tsʰjəu^{33}/ hjəu^{33}
03x6	手	拿	七	寸	銀	刀	子
	sjəu$^{\underline{45}}$	ȵʊŋ^{33}	tsʰjəʔ$^{\underline{44}}$	tsʰʊŋ^{13}	ȵwaŋ^{31}	tu^{33}	tsai$^{\underline{45}}$
	歌	詞	力	斷	滿	席	抛/流
	ka^{31}	tsei^{31}	hjəʔ$^{\underline{34}}$	tʊŋ^{13}	mjəŋ^{33}	tsi^{21}	bei^{33}/ljəu^{33}
03x7	隔			席			唱
	dʑᴇʔ$^{\underline{34}}$			tsi^{21}			tsʰwaŋ^{13}

	又	隔	二	重	燈	火	爐/煙
	jəu^{21}	dʑᴇʔ$^{\underline{34}}$	ŋ̥ei^{21}	ts^{h}wʌŋ^{31}	taŋ^{33}	tɕ^{h}wi$^{\underline{45}}$	ləu^{31}/ʔe̝ŋ^{33}
03x8	莫	放	風	吹	燈	火	息
	ji^{13}	pʊŋ^{13}	pwʌŋ^{31}	ts^{h}wei^{33}	taŋ^{33}	tɕ^{h}wi$^{\underline{45}}$	si^{21}
	衫	袖	籠	娘	過	席	圖/連
	sa^{31}	sjəu^{13}	lwʌŋ^{31}	ŋ̥waŋ^{31}	tɕwi^{13}	tsi^{21}	təu^{31}/liŋ^{31}
03x9	論			娘			唱
	lwʌŋ^{31}			ŋ̥waŋ^{31}			ts^{h}waŋ^{13}
	娘	也	唱	條	郎	也	條
	ŋ̥waŋ^{31}	ja^{21}	ts^{h}waŋ^{13}	ti^{31}	lɔŋ^{31}	ja^{21}	ti^{31}
03y1	娘	也	唱	條	定	酒	盞
	ŋ̥waŋ^{31}	ja^{21}	ts^{h}waŋ^{13}	ti^{31}	tiŋ^{21}	tsjəu$^{\underline{45}}$	tsaŋ$^{\underline{45}}$
	郎	也	唱	條	定	酒	筵/行
	lɔŋ^{31}	ja^{21}	ts^{h}waŋ^{13}	ti^{31}	tiŋ^{21}	tsjəu$^{\underline{45}}$	ji^{31}/heŋ^{31}
03y2	日	頭	欲	上	欲	不	上
	ŋ̥u^{21}	tau^{31}	dʑiŋ$^{\underline{24}}$	tswaŋ^{21}	dʑiŋ$^{\underline{24}}$	jaŋ^{21}	tswaŋ^{21}
	松	柏	齊/欲	生/垂	亦/欲	不/不	生/垂
	tsʌŋ^{31}	pᴇʔ$^{\underline{44}}$	dzi^{31}/	seŋ^{33}/	dzi^{31}/	jaŋ^{21}/	seŋ^{33}/
			dʑiŋ^{31}	dzwei^{31}	dʑiŋ^{31}	jaŋ^{21}	dzwei^{31}
03y3	日	頭	出	早	挨	松	柏
	ŋ̥u^{21}	tau^{31}	ts^{h}wʌʔ$^{\underline{44}}$	dzjəu$^{\underline{45}}$	ʔaʔ$^{\underline{44}}$	tsʌŋ^{31}	pᴇʔ$^{\underline{44}}$
	拗	條	松	柏	引	路	行/生
	ʔaʔ$^{\underline{44}}$	ti^{31}	tsʌŋ^{31}	pᴇʔ$^{\underline{44}}$	jəŋ^{33}	ləu^{21}	heŋ^{31}/seŋ^{33}
03y4	日	頭	出	早	挨	松	柏
	ŋ̥u^{21}	tau^{31}	ts^{h}wʌʔ$^{\underline{44}}$	dzjəu$^{\underline{45}}$	ʔaʔ$^{\underline{44}}$	tsʌŋ^{31}	pᴇʔ$^{\underline{44}}$
	專	上	專	挨	松	柏	江/枝
	tsʊŋ^{31}	tswaŋ^{21}	tsʊŋ^{31}	ʔaʔ$^{\underline{44}}$	tsʌŋ^{31}	pᴇʔ$^{\underline{44}}$	kɔŋ^{33}/tsei^{31}
03y5	專	上	專	挨	松	柏	杵
	tsʊŋ^{31}	tswaŋ^{21}	tsʊŋ^{31}	ʔaʔ$^{\underline{44}}$	tsʌŋ^{31}	pᴇʔ$^{\underline{44}}$	tsəu^{21}
	拗	條	松	柏	引	路	雙/思
	ʔaʔ$^{\underline{44}}$	ti^{31}	tsʌŋ^{31}	pᴇʔ$^{\underline{44}}$	jəŋ^{33}	ləu^{21}	sɔŋ^{33}/fei^{33}
03y6	日	頭	出	早	白	石/席	嶺
	ŋ̥u^{21}	tau^{31}	ts^{h}wʌʔ$^{\underline{44}}$	dzjəu$^{\underline{45}}$	pɛ^{21}	tsi^{21}/tsi^{21}	liŋ^{33}

	有	邊	着	月	有	邊	陰/涼
	mai^{31}	piŋ^{33}	tuʔ$^{\underline{44}}$	ŋ̥u^{21}	mai^{31}	piŋ^{33}	jəŋ^{33}/lwaŋ^{31}
03y7	有	邊	著	月	人	有	我
	mai^{31}	piŋ^{33}	tuʔ$^{\underline{44}}$	ŋ̥u^{21}	ŋ̥(ĭ)əŋ^{31}	mai^{31}	ŋɔ^{33}
	有	邊	無	月	子	● [6)]	身/●
	mai^{31}	piŋ^{33}	məu^{31}	ŋ̥u^{21}	tɕwei$^{\underline{45}}$	taŋ^{31}	sjəŋ^{33}/●
03y8	日	頭	出	早	白	席/石	嶺
	ŋ̥u^{21}	tau^{31}	tsʰwʌʔ$^{\underline{44}}$	dzjəu$^{\underline{45}}$	pɛ^{21}	tsi^{21}/tsi^{21}	liŋ^{33}
	水	過	龍	門	白	石	州/中
	swi$^{\underline{45}}$	tɕwi^{13}	lwʌŋ^{31}	mwʌŋ^{31}	pɛ^{21}	tsi^{21}	tsjəu^{33}/twʌŋ^{33}
03y9	日	頭	在	天	照	下	海
	ŋ̥u^{21}	tau^{31}	tswai^{13}	tʰiŋ^{33}	tsi^{13}	dʑi^{21}	kʰwai$^{\underline{45}}$
	照	見	海	中	冚	萬	魚/龍
	tsi^{13}	tɕ(ĭ)əŋ^{13}	kʰwai$^{\underline{45}}$	twʌŋ^{33}	məu^{31}	maŋ^{21}	ŋ̥(ĭ)əu^{33}/lwʌŋ^{31}

第４丁

04x1	日	頭	出	早	白	石	嶺
	ŋ̥u^{21}	tau^{31}	tsʰwʌʔ$^{\underline{44}}$	dzjəu$^{\underline{45}}$	pɛ^{21}	tsi^{21}	liŋ^{33}
	水	過	龍	門	白	石	灘/州
	swi$^{\underline{45}}$	tɕwi^{13}	lwʌŋ^{31}	mwʌŋ^{31}	pɛ^{21}	tsi^{21}	tʰaŋ^{33}/tsjəu^{33}
04x2	平	田	晒	禾	番	复	晒
	peŋ^{31}	tiŋ^{31}	sai^{13}	ji^{31}	pʰaŋ^{31}	pʰuʔ$^{\underline{44}}$	sai^{13}
	燕	子	排	行	把/排	你	看/收
	hiŋ^{13}	tsai$^{\underline{45}}$	bai^{31}	hɔŋ^{31}	pa$^{\underline{45}}$/bai^{31}	nwai^{21}	kʰaŋ^{13}/sjəu^{33}
04x3	日	頭	出	早	高	三	丈
	ŋ̥u^{21}	tau^{31}	tsʰwʌʔ$^{\underline{44}}$	dzjəu$^{\underline{45}}$	ku^{31}	faŋ^{33}	tsʊŋ^{33}
	任 [7)]	高	四	尺	着	雲	遮
	hiŋ^{13}	ku^{33}	fei^{13}	tsʰiʔ$^{\underline{44}}$	tuʔ$^{\underline{44}}$	jʊŋ^{31}	dzi^{33}
04x4	常	常	得	見	雲	遮	月
	sjaŋ^{31}	sjaŋ^{31}	tuʔ$^{\underline{44}}$	tɕiŋ^{13}	jʊŋ^{31}	dzi^{33}	ŋ̥u^{21}

	不	曾	得	見	月	遮	雲
	jaŋ^{21}	tɕeŋ^{33}	tuʔ$^{\underline{44}}$	tɕiŋ^{13}	ŋ̥u^{21}	dzi^{33}	jʊŋ^{31}
04x5	日	頭	出	早	娘	擔	水
	ŋ̥u^{21}	tau^{31}	tsʰwʌʔ$^{\underline{44}}$	dzjəu$^{\underline{45}}$	ŋ̥waŋ^{31}	daŋ^{33}	swi$^{\underline{45}}$
	半	筒	清	水	半	筒	沙/油
	pjəŋ^{13}	dʌŋ^{31}	tsʰiŋ^{33}	swi$^{\underline{45}}$	pjəŋ^{13}	dʌŋ^{31}	sa^{33}/jəu^{31}
04x6	半	筒	煮	飯	爺	娘	吃
	pjəŋ^{13}	dʌŋ^{31}	tsəu$^{\underline{45}}$	pəŋ^{21}	ji^{31}	ŋ̥waŋ^{31}	tɕʰi$^{\underline{45}}$
	半	筒	洗	面	出	蓮/風	花/光
	pjəŋ^{13}	dʌŋ^{31}	sai$^{\underline{45}}$	miŋ^{21}	tsʰwʌʔ$^{\underline{44}}$	liŋ^{31}/ pwʌŋ^{31}	kʰwa^{33}/ ljəu^{31}
04x7	日	頭	出	早	娘	擔	水
	ŋ̥u^{21}	tau^{31}	tsʰwʌʔ$^{\underline{44}}$	dzjəu$^{\underline{45}}$	ŋ̥waŋ^{31}	daŋ^{33}	swi$^{\underline{45}}$
	半	筒	清	水	半	筒	苔/盯
	pjəŋ^{13}	dʌŋ^{31}	tsʰiŋ^{33}	swi$^{\underline{45}}$	pjəŋ^{13}	dʌŋ^{31}	twai^{31}/—
04x8	半	筒	煮	飯	爺	娘	吃
	pjəŋ^{13}	dʌŋ^{31}	tsɔu$^{\underline{45}}$	pəŋ^{21}	ji^{31}	ŋ̥waŋ^{31}	tɕʰi$^{\underline{45}}$
	半	筒	洗	面	出	秀/官	才/人
	pjəŋ^{13}	dʌŋ^{31}	sai$^{\underline{45}}$	miŋ^{21}	tsʰwʌʔ$^{\underline{44}}$	fjəu^{13}/ tɕwəŋ^{33}	tswai^{31}/ ŋ̥(ĭ)əŋ^{31}
04x9	日	頭	出	早	娘	擔	水
	ŋ̥u^{21}	tau^{31}	tsʰwʌʔ$^{\underline{44}}$	dzjəu$^{\underline{45}}$	ŋ̥waŋ^{31}	daŋ^{33}	swi$^{\underline{45}}$
	擔	到	月	斜	不	見	歸/行
	daŋ^{33}	tʰau^{13}	ŋ̥u^{21}	tsi^{33}	jaŋ^{21}	tɕ(ĭ)əŋ^{13}	kwei^{33}/ heŋ^{31}
04y1	娘/郎	姐	問	郎/娘	因	何	事
	ŋ̥waŋ^{31}/ lɔŋ^{31}	tsi$^{\underline{45}}$	mwʌŋ^{21}	lɔŋ^{31}/ ŋ̥waŋ^{31}	jəŋ^{31}	hɔ^{31}	dzai^{21}
	步	頭	擔	水	著	龍	為/爭
	pəu^{21}	tau^{31}	daŋ^{33}	swi$^{\underline{45}}$	tuʔ$^{\underline{44}}$	lwʌŋ^{31}	wei^{31}/ dzɛŋ^{33}
04y2	問	娘/你	是	晏	不	是	晏
	mwʌŋ^{21}	ŋ̥waŋ^{31}/	tsei^{33}	ʔaŋ^{13}	jaŋ^{21}	tsei^{33}	ʔaŋ^{13}

		nwai^{21}					
	問	你	是	中/丁	不	是	中/丁
	mwʌŋ^{21}	nwai^{21}	tsei^{33}	twʌŋ^{33}/tiŋ^{33}	jaŋ^{21}	tsei^{33}	twʌŋ^{33}/tiŋ^{33}
04y3	是	中/丁	報	娘	煮	晏	飯
	tsei^{33}	twʌŋ^{33}/tiŋ^{33}	bu^{13}	ȵwaŋ^{31}	tsəu$^{\underline{45}}$	ʔaŋ^{13}	pəŋ^{21}
	擔	水	埠	頭	等	舊	龍/情
	daŋ^{33}	swi$^{\underline{45}}$	pəu^{21}	tau^{31}	taŋ$^{\underline{45}}$	tɕ(ĭ)əu^{13}	lwʌŋ^{31}/tsiŋ^{31}
04y4	問	你	是	晏	不	是	晏
	mwʌŋ^{21}	nwai^{21}	tsei^{33}	ʔaŋ^{13}	jaŋ^{21}	tsei^{33}	ʔaŋ^{13}
	是	晏	報	娘	煮	晏	茶/更
	tsei^{33}	ʔaŋ^{13}	bu^{13}	ȵwaŋ^{31}	tsəu$^{\underline{45}}$	ʔaŋ^{13}	tsa^{31}/tɕeŋ^{33}
04y5	煮	得	晏	茶	皿	菓	送
	tsəu$^{\underline{45}}$	tuʔ$^{\underline{44}}$	ʔaŋ^{13}	tsa^{31}	məu^{31}	koʔ$^{\underline{44}}$	fʊŋ^{13}
	屋	背	楊	梅	暗	結	花/生
	ʔəʔ$^{\underline{44}}$	pwi^{13}	jwaŋ^{31}	mwi^{31}	ʔɔŋ^{13}	tɕiʔ$^{\underline{44}}$	kʰwa^{33}/seŋ^{33}
04y6	日			正			中
	ȵu^{21}			tsiŋ^{13}			twʌŋ^{33}
	南	蛇	過	海	便	成	龍
	naŋ^{31}	tsi^{31}	tɕwi^{13}	kʰwai$^{\underline{45}}$	pəŋ^{13}	tsjaŋ^{31}	lwʌŋ^{31}
04y7	南	蛇	也	難	過	海	見
	naŋ^{31}	tsi^{31}	ja^{21}	naŋ^{31}	tɕwi^{13}	kʰwai$^{\underline{45}}$	tɕiŋ^{13}
	好	雙	過	路	也	難	連
	kʰu$^{\underline{45}}$	sɔŋ^{33}	tɕwi^{13}	ləu^{21}	ja^{21}	naŋ^{31}	liŋ^{31}
04y8	日			正			中
	ȵu^{21}			tsiŋ^{13}			twʌŋ^{33}
	要	娘	擔	傘	過	平	沖
	wai^{13}	ȵwaŋ^{31}	daŋ^{33}	faŋ^{13}	tɕwi^{13}	peŋ^{31}	swʌŋ^{33}
04y9	要	娘	共	擔	平	沖	水
	wai^{13}	ȵwaŋ^{31}	tɕwəŋ^{21}	daŋ^{33}	peŋ^{31}	swʌŋ^{33}	swi$^{\underline{45}}$
	衫	領	衫	袖	不	齊	籠
	sa^{31}	leŋ^{33}	sa^{31}	sjəu^{13}	jaŋ^{21}	dzwai^{31}	lwʌŋ^{31}

第5丁

05x1	日			落			斜
	ŋ̥u^{21}			lɔ^{21}			tsi^{33}
	要	娘	擔	水	過	平	車
	wai^{13}	ŋ̥waŋ^{31}	daŋ^{33}	swi$^{\underline{45}}$	tɕwi^{13}	peŋ^{31}	ts^{h}i^{33}
05x2	要	娘	共	擔	平	車	水
	wai^{13}	ŋ̥waŋ^{31}	tɕwəŋ^{21}	daŋ^{33}	peŋ^{31}	ts^{h}i^{33}	swi$^{\underline{45}}$
	衫	領	不	齊	衫	袖	遮
	sa^{31}	leŋ^{33}	jaŋ^{21}	dzwai^{31}	sa^{31}	sjəu^{13}	dzi^{33}
05x3	日			落			江/流
	ŋ̥u^{21}			lɔ^{21}			kɔŋ^{33}/ljəu^{33}
	秀	才	騎	馬	過	連	塘/州
	fjəu^{13}	tswai^{31}	tɕi^{31}	ma^{33}	tɕwi^{13}	liŋ^{31}	tɔŋ^{31}/tsjəu^{33}
05x4	手	拿	馬	鞭	鞭	連	子
	sjəu$^{\underline{45}}$	ŋ̥ʊŋ^{33}	ma^{33}	biŋ^{33}	biŋ^{33}	liŋ^{31}	tsai$^{\underline{45}}$
	蓮	子	分	分	發	下	塘/州
	liŋ^{31}	tsai$^{\underline{45}}$	p^{h}ʊŋ^{33}	p^{h}ʊŋ^{33}	faʔ$^{\underline{44}}$	dʑi^{21}	tɔŋ^{31}/tsjəu^{33}
05x5	日			落			西
	ŋ̥u^{21}			lɔ^{21}			fai^{33}
	鷓	鴣	無	伴	隔	江	啼
	tsi^{31}	kəu^{33}	məu^{31}	bjəŋ^{33}	dʑᴇʔ$^{\underline{34}}$	kɔŋ^{33}	dai^{31}
05x6	打	破	一	州	成	兩	縣
	ta$^{\underline{45}}$	bai^{13}	jəʔ$^{\underline{44}}$	tsjəu^{33}	tsjaŋ^{31}	ljaŋ^{21}	gwəŋ^{21}
	大	姐	落	東	妹	落	西/底
	tai^{21}	tsi$^{\underline{45}}$	lɔ^{21}	tʌŋ^{33}	mwi^{21}	lɔ^{21}	fai^{33}/di$^{\underline{24}}$
05x7	日			落			江/西
	ŋ̥u^{21}			lɔ^{21}			kɔŋ^{33}/fai^{33}
	黃	蜂	過	嶺	口	含	糖/坭
	jwaŋ^{31}	pwʌŋ^{31}	tɕwi^{13}	liŋ^{33}	k^{h}əu$^{\underline{45}}$	haŋ^{21}	tɔŋ^{31}/nai^{31}
05x8	黃	蜂	含	糖	歸	結	鬪
	jwaŋ^{31}	pwʌŋ^{31}	haŋ^{21}	tɔŋ^{31}	kwei^{33}	tɕiʔ$^{\underline{44}}$	tau$^{\underline{45}}$
	共	娘	作	笑	結	成	雙/妻
	tɕwəŋ^{21}	ŋ̥waŋ^{31}	tsɔ$^{\underline{45}}$	fwi^{13}	tɕiʔ$^{\underline{44}}$	tsjaŋ^{31}	sɔŋ^{33}/

							tsʰwai^{33}
05x9	日			落			西/鳥
	ŋ̥u^{21}			lɔ^{21}			fai^{33}/ʔəu^{33}
	湖	南	江	口	打	鷓	鴣
	ʔɔ^{31}	naŋ^{31}	kɔŋ^{31}	kʰu$^{\underline{45}}$	ta$^{\underline{45}}$	dzi^{31}	kəu^{33}
05y1	打	得	鷓	鴣	籠	裡	隱
	ta$^{\underline{45}}$	tuʔ$^{\underline{44}}$	dzi^{31}	kəu^{33}	lwʌŋ^{31}	lei^{33}	wʌŋ$^{\underline{45}}$
	一	夜	偷	啼	心	裡	悽/無
	jəʔ$^{\underline{44}}$	ji^{13}	tʰau^{31}	dai^{31}	fjəŋ^{33}	lei^{33}	tsʰwai^{33}/ məu^{31}
05y2	日			落			西
	ŋ̥u^{21}			lɔ^{21}			fai^{33}
	鷓	鴣	無	伴	隔	江	啼
	dzi^{31}	kəu^{33}	məu^{31}	pjəŋ^{13}	dʑᴇʔ$^{\underline{34}}$	kɔŋ^{33}	dai^{31}
05y3	人	話	鷓	鴣	不	有	屋
	ŋ̥(ĭ)əŋ^{31}	wa^{21}	dzi^{31}	kəu^{33}	jaŋ^{21}	mai^{31}	ʔəʔ$^{\underline{44}}$
	鷓	鴣	有	屋	在	深	坭/底
	dzi^{31}	kəu^{33}	mai^{31}	ʔəʔ$^{\underline{44}}$	tswai^{13}	sjəŋ^{31}	nai^{31}/di$^{\underline{24}}$
05y4	日	頭	過	江	不	早	過
	ŋ̥u^{21}	tau^{31}	tɕwi^{13}	kɔŋ^{33}	jaŋ^{21}	dzjəu$^{\underline{45}}$	tɕwi^{13}
	上	留	月	影	照	娘	村/鄉
	tswaŋ^{21}	ljəu^{31}	ŋ̥u^{21}	ʔeŋ$^{\underline{45}}$	tsi^{13}	ŋ̥waŋ^{31}	tsʰʊŋ^{33}/ hjwaŋ^{33}
05y5	千	村/鄉	萬	村/鄉	月	不	照
	tsʰiŋ^{33}	tsʰʊŋ^{33}/ hjwaŋ^{33}	maŋ^{21}	tsʰʊŋ^{33}/ hjwaŋ^{33}	ŋ̥u^{21}	jaŋ^{21}	tsi^{13}
	單	照	丹	身	無	有	我
	taŋ^{31}	tsi^{13}	taŋ^{31}	sjəŋ^{33}	məu^{31}	mai^{31}	ŋɔ^{33}
05y6	日	頭	過	江	專	是	夜
	ŋ̥u^{21}	tau^{31}	tɕwi^{13}	kɔŋ^{33}	tsʊŋ^{31}	tsei^{33}	ji^{13}
	沙	牛	里	磊	下	江	行/歸
	fai^{31}	ŋau^{31}	lei^{31}	lwei^{21}	dʑi^{21}	kɔŋ^{33}	heŋ^{31}/ kwei^{33}

05y7	沙	牛	有	欄	鶏	有	屋
	fai^{31}	ŋau^{31}	mai^{31}	laŋ^{31}	tɕai^{33}	mai^{31}	ʔəʔ$^{\underline{44}}$
	郎	小	單	身	自	獨	行/歸
	lɔŋ^{31}	fwi$^{\underline{45}}$	taŋ^{31}	sjəŋ^{33}	tsəŋ^{21}	du^{21}	heŋ^{31}/kwei^{33}
05y8	日	頭	過	江	專	是	夜
	ŋ̥u^{21}	tau^{31}	tɕwi^{13}	kɔŋ^{33}	tsʊŋ^{31}	tsei^{33}	ji^{13}
	屋	背	離	根	全	是	陰/涼
	ʔəʔ$^{\underline{44}}$	pwi^{13}	lei^{31}	kwaŋ^{33}	tsʊŋ^{31}	tsei^{33}	jəŋ^{33}/lwaŋ^{31}
05y9	格	木	好	做	蓮	塘	透
	dʑɛʔ$^{\underline{34}}$	mu^{21}	k^{h}u$^{\underline{45}}$	tsəu^{13}	liŋ^{31}	tɔŋ^{31}	t^{h}əu^{13}
	水	流	不	過	你	無	心/香
	swi$^{\underline{45}}$	ljəu^{31}	jaŋ^{21}	tɕwi^{13}	nwai^{21}	məu^{31}	fjəŋ^{33}/hjaŋ^{33}

第６丁

06x1	日	頭	過	江	專	是	夜
	ŋ̥u^{21}	tau^{31}	tɕwi^{13}	kɔŋ^{33}	tsʊŋ^{31}	tsei^{33}	ji^{13}
	屋	背	離	根	全	是	陰
	ʔəʔ$^{\underline{44}}$	pwi^{13}	lei^{31}	kwaŋ^{33}	tsʊŋ^{31}	tsei^{33}	jəŋ^{33}
06x2	平	地	種	葱	葉	細	粒
	peŋ^{31}	tei^{21}	tswʌŋ^{13}	ts^{h}ʌŋ^{33}	hji^{21}	fai^{13}	ljə^{21}
	風	吹	離	根	細	演	演
	pwʌŋ^{31}	ts^{h}wei^{33}	lei^{31}	kwaŋ^{33}	fai^{13}	jəŋ^{33}	jəŋ^{33}
06x3	日	頭	過	江	專	是	夜
	ŋ̥u^{21}	tau^{31}	tɕwi^{13}	kɔŋ^{33}	tsʊŋ^{31}	tsei^{33}	ji^{13}
	屋	背	離	根	全	是	陰
	ʔəʔ$^{\underline{44}}$	pwi^{13}	lei^{31}	kwaŋ^{33}	tsʊŋ^{31}	tsei^{33}	jəŋ^{33}
06x4	白	絺	過	涼	涼	過	綫
	pe^{21}	tsei$^{\underline{45}}$	tɕwi^{13}	lwaŋ^{31}	lwaŋ^{31}	tɕwi^{13}	sjəŋ^{13}
	白	涼	過	綫	細	仁	仁
	pe^{21}	lwaŋ^{31}	tɕwi^{13}	sjəŋ^{13}	fai^{13}	jəŋ^{33}	jəŋ^{33}
06x5	日	頭	過	江	全	是	夜
	ŋ̥u^{21}	tau^{31}	tɕwi^{13}	kɔŋ^{33}	tsʊŋ^{31}	tsei^{33}	ji^{13}
	屋	背	離	根	全	是	陰

	ʔəʔ$^{\underline{44}}$	pwi^{13}	lei^{31}	kwaŋ^{33}	tsʊŋ^{31}	tsei^{33}	jəŋ^{33}
06x6	看	娘	便	是	過	江	月
	kʰaŋ^{13}	ȵwaŋ^{31}	piŋ^{21}	tsei^{33}	tɕwi^{13}	kɔŋ^{33}	ȵu^{21}
	落	了	干	娘	何	處	尋
	lɔ^{21}	li^{33}	tsʰiŋ^{31}	ȵwaŋ^{31}	hɔ^{31}	tsʰəu^{13}	taŋ$^{\underline{45}}$
06x7	夜	深	歌				
	—	—	—				
06x8	夜			深			蘭
	ji^{13}			sjəŋ^{31}			laŋ^{13}
	塞	嵾[8]	主	人	燈	火	難/戔
	sᴇʔ$^{\underline{44}}$	toʔ$^{\underline{44}}$	tsjəu$^{\underline{45}}$	ȵ(ĭ)əŋ^{31}	taŋ^{33}	tɕʰwi$^{\underline{45}}$	naŋ^{31}/tsiŋ^{31}
06x9	天	堂	落	日	歌	堂	散
	tʰiŋ^{31}	tɔŋ^{31}	lɔ^{21}	ȵəʔ$^{\underline{44}}$	ka^{31}	daŋ^{31}	dzaŋ^{13}
	慢	慢	散/教	錢/還	把/燈	你/火	看/戔
	maŋ^{21}	maŋ^{21}	dzaŋ^{13}/ dʑa^{13}	tsiŋ^{31}/ wiŋ^{31}	paʔ$^{\underline{44}}$/ taŋ^{33}	nwai^{21}/ tɕʰwi$^{\underline{45}}$	kʰaŋ^{13}/ tsiŋ^{31}
06y1	夜			深			深
	ji^{13}			sjəŋ^{33}			sjəŋ^{33}
	絲	綫	繡	鞋	來	討	親/雙
	fei^{33}	fiŋ^{13}	fjəu^{13}	hɛ^{21}	tai^{31}	tʰu$^{\underline{45}}$	tsʰjəŋ^{33}/ sɔŋ^{33}
06y2	絲	綫	繡	鞋	三	重	底
	fei^{33}	fiŋ^{13}	fjəu^{13}	hɛ^{21}	faŋ^{31}	tswʌŋ^{31}	di$^{\underline{24}}$
	踏	來	娘	屋	討	成	親/雙
	daʔ$^{\underline{34}}$	tai^{31}	ȵwaŋ^{31}	ʔəʔ$^{\underline{44}}$	tʰu$^{\underline{45}}$	tsjaŋ^{31}	tsʰjəŋ^{33}/ sɔŋ^{33}
06y3	夜			深			深
	ji^{13}			sjəŋ^{33}			sjəŋ^{33}
	把	火	入	房	照	細	針/系
	paʔ$^{\underline{44}}$	tɕʰwi$^{\underline{45}}$	pi^{21}	pʊŋ^{31}	tsi^{13}	fai^{13}	mwi^{31}/fei^{33}
06y4	照	得	細	針	帶/托	細	綫
	tsi^{13}	tuʔ$^{\underline{44}}$	fai^{13}	siŋ^{33}	tɔ^{31}/tʰoʔ$^{\underline{44}}$	fai^{13}	fiŋ^{13}
	針	娘	裙	脚	細	演/微	演/微

	siŋ^{33}	ȵwaŋ^{31}	tɕʊŋ^{31}	tɕu$^{\underline{45}}$	fai^{13}	jəŋ^{33}/mwi^{31}	jəŋ^{33}/mwi^{31}
06y5	夜			深			深
	ji^{13}			sjəŋ^{33}			sjəŋ^{33}
	脚	底	無	鞋	凍	到	心/驚
	tɕu$^{\underline{45}}$	di$^{\underline{24}}$	məu^{31}	hɛ^{21}	lwaŋ^{31}	t^{h}au^{13}	fjəŋ^{33}/tɕiŋ^{33}
06y6	郎	姐	開	門	把	郎	入
	lɔŋ^{31}	tsi$^{\underline{45}}$	gwai^{33}	mwʌŋ^{31}	paʔ$^{\underline{44}}$	lɔŋ^{31}	pi^{21}
	無	床	貼	地	也/慢	甘/商	心/量
	məu^{31}	tsɔŋ^{31}	t^{h}iʔ$^{\underline{44}}$	tei^{21}	ja^{21}/maŋ^{21}	kaŋ^{33}/faŋ^{31}	fjəŋ^{33}/lwaŋ^{31}
06y7	夜			深			深
	ji^{13}			sjəŋ^{33}			sjəŋ^{33}
	把	火	夜	行	蘆/蕉	里	林
	paʔ$^{\underline{44}}$	tɕ^{h}wi$^{\underline{45}}$	ji^{13}	heŋ^{31}	ləu^{31}/tsi^{31}	lei^{33}	liŋ^{31}
06y8	郎	今	不	圖	蘆/蕉	子	吃
	lɔŋ^{31}	tɕ(ĭ)əŋ^{33}	jaŋ^{21}	təu^{31}	ləu^{31}/tsi^{31}	tsai$^{\underline{45}}$	tɕ^{h}i$^{\underline{45}}$
	且	圖	蘆/蕉	葉	貼/得	娘/庶	身
	ts^{h}i$^{\underline{45}}$	təu^{31}	ləu^{31}/tsi^{31}	hji^{21}	t^{h}iʔ$^{\underline{44}}$/tuʔ$^{\underline{44}}$	ȵwaŋ^{31}/dzi^{33}	sjəŋ^{33}/siŋ^{33}
06y9	夜			深			深
	ji^{13}			sjəŋ^{33}			sjəŋ^{33}
	把	火	夜	行	漆/茶	裡	林
	paʔ$^{\underline{44}}$	tɕ^{h}wi$^{\underline{45}}$	ji^{13}	heŋ^{31}	ts^{h}jəʔ$^{\underline{44}}$/tsa^{31}	lei^{33}	liŋ^{31}

第７丁

07x1	郎	今	不	圖	漆/茶	子	吃
	lɔŋ^{31}	tɕ(ĭ)əŋ^{33}	jaŋ^{21}	təu^{31}	ts^{h}jəʔ$^{\underline{44}}$/tsa^{31}	tsai$^{\underline{45}}$	tɕ^{h}i$^{\underline{45}}$
	且	圖	漆/茶	買/話	得/討	黄/成	金/親
	ts^{h}i$^{\underline{45}}$	təu^{31}	ts^{h}jəʔ$^{\underline{44}}$/tsa^{31}	mai^{21}/wa^{21}	tuʔ$^{\underline{44}}$/t^{h}u$^{\underline{45}}$	jwaŋ^{31}/tsjaŋ^{31}	tɕ(ĭ)əŋ^{33}/ts^{h}jəŋ^{33}
07x2	夜			深			深
	ji^{13}			sjəŋ^{33}			sjəŋ^{33}
	把	火	夜	行	班	竹	林

	paʔ$^{\underline{44}}$	tɕ^{h}wi$^{\underline{45}}$	ji^{13}	heŋ^{31}	pjəŋ^{33}	tuʔ$^{\underline{44}}$	liŋ^{31}
07x3	班	竹	好	做	簸	箕	合
	pjəŋ^{33}	tuʔ$^{\underline{44}}$	k^{h}u$^{\underline{45}}$	tsəu^{13}	pʊŋ^{31}	tɕei^{33}	kaʔ$^{\underline{44}}$
	簸	箕	團	米	穀	歸	心
	pʊŋ^{31}	tɕei^{33}	t^{h}wi^{31}	mai^{33}	ts^{h}uʔ$^{\underline{44}}$	kwei^{33}	fjəŋ^{33}
07x4	夜			深			深
	ji^{13}			sjəŋ^{33}			sjəŋ^{33}
	把	火	夜	行	舟	竹	林
	paʔ$^{\underline{44}}$	tɕ^{h}wi$^{\underline{45}}$	ji^{13}	heŋ^{31}	taŋ^{33}	tuʔ$^{\underline{44}}$	liŋ^{31}
07x5	舟	竹	好	做	郎	傘	柄
	taŋ^{33}	tuʔ$^{\underline{44}}$	k^{h}u$^{\underline{45}}$	tsəu^{13}	lɔŋ^{31}	faŋ^{13}	pɛŋ^{13}
	擔	來	娘	屋	討	成	親
	daŋ^{33}	tai^{31}	ȵwaŋ^{31}	ʔəʔ$^{\underline{44}}$	t^{h}u$^{\underline{45}}$	tsjaŋ^{31}	ts^{h}jəŋ^{33}
07x6	夜			黃			昏
	ji^{13}			hwaŋ^{31}			hwʌŋ^{33}
	作	笑	不	知	姐	鎖	離
	tsɔ$^{\underline{45}}$	fwi^{13}	jaŋ^{21}	pei^{33}	mwi^{21}	fɔ$^{\underline{45}}$	lei^{31}
07x7	歸	到	門	前	偷	出	淚
	kwei^{33}	t^{h}au^{13}	mwʌŋ^{31}	tsiŋ^{31}	t^{h}au^{31}	ts^{h}wʌʔ$^{\underline{44}}$	lwei^{21}
	不	得	鎖	匙	開	姐	離
	jaŋ^{21}	tuʔ$^{\underline{44}}$	fɔ$^{\underline{45}}$	tsei^{31}	gwai^{33}	mwi^{21}	lei^{31}
07x8	夜			黃			昏
	ji^{13}			hwaŋ^{31}			hwʌŋ^{33}
	作	笑	不	知	姐	鎖	街/門
	tsɔ$^{\underline{45}}$	fwi^{13}	jaŋ^{21}	pei^{33}	mwi^{21}	fɔ$^{\underline{45}}$	tɕai^{33}/ mwʌŋ^{31}
07x9	但	觀	門	前	隱	姐	眼
	taŋ^{21}	k^{h}aŋ^{13}	mwʌŋ^{31}	tsiŋ^{31}	wʌŋ^{31}	tsi$^{\underline{45}}$	ȵiŋ^{31}
	后	門	當	當	望	娘	來/行
	hu^{33}	mwʌŋ^{31}	tɔŋ^{33}	tɔŋ^{33}	maŋ^{21}	ȵwaŋ^{31}	tai^{31}/heŋ^{31}
07y1	黃	昏		十	二		時
	hwaŋ^{31}	hwʌŋ^{33}		tsjə^{21}	ȵei^{21}		tsei^{31}
	手	拿	歌	卷	過	娘	離/門

	sjəu$^{\underline{45}}$	ȵʊŋ^{33}	ka^{31}	hɔŋ^{21}	tɕwi^{13}	ȵwaŋ^{31}	lei^{31}/ mwʌŋ^{31}
07y2	歌	卷	裡	頭	有	句	話
	ka^{31}	hɔŋ^{31}	lei^{33}	tau^{31}	mai^{31}	tɕ(ĭ)əu^{13}	wa^{21}
	話	娘	夜	睡	不	●[9]	離/門
	wa^{21}	ȵwaŋ^{31}	ji^{13}	tswei^{21}	jaŋ^{21}	kwʌŋ^{33}	lei^{31}/ mwʌŋ^{31}
07y3	黃	昏		十	二		時
	hwaŋ^{31}	hwʌŋ^{33}		tsjə^{21}	ȵei^{21}		tsei^{31}
	欠	雙	無	我	早	商/尋	量/思
	tɕʰ(ĭ)əŋ^{13}	sɔŋ^{33}	məu^{31}	ŋɔ^{33}	dzjəu$^{\underline{45}}$	faŋ^{31}/ tsoʔ$^{\underline{44}}$	lwaŋ^{31}/ fei^{33}
07y4	欠	雙	無	我	商/尋	量/思	討
	tɕʰ(ĭ)əŋ^{13}	sɔŋ^{33}	məu^{31}	ŋɔ^{33}	faŋ^{31}/ tsoʔ$^{\underline{44}}$	lwaŋ^{31}/ fei^{33}	tʰu$^{\underline{45}}$
	莫	守	爺	娘	是	共	腸/時
	ji^{13}	sjəu$^{\underline{45}}$	ji^{31}	ȵwaŋ^{31}	tsei^{33}	tɕwəŋ^{21}	twaŋ^{31}/ tsei^{31}
07y5	黃	昏		十	二		時
	hwaŋ^{31}	hwʌŋ^{33}		tsjə^{21}	ȵei^{21}		tsei^{31}
	入	娘	羅[10]	帳	解	娘	衣/衫
	pi^{21}	ȵwaŋ^{31}	la^{31}	tʊŋ^{13}	tɕai$^{\underline{45}}$	ȵwaŋ^{31}	ʔʒ̟i^{33}/sa^{33}
07y6	入	娘	羅	帳	細	聲/心	話
	pi^{21}	ȵwaŋ^{31}	la^{31}	tʊŋ^{13}	fai^{13}	siŋ^{33}/fjəŋ^{33}	wa^{21}
	含	笑	解	娘	身	上	衣/衫
	hɔŋ^{21}	fwi^{13}	tɕai$^{\underline{45}}$	ȵwaŋ^{31}	sjəŋ^{33}	tswaŋ^{21}	ʔʒ̟i^{33}/sa^{31}
07y7	黃	昏	抄	欖	欄	橋	坐
	hwaŋ^{31}	hwʌŋ^{33}	tsʰau^{31}	taŋ^{13}	laŋ^{31}	tɕi^{31}	tsɔ^{13}
	橋	卷	裡	頭	好	綪/結	蔴/系
	tɕi^{31}	hɔŋ^{21}	lei^{31}	tau^{31}	kʰu$^{\underline{45}}$	tsiʔ$^{\underline{44}}$/tɕiʔ$^{\underline{44}}$	ma^{31}/fei^{33}
07y8	欠	雙	便	來	對	面	話
	tɕʰ(ĭ)əŋ^{13}	sɔŋ^{33}	piŋ^{21}	tai^{31}	twai^{13}	miŋ^{21}	wa^{21}
	莫	益	楊	梅	暗	開/結	花/枝
	ji^{13}	n̥aŋ$^{\underline{24}}$	jwaŋ^{31}	mwi^{31}	ʔɔŋ^{13}	gwai^{33}/tɕiʔ$^{\underline{44}}$	kʰwa^{33}/

							tsei^{31}
07y9	黄	昏	抄	櫈	欄	橋	坐
	hwaŋ^{31}	hwʌŋ^{33}	ts^{h}au^{31}	taŋ^{13}	laŋ^{31}	tɕi^{31}	tsɔ^{13}
	得	見	七	星	便	過	天/江
	tuʔ$^{\underline{44}}$	tɕiŋ^{13}	ts^{h}jəʔ$^{\underline{44}}$	fiŋ^{33}	piŋ^{21}	tɕwi^{13}	t^{h}iŋ^{33}/kɔŋ^{33}

第８丁

08x1	娘/郎	姐	問	郎/娘	因	何	事
	ŋ̥waŋ^{31}/ lɔŋ^{31}	tsi$^{\underline{45}}$	mwʌŋ^{21}	lɔŋ^{31}/ ŋ̥waŋ^{31}	jəŋ^{31}	hɔ^{31}	dzai^{21}
	思	量	無	事	入/子	心/無	連/雙
	fei^{31}	lwaŋ^{31}	məu^{31}	dzai^{21}	pi^{21}/ tɕwei$^{\underline{45}}$	fjəŋ^{33}/ məu^{31}	liŋ^{31}/ sɔŋ^{33}
08x2	黄	昏	騎	馬	過	河	巷
	hwaŋ^{31}	hwʌŋ^{33}	tɕi^{31}	ma^{33}	tɕwi^{13}	hɔ^{31}	hɔŋ^{21}
	河	巷	不	通	馬	轉	頭/身
	hɔ^{31}	hɔŋ^{21}	jaŋ^{21}	t^{h}ʌŋ^{33}	ma^{33}	dzwʌŋ^{13}	tau^{31}/sjəŋ^{33}
08x3	光	處	點	燈	暗	處	坐
	dʑwaŋ^{33}	ts^{h}əu^{13}	tjəŋ$^{\underline{45}}$	taŋ^{33}	ʔɔŋ^{13}	ts^{h}əu^{13}	tsɔ^{13}
	思	你	看	娘	心/子	裡/無	愁/雙
	fei^{31}	nwai^{21}	k^{h}aŋ^{13}	ŋ̥waŋ^{31}	fjəŋ^{33}/tɕwei$^{\underline{45}}$	lei^{33}/ məu^{31}	dzau^{31}/ sɔŋ^{33}
08x4	大	星	也	上	月	也	上
	tai^{21}	fiŋ^{33}	ja^{21}	tswaŋ^{21}	ŋ̥u^{21}	ja^{21}	tswaŋ^{21}
	北	斗	也	行/隨	月	也	行/隨
	pa^{31}	tau$^{\underline{45}}$	ja^{21}	heŋ^{31}/ dzwei^{31}	ŋ̥u^{21}	ja^{21}	heŋ^{31}/ dzwei^{31}
08x5	大	星	原	來	問	北	斗
	tai^{21}	fiŋ^{33}	ŋ̥wəŋ^{31}	tai^{31}	mwʌŋ^{21}	pa^{31}	tau$^{\underline{45}}$
	北	斗	原	來	問	月	生/歸
	pa^{31}	tau$^{\underline{45}}$	ŋ̥wəŋ^{31}	tai^{31}	mwʌŋ^{21}	ŋ̥u^{21}	seŋ^{33}/ kwei^{33}
08x6	天			上			星
	t^{h}iŋ^{33}			tswaŋ^{21}			fiŋ^{33}

	打	落	台	盤	四	箇	丁
	ta$^{\underline{45}}$	lɔ^{21}	twai^{31}	pjəŋ^{31}	fei^{13}	koʔ$^{\underline{44}}$	tiŋ^{33}
08x7	大	船	無	脚	行	千	里
	tai^{21}	tsʊŋ^{31}	məu^{31}	tɕuʔ$^{\underline{44}}$	heŋ^{31}	tsʰiŋ^{33}	lei^{33}
	台	盤	四	脚	守	空	廳
	twai^{31}	pjəŋ^{31}	məu^{31}	tɕuʔ$^{\underline{44}}$	sjəu$^{\underline{45}}$	kʰʊŋ^{13}	tʰiŋ^{33}
08x8	天			上			星
	tʰiŋ^{33}			tswaŋ^{21}			fiŋ^{33}
	無	雲	無	雨	白	清/藏	靈/藏
	məu^{31}	jʊŋ^{31}	məu^{31}	bjʊŋ^{21}	pɛ^{21}	tsʰiŋ^{33}/tswai^{31}	liŋ^{31}/tswai^{31}
08x9	白	日	便	入	青	雲	裡
	pɛ^{21}	ɳ̥əʔ$^{\underline{44}}$	piŋ^{21}	pi^{21}	tsʰiŋ^{31}	jʊŋ^{31}	lei^{33}
	夜	裡	出	來	看	舊	情/雙
	ji^{13}	lei^{33}	tsʰwʌʔ$^{\underline{44}}$	tai^{31}	kʰaŋ^{13}	tɕ(ĭ)əu^{21}	tsiŋ^{31}/sɔŋ^{33}
08y1	天			上			星
	tʰiŋ^{33}			tswaŋ^{21}			fiŋ^{33}
	小	星	在	後	托	香	爐/煙
	fwi$^{\underline{45}}$	fiŋ^{33}	tswai^{13}	hu^{33}	tʰoʔ$^{\underline{44}}$	hjwaŋ^{31}	ləu^{31}/ʔe̩ŋ^{33}
08y2	大	星	又	問	小	星	事
	tai^{21}	fiŋ^{33}	jəu^{21}	mwʌŋ^{21}	fwi$^{\underline{45}}$	fiŋ^{33}	dzai^{21}
	小	星	在	後	討	雙	圖/連
	fwi$^{\underline{45}}$	fiŋ^{33}	tswai^{13}	hu^{33}	tʰu$^{\underline{45}}$	sɔŋ^{33}	təu^{31}/liŋ^{31}
08y3	大			星			上
	tai^{21}			fiŋ^{33}			tswaŋ^{21}
	小	星	在	後	托	香	爐/煙
	fwi$^{\underline{45}}$	fiŋ^{33}	tswai^{13}	hu^{33}	tʰoʔ$^{\underline{44}}$	hjaŋ^{31}	ləu^{31}/ʔe̩ŋ^{33}
08y4	托	得	香	爐/煙	欠	水	碗
	tʰoʔ$^{\underline{44}}$	tuʔ$^{\underline{44}}$	hjwaŋ^{31}	ləu^{31}/ʔe̩ŋ^{33}	tɕʰ(ĭ)əŋ^{13}	swi$^{\underline{45}}$	jwəŋ$^{\underline{45}}$
	以	後	托	來	郎	慢	圖/連
	jəʔ$^{\underline{44}}$	hu^{33}	tʰoʔ$^{\underline{44}}$	tai^{31}	lɔŋ^{31}	maŋ^{21}	təu^{31}/liŋ^{31}
08y5	月			亮			亮
	ɳ̥u^{21}			lwaŋ^{21}			lwaŋ^{21}

亮　下　大　州　牛　吃　秧/禾
lwaŋ^{21}　dʑi^{21}　tʌŋ^{31}　tsjəu^{33}　ŋau^{31}　tɕʰi$^{\underline{45}}$　jwaŋ^{33}/ji^{31}

08y6　牛　子　吃　秧/禾　娘　莫　怨
ŋau^{31}　tsai$^{\underline{45}}$　tɕʰi$^{\underline{45}}$　jwaŋ^{33}/ji^{31}　ŋ̥waŋ^{31}　ji^{13}　wiŋ^{33}
牛　角　做　梳　列　六　娘/人
ŋau^{31}　koʔ$^{\underline{44}}$　tsəu^{13}　tsaʔ$^{\underline{44}}$　ljə^{21}　lu^{21}　ŋ̥waŋ^{31}/ŋ̥(ĭ)əŋ^{31}

08y7　月　亮　亮
ŋ̥u^{21}　lwaŋ^{21}　lwaŋ^{21}
亮　下　大　州　擔　水　娘/人
lwaŋ^{21}　dʑi^{21}　tʌŋ^{31}　tsjəu^{33}　daŋ^{33}　swi$^{\underline{45}}$　ŋ̥waŋ^{31}/ŋ̥(ĭ)əŋ^{31}

08y8　擔　水　小　娘/姐　不　使　火
daŋ^{33}　swi$^{\underline{45}}$　fwi$^{\underline{45}}$　ŋ̥waŋ^{31}/tsi$^{\underline{45}}$　jaŋ^{21}　sai$^{\underline{45}}$　tɕʰwi$^{\underline{45}}$
頭　插　銅　釵　引　地　眞/涼
tau^{31}　tsʰəʔ$^{\underline{44}}$　tʌŋ^{31}　tsʰa^{33}　jəŋ^{33}　tei^{21}　tsjəŋ^{33}/lwaŋ^{31}

08y9　月　亮　亮
ŋ̥u^{21}　lwaŋ^{21}　lwaŋ^{21}
亮　下　大　州　客　賣　糖/油
lwaŋ^{21}　dʑi^{21}　tʌŋ^{31}　tsjəu^{33}　tɕʰᴇʔ$^{\underline{44}}$　mai^{21}　tɔŋ^{31}/jəu^{31}

第９丁

09x1　買　糖　不　得　糖　托　飯
mai^{33}　tɔŋ^{31}　jaŋ^{21}　tuʔ$^{\underline{44}}$　tɔŋ^{31}　tʰoʔ$^{\underline{44}}$　pəŋ^{21}
買　油　不　得　油　炒　湯
mai^{33}　jəu^{31}　jaŋ^{21}　tuʔ$^{\underline{44}}$　jəu^{31}　tsʰa$^{\underline{45}}$　tʰɔŋ^{33}

09x2　月　亮　亮
ŋ̥u^{21}　lwaŋ^{21}　lwaŋ^{21}
亮　下　大　州　客　賣　油
lwaŋ^{21}　dʑi^{21}　tʌŋ^{31}　tsjəu^{33}　tɕʰᴇʔ$^{\underline{44}}$　mai^{21}　jəu^{31}

09x3　大　州　買　油　七　分　價
tʌŋ^{31}　tsjəu^{33}　mai^{21}　jəu^{31}　tsʰjəʔ$^{\underline{44}}$　pʊŋ^{33}　tɕa^{13}
日　夜　點　燈　淚　雙　流

	jəʔ$^{\underline{44}}$	ji^{13}	tjəŋ$^{\underline{45}}$	taŋ^{33}	lwei^{21}	sɔŋ^{31}	ljəu^{33}
09x4	月	亮	何	曾	是	白	日
	ȵu^{21}	lwaŋ^{21}	hɔ^{31}	dzaŋ^{21}	tsei^{33}	pɛ^{21}	ȵəʔ$^{\underline{44}}$
	水	大	何	曾	浸	巷	頭/邊
	swi$^{\underline{45}}$	tai^{21}	hɔ^{31}	dzaŋ^{21}	tsjəŋ^{13}	hɔŋ^{21}	tau^{31}/piŋ^{33}
09x5	娘/郎	擔	抄	頭	郎/娘	看	面
	ȵwaŋ^{31}/lɔŋ^{31}	daŋ^{33}	tsʰau^{31}	tau^{31}	lɔŋ^{31}/ȵwaŋ^{31}	kʰaŋ^{13}	miŋ^{21}
	不	曾	無	我	大	家	愁/連
	jaŋ^{21}	tɕeŋ^{33}	məu^{31}	ŋɔ^{33}	tai^{21}	tɕa^{33}	dzau^{31}/liŋ^{31}
09x6	月	亮	光	光	光	托	光
	ȵu^{21}	lwaŋ^{21}	dʑwaŋ^{33}	dʑwaŋ^{33}	dʑwaŋ^{31}	tʰoʔ$^{\underline{44}}$	dʑwaŋ^{33}
	過	娘	門	下	托	門	樓/眉
	tɕwi^{13}	ȵwaŋ^{31}	mwʌŋ^{31}	dʑi^{21}	tʰoʔ$^{\underline{44}}$	mwʌŋ^{31}	lau^{31}/mwi^{31}
09x7	千	樓/眉	萬	樓/眉	月	不	托
	tsʰiŋ^{33}	lau^{31}/dzaŋ^{31}	maŋ^{21}	lau^{31}/dzaŋ^{31}	ȵu^{21}	jaŋ^{21}	tʰoʔ$^{\underline{44}}$
	單	托	門	前	花	一	莚/枝
	taŋ^{31}	tʰoʔ$^{\underline{44}}$	mwʌŋ^{31}	tsiŋ^{31}	kʰwa^{33}	jəʔ$^{\underline{44}}$	tsʊŋ^{31}/tsei^{31}
09x8	水	裡	鴨	背	成	珠	子
	swi$^{\underline{45}}$	lei^{33}	ʔaʔ$^{\underline{44}}$	pwi^{13}	tsjaŋ^{31}	tsəu^{33}	tsai$^{\underline{45}}$
	脚	踏	鴨	毛	心	裡	驚/容
	tɕu$^{\underline{45}}$	daʔ$^{\underline{34}}$	ʔa^{31}	məu^{31}	fjəŋ^{33}	lei^{33}	tɕiŋ^{33}/jʊŋ^{31}
09x9	十	五	年	間	月	正	亮
	tsjə^{21}	ŋ̍^{33}	niŋ^{31}	tɕeŋ^{33}	ȵu^{21}	tsiŋ^{13}	lwaŋ^{21}
	月	亮	何	曾	協	重	鄉/村
	ȵu^{21}	lwaŋ^{21}	hɔ^{31}	tɕeŋ^{33}	hjəʔ$^{\underline{34}}$	tswʌŋ^{13}	hjwaŋ^{33}/tsʰʊŋ^{33}
09y1	水	過	鴨	背	成	珠	子
	swi$^{\underline{45}}$	tɕwi^{13}	ʔa^{31}	pwi^{13}	tsjaŋ^{31}	tsəu^{33}	tsai$^{\underline{45}}$
	脚	踏	鴨	毛	心	裡	靈/愁
	tɕu$^{\underline{45}}$	daʔ$^{\underline{34}}$	ʔa^{31}	məu^{31}	fjəŋ^{33}	lei^{33}	liŋ^{31}/dzau^{31}
09y2	十	五	年	間	月	正	亮

	tsjə^{21}	ŋ̍^{33}	niŋ^{31}	tɕeŋ^{33}	ȵu^{21}	tsiŋ^{13}	lwaŋ^{21}
	月	亮	何	曾	協	重	鄉/頭
	ȵu^{21}	lwaŋ^{21}	hɔ^{31}	tɕeŋ^{33}	hjəʔ$^{\underline{34}}$	tswʌŋ^{13}	hjwaŋ^{33}/ tau^{31}
09y3	十	五	年	間	月	正	亮
	tsjə^{21}	ŋ̍^{33}	niŋ^{31}	tɕeŋ^{33}	ȵu^{21}	tsiŋ^{13}	lwaŋ^{21}
	月	亮	何	曾	協	衆/日	生/頭
	ȵu^{21}	lwaŋ^{21}	hɔ^{31}	tɕeŋ^{33}	hjəʔ$^{\underline{34}}$	tswʌŋ^{13}/ ȵu^{21}	seŋ^{33}/ tau^{31}
09y4	洪	水	沙	曲			
	—	—	—	—			
09y5	一	片	烏	雲	四	邊	開
	jəʔ$^{\underline{44}}$	pʰjəŋ^{13}	wu^{31}	jʊŋ^{31}	fei^{13}	piŋ^{33}	gwai^{33}
	主	人	不	請	望	客	來
	tsjəu$^{\underline{45}}$	ȵ(ĭ)əŋ^{31}	jaŋ^{21}	tsʰiŋ$^{\underline{45}}$	maŋ^{21}	tɕʰᴇʔ$^{\underline{44}}$	tai^{31}
09y6	來	到	官	廳	筵	席	盛
	tai^{31}	tʰau^{13}	tɕwəŋ^{31}	tʰiŋ^{33}	ji^{31}	tsi^{21}	səŋ^{13}
	席	上	酒	盞	未	曾	開
	tsi^{21}	tswaŋ^{21}	tsjəu$^{\underline{45}}$	tsaŋ$^{\underline{45}}$	mei^{21}	tɕeŋ^{33}	gwai^{33}
09y7	手	把	銀	瓶	斟	老	酒
	sjəu$^{\underline{45}}$	paʔ$^{\underline{44}}$	ȵwaŋ^{31}	peŋ^{31}	kʰwiŋ^{13}	lu^{33}	tsjəu$^{\underline{45}}$
	千	斟	萬	斟	勸	客	飲
	tsʰiŋ^{33}	kʰwiŋ^{13}	maŋ^{21}	kʰwiŋ^{13}	kʰwiŋ^{13}	tɕʰᴇʔ$^{\underline{44}}$	jəŋ$^{\underline{45}}$
09y8	飲	得	主	人	熱	情	酒
	jəŋ$^{\underline{45}}$	tuʔ$^{\underline{44}}$	tsjəu$^{\underline{45}}$	ȵ(ĭ)əŋ^{31}	ji^{31}	tsiŋ^{31}	tsjəu$^{\underline{45}}$
	醉	後	眼	淚	落	非	悔
	tswei^{13}	hu^{33}	ȵiŋ^{31}	lwei^{21}	lɔ^{21}	fei^{31}	mwi^{31}
09y9	一	片	烏	雲	四	邊	開
	jəʔ$^{\underline{44}}$	pʰjəŋ^{13}	wu^{31}	jʊŋ^{31}	fei^{13}	piŋ^{33}	gwai^{33}
	主	人	請	客	望	客	來
	tsjəu$^{\underline{45}}$	ȵ(ĭ)əŋ^{31}	tsʰiŋ$^{\underline{45}}$	tɕʰᴇʔ$^{\underline{44}}$	maŋ^{21}	tɕʰᴇʔ$^{\underline{44}}$	tai^{31}

第 10 丁

10x1	來	到	官	廳	筵	席	滿

tai^{31} tʰau^{13} tɕwəŋ^{31} tʰiŋ^{33} ji^{31} tsi^{21} mjəŋ^{33}
席 上 酒 盞 滿 筵 開
tsi^{21} tswaŋ^{21} tsjəu$^{\underline{45}}$ tsaŋ$^{\underline{45}}$ mjəŋ^{33} ji^{31} gwai^{33}

10x2 手 把 銀 瓶 斟 老 酒
sjəu$^{\underline{45}}$ paʔ$^{\underline{44}}$ ŋ̥waŋ^{31} pɛŋ^{31} kʰwiŋ^{13} lu^{33} tsjəu$^{\underline{45}}$
千 斟 萬 勸 勸 客 飲
tsʰiŋ^{33} kʰwiŋ^{13} maŋ^{21} kʰwiŋ^{13} kʰwiŋ^{13} tɕʰᴇʔ$^{\underline{44}}$ jəŋ$^{\underline{45}}$

10x3 飲 得 主 人 熱 情 酒
jəŋ$^{\underline{45}}$ tuʔ$^{\underline{44}}$ tsjəu$^{\underline{45}}$ ŋ̥(ĭ)əŋ^{31} ji^{21} tsiŋ^{31} tsjəu$^{\underline{45}}$
憶 得 貴 賓 客 人 來
ʔʒ̟əŋ^{13} tuʔ$^{\underline{44}}$ kwei^{13} piŋ^{33} tɕʰᴇʔ$^{\underline{44}}$ ŋ̥(ĭ)əŋ^{31} tai^{31}

10x4 一 片 烏 雲 四 邊 沙
jəʔ$^{\underline{44}}$ pʰjəŋ^{13} wu^{31} jʊŋ^{31} fei^{13} piŋ^{33} sa^{33}
郎 來 路 遠 無 人 家
lɔŋ^{31} tai^{31} ləu^{21} wiŋ^{33} məu^{31} ŋ̥(ĭ)əŋ^{31} tɕa^{33}

10x5 雨 落 山[11)] 頭 雪
bjʊŋ^{21} lɔ^{21} sjəŋ^{33} tau^{31} bwʌŋ^{13}
燕 子 自 雲 庶
heŋ^{13} tsai$^{\underline{45}}$ tsəŋ^{21} jʊŋ^{31} dzi^{33}

10x6 燕 子 含 坭 入 舊 家
heŋ^{13} tsai$^{\underline{45}}$ hɔŋ^{21} nai^{31} pi^{21} tɕ(ĭ)əu^{13} tɕa^{33}
舊 時 舊 日 下 府 家
tɕ(ĭ)əu^{13} tsei^{31} tɕ(ĭ)əu^{13} ŋ̥əʔ$^{\underline{44}}$ dʑi^{21} fəu$^{\underline{45}}$ tɕa^{33}

10x7 三 尺 黃 涼 ● ● 滿
faŋ^{31} tsʰiʔ$^{\underline{44}}$ jwaŋ^{31} lwaŋ^{31} ● ● mjəŋ^{33}
且 唱 一 條 紅 水 沙
tsʰiʔ$^{\underline{44}}$ tsʰwaŋ^{13} jəʔ$^{\underline{44}}$ ti^{31} hʌŋ^{31} swi$^{\underline{45}}$ sa^{33}

10x8 一 片 烏 雲 四 邊 騎
jəʔ$^{\underline{44}}$ pʰjəŋ^{13} wu^{31} jʊŋ^{31} fei^{13} piŋ^{33} tɕi^{31}
騎 馬 着 緞 濕 羅 衣
tɕi^{31} ma^{33} tuʔ$^{\underline{44}}$ tʊŋ^{21} si^{31} la^{31} ʔʒ̟i^{33}

10x9 濕 得 羅 衣 了
si^{31} tuʔ$^{\underline{44}}$ la^{31} ʔʒ̟i^{33} li^{13}

下 馬 綠 羅 衣
ha^{21} ma$^{\underline{45}}$ lu^{21} la^{31} ʔʒ̟i^{33}

10y1 三 尺 黃 涼 都 有 ●[12)]
faŋ^{31} tsʰiʔ$^{\underline{44}}$ jwaŋ^{31} lwaŋ^{31} tɕʰ(ĭ)aŋ^{13} mai^{31} ŋɔ^{33}
要 娘 含 笑 繡 羅 衣
wai^{13} ȵwaŋ^{31} hɔŋ^{31} fwi^{13} fjəu^{13} la^{31} ʔʒ̟i^{33}

10y2 且 唱 光 涼 杵
tsʰi$^{\underline{45}}$ tsʰwaŋ^{13} dʑwaŋ^{33} lwaŋ^{31} tsəu^{21}
路 上 逢 花 摘 一 枝
ləu^{21} tswaŋ^{21} pwʌŋ^{31} kʰwa^{33} dzᴇʔ$^{\underline{34}}$ jəʔ$^{\underline{44}}$ tsei^{31}

10y3 一 片 烏 雲 四 邊 拋
jəʔ$^{\underline{44}}$ pʰjəŋ^{13} wu^{31} jʊŋ^{31} fei^{13} piŋ^{33} bei^{33}
撐 船 過 海 濕 羅 衣
dzɛŋ^{33} tsʊŋ^{31} tɕwi^{13} kʰwai$^{\underline{45}}$ si^{31} la^{31} ʔʒ̟i^{33}

10y4 濕 得 羅 衣 了
si^{31} tuʔ$^{\underline{44}}$ la^{31} ʔʒ̟i^{33} li^{13}
下 馬 綠 羅 衣
ha^{13} ma$^{\underline{45}}$ lu^{21} la^{31} ʔʒ̟i^{33}

10y5 一 夜 撐 船 水 面 轉
jəʔ$^{\underline{44}}$ ji^{13} dzɛŋ^{33} tsʊŋ^{31} swi$^{\underline{45}}$ miŋ^{21} dzwʌŋ^{13}
水 上 看 水 水 茫 茫
swi$^{\underline{45}}$ tswaŋ^{21} kʰaŋ^{13} swi$^{\underline{45}}$ swi$^{\underline{45}}$ mɔŋ^{31} mɔŋ^{31}

10y6 屋 裡 爺 娘 憶
ʔəʔ$^{\underline{44}}$ lei^{33} ji^{31} ȵwaŋ^{31} ʔʒ̟i^{13}
憶 了 斷 肝 腸
ʔʒ̟i^{13} li^{33} tʊŋ^{13} kaŋ^{33} twaŋ^{31}

10y7 一 片 烏 雲 四 邊 雲
jəʔ$^{\underline{44}}$ pʰjəŋ^{13} wu^{31} jʊŋ^{31} fei^{13} piŋ^{33} jʊŋ^{31}
看 官 不 請 當 閑 人
kʰaŋ^{13} tɕwəŋ^{33} jaŋ^{21} tsʰiŋ$^{\underline{45}}$ tɔŋ^{13} heŋ^{31} ȵ(ĭ)əŋ^{31}

10y8 身 着 綠 沙 錦
sjəŋ^{33} tuʔ$^{\underline{44}}$ lu^{21} sa^{33} tɕ(ĭ)əŋ$^{\underline{45}}$
腰 縛 九 條 紹

	wai^{13}	pəu^{21}	tɕu$^{\underline{45}}$	ti^{31}	tʰu^{33}		
	有	酒	將	來	今	夜	飲/悔
	mai^{31}	tsjəu$^{\underline{45}}$	tsjaŋ^{31}	tai^{31}	tɕ(ĭ)əŋ^{31}	ji^{13}	jəŋ$^{\underline{45}}$/mwi^{31}
10y9	嘍	羅	貴	客	唱	今	言
	lwei^{31}	lɔ^{21}	kwei^{13}	tɕʰᴇʔ$^{\underline{44}}$	tsʰwaŋ^{13}	tɕ(ĭ)əŋ^{31}	ȵiŋ^{31}
	唱	得	今	言	了		
	tsʰwaŋ^{13}	tuʔ$^{\underline{44}}$	tɕ(ĭ)əŋ^{31}	ȵiŋ^{31}	li^{33}		
	眼	淚	落	非	悔		
	ȵiŋ^{31}	lwei^{21}	lɔ^{21}	fei^{31}	mwi^{31}		

第11丁

11x1	一	片	烏	雲	四	邊	雲
	jəʔ$^{\underline{44}}$	pʰjəŋ^{13}	wu^{31}	jʊŋ^{31}	fei^{13}	piŋ^{33}	jʊŋ^{31}
	看	官	不	請	當	閑	人
	kʰaŋ^{13}	tɕwəŋ^{33}	jaŋ^{21}	tsʰiŋ$^{\underline{45}}$	tɔŋ^{13}	heŋ^{31}	ȵ(ĭ)əŋ^{31}
11x2	身	着	綠	沙	錦	掃	掃
	sjəŋ^{33}	tuʔ$^{\underline{44}}$	lu^{21}	sa^{33}	tɕ(ĭ)əŋ$^{\underline{45}}$	pəu^{21}	pəu^{21}
	掃	泥	塵				
	pəu^{21}	nai^{31}	tjəŋ^{31}				
	有	酒	將	來	今	夜	飲
	mai^{31}	tsjəu$^{\underline{45}}$	tsjaŋ^{31}	tai^{31}	tɕ(ĭ)əŋ^{31}	ji^{13}	jəŋ$^{\underline{45}}$
11x3	嘍	羅	貴	客	唱	今	言
	lwei^{31}	lɔ^{21}	kwei^{13}	tɕʰᴇʔ$^{\underline{44}}$	tsʰwaŋ^{13}	tɕ(ĭ)əŋ^{31}	ȵiŋ^{31}
	唱	得	今	言	了		
	tsʰwaŋ^{13}	tuʔ$^{\underline{44}}$	tɕ(ĭ)əŋ^{31}	ȵiŋ^{31}	li^{13}		
	曲	子	萬	千	年		
	tɕʰuʔ$^{\underline{44}}$	tsai$^{\underline{45}}$	maŋ^{21}	tsʰiŋ^{33}	niŋ^{33}		
11x4	廿	八	後[13)]	生	會	思	量
	ȵi^{21} tsjə^{21}	pəʔ$^{\underline{44}}$	hu^{31}	sɛŋ^{33}	hwi^{13}	fei^{31}	lwaŋ^{31}
	入	山	砍	木	養	爺	娘
	pi^{21}	sjəŋ^{33}	dau$^{\underline{24}}$	mu^{21}	jʊŋ^{33}	ji^{31}	ȵwaŋ^{31}
	養	得	爺	娘	老		
	jʊŋ^{33}	tuʔ$^{\underline{44}}$	ji^{31}	ȵwaŋ^{31}	lu^{33}		
11x5	老	了	頭	白	脛	涼	涼

	lu^{33}	li^{33}	tau^{31}	pɛ^{21}	tɕiŋ^{33}	lwaŋ^{31}	lwaŋ^{31}
	大	哥	教	兄	兄	教	嫂
	tai^{21}	kɔ^{33}	dʑa^{13}	hjwəŋ^{33}	hjwəŋ^{33}	dʑa^{13}	fəu$^{\underline{45}}$
11x6	大	家	教	養	爺	娘	
	tai^{21}	tɕa^{33}	dʑa^{13}	jʊŋ^{33}	ji^{31}	ȵwaŋ^{31}	
	養	得	爺	娘	了		
	jʊŋ^{33}	tuʔ$^{\underline{44}}$	ji^{31}	ȵwaŋ^{31}	li^{13}		
	老	了	禮	拜	敬	燒	香
	lu^{33}	li^{33}	lei^{33}	pai^{13}	tɕiŋ^{13}	si^{31}	hjaŋ^{33}
11x7	廿	八	後	生	會	起	莧
	ȵi^{21} tsjə^{21}	pəʔ$^{\underline{44}}$	hu^{31}	seŋ^{33}	hwi^{13}	tɕʰi$^{\underline{45}}$	kwaŋ^{33}
	相	要	相	打	起	高	樓
	faŋ^{31}	wai^{13}	faŋ^{31}	ta$^{\underline{45}}$	tɕʰi$^{\underline{45}}$	ku^{31}	lau^{31}
11x8	起	得	高	樓	了		
	tɕʰi$^{\underline{45}}$	tuʔ$^{\underline{44}}$	ku^{31}	lau^{31}	li^{13}		
	木	子	起	修	修		
	mu^{21}	tsei$^{\underline{45}}$	tɕʰi$^{\underline{45}}$	hjəu^{33}	hjəu^{33}		
	手	把	沙	被	鋪	金	龍
	sjəu$^{\underline{45}}$	paʔ$^{\underline{44}}$	sa^{33}	pwi^{13}	pʰəu^{33}	tɕ(ĭ)əŋ^{33}	lwʌŋ^{31}
11x9	人	生	一	世	愛	相	逢
	ȵ(ĭ)əŋ^{31}	seŋ^{33}	jəʔ$^{\underline{44}}$	sei^{13}	wai^{13}	faŋ^{31}	pwʌŋ^{31}
	打	破	曲	工	子		
	ta$^{\underline{45}}$	bai^{13}	tɕʰu$^{\underline{45}}$	kʌŋ^{33}	tsei$^{\underline{45}}$		
	曲	子	出	來	香		
	tɕʰuʔ$^{\underline{44}}$	tsai$^{\underline{45}}$	tsʰwʌʔ$^{\underline{44}}$	tai^{31}	kʰaŋ^{13}		
11y1	廿	八	後	生	會	相	思
	ȵi^{21} tsjə^{21}	pəʔ$^{\underline{44}}$	hu^{31}	seŋ^{33}	hwi^{13}	faŋ^{31}	fei^{33}
	相	要	相	打	繡	羅	衣
	faŋ^{31}	wai^{13}	faŋ^{31}	ta$^{\underline{45}}$	fjəu^{13}	la^{31}	ʔʒ̟i^{33}
11y2	繡	得	羅	衣	了		
	fjəu^{13}	tuʔ$^{\underline{44}}$	la^{31}	ʔʒ̟i^{33}	li^{13}		
	細	摺	籠	裡	收	姐	妹
	fai^{13}	pəu^{21}	lʌŋ^{31}	lei^{33}	sjəu^{33}	tsi$^{\underline{45}}$	mwi^{21}

11y3　一　齊　着

jəʔ$^{\underline{44}}$　dzwai^{31}　tuʔ$^{\underline{44}}$

着　出　様　神　司

tuʔ$^{\underline{44}}$　tsʰwʌʔ$^{\underline{44}}$　hjaŋ^{13}　tsjəŋ^{31}　fei^{33}

廿　八　后　生　正　是　顛

ȵi^{21} tsjə^{21}　pəʔ$^{\underline{44}}$　hu^{31}　seŋ^{33}　tsiŋ^{13}　tsei^{33}　diŋ^{33}

11y4　手　拿　笛　子　亂　喧　天

sjəu$^{\underline{45}}$　ȵʊŋ^{33}　ti^{31}　tsei$^{\underline{45}}$　lʊŋ^{21}　hjwaŋ^{33}　tʰiŋ^{33}

頭　帶　爺　娘　帕

tau^{31}　tai^{13}　ji^{31}　ȵwaŋ^{31}　pʰa^{13}

身　上　着　衫　都　是　錢

sjəŋ^{33}　tswaŋ^{21}　tuʔ$^{\underline{44}}$　sa^{33}　tɕʰ(ĭ)aŋ^{13}　tsei^{33}　tsiŋ^{31}

11y5　今　年　又　逢　人　還　願

tɕ(ĭ)əŋ^{31}　niŋ^{33}　jəu^{21}　pwʌŋ^{31}　ȵ(ĭ)əŋ^{31}　wiŋ^{31}　ȵʊŋ^{21}

中　廳　唱　出　好

tʌŋ^{31}　tʰiŋ^{33}　tsʰwaŋ^{13}　tsʰwʌʔ$^{\underline{44}}$　kʰu$^{\underline{45}}$

11y6　今　言　都　是　嘍　羅　子[14)]

tɕ(ĭ)əŋ^{31}　ȵiŋ^{31}　tɕʰ(ĭ)aŋ^{13}　tsei^{33}　lu^{31}　lɔ^{31}　tsei$^{\underline{45}}$

話　得　女　來　連

wa^{21}　tuʔ$^{\underline{44}}$　ȵ(ĭ)əu^{33}　tai^{31}　liŋ^{31}

廿　八　后　生　眞　郎　康

ȵi^{21} tsjə^{21}　pəʔ$^{\underline{44}}$　hu^{31}　seŋ^{33}　tsjəŋ^{33}　lɔŋ^{31}　kʰɔŋ^{33}

11y7　撑　船　過　海　念　人　雙　到　來

dzɛŋ^{31}　tsʊŋ^{31}　tɕwi^{13}　kʰwai$^{\underline{45}}$　niŋ^{21}　ȵ(ĭ)əŋ^{31}　sɔŋ^{33}　tʰau^{13}　tai^{31}

11y8　歌　堂　裡　脚　踏　上　娘　床

ka^{31}　daŋ^{31}　lei^{33}　tɕu$^{\underline{45}}$　daʔ$^{\underline{34}}$　tswaŋ^{21}　ȵwaŋ^{31}　tsɔŋ^{31}

睡　到　五　更　郎　歸　去

tswei^{21}　tʰau^{13}　ŋ̍^{33}　tɕeŋ^{33}　lɔŋ^{31}　kwei^{33}　tɕʰ(ĭ)əu^{13}

11y9　郎　今　歸　去　路　頭　忙

lɔŋ^{31}　tɕ(ĭ)əŋ^{33}　kwei^{33}　tɕʰ(ĭ)əu^{13}　ləu^{21}　tau^{31}　mɔŋ^{31}

船　又　着

tsʊŋ^{31}　jəu^{21}　tuʔ$^{\underline{44}}$

人　欺　大　家　拍　手　大　聲　灣

ȵ(ĭ)əŋ^{31} tɕʰi^{33} tai^{21} tɕa^{33} bɛʔ$^{\underline{34}}$ sjəu$^{\underline{45}}$ tai^{21} siŋ^{33} ŋwʌŋ^{33}

第 12 丁

12x1	廿	八	後	生	會	相	思
	ȵi^{21} tsjə^{21}	pəʔ$^{\underline{44}}$	hu^{31}	seŋ^{33}	hwi^{13}	faŋ^{31}	fei^{33}
	單	身	無	我	愛	行	
	taŋ^{31}	sjəŋ^{33}	məu^{31}	ŋɔ^{33}	wai^{13}	heŋ^{31}	
12x2	鄉	裡	逢	着	一	雙	娘
	hjwaŋ^{33}	lei^{33}	pwʌŋ^{31}	tsu^{21}	jəʔ$^{\underline{44}}$	sɔŋ^{33}	ȵwaŋ^{31}
	歸	家	説	報	郎	爺	
	kwei^{33}	tɕa^{33}	su$^{\underline{45}}$	bu^{13}	lɔŋ^{31}	ji^{31}	
12x3	姐	家	無	錢	使		
	tsiʔ$^{\underline{44}}$	tɕa^{33}	məu^{31}	tsiŋ^{31}	sai$^{\underline{45}}$		
	空	着	一	位	娘		
	kʰʊŋ^{13}	haŋ^{21}	jəʔ$^{\underline{44}}$	sɔŋ^{33}	ȵwaŋ^{31}		
12x4	寅	卯	二	年	天	大	旱
	jəŋ^{31}	ma^{33}	ȵei^{21}	niŋ^{33}	tʰiŋ^{33}	tai^{21}	haŋ^{33}
	格	木	杵	頭	出	火	煙/人
	dʑɛʔ$^{\underline{34}}$	mu^{21}	tsəu^{21}	tau^{31}	tsʰwʌʔ$^{\underline{44}}$	tɕʰwi$^{\underline{45}}$	ʔe̝ŋ^{33}/ ȵ(ĭ)əŋ^{31}
12x5	焦	木	出	來	吹	得	火
	tsi^{31}	mu^{21}	tsʰwʌʔ$^{\underline{44}}$	tai^{31}	tsʰwei^{33}	tuʔ$^{\underline{44}}$	tɕʰwi$^{\underline{45}}$
	水	底	青	台	作	火	無/人
	swi$^{\underline{45}}$	di$^{\underline{24}}$	tsʰiŋ^{33}	twai^{31}	tsɔ$^{\underline{45}}$	tɕʰwi$^{\underline{45}}$	məu^{31}/ ȵ(ĭ)əŋ^{31}
12x6	寅	卯	二	年	天	大	旱
	jəŋ^{31}	ma^{33}	ȵei^{21}	niŋ^{33}	tʰiŋ^{33}	tai^{21}	haŋ^{33}
	深	山	竹	木	盡	焦	枯
	sjəŋ^{31}	sjəŋ^{33}	tuʔ$^{\underline{44}}$	mu^{21}	tsiŋ^{13}	tsi^{31}	kʰəu^{33}
12x7	到	處	深	沖	無	水	路
	tʰau^{13}	tsʰəu^{13}	sjəŋ^{31}	swʌŋ^{33}	məu^{31}	swi$^{\underline{45}}$	ləu^{21}
	到/南	處/岸	深/平	無/日	塘/空	細/得	魚/無
	tʰau^{13}/ naŋ^{31}	tsʰəu^{13}/ ŋaŋ^{21}	sjəŋ^{31}/ pɛŋ^{31}	məu^{31}/ ȵu^{21}	tɔŋ^{31}/ kʰʊŋ^{13}	fai^{13}/ tuʔ$^{\underline{44}}$	ȵ(ĭ)əu^{33}/ məu^{31}

12x8	寅	卯	二	年	天	大	旱
	jəŋ^{31}	ma^{33}	ȵei^{21}	niŋ^{33}	tʰiŋ^{33}	tai^{21}	haŋ^{33}
	青	山	竹	盡	木	蕉	枯
	tsʰiŋ^{33}	sjəŋ^{33}	tuʔ$^{\underline{44}}$	mu^{21}	tsiŋ^{13}	tsi^{31}	kʰəu^{33}
12x9	到	處	官	庫	無	粒	米
	tʰau^{13}	tsʰəu^{13}	tɕwəŋ^{33}	kʰəu^{13}	məu^{31}	ljə^{21}	mai^{33}
	到	處	學/天	堂	無	卷	書/經
	tʰau^{13}	tsʰəu^{13}	hɔ^{31}/tʰiŋ^{33}	tɔŋ^{31}	məu^{31}	hɔŋ^{21}	səu^{33}/tɕiŋ^{33}
12y1	寅	卯	二	年	天	大	旱
	jəŋ^{31}	ma^{33}	ȵei^{21}	niŋ^{33}	tʰiŋ^{33}	tai^{21}	haŋ^{33}
	苧	麻	根	底	出	青	煙/文
	du^{21}	ma^{31}	kwaŋ^{33}	di$^{\underline{24}}$	tsʰwʌʔ$^{\underline{44}}$	tsʰiŋ^{33}	ʔe̥ŋ^{33}/wʌŋ^{31}
12y2	苧	蔴	出	來	錢	文	大
	du^{21}	ma^{31}	tsʰwʌʔ$^{\underline{44}}$	tai^{31}	tsiŋ^{31}	wʌŋ^{31}	tai^{21}
	一	兩	称	來	準	二	分
	jəʔ$^{\underline{44}}$	lɔŋ^{33}	dzjaŋ^{33}	tai^{31}	tsʊŋ$^{\underline{45}}$	ȵei^{21}	pʊŋ^{33}
12y3	寅	卯	二	年	天	大	旱
	jəŋ^{31}	ma^{33}	ȵei^{21}	niŋ^{31}	tʰiŋ^{33}	tai^{21}	haŋ^{33}
	四	角	龍	門	● [15]	火	煙/悔
	fei^{13}	koʔ$^{\underline{44}}$	lwʌŋ^{31}	mwʌŋ^{31}	tsʰwʌʔ$^{\underline{44}}$	tɕʰwi$^{\underline{45}}$	ʔe̥ŋ^{33}/mwi^{31}
12y4	四	角	龍	門	無	水	路
	fei^{13}	koʔ$^{\underline{44}}$	lwʌŋ^{31}	mwʌŋ^{31}	məu^{31}	swi$^{\underline{45}}$	ləu^{21}
	旱	得	黃	龍	走/申	上/奏	天/雷
	haŋ^{33}	tuʔ$^{\underline{44}}$	jwaŋ^{31}	lwʌŋ^{31}	pjau^{13}/səŋ^{33}	tswaŋ^{21}/tsəu^{13}	tʰiŋ^{33}/lwi^{31}
12y5	寅	卯	二	年	天	大	旱
	jəŋ^{31}	ma^{33}	ȵei^{21}	niŋ^{33}	tʰiŋ^{33}	tai^{21}	haŋ^{33}
	旱	得	黃	龍	走	上	江/洲
	haŋ^{33}	tuʔ$^{\underline{44}}$	jwaŋ^{31}	lwʌŋ^{31}	pjau^{13}	tswaŋ^{21}	kɔŋ^{33}/tsjəu^{33}
12y6	三	百	二	人	尋	來	殺
	faŋ^{31}	pᴇʔ$^{\underline{44}}$	ȵei^{21}	ȵ(ĭ)əŋ^{31}	taŋ$^{\underline{45}}$	tai^{31}	səʔ$^{\underline{44}}$
	殺	得	龍	角	向	南	江/洲

	səʔ$^{\underline{44}}$	tuʔ$^{\underline{44}}$	lwʌŋ^{31}	koʔ$^{\underline{44}}$	hjaŋ^{13}	naŋ^{31}	kɔŋ^{33}/tsjəu^{33}	
12y7	寅	卯	二	年	天	大	旱	
	jəŋ^{31}	ma^{33}	ȵei^{21}	niŋ^{33}	t^{h}iŋ^{33}	tai^{21}	haŋ^{33}	
	旱	得	黄	龍	走	上	天/山	
	haŋ^{33}	tuʔ$^{\underline{44}}$	jwaŋ^{31}	lwʌŋ^{31}	pjau^{13}	tswaŋ^{21}	t^{h}iŋ^{33}/sjəŋ^{33}	
12y8	三	百	二	人	來	尋	殺	
	faŋ^{31}	pɛʔ$^{\underline{44}}$	ȵei^{21}	ȵ(ĭ)əŋ^{31}	tai^{31}	taŋ$^{\underline{45}}$	səʔ$^{\underline{44}}$	
	殺	得	黄	龍	角	上	南	山
	səʔ$^{\underline{44}}$	tuʔ$^{\underline{44}}$	jwaŋ^{31}	lwʌŋ^{31}	koʔ$^{\underline{44}}$	tswaŋ^{21}	naŋ^{31}	sjəŋ^{33}
12y9	寅	卯	二	年	天	大	旱	
	jəŋ^{31}	ma^{33}	ȵei^{21}	niŋ^{31}	t^{h}iŋ^{33}	tai^{21}	haŋ^{33}	
	雷	公	把	火	半	天	行/遊	
	lwi^{31}	kɔŋ^{33}	pa$^{\underline{45}}$	tɕ^{h}wi$^{\underline{45}}$	pjəŋ^{13}	t^{h}iŋ^{33}	heŋ^{31}/jəu^{31}	

第13丁

13x1	雷	公	把	火	半	天	轉
	lwi^{31}	kɔŋ^{33}	pa$^{\underline{45}}$	tɕ^{h}wi$^{\underline{45}}$	pjəŋ^{13}	t^{h}iŋ^{33}	dzwʌŋ^{13}
	甲	子	回	頭	禾	正	生/收
	tɕa^{31}	tsaŋ$^{\underline{45}}$	wi^{31}	tau^{31}	ji^{31}	tsiŋ^{13}	seŋ^{33}/sjəu^{33}
13x2	見	怪	一	段			
	—	—	—	—			
13x3	寅	卯	二	年	天	見	怪
	jəŋ^{31}	ma^{33}	ȵei^{21}	niŋ^{33}	t^{h}iŋ^{33}	tɕiŋ^{13}	kwai^{13}
	一	條	生	下	二	條	來/眠
	jəʔ$^{\underline{44}}$	ti^{31}	seŋ^{33}	dʑi^{21}	ȵei^{21}	ti^{31}	tai^{31}/miŋ^{31}
13x4	一	條	生	上	引	怪	路
	jəʔ$^{\underline{44}}$	ti^{31}	seŋ^{33}	tswaŋ^{21}	jəŋ^{33}	kwai^{13}	ləu^{21}
	二	條	生	下	引	怪	來/眠
	ȵei^{21}	ti^{31}	seŋ^{33}	dʑi^{21}	jəŋ^{33}	kwai^{13}	tai^{31}/miŋ^{31}
13x5	寅	卯	二	年	天/見	見/大	怪
	jəŋ^{31}	ma^{33}	ȵei^{21}	niŋ^{31}	t^{h}iŋ^{33}/tɕiŋ^{13}	tɕiŋ^{13}/tai^{21}	kwai^{13}
	速	太	二	年	見	怪	多

	su^{31}	t^{h}ai^{13}	ȵei^{21}	niŋ^{33}	tɕiŋ^{13}	kwai^{13}	tɔ^{33}
13x6	牯	牛	鹿	馬	全	無	角/腸
	kəu$^{\underline{45}}$	ŋau^{31}	lu^{21}	ma^{33}	tsʊŋ^{31}	məu^{31}	koʔ$^{\underline{44}}$/ twaŋ^{31}
	黄	毛	鷄	仔	角/腸	父/三	鵝/羅
	jwaŋ^{31}	məu^{31}	tɕai^{33}	tsai$^{\underline{45}}$	koʔ$^{\underline{44}}$/ twaŋ^{31}	ts^{h}a^{33}/ faŋ^{33}	ȵi^{31}/lɔ^{31}
13x7	寅	卯	二	年	天	見	怪
	jəŋ^{31}	ma^{33}	ȵei^{21}	niŋ^{31}	t^{h}iŋ^{33}	tɕiŋ^{13}	kwai^{13}
	速	太	二	年	見	怪	多
	su^{31}	t^{h}ai^{13}	ȵei^{21}	niŋ^{31}	tɕiŋ^{13}	kwai^{13}	tɔ^{33}
13x8	牯	牛	鹿	馬	全	無	腸
	kəu$^{\underline{45}}$	ŋau^{31}	lu^{21}	ma^{33}	tsʊŋ^{31}	məu^{31}	twaŋ^{31}
	黄	毛	鷄	子	腸	三	千
	jwaŋ^{31}	məu^{31}	tɕai^{33}	tsai$^{\underline{45}}$	twaŋ^{31}	faŋ^{33}	ts^{h}iŋ^{33}
13x9	寅	卯	二	年	豬	出	角
	jɔŋ^{31}	ma^{33}	ȵei^{21}	niŋ^{33}	tsəu^{33}	ts^{h}wʌʔ$^{\underline{44}}$	koʔ$^{\underline{44}}$
	速	太	二	年	鷄/象[16]	出	牙/鱗
	su^{31}	t^{h}ai^{13}	ȵei^{21}	niŋ^{33}	tɕai^{33}/ hjaŋ^{13}	ts^{h}wʌʔ$^{\underline{44}}$	ȵa^{31}/ tɕei^{21}
13y1	莫	怪	歌	詞	相	説	報
	ji^{13}	kwai^{13}	ka^{31}	tsei^{31}	faŋ^{31}	su$^{\underline{45}}$	bu^{13}
	篱/驚	干/動	俵/閆	下/浮[17]	出/世	蕉/上	花/人
	lei^{31}/ tɕiŋ^{33}	kaŋ^{33}/ tʌŋ^{21}	pi$^{\underline{45}}$/ jəŋ^{31}	dʑi^{21}/ bau^{31}	ts^{h}wʌʔ$^{\underline{44}}$/ sei^{13}	tsi^{31}/ tswaŋ^{21}	k^{h}wa^{33}/ ȵ(ĭ)əŋ^{31}
13y2	寅	卯	二	年	天	地	動
	jəŋ^{31}	ma^{33}	ȵei^{21}	niŋ^{31}	t^{h}iŋ^{33}	tei^{21}	tʌŋ^{13}
	天	子	做	書	歸	報	京/州
	t^{h}iŋ^{33}	tsei$^{\underline{45}}$	tsəu^{13}	səu^{33}	kwei^{33}	bu^{13}	tɕiŋ^{33}/ tsjəu^{33}
13y3	師	人	燒	香	禮	拜	佛
	sai^{33}	ȵ(ĭ)əŋ^{31}	si^{31}	hjaŋ^{33}	lei^{33}	pai^{13}	pəu^{21}
	道	子	着	衫	也	下	迎/求

	tu^{33}	tsei$^{\underline{45}}$	tuʔ$^{\underline{44}}$	sa^{33}	ja^{21}	dʑi^{21}	ɳ̥iŋ^{31}/tɕ(ĭ)əu^{31}
13y4	寅	卯	二	年	天	地	動
	jəŋ^{31}	ma^{33}	ɳ̥ei^{21}	niŋ^{33}	t^{h}iŋ^{33}	tei^{21}	tʌŋ^{13}
	天	子	做	書	歸	報	京/州
	t^{h}iŋ^{33}	tsei$^{\underline{45}}$	tsəu^{13}	səu^{33}	kwei^{33}	bu^{13}	tɕiŋ^{33}/tsjəu^{33}
13y5	師	人	燒	香	禮	拜	佛
	sai^{33}	ɳ̥(ĭ)əŋ^{31}	si^{31}	hjaŋ^{33}	lei^{31}	pai^{13}	pəu^{21}
	黄	稈	造	繩	進	上	京/州
	jwaŋ^{31}	kaŋ$^{\underline{45}}$	ts^{h}u^{13}	swʌŋ^{31}	pi^{21}	tswaŋ^{21}	tɕiŋ^{33}/tsjəu^{33}
13y6	寅	卯	二	年	天	杵	倒
	jəŋ^{31}	ma^{33}	ɳ̥ei^{21}	niŋ^{33}	t^{h}iŋ^{33}	tsəu^{21}	tuʔ$^{\underline{44}}$
	三	百	來	人	立	一	條/雙
	faŋ^{31}	pᴇʔ$^{\underline{44}}$	ɳ̥(ĭ)əŋ^{31}	tai^{31}	ljə^{21}	jəʔ$^{\underline{44}}$	ti^{31}/sɔŋ^{33}
13y7	瓦	匠	燒	磚	貼	杵	脚
	ŋwa^{33}	tswaŋ^{21}	si^{33}	tsʊŋ^{33}	t^{h}iʔ$^{\underline{44}}$	tsəu^{21}	tɕuʔ$^{\underline{44}}$
	秀	才	把	筆	便	來	僚/裝
	fjəu^{13}	tswai^{31}	pa$^{\underline{45}}$	paʔ$^{\underline{44}}$	piŋ^{21}	tai^{31}	ljəu^{31}/tsɔŋ^{33}
13y8	寅	卯	二	年	天	杵	倒
	jəŋ^{31}	ma^{33}	ɳ̥ei^{21}	niŋ^{33}	t^{h}iŋ^{33}	tsəu^{21}	tuʔ$^{\underline{44}}$
	三	百	人	夫	扶	不	勞/搖
	faŋ^{31}	pᴇʔ$^{\underline{44}}$	ɳ̥(ĭ)əŋ^{31}	pəu^{33}	fu$^{\underline{45}}$	jaŋ^{21}	ləu^{31}/ji^{31}
13y9	三	百	人	夫	扶	不	起
	faŋ^{31}	pᴇʔ$^{\underline{44}}$	ɳ̥(ĭ)əŋ^{31}	pəu^{33}	fu$^{\underline{45}}$	jaŋ^{21}	tɕ^{h}i$^{\underline{45}}$
	仙	人	扶	起	半	天	高/〇
	fiŋ^{33}	ɳ̥(ĭ)əŋ^{31}	fu$^{\underline{45}}$	tɕ^{h}i$^{\underline{45}}$	pjəŋ^{13}	t^{h}iŋ^{33}	ku^{33}/—

第 14 丁

14x1	天			暗			烏
	t^{h}iŋ^{33}			ʔɔŋ^{13}			ʔəu^{33}
	便	是	烏	馬	吞	日	頭
	piŋ^{21}	tsei^{33}	ʔəu^{33}	ma^{33}	t^{h}aŋ^{33}	ɳ̥u^{21}	tau^{31}

14x2	烏	馬	吞	日	爭	天	國
	ʔəu^{33}	ma^{33}	tʰaŋ^{33}	ȵ̥u^{21}	dzɛŋ^{33}	tʰiŋ^{33}	kwʌʔ$^{\underline{44}}$
	官	人	禮	拜	入	心	愁/連
	tɕwəŋ^{33}	ȵ̥(ĭ)əŋ^{31}	lei^{33}	pai^{13}	pi^{21}	fjəŋ^{33}	dzau^{31}/liŋ^{31}
14x3	天			暗			烏
	tʰiŋ^{33}			ʔɔŋ^{13}			ʔəu^{33}
	便	是	日	頭	相	打	無/名
	piŋ^{21}	tsei^{33}	ȵ̥u^{21}	tau^{31}	faŋ^{31}	ta$^{\underline{45}}$	məu^{31}/miŋ^{31}
14x4	日	頭	相	打	為	爭	國
	ȵ̥u^{21}	tau^{31}	faŋ^{31}	ta$^{\underline{45}}$	wei^{21}	dzɛŋ^{33}	kwʌʔ$^{\underline{44}}$
	夫	妻	相	打	為	爭	人/情
	fəu^{31}	tsʰwai^{33}	faŋ^{31}	ta$^{\underline{45}}$	wei^{21}	dzɛŋ^{33}	ȵ̥(ĭ)əŋ^{31}/ tsiŋ^{31}
14x5	北			邊			暗
	pᴇʔ$^{\underline{44}}$			piŋ^{33}			ʔɔŋ^{13}
	人	人	説	得	北	邊	崩/陰
	ȵ̥(ĭ)əŋ^{31}	ȵ̥(ĭ)əŋ^{31}	su$^{\underline{45}}$	tuʔ$^{\underline{44}}$	pᴇʔ$^{\underline{44}}$	piŋ^{33}	bwaŋ^{33}/ jəŋ^{33}
14x6	人	話	北	邊	不	有	我
	ȵ̥(ĭ)əŋ^{31}	wa^{21}	pᴇʔ$^{\underline{44}}$	piŋ^{33}	jaŋ^{21}	mai^{31}	ŋɔ^{33}
	應	有	邪	眉	讀	細	章/經
	ʔʒ̟əŋ^{13}	mai^{31}	tsi^{31}	mwi^{31}	tu^{21}	fai^{13}	tswaŋ^{33}/ tɕiŋ^{33}
14x7	北			邊			暗
	pᴇʔ$^{\underline{44}}$			piŋ^{33}			ʔɔŋ^{13}
	人	人	説	得	北	邊	烏/流
	ȵ̥(ĭ)əŋ^{31}	ȵ̥(ĭ)əŋ^{31}	su$^{\underline{45}}$	tuʔ$^{\underline{44}}$	pᴇʔ$^{\underline{44}}$	piŋ^{33}	ʔəu^{33}/ljəu^{31}
14x8	話	説	北	邊	不	有	我
	wa^{21}	su$^{\underline{45}}$	pᴇʔ$^{\underline{44}}$	piŋ^{33}	jaŋ^{21}	mai^{31}	ŋɔ^{33}
	應	有	邪	眉	讀	細	書
	ʔʒ̟əŋ^{13}	mai^{31}	tsi^{31}	mwi^{31}	tu^{21}	fai^{13}	səu^{33}
14x9	北			邊			暗
	pᴇʔ$^{\underline{44}}$			piŋ^{33}			ʔɔŋ^{13}

	人	人	説	得	北	邊	流/崩
	ŋ̥(ĭ)əŋ^{31}	ŋ̥(ĭ)əŋ^{31}	su$^{\underline{45}}$	tuʔ$^{\underline{44}}$	pᴇʔ$^{\underline{44}}$	piŋ^{33}	ljəu^{33}/ bwaŋ^{33}
14y1	天	子	聞	得	開	口	笑
	tʰiŋ^{33}	tsei$^{\underline{45}}$	mwʌŋ^{21}	tuʔ$^{\underline{44}}$	gwai^{33}	kʰəu$^{\underline{45}}$	fwi^{13}
	玉	女	聞	得	便	話	流/崩
	ŋ̥wi^{21}	ŋ̥(ĭ)əu^{33}	mwʌŋ^{21}	tuʔ$^{\underline{44}}$	piŋ^{21}	wa^{21}	ljəu^{33}/ bwaŋ^{33}
14y2	北			邊			暗
	pᴇʔ$^{\underline{44}}$			piŋ^{33}			ʔɔŋ^{13}
	人	人	説	得	北	邊	崩/涼
	ŋ̥(ĭ)əŋ^{31}	ŋ̥(ĭ)əŋ^{31}	su$^{\underline{45}}$	tuʔ$^{\underline{44}}$	pᴇʔ$^{\underline{44}}$	piŋ^{33}	bwaŋ^{33}/ lwaŋ^{31}
14y3	天	子	殺	牲	救	父	母
	tʰiŋ^{33}	tsei$^{\underline{45}}$	səʔ$^{\underline{44}}$	seŋ^{33}	dʑ(ĭ)əu^{13}	pu^{21}	məu^{33}
	魯	班	殺	子	救	爺	人/娘
	lu^{21}	paŋ^{33}	səʔ$^{\underline{44}}$	tsai$^{\underline{45}}$	dʑ(ĭ)əu^{13}	ji^{31}	ŋ̥(ĭ)əŋ^{31}/ ŋ̥waŋ^{31}
14y4	天	上	五	雷	有	五	個
	tʰiŋ^{33}	tswaŋ^{21}	ŋ̍^{33}	lwi^{31}	mai^{31}	ŋ̍^{33}	kɔ^{13}
	地	下	江	流	無	萬	流/名
	tei^{21}	dʑi^{21}	kɔŋ^{31}	ljəu^{31}	məu^{31}	maŋ^{21}	ljəu^{33}/meŋ^{31}
14y5	寅	卯	二	年	洪	水	發
	jəŋ^{31}	ma^{33}	ŋ̥ei^{21}	niŋ^{33}	hʌŋ^{31}	swi$^{\underline{45}}$	faʔ$^{\underline{44}}$
	天	子	依	還	發	下	州/京
	tʰiŋ^{33}	tsei$^{\underline{45}}$	ʔʒ̩i^{33}	wiŋ^{31}	faʔ$^{\underline{44}}$	dʑi^{21}	tsjəu^{33}/ tɕiŋ^{33}
14y6	寅	卯	二	年	雷	發	令
	jəŋ^{31}	ma^{33}	ŋ̥ei^{21}	niŋ^{33}	lwi^{31}	faʔ$^{\underline{44}}$	liŋ^{21}
	伏	太	二	年	雷	發	顛/鄉
	fu^{31}	tʰai^{13}	ŋ̥ei^{21}	niŋ^{33}	lwi^{31}	faʔ$^{\underline{44}}$	diŋ^{33}/ hjwaŋ^{33}
14y7	十	五	年	間	洪	水	發

	tsjə^{21}	ŋ̍^{33}	niŋ^{33}	tɕeŋ^{33}	hʌŋ^{31}	swi$^{\underline{45}}$	faʔ$^{\underline{44}}$
	十	七	老	漊	尋/成	嫩	人/娘
	tsjə^{21}	tsʰjəʔ$^{\underline{44}}$	lu^{33}	pu^{21}	taŋ$^{\underline{45}}$/ tsjaŋ^{31}	nʊŋ^{21}	ŋ̥(ĭ)əŋ^{31}/ ŋ̥waŋ^{31}
14y8	寅	卯	二	年	雷	落	地
	jəŋ^{31}	ma^{33}	ŋ̥ei^{21}	niŋ^{33}	lwi^{31}	lɔ^{21}	tei^{21}
	伏	太	二	年	雷	落	州/江
	fu^{31}	tʰai^{13}	ŋ̥ei^{21}	niŋ^{33}	lwi^{31}	lɔ^{21}	tsjəu^{33}/ kɔŋ^{33}
14y9	上[18)]	家	有	芺	來	收	捉
	tswaŋ^{21}	tɕa^{33}	mai^{31}	heŋ^{31}	tai^{31}	sjəu^{33}	tsoʔ$^{\underline{44}}$
	黄	稈	造	繩	伏	出/一	遊/雙
	jwaŋ^{31}	kaŋ$^{\underline{45}}$	tsʰu^{13}	swʌŋ^{31}	pu^{21}	tsʰwʌʔ$^{\underline{44}}$/ jəʔ$^{\underline{44}}$	jəu^{31}/ sɔŋ^{33}

第 15 丁

15x1	寅	卯	二	年	雷	落	地
	jəŋ^{31}	ma^{33}	ŋ̥ei^{21}	niŋ^{31}	lwi^{31}	lɔ^{21}	tei^{21}
	伏	太	二	年	雷	落	江/田
	fu^{31}	tʰai^{13}	ŋ̥ei^{21}	niŋ^{33}	lwi^{31}	lɔ^{21}	kɔŋ^{33}/tiŋ^{31}
15x2	上	家	有	芺	來	收	捉
	tswaŋ^{21}	tɕa^{33}	mai^{31}	heŋ^{31}	tai^{31}	sjəu^{33}	tsoʔ$^{\underline{44}}$
	上	家	收	捉	隱	禾	倉/邊
	tswaŋ^{21}	tɕa^{33}	sjəu^{33}	tsoʔ$^{\underline{44}}$	wʌŋ^{13}	ji^{31}	tsʰɔŋ^{33}/ piŋ^{33}
15x3	寅	卯	二	年	雷	落	地
	jəŋ^{31}	ma^{33}	ŋ̥ei^{21}	niŋ^{33}	lwi^{31}	lɔ^{21}	tei^{21}
	伏	太	二	年	雷	落	江/頭
	fu^{31}	tʰai^{13}	ŋ̥ei^{21}	niŋ^{33}	lwi^{31}	lɔ^{21}	kɔŋ^{33}/tau^{31}
15x4	上	家	有	㞢	醃	雷	酢
	tswaŋ^{21}	tɕa^{33}	mai^{31}	heŋ^{31}	jəŋ^{33}	lwi^{31}	tsa^{13}
	龍	兒	申	奏	報	雷	娘
	lwʌŋ^{31}	ŋ̥i^{33}	sjəŋ^{33}	tsəu^{13}	bu^{13}	lwi^{31}	ŋ̥waŋ^{31}
15x5	寅	卯	二	年	雷	落	地

	jəŋ^{31}	ma^{33}	ɳ̥ei^{21}	niŋ^{33}	lwi^{31}	lɔ^{21}	tei^{21}
	伏	太	二	年	雷	落	中
	fu^{31}	tʰai^{13}	ɳ̥ei^{21}	niŋ^{33}	lwi^{31}	lɔ^{21}	twʌŋ^{33}
15x6	上	家	有	些	醃	雷	酢
	tswaŋ^{21}	tɕa^{33}	mai^{31}	heŋ^{31}	jəŋ^{33}	lwi^{31}	tsa^{13}
	龍	兒	含	水	洗	雷	侯/聲
	lwʌŋ^{31}	ɳ̥i^{33}	haŋ^{21}	swi$^{\underline{45}}$	sai$^{\underline{45}}$	lwi^{31}	həu^{31}/siŋ^{33}
15x7	寅	卯	二	年	雷	落	地
	jəŋ^{31}	ma^{33}	ɳ̥ei^{21}	niŋ^{33}	lwi^{31}	lɔ^{21}	tei^{21}
	伏	太	二	年	雷	落	田/天
	fu^{31}	tʰai^{13}	ɳ̥ei^{21}	niŋ^{33}	lwi^{31}	lɔ^{21}	tiŋ^{31}/tʰiŋ^{33}
15x8	天	上	三	朝	暗	森	霧
	tʰiŋ^{33}	tswaŋ^{21}	faŋ^{31}	tsi^{31}	ʔɔŋ^{13}	sjəŋ^{33}	məu^{21}
	龍	兒	申	奏	雷/大	上/羅	天/天
	lwʌŋ^{31}	ɳ̥i^{33}	sjəŋ^{33}	tsəu^{13}	lwi^{31}/tai^{21}	tswaŋ^{21}/lɔ^{31}	tʰiŋ^{33}/tʰiŋ^{33}
15x9	一	雙	燕	子	白	才	才
	jəʔ$^{\underline{44}}$	sɔŋ^{33}	hiŋ^{13}	tsai$^{\underline{45}}$	pɛ^{21}	tswai^{31}	tswai^{31}
	口	裡	含	花	放	下	來/台
	kʰəu$^{\underline{45}}$	lei^{33}	hɔŋ^{21}	kʰwa^{33}	pʊŋ^{13}	dʑi^{21}	tai^{31}/twai^{31}
15y1	口	裡	含	花	放	下	地
	kʰəu$^{\underline{45}}$	lei^{33}	hɔŋ^{21}	kʰwa^{33}	pʊŋ^{13}	dʑi^{21}	tei^{21}
	放	下	離	根	土	裡	栽/埋
	pʊŋ^{13}	dʑi^{21}	lei^{31}	kwaŋ^{33}	tʰəu$^{\underline{45}}$	lei^{33}	tswai^{31}/tsɔŋ^{33}
15y2	石	榴	生	過	石	榴	嶺
	tsi^{21}	ljəu^{31}	seŋ^{33}	tɕwi^{13}	tsi^{21}	ljəu^{31}	liŋ^{33}
	葫	蘆	生	過	葫	蘆	山
	hu^{31}	ləu^{31}	seŋ^{33}	tɕwi^{13}	hu^{31}	ləu^{31}	sjəŋ^{33}
15y3	人	話	葫	蘆	無	爺	姐
	ɳ̥(ĭ)əŋ^{31}	wa^{21}	hu^{31}	ləu^{31}	məu^{31}	ji^{33}	tsi$^{\underline{45}}$
	葫	蘆	出	世	在	青	山/源
	hu^{31}	ləu^{31}	tsʰwʌʔ$^{\underline{44}}$	sei^{13}	tswai^{13}	tsʰiŋ^{33}	sjəŋ^{33}/

							ȵwəŋ^{31}
15y4	葫	蘆	瓜	勿	大	州	上
	hu^{31}	ləu^{31}	kwa^{33}	bwʌŋ$^{\underline{24}}$	tʌŋ^{31}	tsjəu^{33}	tswaŋ^{21}
	大	歌	行	往	得	歸	栽/家
	tai^{21}	kɔ^{33}	heŋ^{31}	wʌŋ$^{\underline{45}}$	tuʔ$^{\underline{44}}$	kwei^{33}	tswai^{31}/ tɕa^{33}
15y5	十	二	日	頭	平	平	上
	tsjə^{21}	ȵei^{21}	ȵu^{21}	tau^{31}	peŋ^{31}	peŋ^{31}	tswaŋ^{21}
	姤	你	有	宊	晒	到	枯/愁
	dəu$^{\underline{24}}$	nwai^{21}	mai^{31}	heŋ^{31}	sai^{13}	tʰau^{13}	kʰəu^{33}/ dzau^{31}
15y6	洪			水			浸
	hʌŋ^{31}			swi$^{\underline{45}}$			tsjəŋ^{13}
	十	二	日	頭	平	晒	乾/蕉
	tsjə^{21}	ȵei^{21}	ȵu^{21}	tau^{31}	peŋ^{31}	sai^{13}	gai^{33}/tsi^{33}
15y7	十	二	日	頭	平	平	晒
	tsjə^{21}	ȵei^{21}	ȵu^{21}	tau^{31}	peŋ^{31}	peŋ^{31}	sai^{13}
	姤	你	有	宊	晒	到	枯/蕉
	dəu$^{\underline{24}}$	nwai^{21}	mai^{31}	heŋ^{31}	sai^{13}	tʰau^{13}	kʰəu^{33}/tsi^{33}
15y8	三	百	貫	錢	買	彈	子
	faŋ^{31}	pɛʔ$^{\underline{44}}$	kʊŋ^{13}	tsiŋ^{31}	mai^{33}	taŋ^{21}	tsei$^{\underline{45}}$
	又	添	四	百	買	彈	頭/彈
	jəu^{21}	tʰiŋ^{33}	fei^{13}	pɛʔ$^{\underline{44}}$	mai^{33}	taŋ^{13}	tau^{31}/tsei$^{\underline{45}}$
15y9	龍	廣	挷	弓	射	明	月
	lwʌŋ^{31}	kʊŋ$^{\underline{45}}$	ba^{21}	tɕwəŋ^{33}	tsi^{12}	meŋ^{31}	ȵu^{21}
	李	廣	挷	弓	射	日/上	頭/天
	lei^{33}	kʊŋ$^{\underline{45}}$	ba^{21}	tɕwəŋ^{33}	tsi^{12}	ȵu^{21}/ tswaŋ^{21}	tau^{31}/ tʰiŋ^{33}

第 16 丁

16x1	洪			水			浸
	hʌŋ^{31}			swi$^{\underline{45}}$			tsjəŋ^{13}
	十	二	日	頭	平	上	山/天
	tsjə^{21}	ȵei^{21}	ȵu^{21}	tau^{31}	peŋ^{31}	tswaŋ^{21}	sjəŋ^{33}/tʰiŋ^{33}

16x2	龍	廣	掷	弓	射	十	個
	lwʌŋ^{31}	kʊŋ$^{\underline{45}}$	ba^{21}	tɕwəŋ^{33}	tsi^{12}	tsjə^{21}	kɔ^{13}
	尚	留	兩	個	照	凡	間/人
	siŋ^{13}	ljəu^{31}	ljaŋ^{21}	kɔ^{13}	tsi^{13}	paŋ^{31}	tɕeŋ^{33}/ ŋ̥(ĭ)əŋ^{31}
16x3	洪			水			浸
	hʌŋ^{31}			swi$^{\underline{45}}$			tsjəŋ^{13}
	仙	人	抒	棍	去	巡	天/鄉
	fiŋ^{31}	ŋ̥(ĭ)əŋ^{31}	bja^{21}	pja$^{\underline{45}}$	tɕʰ(ĭ)əu^{13}	tsi^{31}	tʰiŋ^{33}/ hjwaŋ^{33}
16x4	仙	人	巡	天/鄉	到	北	國
	fiŋ^{31}	ŋ̥(ĭ)əŋ^{31}	tsi^{31}	tʰiŋ^{33}/ hjwaŋ^{33}	tʰau^{13}	pɛʔ$^{\underline{44}}$	kwʌʔ$^{\underline{44}}$
	天	下	全	無	一	個	人/娘
	tʰiŋ^{33}	di$^{\underline{24}}$	tsʊŋ^{31}	məu^{31}	jəʔ$^{\underline{44}}$	kɔ^{13}	ŋ̥(ĭ)əŋ^{31}/ ŋ̥waŋ^{31}
16x5	洪			水			浸
	hʌŋ^{31}			swi$^{\underline{45}}$			tsjəŋ^{13}
	仙	人	抒	棍	去	巡	天
	fiŋ^{31}	ŋ̥(ĭ)əŋ^{31}	bja^{21}	pja$^{\underline{45}}$	tɕʰ(ĭ)əu^{13}	tsi^{31}	tʰiŋ^{33}
16x6	仙	人	巡	天	到	別	國
	fiŋ^{31}	ŋ̥(ĭ)əŋ^{31}	tsi^{31}	tʰiŋ^{33}	tʰau^{13}	pɛʔ$^{\underline{44}}$	kwʌʔ$^{\underline{44}}$
	得/鳥	見/黾	鳥/開	黾/口	欗/説	路/無	眼/人
	tuʔ$^{\underline{44}}$/ wu^{31}	tɕiŋ^{13}/ kwi^{33}	wu^{31}/ gwai^{33}	kwi^{33}/ kʰu$^{\underline{45}}$	laŋ^{31}/ su$^{\underline{45}}$	ləu^{21}/ məu^{31}	ȵiŋ^{31}/ ŋ̥(ĭ)əŋ^{31}
16x7	洪			水			浸
	hʌŋ^{31}			swi$^{\underline{45}}$			tsjəŋ^{13}
	仙	人	抒	棍	去	巡	天
	fiŋ^{31}	ŋ̥(ĭ)əŋ^{31}	bja^{21}	pja$^{\underline{45}}$	tɕʰ(ĭ)əu^{13}	tsi^{31}	tʰiŋ^{33}
16x8	仙	人	巡	天	到	別	國
	fiŋ^{33}	ŋ̥(ĭ)əŋ^{31}	tsi^{31}	tʰiŋ^{33}	tʰau^{13}	pɛʔ$^{\underline{44}}$	kwʌʔ$^{\underline{44}}$
	打/能	破/甲	鳥/連	黾/殼	成/月	兩/樣	邊/圓
	ta$^{\underline{45}}$/	bai^{13}/	wu^{31}/	kwi^{33}/	tsjaŋ^{31}/	ljaŋ^{21}/	piŋ^{33}/

	n̥aŋ$^{\underline{24}}$	tɕa^{31}	liŋ^{31}	kʰoʔ$^{\underline{44}}$	ŋ̊u^{21}	jaŋ^{21}	jʊŋ^{31}
16x9	洪			水			浸
	hʌŋ^{31}			swi$^{\underline{45}}$			tsjəŋ^{13}
	盡	淹	天	下	萬	由	人/娘
	tsjəŋ^{13}	jəŋ^{13}	tʰiŋ^{33}	di$^{\underline{24}}$	maŋ^{21}	jəu^{31}	ŋ̊(ĭ)əŋ^{31}/ ŋ̊waŋ^{31}
16y1	也	有	鳥	黽	偷	説	報
	ja^{21}	mai^{31}	wu^{31}	kwi^{33}	tʰau^{31}	su$^{\underline{45}}$	bu^{13}
	應	行	三	步	正	逢	人/娘
	ʔʒ̟ə̟ŋ^{13}	heŋ^{31}	faŋ^{31}	pəu^{21}	tsiŋ^{13}	pwʌŋ^{31}	ŋ̊(ĭ)əŋ^{31}/ ŋ̊waŋ^{31}
16y2	洪			水			浸
	hʌŋ^{31}			swi$^{\underline{45}}$			tsjəŋ^{13}
	淹	殺	天	下	萬	由	郎/人
	jəŋ^{13}	səʔ$^{\underline{44}}$	tʰiŋ^{33}	di$^{\underline{24}}$	maŋ^{21}	jəu^{31}	lɔŋ^{31}/ ŋ̊(ĭ)əŋ^{31}
16y3	尚	留	伏	羲	兩	姐	妹
	siŋ^{13}	ljəu^{31}	fu^{31}	hei$^{\underline{45}}$	ljaŋ^{21}	tsei$^{\underline{45}}$	mwi^{21}
	天	下	無	人	自	甲	雙/親
	tʰiŋ^{33}	di$^{\underline{24}}$	məu^{31}	ŋ̊(ĭ)əŋ^{31}	tsəŋ^{21}	kaʔ$^{\underline{44}}$	sɔŋ^{33}/ tsʰjəŋ^{33}
16y4	伏	羲	相	甲	會/未	相	甲
	fu^{31}	hei$^{\underline{45}}$	faŋ^{31}	kaʔ$^{\underline{44}}$	hwi^{13}/mei^{21}	faŋ^{31}	kaʔ$^{\underline{44}}$
	火/頭	煙/系	相	甲	未/正	成	親/郎
	tɕʰwi$^{\underline{45}}$/ tau^{31}	ʔe̝ŋ^{33}/ fei^{33}	faŋ^{31}	kaʔ$^{\underline{44}}$	mei^{21}/ tsiŋ^{13}	tsjaŋ^{31}	tsʰjəŋ^{33}/ lɔŋ^{31}
16y5	隔	岸	燒	香	隔	岸	拜
	dʑᴇʔ$^{\underline{34}}$	ŋaŋ^{21}	si^{33}	hjaŋ^{33}	dʑᴇʔ$^{\underline{34}}$	ŋaŋ^{21}	pai^{13}
	火/頭	煙/系	相	甲	正	成	親
	tɕʰwi$^{\underline{45}}$/ tau^{31}	ʔe̝ŋ^{33}/ fei^{33}	faŋ^{31}	kaʔ$^{\underline{44}}$	tsiŋ^{13}	tsjaŋ^{31}	tsʰjəŋ^{33}
16y6	為			婚			了
	wei^{31}			hwʌŋ^{33}			li^{33}

	七	朝	花	孕	上	娘	身/床
	tsʰjəʔ$^{\underline{44}}$	tsi^{31}	kʰwa^{33}	jʊŋ^{21}	tswaŋ^{21}	ɳwaŋ^{31}	sjəŋ^{33}/tsɔŋ^{31}
16y7	上	下	血	團	無	萬	姓
	seŋ^{33}	dʑi^{21}	hju^{31}	pʊŋ^{31}	məu^{31}	maŋ^{21}	fiŋ^{13}
	空	成	花	孕	上/未	娘/成	身[19]/郎
	kʰʊŋ^{13}	tsjaŋ^{31}	kʰwa^{33}	jʊŋ^{21}	tswaŋ^{21}/mei^{21}	ɳwaŋ^{31}/tsjaŋ^{31}	sjəŋ^{33}/lɔŋ^{31}
16y8	為			婚			了
	wei^{31}			hwʌŋ^{33}			li^{33}
	七	朝	花	孕	上	娘	身
	tsʰjəʔ$^{\underline{44}}$	tsi^{31}	kʰwa^{33}	jʊŋ^{21}	tswaŋ^{21}	ɳwaŋ^{31}	sjəŋ^{33}
16y9	上	下	血	盆	無	人	俵
	seŋ^{33}	dʑi^{21}	hju^{31}	pʊŋ^{31}	məu^{31}	ɳ(ĭ)əŋ^{31}	pi$^{\underline{45}}$
	無	人	分	俵	未	成	人
	məu^{31}	ɳ(ĭ)əŋ^{31}	pʊŋ^{33}	pi$^{\underline{45}}$	mei^{21}	tsjaŋ^{31}	ɳ(ĭ)əŋ^{31}

第 17 丁

17x1	會		分	便	會		分
	hwi^{13}		pʊŋ^{33}	tɕeŋ^{33}	hwi^{13}		pʊŋ^{33}
	九	州	玉	女	把	刀	分/鈞
	tɕu$^{\underline{45}}$	tsjəu^{33}	ɳu^{21}	ɳ(ĭ)əu^{33}	pa$^{\underline{45}}$	tu^{33}	pʊŋ^{33}/pi$^{\underline{45}}$
17x2	分	成	三	百	六	十	姓
	pʊŋ^{33}	tsjaŋ^{31}	faŋ^{31}	pɛʔ$^{\underline{44}}$	lu^{21}	tsjə^{21}	fiŋ^{13}
	三	百	九	州	立	縣	門/民
	faŋ^{31}	pɛʔ$^{\underline{44}}$	tɕu$^{\underline{45}}$	tsjəu^{33}	ljə^{21}	gwəŋ^{21}	mwʌŋ^{31}/maŋ^{31}
17x3	會		分	便	會		分
	hwi^{13}		pʊŋ^{33}	tɕeŋ^{33}	hwi^{13}		pʊŋ^{33}
	九	州	玉	女	把	刀	良/分
	tɕu$^{\underline{45}}$	tsjəu^{33}	ɳu^{21}	ɳ(ĭ)əu^{33}	pa$^{\underline{45}}$	tu^{33}	lwaŋ^{31}/pʰʊŋ^{33}
17x4	發	在	青	山	成	瑤	姓
	faʔ$^{\underline{44}}$	tswai^{13}	tsʰiŋ^{33}	sjəŋ^{33}	tsjaŋ^{31}	ji^{31}	fiŋ^{13}
	發	下	洞	頭	百	姓	鄉/村

	faʔ$^{\underline{44}}$	dʑi^{21}	tʌŋ^{21}	tau^{31}	pᴇʔ$^{\underline{44}}$	fiŋ^{13}	hjwaŋ^{33}/ tsʰʊŋ^{33}
17x5	二	段	三	峰	曲		
	—	—	—	—	—		
17x6	廣	州	結	子	青	羅	結
	tɕwaŋ$^{\underline{45}}$	tsjəu^{33}	tɕiʔ$^{\underline{44}}$	tsai$^{\underline{45}}$	tsʰiŋ^{33}	lɔ^{31}	tɕiʔ$^{\underline{44}}$
	雙	系	子	囉	哩		
	sɔŋ^{33}	fei^{33}	tsai$^{\underline{45}}$	la^{31}	lei^{33}		
17y1	細	灣	灣				
	fai^{13}	ŋwʌŋ^{33}	ŋwʌŋ^{33}				
	便	是	日	頭	初	出	山
	piŋ^{21}	tsei^{33}	ȵu^{21}	tau^{31}	tsʰɔ^{31}	tsʰwʌʔ$^{\underline{44}}$	sjəŋ^{33}
	遠	看	便	是	初	升	月
	wiŋ^{31}	kʰaŋ^{13}	piŋ^{21}	tsei^{33}	tsʰɔ^{31}	sɛŋ^{33}	ȵu^{21}
17y2	近	前	來	看	山	頭	雪
	tɕiŋ^{13}	tsiŋ^{31}	tai^{31}	kʰaŋ^{13}	seŋ^{31}	tau^{31}	bwʌŋ^{13}
	雙	系	結	子	囉	哩	
	sɔŋ^{33}	fei^{33}	tɕiʔ$^{\underline{44}}$	tsai$^{\underline{45}}$	la^{31}	lei^{33}	
17y3	滿	山	寺				
	mjəŋ^{33}	seŋ^{33}	tsi^{31}				
	且	看	三	峰	閑	客	來
	tsʰi$^{\underline{45}}$	kʰaŋ^{13}	faŋ^{31}	pwʌŋ^{31}	heŋ^{31}	tɕʰᴇʔ$^{\underline{44}}$	tai^{31}
	王	巢	養	女	當	風	奇
	hʊŋ^{31}	dzei^{31}	jʊŋ^{33}	ȵ(ĭ)əu^{33}	tɔŋ^{33}	pwʌŋ^{31}	tɕi^{31}
17y4	手	拈	錢	川	囉	哩	
	sjəu$^{\underline{45}}$	tʰiʔ$^{\underline{44}}$	tsiŋ^{31}	tsʰʊŋ^{13}	la^{31}	lei^{33}	
	艮	鎖	綫				
	ȵwaŋ^{31}	fɔ$^{\underline{45}}$	fiŋ^{13}				
17y5	鎖	眉	鎖	綫	囉	哩	
	fɔ$^{\underline{45}}$	mwi^{31}	fɔ$^{\underline{45}}$	fiŋ^{13}	la^{31}	lei^{33}	
	細	灣	灣				
	fai^{13}	ŋwʌŋ^{33}	ŋwʌŋ^{33}				
	便	是	月	頭	初	出	山

piŋ^{21} tsei^{33} ŋ̥u^{21} tau^{31} ts^{h}ɔ^{31} ts^{h}wʌʔ$^{\underline{44}}$ sjəŋ^{33}
遠 看 青 羅 頭 帶 藍
wiŋ^{31} k^{h}aŋ^{13} ts^{h}iŋ^{33} lɔ^{31} tau^{31} tai^{13} laŋ^{31}
17y6 眉 過 金 綹 羅 帶 攔
mwi^{31} tɕwi^{13} tɕ(ĭ)əŋ^{33} t^{h}u^{33} lɔ^{21} tai^{13} laŋ^{31}
腰 縛 滿 身 裝 果 囉 哩
jau^{33} pu^{21} mjəŋ^{33} siŋ^{33} tsɔŋ^{33} koʔ$^{\underline{44}}$ la^{31} lei^{33}
17y7 是 官 人
tsei^{33} tɕwəŋ^{33} ŋ̥(ĭ)əŋ^{31}
正 是 月 頭 初 出 山
tsiŋ^{13} tsei^{33} ŋ̥u^{21} tau^{31} ts^{h}ɔ^{31} ts^{h}wʌʔ$^{\underline{44}}$ sjəŋ^{33}
17y8 王 巢 養 女 能 猛 勇
hʊŋ^{31} dzei^{31} jʊŋ^{33} ŋ̥(ĭ)əu^{33} n̥aŋ$^{\underline{24}}$ mwʌŋ^{31} jwəŋ$^{\underline{45}}$
踏 上 馬 背 交 刀 劍
daʔ$^{\underline{34}}$ tswaŋ^{21} ma^{33} pwi^{13} tɕi^{33} tu^{33} tɕiŋ^{13}
17y9 王 巢 入 陣 場
hʊŋ^{31} dzei^{31} pi^{21} taŋ^{13} twaŋ^{31}
王 巢 打 破 鴉 兒 寨
hʊŋ^{31} dzei^{31} ta$^{\underline{45}}$ bai^{13} ʔa^{31} ŋ̥ei^{33} tsai^{21}
十 分 入 陣 也 是 敗
tsjə^{21} p^{h}ʊŋ^{33} pi^{21} tsɛŋ^{21} ja^{21} tsei^{33} pai^{21}

第18丁

18x1 人 頭 落 地 囉 哩
ŋ̥(ĭ)əŋ^{31} tau^{31} lɔ^{21} tei^{21} la^{31} lei^{33}
面 向 東
miŋ^{21} hjaŋ^{13} tʌŋ^{33}
血 水 流 來 滿 海 紅
hju$^{\underline{45}}$ swi$^{\underline{45}}$ ljəu^{31} tai^{31} mjəŋ^{33} k^{h}wai$^{\underline{45}}$ hʌŋ^{31}
18x2 將 錢 去 買 金 鷄 子
tsjaŋ^{33} tsiŋ^{31} tɕ^{h}(ĭ)əu^{13} mai^{33} tɕ(ĭ)əŋ^{33} tɕai^{33} tsai$^{\underline{45}}$
買 回 家 裡 般 般 使
mai^{33} dzwʌŋ^{13} tɕa^{33} lei^{33} paŋ^{33} paŋ^{33} sai$^{\underline{45}}$
18x3 般 般 使 使 囉[20)] 哩

paŋ^{33} paŋ^{33} sai$^{\underline{45}}$ sai$^{\underline{45}}$ la^{31} lei^{33}

五 更 啼

ŋ̍^{33} tɕeŋ^{33} dai^{31}

啼 到 娘 村 成 秀 才

dai^{31} tʰau^{13} ȵwaŋ^{31} tsʰʊŋ^{33} tsjaŋ^{31} fjəu^{13} tswai^{31}

18x4 娘 村 秀 才 騎 白 馬

ȵwaŋ^{31} tsʰʊŋ^{33} fjəu^{13} tswai^{31} tɕi^{31} pɛ^{21} ma^{33}

踏 上 馬 背 囉 哩

daʔ$^{\underline{34}}$ tswaŋ^{21} ma^{33} pwi^{13} la^{31} lei^{33}

18x5 相 公 兒

faŋ^{31} kʌŋ^{33} ȵei^{33}

頭 帶 大 州 羅 縛 系

tau^{31} tai^{13} tʌŋ^{31} tsjəu^{33} lɔ^{31} pu^{21} fei^{33}

將 錢 去 買 黄 鶯 鴒

tsjaŋ^{31} tsiŋ^{31} tɕʰ(ĭ)əu^{13} mai^{33} jwaŋ^{31} jəŋ^{33} jəŋ^{13}

18x6 買 歸 家 中 般 般 叫

mai^{33} kwei^{33} tɕa^{33} twʌŋ^{33} paŋ^{33} paŋ^{33} tɕ(ĭ)əu^{21}

般 般 叫 叫 囉 哩

paŋ^{33} paŋ^{33} tɕ(ĭ)əu^{21} tɕ(ĭ)əu^{21} la^{31} lei^{33}

18x7 絲 綫 縚

fei^{33} fiŋ^{13} tʰu^{33}

且 問 紅 絲 綫 勞 不 勞

tsʰi$^{\underline{45}}$ mwʌŋ^{21} hʌŋ^{31} fei^{33} fiŋ^{13} lu^{33} jaŋ^{21} lu^{33}

紅 絲 不 牢 打 條 斷

hʌŋ^{31} fei^{33} jaŋ^{21} lau^{31} ta$^{\underline{45}}$ ti^{31} tʊŋ^{13}

18x8 遠 遠 飛 上 高 松 杵

wiŋ^{33} wiŋ^{33} bei^{33} tswaŋ^{31} ku^{33} tsʌŋ^{33} tsəu^{21}

千 聲 萬 勸 囉 哩

tsʰiŋ^{33} siŋ^{33} maŋ^{21} kʰwiŋ^{13} la^{31} lei^{33}

18x9 不 思 歸

jaŋ^{21} fei^{33} kwei^{33}

手 把 空 掛 杵 枝

sjəu$^{\underline{45}}$ pa$^{\underline{45}}$ kʰʊŋ^{13} kwa^{13} tsəu^{21} tsei^{31}

	將	錢	去	買	沉	香	杵
	tsjaŋ^{31}	tsiŋ^{31}	tɕ^{h}(ĭ)əu^{13}	mai^{33}	tsaŋ^{31}	hjaŋ^{33}	tsəu^{21}
18y1	買	歸	家	裡	沙	數	
	mai^{33}	kwei^{33}	tɕa^{33}	lei^{33}	sa^{33}	su$^{\underline{45}}$	
	無	沙	無	數	囉	哩	
	məu^{31}	sa^{33}	məu^{31}	su$^{\underline{45}}$	la^{31}	lei^{33}	
18y2	仸	前	燒				
	pu^{21}	tsiŋ^{31}	si^{33}				
	燒	起	沉	香	郎	路	遙
	si^{33}	tɕ^{h}i$^{\underline{45}}$	tsaŋ^{31}	hjaŋ^{33}	lɔŋ^{31}	ləu^{21}	ji^{31}
	當[21)]	初	是	當	閑	事	
	tɔŋ^{31}	ts^{h}wai^{33}	tsei^{33}	tɔŋ^{31}	heŋ^{31}	dzai^{21}	
18y3	世	今	差	落	松	林	裡
	sei^{13}	tɕ(ĭ)əŋ^{33}	ts^{h}aʔ$^{\underline{44}}$	lɔ^{21}	tsəŋ^{31}	liŋ^{31}	lei^{33}
	一	枝	枯	松	柏		
	jəʔ$^{\underline{44}}$	tsi^{31}	k^{h}əu^{33}	tsəŋ^{31}	pᴇʔ$^{\underline{44}}$		
18y4	找	林	望	以	畾		
	tsau$^{\underline{45}}$	liŋ^{31}	maŋ^{21}	ji^{31}	təu^{31}		
18y5	一	日	飲	酒	三	日	醉
	jəʔ$^{\underline{44}}$	ȵəʔ$^{\underline{44}}$	jəŋ$^{\underline{45}}$	tsjəu$^{\underline{45}}$	faŋ^{31}	ȵəʔ$^{\underline{44}}$	tswei^{21}
	三	日	不	成	酒		
	faŋ^{31}	ȵəʔ$^{\underline{44}}$	jaŋ^{21}	tsjaŋ^{31}	tsjəu$^{\underline{45}}$		
	醉	酒	前	酒	囉	哩	
	tswei^{13}	tsjəu$^{\underline{45}}$	tsiŋ^{31}	tsjəu$^{\underline{45}}$	la^{31}	lei^{33}	
18y6	敗	人	身				
	pai^{21}	ȵ(ĭ)əŋ^{31}	sjəŋ^{33}				
	酒	盞	多	盃	來	恕	人
	tsjəu$^{\underline{45}}$	tsaŋ$^{\underline{45}}$	tɔ^{33}	pwi^{33}	tai^{31}	nəu^{21}	ȵ(ĭ)əŋ^{31}
	歸	家	説	老	人	聽	
	kwei^{33}	tɕa^{33}	su$^{\underline{45}}$	lu^{33}	ȵ(ĭ)əŋ^{31}	t^{h}iŋ^{13}	
18y7	老	人	説	句	囉	哩	
	lu^{33}	ȵ(ĭ)əŋ^{31}	su$^{\underline{45}}$	tɕ(ĭ)əu^{13}	la^{31}	lei^{33}	
	不	聞	難				

	jaŋ^{21}	mwʌŋ^{21}	naŋ^{31}				
18y8	手	把	琵	琶	馬	上	彈
	sjəu$^{\underline{45}}$	pa$^{\underline{45}}$	pi^{31}	pa^{31}	ma^{33}	tswaŋ^{21}	taŋ^{21}
	鯉	魚	立	立	隨	水	上
	lei^{31}	ȵ(ĭ)əu^{31}	ljə^{21}	ljə^{21}	dzwei^{31}	swi$^{\underline{45}}$	tswaŋ^{21}
18y9	𧺆	來	貴	地	看	風	浪
	bei^{33}	tai^{31}	kwei^{13}	tei^{21}	k^{h}aŋ^{13}	pwʌŋ^{31}	lwaŋ^{21}
	補	魚	生	子	囉	哩	
	p^{h}əu^{33}	ȵ(ĭ)əu^{33}	seŋ^{33}	tsai$^{\underline{45}}$	la^{31}	lei^{33}	

第19丁

19x1	甜	補	魚				
	—	p^{h}əu^{33}	ȵ(ĭ)əu^{33}				
	正	是	深	潭	黃	龍	魚
	tsiŋ^{13}	tsei^{33}	sjəŋ^{31}	tɔŋ^{31}	jwaŋ^{31}	lwʌŋ^{31}	ȵ(ĭ)əu^{33}
	交	秋	七	月	隨	龍	去
	tɕi^{33}	ts^{h}jəu^{33}	ts^{h}jəʔ$^{\underline{44}}$	ȵu^{21}	dzwei^{31}	lwʌŋ^{31}	tɕ^{h}(ĭ)əu^{13}
19x2	隨	龍	歸	去	囉	哩	
	dzwei^{31}	lwʌŋ^{31}	kwei^{33}	tɕ^{h}(ĭ)əu^{13}	la^{31}	lei^{33}	
	到	州	庭				
	t^{h}au^{13}	tsjəu^{33}	tiŋ^{31}				
19x3	一	對	寒	鶴	水	面	行
	jəʔ$^{\underline{44}}$	twai^{13}	hwaŋ^{31}	hɔ^{31}	swi$^{\underline{45}}$	miŋ^{21}	heŋ^{31}
	一	雙	白	馬	眞	白	馬
	jəʔ$^{\underline{44}}$	sɔŋ^{33}	pɛ^{21}	ma^{33}	tsjəŋ^{33}	pɛ^{21}	ma^{33}
19x4	朝	朝	騎	過	娘	門	外
	tsi^{31}	tsi^{31}	tɕi^{31}	tɕwi^{13}	ȵwaŋ^{31}	mwʌŋ^{31}	ȵei^{21}
	一	人	出	看	囉	哩	
	jəʔ$^{\underline{44}}$	ȵ(ĭ)əŋ^{31}	ts^{h}wʌʔ$^{\underline{44}}$	k^{h}aŋ^{13}	la^{31}	lei^{33}	
19x5	二	人	看				
	ȵei^{21}	ȵ(ĭ)əŋ^{31}	k^{h}aŋ^{13}				
	好	做	風	流	把	你	看
	k^{h}u$^{\underline{45}}$	tsəu^{13}	pwʌŋ^{31}	ljəu^{31}	pa$^{\underline{45}}$	nwai^{21}	k^{h}aŋ^{13}
19x6	南	安	寺	裡	賤	馬	敗

	naŋ^{31}	waŋ^{33}	tsei^{21}	lei^{33}	tsaŋ^{21}	ma^{33}	pai^{21}
	無	人	入	陣	無	人	押
	məu^{31}	ɳ(ĭ)əŋ^{31}	pi^{21}	taŋ^{13}	məu^{31}	ɳ(ĭ)əŋ^{31}	ʔaʔ$^{\underline{44}}$
19x7	郎	今	入	陣	囉	哩	
	lɔŋ^{31}	tɕ(ĭ)əŋ^{33}	pi^{21}	taŋ^{13}	la^{31}	lei^{33}	
	押	相	公				
	ʔaʔ$^{\underline{44}}$	faŋ^{31}	kʌŋ^{33}				
	血	水	洗	滿	海	紅	
	hju$^{\underline{45}}$	swi$^{\underline{45}}$	sai$^{\underline{45}}$	mjəŋ^{33}	k^{h}wai$^{\underline{45}}$	hʌŋ^{31}	
19x8	一	雙	燕	子	𧺸	南	上
	jəʔ$^{\underline{44}}$	sɔŋ^{33}	hiŋ^{13}	tsai$^{\underline{45}}$	bei^{33}	naŋ^{31}	tswaŋ^{21}
	𧺸	來	𧺸	去	江	華	縣
	bei^{33}	tai^{31}	bei^{33}	tɕ^{h}(ĭ)əu^{13}	kɔŋ^{31}	wa^{31}	gwəŋ^{21}
19x9	江	華	縣	裡	口	含	坭
	kɔŋ^{31}	wa^{31}	gwəŋ^{21}	lei^{33}	k^{h}əu$^{\underline{45}}$	haŋ^{21}	nai^{31}
	遠	路	𧺸	來	不	敢	啼
	wiŋ^{31}	ləu^{21}	bei^{33}	tai^{31}	jaŋ^{21}	kaŋ$^{\underline{45}}$	dai^{31}
19y1	燕	子	結	鬭	官	廳	底
	hiŋ^{13}	tsai$^{\underline{45}}$	tɕiʔ$^{\underline{44}}$	tau$^{\underline{45}}$	tɕwəŋ^{33}	t^{h}iŋ^{33}	di$^{\underline{24}}$
	主	人	有	酒	囉	哩	
	tsjəu$^{\underline{45}}$	ɳ(ĭ)əŋ^{31}	mai^{31}	tsjəu$^{\underline{45}}$	la^{31}	lei^{33}	
19y2	勸	郎	飲				
	k^{h}wiŋ^{13}	lɔŋ^{31}	jəŋ$^{\underline{45}}$				
	郎	是	客	人	會	酒	難
	lɔŋ^{31}	tsei^{33}	tɕ^{h}ᴇʔ$^{\underline{44}}$	ɳ(ĭ)əŋ^{31}	hwi^{13}	tsjəu$^{\underline{45}}$	naŋ^{31}
	黃	昏	路	遠	謝	客	到
	hwaŋ^{31}	hwʌŋ^{33}	ləu^{21}	wiŋ^{33}	tsi^{21}	tɕ^{h}ᴇʔ$^{\underline{44}}$	t^{h}au^{13}
19y3	謝	那	好	客	囉	哩	
	tsi^{21}	hai^{13}	k^{h}u$^{\underline{45}}$	tɕ^{h}ᴇʔ$^{\underline{44}}$	la^{31}	lei^{33}	
	到	郎	村				
	t^{h}au^{13}	lɔŋ^{31}	ts^{h}ʊŋ^{33}				
19y4	座	落	櫈	頭	櫈	尾	圓
	tsɔ^{13}	lɔ^{21}	taŋ^{13}	tau^{31}	taŋ^{13}	mwei^{33}	jʊŋ^{31}

	開	箱	拿	出	雙	盃	盞
	gwai^{33}	faŋ^{31}	ȵʊŋ^{33}	tsʰwʌʔ$^{\underline{44}}$	sɔŋ^{33}	pwi^{33}	tsaŋ$^{\underline{45}}$
19y5	家	中	無	酒	把	空	瓶
	tɕa^{33}	twʌŋ^{33}	məu^{31}	tsjəu$^{\underline{45}}$	pa$^{\underline{45}}$	kʰʊŋ^{13}	peŋ^{31}
	謝	得	好	遠	路	行	
	tsi^{21}	tuʔ$^{\underline{44}}$	kʰu$^{\underline{45}}$	wiŋ^{31}	ləu^{21}	heŋ^{31}	
19y6	上	方	打	刀	投	林	宿
	tswaŋ^{21}	pʊŋ^{33}	ta$^{\underline{45}}$	tu^{33}	dau^{31}	liŋ^{31}	suʔ$^{\underline{44}}$
	心	心	人	話	過	路	宿
	fjəŋ^{33}	fjəŋ^{33}	ȵ(ĭ)əŋ^{31}	wa^{21}	tɕwi^{13}	ləu^{21}	suʔ$^{\underline{44}}$
19y7	郎	來	宿	囉	哩		
	lɔŋ^{31}	tai^{31}	suʔ$^{\underline{44}}$	la^{31}	lei^{33}		
	好	嫩	防				
	kʰu$^{\underline{45}}$	nʊŋ^{21}	pʊŋ^{31}				
	歸	去	聲	傳	好	嫩	防
	kwei^{33}	tɕʰ(ĭ)əu^{13}	siŋ^{33}	tsʊŋ^{31}	kʰu$^{\underline{45}}$	nʊŋ^{21}	pʊŋ^{31}
19y8	開	箱	牃	出	黃	涼	被
	gwai^{33}	faŋ^{33}	ti^{21}	tsʰwʌʔ$^{\underline{44}}$	jwaŋ^{31}	lwaŋ^{31}	pwi^{13}
	差	人	送	上	客	心	裡
	tsʰai^{33}	ȵ(ĭ)əŋ^{31}	fʊŋ^{13}	tswaŋ^{21}	tɕʰᴇʔ$^{\underline{44}}$	fjəŋ^{33}	lei^{33}
19y9	客	人	宿	夜	囉	哩	
	tɕʰᴇʔ$^{\underline{44}}$	ȵ(ĭ)əŋ^{31}	suʔ$^{\underline{44}}$	ji^{13}	la^{31}	lei^{33}	
	好	嫩	防				
	kʰu$^{\underline{45}}$	nʊŋ^{21}	pʊŋ^{31}				
	歸	去	聲	傳	富	貴	鄉
	kwei^{33}	tɕʰ(ĭ)əu^{13}	siŋ^{33}	tsʊŋ^{31}	puʔ$^{\underline{44}}$	kwei^{13}	hjwaŋ^{33}

第20丁

20x1	上	方	打	刀	投	林	宿
	tswaŋ^{21}	pʊŋ^{33}	ta$^{\underline{45}}$	tu^{33}	dau^{31}	liŋ^{31}	suʔ$^{\underline{44}}$
	心	心	人	話	國	路	宿
	fjəŋ^{33}	fjəŋ^{33}	ȵ(ĭ)əŋ^{31}	wa^{21}	tɕwi^{13}	ləu^{21}	suʔ$^{\underline{44}}$
20x2	郎	今	宿	夜	囉	哩	
	lɔŋ^{31}	tɕ(ĭ)əŋ^{33}	suʔ$^{\underline{44}}$	ji^{13}	la^{31}	lei^{33}	

着 雙 寒
tuʔ$^{\underline{44}}$ sɔŋ^{33} hwaŋ^{31}
歸 去 聲 傳 着 寒 雙
kwei^{33} tɕʰ(ĭ)əu^{13} siŋ^{33} tsʊŋ^{31} tuʔ$^{\underline{44}}$ hwaŋ^{31} sɔŋ^{33}

20x3 開 箱 牒 苧 麻 被
gwai^{33} faŋ^{33} ti^{21} du^{21} ma^{33} pwi^{13}
差 人 送 上 客 林 裡
tsʰwai^{33} ȵ(ĭ)əŋ^{31} fʊŋ^{13} tswaŋ^{21} tɕʰᴇʔ$^{\underline{44}}$ liŋ^{31} lei^{33}

20x4 客 人 宿 夜 囉 哩
tɕʰᴇʔ$^{\underline{44}}$ ȵ(ĭ)əŋ^{31} suʔ$^{\underline{44}}$ ji^{13} la^{31} lei^{33}
着 雙 寒
tuʔ$^{\underline{44}}$ sɔŋ^{31} hwaŋ^{31}
歸 去 聲 傳 淡 薄[22)] 鄉
kwei^{33} tɕʰ(ĭ)əu^{13} siŋ^{33} tsʊŋ^{31} taŋ^{31} pi^{21} hjwaŋ^{33}

20x5 當 初 起 屋 仙 人 造
tɔŋ^{33} tsʰwai^{33} tɕʰi$^{\underline{45}}$ ʔəʔ$^{\underline{44}}$ fiŋ^{33} ȵ(ĭ)əŋ^{31} tsʰu^{13}
層 層 離 囉 哩
dzaŋ^{31} dzaŋ^{31} lei^{31} la^{31} lei^{33}

20x6 起 高 樓
tɕʰi$^{\underline{45}}$ ku^{33} lau^{31}
一 對 金 鷄 在 裡 頭
jəʔ$^{\underline{44}}$ twai^{13} tɕ(ĭ)əŋ^{33} tɕai^{33} tswai^{13} lei^{33} tau^{31}
前 門 後 門 金 水 埠
tsiŋ^{31} mwʌŋ^{31} hu^{33} mwʌŋ^{31} tɕ(ĭ)əŋ^{33} swi$^{\underline{45}}$ pəu^{21}

20x7 金 系 銀 匙 艮 筯 囉 哩
tɕ(ĭ)əŋ^{33} fei^{33} ȵwaŋ^{31} tsei^{31} ȵwaŋ^{31} tsəu^{21} la^{31} lei^{33}

20x8 使 金 盃
sai$^{\underline{45}}$ tɕ(ĭ)əŋ^{33} pwi^{33}
正 是 翁 祖 墓 出
tsiŋ^{13} tsei^{33} ʔʌŋ^{33} tsəu$^{\underline{45}}$ mu^{21} tsʰwʌʔ$^{\underline{44}}$
小 不 會 到 別 國
fai^{13} jaŋ^{21} hwi^{13} tʰau^{13} pᴇʔ$^{\underline{44}}$ kwʌʔ$^{\underline{44}}$

20x9 世 今 出 國 心 中 意

sei^{13}　tɕ(ĭ)əŋ^{33}　ts^{h}wʌʔ$^{\underline{44}}$　kwʌʔ$^{\underline{44}}$　fjəŋ^{33}　twʌŋ^{33}　ʔʒ̩i^{13}

一　條　江　水　囉　哩

jəʔ$^{\underline{44}}$　ti^{31}　kɔŋ^{33}　swi$^{\underline{45}}$　la^{31}　lei^{33}

20y1　二　條　沙　淚　落

ȵei^{21}　ti^{31}　sa^{33}　lwei^{21}　lɔ^{21}

娘　村　成　遠　家

ȵwaŋ^{31}　ts^{h}ʊŋ^{33}　tsjaŋ^{31}　wiŋ^{31}　tɕa^{33}

娘　村　好　住　不　好　住

ȵwaŋ^{31}　ts^{h}ʊŋ^{33}　k^{h}u$^{\underline{45}}$　tsəu^{21}　jaŋ^{21}　k^{h}u$^{\underline{45}}$　tsəu^{21}

20y2　娘　村　好　住　囉　哩

ȵwaŋ^{31}　ts^{h}ʊŋ^{33}　k^{h}u$^{\underline{45}}$　tsəu^{21}　la^{31}　lei^{33}

不　思　歸

jaŋ^{21}　fei^{33}　kwei^{33}

20y3　白　紙　書　歸　報　家

pɛ^{21}　tsei$^{\underline{45}}$　səu^{33}　kwei^{33}　bu^{13}　tɕa^{33}

座　落　娘　村　山　水　別

tsɔ^{13}　lɔ^{21}　ȵwaŋ^{31}　ts^{h}ʊŋ^{33}　sjəŋ^{33}　swi$^{\underline{45}}$　paʔ$^{\underline{44}}$

20y4　席　中　飲　酒　囉　哩

tsi^{21}　twʌŋ^{33}　jəŋ$^{\underline{45}}$　tsjəu$^{\underline{45}}$　la^{31}　lei^{33}

看　無　親

k^{h}aŋ^{13}　məu^{31}　ts^{h}jəŋ^{33}

起　眼　便　看　風　起　雲

tɕ^{h}i$^{\underline{45}}$　ȵiŋ^{31}　piŋ^{21}　k^{h}aŋ^{13}　pwʌŋ^{33}　tɕ^{h}i$^{\underline{45}}$　jʊŋ^{31}

20y5　天　光　早　起　郎　歸　去

t^{h}iŋ^{33}　dʑwaŋ^{33}　dzjəu$^{\underline{45}}$　tɕ^{h}i$^{\underline{45}}$　lɔŋ^{31}　kwei^{33}　tɕ^{h}(ĭ)əu^{13}

又　定　言　語　雙　留　住

jəu^{21}　tiŋ^{21}　ȵiŋ^{31}　ȵ(ĭ)əu^{33}　sɔŋ^{33}　ljəu^{31}　tsəu^{21}

20y6　大　家　相　伴　囉　哩

tai^{21}　tɕa^{33}　faŋ^{31}　bjəŋ^{33}　la^{31}　lei^{33}

到　郎　鄉

t^{h}au^{13}　lɔŋ^{31}　hjwaŋ^{33}

思　你　思　量　郎　路　長

fei^{33}　nwai^{21}　fei^{33}　lwaŋ^{31}　lɔŋ^{31}　ləu^{21}　twaŋ^{31}

20y7 黄 蜂 鬪 官 廳 底

jwaŋ^{31} pwʌŋ^{31} tau^{13} tɕwəŋ^{33} tʰiŋ^{33} di$^{\underline{24}}$

一 人 偷 去 囉 哩

jəʔ$^{\underline{44}}$ ȵ(ĭ)əŋ^{31} tʰau^{31} tɕʰ(ĭ)əu^{13} la^{31} lei^{33}

20y8 二 人 看

ȵei^{21} ȵ(ĭ)əŋ^{31} kʰaŋ^{13}

思 着 黄 蜂 口 裡 糖

fei^{33} tsu^{21} jwaŋ^{31} pwʌŋ^{31} kʰəu$^{\underline{45}}$ lei^{33} tɔŋ^{31}

歸 去 煎[23] 糖 又 煎[24] 蠟

kwei^{33} tɕʰ(ĭ)əu^{13} tsi^{31} tɔŋ^{31} jəu^{21} tsi^{31} la^{21}

20y9 拖 歸 鋪 賣 囉 哩

tɔ^{31} kwei^{33} pʰəu^{13} mai^{21} la^{31} lei^{33}

買 黄 金

mai^{33} jwaŋ^{31} tɕ(ĭ)əŋ^{33}

賣 得 黄 歸 定 親

mai^{21} tuʔ$^{\underline{44}}$ jwaŋ^{31} kwei^{33} tiŋ^{21} tsʰjəŋ^{33}

第21丁

21x1 將 錢 買 光 油 傘

tsjaŋ^{31} tsiŋ^{31} mai^{33} dʑwaŋ^{33} jəu^{31} faŋ^{13}

光 油 傘 底 囉 哩

dʑwaŋ^{33} jəu^{31} faŋ^{13} di$^{\underline{24}}$ la^{31} lei^{33}

21x2 傘 多 系 細 傘

faŋ^{13} tɔ^{33} fei^{33} fai^{13} faŋ^{13}

原 來 錢 本 多

ȵwəŋ^{31} tai^{31} tsiŋ^{31} pwʌŋ$^{\underline{45}}$ tɔ^{33}

21x3 今 年 又 逢 人 還 願

tɕ(ĭ)əŋ^{33} niŋ^{33} jəu^{21} pwʌŋ^{31} ȵ(ĭ)əŋ^{31} wiŋ^{31} ȵʊŋ^{21}

到 來 娘 屋 囉 哩

tʰau^{13} tai^{31} ȵwaŋ^{31} ʔəʔ$^{\underline{44}}$ la^{31} lei^{33}

21x4 捧 門 前

pwʌŋ^{21} mwʌŋ^{31} tsiŋ^{31}

細 傘 撑 開 都 有 花

fai^{13} faŋ^{13} tsʰɛŋ^{33} gwai^{33} tɕʰ(ĭ)aŋ^{13} mai^{31} kʰwa^{33}

	將	錢	去	買	青	銅[25]	籠
	tsjaŋ^{31}	tsiŋ^{31}	tɕʰ(ĭ)əu^{13}	mai^{33}	tsʰiŋ^{33}	tʌŋ^{31}	lʌŋ^{33}
21x5	買	歸	家	裡	裝	娘	嫁
	mai^{33}	kwei^{33}	tɕa^{33}	lei^{33}	tsɔŋ^{33}	ȵwaŋ^{31}	tɕa^{13}
	裝	娘	出	嫁	囉	哩	
	tsɔŋ^{33}	ȵwaŋ^{31}	tsʰwʌʔ$^{\underline{44}}$	tɕa^{13}	la^{31}	lei^{33}	
21x6	嫁	人	鄉				
	tɕa^{13}	ȵ(ĭ)əŋ^{31}	hjwaŋ^{33}				
	嫁	落	人	鄉	不	望	歸
	tɕa^{13}	lɔ^{21}	ȵ(ĭ)əŋ^{31}	hjwaŋ^{33}	jaŋ^{21}	maŋ^{21}	kwei^{33}
21x7	嫁	落	人	鄉	成	人	我
	tɕa^{13}	lɔ^{21}	ȵ(ĭ)əŋ^{31}	hjwaŋ^{33}	tsjaŋ^{31}	ȵ(ĭ)əŋ^{31}	ŋɔ^{33}
	手	拿	禾	稈	囉	哩	
	sjəu$^{\underline{45}}$	ȵʊŋ^{33}	ji^{31}	kaŋ$^{\underline{45}}$	la^{31}	lei^{33}	
21x8	掃	入	家				
	pəu^{21}	pi^{21}	tɕa^{33}				
	掃	入	深	房	內	裡	花
	pəu^{21}	pi^{21}	sjəŋ^{31}	pʊŋ^{31}	nwai^{21}	lei^{33}	kʰwa^{33}
	將	錢	去	買	司	官	我
	tsjaŋ^{31}	tsiŋ^{31}	tɕʰ(ĭ)əu^{13}	mai^{21}	fei^{33}	tɕwəŋ^{33}	ŋɔ^{33}
21x9	將	錢	去	買	囉	哩	
	tsjaŋ^{31}	tsiŋ^{31}	tɕʰ(ĭ)əu^{13}	mai^{21}	la^{31}	lei^{33}	
	嫩	桑	系				
	nʊŋ^{21}	sɔŋ^{33}	fei^{33}				
21y1	七	月	花	正	着	時	
	tsʰjəʔ$^{\underline{44}}$	ȵu^{21}	kʰwa^{33}	tsiŋ^{13}	tuʔ$^{\underline{44}}$	tsei^{31}	
	七	月	八	月	眞	花	釦
	tsʰjəʔ$^{\underline{44}}$	ȵu^{21}	pəʔ$^{\underline{44}}$	ȵu^{21}	tsjəŋ^{33}	kʰwa^{33}	tsi^{21}
21y2	眞	系	花	釦	囉	哩	
	tsjəŋ^{33}	fei^{33}	kʰwa^{33}	tsi^{21}	la^{31}	lei^{33}	
	落	四	邊				
	lɔ^{21}	fei^{13}	piŋ^{33}				
	姐	妹	年	宮	齊	手	連

	tsiʔ$^{\underline{44}}$	mwi^{21}	niŋ^{33}	tɕwəŋ^{33}	dzwai^{31}	sjəu$^{\underline{45}}$	liŋ^{31}

第22丁

22x1	第	一	平	王	造	得	地
	tei^{31}	jəʔ$^{\underline{44}}$	pɛŋ^{31}	hʊŋ^{31}	tsʰu^{13}	tuʔ$^{\underline{44}}$	tei^{21}
	第	二	高	王	造	得	天/戔
	tei^{31}	ŋ̥ei^{21}	ku^{31}	hʊŋ^{31}	tsʰu^{13}	tuʔ$^{\underline{44}}$	tʰiŋ^{33}/tsiŋ^{31}
22x2	第	三	煖	王	造	得	火
	tei^{31}	faŋ^{33}	nwai^{21}	hʊŋ^{31}	tsʰu^{13}	tuʔ$^{\underline{44}}$	tɕʰwi$^{\underline{45}}$
	第	四	盤	王	造	得	衫
	tei^{31}	fei^{13}	pjəŋ^{31}	hʊŋ^{31}	tsʰu^{13}	tuʔ$^{\underline{44}}$	sa^{33}
22x3	第	一	平	王	造	得	地
	tei^{31}	jəʔ$^{\underline{44}}$	peŋ^{31}	hʊŋ^{31}	tsʰu^{13}	tuʔ$^{\underline{44}}$	tei^{21}
	第	二	高	王	造	得	天
	tei^{31}	ŋ̥ei^{21}	ku^{31}	hʊŋ^{31}	tsʰu^{13}	tuʔ$^{\underline{44}}$	tʰiŋ^{33}
22x4	高	王	造	天	蓋	不	過
	ku^{31}	hʊŋ^{31}	tsʰu^{13}	tʰiŋ^{33}	kwai^{13}	jaŋ^{21}	tɕwi^{13}
	立/龍	轉/王	地/蓋	王/過	蓋/正	過/團	天/圓
	ljə^{21}/	dzwʌŋ^{13}/	tei^{21}/	hʊŋ^{31}/	kwai^{13}/	tɕwi^{13}/	tʰiŋ^{33}/
	lwʌŋ^{31}	hʊŋ^{31}	kwai^{13}	tɕwi^{13}	tsiŋ^{13}	tʰwi^{31}	jʊŋ^{31}
22x5	何	物	量[26]	天	不	量	地
	hɔ^{31}	bwʌŋ$^{\underline{24}}$	lwaŋ^{31}	tʰiŋ^{33}	jaŋ^{21}	lwaŋ^{31}	tei^{21}
	何	物	量	地	不	量	人
	hɔ^{31}	bwʌŋ$^{\underline{24}}$	lwaŋ^{21}	tei^{21}	jaŋ^{21}	lwaŋ^{21}	ŋ̥(ĭ)əŋ^{31}
22x6	何	物	量	天	天	星	宿
	hɔ^{31}	bwʌŋ$^{\underline{24}}$	lwaŋ^{31}	tʰiŋ^{33}	tʰiŋ^{33}	fiŋ^{33}	suʔ$^{\underline{44}}$
	何	物	量	地	地	中	眠
	hɔ^{31}	bwʌŋ$^{\underline{24}}$	lwaŋ^{21}	tei^{21}	tei^{21}	twʌŋ^{33}	miŋ^{31}
22x7	七	星	量	天	不	量	地
	tsʰjəʔ$^{\underline{44}}$	fiŋ^{33}	lwaŋ^{31}	tʰiŋ^{33}	jaŋ^{21}	lwaŋ^{31}	tei^{21}
	田	螺	量	地	不	量	天
	tiŋ^{31}	lɔ^{31}	lwaŋ^{31}	tei^{21}	jaŋ^{21}	lwaŋ^{31}	tʰiŋ^{33}
22x8	何	物	量	天	天	星	宿
	hɔ^{31}	bwʌŋ$^{\underline{24}}$	lwaŋ^{31}	tʰiŋ^{33}	tʰiŋ^{33}	fiŋ^{33}	suʔ$^{\underline{44}}$

	何	物	量	地	地	中	眠
	hɔ^{31}	bwʌŋ$^{\underline{24}}$	lwaŋ^{31}	tei^{21}	tei^{21}	twʌŋ^{33}	miŋ^{31}
22x9	地	下	量	量	無	萬	活
	tei^{21}	dʑi^{21}	lwaŋ^{31}	lwaŋ^{31}	məu^{31}	maŋ^{21}	dʑwʌʔ$^{\underline{34}}$
	天	上	量	量	無	萬	高
	tʰiŋ^{33}	tswaŋ^{21}	lwaŋ^{31}	lwaŋ^{31}	məu^{31}	maŋ^{21}	ku^{31}
22y1	莫	怪	歌	詞	相	説	報
	ji^{13}	kwai^{13}	ka^{31}	tsei^{31}	faŋ^{33}	su$^{\underline{45}}$	bu^{13}
	鳥	龜	背	上	也	無	毛
	wu^{31}	kwi^{33}	pwi^{13}	tswaŋ^{21}	ja^{21}	məu^{31}	məu^{31}
22y2	平	地	塞	河	成	大	海
	pɛŋ^{31}	tei^{21}	sɛʔ$^{\underline{44}}$	hɔ^{31}	tsjaŋ^{31}	tai^{21}	kʰwai$^{\underline{45}}$
	如	何	得	見	月	出[27)]/團	生/圓
	ji^{31}	hɔ^{31}	tuʔ$^{\underline{44}}$	tɕ(ĭ)əŋ^{13}	ŋ̥u^{21}	tsʰɔ^{31}/ tʰwi^{31}	seŋ^{33}/ jʊŋ^{31}
22y3	日	頭	出	世	照	下/天	海/下
	ŋ̥u^{21}	tau^{31}	tsʰwʌʔ$^{\underline{44}}$	sei^{13}	tsi^{13}	dʑi^{21}/ tʰiŋ^{33}	kʰwai$^{\underline{45}}$/ di$^{\underline{24}}$
	龍	王	出	世	伴	何	生/邊
	lwʌŋ^{31}	hʊŋ^{31}	tsʰwʌʔ$^{\underline{44}}$	sei^{13}	bjəŋ^{33}	hɔ^{31}	sɛŋ^{33}/piŋ^{33}
22y4	初	造	日	頭	十	二	個
	tsʰɔ^{31}	tsʰu^{13}	ŋ̥u^{21}	tau^{31}	tsjə^{21}	ŋ̥ei^{21}	kɔ^{13}
	出	世	日	頭	兩	個	無/明
	tsʰwʌʔ$^{\underline{44}}$	sei^{13}	ŋ̥u^{21}	tau^{31}	ljaŋ^{21}	kɔ^{13}	məu^{31}/ meŋ^{31}
22y5	十	箇	打	落	銅	羅	國
	tsjə^{21}	kɔ^{13}	ta$^{\underline{45}}$	lɔ^{21}	tʌŋ^{31}	lɔ^{31}	kwʌʔ$^{\underline{44}}$
	兩	箇	有	关	身	帶	珠/針
	ljaŋ^{21}	kɔ^{13}	mai^{31}	heŋ^{31}	sjəŋ^{33}	tai^{13}	tsəu^{33}/siŋ^{33}
22y6	高	王	造	天	置	天	地
	ku^{31}	hʊŋ^{31}	tsʰu^{13}	tʰiŋ^{33}	tei^{13}	tʰiŋ^{33}	tei^{21}
	平	王	造	地	置	州/地	庭
	peŋ^{31}	hʊŋ^{31}	tsʰu^{13}	tei^{21}	tei^{13}	tsjəu^{33}/tei^{21}	tiŋ^{31}

22y7	置/天	得/子	日/再	頭/高	第/身	一/落	寶/細
	tei^{13}/t^{h}iŋ^{33}	tuʔ$^{\underline{44}}$/tsei$^{\underline{45}}$	ȵu^{21}/tswai^{13}	tau^{31}/ku^{33}	tei^{31}/sjəŋ^{33}	jəʔ$^{\underline{44}}$/lɔ^{21}	pu$^{\underline{45}}$/fai^{13}
	雙/明	置/月	七/在	星/天	第	二	名
	jəu^{21}/meŋ^{31}	tei^{13}/ȵu^{21}	ts^{h}jəʔ$^{\underline{44}}$/tswai^{13}	fiŋ^{33}/t^{h}iŋ^{33}	tei^{21}	ȵei^{21}	meŋ^{31}
22y8	高	王	造	天	更	立	地
	ku^{31}	hʊŋ^{31}	ts^{h}u^{13}	t^{h}iŋ^{33}	tɕeŋ^{33}	ljə^{21}	tei^{21}
	赤	王	立	地	月	初	生/完
	tsi^{31}	hʊŋ^{31}	ljə^{21}	tei^{21}	ȵu^{21}	ts^{h}ɔ^{31}	seŋ^{33}/jʊŋ^{31}
22y9	龍	堆	有	尖	倒	容	杵
	lwʌŋ^{31}	dwi^{33}	mai^{31}	heŋ^{31}	tu$^{\underline{45}}$	jwəŋ^{31}	tsəu^{21}
	轉	面	翻	歸	杵	又	先/生
	dzwʌŋ^{13}	miŋ^{21}	p^{h}aŋ^{31}	kwei^{33}	tsəu^{21}	jəu^{21}	sjəŋ^{33}/seŋ^{33}

第23丁

23x1	高	王	造	天	更	立	地
	ku^{31}	hʊŋ^{31}	ts^{h}u^{13}	t^{h}iŋ^{33}	tɕeŋ^{33}	ljə^{21}	tei^{21}
	赤[28)]	王	立	地	月	初	生
	dʑiʔ$^{\underline{34}}$	hʊŋ^{31}	ljə^{21}	tei^{21}	ȵu^{21}	ts^{h}ɔ^{31}	seŋ^{33}
23x2	龍	堆	有	尖	倒/月	容/裡	杵/坐
	lwʌŋ^{31}	dwi^{33}	mai^{31}	heŋ^{31}	t^{h}au^{13}/ȵu^{21}	jwəŋ^{31}/lei^{33}	tsəu^{21}/tsɔ^{13}
	七	星	無	道	月	邊/身	行/邊
	ts^{h}jəʔ$^{\underline{44}}$	fiŋ^{33}	məu^{31}	tu^{33}	ȵu^{21}	piŋ^{33}/sjəŋ^{33}	heŋ^{31}/piŋ^{33}
23x3	高	王	造	天	更	立	地
	ku^{31}	hʊŋ^{31}	ts^{h}u^{13}	t^{h}iŋ^{33}	tɕeŋ^{33}	ljə^{21}	tei^{21}
	赤	王	立	地	月	初/團	生/圓
	dʑiʔ$^{\underline{34}}$	hʊŋ^{31}	ljə^{21}	tei^{21}	ȵu^{21}	ts^{h}ɔ^{31}/t^{h}wi^{31}	seŋ^{33}/jʊŋ^{31}
23x4	龍	堆	有	尖	月	裡	坐
	lwʌŋ^{31}	dwi^{33}	mai^{31}	heŋ^{31}	ȵu^{21}	lei^{33}	tsɔ^{13}
	底	王	無	道	月	邊/身	行/邊

	di$^{\underline{24}}$	hʊŋ^{31}	məu^{31}	tu^{33}	ȵu^{21}	piŋ^{33}/ sjəŋ^{33}	heŋ^{31}/ piŋ^{33}
23x5	高	王	造	天	更/置	立/天	地
	ku^{31}	hʊŋ^{31}	ts^{h}u^{13}	t^{h}iŋ^{33}	tɕeŋ^{33}/tei^{13}	ljə^{21}/t^{h}iŋ^{33}	tei^{21}
	平	王	立/地	地/下	置	青	山
	peŋ^{31}	hʊŋ^{31}	ljə^{21}/tei^{21}	tei^{21}/dʑi^{21}	tei^{13}	ts^{h}iŋ^{31}	sjəŋ^{33}
23x6	置	得	青	山	無	萬	話
	tei^{13}	tuʔ$^{\underline{44}}$	ts^{h}iŋ^{31}	sjəŋ^{33}	məu^{31}	maŋ^{21}	dʑwʌʔ$^{\underline{34}}$
	又	置	江	河	無	萬	流/灣
	jəu^{21}	tei^{13}	kɔŋ^{31}	hɔ^{31}	məu^{31}	maŋ^{21}	ljəu^{33}/ ŋwʌŋ^{33}
23x7	高	王	造	天	置	天	地
	ku^{31}	hʊŋ^{31}	ts^{h}u^{13}	t^{h}iŋ^{33}	tei^{13}	t^{h}iŋ^{33}	tei^{21}
	平	王	造	地	置/立	山	源/苗
	peŋ^{31}	hʊŋ^{31}	ts^{h}u^{13}	tei^{21}	tei^{13}/ljə^{21}	sjəŋ^{33}	ȵwəŋ^{31}/ mi^{31}
23x8	立	得	山	源/苗	向	水	口
	ljə^{21}	tuʔ$^{\underline{44}}$	sjəŋ^{33}	ȵwəŋ^{31}/ mi^{31}	hjaŋ^{13}	swi$^{\underline{45}}$	k^{h}u$^{\underline{45}}$
	又	置	水	源	無	萬	源/條
	jəu^{21}	tei^{13}	swi$^{\underline{45}}$	ȵwəŋ^{31}	məu^{31}	maŋ^{21}	ȵwəŋ^{31}/ti^{31}
23x9	高	王	造	天	置	天	地
	ku^{31}	hʊŋ^{31}	ts^{h}u^{13}	t^{h}iŋ^{33}	tei^{13}	t^{h}iŋ^{33}	tei^{21}
	平	王	造	地	置	天/平	堂/田
	peŋ^{31}	hʊŋ^{31}	ts^{h}u^{13}	tei^{21}	tei^{13}	t^{h}iŋ^{33}/peŋ^{31}	tɔŋ^{31}/tiŋ^{31}
23y1	置	得	天/平	堂/田	無/凡	萬/人	活/作
	tei^{13}	tuʔ$^{\underline{44}}$	t^{h}iŋ^{33}/ peŋ^{31}	tɔŋ^{31}/ tiŋ^{31}	məu^{31}/ paŋ^{31}	maŋ^{21}/ ȵ(ĭ)əŋ^{31}	dʑwʌʔ$^{\underline{34}}$/ tsoʔ$^{\underline{44}}$
	又	置	旱	禾	無	萬	倉/千
	jəu^{21}	tei^{13}	dzjəu$^{\underline{45}}$	ji^{31}	məu^{31}	maŋ^{21}	ts^{h}ɔŋ^{33}/ ts^{h}iŋ^{33}
23y2	高	王	置	天	置	天	地
	ku^{31}	hʊŋ^{31}	tei^{13}	t^{h}iŋ^{33}	tei^{13}	t^{h}iŋ^{33}	tei^{21}

	平	王	造	地	置	田/平	塘/田
	peŋ^{31}	hʊŋ^{31}	ts^{h}u^{13}	tei^{21}	tei^{13}	tiŋ^{31}/peŋ^{31}	tɔŋ^{31}/tiŋ^{31}
23y3	置	得	田/平	塘/田	凡	人	作
	tei^{13}	tuʔ$^{\underline{44}}$	tiŋ^{31}/peŋ^{31}	tɔŋ^{31}/tiŋ^{31}	paŋ^{31}	ɳ(ĭ)əŋ^{31}	tsoʔ$^{\underline{44}}$
	又	置	牯	牛	無	萬	千/雙
	jəu^{21}	tei^{13}	kəu$^{\underline{45}}$	ŋau^{31}	məu^{31}	maŋ^{21}	ts^{h}iŋ^{33}/sɔŋ^{33}
23y4	高	王	造	天	置	天	地
	ku^{31}	hʊŋ^{31}	ts^{h}u^{13}	t^{h}iŋ^{33}	tei^{13}	t^{h}iŋ^{33}	tei^{21}
	平	王	造	地	置	江	河
	peŋ^{31}	hʊŋ^{31}	ts^{h}u^{13}	tei^{21}	tei^{13}	kɔŋ^{31}	hɔ^{31}
23y5	置	得	江	河	無	萬	活
	tei^{13}	tuʔ$^{\underline{44}}$	kɔŋ^{31}	hɔ^{31}	məu^{31}	maŋ^{21}	dʑwʌʔ$^{\underline{34}}$
	又	置	春/江	車/魚	無	萬	多
	jəu^{21}	tei^{13}	ts^{h}ʊŋ^{33}/kɔŋ^{33}	ts^{h}i^{33}/ɳ(ĭ)əu^{31}	məu^{31}	maŋ^{21}	tɔ^{33}
23y6	高	王	造	天	置	天	地
	ku^{31}	hʊŋ^{31}	ts^{h}u^{13}	t^{h}iŋ^{33}	tei^{13}	t^{h}iŋ^{33}	tei^{21}
	平	王	造	地	置	江	河
	peŋ^{31}	hʊŋ^{31}	ts^{h}u^{13}	tei^{21}	tei^{13}	kɔŋ^{31}	hɔ^{31}
23y7	置	得	江	河	無	萬	活/闊
	tei^{13}	tuʔ$^{\underline{44}}$	kɔŋ^{31}	hɔ^{31}	məu^{31}	maŋ^{21}	dʑwʌʔ$^{\underline{34}}$/dʑwʌʔ$^{\underline{34}}$
	又	置	客	人/船	無	萬	多
	jəu^{21}	tei^{13}	tɕ^{h}ᴇʔ$^{\underline{44}}$	ɳ(ĭ)əŋ^{31}/tsʊŋ^{31}	məu^{31}	maŋ^{21}	tɔ^{33}
23y8	高	王	造	天	置	天	地
	ku^{31}	hʊŋ^{31}	ts^{h}u^{13}	t^{h}iŋ^{33}	tei^{13}	t^{h}iŋ^{33}	tei^{21}
	平	王	造	地	置	江	河
	peŋ^{31}	hʊŋ^{31}	ts^{h}u^{13}	tei^{21}	tei^{13}	kɔŋ^{31}	hɔ^{31}
23y9	天/劉	子/三	造	得	千	條/歌	路/曲
	t^{h}iŋ^{33}/ljəu^{31}	tsei$^{\underline{45}}$/faŋ^{33}	ts^{h}u^{13}	tuʔ$^{\underline{44}}$	ts^{h}iŋ^{33}	ti^{31}/ka^{33}	ləu^{21}/tɕ^{h}uʔ$^{\underline{44}}$
	劉/魯	三/班	唱/造	得	萬/象	條/牙	歌/梳 [29]

	ljəu^{31}/lu^{31}	faŋ^{33}/paŋ^{33}	tsʰwaŋ^{13}/tsʰu^{13}	tuʔ$^{\underline{44}}$	maŋ^{21}/hjaŋ^{13}	ti^{31}/ȵa^{31}	ka^{33}/tsaʔ$^{\underline{44}}$

第24丁

24x1	高	王	造	天	置	天	地
	ku^{31}	hʊŋ^{31}	tsʰu^{13}	tʰiŋ^{33}	tei^{13}	tʰiŋ^{33}	tei^{21}
	平	王	楪	木	造	江	灘/心
	peŋ^{31}	hʊŋ^{31}	tswʌŋ^{13}	mu^{21}	tsʰu^{13}	kɔŋ^{33}	tʰaŋ^{33}/fjəŋ^{33}
24x2	水	底	龍	王	為	學	院
	swi$^{\underline{45}}$	di$^{\underline{24}}$	lwʌŋ^{31}	hʊŋ^{31}	wei^{21}	hɔ^{31}	wiŋ^{21}
	龍	王	塞	●[30]	盡[31]	知	安
	lwʌŋ^{31}	hʊŋ^{31}	sᴇʔ$^{\underline{44}}$	tsiŋ^{21}	tuʔ$^{\underline{44}}$	pei^{33}	waŋ^{33}
24x3	水	底	龍	王	為	學	院
	swi$^{\underline{45}}$	di$^{\underline{24}}$	lwʌŋ^{31}	hʊŋ^{31}	wei^{31}	hɔ^{31}	wiŋ^{21}
	龍	王	塞/傳	水/古	盡/到	知/如	安/今
	lwʌŋ^{31}	hʊŋ^{31}	sᴇʔ$^{\underline{44}}$/tsʊŋ^{31}	swi$^{\underline{45}}$/kəu$^{\underline{45}}$	tsiŋ^{13}/tʰau^{13}	pei^{33}/ji^{31}	waŋ^{33}/tɕ(ĭ)əŋ^{33}
24x4	高	王	造	天	置	天	地
	ku^{31}	hʊŋ^{31}	tsʰu^{13}	tʰiŋ^{33}	tei^{13}	tʰiŋ^{33}	tei^{21}
	亘	王	立	地	置	羅	更
	taŋ^{21}	hʊŋ^{31}	ljə^{21}	tei^{21}	tei^{13}	lɔ^{31}	tɕeŋ^{33}
24x5	置	得	羅	吏	巡	官	轉
	tei^{13}	tuʔ$^{\underline{44}}$	lɔ^{31}	tɕeŋ^{33}	tsi^{31}	tɕwəŋ^{33}	dzwʌŋ^{13}
	又	置	龍	船	水	面	行
	jəu^{21}	tei^{13}	lwʌŋ^{31}	tsʊŋ^{31}	swi$^{\underline{45}}$	miŋ^{21}	heŋ^{31}
24x6	高	王	造	天	置	天	地
	ku^{31}	hʊŋ^{31}	tsʰu^{13}	tʰiŋ^{33}	tei^{13}	tʰiŋ^{33}	tei^{21}
	平	王	造	地	置	州	平/庭
	peŋ^{31}	hʊŋ^{31}	tsʰu^{13}	tei^{21}	tei^{13}	tsjəu^{33}	peŋ^{31}/tiŋ^{31}
24x7	置	得	州	平/庭	相	公	坐
	tei^{13}	tuʔ$^{\underline{44}}$	tsjəu^{33}	peŋ^{31}/tiŋ^{31}	faŋ^{31}	ʔʌŋ^{33}	tsɔ^{13}
	又	置	州	門	對	縣	門/城
	jəu^{21}	tei^{13}	tsjəu^{33}	mwʌŋ^{31}	twai^{13}	gwəŋ^{21}	mwʌŋ^{31}/tsiŋ^{31}

24x8	高	王	造	天	置	天	地
	ku^{31}	hʊŋ^{31}	tsʰu^{13}	tʰiŋ^{33}	tei^{13}	tʰiŋ^{33}	tei^{21}
	平	王	造	地	置	州	平/通
	peŋ^{31}	hʊŋ^{31}	tsʰu^{13}	tei^{21}	tei^{13}	tsjəu^{33}	peŋ^{31}/tiŋ^{31}
24x9	置	得	州	門/通	相	公[32)]	坐
	tei^{13}	tuʔ$^{\underline{44}}$	tsjəu^{33}	mwʌŋ^{31}/tiŋ^{31}	faŋ^{31}	ʔʌŋ^{33}	tsɔ^{13}
	又	置	筆	頭	手	裡	行/籠
	jəu^{21}	tei^{13}	paʔ$^{\underline{44}}$	tau^{31}	sjəu$^{\underline{45}}$	lei^{33}	heŋ^{31}/ lwʌŋ^{31}
24y1	高	王	造	天	置	天	地
	ku^{31}	hʊŋ^{31}	tsʰu^{13}	tʰiŋ^{33}	tei^{13}	tʰiŋ^{33}	tei^{21}
	平	王	造	地	置	州	庭/塲
	peŋ^{31}	hʊŋ^{31}	tsʰu^{13}	tei^{21}	tei^{13}	tsjəu^{33}	tiŋ^{31}/twaŋ^{31}
24y2	置	得	州	庭/塲	相	公	坐
	tei^{13}	tuʔ$^{\underline{44}}$	tsjəu^{33}	tiŋ^{31}/twaŋ^{31}	faŋ^{31}	ʔʌŋ^{33}	tsɔ^{13}
	人	置	路	司	通	到	京/鄉
	ŋ̥(ĭ)əŋ^{31}	tei^{13}	ləu^{21}	fei^{33}	tʰʌŋ^{33}	tʰau^{13}	tɕiŋ^{33}/ hjwaŋ^{33}
24y3	開	路	深	山	過	曲	凸/凹
	gwai^{33}	ləu^{21}	sjəŋ^{31}	sjəŋ^{33}	tɕwi^{13}	tɕʰuʔ$^{\underline{44}}$	tau^{31}/n̥i^{13}
	龍	王	水	底	坐	寬	遊/生
	lwʌŋ^{31}	hʊŋ^{31}	swi$^{\underline{45}}$	di$^{\underline{24}}$	tsɔ^{13}	dʑwaŋ^{31}	jəu^{31}/seŋ^{33}
24y4	龍	王	水	底	寬	遊	坐
	lwʌŋ^{31}	hʊŋ^{31}	swi$^{\underline{45}}$	di$^{\underline{24}}$	dʑwaŋ^{31}	jəu^{31}	tsɔ^{13}
	望	見	月	頭	滿	地	流/行
	maŋ^{21}	tɕiŋ^{13}	ŋ̥u^{21}	tau^{31}	mjəŋ^{33}	tei^{21}	ljəu^{33}/heŋ^{31}
24y5	水	面	光	光	魚	吃	冷
	swi$^{\underline{45}}$	miŋ^{21}	dʑwaŋ^{33}	dʑwaŋ^{33}	ŋ̥(ĭ)əu^{33}	tɕʰi$^{\underline{45}}$	liŋ^{21}
	水	底	光	光	魚	吃	台/田
	swi$^{\underline{45}}$	di$^{\underline{24}}$	dʑwaŋ^{33}	dʑwaŋ^{33}	ŋ̥(ĭ)əu^{33}	tɕʰi$^{\underline{45}}$	twai^{31}/tiŋ^{31}
24y6	莫	怪	歌	詞	相	說	報
	ji^{13}	kwai^{13}	ka^{31}	tsei^{31}	faŋ^{31}	su$^{\underline{45}}$	bu^{13}
	便	是	金	花	石	上	開/邊

	piŋ^{21}	tsei^{33}	tɕ(ĭ)əŋ^{33}	k^{h}wa^{33}	tsi^{21}	tswaŋ^{21}	gwai^{33}/piŋ^{33}
24y7	石	頭	都	緣	是	魚	屋/補
	tsi^{21}	tau^{31}	tɕ^{h}(ĭ)aŋ^{13}	jʊŋ^{31}	tsei^{33}	ŋ̥(ĭ)əu^{33}	ʔəʔ$^{\underline{44}}$/p^{h}əu^{13}
	黄	砂	細	石	是	魚	補/屋
	jwaŋ^{31}	sa^{33}	fai^{13}	tsi^{21}	tsei^{33}	ŋ̥(ĭ)əu^{33}	p^{h}əu^{13}/ʔəʔ$^{\underline{44}}$
24y8	蝦	公	是	郎	親	人	舊
	ha^{33}	kʌŋ^{33}	tsei^{33}	lɔŋ^{31}	ts^{h}jəŋ^{33}	ŋ̥(ĭ)əŋ^{31}	tɕ(ĭ)əu^{21}
	蝦	邑	是	郎	親	大	姑/兄
	ha^{33}	sᴇʔ$^{\underline{44}}$	tsei^{33}	lɔŋ^{31}	ts^{h}jəŋ^{33}	tai^{21}	kəu^{33}/ hjwəŋ^{33}
24y9	白	鶴	灘	頭	●	白	●
	pɛ^{31}	hɔ^{21}	t^{h}aŋ^{33}	tau^{31}	●	pɛ^{31}	●
	鯉	魚	水	底	吃	黄	涼/沙
	lei^{31}	ŋ̥(ĭ)əu^{31}	swi$^{\underline{45}}$	di$^{\underline{24}}$	tɕ^{h}i$^{\underline{45}}$	jwaŋ^{31}	lwaŋ^{31}/sa^{33}

第 25 丁

25x1	鴨	公	頭	帶	青	羅	帽
	ʔa^{31}	kʌŋ^{33}	tau^{31}	tai^{13}	ts^{h}iŋ^{31}	lɔ^{31}	mu^{21}
	鶏	公	頭	帶	石	榴	花/系
	tɕai^{33}	kʌŋ^{33}	tau^{31}	tai^{13}	tsi^{21}	ljəu^{31}	k^{h}wa^{33}/fei^{33}
25x2	唐	王	種	竹			
	—	—	—	—			
25y1	深	山	竹	木	劉	王	種
	sjəŋ^{31}	sjəŋ^{33}	tuʔ$^{\underline{44}}$	mu^{21}	ljəu^{31}	hʊŋ^{31}	tswʌŋ^{13}
	深	潭	曲	凹	是	龍	開
	sjəŋ^{31}	tɔŋ^{31}	tɕ^{h}uʔ$^{\underline{44}}$	n̥i^{13}	tsei^{33}	lwʌŋ^{31}	gwai^{33}
25y2	南	安	水	族	是	龍	較
	naŋ^{31}	waŋ^{33}	swi$^{\underline{45}}$	tsu^{21}	tsei^{33}	lwʌŋ^{31}	tɕ^{h}(ĭ)au^{13}
	水	底	龍	門	入/日	后/夜	開
	swi$^{\underline{45}}$	di$^{\underline{24}}$	lwʌŋ^{31}	mwʌŋ^{31}	pi^{21}/jəʔ$^{\underline{44}}$	hu^{33}/ji^{13}	gwai^{33}
25y3	深	山	竹	木	劉	王	種
	sjəŋ^{31}	sjəŋ^{33}	tuʔ$^{\underline{44}}$	mu^{21}	ljəu^{31}	hʊŋ^{31}	tswʌŋ^{13}
	巷	邊	楊	柳	聖	人	栽
	hʌŋ^{21}	piŋ^{33}	ljaŋ^{31}	ljəu^{33}	siŋ^{13}	ŋ̥(ĭ)əŋ^{31}	tswai^{31}

25y4	珍	珠	糯	米	凡	人	寶
	tsjəŋ^{31}	tsəu^{33}	nɔ^{21}	mai^{33}	paŋ^{31}	ȵ(ĭ)əŋ^{31}	pu$^{\underline{45}}$
	伏	前	書	卷	僧	家	開/篇
	pu^{21}	tsiŋ^{31}	səu^{33}	hɔŋ^{21}	dzaŋ^{21}	tɕa^{33}	gwai^{33}/
							p^{h}iŋ^{33}
25y5	深	山	竹	木	劉	王	種
	sjəŋ^{31}	sjəŋ^{31}	tuʔ$^{\underline{44}}$	mu^{21}	ljəu^{31}	hʊŋ^{31}	tswʌŋ^{13}
	巷	邊	楊	柳	聖	人	爭/栽
	hʌŋ^{21}	piŋ^{33}	ljaŋ^{31}	ljəu^{33}	siŋ^{13}	ȵ(ĭ)əŋ^{31}	dzɛŋ^{33}/
							tswai^{31}
25y6	珍	珠	糯	米	凡	人	寶
	tsjəŋ^{31}	tsəu^{33}	nɔ^{21}	mai^{33}	paŋ^{31}	ȵ(ĭ)əŋ^{31}	pu$^{\underline{45}}$
	香	爐	水	碗	僧	家	行/添
	hjaŋ^{31}	ləu^{31}	swi$^{\underline{45}}$	jwəŋ$^{\underline{45}}$	dzaŋ^{33}	tɕa^{33}	heŋ^{31}/t^{h}iŋ^{33}
25y7	深	山	竹	木	劉	王	種
	sjəŋ^{31}	sjəŋ^{33}	tuʔ$^{\underline{44}}$	mu^{21}	ljəu^{31}	hʊŋ^{31}	tswʌŋ^{13}
	巷	邊	楊	柳	聖	人	栽/爭
	hʌŋ^{21}	piŋ^{33}	ljwaŋ^{31}	ljəu^{33}	siŋ^{13}	ȵ(ĭ)əŋ^{31}	tswai^{31}/
							dzɛŋ^{33}
25y8	州	庭	花	發	聖	人	摘
	tsjəu^{33}	tiŋ^{31}	k^{h}wa^{33}	faʔ$^{\underline{44}}$	siŋ^{13}	ȵ(ĭ)əŋ^{31}	dzᴇʔ$^{\underline{34}}$
	四	門	八	面	聖	人	開/行
	fei^{13}	mwʌŋ^{31}	pəʔ$^{\underline{44}}$	miŋ^{21}	siŋ^{13}	ȵ(ĭ)əŋ^{31}	gwai^{33}/
							heŋ^{31}
25y9	深	山	竹	木	劉	王	種
	sjəŋ^{31}	sjəŋ^{33}	tuʔ$^{\underline{44}}$	mu^{21}	ljəu^{31}	hʊŋ^{31}	tswʌŋ^{13}
	井	邊	容	杵	聖	人	栽/連
	tsiŋ$^{\underline{45}}$	piŋ^{33}	jwəŋ^{31}	tsəu^{21}	siŋ^{13}	ȵ(ĭ)əŋ^{31}	tswai^{31}/liŋ^{31}

第26丁

26x1	那	岸	平	田	凡	人	作
	hai^{13}	ŋaŋ^{21}	peŋ^{31}	tiŋ^{31}	paŋ^{31}	ȵ(ĭ)əŋ^{31}	tsoʔ$^{\underline{44}}$
	牯	牛	鹿	馬	聖	人	財/戔
	kəu$^{\underline{45}}$	ŋau^{31}	lu^{21}	ma^{33}	siŋ^{13}	ȵ(ĭ)əŋ^{31}	tswai^{31}/

							tsiŋ^{31}
26x2	深	山	竹	木	劉	王	種
	sjəŋ^{31}	sjəŋ^{33}	tuʔ$^{\underline{44}}$	mu^{21}	ljəu^{31}	hʊŋ^{31}	tswʌŋ^{13}
	井	邊	容	杵	聖	人	連/爭
	tsiŋ$^{\underline{45}}$	piŋ^{33}	jwəŋ^{31}	tsəu^{21}	siŋ^{13}	ȵ(ĭ)əŋ^{31}	liŋ^{31}/dzɛŋ^{33}
26x3	聖	人	種	得	太	陰	木
	siŋ^{13}	ȵ(ĭ)əŋ^{31}	tswʌŋ^{13}	tuʔ$^{\underline{44}}$	tʰai^{31}	jəŋ^{33}	mu^{21}
	正	是	●	羅	下	地	財/錢
	tsiŋ^{13}	tsei^{33}	●	lɔ^{31}	dʑi^{21}	tei^{21}	tswai^{31}/ tsiŋ^{31}
26x4	深	山	竹	木	劉	王	種
	sjəŋ^{31}	sjəŋ^{33}	tuʔ$^{\underline{44}}$	mu^{21}	ljəu^{31}	hʊŋ^{31}	tswʌŋ^{13}
	井	邊	容	杵	聖	人	爭/連
	tsiŋ$^{\underline{45}}$	piŋ^{33}	jwəŋ^{31}	tsəu^{21}	siŋ^{13}	ȵ(ĭ)əŋ^{31}	dzɛŋ^{33}/liŋ^{31}
26x5	聖	人	栽	得	太	陰	木
	siŋ^{13}	ȵ(ĭ)əŋ^{31}	tswai^{31}	tuʔ$^{\underline{44}}$	tʰai^{13}	jəŋ^{33}	mu^{21}
	抛	上	太	陽	隨/千	月/萬	行/年
	bei^{33}	tswaŋ^{21}	tʰai^{13}	jwaŋ^{31}	dzwei^{31}/ tsʰiŋ^{33}	ȵu^{21}/ maŋ^{21}	heŋ^{31}/niŋ^{33}
26x6	白	鵠	杵	上	勸/叫	姑	姑
	pɛ^{31}	kəu^{33}	tsəu^{21}	tswaŋ^{21}	kʰwiŋ^{13}/ tɕ(ĭ)əu^{21}	ku^{33}	ku^{33}
	鯉	魚	着	釣	為	蔴	枯/田
	lei^{33}	ȵ(ĭ)əu^{31}	tuʔ$^{\underline{44}}$	kau^{33}	wei^{21}	ma^{31}	kʰəu^{33}/tiŋ^{31}
26x7	鯉	魚	也	為	蔴	姑/田	死
	lei^{33}	ȵ(ĭ)əu^{31}	ja^{21}	wei^{21}	ma^{31}	kəu^{33}/tiŋ^{31}	fei$^{\underline{45}}$
	也	為	當	初	到	讀	書/經
	ja^{21}	wei^{21}	tɔŋ^{33}	tsʰwai^{33}	tʰau^{13}	tu^{21}	səu^{33}/tɕiŋ^{33}
26x8	洪	爺	出	世	着	寅/劉	年/王
	hʌŋ^{31}	ji^{33}	tsʰwʌʔ$^{\underline{44}}$	sei^{13}	tuʔ$^{\underline{44}}$	jəŋ^{31}/ljəu^{31}	niŋ^{33}/hʊŋ^{31}
	命	着	劉	王	改	換	天/堂
	mɛŋ^{21}	tuʔ$^{\underline{44}}$	ljəu^{31}	hʊŋ^{31}	tɕai$^{\underline{45}}$	jwəŋ^{21}	tʰiŋ^{33}/tɔŋ^{31}
26x9	命	着	劉	王	改	換	后

	mɛŋ^{21}	tuʔ$^{\underline{44}}$	ljəu^{31}	hʊŋ^{31}	tɕai$^{\underline{45}}$	jwəŋ^{21}	hu^{33}
	世	代	兒	孫	接	少	年/郎
	sei^{13}	twai^{21}	ŋ̩i^{31}	fʊŋ^{33}	tsiʔ$^{\underline{44}}$	sjəu^{13}	niŋ^{33}/lɔŋ^{31}
26y1	洪	爺	出	世	無	天	地
	hʌŋ^{31}	ji^{33}	tsʰwʌʔ$^{\underline{44}}$	sei^{13}	məu^{31}	tʰiŋ^{33}	di$^{\underline{24}}$
	葫	蘆	生	上	未	為	眞/情
	hu^{31}	ləu^{31}	seŋ^{33}	tswaŋ^{21}	mei^{21}	wei^{31}	tsjəŋ^{33}/tsiŋ^{31}
26y2	抄	頭	便	看	龍	為	月
	tsʰau^{31}	tau^{31}	piŋ^{21}	kʰaŋ^{13}	lwʌŋ^{31}	wei^{31}	ŋ̩u^{21}
	不	見	唐	王	現	出	身/廳
	jaŋ^{21}	tɕiŋ^{13}	tɔŋ^{31}	hʊŋ^{31}	hiŋ^{21}	tsʰwʌʔ$^{\underline{44}}$	siŋ^{33}/tʰiŋ^{33}
26y3	月	亮	光	光	照	下	海
	ŋ̩u^{21}	lwaŋ^{21}	dʑwaŋ^{33}	dʑwaŋ^{33}	tsi^{13}	dʑi^{21}	kʰwai$^{\underline{45}}$
	照	見	唐	王	書	案	頭/流
	tsi^{13}	tɕiŋ^{13}	tɔŋ^{31}	hʊŋ^{31}	səu^{33}	waŋ^{13}	tau^{31}/ljəu^{31}
26y4	眼	王	執	鏡	開	腦	照
	ŋ̩iŋ^{31}	hʊŋ^{31}	tsiʔ$^{\underline{44}}$	tɕiŋ^{13}	gwai^{33}	hjwəŋ^{33}	tsi^{13}
	照	見	唐	王	出	世	愁/州
	tsi^{13}	tɕiŋ^{13}	tɔŋ^{31}	hʊŋ^{31}	tsʰwʌʔ$^{\underline{44}}$	sei^{13}	dzau^{31}/tsjəu^{33}
26y5	月	亮	光	光	照	下	海
	ŋ̩u^{21}	lwaŋ^{21}	dʑwaŋ^{33}	dʑwaŋ^{33}	tsi^{13}	dʑi^{21}	kʰwai$^{\underline{45}}$
	照	見	唐	王	書/出	案/世	龍/連
	tsi^{13}	tɕiŋ^{13}	tɔŋ^{31}	hʊŋ^{31}	səu^{33}/tsʰwʌʔ$^{\underline{44}}$	waŋ^{13}/sei^{13}	lwʌŋ^{31}/liŋ^{31}
26y6	眼	王	執	鏡	攔	腦	照
	ŋ̩iŋ^{31}	hʊŋ^{31}	tsi$^{\underline{45}}$	tɕiŋ^{13}	laŋ^{31}	hjwəŋ^{33}	tsi^{13}
	照	見	唐	王	出	世	中/邊
	tsi^{13}	tɕiŋ^{13}	tɔŋ^{31}	hʊŋ^{31}	tsʰwʌʔ$^{\underline{44}}$	sei^{13}	twʌŋ^{33}/piŋ^{33}
26y7	出	世	唐	王	先	出	世
	tsʰwʌʔ$^{\underline{44}}$	sei^{13}	tɔŋ^{31}	hʊŋ^{31}	fiŋ^{31}	tsʰwʌʔ$^{\underline{44}}$	sei^{13}

	唐	王	出	世	未	情/成	眞/親
	tɔŋ^{31}	hʊŋ^{31}	ts^{h}wʌʔ$^{\underline{44}}$	sei^{13}	mei^{21}	tsiŋ^{31}/ tsjaŋ^{31}	tsjəŋ^{33}/ ts^{h}jəŋ^{33}
26y8	抄	頭	望	見	龍	為	月
	ts^{h}au^{31}	tau^{31}	maŋ^{21}	tɕiŋ^{13}	lwʌŋ^{31}	wei^{31}	ȵu^{21}
	不	見	唐	王	現	出	身/廳
	jaŋ^{21}	tɕiŋ^{13}	tɔŋ^{31}	hʊŋ^{31}	hiŋ^{21}	ts^{h}wʌʔ$^{\underline{44}}$	sjəŋ^{33}/t^{h}iŋ^{33}
26y9	出	世	唐	王	先	出	世
	ts^{h}wʌʔ$^{\underline{44}}$	sei^{13}	tɔŋ^{31}	hʊŋ^{31}	fiŋ^{31}	ts^{h}wʌʔ$^{\underline{44}}$	sei^{13}
	出	世	唐	王	在	連	州/村
	ts^{h}wʌʔ$^{\underline{44}}$	sei^{13}	tɔŋ^{31}	hʊŋ^{31}	tswai^{13}	liŋ^{31}	tsjəu^{33}/ ts^{h}ʊŋ^{33}

第 27 丁

27x1	唐	王	出	世	連	州/村	廟
	tɔŋ^{31}	hʊŋ^{31}	ts^{h}wʌʔ$^{\underline{44}}$	sei^{13}	liŋ^{31}	tsjəu^{33}/ ts^{h}ʊŋ^{33}	mi^{21}
	手	把	金	牌	雙/月	淚/樣	流/圓
	sjəu$^{\underline{45}}$	pa$^{\underline{45}}$	tɕ(ĭ)əŋ^{33}	pai^{31}	sɔŋ^{33}/ȵu^{21}	lwei^{21}/ jaŋ^{21}	ljəu^{31}/jʊŋ^{31}
27x2	唐	王	出	世	先	出	世
	tɔŋ^{31}	hʊŋ^{31}	ts^{h}wʌʔ$^{\underline{44}}$	sei^{13}	fiŋ^{31}	ts^{h}wʌʔ$^{\underline{44}}$	sei^{13}
	唐	王	出	世	百/在	般/連	齊/前
	tɔŋ^{31}	hʊŋ^{31}	ts^{h}wʌʔ$^{\underline{44}}$	sei^{13}	pᴇʔ$^{\underline{44}}$/ tswai^{13}	paŋ^{33}/liŋ^{31}	dzwai^{31}/ tsiŋ^{31}
27x3	上	村	燒	香	連	州	廟
	tswaŋ^{21}	ts^{h}ʊŋ^{33}	si^{31}	hjaŋ^{33}	liŋ^{31}	tsjəu^{33}	mi^{21}
	得	見	唐	王	坐	廟	合/心
	tuʔ$^{\underline{44}}$	tɕiŋ^{13}	tɔŋ^{31}	hʊŋ^{31}	tsɔ^{13}	mi^{21}	twai^{31}/fjəŋ^{33}
27x4	出	世	信	王	先	出	世
	ts^{h}wʌʔ$^{\underline{44}}$	sei^{13}	siŋ^{13}	hʊŋ^{31}	fiŋ^{31}	ts^{h}wʌʔ$^{\underline{44}}$	sei^{13}
	信	王	出	世	不	有	娘/人
	siŋ^{13}	hʊŋ^{31}	ts^{h}wʌʔ$^{\underline{44}}$	sei^{13}	jaŋ^{21}	məu^{31}	ȵwaŋ^{31}/ ȵ(ĭ)əŋ^{31}

27x5	信	王	出	世	衣	着	無
	siŋ^{13}	hʊŋ^{31}	tsʰwʌʔ$^{\underline{44}}$	sei^{13}	məu^{31}	ʔʒ̟i^{33}	tuʔ$^{\underline{44}}$
	路	逢	金	骨	拗	庶	身
	ləu^{21}	pwʌŋ^{31}	tɕ(ĭ)əŋ^{33}	kwʌʔ$^{\underline{44}}$	ʔa$^{\underline{45}}$	dzi^{33}	sjəŋ^{33}
27x6	出	世	信	王	先	出	世
	tsʰwʌʔ$^{\underline{44}}$	sei^{13}	siŋ^{13}	hʊŋ^{31}	fiŋ^{31}	tsʰwʌʔ$^{\underline{44}}$	sei^{13}
	信	王	出	世	不	庶	藏/羞
	siŋ^{13}	hʊŋ^{31}	tsʰwʌʔ$^{\underline{44}}$	sei^{13}	jaŋ^{21}	dzi^{33}	tsɔŋ^{33}/ hjəu^{33}
27x7	信	王	出	世	無	衣	着
	siŋ^{13}	hʊŋ^{31}	tsʰwʌʔ$^{\underline{44}}$	sei^{13}	məu^{31}	ʔʒ̟i^{33}	tuʔ$^{\underline{44}}$
	路	逢	金	骨	拗	庶	慘/秋
	ləu^{21}	pwʌŋ^{31}	tɕ(ĭ)əŋ^{33}	kwʌʔ$^{\underline{44}}$	ʔa$^{\underline{45}}$	dzi^{33}	tʰiŋ^{33}/ tsʰjəu^{33}
27x8	出	世	盤	王	先	出	世
	tsʰwʌʔ$^{\underline{44}}$	sei^{13}	pjəŋ^{31}	hʊŋ^{31}	fiŋ^{31}	tsʰwʌʔ$^{\underline{44}}$	sei^{13}
	出	世	盤	王	在	福/西	江/天
	tsʰwʌʔ$^{\underline{44}}$	sei^{13}	pjəŋ^{31}	hʊŋ^{31}	tswai^{13}	pu^{31}/fai^{31}	kɔŋ^{33}/tʰiŋ^{33}
27x9	盤	王	頭	帶	平	天	帽
	pjəŋ^{31}	hʊŋ^{31}	tau^{31}	tai^{13}	peŋ^{31}	tʰiŋ^{33}	mu^{21}
	帽	帶	肖	肖	朝	上	天
	mu^{21}	tai^{13}	ji^{31}	ji^{31}	tsi^{31}	tswaŋ^{21}	tʰiŋ^{33}
27y1	盤	王	出	世	先	出	世
	pjəŋ^{31}	hʊŋ^{31}	tsʰwʌʔ$^{\underline{44}}$	sei^{13}	fiŋ^{31}	tsʰwʌʔ$^{\underline{44}}$	sei^{13}
	盤	王	出	世	在	曲/西	江/天
	pjəŋ^{31}	hʊŋ^{31}	tsʰwʌʔ$^{\underline{44}}$	sei^{13}	tswai^{13}	pu^{31}/fai^{31}	kɔŋ^{31}/tʰiŋ^{33}
27y2	盤	王	出	世	在	曲/西	江/天
	pjəŋ^{31}	hʊŋ^{31}	tsʰwʌʔ$^{\underline{44}}$	sei^{13}	tswai^{13}	pu^{31}/fai^{31}	kɔŋ^{31}/tʰiŋ^{33}
	兩	個	金	童	在	兩	行/邊
	ljaŋ^{21}	kɔ^{13}	tɕ(ĭ)əŋ^{33}	dʌŋ^{31}	tswai^{13}	ljaŋ^{21}	heŋ^{31}/piŋ^{33}
27y3	盤	王	出	世	愛	相	刻
	pjəŋ^{31}	hʊŋ^{31}	tsʰwʌʔ$^{\underline{44}}$	sei^{13}	wai^{13}	faŋ^{31}	kaʔ$^{\underline{44}}$
	釋	伽	相	刻	在	江/江	河/邊

	tsʰᴇʔ$^{\underline{44}}$	tɕa^{33}	faŋ^{31}	kaʔ$^{\underline{44}}$	tswai^{13}	kɔŋ^{31}/ kɔŋ^{31}	hɔ^{31}/piŋ^{33}
27y4	盤	王	生	得	三	年	半
	pjəŋ^{31}	hʊŋ^{31}	seŋ^{33}	tuʔ$^{\underline{44}}$	faŋ^{33}	niŋ^{33}	pjəŋ^{13}
	釋	伽	背	上	出	石/紅	螺/蓮
	tsʰᴇʔ$^{\underline{44}}$	tɕa^{33}	pwi^{13}	tswaŋ^{21}	tsʰwʌʔ$^{\underline{44}}$	tsi^{21}/hʌŋ^{31}	lɔ^{31}/liŋ^{31}
27y5	高	台	望	見	齊	眉	鏡
	ku^{31}	twai^{31}	maŋ^{21}	tɕiŋ^{13}	dzwai^{31}	mwi^{31}	tɕiŋ^{13}
	龍	兒	●[33]	粉	在	●[34]	村
	lwʌŋ^{31}	ȵi^{31}	kʰwa^{33}	bwʌŋ$^{\underline{24}}$	tswai^{13}	kɔŋ^{31}	tsʰʊŋ^{33}
27y6	盤	王	生	得	一	對	女
	pjəŋ^{31}	hʊŋ^{31}	seŋ^{33}	tuʔ$^{\underline{44}}$	jəʔ$^{\underline{44}}$	twai^{13}	ȵ(ĭ)əu^{33}
	一	年	四	季	出	行	遊
	jəʔ$^{\underline{44}}$	niŋ^{33}	fei^{13}	kwei^{13}	tsʰwʌʔ$^{\underline{44}}$	heŋ^{31}	jəu^{31}
27y7	玉	女	梳	頭	不	亂	髮
	ȵu^{21}	ȵ(ĭ)əu^{33}	su^{33}	tau^{31}	jaŋ^{21}	lʊŋ^{21}	faʔ$^{\underline{44}}$
	聖	女	梳	頭	髮	亂	飛/系
	siŋ^{13}	ȵ(ĭ)əu^{33}	su^{33}	tau^{31}	faʔ$^{\underline{44}}$	lʊŋ^{21}	bei^{33}/fei^{33}
27y8	玉	女	梳	頭	是	佛	樣
	ȵu^{21}	ȵ(ĭ)əu^{33}	su^{33}	tau^{31}	tsei^{33}	pu^{21}	jaŋ^{21}
	隨	着	盤	王	雙/不	下/可	歸/時
	dzwei^{31}	tsu^{21}	pjəŋ^{31}	hʊŋ^{31}	sɔŋ^{33}/jaŋ^{21}	dʑi^{21}/ kʰɔ$^{\underline{45}}$	kwei^{33}/ tsei^{31}
27y9	要	娘	買	笠	娘	不	買
	wai^{13}	ȵwaŋ^{31}	mai^{33}	ljə^{21}	ȵwaŋ^{31}	jaŋ^{21}	mai^{33}
	要	娘	買	傘	説	無	錢/油
	wai^{13}	ȵwaŋ^{31}	mai^{33}	faŋ^{13}	su$^{\underline{45}}$	məu^{31}	tsiŋ^{31}/jəu^{31}

第28丁

28x1	得	娘	十	已	成	郎	我
	tuʔ$^{\underline{44}}$	ȵwaŋ^{31}	tsjə^{21}	tɕei^{13}	tsjaŋ^{31}	lɔŋ^{31}	ŋɔ^{33}
	苧	蔴	庶	頭	也	過	年/秋
	du^{21}	ma^{33}	dzi^{33}	tau^{31}	ja^{21}	tɕwi^{13}	niŋ^{33}/ tsʰjəu^{33}

28x2	白			涼			扇
	pe^{31}			lwaŋ^{31}			siŋ^{13}
	反	復	兩	邊	都	是	花/金
	pʰaŋ^{31}	pʰuʔ$^{\underline{44}}$	ljaŋ^{21}	piŋ^{33}	tɕʰ(ĭ)aŋ^{13}	tsei^{33}	kʰwa^{33}/ tɕ(ĭ)əŋ^{33}
28x3	得	娘	十	已	成	郎	我
	tuʔ$^{\underline{44}}$	ȵwaŋ^{31}	tsjə^{21}	tɕei^{13}	tsjaŋ^{31}	lɔŋ^{31}	ŋɔ^{33}
	反	復	兩	邊	都	是	家/親
	pʰaŋ^{31}	pʰuʔ$^{\underline{44}}$	ljaŋ^{21}	piŋ^{33}	tɕʰ(ĭ)aŋ^{13}	tsei^{33}	tɕa^{33}/ tsʰjəŋ^{33}
28x4	擔	傘		得	擔		傘
	daŋ^{33}	faŋ^{13}		tuʔ$^{\underline{44}}$	daŋ^{33}		faŋ^{13}
	要	娘	擔	傘	隨	傘	開/陰
	wai^{13}	ȵwaŋ^{31}	daŋ^{33}	faŋ^{13}	dzwei^{31}	faŋ^{13}	gwai^{33}/jəŋ^{33}
28x5	要	娘	擔	傘	得	黄	油
	wai^{13}	ȵwaŋ^{31}	daŋ^{33}	faŋ^{13}	tuʔ$^{\underline{44}}$	jwaŋ^{31}	jəu^{31}
	誰	知	傘	底	有	秀/官	才/人
	dzwʌŋ$^{\underline{24}}$	pei^{33}	faŋ^{13}	di$^{\underline{24}}$	mai^{31}	fjəu^{13}/ tɕwəŋ^{33}	tswai^{31}/ ȵ(ĭ)əŋ^{31}
28x6	擔	傘	出	門	傘	擔	傘
	daŋ^{33}	faŋ^{13}	tsʰwʌʔ$^{\underline{44}}$	mwʌŋ^{31}	faŋ^{13}	daŋ^{33}	faŋ^{13}
	搖	扇	出	門	風/前	對/對	風/前
	ji^{31}	siŋ^{13}	tsʰwʌʔ$^{\underline{44}}$	mwʌŋ^{31}	pwʌŋ^{31}/ tsiŋ^{31}	twai^{13}/ twai^{13}	pwʌŋ^{31}/ tsiŋ^{31}
28x7	擔	傘	出	門	風	打	破
	daŋ^{33}	faŋ^{13}	tsʰwʌʔ$^{\underline{44}}$	mwʌŋ^{31}	pwʌŋ^{31}	ta$^{\underline{45}}$	bai^{13}
	空	擔	傘	骨	捧	門	風/前
	kʰʊŋ^{31}	daŋ^{33}	faŋ^{13}	kwʌʔ$^{\underline{44}}$	pwʌŋ^{21}	mwʌŋ^{31}	pwʌŋ^{33}/ tsiŋ^{31}
28x8	擔	傘	過	橋	來	照	影
	daŋ^{33}	faŋ^{13}	tɕwi^{13}	tɕi^{31}	tai^{31}	tsi^{13}	hiŋ^{21}
	橋	高	水	浪	影	無	眞/涼
	tɕi^{31}	ku^{33}	swi$^{\underline{45}}$	lwaŋ^{21}	hiŋ^{21}	məu^{31}	tsjəŋ^{33}/

							lwaŋ^{31}
28x9	解	衫	搭	在	橋	梁	上
	tɕai$^{\underline{45}}$	sa^{31}	daʔ$^{\underline{34}}$	tswai^{13}	tɕi^{31}	lwaŋ^{31}	tswaŋ^{21}
	生	死	愛	連	橋	底	人/娘
	seŋ^{33}	fei$^{\underline{45}}$	wai^{13}	liŋ^{31}	tɕi^{31}	di$^{\underline{24}}$	ŋ̥(ĭ)əŋ^{31}/ ŋ̥waŋ^{31}

第29丁

29x1	盤	王	起	計			
	—	—	—	—			
29x2	起	計	盤	王	先	起	計
	tɕʰi$^{\underline{45}}$	tɕei^{13}	pjəŋ^{31}	hʊŋ^{31}	fiŋ^{31}	tɕʰi$^{\underline{45}}$	tɕei^{13}
	盤	王	起	計	立	春	名
	pjəŋ^{31}	hʊŋ^{31}	tɕʰi$^{\underline{45}}$	tɕei^{13}	ljə^{21}	tsʰʊŋ^{33}	meŋ^{31}
29x3	黄	龍	又	定	五	雷	熟
	jwaŋ^{31}	lwʌŋ^{31}	jəu^{21}	tiŋ^{21}	ŋ̍^{33}	lwi^{31}	tsu^{21}
	專	望	五	雷	轉	一	聲
	tsʊŋ^{31}	maŋ^{21}	ŋ̍^{33}	lwi^{31}	dzwʌŋ^{13}	jəʔ$^{\underline{44}}$	siŋ^{33}
29x4	起	計	盤	王	先	起	計
	tɕʰi$^{\underline{45}}$	tɕei^{13}	pjəŋ^{31}	hʊŋ^{31}	fiŋ^{31}	tɕʰi$^{\underline{45}}$	tɕei^{13}
	盤	王	起	計	開	犁	頭/鈀
	pjəŋ^{31}	hʊŋ^{31}	tɕʰi$^{\underline{45}}$	tɕei^{13}	tau^{13}	lai^{31}	tau^{31}/pa^{31}
29x5	鼠	王	過	海	偷	禾	種
	səu$^{\underline{45}}$	hʊŋ^{31}	tɕwi^{13}	kʰwai$^{\underline{45}}$	tʰau^{31}	ji^{31}	tswʌŋ^{13}
	黄	龍	含	水	吩	禾	蒬/花
	jwaŋ^{31}	lwʌŋ^{31}	hɔŋ^{21}	swi$^{\underline{45}}$	pʰwʌŋ^{13}	ji^{31}	kwaŋ^{33}/ kʰwa^{33}
29x6	起	計	盤	王	先	起	計
	tɕʰi$^{\underline{45}}$	tɕei^{13}	pjəŋ^{31}	hʊŋ^{31}	fiŋ^{31}	tɕʰi$^{\underline{45}}$	tɕei^{13}
	盤	王	起	計	閗	犁	梗/鈀
	pjəŋ^{31}	hʊŋ^{31}	tɕʰi$^{\underline{45}}$	tɕei^{13}	tau^{13}	lai^{31}	tɕeŋ^{33}/pa^{31}
29x7	閗	得	犁	鈀	也	未	使
	tau^{13}	tuʔ$^{\underline{44}}$	lai^{31}	pa^{31}	ja^{21}	mei^{21}	sai$^{\underline{45}}$
	屋	底	大	塘	穀	報	生/芽

	ʔəʔ$^{\underline{44}}$	di$^{\underline{24}}$	tai^{21}	tɔŋ^{31}	tsʰu$^{\underline{45}}$	bei^{13}	seŋ^{33}/ȵa^{31}
29x8	起	計	盤	王	先	起	計
	tɕʰi$^{\underline{45}}$	tɕei^{13}	pjəŋ^{31}	hʊŋ^{31}	fiŋ^{31}	tɕʰi$^{\underline{45}}$	tɕei^{13}
	盤	王	起	計	立	春	名/哀
	pjəŋ^{31}	hʊŋ^{31}	tɕʰi$^{\underline{45}}$	tɕei^{13}	ljə^{21}	tsʰʊŋ^{33}	meŋ^{31}/ʔʒ̩i^{33}
29x9	立	得	春	名/哀	都	足	了
	ljə^{21}	tuʔ$^{\underline{44}}$	tsʰʊŋ^{33}	meŋ^{31}/ʔʒ̩i^{33}	tɕʰ(ĭ)aŋ^{13}	tsoʔ$^{\underline{44}}$	li^{33}
	屋	背	秧	見	段	段	青/齊
	ʔəʔ$^{\underline{44}}$	pwi^{13}	jwaŋ^{33}	tɕiŋ^{13}	tʊŋ^{13}	tʊŋ^{13}	tsʰiŋ^{33}/dzwai^{31}
29y1	起	計	盤	王	先	起	計
	tɕʰi$^{\underline{45}}$	tɕei^{13}	pjəŋ^{31}	hʊŋ^{31}	fiŋ^{31}	tɕʰi$^{\underline{45}}$	tɕei^{13}
	盤	王	起	計	種	苧	蔴/系
	pjəŋ^{31}	hʊŋ^{31}	tɕʰi$^{\underline{45}}$	tɕei^{13}	tswʌŋ^{13}	du^{21}	ma^{31}/fei^{33}
29y2	種	得	苧	蔴/系	兒	孫	績
	tswʌŋ^{13}	tuʔ$^{\underline{44}}$	du^{21}	ma^{31}/fei^{33}	ȵi^{31}	fʊŋ^{33}	tsiʔ$^{\underline{44}}$
	兒	孫	世	代	繡	羅	花/衣
	ȵi^{33}	fʊŋ^{33}	sei^{13}	twai^{21}	fjəu^{13}	la^{31}	kʰwa^{33}/ʔʒ̩i^{33}
29y3	起	計	盤	王	先	起	計
	tɕʰi$^{\underline{45}}$	tɕei^{13}	pjəŋ^{31}	hʊŋ^{31}	fiŋ^{31}	tɕʰi$^{\underline{45}}$	tɕei^{13}
	初	發	苧	蔴/油	葉	大	球/花
	tsʰɔ^{31}	faʔ$^{\underline{44}}$	du^{21}	ma^{33}/jəu^{31}	hji^{21}	tai^{21}	tɕ(ĭ)əu^{31}/kʰwa^{33}
29y4	苧	蔴	籽	細	不	成	苧
	du^{21}	ma^{33}	tsei$^{\underline{45}}$	fai^{13}	jaŋ^{21}	tsjaŋ^{31}	du^{21}
	蕉	麻	籽	細	便	成	細/羅
	tsi^{31}	ma^{33}	tsei$^{\underline{45}}$	fai^{13}	pəŋ^{13}	tsjaŋ^{31}	fai^{13}/lɔ^{31}
29y5	起	計	盤	王	先	起	計
	tɕʰi$^{\underline{45}}$	tɕei^{13}	pjəŋ^{31}	hʊŋ^{31}	fiŋ^{31}	tɕʰi$^{\underline{45}}$	tɕei^{13}
	盤	王	起	計	鬪	高	加/机
	pjəŋ^{31}	hʊŋ^{31}	tɕʰi$^{\underline{45}}$	tɕei^{13}	tau^{13}	ku^{31}	tɕa^{33}/tɕi^{33}
29y6	鬪	得	高	加/机	織	細	布
	tau^{13}	tuʔ$^{\underline{44}}$	ku^{31}	tɕa^{33}/tɕi^{33}	tsiʔ$^{\underline{44}}$	fai^{13}	pəu^{21}

	布	面	又	凋	李	柳	花/系
	pəu^{21}	miŋ^{21}	jəu^{21}	ti^{33}	lei^{33}	ljəu^{33}	kʰwa^{33}/fei^{33}
29y7	着	苧	盤	王	先	着	苧
	tuʔ$^{\underline{44}}$	du^{21}	pjəŋ^{31}	hʊŋ^{31}	fiŋ^{31}	tuʔ$^{\underline{44}}$	du^{21}
	着	羅	唐	王	先	着	蕉/羅 [35]
	tuʔ$^{\underline{44}}$	lɔ^{31}	tɔŋ^{31}	hʊŋ^{31}	fiŋ^{31}	tuʔ$^{\underline{44}}$	tsi^{33}/lɔ^{31}
29y8	盤	王	着	苧	世	也	好
	pjəŋ^{31}	hʊŋ^{31}	tuʔ$^{\underline{44}}$	du^{21}	sei^{13}	ja^{21}	kʰu$^{\underline{45}}$
	唐	王	着	蕉/羅 [36]	更	請/婁	條/羅 [37]
	tɔŋ^{31}	hʊŋ^{31}	tuʔ$^{\underline{44}}$	tsi^{33}/lɔ^{31}	tɕeŋ^{33}	tsʰiŋ$^{\underline{45}}$/—	ti^{31}/lɔ^{31}
29y9	盤	古	留	得	有	七	格
	pjəŋ^{31}	kəu$^{\underline{45}}$	ljəu^{31}	tuʔ$^{\underline{44}}$	mai^{31}	tsʰjəʔ$^{\underline{44}}$	dʑᴇʔ$^{\underline{34}}$
	羅	衣	手	中	無	本	錢
	la^{31}	ʔʒ̟i^{33}	sjəu$^{\underline{45}}$	twʌŋ^{33}	məu^{31}	pwʌŋ$^{\underline{45}}$	tsiŋ^{31}

第 30 丁

30x1	石	崇	富	貴	當	天	下
	tsiˑ^{21}	tswʌŋ^{33}	pu$^{\underline{45}}$	kwei^{13}	tɔŋ^{13}	tʰiŋ^{33}	di$^{\underline{24}}$
	獨	自	些	寒	齊	路	邊
	du^{21}	tsəŋ^{21}	fwi^{13}	hɔŋ^{31}	dzwai^{31}	ləu^{21}	piŋ^{33}
30x2	石	崇	鐵	煉	金	鷄	卵
	tsiˑ^{21}	tsʌŋ^{33}	l̥iʔ$^{\underline{44}}$	liŋ^{21}	tɕ(ĭ)əŋ^{33}	tɕai^{33}	l̥ʊŋ^{13}
	金	鷄	鐵	煉	石	崇	身
	tɕ(ĭ)əŋ^{33}	tɕai^{33}	l̥iʔ$^{\underline{44}}$	liŋ^{21}	tsiˑ^{21}	tsʌŋ^{33}	sjəŋ^{33}
30x3	石	崇	接	得	三	千	客
	tsiˑ^{21}	tsʌŋ^{33}	tsiʔ$^{\underline{44}}$	tuʔ$^{\underline{44}}$	faŋ^{31}	tsʰiŋ^{33}	tɕʰᴇʔ$^{\underline{44}}$
	羅	衣	手	中	無	本	才
	la^{31}	ʔʒ̟i^{33}	sjəu$^{\underline{45}}$	twʌŋ^{33}	məu^{31}	pwʌŋ$^{\underline{45}}$	tswai^{31}
30x4	人	生	一	世	莫	爭	強
	ŋ̥(ĭ)əŋ^{31}	seŋ^{33}	jəʔ$^{\underline{44}}$	sei^{13}	ji^{13}	dzɛŋ^{33}	tɕwəŋ^{31}
	死	人	黃	泉	共	路	行
	fei$^{\underline{45}}$	pi^{21}	jwaŋ^{31}	tsʊŋ^{31}	tɕwəŋ^{21}	ləu^{21}	heŋ^{31}
30x5	石	崇	富	貴	當	天	下
	tsiˑ^{21}	tsʌŋ^{33}	puʔ$^{\underline{44}}$	kwei^{13}	tɔŋ^{13}	tʰiŋ^{33}	di$^{\underline{24}}$

	有	錢	無	路	買	長	生
	mai^{31}	tsiŋ^{31}	məu^{31}	ləu^{21}	mai^{33}	twaŋ^{31}	seŋ^{33}
30x6	人	生	一	世	莫	爭	秋
	ɳ̥(ĭ)əŋ^{31}	seŋ^{33}	jəʔ$^{\underline{44}}$	sei^{13}	ji^{13}	dzɛŋ^{33}	tsʰjəu^{33}
	羅	伏	能	有	幾	箇	由
	la^{31}	pu^{21}	n̥aŋ$^{\underline{24}}$	mai^{31}	tsi^{13}	kɔ^{13}	jəu^{31}
30x7	草	生	一	世	根	還	在
	tsʰu$^{\underline{45}}$	seŋ^{33}	jəʔ$^{\underline{44}}$	sei^{13}	kwaŋ^{33}	hai^{31}	tswai^{13}
	人	生	一	世	斷	宗	由
	ɳ̥(ĭ)əŋ^{31}	seŋ^{33}	jəʔ$^{\underline{44}}$	sei^{13}	tʊŋ^{13}	tsʌŋ^{33}	jəu^{31}
30x8	人	生	一	世	莫	爭	強/秋
	ɳ̥(ĭ)əŋ^{31}	seŋ^{33}	jəʔ$^{\underline{44}}$	sei^{13}	ji^{13}	dzɛŋ^{33}	tɕwəŋ^{31}/ tsʰjəu^{33}
	羅	伏	能	有	幾	箇	難/由
	la^{31}	pu^{21}	n̥aŋ$^{\underline{24}}$	mai^{31}	tsi^{13}	kɔ^{13}	naŋ^{31}/jəu^{31}
30x9	今	世	有	衫	今	世	着
	tɕ(ĭ)əŋ^{33}	sei^{13}	mai^{31}	sa^{33}	tɕ(ĭ)əŋ^{33}	sei^{13}	tuʔ$^{\underline{44}}$
	莫	留	后	世	把	人	看/收
	ji^{13}	ljəu^{31}	hu^{33}	sei^{13}	pa$^{\underline{45}}$	ɳ̥(ĭ)əŋ^{31}	kʰaŋ^{13}/ sjəu^{33}
30y1	貧	貧	薄	薄	成	人	我
	peŋ^{31}	peŋ^{31}	pəu^{21}	pəu^{21}	tsjaŋ^{31}	ɳ̥(ĭ)əŋ^{31}	ŋɔ^{33}
	起	屋	沙	州	石	上	中/進
	tɕʰi$^{\underline{45}}$	ʔəʔ$^{\underline{44}}$	sa^{33}	tsjəu^{33}	tsi^{21}	tswaŋ^{21}	twʌŋ^{33}/—
30y2	起	屋	沙	州	水	灘	過
	tɕʰi$^{\underline{45}}$	ʔəʔ$^{\underline{44}}$	sa^{33}	tsjəu^{33}	swi$^{\underline{45}}$	tʰaŋ^{33}	tɕwi^{13}
	富	貴	也	曾	貧	薄	龍/人
	puʔ$^{\underline{44}}$	kwei^{13}	ja^{21}	dzɛŋ^{33}	peŋ^{31}	pəu^{21}	lwʌŋ^{31}/ ɳ̥(ĭ)əŋ^{31}
30y3	當	初	富	貴	眞	富	貴
	tɔŋ^{31}	tsʰwai^{33}	puʔ$^{\underline{44}}$	kwei^{13}	tsjəŋ^{33}	puʔ$^{\underline{44}}$	kwei^{13}
	三	斗	碎	金	又	話	窮/貧
	faŋ^{31}	tau$^{\underline{45}}$	tsʰwei^{13}	tɕ(ĭ)əŋ^{33}	jəu^{21}	wa^{21}	tɕwəŋ^{31}/

							peŋ^{31}
30y4	三	斗	碎	金	使	會	了
	faŋ^{31}	tau$^{\underline{45}}$	ts^{h}wei^{13}	tɕ(ĭ)əŋ^{33}	sai$^{\underline{45}}$	hwi^{13}	li^{33}
	富	貴	也	曾	貧	薄	龍/人
	puʔ$^{\underline{44}}$	kwei^{13}	ja^{21}	dzɛŋ^{33}	peŋ^{31}	pəu^{21}	lwʌŋ^{31}/ ȵ(ĭ)əŋ^{31}
30y5	當	初	富	貴	眞	富	貴
	tɔŋ^{31}	ts^{h}wai^{33}	puʔ$^{\underline{44}}$	kwei^{13}	tsjəŋ^{33}	puʔ$^{\underline{44}}$	kwei^{13}
	富	貴	打	艮	做	屋/飯	梁/匙
	puʔ$^{\underline{44}}$	kwei^{13}	ta$^{\underline{45}}$	ȵwaŋ^{31}	tsəu^{13}	ʔəʔ$^{\underline{44}}$/ pəŋ^{21}	lwaŋ^{31}/ tsei^{31}
30y6	有	艮	不	如	打	艮	碗
	mai^{31}	ȵwaŋ^{31}	jaŋ^{21}	ji^{31}	ta$^{\underline{45}}$	ȵwaŋ^{31}	jwəŋ$^{\underline{45}}$
	吃	飯	得	聞	飯	氣	香/思
	tɕ^{h}i$^{\underline{45}}$	pəŋ^{21}	tuʔ$^{\underline{44}}$	mwʌŋ^{21}	pəŋ^{21}	tɕ^{h}i^{13}	hjaŋ^{33}/fei^{33}
30y7	當	初	富	貴	眞	富	貴
	tɔŋ^{31}	ts^{h}wai^{33}	puʔ$^{\underline{44}}$	kwei^{13}	tsjəŋ^{33}	puʔ$^{\underline{44}}$	kwei^{13}
	富	貴	打	艮	做	飯	鍋
	puʔ$^{\underline{44}}$	kwei^{13}	ta$^{\underline{45}}$	ȵwaŋ^{31}	tsəu^{13}	pəŋ^{21}	ts^{h}ɛŋ^{33}
30y8	有	艮	不	如	打	飯	碗
	mai^{31}	ȵwaŋ^{31}	jaŋ^{21}	ji^{31}	ta$^{\underline{45}}$	pəŋ^{21}	jwəŋ$^{\underline{45}}$
	吃	飯	得	聞	飯	氣	生
	tɕ^{h}i$^{\underline{45}}$	pəŋ^{21}	tuʔ$^{\underline{44}}$	mwʌŋ^{21}	pəŋ^{21}	tɕ^{h}i^{13}	sɛŋ^{33}
30y9	當	初	富	貴	眞	富	貴
	tɔŋ^{31}	ts^{h}ɔ^{31}	puʔ$^{\underline{44}}$	kwei^{13}	tsjəŋ^{33}	puʔ$^{\underline{44}}$	kwei^{13}
	富	貴	打	艮	換	櫈	頭
	puʔ$^{\underline{44}}$	kwei^{13}	ta$^{\underline{45}}$	ȵwaŋ^{31}	hwaŋ^{21}	taŋ^{13}	tau^{31}

第 31 丁

31x1	銀	筒	載	水	金	擔	竿
	ȵwaŋ^{31}	tʌŋ^{31}	tswai^{13}	swi$^{\underline{45}}$	tɕ(ĭ)əŋ^{33}	daŋ^{33}	kaŋ$^{\underline{45}}$
	艮	藍	洗	菜	掛	金	鈎
	ȵwaŋ^{31}	laŋ^{31}	sai$^{\underline{45}}$	ts^{h}wai^{13}	kwa^{13}	tɕ(ĭ)əŋ^{33}	kau^{33}
31x2	當	初	富	貴	眞	富	貴

	tɔŋ^{31}	ts^{h}wai^{33}	puʔ$^{\underline{44}}$	kwei^{13}	tsjəŋ^{33}	puʔ$^{\underline{44}}$	kwei^{13}
	富	貴	打	艮	換	欖	光
	puʔ$^{\underline{44}}$	kwei^{13}	ta$^{\underline{45}}$	ɳ̥waŋ^{31}	hwaŋ^{21}	taŋ^{13}	dʑwaŋ^{33}
31x3	打	艮	做	欖	又	嫌	白
	ta$^{\underline{45}}$	ɳ̥waŋ^{31}	tsəu^{13}	taŋ^{13}	jəu^{21}	dʑiŋ^{31}	pɛ^{21}
	打	金	來	換	又	嫌	黄
	ta$^{\underline{45}}$	tɕ(ĭ)əŋ^{33}	tai^{31}	hwaŋ^{21}	jəu^{21}	dʑiŋ^{31}	jwaŋ^{31}
31x4	當	初	富	貴	眞	富	貴
	tɔŋ^{31}	ts^{h}wai^{33}	puʔ$^{\underline{44}}$	kwei^{13}	tsjəŋ^{33}	puʔ$^{\underline{44}}$	kwei^{13}
	富	貴	打	艮	擔	板	門/長
	puʔ$^{\underline{44}}$	kwei^{13}	ta$^{\underline{45}}$	ɳ̥waŋ^{31}	daŋ^{33}	pəŋ$^{\underline{45}}$	mwʌŋ^{31}/ twaŋ^{31}
31x5	富	貴	打	艮	但	板	過
	puʔ$^{\underline{44}}$	kwei^{13}	ta$^{\underline{45}}$	ɳ̥waŋ^{31}	taŋ^{21}	pəŋ$^{\underline{45}}$	tɕwi^{13}
	艮	杵	刀	梭	庶	妹	門
	ɳ̥waŋ^{31}	tsəu^{21}	ti^{33}	sɔ^{33}	dzi^{33}	mwi^{21}	mwʌŋ^{31}
31x6	當	初	富	貴	眞	富	貴
	tɔŋ^{31}	ts^{h}wai^{33}	puʔ$^{\underline{44}}$	kwei^{13}	tsjəŋ^{33}	puʔ$^{\underline{44}}$	kwei^{13}
	貧	薄	定	娘	話	不	同/眞
	peŋ^{31}	pəu^{21}	tiŋ^{21}	ɳ̥waŋ^{31}	wa^{21}	jaŋ^{21}	tʌŋ^{31}/tsjəŋ^{33}
31x7	貧	薄	愛	連	富	貴	女
	peŋ^{31}	pəu^{21}	wai^{13}	liŋ^{31}	puʔ$^{\underline{44}}$	kwei^{13}	ɳ̥(ĭ)əu^{33}
	富	貴	人	嫌	貧	薄	窮/人
	puʔ$^{\underline{44}}$	kwei^{13}	ɳ̥(ĭ)əŋ^{31}	dʑiŋ^{31}	peŋ^{31}	pəu^{21}	tɕwəŋ^{31}/ ɳ̥(ĭ)əŋ^{31}
31x8	富			貴			人
	puʔ$^{\underline{44}}$			kwei^{13}			ɳ̥(ĭ)əŋ^{31}
	人	家	富	貴	我	家	貧/窮
	ɳ̥(ĭ)əŋ^{31}	tɕa^{33}	puʔ$^{\underline{44}}$	kwei^{13}	ŋɔ^{33}	tɕa^{33}	peŋ^{31}/ tɕwəŋ^{31}
31x9	人	家	富	貴	般	龍	有
	ɳ̥(ĭ)əŋ^{31}	tɕa^{33}	puʔ$^{\underline{44}}$	kwei^{13}	paŋ^{31}	lwʌŋ^{31}	mai^{31}
	我	家	貧	窮	百	般	貧/窮

	ji^{33}	tɕa^{33}	peŋ^{31}	tɕʊŋ^{31}	pᴇʔ$^{\underline{44}}$	paŋ^{33}	peŋ^{31}/ tɕwəŋ^{31}
31y1	盤	王	留	下	十	二	面
	pjəŋ^{31}	hʊŋ^{31}	ljəu^{31}	dʑi^{21}	tsjə^{21}	ȵei^{21}	miŋ^{21}
	初	甲	琵	琶	十	二	弦/名
	tsʰɔ^{31}	ʔaʔ$^{\underline{44}}$	pi^{31}	pa^{31}	tsjə^{21}	ȵei^{21}	tɕwəŋ^{31}/ meŋ^{31}
31y2	出	世	凡	人	彈	不	得
	tsʰwʌʔ$^{\underline{44}}$	sei^{13}	paŋ^{31}	ȵ(ĭ)əŋ^{31}	taŋ^{31}	jaŋ^{21}	tuʔ$^{\underline{44}}$
	抛/擢	下	八/石	弦/山	彈/聽	四/水	弦/聲
	bei^{33}/ tsʰwi^{33}	dʑi^{21}	pəʔ$^{\underline{44}}$/ tsi^{21}	tɕwəŋ^{31}/ sjəŋ^{33}	taŋ^{31}/ tʰiŋ^{13}	fei^{13}/ swi$^{\underline{45}}$	tɕwəŋ^{31}/ sjəŋ^{33}
31y3	三	百	貫	錢	買	琵	背
	faŋ^{31}	pᴇʔ$^{\underline{44}}$	kʊŋ^{13}	tsiŋ^{31}	mai^{33}	pa^{31}	pwi^{13}
	又	添	四	百	買	琶	系/頭
	jəu^{21}	tʰiŋ^{33}	fei^{13}	pᴇʔ$^{\underline{44}}$	mai^{33}	pa^{31}	fei^{33}/tau^{31}
31y4	出	世	凡	人	彈	不	得
	tsʰwʌʔ$^{\underline{44}}$	sei^{13}	paŋ^{31}	ȵ(ĭ)əŋ^{31}	taŋ^{21}	jaŋ^{21}	tuʔ$^{\underline{44}}$
	玉	女	彈	琶	心	裡	思/愁
	ȵu^{21}	ȵ(ĭ)əu^{33}	taŋ^{31}	pa^{31}	fjəŋ^{33}	lei^{33}	fei^{33}/dzau^{31}
31y5	琵		琶		頭		名
	pi^{31}		pa^{31}		tau^{31}		meŋ^{31}
	魯	班	凋	挖	做	龍	頭/聲
	lu^{31}	paŋ^{33}	ti^{33}	wʌʔ$^{\underline{44}}$	tsəu^{13}	lwʌŋ^{31}	tau^{31}/siŋ^{33}
31y6	出	世	凡	人	彈	不	得
	tsʰwʌʔ$^{\underline{44}}$	sei^{13}	paŋ^{31}	ȵ(ĭ)əŋ^{31}	taŋ^{31}	jaŋ^{21}	tuʔ$^{\underline{44}}$
	推/帶	下	石	山	聽	水	愁/聲
	tʰwi^{33}/tɔ^{31}	dʑi^{21}	tsi^{21}	sjəŋ^{33}	tʰiŋ^{13}	swi$^{\underline{45}}$	dzau^{31}/siŋ^{33}
31y7	琵			琶			頭
	pi^{31}			pa^{31}			tau^{31}
	魯	班	挖	凋	做	龍	頭/聲
	lu^{31}	paŋ^{33}	wʌʔ$^{\underline{44}}$	ti^{33}	tsəu^{13}	lwʌŋ^{31}	tau^{31}/siŋ^{33}
31y8	琵			琶			頭

	pi^{31}			pa^{31}			tau^{31}
	魯	班	凋	挖	做	龍	頭/身
	lu^{31}	paŋ^{33}	ti^{33}	wʌʔ$^{\underline{44}}$	tsəu^{13}	lwʌŋ^{31}	tau^{31}/sjəŋ^{33}
31y9	出	世	凡	人	彈	不	得
	tsʰwʌʔ$^{\underline{44}}$	sei^{13}	paŋ^{31}	ɳ̥(ĭ)əŋ^{31}	taŋ^{31}	jaŋ^{21}	tuʔ$^{\underline{44}}$
	玉	女	彈	琶	愁	入	聲
	ɳ̥u^{21}	ɳ̥(ĭ)əu^{33}	taŋ^{31}	pa^{31}	dzau^{31}	pi^{21}	siŋ^{33}

第 32 丁

32x1	琵	琶	搖	頭	●	●	●
	pi^{31}	pa^{31}	ji^{31}	tau^{31}	●	●	●
	三	面	作	刀	四	面	凋/愁
	faŋ^{31}	miŋ^{21}	tsoʔ$^{\underline{44}}$	tu^{33}	fei^{13}	miŋ^{21}	ti^{33}/dzau^{31}
32x2	三	面	作	刀	修	囉	哩
	faŋ^{33}	miŋ^{21}	tsoʔ$^{\underline{44}}$	tu^{33}	fjəu^{33}	la^{31}	lei^{33}
	不	過	共	腸	氣	應	消
	jaŋ^{21}	tɕwi^{13}	tɕwəŋ^{21}	twaŋ^{31}	tɕʰi^{13}	ʔʒ̟əŋ^{13}	fwi^{33}
32x3	琵		琶		龍		頭
	pi^{31}		pa^{31}		lwʌŋ^{31}		tau^{31}
	琵	琶	彈	背	不	彈	頭/腦
	pi^{31}	pa^{31}	taŋ^{31}	pwi^{13}	jaŋ^{21}	taŋ^{31}	tau^{31}/ hjwəŋ^{33}
32x4	彈	頭	得	娘	心	暗	意/泣
	taŋ^{31}	tau^{31}	tuʔ$^{\underline{44}}$	ɳ̥waŋ^{31}	fjəŋ^{33}	ʔɔŋ^{13}	ʔʒ̟i^{13}/laʔ$^{\underline{44}}$
	彈	背	得	娘	心	裡	愁/容
	taŋ^{31}	pwi^{13}	tuʔ$^{\underline{44}}$	ɳ̥waŋ^{31}	fjəŋ^{33}	lei^{33}	dzau^{31}/ jwəŋ^{31}
32x5	三	百	貫	錢	買	琶	笛
	faŋ^{31}	pᴇʔ$^{\underline{44}}$	kʊŋ^{13}	tsiŋ^{31}	mai^{33}	pa^{31}	ti^{21}
	又	添	四	百	古	人	吹/連
	jəu^{21}	tʰiŋ^{33}	fei^{13}	pᴇʔ$^{\underline{44}}$	kəu$^{\underline{45}}$	ɳ̥(ĭ)əŋ^{31}	tsʰwi^{33}/liŋ^{31}
32x6	吹	笛	丁	家	會	吹	笛
	tsʰwi^{33}	ti^{31}	tiŋ^{31}	tɕa^{33}	hwi^{13}	tsʰwi^{33}	ti^{21}
	吹	下	劉	山	劉	嶺	歸/邊

tsʰwi^{33} dʑi^{21} ljəu^{31} sjəŋ^{33} ljəu^{31} liŋ^{33} kwei^{33}/piŋ^{33}

32x7 拍 板 原 來 五 郎 造

bɛʔ$^{\underline{34}}$ pəŋ$^{\underline{45}}$ ŋ̥wəŋ^{31} tai^{31} ŋ̍^{33} lɔŋ^{31} tsʰu^{13}

人 着 爐 中 偷 過 追/連

ŋ̥(ĭ)əŋ^{31} tuʔ$^{\underline{44}}$ ləu^{31} twʌŋ^{33} tʰau^{31} tɕwi^{13} dzwei^{31}/liŋ^{31}

32x8 拍 板 原 來 四 行 拍

bɛʔ$^{\underline{34}}$ pəŋ$^{\underline{45}}$ ŋ̥wəŋ^{31} tai^{31} fei^{13} heŋ^{31} bɛʔ$^{\underline{34}}$

四 行 拍 了 不 收/還 歸/錢

fei^{13} heŋ^{31} bɛʔ$^{\underline{34}}$ li^{33} jaŋ^{21} sjəu^{33}/wiŋ^{31} kwei^{33}/tsiŋ^{31}

32x9 出 世 魯 班 多 計 較

tsʰwʌʔ$^{\underline{44}}$ sei^{13} lu^{31} paŋ^{33} tɔ^{33} tɕi^{13} tɕʰ(ĭ)au$^{\underline{45}}$

魯/劉 班/三 計 較 更 聰 明 嘍/囉

lu^{31}/ljəu^{31} paŋ^{33}/faŋ^{31} tɕi^{13} tɕʰ(ĭ)au$^{\underline{45}}$ tɕeŋ^{33} tsʰwʌŋ^{31} meŋ^{31} lwei^{31}/lɔ^{31}

32y1 大 州 出 得 花 巧 匠

tʌŋ^{31} tsjəu^{33} tsʰwʌʔ$^{\underline{44}}$ tuʔ$^{\underline{44}}$ kʰwa^{33} tɕʰ(ĭ)au$^{\underline{45}}$ tswaŋ^{21}

盤 王 牒 木 做 音 聲/沙

pjəŋ^{31} hʊŋ^{31} ti^{21} mu^{21} tsəu^{13} jəŋ^{33} siŋ^{33}/sa^{33}

32y2 嘍 囉 好

lwei^{31} lɔ^{21} tɕwei$^{\underline{45}}$

嘍 囉 出 入 好 防 身/單

lwei^{31} lɔ^{21} tsʰwʌʔ$^{\underline{44}}$ pi^{21} kʰu$^{\underline{45}}$ pʊŋ^{31} sjəŋ^{33}/taŋ^{33}

32y3 嘍 囉 出 門 不 使 性

lwei^{31} lɔ^{21} tsʰwʌʔ$^{\underline{44}}$ mwʌŋ^{31} jaŋ^{21} sai$^{\underline{45}}$ siŋ^{13}

踏 上 州 門 成/是 貴/不 人/難

daʔ$^{\underline{34}}$ tswaŋ^{21} tsjəu^{33} mwʌŋ^{31} tsjaŋ^{31}/tsei^{33} kwei^{13}/jaŋ^{21} ŋ̥(ĭ)əŋ^{31}/naŋ^{31}

32y4 嘍 囉 不 使 大

lwei^{31} lɔ^{21} jaŋ^{21} sai$^{\underline{45}}$ tai^{21}

郎 是 眞 眞 不 使 多/金

lɔŋ^{31} tsei^{33} tsjəŋ^{33} tsjəŋ^{33} jaŋ^{21} sai$^{\underline{45}}$ tɔ^{33}/

							tɕ(ĭ)əŋ^{33}
32y5	石	頭	在	大	不	等	水
	tsi^{21}	tau^{31}	tswai^{13}	tai^{21}	jaŋ^{21}	taŋ$^{\underline{45}}$	swi$^{\underline{45}}$
	田	螺	細	小	等	江	河/心
	tiŋ^{31}	lɔ^{31}	fai^{13}	fwi$^{\underline{45}}$	taŋ$^{\underline{45}}$	kɔŋ^{31}	hɔ^{31}/fjəŋ^{33}
32y6	嘍		囉	不		使	大
	lwei^{31}		lɔ^{21}	jaŋ^{21}		sai$^{\underline{45}}$	tai^{21}
	郎	是	眞	眞	不	使	看/雙
	lɔŋ^{31}	tsei^{33}	tsjəŋ^{33}	tsjəŋ^{33}	jaŋ^{21}	sai$^{\underline{45}}$	kʰaŋ^{13}/sɔŋ^{33}
32y7	石	頭	枉	大	不	等	水
	tsi^{21}	tau^{31}	waŋ$^{\underline{45}}$	tai^{21}	jaŋ^{21}	taŋ$^{\underline{45}}$	swi$^{\underline{45}}$
	田	螺	細	小	等	江	灘/河
	tiŋ^{31}	lɔ^{31}	fai^{13}	fwi$^{\underline{45}}$	taŋ$^{\underline{45}}$	kɔŋ^{33}	tʰaŋ^{33}/hɔ^{31}
32y8	魯/劉	班/三	置	得	千	歌	曲
	lu^{31}/ljəu^{31}	paŋ^{33}/faŋ^{33}	tei^{13}	tuʔ$^{\underline{44}}$	tsʰiŋ^{33}	ka^{33}	tɕʰuʔ$^{\underline{44}}$
	便	把	凡	人	孝/傳	子/傳	孫/世間
	piŋ^{21}	paʔ$^{\underline{44}}$	paŋ^{31}	ȵ(ĭ)əŋ^{31}	dʑa^{13}/ tsʊŋ^{31}	tsei$^{\underline{45}}$/ tsʊŋ^{31}	fʊŋ^{33}/sei^{13} tɕ(ĭ)əŋ^{33}
32y9	便	是	嘍	囉	接	得	唱
	piŋ^{21}	tsei^{33}	lwei^{31}	lɔ^{21}	tsiʔ$^{\underline{44}}$	tuʔ$^{\underline{44}}$	tsʰwaŋ^{13}
	不	是	嘍	囉	村/等	對/做	村/閑
	jaŋ^{21}	tsei^{33}	lwei^{31}	lɔ^{21}	tsʰʊŋ^{33}/ taŋ$^{\underline{45}}$	twai^{13}/ tsəu^{13}	tsʰʊŋ^{33}/ heŋ^{31}

第33丁

33x1	劉	三	置	得	三	江	口
	ljəu^{31}	faŋ^{33}	tei^{13}	tuʔ$^{\underline{44}}$	faŋ^{31}	kɔŋ^{33}	kʰu$^{\underline{45}}$
	凡	人	習	得	在	心	頭/邊
	paŋ^{31}	ȵ(ĭ)əŋ^{31}	hu^{21}	tuʔ$^{\underline{44}}$	tswai^{13}	fjəŋ^{33}	tau^{31}/piŋ^{33}
33x2	便	是	嘍	囉	接	得	唱
	piŋ^{21}	tsei^{33}	lwei^{31}	lɔ^{21}	tsiʔ$^{\underline{44}}$	tuʔ$^{\underline{44}}$	tsʰwaŋ^{13}
	將	來	僚	起	回	行	愁/連
	tsjaŋ^{31}	tai^{31}	liŋ^{21}	tɕʰi$^{\underline{45}}$	wi^{31}	heŋ^{31}	dzau^{31}/liŋ^{31}
33y1	三	段	滿	曲			

	—	—	—	—			
33y2	深	更	夜	浪	客	來	到
	sjəŋ^{31}	tɕeŋ^{33}	ji^{13}	laŋ^{13}	tɕʰᴇʔ$^{\underline{44}}$	tai^{31}	tʰau^{13}
	來	到	主	人	門	下	奇
	tai^{31}	tʰau^{13}	tsjəu$^{\underline{45}}$	ŋ̥(ĭ)əŋ^{31}	mwʌŋ^{31}	dʑi^{21}	ka^{33}
33y3	主	人	抄	手	下	街	迎
	tsjəu$^{\underline{45}}$	ŋ̥(ĭ)əŋ^{31}	tsʰau^{31}	sjəu$^{\underline{45}}$	dʑi^{21}	tɕai^{33}	ŋ̥iŋ^{31}
	得	得	客	人	遠	路	來
	tuʔ$^{\underline{44}}$	tɕiŋ^{13}	tɕʰᴇʔ$^{\underline{44}}$	ŋ̥(ĭ)əŋ^{31}	wiŋ^{31}	ləu^{21}	tai^{31}
33y4	空	身	座	落	龍	貴	櫈
	kʰʊŋ^{31}	sjəŋ^{33}	tsɔ^{13}	lɔ^{21}	lwʌŋ^{31}	kwei^{13}	taŋ^{13}
	空	口	飲	娘	龍	貴	漿
	kʰʊŋ^{31}	kʰəu$^{\underline{45}}$	jəŋ$^{\underline{45}}$	ŋ̥waŋ^{31}	lwʌŋ^{31}	kwei^{13}	tswaŋ^{33}
33y5	歸	去	聲	傳	富	貴	鄉
	kwei^{33}	tɕʰ(ĭ)əu^{13}	siŋ^{33}	tsʊŋ^{31}	puʔ$^{\underline{44}}$	kwei^{13}	hjwaŋ^{33}
	深	更	夜	浪	客	來	到
	sjəŋ^{33}	tɕeŋ^{33}	ji^{13}	laŋ^{13}	tɕʰᴇʔ$^{\underline{44}}$	tai^{31}	tʰau^{13}
33y6	抄	櫈	下	台	客	人	馬
	tsʰau^{31}	taŋ^{13}	dʑi^{21}	twai^{31}	tɕʰᴇʔ$^{\underline{44}}$	ŋ̥(ĭ)əŋ^{31}	ma^{33}
	客	人	下	馬	遠	雷	聲
	tɕʰᴇʔ$^{\underline{44}}$	ŋ̥(ĭ)əŋ^{31}	dʑi^{21}	ma^{33}	wiŋ^{31}	lwi^{31}	siŋ^{33}
33y7	四	邊	人	看	雷	發	聲
	fei^{13}	piŋ^{33}	ŋ̥(ĭ)əŋ^{31}	kʰaŋ^{13}	lwi^{31}	faʔ$^{\underline{44}}$	siŋ^{33}
	今	朝	來	時	又	逢	雨
	tɕ(ĭ)əŋ^{33}	tsi^{31}	tai^{31}	tsei^{33}	jəu^{21}	pwʌŋ^{31}	bjʊŋ^{21}
33y8	立	起	馬	頭	高	五	丈
	ljə^{21}	tɕʰi$^{\underline{45}}$	ma^{33}	tau^{31}	ku^{33}	maŋ^{21}	tsʊŋ^{33}
	滿	身	裝	果	是	龍	鱗[38)]
	mjəŋ^{33}	sjəŋ^{33}	tsɔŋ^{33}	koʔ$^{\underline{44}}$	tsei^{33}	lwʌŋ^{31}	liŋ^{31}
33y9	貴	客	出	來	愁	殺	人
	kwei^{13}	tɕʰᴇʔ$^{\underline{44}}$	tsʰwʌʔ$^{\underline{44}}$	tai^{31}	dzau^{31}	səʔ$^{\underline{44}}$	ŋ̥(ĭ)əŋ^{31}
	楓	木	好	合	雙	船	板
	pwʌŋ^{31}	mu^{21}	kʰu$^{\underline{45}}$	kaʔ$^{\underline{44}}$	sɔŋ^{33}	tsʊŋ^{31}	pəŋ$^{\underline{45}}$

第34丁

34x1	合	得	船	成	送	官	去
	kaʔ$^{\underline{44}}$	tuʔ$^{\underline{44}}$	tsʊŋ^{31}	tsjaŋ^{31}	fʊŋ^{13}	tɕwəŋ^{33}	tɕʰ(ĭ)əu^{13}
	送	官	歸	去	到	連	州
	fʊŋ^{13}	tɕwəŋ^{33}	kwei^{33}	tɕʰ(ĭ)əu^{13}	tʰau^{13}	liŋ^{31}	tsjəu^{33}
34x2	手	把	金	牌	雙	淚	流
	sjəu$^{\underline{45}}$	paʔ$^{\underline{44}}$	tɕ(ĭ)əŋ^{33}	pai^{31}	sɔŋ^{33}	lwei^{21}	ljəu^{33}
	來	時	不	使	郎	相	逢
	tai^{31}	tsei^{33}	jaŋ^{21}	sai$^{\underline{45}}$	lɔŋ^{31}	faŋ^{31}	pwʌŋ^{31}
34x3	去	時	不	使	白	粉	粧
	tɕʰ(ĭ)əu^{13}	tsei^{33}	jaŋ^{21}	sai$^{\underline{45}}$	pɛ^{21}	bwʌŋ$^{\underline{24}}$	tsɔŋ^{33}
	艮	使	艮	筯	十	三	雙
	ȵwaŋ^{31}	sai$^{\underline{45}}$	ȵwaŋ^{31}	tsəu^{21}	tsjə^{21}	faŋ^{33}	sɔŋ^{33}
34x4	羅	里	排	行	送	上	江
	la^{31}	lei^{33}	bai^{31}	hɔŋ^{31}	fʊŋ^{13}	tswaŋ^{21}	kɔŋ^{33}
	黃	銅	好	合	官	腰	帶
	jwaŋ^{31}	tʌŋ^{31}	kʰu$^{\underline{45}}$	kaʔ$^{\underline{44}}$	tɕwəŋ^{33}	jau^{33}	tai^{13}
34x5	僚	起	官	身	連	官	爱
	liŋ^{21}	tɕʰi$^{\underline{45}}$	tɕwəŋ^{33}	sjəŋ^{33}	liŋ^{31}	tɕwəŋ^{33}	wai^{13}
	黃	銅	身	子	兩	頭	垂
	jwaŋ^{31}	tʌŋ^{31}	sjəŋ^{33}	tsai$^{\underline{45}}$	ljaŋ^{21}	tau^{31}	dzwei^{31}
34x6	正	是	官	人	飲	酒	歸
	tsiŋ^{13}	tsei^{33}	tɕwəŋ^{33}	ȵ(ĭ)əŋ^{31}	jəŋ$^{\underline{45}}$	tsjəu$^{\underline{45}}$	kwei^{33}
	官	人	飲	酒	中	廳	裡
	tɕwəŋ^{33}	ȵ(ĭ)əŋ^{31}	jəŋ$^{\underline{45}}$	tsjəu$^{\underline{45}}$	tʌŋ^{31}	tʰiŋ^{33}	lei^{33}
34x7	四	邊	官	子	立	衙	奇
	fei^{13}	piŋ^{33}	tɕwəŋ^{33}	tsei$^{\underline{45}}$	ljə^{21}	tɕai^{33}	tɕi^{31}
	庭	前	白	馬	踏	啼	聲
	tiŋ^{31}	tsiŋ^{31}	pɛ^{21}	ma^{33}	daʔ$^{\underline{34}}$	dai^{31}	siŋ^{33}
34x8	囉	里	排	行	送	上	京
	la^{31}	lei^{33}	bai^{31}	hɔŋ^{31}	fʊŋ^{13}	tswaŋ^{21}	tɕiŋ^{33}
	庭	前	種	莵	青	坭	竹
	tiŋ^{31}	tsiŋ^{31}	tswʌŋ^{13}	tsʊŋ^{31}	tsʰiŋ^{33}	nai^{31}	tuʔ$^{\underline{44}}$

34x9	朝	朝	擔	糞	去	翁	根
	tsi^{31}	tsi^{31}	daŋ^{33}	pwʌŋ^{13}	tɕʰ(ĭ)əu^{13}	ʔʌŋ^{33}	kwaŋ^{33}
	擔	糞	翁	根	望	笋	長
	daŋ^{31}	pwʌŋ^{13}	ʔʌŋ^{33}	kwaŋ^{33}	maŋ^{21}	səŋ$^{\underline{45}}$	twaŋ^{31}
34y1	正	春	二	月	去	殺	笋
	tsiŋ^{13}	tsʰʊŋ^{33}	ŋ̥ei^{21}	ŋ̥u^{21}	tɕʰ(ĭ)əu^{13}	səʔ$^{\underline{44}}$	səŋ$^{\underline{45}}$
	銅	刀	落	地	細	演	演
	tʌŋ^{31}	tu^{33}	lɔ^{21}	tei^{21}	fai^{13}	jəŋ^{33}	jəŋ^{33}
34y2	有	醋	無	鹽	淡	●	人
	mai^{31}	tsʰəu^{13}	məu^{31}	jəŋ^{31}	tɔŋ^{13}	●	ŋ̥(ĭ)əŋ^{31}
	日	頭	出	早	東	廳	照
	ŋ̥u^{21}	tau^{31}	tsʰwʌʔ$^{\underline{44}}$	dzjəu$^{\underline{24}}$	tʌŋ^{33}	tʰiŋ^{33}	tsi^{13}
34y3	照	見	客	人	遠	路	來
	tsi^{13}	tɕiŋ^{13}	tɕʰᴇʔ$^{\underline{44}}$	ŋ̥(ĭ)əŋ^{31}	wiŋ^{31}	ləu^{21}	tai^{31}
	客	人	頭	帶	廣	南	鎗
	tɕʰᴇʔ$^{\underline{44}}$	ŋ̥(ĭ)əŋ^{31}	tau^{31}	tai^{13}	tɕwaŋ$^{\underline{45}}$	naŋ^{31}	tsʰɔŋ^{33}
34y4	脚	踏	皮	鞋	上	娘	床
	tɕu$^{\underline{45}}$	daʔ$^{\underline{34}}$	pei^{31}	hɛ^{21}	tswaŋ^{21}	ŋ̥waŋ^{31}	tsɔŋ^{31}
	淚	落	娘	村	成	遠	家
	lwei^{21}	lɔ^{21}	ŋ̥waŋ^{31}	tsʰʊŋ^{33}	tsjaŋ^{31}	wiŋ^{33}	tɕa^{33}
34y5	手	把	銀	瓶	斟	老	酒
	sjəu$^{\underline{45}}$	paʔ$^{\underline{44}}$	ŋ̥waŋ^{31}	pɛŋ^{31}	kʰwiŋ^{13}	lu^{33}	tsjəu$^{\underline{45}}$
	千	聲	萬	勸	勸	客	飲
	tsʰiŋ^{33}	siŋ^{33}	maŋ^{21}	kʰʊŋ^{13}	kʰʊŋ^{13}	tɕʰᴇʔ$^{\underline{44}}$	jəŋ$^{\underline{45}}$
34y6	多	謝	主	人	龍	貴	漿
	tɔ^{33}	tsi^{21}	tsjəu$^{\underline{45}}$	ŋ̥(ĭ)əŋ^{31}	lwʌŋ^{31}	kwei^{13}	tswaŋ^{33}
	郎	在	湖	南	達	船	上
	lɔŋ^{31}	tswai^{13}	ʔɔ^{31}	naŋ^{31}	daʔ$^{\underline{34}}$	tsʊŋ^{31}	tswaŋ^{21}
34y7	船	頭	船	尾	浪	修	修
	tsʊŋ^{31}	tau^{31}	tsʊŋ^{31}	mwei^{33}	lwaŋ^{21}	hjəu^{33}	hjəu^{33}
	撑	上	湖	南	水	急	交
	dzɛŋ^{33}	tswaŋ^{21}	ʔɔ^{31}	naŋ^{31}	swi$^{\underline{45}}$	tɕi^{31}	tɕi^{33}
34y8	船	頭	點	燈	光	流	亮

	tsʊŋ^{31}	tau^{31}	tjəŋ$^{\underline{45}}$	taŋ^{33}	dʑwaŋ^{33}	ljəu^{31}	lwaŋ^{21}
	照	見	遠	鄉	好	船	上
	tsi^{13}	tɕiŋ^{13}	wiŋ^{31}	hjwaŋ^{33}	kʰu$^{\underline{45}}$	tsʊŋ^{31}	tswaŋ^{21}
34y9	遠	鄉	船	上	是	龍	鱗
	wiŋ^{33}	hjwaŋ^{33}	tsʊŋ^{31}	tswaŋ^{21}	tsei^{33}	lwʌŋ^{31}	tɕei^{21}
	貴	客	出	來	愁	殺	人
	kwei^{13}	tɕʰɛʔ$^{\underline{44}}$	tsʰwʌʔ$^{\underline{44}}$	tai^{31}	dzau^{31}	səʔ$^{\underline{44}}$	ɳ(ĭ)əŋ^{31}

第35丁

35x1	郎	在	湖	南	身	為	賊
	lɔŋ^{31}	tswai^{13}	ʔɔ^{31}	naŋ^{31}	sjəŋ^{33}	wei^{31}	tsəŋ^{21}
	離	別	娘	家	賊	●	●
	lei^{31}	pi$^{\underline{45}}$	ɳwaŋ^{31}	tɕa^{33}	tsəŋ^{21}	●	●
35x2	床	頭	貼	起	火	烸	鹿
	tsɔŋ^{31}	tau^{31}	tʰiʔ$^{\underline{44}}$	tɕʰi$^{\underline{45}}$	tɕʰwi$^{\underline{45}}$	mwi^{31}	lu^{21}
	辭	別	爺	娘	出	世	人
	tsi^{31}	pɛʔ^{44}	ji^{31}	ɳwaŋ^{31}	tsʰwʌʔ^{44}	sei^{13}	ɳ(ĭ)əŋ^{31}
35x3	郎	隨	十	五	是	年	少
	lɔŋ^{31}	dzwei^{31}	tsjə^{21}	ŋ̍^{33}	tsei^{33}	niŋ^{33}	sjəu^{13}
	老	了	着	人	欺	着	人
	lu^{33}	li^{33}	tuʔ$^{\underline{44}}$	ɳ(ĭ)əŋ^{31}	tɕʰi^{33}	tuʔ$^{\underline{44}}$	ɳ(ĭ)əŋ^{31}
35x4	言	語	報	誰	知	●	●
	ɳiŋ^{31}	ɳ(ĭ)əu^{33}	bu^{13}	dzwʌŋ$^{\underline{24}}$	pei^{33}	●	●
	淚	落	腦	前	心	裡	思
	lwei^{21}	lɔ^{21}	hjwəŋ^{33}	tsiŋ^{31}	fjəŋ^{33}	lei^{33}	fei^{33}
35x5	郎	在	湖	南	身	為	賊
	lɔŋ^{31}	tswai^{13}	ʔɔ^{31}	naŋ^{31}	sjəŋ^{33}	wei^{31}	tsəŋ^{21}
	辭	別	娘	家	賊	●	●
	tsi^{31}	pɛʔ$^{\underline{44}}$	ɳwaŋ^{31}	tɕa^{33}	tsəŋ^{21}	●	●
35x6	人	來	客	去	但	煎	茶
	ɳ(ĭ)əŋ^{31}	tai^{31}	tɕʰɛʔ$^{\underline{44}}$	tɕʰ(ĭ)əu^{13}	tɔŋ^{13}	tsi^{31}	tsa^{31}
	莫	説	娘	今	不	在	家
	ji^{13}	su$^{\underline{45}}$	ɳwaŋ^{31}	tɕ(ĭ)əŋ^{33}	jaŋ^{21}	tswai^{13}	tɕa^{33}
35x7	郎	隨	十	五	是	年	少

	lɔŋ^{31}	dzwei^{31}	tsjə^{21}	ŋ̍^{33}	tsei^{33}	niŋ^{33}	sjəu^{13}
	朝	朝	抄	手	立	腦	前
	tsi^{31}	tsi^{31}	tsʰau^{31}	sjəu$^{\underline{45}}$	ljə^{21}	hjwəŋ^{33}	tsiŋ^{31}
35x8	當[39)]	怕	人	多	立	不	完
	tɔŋ^{31}	dzi^{13}	ȵ(ĭ)əŋ^{31}	tɔ^{33}	ljə^{21}	jaŋ^{21}	jʊŋ^{31}
	高	台	望	見	飄	颻	●
	ku^{33}	twai^{31}	maŋ^{21}	tɕiŋ^{13}	bi^{33}	ji^{31}	●
35x9	望	見	高	樓	人	閃	開
	maŋ^{21}	tɕiŋ^{13}	ku^{33}	lau^{31}	mwʌŋ^{31}	siŋ^{13}	gwai^{33}
	門	開	得	見	衆	官	人
	mwʌŋ^{31}	gwai^{33}	tuʔ$^{\underline{44}}$	tɕiŋ^{13}	tswʌŋ^{13}	tɕwəŋ^{33}	ȵ(ĭ)əŋ^{31}
35y1	人	貌	寛	寛	好	做	官
	ȵ(ĭ)əŋ^{31}	miŋ^{21}	dʑwaŋ^{33}	dʑwaŋ^{31}	kʰu$^{\underline{45}}$	tsəu^{13}	tɕwəŋ^{33}
	大	官	愛	縛	大	衫	緞
	tai^{21}	tɕwəŋ^{33}	wai^{13}	dzəŋ^{21}	tai^{21}	sa^{33}	tʊŋ^{13}
35y2	小	官	愛	縛	細	綫	縚
	fwi$^{\underline{45}}$	tɕwəŋ^{33}	wai^{13}	dzəŋ^{21}	fai^{13}	fiŋ^{13}	tʰu^{33}
	金	縚	羅	帶	尾	托	垂
	tɕ(ĭ)əŋ^{33}	tʰu^{33}	la^{31}	tai^{13}	mwei^{33}	tʰwei^{31}	swei^{33}
35y3	正	是	官	人	飲	酒	為
	tsiŋ^{13}	tsei^{33}	tɕwəŋ^{33}	ȵ(ĭ)əŋ^{31}	jəŋ$^{\underline{45}}$	tsjəu$^{\underline{45}}$	kwei^{33}
	第	一	鷄	啼	正	半	夜
	tei^{31}	jəʔ$^{\underline{44}}$	tɕai^{33}	dai^{31}	tsiŋ^{13}	pjəŋ^{13}	ji^{13}
35y4	第	二	鷄	啼	縛	五	更
	tei^{31}	ȵei^{21}	tɕai^{33}	dai^{31}	tsʊŋ^{31}	ŋ̍^{33}	tɕeŋ^{33}
	第	三	鷄	啼	天	亮	了
	tei^{31}	faŋ^{33}	tɕai^{33}	dai^{31}	tʰiŋ^{33}	lwaŋ^{21}	li^{33}
35y5	一	雙	陽	鳥	勸	僽	僽
	jəʔ$^{\underline{44}}$	sɔŋ^{33}	jwaŋ^{31}	pi$^{\underline{45}}$	kʰwiŋ^{13}	dzjəu^{31}	dzjəu^{31}
	思	着	爺	娘	在	遠	州
	fei^{31}	tsu^{21}	ji^{31}	ȵwaŋ^{31}	tswai^{13}	wiŋ^{31}	tsjəu^{33}
35y6	當	初	廳	前	看	雲	霧
	tɔŋ^{31}	tsʰwai^{33}	tʰiŋ^{33}	tsiŋ^{31}	kʰaŋ^{13}	jʊŋ^{31}	məu^{21}

	雲	霧	浸	地	下	湖	南
	jʊŋ^{31}	məu^{21}	tsiŋ^{13}	tei^{21}	dʑi^{21}	ʔɔ^{31}	naŋ^{31}
35y7	微	風	細	雨	落	●	烸
	mwi^{31}	pwʌŋ^{33}	fai^{13}	bjʊŋ^{21}	ɔ^{21}	●	mwi^{31}
	立	起	馬	頭	郎	去	歸
	ljə^{21}	tɕʰi$^{\underline{45}}$	ma^{33}	tau^{31}	lɔŋ^{31}	tɕʰ(ĭ)əu^{13}	kwei^{33}
35y8	客	人	會	飲	長	流	酒
	tɕʰɛʔ$^{\underline{44}}$	ȵ(ĭ)əŋ^{31}	hwi^{13}	jəŋ$^{\underline{45}}$	twaŋ^{31}	ljəu^{33}	tsjəu$^{\underline{45}}$
	郎	今	飲	盞	是	茶	芽
	lɔŋ^{31}	tɕ(ĭ)əŋ^{33}	jəŋ$^{\underline{45}}$	tsaŋ$^{\underline{45}}$	tsei^{33}	tsa^{31}	ȵa^{31}
35y9	前	飲	龍	漿	後	飲	茶
	tsiŋ^{31}	jəŋ$^{\underline{45}}$	lwʌŋ^{31}	tswaŋ^{33}	hu^{33}	jəŋ$^{\underline{45}}$	tsa^{31}
	來	時	山	高	路	又	遠
	tai^{31}	tsei^{33}	sjəŋ^{33}	ku^{33}	ləu^{21}	jəu^{21}	wiŋ^{33}

第36丁

36x1	手	拈	茶	盞	淚	拋	沙
	sjəu$^{\underline{45}}$	tʰiʔ$^{\underline{44}}$	tsa^{31}	tsaŋ$^{\underline{45}}$	lwei^{21}	bei^{33}	sa^{33}
	多	謝	主	人	上	馬	茶
	tɔ^{33}	tsi^{21}	tsjəu$^{\underline{45}}$	ȵ(ĭ)əŋ^{31}	tswaŋ^{21}	ma^{33}	tsa^{31}
36x2	官	人	愛	飲	杜	康	酒
	tɕwəŋ^{33}	ȵ(ĭ)əŋ^{31}	wai^{13}	jəŋ$^{\underline{45}}$	təu^{21}	kʰɔŋ^{33}	tsjəu$^{\underline{45}}$
	郎	今	飲	盞	醉	微	微
	lɔŋ^{31}	tɕ(ĭ)əŋ^{33}	jəŋ$^{\underline{45}}$	tsaŋ$^{\underline{45}}$	tswei^{21}	mwi^{31}	mwi^{31}
36x3	坐	落	欖	頭	欖	尾	完
	tsɔ^{13}	lɔ^{21}	taŋ^{13}	tau^{31}	taŋ^{13}	mwei^{33}	jʊŋ^{31}
	手	拿	笛	子	引	娘	吹
	sjəu$^{\underline{45}}$	ȵʊŋ^{33}	ti^{21}	tsei$^{\underline{45}}$	jəŋ^{33}	ȵwaŋ^{31}	tsʰwi^{33}
36x4	吹	下	列	山	列	嶺	歸
	tsʰwi^{33}	dʑi^{21}	ljə^{21}	sjəŋ^{33}	ljə^{21}	liŋ^{33}	kwei^{33}
	寅	卯	二	年	賊	反	亂
	jəŋ^{31}	ma^{33}	ȵei^{21}	niŋ^{33}	tsa^{21}	faŋ$^{\underline{45}}$	lʊŋ^{21}
36x5	百	姓	也	憂	官	也	憂
	pɛʔ$^{\underline{44}}$	fiŋ^{13}	ja^{21}	jəu^{33}	tɕwəŋ^{33}	ja^{21}	jəu^{33}

	官	憂	州	府	不	太	平
	tɕwəŋ^{33}	jəu^{33}	tsjəu^{33}	fəu$^{\underline{45}}$	jaŋ^{21}	t^{h}ai^{13}	peŋ^{31}
36x6	一	夜	抛	刀	馬	上	行
	jəʔ$^{\underline{44}}$	ji^{13}	bei^{33}	tu^{33}	ma^{33}	tswaŋ^{21}	heŋ^{31}
	衫	被	伏	米	去	打	寨
	sa^{33}	pwi^{13}	pu^{21}	mai^{33}	tɕ^{h}(ĭ)əu^{13}	ta$^{\underline{45}}$	tsai^{21}
36x7	寨	前	寨	后	細	思	量
	tsai^{21}	tsiŋ^{31}	tsai^{21}	hu^{33}	fai^{13}	fei^{33}	lwaŋ^{31}
	不	得	太	平	歸	本	鄉
	jaŋ^{21}	tuʔ$^{\underline{44}}$	t^{h}ai^{13}	peŋ^{31}	kwei^{33}	pwʌŋ$^{\underline{45}}$	hjwaŋ^{33}
36x8	白	鴣	年	生	一	對	卵
	pɛ^{31}	kəu^{33}	niŋ^{33}	sɛŋ^{33}	jəʔ$^{\underline{44}}$	twai^{13}	nʊŋ^{21}
	娘	姐	生	郎	獨	一	人
	ȵwaŋ^{31}	tsi$^{\underline{45}}$	sɛŋ^{33}	lɔŋ^{31}	du^{21}	jəʔ$^{\underline{44}}$	ȵ(ĭ)əŋ^{31}
36x9	一	人	偷	嫁	落	人	鄉
	jəʔ$^{\underline{44}}$	ȵ(ĭ)əŋ^{31}	t^{h}au^{31}	tɕa^{13}	lɔ^{21}	ȵ(ĭ)əŋ^{31}	hjwaŋ^{33}
	磨	利	沙	刀	烈	斷	腸
	mɔ^{21}	lai^{21}	sa^{33}	tu^{33}	hjəʔ$^{\underline{34}}$	tʊŋ^{13}	twaŋ^{31}
36y1	不	信	但	看	正	二	月
	jaŋ^{21}	sjəŋ^{13}	taŋ^{21}	k^{h}aŋ^{13}	tsiŋ^{13}	ȵei^{21}	ȵu^{21}
	一	雙	陽	鳥	勸	僽	僽
	jəʔ$^{\underline{44}}$	sɔŋ^{33}	jwaŋ^{31}	pi$^{\underline{45}}$	k^{h}wiŋ^{13}	dzjəu^{31}	dzjəu^{31}
36y2	思	着	爺	姐	在	遠	鄉
	fei^{33}	tsu^{21}	ji^{31}	tsi$^{\underline{45}}$	tswai^{13}	wiŋ^{31}	hjwaŋ^{33}
	船	過	埠	頭	不	使	槳
	tsʊŋ^{31}	tɕwi^{13}	pəu^{21}	tau^{31}	jaŋ^{21}	sai$^{\underline{45}}$	tswaŋ^{33}
36y3	馬	過	門	前	不	使	鞍
	ma^{33}	tɕwi^{13}	mwʌŋ^{31}	tsiŋ^{31}	jaŋ^{21}	sai$^{\underline{45}}$	waŋ^{33}
	一	心	作	笑	二	心	思
	jəʔ$^{\underline{44}}$	fjəŋ^{33}	tsɔ$^{\underline{45}}$	fwi^{13}	ȵei^{21}	fjəŋ^{33}	fei^{33}
36y4	思	着	當	初	少	年	時
	fei^{33}	tsu^{21}	tɔŋ^{31}	ts^{h}wai^{33}	sjəu^{13}	niŋ^{33}	tsei^{31}
	出	少	不	曾	離	父	母

	tsʰwʌʔ$^{\underline{44}}$	sjəu^{13}	jaŋ^{21}	tɕeŋ^{33}	lei^{31}	pu^{21}	məu^{33}
36y5	世	今	離	了	幾	多	年
	sei^{13}	tɕ(ĭ)əŋ^{33}	lei^{31}	li^{33}	tsi^{13}	tɔ^{33}	niŋ^{33}
	好	做	風	流	把	你	看
	kʰu$^{\underline{45}}$	tsəu^{13}	pwʌŋ^{33}	ljəu^{31}	pa$^{\underline{45}}$	nwai^{21}	kʰaŋ^{13}
36y6	天	子	知	得	天	下	事
	tʰiŋ^{33}	tsei$^{\underline{45}}$	pei^{33}	tuʔ$^{\underline{44}}$	tʰiŋ^{33}	di$^{\underline{24}}$	dzai^{21}
	老	人	知	得	古	來	因/情
	lu^{33}	ȵ(ĭ)əŋ^{31}	pei^{33}	tuʔ$^{\underline{44}}$	kəu$^{\underline{45}}$	tai^{31}	jəŋ^{33}/tsiŋ^{31}
36y7	寒	養	偷	起	寒	風	佩
	haŋ^{21}	jʊŋ^{33}	tʰau^{31}	tɕʰi$^{\underline{45}}$	haŋ^{21}	pwʌŋ^{33}	bi^{31}
	玉	女	得	聞	偷	嘆	聲
	ŋ̥u^{21}	ȵ(ĭ)əu^{33}	tuʔ$^{\underline{44}}$	mwʌŋ^{21}	tʰau^{31}	haŋ^{21}	siŋ^{33}
36y8	樓	上	伏	門	有	七	孔
	lau^{31}	tswaŋ^{21}	pu^{21}	mwʌŋ^{31}	mai^{31}	tsʰjəʔ$^{\underline{44}}$	kʰʌŋ$^{\underline{45}}$
	伏	了	依	還	聖	女	聞/聽
	pu^{31}	li^{33}	ʔʒ̩i^{33}	wiŋ^{31}	siŋ^{13}	ȵ(ĭ)əu^{33}	mwʌŋ^{21}/ tʰiŋ^{33}
36y9	鎖	匙	又	定	鎖	匙	執
	fɔ$^{\underline{45}}$	tsei^{31}	jəu^{21}	tiŋ^{21}	fɔ$^{\underline{45}}$	tsei^{31}	tsu^{21}
	鎖	匙	拍	得	板	門	聞/聲
	fɔ$^{\underline{45}}$	tsei^{31}	bɛʔ$^{\underline{34}}$	tuʔ$^{\underline{44}}$	pəŋ$^{\underline{45}}$	mwʌŋ^{31}	mwʌŋ^{21}/ siŋ^{33}

第 37 丁

37x1	樓	上	伏	門	有	七	孔
	lau^{31}	tswaŋ^{21}	pu^{21}	mwʌŋ^{31}	mai^{31}	tsʰjəʔ$^{\underline{44}}$	kʰʌŋ$^{\underline{45}}$
	伏	了	依	還	龍	女	聞/聲
	pu^{21}	li^{33}	ʔʒ̩i^{33}	wiŋ^{31}	lwʌŋ^{31}	ȵ(ĭ)əu^{33}	mwʌŋ^{21}/ siŋ^{33}
37x2	女	是	樓	上	大	婆	女
	ȵ(ĭ)əu^{33}	tsei^{33}	lau^{31}	tswaŋ^{21}	tai^{21}	pu^{21}	ȵ(ĭ)əu^{33}
	又	是	五	婆	養	出	身/人
	jəu^{21}	tsei^{33}	ŋ̍^{33}	pu^{21}	jʊŋ^{33}	tsʰwʌʔ$^{\underline{44}}$	sjəŋ^{33}/

ȵ(ĭ)əŋ^{31}

37x3 十 五 年 間 逢 養 大
tsjə^{21} ŋ̍^{33} niŋ^{33} tɕeŋ^{33} pwʌŋ^{31} jʊŋ^{33} tai^{21}
台 巷 排 來 唐 十 人/娘
twai^{31} hɔŋ^{21} bai^{31} tai^{31} tɔŋ^{31} tsjə^{21} ȵ(ĭ)əŋ^{31}/ ȵwaŋ^{31}

37x4 女 是 樓 上 大 婆 女
ȵ(ĭ)əu^{33} tsei^{33} lau^{31} tswaŋ^{21} tai^{21} pu^{21} ȵ(ĭ)əu^{33}
又 是 五 婆 養 出 姑/身
jəu^{21} tsei^{33} ŋ̍^{33} pu^{21} jʊŋ^{33} tsʰwʌʔ$^{\underline{44}}$ kəu^{33}/sjəŋ^{33}

37x5 十 五 年 間 逢 養 大
tsjə^{21} ŋ̍^{33} niŋ^{33} tɕeŋ^{33} pwʌŋ^{31} jʊŋ^{33} tai^{21}
海/留 岸/把 刻/唐 王 來 祝 書 討/親
kʰwai$^{\underline{45}}$/ ljəu^{31} ŋaŋ^{21}/ pa$^{\underline{45}}$ ljəu^{31}/ tɔŋ^{31} hʊŋ^{31} tai^{31} tsu^{21} səu^{33} tʰu$^{\underline{45}}$/ tsʰjəŋ^{33}

37x6 女 是 樓 上 大 婆 女
ȵ(ĭ)əu^{33} tsei^{33} lau^{31} tswaŋ^{21} tai^{21} pu^{21} ȵ(ĭ)əu^{33}
又 是 五 婆 養 出 郎
jəu^{21} tsei^{33} ŋ̍^{33} pu^{21} jʊŋ^{33} tsʰwʌʔ$^{\underline{44}}$ lɔŋ^{31}

37x7 十 五 年 間 逢 養 大
tsjə^{21} ŋ̍^{33} niŋ^{33} tɕeŋ^{33} pwʌŋ^{31} jʊŋ^{33} tai^{21}
留 把 唐 王 來 討 雙
ljəu^{31} paʔ$^{\underline{44}}$ tɔŋ^{31} hʊŋ^{31} tai^{31} tʰu$^{\underline{45}}$ sɔŋ^{33}

37x8 甘 蔗 過 離 十 五 節
kaŋ^{33} dzi^{13} tɕwi^{13} lei^{31} tsjə^{21} ŋ̍^{33} tsiʔ$^{\underline{44}}$
不 知 那 節 是 眞 糖/衣
jaŋ^{21} pei^{33} hai^{13} tsiʔ$^{\underline{44}}$ tsei^{33} tsjəŋ^{33} tɔŋ^{31}/ʔʒ̩i^{33}

37x9 樓 上 點 燈 地 下 暗
lau^{31} tswaŋ^{21} tjəŋ$^{\underline{45}}$ taŋ^{33} tei^{21} di$^{\underline{24}}$ ʔɔŋ^{13}
地 下 點 燈 樓 上 光/陰
tei^{21} di$^{\underline{24}}$ tjəŋ$^{\underline{45}}$ taŋ^{33} lau^{31} tswaŋ^{21} dʑwaŋ^{33}/ jəŋ^{33}

37y1 當 初 得 見 娘 嫌 崽

	tɔŋ^{31}	tsʰwai^{33}	tuʔ$^{\underline{44}}$	tɕiŋ^{13}	ȵwaŋ^{31}	dʑiŋ^{31}	tɕwei$^{\underline{45}}$
	世	今	得	見	崽	嫌	娘/人
	sei^{13}	tɕ(ĭ)əŋ^{33}	tuʔ$^{\underline{44}}$	tɕiŋ^{13}	tɕwei$^{\underline{45}}$	dʑiŋ^{31}	ȵwaŋ^{31}/ ȵ(ĭ)əŋ^{31}
37y2	色			嫁			早
	səʔ$^{\underline{44}}$			tɕa^{13}			dzjəu$^{\underline{24}}$
	也	為	大	哥	色	嫁	多/錢
	ja^{21}	wei^{31}	tai^{21}	kɔ^{33}	səʔ$^{\underline{44}}$	tɕa^{13}	tɔ^{33}/tsiŋ^{31}
37y3	又	色	鯉/錢	魚/文	門	扇	大
	jəu^{21}	səʔ$^{\underline{44}}$	lei^{31}/ tsiŋ^{31}	ȵ(ĭ)əu^{31}/ wʌŋ^{31}	mwʌŋ^{31}	siŋ^{13}	tai^{21}
	又	色	象/衣	牙/裝	龍/七	角/貫	梳/錢
	jəu^{21}	səʔ$^{\underline{44}}$	hjaŋ^{13}/ʔʑ̩i^{33}	ȵa^{31}/ tsɔŋ^{33}	lwʌŋ^{31}/ tsʰjəʔ$^{\underline{44}}$	koʔ$^{\underline{44}}$/ kʊŋ^{13}	sɔ^{33}/tsiŋ^{31}
37y4	色			嫁			早
	səʔ$^{\underline{44}}$			tɕa^{13}			dzjəu$^{\underline{24}}$
	也	為	大	哥	色	嫁	高/長
	ja^{21}	wei^{31}	tai^{21}	kɔ^{33}	səʔ$^{\underline{44}}$	tɕa^{13}	ku^{33}/twaŋ^{31}
37y5	色	娘	鯉	魚	門	扇	大
	səʔ$^{\underline{44}}$	ȵwaŋ^{31}	lei^{33}	ȵ(ĭ)əu^{31}	mwʌŋ^{31}	siŋ^{13}	tai^{21}
	色	嫁	鐵	羊	堋	坎	高/長
	səʔ$^{\underline{44}}$	tɕa^{13}	l̥iʔ$^{\underline{44}}$	jʊŋ^{31}	bwʌŋ^{31}	kʰaŋ^{13}	ku^{33}/twaŋ^{31}
37y6	女	是	樓	上	大	婆	女
	ȵ(ĭ)əu^{33}	tsei^{33}	lau^{31}	tswaŋ^{21}	tai^{21}	pu^{21}	ȵ(ĭ)əu^{33}
	裝	嫁	黃	涼	有	七	千/箱
	tsɔŋ^{33}	tɕa^{13}	jwaŋ^{31}	lwaŋ^{31}	mai^{31}	tsʰjəʔ$^{\underline{44}}$	tsʰiŋ^{33}/faŋ^{33}
37y7	三	箱	隨	娘	去	出	嫁
	faŋ^{31}	faŋ^{33}	dzwei^{31}	ȵwaŋ^{31}	tɕʰ(ĭ)əu^{13}	tsʰwʌʔ$^{\underline{44}}$	tɕa^{13}
	四	箱	在	屋	守	爺	娘/人
	fei^{13}	faŋ^{33}	tswai^{13}	ʔəʔ$^{\underline{44}}$	sjəu$^{\underline{45}}$	ji^{31}	ȵwaŋ^{31}/ ȵ(ĭ)əŋ^{31}
37y8	三	百	二	人	隨	轎	上
	faŋ^{31}	pɛʔ$^{\underline{44}}$	ȵei^{21}	ȵ(ĭ)əŋ^{31}	dzwei^{31}	tɕi^{31}	tswaŋ^{21}

	望	見	綫/格	蕨/木	把/頼	做	麖?/族
	maŋ^{21}	tɕiŋ^{13}	—/dʑᴇʔ$^{\underline{34}}$	—/mu^{21}	pa$^{\underline{45}}$/lai^{21}	tsəu^{13}	—/tsu^{31}
37y9	三	百	二	人	共/齊	把/發	弩
	faŋ^{31}	pᴇʔ$^{\underline{44}}$	ŋ̥ei^{21}	ŋ̥(ĭ)əŋ^{31}	tɕwəŋ^{21}/dzwai^{31}	pa$^{\underline{45}}$/faʔ$^{\underline{44}}$	nəu^{33}
	又/五	請/婆	五/但	婆/聽	踏/弩	上/弦[40]	松/聲
	jəu^{21}/ŋ̍^{33}	tsʰiŋ$^{\underline{45}}$/pu^{21}	ŋ̍^{33}/taŋ^{21}	pu^{21}/tʰiŋ^{13}	daʔ$^{\underline{34}}$/nəu^{33}	tswaŋ^{21}/ɕaŋ^{21}	tsʌŋ^{31}/siŋ^{33}

第38丁

38x1	其	粦	山	上	原	無	石
	tɕʰi^{31}	liŋ^{31}	sjəŋ^{33}	tswaŋ^{21}	ŋ̥wəŋ^{31}	məu^{31}	tsi^{21}
	羅	伏	水	底	水	無/多	魚
	la^{31}	pu^{21}	swi$^{\underline{45}}$	di$^{\underline{24}}$	swi$^{\underline{45}}$	məu^{31}/tɔ^{33}	ŋ̥(ĭ)əu^{33}
38x2	上	家	原	來	愛	討	佩
	tswaŋ^{21}	tɕa^{33}	ŋ̥wəŋ^{31}	tai^{31}	wai^{13}	tʰu$^{\underline{45}}$	pʰwi^{13}
	花	女	原	來	愛	討	夫
	kʰwa^{33}	ŋ̥(ĭ)əu^{33}	ŋ̥wəŋ^{31}	tai^{31}	wai^{13}	tʰu$^{\underline{45}}$	pəu^{33}
38x3	當	當	楪	楪	劉	三	隔
	tɔŋ^{33}	tɔŋ^{33}	hji^{21}	hji^{21}	ljəu^{31}	faŋ^{33}	dʑᴇʔ$^{\underline{34}}$
	微	微	茫	茫	海	中	央/心
	mwi^{31}	mwi^{31}	mɔŋ^{31}	mɔŋ^{31}	kʰwai$^{\underline{45}}$	twʌŋ^{33}	jaŋ^{33}/fjəŋ^{33}
38x4	白	藤	生	上	劉	三	岸
	pᴇʔ$^{\underline{44}}$	daŋ^{31}	seŋ^{33}	tswaŋ^{21}	ljəu^{31}	faŋ^{33}	ŋaŋ^{21}
	高	飄	世	法	海	中	央/心
	ku^{31}	bi^{31}	sei^{13}	faʔ$^{\underline{44}}$	kʰwai$^{\underline{45}}$	twʌŋ^{33}	jaŋ^{33}/fjəŋ^{33}
38x5	木	是	劉	三	劉	嶺	大
	mu^{21}	tsei^{33}	ljəu^{31}	faŋ^{33}	ljəu^{31}	liŋ^{33}	tai^{21}
	高/長	是	石	山	石	嶺	高/長
	ku^{31}/—	tsei^{33}	tsi^{21}	tswaŋ^{21}	tsi^{21}	liŋ^{33}	ku^{33}/twaŋ^{31}
38x6	劉	三	升	上	劉	王	殿
	ljəu^{31}	faŋ^{33}	seŋ^{33}	tswaŋ^{21}	ljəu^{31}	hʊŋ^{31}	tiŋ^{21}
	石	山	生	下	海	中	牢/央
	tsi^{21}	sjəŋ^{33}	seŋ^{33}	dʑi^{21}	kʰwai$^{\underline{45}}$	twʌŋ^{33}	lu^{31}/jaŋ^{33}

38x7	大	是	劉	三	劉	嶺	大
	tai^{21}	tsei^{33}	ljəu^{31}	faŋ^{33}	ljəu^{31}	liŋ^{33}	tai^{21}
	沉/底	是	劉/石	三/山	劉/石	嶺	沉/底
	tsaŋ^{31}/—	tsei^{33}	ljəu^{31}/—	faŋ^{33}/—	ljəu^{31}/—	liŋ^{33}	tsaŋ^{31}/di$^{\underline{24}}$
38x8	劉	三	生	上	劉	三	殿
	ljəu^{31}	faŋ^{33}	seŋ^{33}	tswaŋ^{21}	ljəu^{31}	faŋ^{33}	tiŋ^{21}
	石	山	生	下	海	中	心/西
	tsi^{21}	sjəŋ^{33}	seŋ^{33}	dʑi^{21}	kʰwai$^{\underline{45}}$	twʌŋ^{33}	fjəŋ^{33}/fai^{33}
38x9	大	是	劉	三	劉	嶺	大
	tai^{21}	tsei^{33}	ljəu^{31}	faŋ^{33}	ljəu^{31}	liŋ^{33}	tai^{21}
	高/長	是	石	山	石	嶺	高/長
	ku^{33}/—	tswaŋ^{21}	tsi^{21}	sjəŋ^{33}	tsi^{21}	liŋ^{33}	ku^{33}/twaŋ^{31}
38y1	百	事	爭/劉	田/三	喝	相	打
	pe$^{\underline{45}}$	dzai^{21}	dzɛŋ^{33}/ ljəu^{31}	tiŋ^{31}/faŋ^{33}	tɕʰi$^{\underline{45}}$	faŋ^{33}	ta$^{\underline{45}}$
	貴	州	門	下	立	鎗	刀
	kwei^{13}	tsjəu^{33}	mwʌŋ^{31}	dʑi^{21}	ljə^{21}	tsʰɔŋ^{33}	tu^{33}
38y2	大	是	劉	三	劉	嶺	大
	tai^{21}	tsei^{33}	ljəu^{31}	faŋ^{33}	ljəu^{31}	liŋ^{33}	tai^{21}
	長/沉	是	石	山	石	嶺	長/沉
	twaŋ^{31}/ tsaŋ^{31}	tsei^{33}	tsi^{21}	sjəŋ^{33}	tsi^{21}	liŋ^{33}	twaŋ^{31}/ tsaŋ^{31}
38y3	了	了	數	得	林	中	竹
	li^{33}	li^{33}	su$^{\underline{45}}$	tuʔ$^{\underline{44}}$	liŋ^{31}	twʌŋ^{33}	tuʔ$^{\underline{44}}$
	門/閻	羅	數	得	世	間	娘/人
	mwʌŋ^{31}/ jəŋ^{31}	lɔ^{31}	su$^{\underline{45}}$	tuʔ$^{\underline{44}}$	sei^{13}	tɕ(ĭ)əŋ^{33}	ɳwaŋ^{31}/ ɳ(ĭ)əŋ^{31}
38y4	修	國	秀	才	愛	修	國
	fjəu^{33}	kwʌʔ$^{\underline{44}}$	fjəu^{13}	tswai^{31}	wai^{13}	fjəu^{33}	kwʌʔ$^{\underline{44}}$
	秀	才	修	國	愛	修	因/行
	fjəu^{13}	tswai^{31}	fjəu^{33}	kwʌʔ$^{\underline{44}}$	wai^{13}	fjəu^{33}	jəŋ^{33}/heŋ^{31}
38y5	秀	才	修	國	傳	天	下
	fjəu^{13}	tswai^{31}	fjəu^{33}	kwʌʔ$^{\underline{44}}$	tsʊŋ^{31}	tʰiŋ^{33}	di$^{\underline{24}}$

	便	是	金	花	闌	巷	心/國
	piŋ^{21}	tsei^{33}	tɕ(ĭ)əŋ^{33}	kʰwa^{33}	laŋ^{31}	hʌŋ^{21}	fjəŋ^{33}/kwʌʔ$^{\underline{44}}$
38y6	修	國	秀	才	愛	修	國
	fjəu^{33}	kwʌʔ$^{\underline{44}}$	fjəu^{13}	tswai^{31}	wai^{13}	fjəu^{33}	kwʌʔ$^{\underline{44}}$
	秀	才	修	國	愛	修	為/求
	fjəu^{13}	tswai^{31}	fjəu^{33}	kwʌʔ$^{\underline{44}}$	wai^{13}	fjəu^{33}	wei^{31}/tɕ(ĭ)əu^{31}
38y7	秀	才	修	國	傳	天	下
	fjəu^{13}	tswai^{31}	fjəu^{33}	kwʌʔ$^{\underline{44}}$	tsʊŋ^{31}	tʰiŋ^{33}	di$^{\underline{24}}$
	便	是	金	花	闌	巷	垂/收
	piŋ^{21}	tsei^{33}	tɕ(ĭ)əŋ^{33}	kʰwa^{33}	laŋ^{31}	hɔŋ^{21}	dzwei^{31}/sjəu^{33}
38y8	着	白	秀	才	身	着	白
	tuʔ$^{\underline{44}}$	pɛ^{21}	fjəu^{13}	tswai^{31}	sjəŋ^{33}	tuʔ$^{\underline{44}}$	pɛ^{21}
	道	士	着	烏/青	身	著	烏/青
	tsu^{21}	tsei$^{\underline{45}}$	tuʔ$^{\underline{44}}$	ʔəu^{33}/tsʰiŋ^{33}	sjəŋ^{33}	tuʔ$^{\underline{44}}$	ʔəu^{33}/tsʰiŋ^{33}
38y9	秀	才	着	白	對	官	坐
	fjəu^{13}	tswai^{31}	tuʔ$^{\underline{44}}$	pɛ^{21}	twai^{13}	tɕwəŋ^{33}	tsɔ^{13}
	道	士	着	烏/青	對	伕	烏/〇
	tsu^{21}	tsei$^{\underline{45}}$	tuʔ$^{\underline{44}}$	ʔəu^{33}/tsʰiŋ^{31}	twai^{13}	pu^{21}	ʔəu^{33}/—

第39丁

39x1	道	士	出	來	頭	戴	勅
	tsu^{21}	tsei$^{\underline{45}}$	tsʰwʌʔ$^{\underline{44}}$	tai^{31}	tau^{31}	dai^{13}	tsʰəʔ$^{\underline{44}}$
	道	子	出	來	頭	戴	青/冠
	tsu^{21}	tsei$^{\underline{45}}$	tsʰwʌʔ$^{\underline{44}}$	tai^{31}	tau^{31}	dai^{13}	tsʰiŋ^{31}/kwei^{33}
39x2	師	人	着	衫	定	鬼	話
	sai^{33}	ŋ̥(ĭ)əŋ^{31}	tuʔ$^{\underline{44}}$	sa^{33}	tiŋ^{21}	kwei$^{\underline{45}}$	wa^{21}
	銅	鈴	勿	得	分	明	姻/緣
	tʌŋ^{31}	liŋ^{31}	hjəʔ$^{\underline{34}}$	tuʔ$^{\underline{44}}$	pʊŋ^{33}	meŋ^{31}	jəŋ^{33}/jʊŋ^{31}

39x3	師	人	又	定	老	君	孰
	sai^{33}	ŋ̥(ĭ)əŋ^{31}	jəu^{21}	tiŋ^{21}	lu^{31}	kwʌŋ^{33}	tsu^{21}
	老	君	又	定	釋	伽	行/親
	lu^{31}	kwʌŋ^{33}	jəu^{21}	tiŋ^{21}	ts^{h}ᴇʔ$^{\underline{44}}$	tɕa^{33}	heŋ^{31}/ts^{h}jəŋ^{33}
39x4	老	君	勅	得	五	雷	水
	lu^{31}	kwʌŋ^{33}	ts^{h}əʔ$^{\underline{44}}$	tuʔ$^{\underline{44}}$	ŋ̍^{33}	lwi^{31}	swi$^{\underline{45}}$
	師	人	喝	得	鬼/死	亡	生/人
	sai^{33}	ŋ̥(ĭ)əŋ^{31}	hjəʔ$^{\underline{34}}$	tuʔ$^{\underline{44}}$	kwei$^{\underline{45}}$/fei$^{\underline{45}}$	mɔŋ^{31}	seŋ^{33}/ŋ̥(ĭ)əŋ^{31}
39x5	有	女	留/莫	嫁	師	人	屋
	mai^{31}	ŋ̥(ĭ)əu^{33}	ljəu^{31}/ji^{13}	tɕa^{13}	sai^{33}	ŋ̥(ĭ)əŋ^{31}	ʔəʔ$^{\underline{44}}$
	留	嫁	師	人	得	命	長/深
	ljəu^{31}	tɕa^{13}	sai^{33}	ŋ̥(ĭ)əŋ^{31}	tuʔ$^{\underline{44}}$	mɛŋ^{21}	twaŋ^{31}/sjəŋ^{33}
39x6	師	人	伕	待	觀	音	佛
	sai^{33}	ŋ̥(ĭ)əŋ^{31}	pu^{21}	tsiŋ^{31}	tɕwəŋ^{31}	jəŋ^{33}	pu^{21}
	着	病	三	朝	伕	救	娘/人
	tuʔ$^{\underline{44}}$	pɛŋ^{21}	faŋ^{31}	tsi^{31}	pu^{21}	dʑ(ĭ)əu^{13}	ŋ̥waŋ^{31}/ŋ̥(ĭ)əŋ^{31}
39x7	有	女	莫	嫁	師	人	屋
	mai^{31}	ŋ̥(ĭ)əu^{33}	ji^{13}	tɕa^{13}	sai^{33}	ŋ̥(ĭ)əŋ^{31}	ʔəʔ$^{\underline{44}}$
	嫁	落	師	人	惹	鬼	多/興
	tɕa^{13}	lɔ^{21}	sai^{33}	ŋ̥(ĭ)əŋ^{31}	ŋ̥i^{33}	kwei$^{\underline{45}}$	tɔ^{33}/heŋ^{33}
39x8	嫁	落	師	人	多	惹	鬼
	tɕa^{13}	lɔ^{21}	sai^{33}	ŋ̥(ĭ)əŋ^{31}	tɔ^{33}	ŋ̥i^{33}	kwei$^{\underline{45}}$
	日	夜	修	郎	不	奈	何
	jəʔ$^{\underline{44}}$	ji^{13}	fjəu^{13}	lɔŋ^{31}	jaŋ^{21}	nwai^{21}	hɔ^{31}
39x9	十	二	遊	師	齊	學	法
	tsjə^{21}	ŋ̥ei^{21}	jəu^{31}	sai^{33}	dzwai^{31}	hu^{21}	faʔ$^{\underline{44}}$
	六	師	得	法	六	師	空
	lu^{21}	sai^{33}	tuʔ$^{\underline{44}}$	faʔ$^{\underline{44}}$	lu^{21}	sai^{33}	k^{h}ʊŋ^{33}
39y1	六	師	得	法	傳	天	下

	lu^{21}	sai^{33}	tuʔ$^{\underline{44}}$	faʔ$^{\underline{44}}$	tsʊŋ^{31}	t^{h}iŋ^{33}	di$^{\underline{24}}$
	六	師	無	法	口	中	強
	lu^{21}	sai^{33}	məu^{31}	faʔ$^{\underline{44}}$	k^{h}əu$^{\underline{45}}$	twʌŋ^{33}	tɕwəŋ^{31}
39y2	十	二	遊	師	十	二	樣
	tsjə^{21}	ȵei^{21}	jəu^{31}	sai^{33}	tsjə^{21}	ȵei^{21}	jaŋ^{21}
	六	師	得	法	六	師	空
	lu^{21}	sai^{33}	tuʔ$^{\underline{44}}$	faʔ$^{\underline{44}}$	lu^{21}	sai^{33}	k^{h}ʊŋ^{33}
39y3	六	師	得	飲	非	迷	醉
	lu^{21}	sai^{33}	tuʔ$^{\underline{44}}$	jəŋ$^{\underline{45}}$	p^{h}wi^{31}	mwi^{31}	tswei^{21}
	六	師	不	得	半	盞	當
	lu^{21}	sai^{33}	jaŋ^{21}	tuʔ$^{\underline{44}}$	pjəŋ^{13}	tsaŋ$^{\underline{45}}$	tɔŋ^{33}
39y4	十	二	遊	師	十	二	樣
	tsjə^{21}	ȵei^{21}	jəu^{31}	sai^{33}	tsjə^{21}	ȵei^{21}	jaŋ^{21}
	也	有	彈	琶	也	有	吹/爭
	ja^{21}	mai^{31}	taŋ^{31}	pa^{31}	ja^{21}	mai^{31}	ts^{h}wei^{33}/ dzɛŋ^{33}
39y5	也	有	吹	得	歌	堂	散
	ja^{21}	mai^{31}	ts^{h}wei^{33}	tuʔ$^{\underline{44}}$	ka^{31}	daŋ^{31}	dzaŋ^{13}
	也	有	吹	唱	引	雙	行/歸
	ja^{21}	mai^{31}	ts^{h}wei^{33}	tuʔ$^{\underline{44}}$	jəŋ$^{\underline{45}}$	sɔŋ^{33}	heŋ^{31}/ kwei^{33}
39y6	日	頭	東	海	沙	洲	上
	ȵu^{21}	tau^{31}	tʌŋ^{33}	k^{h}wai$^{\underline{45}}$	sa^{31}	tsi^{21}	tswaŋ^{21}
	照	見	連	州	連	太	平
	tsi^{13}	tɕiŋ^{13}	liŋ^{31}	tsjəu^{33}	liŋ^{31}	t^{h}ai^{13}	peŋ^{31}
39y7	照	見	連	州	連	大	國
	tsi^{13}	tɕiŋ^{13}	liŋ^{31}	tsjəu^{33}	liŋ^{31}	tai^{21}	kwʌʔ$^{\underline{44}}$
	銅	壷	飲	酒	把	雙	瓶
	tʌŋ^{31}	həu^{31}	jəŋ$^{\underline{45}}$	tsjəu$^{\underline{45}}$	pa$^{\underline{45}}$	sɔŋ^{33}	peŋ^{31}
39y8	日	頭	東	海	沙	州	上
	ȵu^{21}	tau^{31}	tʌŋ^{33}	k^{h}wai$^{\underline{45}}$	sa^{31}	tsjəu^{33}	tswaŋ^{21}
	夜	落	紫	微	嶺	上	歸/行
	ji^{13}	lɔ^{21}	p^{h}wi^{31}	mwi^{31}	liŋ^{33}	tswaŋ^{21}	kwei^{33}/

							heŋ^{31}
39y9	紫	微	嶺	上	南	風	發
	tsi^{31}	mwi^{31}	liŋ^{33}	tswaŋ^{21}	naŋ^{31}	pwʌŋ^{31}	faʔ$^{\underline{44}}$
	惹	有	烏	雲	兩	邊	坒/生
	ȵ̥i$^{\underline{45}}$	mai^{31}	wu^{31}	jʊŋ^{31}	ljaŋ^{21}	piŋ^{33}	bei^{33}/seŋ^{33}

第40丁

40x1	烏			雲			生
	wu^{31}			jʊŋ^{31}			seŋ^{33}
	簑	衣	笠	子	隨	身	行
	fu^{31}	ʔʒ̩i^{33}	ljə^{21}	tsei$^{\underline{45}}$	dzwei^{31}	siŋ^{33}	heŋ^{31}
40x2	簑	衣	笠	子	貼	身	去
	fu^{31}	ʔʒ̩i^{33}	ljə^{21}	tsei$^{\underline{45}}$	t^{h}iʔ$^{\underline{44}}$	siŋ^{33}	tɕ^{h}(ĭ)əu^{13}
	又	定	弓	箭	向	前	行
	jəu^{21}	tiŋ^{21}	tɕwəŋ^{31}	tsʊŋ^{13}	hjaŋ^{13}	tsiŋ^{31}	heŋ^{31}
40x3	烏			雲			生
	wu^{31}			jʊŋ^{31}			seŋ^{33}
	又	廷	横	木	作	横	争/裝
	jəu^{21}	tiŋ^{31}	wɛŋ^{21}	mu^{21}	tsoʔ$^{\underline{44}}$	wɛŋ^{21}	dzɛŋ^{33}/
							tsɔŋ^{33}
40x4	又	廷	横	木	向	前	去
	jəu^{21}	tiŋ^{31}	wɛŋ^{21}	mu^{21}	hjaŋ^{13}	tsiŋ^{31}	tɕ^{h}(ĭ)əu^{13}
	又	定	弓	箭	向	前	行/江
	jəu^{21}	tiŋ^{21}	tɕwəŋ^{31}	tsʊŋ^{13}	hjaŋ^{13}	tsiŋ^{31}	heŋ^{31}/kɔŋ^{33}
40x5	烏			雲			生
	wu^{31}			jʊŋ^{31}			seŋ^{33}
	又	定/廷	船/燈	管/火	貼/向	船/前	行
	jəu^{21}	tiŋ^{21}/	tsʊŋ^{31}/	kʊŋ$^{\underline{45}}$/	t^{h}iʔ$^{\underline{44}}$/	tsʊŋ^{31}/	heŋ^{31}
		tiŋ^{31}	taŋ^{33}	tɕ^{h}wi$^{\underline{45}}$	hjaŋ^{13}	tsiŋ^{31}	
40x6	東	海	南	蛇	吞	得	象
	tʌŋ^{33}	k^{h}wai$^{\underline{45}}$	naŋ^{31}	tsi^{31}	t^{h}aŋ^{33}	tuʔ$^{\underline{44}}$	hjaŋ^{13}
	西	海	鼠	毛	七	寸	長/深
	fai^{33}	k^{h}wai$^{\underline{45}}$	səu$^{\underline{45}}$	məu^{31}	ts^{h}jəʔ$^{\underline{44}}$	ts^{h}ʊŋ^{13}	twaŋ^{31}/
							sjəŋ^{31}

40x7	南	蛇	吞	象	五	婆	見
	naŋ^{31}	tsi^{31}	tʰaŋ^{33}	hjaŋ^{13}	ŋ̍^{33}	pu^{21}	tɕiŋ^{13}
	鼠	毛	七	寸	聖	人	量/尋
	səu$^{\underline{45}}$	məu^{31}	tsʰjəʔ$^{\underline{44}}$	tsʰʊŋ^{13}	siŋ^{13}	ɳ̥(ĭ)əŋ^{31}	lwaŋ^{31}/taŋ$^{\underline{45}}$
40x8	大	州	粟	米	刀	頭	大
	tai^{21}	tsjəu^{33}	ljə^{21}	mai^{33}	tu^{33}	tau^{31}	tai^{21}
	貴	州	李	子	二	人	杠/更
	kwei^{13}	tsjəu^{33}	lei^{33}	tsei$^{\underline{45}}$	ɳ̥ei^{21}	ɳ̥(ĭ)əŋ^{31}	kaŋ^{33}/tɕeŋ^{33}
40x9	粟	米	枉	大	五	婆	見
	lei^{31}	mai^{33}	kʰwaŋ^{31}	tai^{21}	ŋ̍^{33}	pu^{21}	ɳ̥i^{33}
	李	子	枉	大	聖	人	嚐/爭
	lei^{31}	tsei$^{\underline{45}}$	kʰwaŋ^{21}	tai^{31}	siŋ^{13}	ɳ̥(ĭ)əŋ^{31}	—/dzɛŋ^{33}
40y1	廿	四	官	卅	多	有	横
	ɳ̥i^{21} tsjə^{21}	fei^{13}	tɕwəŋ^{33}	fa^{31} tsjə^{21}	tɔ^{33}	mai^{31}	wɛŋ^{21}
	文	章	寫	水	祝	英	台
	wʌŋ^{31}	tswaŋ^{33}	fwi$^{\underline{45}}$	swi$^{\underline{45}}$	tsu^{21}	jəŋ^{33}	twai^{31}
40y2	郎	今	不	是	嘍	囉	子
	lɔŋ^{31}	tɕ(ĭ)əŋ^{33}	jaŋ^{21}	—	lwei^{31}	lɔ^{21}	tsai$^{\underline{45}}$
	但	説	龍	言	今	句	明/開
	taŋ^{21}	su$^{\underline{45}}$	lwʌŋ^{31}	ɳ̥iŋ^{31}	tɕ(ĭ)əŋ^{33}	hjaŋ^{13}	meŋ^{31}/ gwai^{33}
40y3	英	台	原	在	四	川	住
	jəŋ^{31}	twai^{31}	ɳ̥wəŋ^{31}	tswai^{13}	fei^{13}	tsʰʊŋ^{13}	tsəu^{21}
	地	名	久	報	白	沙	田/灘
	tei^{21}	miŋ^{21}	tɕ(ĭ)əu$^{\underline{45}}$	bu^{13}	pᴇʔ$^{\underline{44}}$	sa^{33}	tiŋ^{31}/tʰaŋ^{33}
40y4	祝	家	無	男	生	一	女
	tsu^{31}	tɕa^{33}	məu^{31}	naŋ^{31}	seŋ^{33}	jəʔ$^{\underline{44}}$	ɳ̥(ĭ)əu^{33}
	少	年	辛	苦	冂	今/文	言/章
	sjəu^{13}	niŋ^{33}	fiŋ^{31}	kʰəu$^{\underline{45}}$	kʰau^{13}	tɕ(ĭ)əŋ^{31}/ wʌŋ^{31}	ɳ̥iŋ^{31}/ tswaŋ^{33}
40y5	青	松	杵	下	排	年	紀
	tsʰiŋ^{33}	tsʌŋ^{31}	tsəu^{21}	di$^{\underline{24}}$	bai^{31}	niŋ^{31}	tɕei^{13}
	山	佰	年	生	有	幾	春/多

	faŋ^{31}	pᴇʔ$^{\underline{44}}$	niŋ^{33}	seŋ^{33}	mai^{31}	tsi^{13}	tsʰʊŋ^{33}/tɔ^{33}
40y6	山	佰	讀	書	共	學	院
	faŋ^{31}	pᴇʔ$^{\underline{44}}$	tu^{21}	səu^{33}	tɕwəŋ^{21}	hɔ^{31}	gwəŋ^{21}
	英	台	在	后	答	書	言/衍
	jəŋ^{31}	twai^{31}	tswai^{13}	hu^{33}	tʰoʔ$^{\underline{44}}$	səu^{33}	ȵiŋ^{31}/heŋ^{31}
40y7	山	佰	遊	遊	大	路	去
	faŋ^{31}	pᴇʔ$^{\underline{44}}$	jəu^{31}	jəu^{31}	tai^{21}	ləu^{21}	tɕʰ(ĭ)əu^{13}
	又	有	無	船	過	大	江/鄉
	jəu^{21}	mai^{33}	məu^{31}	tsʊŋ^{31}	tɕwi^{13}	tai^{21}	kɔŋ^{33}/ hjwaŋ^{33}
40y8	山	佰	二	人	齊	入	學
	faŋ^{31}	pᴇʔ$^{\underline{44}}$	ȵei^{21}	ŋ̥(ĭ)əŋ^{31}	dzwai^{31}	pi^{21}	hɔ^{21}
	英	台	在	後	答	書	衍/箱
	jəŋ^{31}	twai^{31}	tswai^{13}	hu^{33}	tʰoʔ$^{\underline{44}}$	səu^{33}	heŋ^{31}/faŋ^{33}
40y9	風	過	杵	頭	梁	山	佰
	pwʌŋ^{31}	tɕwi^{13}	tsəu^{21}	tau^{31}	lwaŋ^{31}	faŋ^{33}	pᴇʔ$^{\underline{44}}$
	水	行	水	面	祝	英	台
	swi$^{\underline{45}}$	heŋ^{31}	swi$^{\underline{45}}$	miŋ^{21}	tsu^{21}	jəŋ^{33}	twai^{31}

第 41 丁

41x1	讀	書	三	年	共	學	院
	tu^{21}	səu^{33}	faŋ^{31}	niŋ^{33}	tɕwəŋ^{21}	hɔ^{31}	gwəŋ^{21}
	因	何	不	識	你	身	才/青
	jəŋ^{31}	hɔ^{31}	jaŋ^{21}	tsiʔ$^{\underline{44}}$	nwai^{21}	sjəŋ^{33}	tswai^{31}/ tsʰiŋ^{31}
41x2	風	過	杵	頭	梁	山	佰
	pwʌŋ^{31}	tɕwi^{13}	tsəu^{21}	tau^{31}	lwaŋ^{31}	faŋ^{33}	pᴇʔ$^{\underline{44}}$
	船	行	水	面	祝	英	台
	tsʊŋ^{31}	heŋ^{31}	swi$^{\underline{45}}$	miŋ^{21}	tsu^{21}	jəŋ^{33}	twai^{31}
41x3	交	頭	茶	飯	共	台	飯/吃
	tɕi^{33}	tau^{31}	tsa^{31}	pəŋ^{21}	tɕwəŋ^{21}	twai^{31}	jəŋ$^{\underline{45}}$/ tɕʰi$^{\underline{45}}$
	共/夜	盤/眠	墨/羅	水/帳	共	硯/枕	池/眠
	tɕwəŋ^{21}/	pjəŋ^{31}/	mɛ^{21}/	swi$^{\underline{45}}$/	tɕwəŋ^{21}	tɕiŋ^{21}/	tsi^{31}/

	ji^{13}	meŋ^{31}	la^{31}	tʊŋ^{13}		tsəŋ^{31}	meŋ^{31}
41x4	風	過	杵	頭	梁	山	佰
	pwʌŋ^{31}	tɕwi^{13}	tsəu^{21}	tau^{31}	lwaŋ^{31}	faŋ^{33}	pᴇʔ$^{\underline{44}}$
	船	行	水	面	祝/晒	王	天/良
	tsʊŋ^{31}	heŋ^{31}	swi$^{\underline{45}}$	miŋ^{21}	tsu^{21}/sai^{13}	hʊŋ^{31}	t^{h}iŋ^{33}/lwaŋ^{31}
41x5	英	台	着	衫	千	百	結
	jəŋ^{31}	twai^{31}	tuʔ$^{\underline{44}}$	sa^{33}	ts^{h}iŋ^{33}	pᴇʔ$^{\underline{44}}$	tɕiʔ$^{\underline{44}}$
	解	得	衫	開	月/天	上/天	天/光
	tɕai$^{\underline{45}}$	tuʔ$^{\underline{44}}$	sa^{33}	gwai^{33}	ȵu^{21}/t^{h}iŋ^{33}	tswaŋ^{21}/t^{h}iŋ^{33}	t^{h}iŋ^{33}/dʑwaŋ^{33}
41x6	風	過	杵	頭	梁	山	佰
	pwʌŋ^{31}	tɕwi^{13}	tsəu^{21}	tau^{31}	lwaŋ^{31}	faŋ^{33}	pᴇʔ$^{\underline{44}}$
	船	行	水	面	祝	英	長/塵
	tsʊŋ^{31}	heŋ^{31}	swi$^{\underline{45}}$	miŋ^{21}	tsu^{21}	jəŋ^{33}	twaŋ^{31}/tjəŋ^{31}
41x7	山	佰	二	人	齊	過	水
	faŋ^{31}	pᴇʔ$^{\underline{44}}$	ȵei^{21}	ȵ(ĭ)əŋ^{31}	dzwai^{31}	tɕwi^{13}	swi$^{\underline{45}}$
	不	圖	身	濕	且	圖	涼/陰
	jaŋ^{21}	kəu^{31}	sjəŋ^{33}	siʔ$^{\underline{44}}$	ts^{h}i$^{\underline{45}}$	təu^{31}	lwaŋ^{31}/jəŋ^{33}
41x8	三			月			三
	faŋ^{33}			ȵu^{21}			faŋ^{33}
	先	生	放	學	看	春	花/為
	fʊŋ^{31}	seŋ^{33}	pʊŋ^{13}	hɔ^{21}	k^{h}aŋ^{13}	ts^{h}ʊŋ^{33}	k^{h}wa^{33}/wei^{31}
41x9	看	得	春	花/為	心	繚	亂
	k^{h}aŋ^{13}	tuʔ$^{\underline{44}}$	ts^{h}ʊŋ^{33}	k^{h}wa^{33}/wei^{21}	fjəŋ^{31}	liŋ^{21}	lʊŋ^{21}
	英	台	心	亂	各	歸/回	家/歸
	jəŋ^{31}	twai^{31}	fiŋ^{33}	lʊŋ^{21}	koʔ$^{\underline{44}}$	kwei^{33}/wei^{31}	tɕa^{33}/kwei^{33}
41y1	高	机	織	布	布	烟/藏	烟/藏
	ku^{33}	tɕi^{33}	tsiʔ$^{\underline{44}}$	pəu^{13}	pəu^{21}	jəŋ^{31}/	jəŋ^{33}/

						tsɔŋ^{33}	tsɔŋ^{31}
	山	佰	解	衫	來	定	親/雙
	faŋ^{31}	pᴇʔ$^{\underline{44}}$	tɕai$^{\underline{45}}$	sa^{33}	tai^{31}	tiŋ^{21}	tsʰjəŋ^{33}/ sɔŋ^{33}
41y2	山	佰	解	衫	來	定	我
	faŋ^{31}	pᴇʔ$^{\underline{44}}$	tɕai$^{\underline{45}}$	sa^{33}	tai^{31}	tiŋ^{21}	ŋɔ^{33}
	山	佰	不	嫁	嫁	別	人/娘
	faŋ^{31}	pᴇʔ$^{\underline{44}}$	jaŋ^{21}	tɕa^{13}	tɕa^{13}	pᴇʔ$^{\underline{44}}$	ŋ̥(ĭ)əŋ^{31}/ ŋ̥waŋ^{31}
41y3	山	佰	不	來	吞	衣	死
	faŋ^{31}	pᴇʔ$^{\underline{44}}$	jaŋ^{21}	tai^{31}	tʰəŋ^{33}	ʔʒ̩i^{33}	fei$^{\underline{45}}$
	橫	吞	刀	子	眞/今	難	鎗/眞
	wɛŋ^{21}	tʰəŋ^{33}	tu^{33}	tsei$^{\underline{45}}$	tsjəŋ^{33}/ tɕ(ĭ)əŋ^{33}	naŋ^{31}	tsʰɔŋ^{33}/ tsjəŋ^{33}
41y4	吞	衣	不	死	吞	刀	死
	tʰəŋ^{33}	ʔʒ̩i^{33}	jaŋ^{21}	fei$^{\underline{45}}$	tʰəŋ^{33}	tu^{33}	fei$^{\underline{45}}$
	刀	子	冷	愁	力	斷	腸/心
	tu^{33}	tsei$^{\underline{45}}$	liŋ^{21}	tsʰjəu^{33}	hjəʔ$^{\underline{34}}$	tʊŋ^{13}	twaŋ^{31}/ fjəŋ^{33}
41y5	山	佰	不	悪/奈	吞	刀/衣	死
	faŋ^{31}	pᴇʔ$^{\underline{44}}$	jaŋ^{21}	ʔɔ^{31}/nwai^{21}	tʰəŋ^{33}	tu^{33}/—	fei$^{\underline{45}}$
	塟	在	大	州	大	路	中/邊
	dzaŋ^{13}	tsai^{13}	tʌŋ^{31}	tsjəu^{33}	tai^{21}	ləu^{21}	twʌŋ^{33}/ piŋ^{33}
41y6	人	雙	過	路	偷	彈	子
	ŋ̥(ĭ)əŋ^{31}	sɔŋ^{33}	tɕwi^{13}	ləu^{21}	tʰau^{31}	taŋ^{21}	tsei$^{\underline{45}}$
	秀	才	過	路	把	沙	翁/填
	fjəu^{13}	tswai^{31}	tɕwi^{13}	ləu^{21}	pa$^{\underline{45}}$	sa^{33}	ʔʌŋ^{33}/tiŋ^{31}
41y7	山	佰	不	奈	吞	衣	死
	faŋ^{31}	pᴇʔ$^{\underline{44}}$	jaŋ^{21}	nwai^{21}	tʰəŋ^{33}	ʔʒ̩i^{33}	fei$^{\underline{45}}$
	送	上	大	州	大	路	邊/埋
	fʊŋ^{13}	tswaŋ^{21}	tʌŋ^{31}	tsjəu^{33}	tai^{21}	ləu^{21}	piŋ^{33}/mai^{31}
41y8	英	台	嫁	在	馬	家	去

	jəŋ^{31}	twaiˑ^{31}	tɕa^{13}	tswaiˑ^{13}	ma^{33}	tɕa^{33}	tɕʰ(ĭ)əu^{13}
	英	台	穴	入	共	頭	眠/齊
	jəŋ^{31}	twaiˑ^{31}	hjiˑ^{21}	piˑ^{21}	tɕwəŋ^{21}	tau^{31}	meŋ^{31}/dzwaiˑ^{31}
41y9	生	時	山/黃	佰/梁	共	把	扇
	seŋ^{31}	tseiˑ^{33}	faŋ^{31}/jwaŋ^{31}	pɛʔ$^{\underline{44}}$/lwaŋ^{31}	tɕwəŋ^{21}	pa$^{\underline{45}}$	siŋ^{13}
	死	入	黃	泉	共	盒	珠/錢
	feiˑ$^{\underline{45}}$	piˑ^{21}	jwaŋ^{31}	tsʊŋ^{31}	tɕwəŋ^{21}	kaʔ$^{\underline{44}}$	tsəu^{33}/tsiŋ^{31}

第42丁

42x1	生	時	不	得	死	了	得
	seŋ^{33}	tseiˑ^{31}	jaŋ^{21}	tuʔ$^{\underline{44}}$	feiˑ$^{\underline{45}}$	liˑ^{33}	tuʔ$^{\underline{44}}$
	死	入	黃	泉	共	得	圖/連
	feiˑ$^{\underline{45}}$	piˑ^{21}	jwaŋ^{31}	tsʊŋ^{31}	tɕwəŋ^{21}	tuʔ$^{\underline{44}}$	təu^{31}/liŋ^{31}
42x2	生	時	共	欓	死	同	眠
	seŋ^{33}	tseiˑ^{31}	tɕwəŋ^{21}	taŋ^{13}	feiˑ$^{\underline{45}}$	tʌŋ^{31}	meŋ^{31}
	送	上	大	州	大	路	邊/齊
	fʊŋ^{13}	tswaŋ^{21}	tʌŋ^{31}	tsjəu^{33}	taiˑ^{21}	ləu^{21}	piŋ^{33}/dzwaiˑ^{31}
42x3	擔	鍬	挖	坭	七	尺	深
	daŋ^{33}	tsʰiˑ^{33}	wʌʔ$^{\underline{44}}$	naiˑ^{31}	tsʰjəʔ$^{\underline{44}}$	tsʰiʔ$^{\underline{44}}$	sjəŋ^{33}
	玭	上	半	天	玭	上	天
	beiˑ^{31}	tswaŋ^{21}	pjəŋ^{13}	tʰiŋ^{33}	beiˑ^{31}	tswaŋ^{21}	tʰiŋ^{33}
42x4	生	生	死	死	不	相	放
	seŋ^{33}	seŋ^{33}	feiˑ$^{\underline{45}}$	feiˑ$^{\underline{45}}$	jaŋ^{21}	faŋ^{31}	pʊŋ^{13}
	死	死	生	生	不	放	行
	feiˑ$^{\underline{45}}$	feiˑ$^{\underline{45}}$	seŋ^{33}	seŋ^{33}	jaŋ^{21}	pʊŋ^{13}	heŋ^{31}
42x5	嫁	上	大	州	郎	也	上
	tɕa^{13}	tswaŋ^{21}	taiˑ^{21}	tsjəu^{33}	lɔŋ^{31}	ja^{21}	tswaŋ^{21}
	嫁	下	貴	州	郎	也	隨
	tɕa^{13}	dʑiˑ^{21}	kwei^{13}	tsjəu^{33}	lɔŋ^{31}	ja^{21}	dzweiˑ^{31}
42x6	廿	四	官	州	正	山	欺
	ŋ̍iˑ^{21} tsjə^{21}	fei^{13}	tɕwəŋ^{33}	tsjəu^{33}	tsiŋ^{13}	sjəŋ^{31}	tɕʰi^{33}

	卅	六	埠	河	東	海	長/寬
	fa^{31} tsjə^{21}	lu^{21}	pəu^{21}	hɔ^{31}	tʌŋ^{33}	k^{h}wai$^{\underline{45}}$	twaŋ^{31}/ dʑwaŋ^{33}
42x7	東	海	不	通	撐	船	上
	tʌŋ^{33}	k^{h}wai$^{\underline{45}}$	jaŋ^{21}	t^{h}ʌŋ^{33}	dzɛŋ^{31}	tsʊŋ^{31}	tswaŋ^{21}
	新	水	流	來	入	貴	鄉/村
	sjəŋ^{31}	swi$^{\underline{45}}$	ljəu^{31}	tai^{31}	pi^{21}	kwei^{13}	hjwaŋ^{33}/ ts^{h}ʊŋ^{33}
42x8	廿	四	官	州	大	州	大
	ŋ̥i^{21} tsjə^{21}	fei^{13}	tɕwəŋ^{33}	tsjəu^{33}	tai^{21}	tsjəu^{33}	tai^{21}
	卅	六	埠	河	東	海	深
	fa^{31} tsjə^{21}	lu^{21}	pəu^{21}	hɔ^{31}	tʌŋ^{33}	k^{h}wai$^{\underline{45}}$	sjəŋ^{31}
42x9	東	海	出	得	天/犀	看/牛	國/角
	tʌŋ^{33}	k^{h}wai$^{\underline{45}}$	ts^{h}wʌʔ$^{\underline{44}}$	tuʔ$^{\underline{44}}$	t^{h}iŋ^{31}/ fai^{31}	k^{h}aŋ^{13}/ ŋau^{31}	kwʌʔ$^{\underline{44}}$/ koʔ$^{\underline{44}}$
	出	世	師	人	箇	箇	尋
	ts^{h}wʌʔ$^{\underline{44}}$	sei^{13}	sai^{33}	ŋ̥(ĭ)əŋ^{31}	kɔ^{13}	kɔ^{13}	dzɛŋ^{33}
42y1	廿	四	官	州	大	州	大
	ŋ̥i^{21} tsjə^{21}	fei^{13}	tɕwəŋ^{33}	tsjəu^{33}	tai^{21}	tsjəu^{33}	tai^{21}
	卅	六	埠	河	東	海	齊/完
	fa^{31} tsjə^{21}	lu^{21}	pəu^{21}	hɔ^{31}	tʌŋ^{33}	k^{h}wai$^{\underline{45}}$	dzwai^{31}/ jʊŋ^{31}
42y2	東	海	不	通	撐	船	過
	tʌŋ^{33}	k^{h}wai$^{\underline{45}}$	jaŋ^{21}	t^{h}ʌŋ^{33}	dzɛŋ^{31}	tsʊŋ^{31}	tɕwi^{13}
	西	海	不	通	撐	大	排
	fai^{33}	k^{h}wai$^{\underline{45}}$	jaŋ^{21}	t^{h}ʌŋ^{33}	dzɛŋ^{33}	tai^{21}	bai^{31}
42y3	廿	四	官	州	大	州	大
	ŋ̥i^{21} tsjə^{21}	fei^{13}	tɕwəŋ^{33}	tsjəu^{33}	tai^{21}	tsjəu^{33}	tai^{21}
	大	州	還	大	貴	州	高/長
	tai^{21}	tsjəu^{33}	wiŋ^{31}	tai^{21}	kwei^{13}	tsjəu^{33}	ku^{33}/twaŋ^{31}
42y4	大	州	還	大	羅	州	尾
	tai^{21}	tsjəu^{33}	wiŋ^{31}	tai^{21}	la^{31}	tsjəu^{33}	mwei^{33}
	貴	州	細	小	羅	州	頭/心

	kwei^{13}	tsjəu^{33}	fai^{13}	fwi$^{\underline{45}}$	lɔ^{21}	tsjəu^{33}	tau^{31}/fiŋ^{33}
42y5	廿	四	官	州	大	州	大
	ŋ̥i^{21} tsjə^{21}	fei^{13}	tɕwəŋ^{33}	tsjəu^{33}	tai^{21}	tsjəu^{33}	tai^{21}
	大	州	還	大	貴	州	城/長
	tai^{21}	tsjəu^{33}	wiŋ^{31}	tai^{21}	kwei^{13}	tsjəu^{33}	tsiŋ^{31}/ twaŋ^{31}
42y6	大	州	出	得	生	人	胆
	tai^{21}	tsjəu^{33}	tsʰwʌʔ$^{\underline{44}}$	tuʔ$^{\underline{44}}$	seŋ^{33}	ŋ̥(ĭ)əŋ^{31}	taŋ$^{\underline{45}}$
	貴	州	出	得	死	亡	人/娘
	kwei^{13}	tsjəu^{33}	tsʰwʌʔ$^{\underline{44}}$	tuʔ$^{\underline{44}}$	fei$^{\underline{45}}$	mɔŋ^{31}	ŋ̥(ĭ)əŋ^{31}/ ŋ̥waŋ^{31}
42y7	廿	四	官	州	大	州	大
	ŋ̥i^{21} tsjə^{21}	fei^{13}	tɕwəŋ^{33}	tsjəu^{33}	tai^{21}	tsjəu^{33}	tai^{21}
	大	州	還	大	貴	州	頭
	tai^{21}	tsjəu^{33}	wiŋ^{31}	tai^{21}	kwei^{13}	tsjəu^{33}	tau^{31}
42y8	大	州	出	得	生	人	胆
	tai^{21}	tsjəu^{33}	tsʰwʌʔ$^{\underline{44}}$	tuʔ$^{\underline{44}}$	seŋ^{31}	ŋ̥(ĭ)əŋ^{31}	taŋ$^{\underline{45}}$
	貴	州	出	得	死	人	頭
	kwei^{13}	tsjəu^{33}	tsʰwʌʔ$^{\underline{44}}$	tuʔ$^{\underline{44}}$	fei$^{\underline{45}}$	ŋ̥(ĭ)əŋ^{31}	tau^{31}
42y9	廿	四	官	州	大	州	大
	ŋ̥i^{21} tsjə^{21}	fei^{13}	tɕwəŋ^{33}	tsjəu^{33}	tai^{21}	tsjəu^{33}	tai^{21}
	大	州	還	大	貴	州	長/頭
	tʌŋ^{31}	tsjəu^{33}	wiŋ^{31}	tai^{21}	kwei^{13}	tsjəu^{33}	twaŋ^{31}/tau^{31}

第 43 丁

43x1	大	州	出	得	長	鎗	棒
	tai^{21}	tsjəu^{33}	tsʰwʌʔ$^{\underline{44}}$	tuʔ$^{\underline{44}}$	twaŋ^{31}	tsʰɔŋ^{33}	bɛŋ^{13}
	帶	下	貴	州	入	陣	場
	tɔ^{31}	dʑi^{21}	kwei^{13}	tsjəu^{33}	pi^{21}	taŋ^{13}	twaŋ^{31}
43x2	大	洲	姓	滕	篾	伏	屋
	tai^{21}	tsjəu^{33}	fiŋ^{13}	daŋ^{31}	mi^{31}	pu^{21}	ʔəʔ$^{\underline{44}}$
	黄	州	鹽	貴	賤	人	多/具
	jwaŋ^{31}	tsjəu^{33}	jəŋ^{31}	kwei^{13}	tsəŋ^{21}	ŋ̥(ĭ)əŋ^{31}	tɔ^{33}/tɕi^{13}
43x3	大	州	淡	淡	吃	鹽	水

	tai^{21}	tsjəu^{33}	taŋ^{31}	taŋ^{31}	tɕ^{h}i$^{\underline{45}}$	jəŋ^{31}	swi$^{\underline{45}}$
	白	鵓	細	小	吃	鹽	羅/田
	pɛ^{31}	ʔəu^{33}	fai^{13}	fwi$^{\underline{45}}$	tɕ^{h}i$^{\underline{45}}$	jəŋ^{31}	lɔ^{31}/tiŋ^{31}
43x4	横	托	州	門	七	尺	闊
	gwɛŋ^{21}	t^{h}oʔ$^{\underline{44}}$	tsjəu^{33}	mwʌŋ^{31}	ts^{h}jəʔ$^{\underline{44}}$	ts^{h}iʔ$^{\underline{44}}$	dʑwʌʔ$^{\underline{34}}$
	倚	托	縣	門	八	尺	高/城
	tɕi^{31}	t^{h}oʔ$^{\underline{44}}$	gwəŋ^{21}	mwʌŋ^{31}	pi^{21}	ts^{h}iʔ$^{\underline{44}}$	ku^{33}/tsiŋ^{31}
43x5	莫	怪	歌	詞	相	説	報
	ji^{13}	kwai^{13}	ka^{31}	tsei^{31}	faŋ^{33}	su$^{\underline{45}}$	bu^{13}
	州	門	掛	掛	半	天	高/庭
	tsjəu^{33}	mwʌŋ^{31}	kwa^{13}	kwa^{13}	pjəŋ^{13}	t^{h}iŋ^{33}	ku^{33}/tiŋ^{31}
43x6	大	州	打	上	七	里	路
	tai^{21}	tsjəu^{33}	ta$^{\underline{45}}$	tswaŋ^{21}	ts^{h}jəʔ$^{\underline{44}}$	lei^{33}	ləu^{21}
	重	縣	到	州	七	路	高/庭
	tswʌŋ^{13}	gwəŋ^{21}	t^{h}au^{13}	tsjəu^{33}	ts^{h}jəʔ$^{\underline{44}}$	ləu^{21}	ku^{33}/tiŋ^{31}
43x7	莫	怪	歌	詞	相	説	報
	ji^{13}	kwai^{13}	ka^{31}	tsei^{31}	faŋ^{33}	su$^{\underline{45}}$	bu^{13}
	重	縣	到	州	七	重/路	牢/程
	tswʌŋ^{13}	gwəŋ^{21}	t^{h}au^{13}	tsjəu^{33}	ts^{h}jəʔ$^{\underline{44}}$	tswʌŋ^{13}/ləu^{21}	lu^{31}/tsiŋ^{31}
43x8	大	州	打	上	七	里	路
	tai^{21}	tsjəu^{33}	ta$^{\underline{45}}$	tswaŋ^{21}	ts^{h}jəʔ$^{\underline{44}}$	lei^{33}	ləu^{21}
	重	縣	到	州	七	路	底/庭
	tswʌŋ^{13}	gwəŋ^{21}	t^{h}au^{13}	tsjəu^{33}	ts^{h}jəʔ$^{\underline{44}}$	ləu^{21}	di$^{\underline{24}}$/tiŋ^{31}
43x9	莫	怪	歌	詞	相	説	報
	ji^{13}	kwai^{13}	ka^{31}	tsei^{31}	faŋ^{31}	su$^{\underline{45}}$	bu^{13}
	州	裡	得	聞	縣	馬	嘶/聲
	tsjəu^{33}	lei^{33}	tuʔ$^{\underline{44}}$	mwʌŋ^{21}	gwəŋ^{21}	ma^{33}	si^{33}/siŋ^{33}
43y1	大	州	至	凡	七	千	戶
	tai^{21}	tsjəu^{33}	dei^{13}	paŋ^{31}	ts^{h}jəʔ$^{\underline{44}}$	ts^{h}iŋ^{33}	bəu^{13}
	横	倉	載	米	萬	由	郎/良
	wɛŋ^{21}	ts^{h}ɔŋ^{33}	tswai^{13}	mai^{33}	maŋ^{21}	jəu^{31}	lɔŋ^{31}/ŋ̥waŋ^{31}

43y2	州	上	功	名	無	萬	個
	tsjəu^{33}	tswaŋ^{21}	kʌŋ^{31}	meŋ^{31}	məu^{31}	maŋ^{21}	kɔ^{13}
	箇	箇	出	來	敬/哥	奉	郎/娘
	kɔ^{13}	kɔ^{13}	ts^{h}wʌʔ$^{\underline{44}}$	tai^{31}	tɕiŋ^{13}/ka^{33}	fʊŋ^{21}	lɔŋ^{31}/ ŋ̥waŋ^{31}
43y3	大	州	至	凡	七	千	戸
	tai^{21}	tsjəu^{33}	dei^{13}	paŋ^{31}	ts^{h}jəʔ$^{\underline{44}}$	ts^{h}iŋ^{33}	bəu^{13}
	横	倉	載	殺	萬	由	良/人
	wɛŋ^{21}	ts^{h}ɔŋ^{33}	tswai^{13}	mai^{33}	maŋ^{21}	jəu^{31}	lwaŋ^{31}/ ŋ̥(ĭ)əŋ^{31}
43y4	大	州	出	得	好	青	米
	tai^{21}	tsjəu^{33}	ts^{h}wʌʔ$^{\underline{44}}$	tuʔ$^{\underline{44}}$	k^{h}u$^{\underline{45}}$	ts^{h}iŋ^{31}	mai^{33}
	貴	州	出	得	好	清	娘/人
	kwei^{13}	tsjəu^{33}	ts^{h}wʌʔ$^{\underline{44}}$	tuʔ$^{\underline{44}}$	k^{h}u$^{\underline{45}}$	ts^{h}iŋ^{33}	ŋ̥waŋ^{31}/ ŋ̥(ĭ)əŋ^{31}
43y5	大	州	至	凡	七	千	萬/戸
	tai^{21}	tsjəu^{33}	dei^{13}	paŋ^{31}	ts^{h}jəʔ$^{\underline{44}}$	ts^{h}iŋ^{33}	maŋ^{21}/bəu^{13}
	横	倉	載	米	萬	由	娘
	wɛŋ^{21}	ts^{h}ɔŋ^{33}	tswai^{13}	mai^{33}	maŋ^{21}	jəu^{31}	ŋ̥waŋ^{31}
43y6	大	州	出	得	好	青	米
	tai^{21}	tsjəu^{33}	ts^{h}wʌʔ$^{\underline{44}}$	tuʔ$^{\underline{44}}$	k^{h}u$^{\underline{45}}$	ts^{h}iŋ^{33}	mai^{33}
	運	下	貴	州	養	聖	娘
	wʌŋ^{21}	dʑi^{21}	kwei^{13}	tsjəu^{33}	jʊŋ^{33}	siŋ^{13}	ŋ̥waŋ^{31}
43y7	大	州	至	凡	七	千	戸/萬
	tai^{21}	tsjəu^{33}	dei^{13}	paŋ^{31}	ts^{h}jəʔ$^{\underline{44}}$	ts^{h}iŋ^{33}	bəu^{13}/maŋ^{21}
	横	倉	載	米	萬	田	音/條
	wɛŋ^{21}	ts^{h}ɔŋ^{33}	tswai^{13}	mai^{33}	maŋ^{21}	tiŋ^{31}	jəŋ^{33}/ti^{31}
43y8	莫	怪	歌	詞	相	説	報
	ji^{13}	kwai^{13}	ka^{31}	tsei^{31}	faŋ^{31}	su$^{\underline{45}}$	bu^{13}
	又	至	路	司	通	到	京/朝
	jəu^{21}	dei^{13}	ləu^{21}	fei^{33}	t^{h}ʌŋ^{33}	t^{h}au^{13}	tɕiŋ^{33}/tsi^{31}
43y9	日	頭	相	克	天	星	上
	ŋ̥u^{21}	tau^{31}	faŋ^{31}	kaʔ$^{\underline{44}}$	t^{h}iŋ^{33}	fiŋ^{33}	tswaŋ^{21}

	官	人	相	克	入	州	庭
	tɕwəŋ^{33}	ȵ(ĭ)əŋ^{31}	faŋ^{31}	kaʔ$^{\underline{44}}$	pi^{21}	tsjəu^{33}	tiŋ^{31}

第44丁

44x1	日/大	頭/海	相	克	海	心	上
	ȵu^{21}/tai^{21}	tau^{31}/k^{h}wai$^{\underline{45}}$	faŋ^{31}	kaʔ$^{\underline{44}}$	k^{h}wai$^{\underline{45}}$	fjəŋ^{33}	tswaŋ^{21}
	七	星	相	克	月	邊	聞
	ts^{h}jəʔ$^{\underline{44}}$	fiŋ^{33}	faŋ^{31}	kaʔ$^{\underline{44}}$	ȵu^{21}	piŋ^{33}	mwʌŋ^{21}
44x2	大	船	相	克	天	星	上
	tai^{21}	tsʊŋ^{31}	faŋ^{31}	kaʔ$^{\underline{44}}$	t^{h}iŋ^{33}	fiŋ^{33}	tswaŋ^{21}
	秀	才	相	克	入	州	庭
	fjəu^{13}	tswai^{31}	faŋ^{31}	kaʔ$^{\underline{44}}$	pi^{21}	tsjəu^{33}	tiŋ^{31}
44x3	大	州	裡	頭	至	學	院
	tai^{21}	tsjəu^{33}	lei^{33}	tau^{31}	dei^{13}	hɔ^{31}	gwəŋ^{21}
	貴	州	兩	路	置	書	堂
	kwei^{13}	tsjəu^{33}	ljaŋ^{21}	ləu^{21}	tei^{13}	səu^{31}	tɔŋ^{31}
44x4	出	世	凡	人	讀	不	盡
	ts^{h}wʌʔ$^{\underline{44}}$	sei^{13}	paŋ^{31}	ȵ(ĭ)əŋ^{31}	tu^{21}	jaŋ^{21}	tsiŋ^{21}
	天	子	讀	盡	萬	書	行/衍
	t^{h}iŋ^{33}	tsei$^{\underline{45}}$	tu^{21}	tsiŋ^{21}	maŋ^{21}	səu^{33}	heŋ^{31}/hɔŋ^{31}
44x5	大	州	裡	頭	置	學	院
	tai^{21}	tsjəu^{33}	lei^{33}	tau^{31}	tei^{13}	hɔ^{31}	gwəŋ^{21}
	貴	州	兩	路	置	書	公/生
	kwei^{13}	tsjəu^{33}	ljaŋ^{21}	ləu^{21}	tei^{13}	səu^{31}	kɔŋ^{33}/seŋ^{33}
44x6	置	得	相/秀	公/才	州/相	公/公	坐
	tei^{13}	tuʔ$^{\underline{44}}$	faŋ^{31}/fjəu^{13}	kʌŋ^{33}/tswai^{31}	tsjəu^{33}/faŋ^{31}	kɔŋ^{33}/kʌŋ^{33}	tsɔ^{13}
	伏	前	書	卷	不	離	脚/台
	pu^{21}	tsiŋ^{31}	səu^{33}	hɔŋ^{21}	jaŋ^{21}	lei^{31}	tɕuʔ$^{\underline{44}}$/twai^{31}
44x7	大	州	裡	頭	置	學	院
	tai^{21}	tsjəu^{33}	lei^{33}	tau^{31}	tei^{13}	hɔ^{31}	gwəŋ^{21}
	貴	州	兩	路	置	書	公/生

	kwei^{13}	tsjəu^{33}	ljaŋ^{21}	ləu^{21}	tei^{13}	səu^{33}	kɔŋ^{33}/seŋ^{33}
44x8	置	得	書	公/生	州	裡	座
	tei^{13}	tuʔ$^{\underline{44}}$	səu^{31}	kɔŋ^{33}/seŋ^{33}	tsjəu^{33}	lei^{33}	tsɔ^{13}
	又	置	筆	頭	手	裡	籠/行
	jəu^{21}	tei^{13}	paʔ$^{\underline{44}}$	tau^{31}	sjəu$^{\underline{45}}$	lei^{33}	lwʌŋ^{31}/heŋ^{31}
44x9	大	州	裡	頭	置	學	院
	tai^{21}	tsjəu^{33}	lei^{33}	tau^{31}	tei^{13}	hɔ^{31}	gwəŋ^{21}
	貴	州	兩	路	置	書	高/停
	kwei^{13}	tsjəu^{33}	ljaŋ^{21}	ləu^{21}	tei^{13}	səu^{31}	ku^{33}/tiŋ^{31}
44y1	置	得	書	高/停	州/相	裡/公	坐
	tei^{13}	tuʔ$^{\underline{44}}$	səu^{33}	ku^{33}/tiŋ^{31}	tsjəu^{33}/faŋ^{31}	lei^{33}/kʌŋ^{33}	tsɔ^{13}
	腰	上	又	縛	系	綫	綢/青
	jau^{33}	tswaŋ^{21}	jəu^{21}	dzəŋ^{21}	fei^{31}	fiŋ^{13}	tʰu^{33}/tsʰiŋ^{31}
44y2	大	州	裡	頭	置	學	院
	tai^{21}	tsjəu^{33}	lei^{33}	tau^{31}	tei^{13}	hɔ^{31}	gwəŋ^{21}
	學	院	也	完/平	州	也	完/平
	hɔ^{31}	gwəŋ^{21}	ja^{21}	jʊŋ^{31}/peŋ^{31}	tsjəu^{33}	ja^{21}	jʊŋ^{31}/peŋ^{31}
44y3	學	院	也	完/平	州	也	定
	hɔ^{31}	gwəŋ^{21}	ja^{21}	jʊŋ^{31}/peŋ^{31}	tsjəu^{33}	ja^{21}	tiŋ^{21}
	除	司	相	克	入	州	門
	tsu^{31}	fei^{33}	faŋ^{31}	kaʔ$^{\underline{44}}$	pi^{21}	tsjəu^{33}	mwʌŋ^{31}
44y4	貓	兒	上	得	相	公	宅/坐
	mau^{31}	ȵi^{33}	tswaŋ^{21}	tuʔ$^{\underline{44}}$	faŋ^{31}	kʌŋ^{33}	tse^{31}/tsɔ^{13}
	皮	鞋	上	得	相	公	前/廳
	pei^{31}	hɛ^{21}	tswaŋ^{21}	tuʔ$^{\underline{44}}$	faŋ^{31}	kʌŋ^{33}	tsiŋ^{31}/tʰiŋ^{33}
44y5	墨/銀	盤/瓶	對	得	相	公	坐
	mɛ^{21}/ȵwaŋ^{31}	pʊŋ^{31}/peŋ^{31}	twai^{13}	tuʔ$^{\underline{44}}$	faŋ^{31}	kʌŋ^{33}	tsɔ^{13}
	筆	頭	記	得	相	公	名/言
	paʔ$^{\underline{44}}$	tau^{31}	dʑi^{13}	tuʔ$^{\underline{44}}$	faŋ^{31}	kʌŋ^{33}	meŋ^{31}/ȵiŋ^{31}
44y6	老	鼠	偷	吃	貓	兒	飯

	ləu^{31}	səu$^{\underline{45}}$	tʰau^{31}	tɕʰiʔ$^{\underline{44}}$	mau^{31}	ȵi^{33}	pəŋ^{21}
	貓	兒	寫	狀	下	街	遊/來
	mau^{31}	ȵi^{33}	fwi$^{\underline{45}}$	tsʊŋ^{13}	dʑi^{21}	tɕai^{33}	jəu^{31}/tai^{31}
44y7	不	信	但	看	明	月	晏
	jaŋ^{21}	sjəŋ^{13}	taŋ^{21}	kʰaŋ^{13}	meŋ^{31}	ȵu^{21}	ʔaŋ^{13}
	老	鼠	擔	枷	入	縣	門/街
	ləu^{31}	səu$^{\underline{45}}$	daŋ^{33}	tɕa^{33}	pi^{21}	gwəŋ^{21}	mwʌŋ^{31}/ tɕai^{33}
44y8	老	鼠	偷	吃	貓	兒	飯
	ləu^{31}	səu$^{\underline{45}}$	tʰau^{31}	tɕʰi$^{\underline{45}}$	mau^{31}	ȵi^{33}	pəŋ^{21}
	貓	兒	寫	狀	下	州	論/高
	mau^{31}	ȵi^{33}	fwi$^{\underline{45}}$	tsʊŋ^{13}	dʑi^{21}	tsjəu^{33}	lwʌŋ^{31}/ku^{33}
44y9	不	信	但	看	明	月	晏
	jaŋ^{21}	sjəŋ^{13}	taŋ^{21}	kʰaŋ^{13}	meŋ^{31}	ȵəʔ$^{\underline{44}}$	waŋ^{13}
	老	鼠	擔	枷	入	縣	門/牢
	ləu^{31}	səu$^{\underline{45}}$	daŋ^{31}	tɕa^{33}	pi^{21}	gwəŋ^{21}	mwʌŋ^{31}/ lu^{31}

第45丁

45x1	瑤	人	會/愛	擔	格	木	弩
	ji^{31}	ȵ(ĭ)əŋ^{31}	hwei^{13}/wai^{13}	daŋ^{33}	dʑɛʔ$^{\underline{34}}$	mu^{21}	nəu^{33}
	販	客	愛	擔	桑	柘	鎗/枯
	pəŋ$^{\underline{45}}$	dʑɛʔ$^{\underline{34}}$	wai^{13}	daŋ^{33}	sɔŋ^{31}	tsi^{21}	tsʰɔŋ^{33}/ kʰəu^{33}
45x2	●[41)]	人	擔	枷	牢	裡	坐
	bja^{31}	ȵ(ĭ)əŋ^{31}	daŋ^{33}	tɕa^{33}	ləu^{31}	lei^{33}	tsɔ^{13}
	公	人	無	事	説	●	章/圖
	kʌŋ^{31}	ȵ(ĭ)əŋ^{31}	məu^{31}	dzai^{21}	su$^{\underline{45}}$	●	tswaŋ^{33}/ təu^{31}
45x3	瑤	人	愛/會	擔	格	木	弩
	bja^{31}	ȵ(ĭ)əŋ^{31}	wai^{13}/hwi^{13}	daŋ^{33}	dʑɛʔ$^{\underline{34}}$	mu^{21}	nəu^{33}
	販	客	愛	擔	桑	柘[42)]	條/枝
	pəŋ$^{\underline{45}}$	dʑɛʔ$^{\underline{34}}$	wai^{13}	daŋ^{33}	sɔŋ^{31}	tsi^{31}	ti^{31}/tsi^{31}
45x4	●[43)]	人	擔	枷	牢	裡	坐

	bja^{31}	ȵ(ĭ)əŋ^{31}	daŋ^{33}	tɕa^{33}	lau^{31}	lei^{33}	tsɔ^{13}
	公	人	無	事	説	●[44]	飄/思
	kʌŋ^{33}	ȵ(ĭ)əŋ^{31}	məu^{31}	dzai^{21}	su$^{\underline{45}}$	pwʌŋ^{31}	bi^{31}/fei^{33}
45x5	朝	過	州	門	怕	不	怕
	tsi^{31}	tɕwi^{13}	gwəŋ^{21}	mwʌŋ^{31}	dzi^{13}	jaŋ^{21}	niŋ^{31}
	夜	過	縣	門	驚	不	驚
	ji^{13}	tɕwi^{13}	gwəŋ^{21}	mwʌŋ^{31}	tɕiŋ^{33}	jaŋ^{21}	tɕiŋ^{33}
45x6	清	水	流	來	纏	州	轉
	tsʰiŋ^{31}	swi$^{\underline{45}}$	ljəu^{33}	tai^{31}	dzeŋ^{31}	tsjəu^{33}	dzwʌŋ^{13}
	書	字	出	來	今	牒	今
	səu^{33}	dzaŋ^{21}	tsʰwʌʔ$^{\underline{44}}$	tai^{31}	tɕ(ĭ)əŋ^{31}	tiŋ^{21}	tɕiŋ^{33}
45x7	朝	過	州	門	怕	不	怕[45]
	tsi^{31}	tɕwi^{13}	tsjəu^{33}	mwʌŋ^{31}	dzi^{13}	jaŋ^{21}	dzi^{13}
	夜	過	縣	門	休/驚	不/不	休/驚
	ji^{13}	tɕwi^{13}	gwəŋ^{21}	mwʌŋ^{31}	hjəu^{33}/	jaŋ^{21}/	hjəu^{33}/
					tɕiŋ^{33}	jaŋ^{21}	tɕiŋ^{33}
45x8	莫	怪	歌	詞	相	説	報
	ji^{13}	kwai^{13}	ka^{31}	tsei^{31}	faŋ^{31}	su$^{\underline{45}}$	bu^{13}
	聖	子	入	州	羅	聖/鼓	遊/聲
	siŋ^{13}	tsei$^{\underline{45}}$	pi^{21}	tsjəu^{33}	lɔ^{21}	siŋ^{13}/kəu$^{\underline{45}}$	jəu^{31}/siŋ^{33}
45x9	朝	過	州	門	怕	不	怕
	tsi^{31}	tɕwi^{13}	tsjəu^{33}	mwʌŋ^{31}	dzi^{13}	jaŋ^{21}	dzi^{13}
	夜	過	縣	門	更	鼓	聲
	ji^{13}	tɕwi^{13}	gwəŋ^{21}	mwʌŋ^{31}	tɕeŋ^{31}	kəu$^{\underline{45}}$	siŋ^{33}
45y1	玉	●	原	來	巷	上	吹
	ȵu^{21}	●	ȵwəŋ^{31}	tai^{31}	hɔŋ^{21}	tswaŋ^{21}	tɕʰwəŋ$^{\underline{45}}$
	更/州	鼓/門	原/更	來/鼓	樓/不	上/曾	聲/停
	tɕeŋ^{31}/	kəu$^{\underline{45}}$/	ȵwəŋ^{31}/	tai^{31}/	lau^{31}/	tswaŋ^{21}/	siŋ^{33}/
	tsjəu^{33}	mwʌŋ^{31}	tɕeŋ^{31}	kəu$^{\underline{45}}$	jaŋ^{21}	tseŋ^{33}	tiŋ^{31}
45y2	盤	州	大	船	七	尺	闊
	pjəŋ^{31}	tsjəu^{33}	tai^{21}	tsʊŋ^{31}	tsʰjəʔ$^{\underline{44}}$	tsʰiʔ$^{\underline{44}}$	dʑwʌʔ$^{\underline{34}}$
	重	●	到	底	七	行	分/成
	tswʌŋ^{13}	●	tuʔ$^{\underline{44}}$	di$^{\underline{24}}$	tsʰjəʔ$^{\underline{44}}$	heŋ^{31}	pʊŋ^{33}/

							tsjaŋ^{31}
45y3	莫	怪	歌	詞	相	説	報
	ji^{13}	kwai^{13}	ka^{31}	tsei^{31}	faŋ^{31}	su$^{\underline{45}}$	bu^{13}
	大	船	蓬	過	見	天	門/心
	tai^{21}	tsʊŋ^{31}	pwʌŋ^{31}	tɕwi^{13}	tɕiŋ^{13}	tʰiŋ^{33}	mwʌŋ^{31}/ fjəŋ^{33}
45y4	東	海	龍	門	出	石	卵
	tʌŋ^{33}	kʰwai$^{\underline{45}}$	lwʌŋ^{31}	mwʌŋ^{31}	tsʰwʌʔ$^{\underline{44}}$	tsi^{21}	l̥ʊŋ^{13}
	西	海	龍	門	出	石	螺/珠
	fai^{33}	kʰwai$^{\underline{45}}$	lwʌŋ^{31}	mwʌŋ^{31}	tsʰwʌʔ$^{\underline{44}}$	tsi^{21}	lɔ^{31}/tsəu^{33}
45y5	南	安	寺	裡	出	金	水
	naŋ^{31}	waŋ^{33}	taŋ$^{\underline{45}}$	lei^{33}	tsʰwʌʔ$^{\underline{44}}$	tɕ(ĭ)əŋ^{33}	swi$^{\underline{45}}$
	貴	州	洞	口	出	金	鵝/魚
	kwei^{13}	tsjəu^{33}	tʌŋ^{21}	kʰəu$^{\underline{45}}$	tsʰwʌʔ$^{\underline{44}}$	tɕ(ĭ)əŋ^{33}	ŋɔ^{31}/ ŋ̥(ĭ)əu^{33}
45y6	大	船	立	立	三	江	口
	tai^{21}	tsʊŋ^{31}	ljə^{21}	ljə^{21}	faŋ^{31}	kɔŋ^{33}	kʰu$^{\underline{45}}$
	石	壁	里	磊	等	江	灘/州
	tsi^{31}	pi$^{\underline{45}}$	lei^{31}	lwei^{21}	taŋ$^{\underline{45}}$	kɔŋ^{31}	tʰaŋ^{33}/ tsjəu^{33}
45y7	盤	州	歌	詞	都	唱	了
	pjəŋ^{31}	tsjəu^{33}	ka^{31}	tsei^{31}	tɕʰ(ĭ)aŋ^{13}	tsʰwaŋ^{13}	li^{33}
	不	知	那	路	向	河	灘/流
	jaŋ^{21}	pei^{33}	hai^{13}	ləu^{21}	hjaŋ^{13}	hɔ^{31}	tʰaŋ^{33}/ljəu^{31}

第46丁

46x1	四	段	荷	葉	盃		
	—	—	—	—	—		
46x2	荷	葉	盃	中	松	柏	茂
	hɔ^{31}	hji^{21}	pwi^{33}	twʌŋ^{33}	tsʌŋ^{31}	pɛʔ$^{\underline{44}}$	məu^{21}
	拍	上	青	山	松	杵	
	pɛʔ$^{\underline{44}}$	tswaŋ^{21}	tsʰiŋ^{33}	sjəŋ^{33}	tsʌŋ^{31}	tsəu^{21}	
46x3	能	青	能	白	又	能	紅
	n̥aŋ$^{\underline{24}}$	tsʰiŋ^{33}	n̥aŋ$^{\underline{24}}$	pɛʔ$^{\underline{44}}$	jəu^{21}	n̥aŋ$^{\underline{24}}$	hʌŋ^{31}

	求	官	愛	念	打	手	籠
	tɕ(ĭ)əu^{31}	tɕwəŋ^{33}	wai^{13}	niŋ^{21}	ta$^{\underline{45}}$	sjəu$^{\underline{45}}$	lwʌŋ^{31}
46x4	打	得	手	籠	安	手	裡
	ta$^{\underline{45}}$	tuʔ$^{\underline{44}}$	sjəu$^{\underline{45}}$	lwʌŋ^{31}	waŋ^{33}	sjəu$^{\underline{45}}$	lei^{33}
	睡	到	五	更	流	去	
	tswei^{21}	tʰau^{13}	ŋ̍^{33}	tɕeŋ^{33}	ljəu^{31}	tɕʰ(ĭ)əu^{13}	
46x5	入	花	宮				
	pi^{21}	kʰwa^{33}	tɕwəŋ^{33}				
	巳	時	落	日			
	tsei^{33}	tsei^{31}	lɔ^{21}	ȵ̥əʔ$^{\underline{44}}$			
	得	相	逢				
	tuʔ$^{\underline{44}}$	faŋ^{31}	pwʌŋ^{31}				
	荷	葉	會				
	hɔ^{31}	hji^{21}	hwi^{13}				
46y1	中	葉	過	岸			
	twʌŋ^{33}	hji^{21}	tɕwi^{13}	ŋaŋ^{21}			
	何	歸	海	岸			
	hɔ^{31}	kwei^{33}	kʰwai$^{\underline{45}}$	ŋaŋ^{21}			
	滿	河	流				
	mjəŋ^{33}	hɔ^{31}	ljəu^{31}				
	黃	霜	落	日			
	hwaŋ^{31}	sɔŋ^{33}	lɔ^{21}	ȵ̥əʔ$^{\underline{44}}$			
46y2	正	合	求				
	tsiŋ^{13}	kaʔ$^{\underline{44}}$	tɕ(ĭ)əu^{31}				
	荷	葉	盃	中	眞	荷	葉
	hɔ^{31}	hji^{21}	pwi^{33}	twʌŋ^{33}	tsjəŋ^{33}	hɔ^{31}	hji^{21}
	巳	般	黃				
	tsei^{33}	paŋ^{33}	jwaŋ^{31}				
46y3	郎	來	一	夜	望	天	光
	lɔŋ^{31}	tai^{31}	jəʔ$^{\underline{44}}$	ji^{13}	maŋ^{21}	tʰiŋ^{33}	dʑwaŋ^{33}
	抄	手	四	行	象	老	大
	tsʰau^{31}	sjəu$^{\underline{45}}$	fei^{13}	heŋ^{31}	hjaŋ^{13}	lu^{33}	tai^{21}
46y4	四	行	老	大			

fei^{13} heŋ^{31} lu^{31} ŋ̥(ĭ)əŋ^{31}

四 行 娘

fei^{13} heŋ^{31} ŋ̥waŋ^{31}

寬 寬 坐 位

dʑwaŋ^{31} dʑwaŋ^{31} tsɔ^{13} wei^{21}

我 回 鄉

ʔɔ^{21} wi^{31} hjwaŋ^{33}

46y5 回 鄉 轉 步

wi^{31} hjwaŋ^{33} dzwʌŋ^{13} pəu^{21}

斷 中 央

tʊŋ^{13} tsʌŋ^{33} jaŋ^{33}

荷 葉 盃 中

hɔ^{31} hji^{21} pwi^{33} twʌŋ^{33}

46y6 羊 孤 獨

jaŋ^{31} ku^{33} du^{21}

無 人 攬 路

məu^{31} ŋ̥(ĭ)əŋ^{31} laŋ^{31} ləu^{21}

不 成 仁

jaŋ^{21} tsjaŋ^{31} ŋ̥(ĭ)əŋ^{31}

朝 朝 掃 屋 着 人 庄

tsi^{31} tsi^{31} pəu^{21} ʔəʔ$^{\underline{44}}$ tuʔ$^{\underline{44}}$ ŋ̥(ĭ)əŋ^{31} tsɔŋ^{33}

46y7 養 得 三 年 羊 牯 大

jʊŋ^{33} tuʔ$^{\underline{44}}$ faŋ^{31} niŋ^{33} jʊŋ^{31} kəu$^{\underline{45}}$ tai^{21}

托 下 廣 州 打 事

tɔ^{31} dʑi^{21} tɕwaŋ$^{\underline{45}}$ tsjəu^{33} ta$^{\underline{45}}$ dzai^{21}

46y8 十 三 雙

tsjə^{21} faŋ^{33} sʊŋ^{33}

官 人 去 看

tɕwəŋ^{31} ŋ̥(ĭ)əŋ^{31} tɕ^{h}(ĭ)əu^{13} k^{h}aŋ^{13}

四 行 娘

fei^{13} heŋ^{31} ŋ̥waŋ^{31}

荷 葉 盃 中

hɔ^{31} hji^{21} pwi^{33} twʌŋ^{33}

46y9 好 傳 語

kʰu$^{\underline{45}}$ tsʊŋ^{31} ŋ̥(ĭ)əu^{33}

路 逢 菓 子 未 曾 尝

ləu^{21} pwʌŋ^{31} koʔ$^{\underline{44}}$ tsei$^{\underline{45}}$ mei^{21} dzɛŋ^{33} sei^{13}

第 47 丁

47x1 將 為 家 裡 養 爺 娘

tsjaŋ^{31} wei^{31} tɕa^{33} lei^{33} jʊŋ^{33} ji^{31} ŋ̥waŋ^{31}

爺 娘 養 子 自 苦 難

ji^{31} ŋ̥waŋ^{31} jʊŋ^{33} tsei$^{\underline{45}}$ tsəŋ^{21} kʰəu$^{\underline{45}}$ naŋ^{31}

47x2 五 更 點 燈 看 爺 娘

ŋ̍^{33} tɕeŋ^{33} tjəŋ$^{\underline{45}}$ taŋ^{33} kʰaŋ^{13} ji^{31} ŋ̥waŋ^{31}

爺 娘 睡 濕 子 睡 乾

ji^{31} ŋ̥waŋ^{31} tswei^{21} si^{31} tsei$^{\underline{45}}$ tswei^{21} kaŋ^{33}

47x3 今 夜 五 更 得 梦

tɕ(ĭ)əŋ^{31} ji^{13} ŋ̍^{33} tɕeŋ^{33} tuʔ$^{\underline{44}}$ mwʌŋ^{21}

梦 見 蓮 塘 花 發 白 蓮 蓮

mwʌŋ^{21} tɕiŋ^{13} liŋ^{31} tɔŋ^{31} kʰwa^{33} faʔ$^{\underline{44}}$ pɛ^{21} liŋ^{31} liŋ^{31}

47x4 朝 朝 折 上 伕 前 安

tsi^{31} tsi^{31} tsaŋ$^{\underline{45}}$ tswaŋ^{21} pu^{21} tsiŋ^{31} waŋ^{33}

折 得 一 枝 捨 世 伕 十 分

tsəʔ$^{\underline{44}}$ tuʔ$^{\underline{44}}$ jəʔ$^{\underline{44}}$ tsi^{33} si$^{\underline{45}}$ sei^{13} pu^{21} tsjə^{21} pʊŋ^{33}

47x5 捨 世 不 嫌？ 冷

si$^{\underline{45}}$ sei^{13} jaŋ^{21} — —

手 拈 筶 子 定 陰 陽

sjəu$^{\underline{45}}$ tʰiʔ$^{\underline{44}}$ dʑa^{13} tsei$^{\underline{45}}$ tiŋ^{21} jəŋ^{33} jwaŋ^{31}

47x6 今 夜 五 更 花 發 早

tɕ(ĭ)əŋ^{33} ji^{13} ŋ̍^{33} tɕeŋ^{33} kʰwa^{33} faʔ$^{\underline{44}}$ dzjəu$^{\underline{24}}$

隨 哥 隨 嫂 又 隨 兄

dzwei^{31} kɔ^{33} dzwei^{31} fəu$^{\underline{45}}$ jəu^{21} dzwei^{31} hjwəŋ^{33}

47x7 口 含 眼 淚 不 曾 停

kʰəu$^{\underline{45}}$ haŋ^{21} ŋ̥iŋ^{31} lwei^{21} jaŋ^{21} tɕeŋ^{33} tiŋ^{31}

三 箇 小 娘 共 櫈 坐

faŋ^{33} kɔ^{13} fwi$^{\underline{45}}$ ŋ̥waŋ^{31} tɕwəŋ^{21} taŋ^{13} tsɔ^{13}

47x8	手	拿	筶	子	引	娘	吹
	sjəu$^{\underline{45}}$	ȵʊŋ^{33}	dʑa^{13}	tsei$^{\underline{45}}$	jəŋ^{33}	ȵwaŋ^{31}	tsʰwei^{33}
	引	吹	引	唱	引	雙	歸
	jəŋ^{33}	tsʰwei^{33}	jəŋ^{33}	tsʰwaŋ^{13}	jəŋ^{33}	sɔŋ^{33}	kwei^{33}
47y1	今	夜	五	更	得	箇	梦
	tɕ(ĭ)əŋ^{33}	ji^{13}	ŋ̍^{33}	tɕeŋ^{33}	tuʔ$^{\underline{44}}$	kɔ^{13}	mwʌŋ^{13}
	梦	見	州	庭	相	打	
	mwʌŋ^{13}	tɕiŋ^{13}	tsjəu^{33}	tiŋ^{31}	faŋ^{31}	taʔ$^{\underline{44}}$	
47y2	州	庭	相	打	手	條	鎗
	tsjəu^{33}	tiŋ^{31}	faŋ^{31}	taʔ$^{\underline{44}}$	sjəu$^{\underline{45}}$	ti^{31}	tsʰɔŋ^{33}
	龍	鱗	衣	甲	使	金	裝
	lɔŋ^{31}	liŋ^{31}	ʔʒ̩i^{33}	ʔaʔ$^{\underline{44}}$	sai$^{\underline{45}}$	tɕ(ĭ)əŋ^{31}	tsɔŋ^{33}
47y3	父	母	本	錢	三	百	貫
	pu^{21}	məu^{33}	pwʌŋ$^{\underline{45}}$	tsiŋ^{31}	faŋ^{31}	pɛʔ$^{\underline{44}}$	kʊŋ^{13}
	隨	娘	心	意	對	成	雙
	dzwei^{31}	ȵwaŋ^{31}	fjəŋ^{33}	ʔʒ̩i^{13}	twai^{13}	tsjaŋ^{31}	sɔŋ^{33}
47y4	銅	打	鐵	刀	打	刀	鈎
	tʌŋ^{31}	ta$^{\underline{45}}$	l̥iʔ$^{\underline{44}}$	tu^{33}	ta$^{\underline{45}}$	tu^{33}	kau^{33}
	拖	下	深	塘？	○	釣？	
	tʰɔ^{33}	dʑi^{21}	sjəŋ^{31}	tɔŋ^{31}	—	—	
47y5	鈎	魚	腮				
	kau^{33}	ȵ(ĭ)əu^{33}	sai^{33}				
	拖	歸	家	裡	慢	除	鱗
	tʰɔ^{33}	kwei^{33}	tɕa^{33}	lei^{33}	maŋ^{21}	ji^{41}	liŋ^{31}
	三	放	除	鱗	莫	放	去
	faŋ^{33}	pʊŋ^{13}	ji^{41}	liŋ^{31}	ji^{13}	pʊŋ^{13}	tɕʰ(ĭ)əu^{13}
47y6	今	過	龍	門	水	埠	
	tɕ(ĭ)əŋ^{33}	tɕwi^{13}	lwʌŋ^{31}	mwʌŋ^{31}	swi$^{\underline{45}}$	pəu^{21}	
	裡	頭	居				
	lei^{33}	tau^{31}	tsəu^{21}				
47y7	拖	歸	家	裡	滿	台	補
	tʰɔ^{33}	kwei^{33}	tɕa^{33}	lei^{33}	mjəŋ^{13}	twai^{31}	pʰəu^{33}

参考文献

吉川雅之. 2015.「ミエン語（勉語）藍山匯源方言調査報告」、『神奈川大学アジアレビュー』2: 98-116.

注

1）音節開始点が高音域に在る調類3aでは、半狭母音の［ɘ］で実現する。
2）又音も含め、得られた音価が経文の漢字に直接対応しない箇所が散見されたが、経文自身の誤写がその一因たるとの指摘は免れ得まい。例えば、第41丁表第3行「飯」jəŋ[45]は正しくは「飲」であると思われる。
3）音価に対応する漢字は「絲」。
4）音価に対応する漢字は「齊」。
5）又fu53。調値［53］はここでのみ確認された。連読変調による調値と思われる。
6）音価に対応する漢字は「單」。
7）又jəŋ13。
8）又tuʔ44。
9）音価に対応する漢字は「關」か。
10）又lɔ31。
11）又seŋ31。
12）音価に対応する漢字は「我」。
13）又hɔ31。
14）又tsai45。
15）音価に対応する漢字は「出」。
16）又tsʊŋ13。
17）又bjəu31。
18）又tʰəu45。
19）又siŋ33。
20）又lɔ31。
21）又tʌŋ31。
22）又pu21。
23）又tsiŋ13。
24）又tsiŋ13。
25）又dʌŋ31。
26）又lwaŋ21。
27）又dzwai31。
28）又tsi31。
29）又su33。

30）音価に対応する漢字は「盡」。

31）音価に対応する漢字は「得」。

32）又 kʌŋ33。

33）音価に対応する漢字は「花」。

34）音価に対応する漢字は「江」。

35）又 la31。

36）又 la31。

37）又 la31。

38）又 tɕei21。

39）又 taŋ31。

40）又 taŋ21。

41）音価に対応する漢字は「瑤」。

42）又 tsi33。

43）音価に対応する漢字は「瑤」。

44）音価に対応する漢字は「颪」か。

45）又 niŋ31。

ヤオ族宗教文献「意者書」から見る還家願儀礼

―― 大庁意者の問卦と許願の部分を中心に ――

Yao Huanjiayuan Ritual seen from Ritual Text "Yizheshu"

―― Centering on Wengua and Xuyuan in Dating Yizhe ――

丸山　宏

はじめに

本論文は、湖南省藍山県のミエン系ヤオ族が創造し伝承してきた宗教文献の中、意者書に注目して、意者書をめぐる初歩的な諸問題を提起し、また意者書を読み解いて還家願儀礼についての理解を深めることを目的とするものである。意者とは神に意を陳述することであり、挙行する儀礼の背景、個別の儀礼を行うにいたる過程、法師の儀礼の経歴など重要な情報を含み、口述で表現されるのが一般的である。その一方で、漢字により書写されて、「意者書」のジャンルの宗教文献としても存在している。

本論文は、数年来、筆者がヤオ族宗教文献の中でも意者書に強い関心を抱いてきたことに始まり、特に 2015 年 2 月に藍山県の趙金付法師から大庁意者の冒頭部分を、さらに同年 8 月に大庁意者の全文を提供していただき、関連する多くの質問に答えてくださったご厚意に依拠しているところが非常に大きい。筆者の問題意識としては、藍山県の還家願儀礼に関する代表的な先行する調査成果である張勁松・趙群・馮榮軍の研究においても、きわめて長大な還家願の大庁意者については、具体的な録文やその分析がおこなわれていないことを、補う必要があると考えている[1)]。

本論文では、第 1 節では、まず筆者の見ることができた意者書のジャンルに属する資料の概況を紹介する。ついで第 2 節では、大庁意者を述べることが、実際の還家願儀礼のプログラムの中でどのような位置にあるかを述べる。第 3 節では、趙金付法師の提供にかかる大庁意者の全体構成を簡潔に紹介し、第 4 節では、大庁意者の冒頭の問卦と許願の一部分を読み解き、儀礼内容がどのように表現されているかを示す。第5節では、藍山県の別の意者書に基づいて、許願儀礼に限定して、その内容構成を把握したい。最後に意者書研究の意義を提起して結びとする。

1. 関連する資料について

以下に、筆者がこれまでに目睹し得た主要な意者書の資料について列記したい。文献にアルファベットを付して提示していく。

文献A) 湖南藍山県、趙金付法師（編写）、馮栄軍法師（謄録）。2015年4月の紀年がある。
この文献は『過山瑤趙姓還家願 東庁意者書』と題する[2]。全111頁。廣田律子教授の撮影した写真を利用。この文献の全体構成については本論文の第3節を参照されたい。

文献B) 湖南藍山県、盤保古法師所蔵。表紙は欠落しており、『意者書 三座還願保書』と仮題を付すことができる。全71頁。ヤオ族文化研究所所蔵テキスト目録B-8である。これは、2006年に馮栄軍氏の家で行われた還家願に用いられた。廣田律子教授の撮影した写真を利用。書尾には、盤法銀、趙貴旺、法盛　書壹本と記載し、1989年の紀年がある。この文献の全体構成は第3節、許願の部分の録文は第5節に示した。

文献C) 湖南藍山県、趙金付法師所蔵。『盤龍趙姓還願大庁意者書一部』と題する。全42頁。2015年8月、廣田律子教授の撮影した写真がある。意者の部分の文末に、皇上光緒三十四年（1908）次戊申歳二月初九日午時成功、小源大婆冲（犁頭郷）、趙明興、親筆抄録為記とある。内容は、瑶人由来、許元盆願、許招兵願、許歌堂願（花深良願）である。

以下は、藍山県以外の地域の資料である。

文献D) 湖南江華県、『大通意者』上部、下部と題する。還願用の意者であるが、藍山県の大庁意者より短い文章である[3]。

文献E) 広東乳源県、『大庁意者頭用』と題する[4]。また同じ地域に『千年歌堂書 千年大意者』がある。後者は、一つの村落全体を単位としておこなう大規模儀礼に用いられるという[5)]。

文献F）広西臨桂県宛田瑶族郷東江村茅針屯、趙金貴蔵。『良願酬書』と題する長大な意者である。文中に許願、帮願、還願の語がみえる[6)]。

文献G）安南国東京道、表紙は欠落するが、『意者書』に属する。イギリス、オックスフォード大学、ボードレアン図書館所蔵のヤオ族手抄本、Ox.Sinica 3374、意者部分は46b-82a。還歌堂用の意者である。

次に還家願ではない儀礼に用いる意者資料を示す。

文献H）湖南藍山県,趙金付法師の提供にかかる『道場東庁意者』である。これは、死者を超度するための道場儀礼に用いる[7)]。

文献I）湖南藍山県、趙金付法師所蔵。『幼（御）名意者』と題する。ヤオ族文化研究所所蔵テキスト目録A-16aである。文中に1995年の紀年がある。趙金付法師の度戒儀礼挙行までの許願、帮願、還願の経歴が書かれており、法師が開天門を行う際に神々に自己紹介する必須の文書である[8)]。

地域、法師、依頼主の姓氏、儀礼の種類などにより、意者がどのような異同を有するのかは、ヤオ族内部の儀礼の変異性と共通性の問題として検討を要する課題であり、上記の資料はいずれも十分に解読して特徴を定位することが期される。

2. 大庁意者の還家願儀礼における位置

大庁意者は、趙金付法師によれば、あらゆる意者の中で最長の意者である。儀礼中に請神が終って神々が壇にそろったところで、神々に対して、当該の還願儀礼について、その最初の発端および準備から還願までのすべての過程を説明する内容であり、最低2時間かかり、長い場合は4時間に及ぶ。これをそらんじて、依頼主の状況に適合させつつ、流暢に口述できるかどうかが、ヤオ族の法師として自立できるかどうかという技量の重要な指標となるものである。

還家願儀礼のプログラムにおける大庁意者の位置について、次に2011年11

月に、湖南藍山県所城郷幼江村の盤栄富氏の家で挙行された事例から見ると、以下のようである。まず、当該儀礼に際して、法師が準備した儀礼プログラム概要を示す。

11 月 16 日

上午）落将落兵　下午）升香 請聖　晩上）洗浄発角 許催春願

11 月 17 日

上午）大庁意者　下午）掛家灯　晩上）上光 開壇 還催春願 還元盆願 小運銭

11 月 18 日

上午）大開天門 招五穀兵　下午）還招兵願　晩上）大運銭

11 月 19 日

上午）請盤王　下午）流楽　晩上）坐席 唱盤王大歌

11 月 20 日

上午）唱盤王大歌　下午）送王 謝師　晩上 訪談

11 月 21 日

散袱

これによると、11 月 16 日に請神が済んでおり[9)]、そこで大庁意者は 2 日目の午前に位置している。具体的には、11 月 17 日の午前 10 時 23 分から 12 時 26 分まで、趙金付法師が大庁意者を口述した[10)]。その時に先祖の名簿である家先単を見る以外は、文字資料に頼ることはなく、すべて口述で表現された。筆者は、これを傍聴させていただいたが、「許上宝書、許上宝立」[11)] の句の発音がおびただしく繰り返されることを聞き取ることができた。また 11 月 19 日の午前には、請盤王の後に、盤保古法師が大庁意者を口述した[12)]。

なお、上記のプログラムは依頼主の願書の中に示される三種類の還願、すなわち元盆願（「大堂（大壇ともいう）衆聖」と総称される道教・法教系の神に対する還願）、招兵願（五穀兵および「伝灯過度之人」が授与された兵である家先兵に対する還願）、歌堂願（「三廟聖王」と総称される盤王等に対する還願）を行うことに対応している。また依頼主の願書には書かれない催春願の許願と還願が行われ、それは吃斎を必要とする法事の挙行にかかわり、特に法師や新たに掛三灯する弟子が行う願である[13)]。

3. 大庁意者の全体構成

本節のはじめに、願に関わるいろいろな行為について、2015 年 8 月の趙金付法師からの聞き取りにより理解したことを踏まえて述べておきたい。許願は神に願掛けすることであり、還願は神に恩を感謝して願ほどきをすることである。許願と還願の間に、実際には複数の過程が存在する。帮願は、伸（申）願ともいい、すぐに還願できない場合に、簡単な儀礼をして願の確認をし、かつ還願を延期することである[14)]。帮元盆願には、帮上二個六十忿という表現があり、帮歌堂願には、帮上二個三十扛という言い方がある。帮願は何回行ってもよい。限願は、願限今年今歳冬季十一月還是十二月というように、還願をする当年の初めに、必ず今年の冬に還願をするのであり、それ以上遅らせることはできないことを神に誓う。他にも、椭願があり、これは納願のことで、当年の初めに還願の予定を確認して、それが実際に許願したものより多すぎる場合にすてるという調整をする意味があるという。また転願があり、これは当年の初めに還願の予定を確認して、それが実際に許願したものより少なくて不足する場合に補ってふやすという調整をする意味があるという。

ここで推測を述べるならば、以上のような複雑な行為がある理由は、ひとつには還願儀礼の挙行は経済的に難度が高く準備期間が必要で、延期する必要があること、また長期にわたり許願だけの状態にしておくという不安定な危険性をさける考慮があり、神との契約があやふやにならないように、願掛けの契約内容の正確な保持もしなければならず、神々に対する冒涜の結果となる恐れを回避するために、還願よりは軽い負担の方式で、法師と依頼者が協力して許願と還願の間をつなぐ儀礼を行っているように思われる。こうした必要から生まれる全過程を記しているのが大庁意者の大きな存在意義の一つであろう。

以上の願にかかわる各種の行為を踏まえて、まず文献 A の全体構成を紹介する。頁数の範囲とそこに記される願に関わる活動名称を整理すると以下のようである。

文献Aの全体構成

1a- 問卦 許元盆願 8b- 許歌堂願

15a- 帮元盆願 23a- 帮歌堂願

当年 30a- 帮元盆願 36a- 許招兵願 43a- 限元盆願、44a- 帮、限歌堂願

52a- 請師 58a- 択日 準備

59a- 師出壇 到家主門頭上

60a- 請聖 67a- 許催春願 71a- 掛三灯 還催春願

78b- 還招兵願 89b- 還元盆願 97a- 還歌堂願 111b 完満

この文献Aは、藍山県のヤオ族の小趙（趙金付法師は小趙に属する）の人の習慣を反映しており、まず元盆願と歌堂願を許願し、途中で元盆願と歌堂願を帮願する。当年の初めになると元盆願を帮願し、招兵願を許願し、さらに元盆願を限願し、歌堂願の帮願と限願をする。冬になると招兵願、元盆願、歌堂願すべてを還願する。なお還家願の機会を借りて、掛三灯を行い、それをはさんで前後に催春願の許願と還願をする。文献Aは、以上の全過程が時系列に記されているものである。

文献Bの全体構成

2a- 問卦 許元盆願 11a- 許歌堂願

18a- 帮元盆願 26a- 帮歌堂願

当年 32b- 帮元盆願 36b- 許招兵願 44a- 転歌堂願

52b- 請師 58a- 択日 準備還願

60a- 師出壇 61a- 到家主門頭上 請聖（以下欠文）

文献Bは、盤姓などの習慣を反映する内容を含むと考えられる。それは文献Aにはない転願という表現があることからうかがえる。趙金付法師によれば、藍山県の大盤、小盤、大趙の姓氏に属する人の習慣は、当年初めに元盆願と歌堂願を帮願し、招兵願を許願するほか、多すぎるのをすてる𥝩願、不足を補う転願、そしてこれ以上遅らせない限願をするという[15)]。そして依頼主の願書には𥝩願、転願、限願のことを書いていないが、実際に儀礼として挙行したというこ

とである。なお文献Bは、還願の請神までの文章しかない。これが単純な欠落なのか、それとも実際に誦えられた文脈から見て、明確に還願の請聖までの過程の叙述を目的とし、そこまで書かれていれば十分なものなのか、その事情は不明である。

上に述べたことから、大庁意者の構成内容のあり方やその分量の多さの理由は、藍山県地域のヤオ族社会において習慣として遵守されている許願から還願までの複雑な過程を直接に反映しているものであると理解できる。これだけの儀礼の枠組みがあることに驚くが、筆者は還願の活動を実見しているだけであり、本来的には全過程の中の願にかかわる多様な儀礼実践を逐一に見ることが求められよう。

4. 大庁意者の冒頭部分の録文と書き下し

本節では、大庁意者の文章がどのようなものであるかを、2015年2月に趙金付法師から提供していただいた大庁意者の冒頭部分、すなわち冒頭から問卦を経て許願の碼頭意者のところまでを叙述したものを利用し、その録文と書き下しを示したい。2月に提供していただいた意者は、2015年8月に提供していただいた文献Aの冒頭部分（1a-4a）とほぼ同文であり、対照可能であるが、詳しい校訂を注記せず、別字が可能な場合に括弧付けで録文の中に挿入している。また2月に提供していただいた意者は簡体字で打字してあったので、そのままとし、括弧内の別字については繁体字を使った。さらに書き下しは日本語の常用漢字を用いている。ここで現代日本語訳ではなく、書き下し文にしたのは、原文の文法をなるべく配慮して相応する日本語にあらためる一方で、名詞はもとより、補語を含む動詞などの語彙を、現段階で読みやすい日本語にするのを筆者が躊躇したためである。本節では、冒頭部分を括弧付き数字で便宜的に21段に分け、後ろに各段の要点を示し、若干の考察を加えている。

还家愿大厅意者

（1）意者隆隆跪落本河、提出刘三妹娘歌曲中、意者亮（良）亮（良）跪落本乡、提出刘三妹娘歌曲章、意者连连跪落人厅、提出刘三妹娘歌曲言（声）

意者は隆隆として、本河に跪落す。劉三妹娘の歌曲の中を提出す。意者は亮亮として、本郷に跪落す。劉三妹娘の歌曲の章を提出す。意者は連連として、人の庁に跪落す。劉三妹娘の歌曲の言/声を提出す。

(2) 大木不砍不倒、江水不塞不湾、铜锣不打不声、意者不升不明、意者升在中华国。湖广道、永州蓝山县管下开龙分岔大位地名大源山。

大木は砍らざれば倒れず。江水は塞がざれば湾(まが)らず。銅鑼は打たざれば声(ひび)かざるなり。意者は升(のぼ)さざれば明らかならず。意者の升すること、中華国湖広道、永州藍山県管下、開龍分岔、大位地名大源山に在り。

(3) 前些(歳)以来△音△郡△△△家门头上、带来夫妻男女子孙、无地居住。就来行得△△△得见山头也好、江水又清、地面广阔、(就來)担泥起屋居住、居住年年岁岁、岁岁年年。

前歳以来、某音某郡某某某の家門頭上に、夫妻男女子孫を帯来す。地の居住する無し。就ち来たりて某某某に行得す。見るを得たり、山頭も也(ま)た好く、江水も又た清く、地面は広闊なるを。就ち来たりて泥を担い屋を起てて居住す。居住すること年年歳歳、歳歳年年たり。

(4) 经过○年○月○日、家门头上、因为人丁不旺人口不安、失落猪财鸡财、耕种五分(穀)十分五(無)亩、十二份空空(亡)。男人进山求财不得(財)、挂烂衣衫、女人下水拿鱼不得(魚)、失落人工、投天天远、投水水深、无船过海、无路过山、不奈其何、

某年某月某日を経過す。家門頭上にては、人丁は旺(さかん)ならず、人口は安らかならず、猪財鶏財を失落し、五穀を耕種するに十分に苗無く、十二份に空空にして、男人は山に進(はい)りて財を求むるに財を得ず、爛(やぶれ)たる衣衫を掛け、女人は水に下りて魚を拿るに魚を得ず、人工を失落し、天に投じんとして天は遠く、水に投じんとして水は深く、船の海を過ぎる無く、路の山を過ぎる無く、其れを奈何ともせざる因為(ため)に(下段に続く)

(5) 只有(好)当家理事之人开口商量、手拿四寸横力钥匙、打开柜箱、吊(調)

出金银财帛、打开米桶、吊（調）出打封（卦）米粮、扎在衫胸、口袋里内、脚踏横杆草鞋、手命（拿）遮头凉伞、出门三步、天上亮亮、地下狭窄、无师所请、无道所求、

只だ当家の事を理めるの人有りて、口を開き商量し、手に四寸の横力鑰匙を拿（と）り、柜箱を打開し、金銀財帛を吊出し、打卦の米糧を吊出し、扎して衫胸の口袋の裡内に在らしめ、脚は黄杆の草鞋を踏み、手は遮頭の涼傘を拿り、門を出ること三歩す。（しかるに）天上は亮亮として、地下は狭窄なり。師の請う所も無く、道の求むる所も無し。

(6) 就来行得一方地名○○打挂（卦）先（仙）师、门（問）封（卦）先（仙）人、公王仙娘、家门头上、家门头上之人抽起初（粗）木龙橙（凳）、说报问卦之人、坐落橙（凳）头、坐落橙（凳）尾。男（女）人吊（調）出清茶一盏、女（男）人（調出）过烟一桐（筒）。吃了清茶清烟、心中也润、口中又凉、

就ち来たりて一方の地名某某の打卦仙師、問卦仙人、公王仙娘の家門頭上に行得す。家門頭上の人は、粗木の龍凳を抽起し、問卦の人に説報し、凳頭に坐落し、凳尾に坐落す。女人は清茶一盞を吊出し、男人は過烟一筒を吊出す。清茶清烟を喫了するに、心中も也（ま）た潤い、口中も又た涼し。

(7) 问卦之人、吊（調）出打卦米粮盘延。装起盛（聖）席、连连得句、公王（仙娘）求献阴阳师父、来作（到）身边左右、正是问卦。上是无鬼领事、下也无鬼担当、问来问去、只有他家门头上、大堂众圣、学法坛院面前、少欠许上元盆良愿保（寶）书、三庙云天（聖王）面前头上、少欠许上一个解愁解怨（意）歌坛良愿保（寶）书、就是因为这三座保书[16]、错散人丁、错散人口、错散五谷青苗、错散猪财鸡财。卦中问出、记落分明、（公王）仙娘就回阳转步、谢禄（勞）阴阳师父、

問卦の人は打卦の米糧盤延（筵）を吊出し、聖席を装起し、連連として句を得たり。公王（仙娘）は陰陽師父に求献し、来たりて身辺の左右に到る。正しく是れ問卦するに、上には是れ鬼の事を領する無く、下にも也（ま）た鬼の担当する無し。問い来たり問い去（ゆ）くに、只だ、他（かれ）の家門頭上にては、大堂衆聖、学法壇院の面前に、元盆良願保書を許上するを少欠し、三廟運天（聖王）の面前頭上に、一個の解愁解怨歌壇良願保書[17]を許上するを少欠すること有る

のみ、と。就ち是れ這の三座保書の因為（ため）に、人丁を錯散し、人口を錯散し、五穀青苗を錯散し、猪財鶏財を錯散するなり。卦中に問出せることは、記落すること分明たり。公王仙娘は陽に回（かえ）り転歩し、陰陽師父に謝労す。

(8) 家门头上之人收拾盘延、(置席) 小相待问卦之人、抬 (臺) 头饮酒、(臺) 尾留杯。琉璃碗盏盘归碗镇 (柜) 内装藏。元 (完) 满以了、问卦之人、脚踏横杠 (杆) 草鞋、手拿庶头凉伞、出门三步。深深多谢、回头转面。

家門頭上の人は盤筵を収拾し、席を置いて小（すこし）く問卦の人を相待す。台頭に酒を飲み、台尾に杯を留む。琉璃碗盞は、碗柜の内に盤帰し装蔵す。完満し以て了わる。問卦の人は、脚は黄杆の草鞋を踏み、手は遮頭の涼傘を拿り、門を出ること三歩す。深深と多謝し、頭を回らし面を転ず。

(9) 过了三朝两日、家门头上、人丁也旺、人口也安。猪财槽头吃潲、槽尾光身、五谷十二度全收。当家理事之人、得见欢喜在心、就来家门头上、妇 (夫) 妻男女、开口商量、所请一名许愿行来姐妹 (童子)。地面狭窄、无师所请、无师应用。

三朝両日を過了するに、家門頭上にては、人丁も也（ま）た旺にして、人口も也（ま）た安らぎ、猪財は、槽頭に潲（こめとぎみず）を喫し、槽尾に身を光（かがやか）し、五穀は十二度に全収す。当家の事を理めるの人は、見るを得て、歓喜は心に在り、就ち家門頭上に来たり。夫妻男女は口を開きて、請う所の一名の許願行来姐（姉）妹/童子[18]を商量するに、地面は狭窄にして、師の請う所無く、師の応用する無し。

(10) 就来行得一方地名○○○家门头上、所请○○○一年四季不断香花门户 (爐) 之人、时时有人相请马蹄不停之人。○○○又话、人老肚嫩、少无言语、不敢领了人家一度份事。推上第一、推上第二、不敢推上第三一便、推上第三、又怕人家三座保书阳名 (明)。推上第三、有怕阴阳师父怒 (不) 意 (依)。不耐其何、就领了人家一度份事。

就ち来たりて一方の地名某某某の家門頭上に行得す。請う所の某某某は、一年四季に香花の門炉を断たざるの人にして、時時に人の相い請うこと有りて馬蹄の停まらざるの人なり。某某某は、又た話すらく、人は老いて肚は嫩（やわらか）なりて、少しも言語無ければ、敢えて人家の一度の份事を領了せず、と。推上すること第一、推上すること第二、敢えて第三の一便を推上せざるも、推上すること第三なれば、又た人家の三座保書の陽明なるを怕れたり。推上すること第三なれば、陰陽師父の怒意を怕れたり。其れを耐何ともせず、就ち人家の一度の份事を領了す。

（11）就思着无路、通得柜箱内里、吊（調）出师公罗衣师公罗帽、铜铃一个、玉简一条、扎在口袋里头、脚踏横（黄）杠草鞋、手拿遮头凉伞、飞云走马、

就ち思着するに路無く、柜箱の内裡に通得し、師公の羅衣、師公の羅帽、銅鈴一個、玉簡一条を吊出し、扎して口袋裡頭に在らしめ、脚は黄杆の草鞋を踏み、手は遮頭の涼傘を拿り、雲を飛ばし馬を走らしむ。

（12）行得○○○许愿家主家门头上、门街脚底、得见欢喜在心、先接凉伞（包袱）、回头转面、抽（端）把（起）粗木龙橙（凳）、坐落橙（凳）头、坐落橙（凳）尾、男（女）人吊（調）出清茶一盏、女（男）人吊（調）出过烟一桐（筒）。吃了清茶清烟、心中（也）润、口中也凉。

某某某許願家主の家門頭上に行得し、門街の脚底にて、見ゆるを得て、歓喜は心に在り、先ず涼傘、包袱を接（うけと）り、頭を回らして面を転じ、粗木龍凳を抽把す。凳頭に坐落し、凳尾に坐落す。女人は清茶一盞を吊出し、男人は過烟一筒を吊出す。清茶清烟を喫了するに、心中も也（ま）た潤い、口中も又た涼し。

（13）许愿家主、家门头上、备办小位脱鞋谷花米酒。抬（臺）头饮酒、台尾举杯、琉璃碗盏、伴归碗镇（柜）内藏、

許願家主の家門頭上にて、小位の脱鞋穀花米酒を備辦す。台頭に酒を飲み、台尾に杯を留む。琉璃碗盞は、碗柜に伴帰し内蔵す。

（14）许愿主家、上得高楼、吊（調）出白涼細紙、白凉席草席、交把一名许愿行来姐妹（童子）、就备办一堂许愿银钱、求财所得（銀錢）、禁起（忌）银钱、领脚这推（退）進银钱、说前说后银钱。就备办得齐、（備辦）得圓。

許願家主は高楼に上得し、白涼細紙、白涼席草席を吊出し、一名の許願行来姐妹/童子に交把す。就ち一堂の許願銀銭、求財所得銀銭、領脚（這字は衍字か）退進銀銭、説前説後銀銭を備辦す。就ち備辦して斉（そろ）うを得、備辦して円（まどか）なるを得たり。

（15）又来（備辦）小位做纸高（穀）花米酒。抬（臺）头饮酒。台尾兴杯。琉璃碗盏。伴归镇（柜）内藏。

又た来たりて小位の做紙穀花米酒を備辦す。台頭に酒を飲み、台尾に杯を興こす。琉璃碗盞は、柜に伴帰し内蔵す。

（16）许愿家主家门头上之人。吊出九龙清水。交把许愿行来妹妹（童子）。右（左）手洗过、右手（洗）净。

許願家主家門頭上の人は九龍清水を吊出し、許願行来妹妹/童子に交把す。左手は洗過し、右手は洗浄す。

（17）许愿家主、洗手（淨）学法坛院面前。添起上坛明香清水、摆起五双连花酒盏。盘延（筵）供品、备办长流高（谷）花米酒、备办得齐、备办得圆、连连说句、

許願家主は、手を洗い、学法壇院の面前に、上壇明香清水を添起し、五双の蓮華酒盞、盤筵供品を擺起す。長流穀花米酒を備辦す。備辦すること斉（そろ）うを得、備辦すること円（まどか）なるを得たり。連連と句を説く。

（18）许愿行来妹妹（童子）、行得学法坛院前、就筶头连连开教三声、一姑（姓）一请、一姑（估）二请。不敢过芽三请。请圣齐临、回车归降、归降已位。

許願行来妹妹/童子は、学法壇院の前に行得す。就ち筶頭は連連として、開教すること三声なり。一姑（？）して一請す。一姑して二請す。敢えて過芽（？）三請せず。聖を請い斉（そろ）いて臨む。車を回らせて帰降す。帰降すること幾位なり。

（19）当初置天不得、置山不见、置地不均。置有楠山竹林、筶头落地、左阴右阳。阴筶回车下降、

当初、天を置かんとして得ず、山を置かんとして見（あらわ）れず、地お置かんとして均（たいらか）ならず。置きて楠山の竹林有り。筶頭は地に落つ。左は陰、右は陽なり。陰筶なれば、車を回らして下降す。

（20）排前坐位、依神点点、点得第一、第二、点过第三一便（遍）。打开单瓶谷花米酒、请出下马酒来相献、第一献上下车之酒、第二献上落马酒杯、第三有约酒中（盅）、酒齐。

前に排し位に坐し、神に依り点点す。点得すること第一、第二なり。点過すること第三の一便なり。単瓶穀花米酒を打開し、下馬酒を請出して来たりて相献す。第一に献上するは下車の酒なり。第二に献上するは落馬酒杯なり。第三は有約酒盅なり。酒は斉（そろ）いたり。

（21）宽中坐位、不听东方功曹使者。意听八方孤寒杂言、但听一名许愿童子。吊出许愿马头意者。意者已过、请出谷花米酒相献。

寛中にて位に坐さんことを。東方功曹使者を聴かざれ。八方の孤寒の雑言を聴かんと意（おも）えども、但だ一名の許願童子を聴かんことを。許願碼頭意者を吊出す。意者は已に過ぎれば、穀花米酒を請出し、相献す。

括弧で示した数字による段分けに従って、引用部分に限定して、その内容の要点を順番に説明すると以下のようになる。

（1）意者の冒頭の言葉である。

（2）意者が何処で述べられているかを提示する。

（3）許願をする一家が現住地に住むにいたる経緯を示す。

（4）その一家に不幸が起こったことを述べる。

（5）一家の主人が不幸の原因を占うためにお金や米を準備し、占いのできる人を探しはじめることを示す。

（6）主人が占いのできる公王仙娘といったシャマンに相当する人の家を訪ねる。

（7）主人は報酬の米などを出すと、シャマンは占いをする。占いによって、不幸の原因は、道教・法教系の神々である大堂衆聖に対して元盆良願の許願をしていなかったからであり、また盤王をはじめとする三廟聖王に対して歌壇良願の許願をしていなかったからであるということが判明する。

(8) シャマンの家の人は質問に来た主人を接待し、主人は帰宅する。

(9) 数日後に、不幸が改善されたので、主人は正式に許願の準備をはじめることになり、許願をしてくれる女性・童子（若い法師）をさがす。

(10) 主人は信頼できる若い法師に許願を行ってくれるように依頼をし、法師は二度ことわるが、三度目に引き受ける。引き受ける理由は、保書というものの重要性をないがしろにできぬことと、すでに無くなった法師を含む当該の法師にとっての先輩の法師たちが、引き受けないと怒りを持つことを恐れたからであるとする。

(11) 依頼を引き受けた法師は装束と法具を持って主人の家に向かう。

(12) 主人の家では到着した法師を接待する。

(13) 主人は法師に酒をふるまう。

(14) 主人は手伝う人に紙をわたして許願に必要な紙銭を作らせる。

(15) 紙銭を作った人にお礼の酒をふるまう。

(16) 主人は清水をだして手伝う人や法師に手を洗わせる。

(17) 主人は神壇に香、水、酒、供物をそなえ、必要な説明を述べる。

(18) 法師が神壇の前で請神を行う。

(19) 神が到着したかどうかを筶で占い、陰筶ならば神が下降したことになる。

(20) 神を点呼し、三度にわけて酒を献上する。

(21) 法師は碼頭意者を取り出して読みあげ、神に聴かせ、終ったら酒を献上する。

(1) から (3) は意者の開始部分の定型である。(4) から (8) は一家に不幸が起こり、その原因を占う問卦である。ここで興味深いのは、(7) において、不幸の原因として、この一家が長い間、元盆良願と歌堂良願の許願を行うことなく、神との相互関係をおろそかにしていたためであるとすることである。還願の意者であるから、許願させる占い結果になる以外にはないといえばそれまでであるが、不幸の原因となる神と不幸を避けるために恩を乞う神とが同じであることは注目していいであろう。すなわち道教・法教の神、盤王をはじめとする神と関係を取りながら、歴史を乗り越えてきたことがここに如実に示されているといえるであろう。

（9）から（11）は、主人が法師に許願の儀礼を依頼して、引き受けた法師が主人の家に向かうまでの経緯である。ここで（10）において、法師が依頼を引き受ける理由を、保書の重要性と法師の先輩たちの圧力として描いていることも興味深い。一つの儀礼伝統が維持され続ける仕組みの説明としても読み取れるからである。

（12）から（21）は、主人の家で許願の儀礼がはじまる場面である。法師を接待して、許願に使う紙銭を作り、浄めをして供物を並べ、主人が法師に家の事情を説明し、神を迎える請神が行われる。神が降ってきたかどうかを陰筶で確認する。（19）は筶を作る材料の竹の起源説話を述べている。神を点呼し、献酒する。碼頭意者という意者を読み神に聴かせ、さらに献酒する。

また引用した原文からもうかがえるように、定型化して覚えやすくなっている部分もあり、なすべき（なされた）儀礼項目の概要、必要な供物や道具などの物質的な側面の要点を、もれなく時系列で列挙して行く書き方がなされているといえるだろう。全体に構文は、四字一句が多く用いられ、同語反復もや同語を含む組み替え表現も多く、リズミカルに口にできるという特徴も明らかである[19)]。ここからは、意者は、そもそも口で誦唱することが本質であるということも浮かび上がる。意者を述べるのにどのような漢字音を使うかは、今後の研究課題である[20)]。

5. 意者書の許願部分の構成

本節では文献Bを利用し、その一部分（2a-11a）について、繁体字にて録文を作成し、構成の分析をこころみる。録文の標点、断句は筆者による。文字は別字が想定される場合も多いが、ここでは別字の候補の校訂を施していない。発音が先にあって、それを文字で書く際に、画数などの少ない同音、類似音の文字が自由に使われていることが多く見られることは、録文に示されるところである。内容は冒頭から問卦、許願の準備、許元盆願、許歌堂願までである。特に許元盆願と許歌堂願の部分に限って、括弧付きの数字で大まかな段落分けを示した。これにより大庁意者の許願部分の表現方式を知ることができる。

（不因大）功、不為小事、因為前歲以來、交過某年某月某日、法某家門頭上、因為發心、人丁、豬財、五穀、青苗不旺、求財不（得）、買賣不行、不奈其何、正來虔備官倉打卦米粮、打筶米爐、行到鄉村頭上、所（請）（一）（名）姊妹先師、問筶、筶片報出、上也無神（領）（事）、（下）（也）（無）鬼（擔）當、因為前歲以來、請師到壇、接過三坐寶書、月久水深、少無接（代）香烟、大壇眾聖、少欠元盆歌有良愿寶書、通到三廟聖王、面前頭上、歌堂良愿二十四班無（舞）花丹坐寶書、卦中一條來路、一座神明、說報家主、記落在神、台頭接掛、回頭轉面、三朝兩日、得見人丁興旺、豬財也長、五谷全收、

依卦祈求作福、合家人丁、開口讁量、男話男同、女話女同、男人話來、女人接起、不敢打破、

手欠盤席相用、男人出山、求財不得、順卦爛衣衫、女人下水、足魚不得、飄落人工、手拿橫厘四寸、打開騰一箱篾龍、的出金銀財錦、交把當家立事之人、往在廣州坭洞大舖里頭、將（　）所買白涼細紙、盤席相用、回頭轉面、白涼細紙、扎在（高）樓上、盤席相用、盤席相用、扎在深房裡內、

手欠一名許愿童子、得見鄉村頭上、也有一年四季、不斷香花門路之人、男人心中也願、女人肚中也所願、行得許願童子家門頭上、口中所請、一名許願童子、虔備包袱涼傘、飛雲走馬、

（1）行到許願家主門街頭上、家主得見、歡喜在心、出來接起包袱涼傘、回頭轉面、掛在東南細壁、男人出來一代青煙、女人出來一盞青茶、一座一時、家主深房裡內、打開缸鐃裡頭內、牒出谷花米酒、洪羅肉段、水花細菜、扎在火爐細煖、擺起高台相代、一名童子、吞飲脫綱谷花米酒、（台）（頭）飲酒、台尾丟盃、琉璃碗盞、便歸碗櫃收藏、

牒出九龍清水、交把許願童子、洗淨手中、虔備許願大進銀錢、求財所保為合收禁

冷脚退進說前說後銀錢、扎在高台、

說報家主、河法壇院廟前、添起贊壇明香、南江清水、五双蓮花酒盞、丹餅谷花米酒、洪羅肉段、盤席相用、擺起壇院面前、

說報一名許愿童子、踏上學法壇院廟前、開筶三聲、搖動神明、求勸大壇眾聖、宗祖家先、回頭轉面、請神一、二、三便、清聖齊臨、
勝筶、十盃關請、陰筶、回車下降、陽筶、掛神座位、勝筶、依神點點、陽筶、打開丹餅谷花米酒、請出酒己盞獻、獻上大壇眾聖、宗祖家先、

第一獻你下車之酒、第二獻你落馬酒盃、第三滿皿酒磚、滿皿酒賴、寬宮坐落己位、

但聽一名童子、牒出家主許願馬頭意者、記落分明、意者不清、酒中勸清、意者不明、酒中勸明、勸上交錢之酒、交錢酒盃、

銀錢請出下爐、交納大壇眾聖宗祖家先下車下馬銀錢、掛神座位依神點點銀錢、
交納許愿來進銀錢、磨書磨墨把筆銀錢、
交納所保求財為合收禁銀錢、冷脚退進銀錢、說前說後銀錢、人丁不旺祈求作福銀錢、
交納收災執（病字加患）傷災傷癱銀錢、把筶定筶銀錢、

交納齊完齊整、未曾完化、扎在紙草裡頭、立齊大壇眾聖、宗祖家先、勝筶點點過、一封一扛、許愿銀錢、

陽筶、請出許愿童子、把簿判官、打開藤箱篋籠、左手磨起珍珠細墨、右手佩起兔毛細筆、許上一座元盆歌有良願寶書、
寶書、不敢許上何宗、不敢許上何様、
元盆良願寶書、

⑵ 許上一爐賛壇明香、南江清水、五双蓮花酒盞、丹餅谷花米酒、洪羅肉段、盤席相用、
許上寶書、許上寶立、
許上一堂白紙、黄班篚麟紙馬、
許上當許上銀錢六十忿、還願銀錢六十忿、許多還少許少還多銀錢六十忿、
許上寶書、許上寶立、
許上上壇兵馬六十忿、下壇兵馬六十忿、福江盤王聖帝六十忿、五籠司命灶君六十忿、宅堂土地六十忿、宗位眾宗祖家先人人六十忿、真王真將六十忿、伯姑姊妹六十忿、部籙眾兵六十忿、扶童小將六十忿、
許上寶書、許上寶立、
許上求財銀錢六十忿、所寶銀錢六十忿、為合銀錢六十忿、收禁銀錢六十忿、冷脚銀錢六十忿、退進銀錢六十忿、說前說後銀錢六十忿、
許上寶書、許上寶立、
許上打箱打籠銀錢六十忿、請願勾願銀錢六十忿、磨書磨墨銀錢六十忿、把筆銀錢六十忿、
許上寶書、許上寶立、

⑶ 大廟灵師、托帶行司官將、掛在東南細壁、摇鈴請聖、
許上寶書、許上寶立、
許上大廳頭上、一爐二爐明香、一盞二盞明燈、
許上茶盞酒盞、銅鑼沙餅、是菓醮延、金花寶朵、
許上三名童子着起依衫、戴起羅帽、銅鈴一個、牙簡一條、摇鈴請聖、請聖一二便、
一名童子、洒淨發角、急進香壇、
一名童子、牒出馬頭意者、馬頭意頭者以過、
三名童子、跪落大廳、過牙請聖、齊臨、
請出獻香獻勸、去酒勸漿、
許上寶書、許上寶立、
許上三名童子、跑落大廳頭上、牒出大廳意者、記落分明、
合兵合將、後生要笑、跪（跳）破香門、脫下衣衫、吞飲黄禾米飯、

許上寶書、許上寶立、

許上一封把中高化米酒、一名童子、川破一度籠門、有去有回、

洗（許）上官盃、

許上一名童子、賞光几位、

許上着起羅（衣字旁衣）、戴起羅帽、銅鈴一個、牙簡一條、承接引光童子、陰陽師父、勸酒勸漿、

相接家裡神明、外裡眾聖、回頭轉面、勸上下車馬酒盃、

許上元箕頭上、元箕十碗、高台几位、無箕八碗、蒙籠蒙（木字旁曾）、銅鑼沙餅、四菓醮延、上元二聖、點過醮延、

許上寶書、許上寶立、

許上家裡眾神、外裡眾聖、請下高台几位、元箕頭上、勸酒勸漿、鑒破酒禮、酒中拿捉、三名部籙（阜老）、扶上學法院面前、求財所保、禁前禁後、

許上大廳交納開壇接少銀錢、

許上一名大廟灵師、着起（衣字旁衣）衫、戴起羅帽、銅鈴一個、牙簡一條、行得壇院廟前、當交納一堂還願籠麟紙馬、魯班出世歌章、行賀寶書、

一名大廟靈師、跪落大廳、折消散磨、消磨散滅、脫下羅（衣字旁衣）退下、

三名阜老、所過願（頭）、所過願尾、

退把一名童子、賞浪兵頭、賞浪兵漿、琉璃碗盞、便歸碗贊收藏

許上魯班出世歌章、

恭賀籠憐紙馬、籠麟便化、

請出小位運錢修齋使者、賞浪兵頭、賞浪兵漿、

脫童歸去、脫馬歸安、

謝勞陰陽師父、滿齊吃飯、四脚牲頭、來進銀錢、

一朝一夜、羅鼓喧（口字旁專）、大宮一宵一忿道場、

(4) 許上第一、但保第一、

許上第二、但保小位元盆良願寶書、

左手許願、右手執斷、不斷合年、不斷合歲、

願斷人丁興旺、豬財也長、雞財也旺、五谷十二度全收、

三十年踏上、四十年踏下、

陽人開口、壁上開花、開口謫量、

(陽人未曾開口、壁上未曾開花)、不敢勾過保書、執斷不書、

陽人有記、把心為記、陰間有記、把簿齊臨、

勝筶、接領保書、

陽人無處收藏、紮在東南細壁、竹筒裡內、

陰間有處收藏、紮在藤箱篋籠、收藏、

陰筶、收藏寶書、謹馆寶立、

勸上化錢之酒、化錢酒盃、

銀錢請出、火來放化、

化錢頭上、丟筶所保、來是點點、去是收領、勝筶、收領、陰筶、完納銀錢、

(5) 各人扶位、各人退位、

上壇兵馬扶歸大羅塾上、下壇兵馬付歸梅元殿上、福江盤王聖帝付歸福江大廟、五籠司命灶君扶歸黃坭江崑崙大廟、宅堂土地扶歸堂宅殿上、宗祖家先扶歸揚州大廟、(真王真將扶歸飛龍大廟)、仙姑姊妹扶歸仙道大廟、部籙眾兵扶歸梅元殿上、扶童小黎扶歸公王身邊、左右扶歸出世廟宮、

請神一、二、三便、扶神一、二、三便、

各人扶位、各人退位、

一名童子、退下大廳、

(以上許元盆良願)

(以下許歌堂良願)

(11a-18a)

(1) 旦坐一時、右來同年同月同日、未曾同時、三廟聖王、面前頭上、家主洒淨東南細壁、

虔備上席三封托盤錢紙、

一席四封回車下降坐位銀錢、

邊三十扛(願)許來進銀錢、

燒起一爐清聖明香、請聖明水、海岸太白明燈、六雙六對蓮花酒碗、台盤脚底、小

酒一傳、兩邊珍珠白米、紅羅肉段、水花細菜、盤席相用、備辦齊元齊整、

牒出九籠清水、交把一名許願童子、洗淨左手、洒淨右手、着起羅（衣字旁加衣）、戴羅帽、銅領一個、牙簡一條、（字不明、摇？）（鈴）請聖、清王一便、欽王清二便、协王二便、清王三便、動王三便、請聖齊臨、

信筶十盃、關清、陰筶、回車下降、陽筶、排神座位、信筶、一神點點、陽筶、打開台盤脚下小酒一壺、
酒封酒盞、勸上三廟聖王、五旗兵馬、宗祖家先、下馬之酒、第二落馬酒盃、第三滿皿酒禮、
寬宮坐落几位、

但聽一名童子、牒出家主許願馬頭意者、記落分明、意者不清、酒來勸清、勸上交把錢之酒、交錢酒盃、銀錢清出下爐、
交納三廟聖王、五旗兵馬、宗祖家先下車下馬銀錢、許願大進銀錢、打箱打簣銀錢、
交納磨書磨墨把筆銀錢、求財所保為合收禁冷脚退進說前說後銀錢、
交納人丁不旺消災執（病字旁患）銀錢、把筶定筶銀錢、
交納齊完齊整、未曾完化、銀錢扎在紙草裡頭、

立齊三廟聖王、五旗兵馬、宗祖家先、勝筶、點過一封一扛銀錢、陽筶、打開藤箱篋籠、
請出許願童子、註簿判官、左手磨起珍珠細墨、右手佩起兔毛細筆、許上不書、許上不立、
歌堂良願二十四班無花丹坐寶書、寶書、不敢許上何宗、不敢許上何様、

(2) 許上上席三封托盤錢紙、下席四封回車下降銀錢、四边三十扛當許銀錢、
許上一爐請聖明香、請聖明水一盞、海岸太白請聖明燈、
許上六双蓮花台盤、脚下小酒（石字旁尊）、
許上一命還願四脚牲頭、背上節（肉子旁高）、壁上豬腿、豬腦（含字下加口）乃

斗下台、
許上寶書、許上保立、
許上一堂還願白紙銀錢、
許上當許銀錢三十扛、還願銀錢三十扛、許多還少銀錢三十扛、許少還多銀錢三十扛、
許上連州廟王（銀錢）三十扛、行平十二遊師銀錢三十扛、伏灵五婆聖帝銀錢三十扛、福江盤王聖帝銀錢三十扛、廚司五旗兵馬銀錢三十扛、楊州宗祖家先人等銀錢三十扛、
許上寶書、許上寶立、
許上求財銀錢三十扛、所保銀錢三十扛、為合收禁（銀錢）三十扛、冷脚（退進）銀錢三十扛、說前說後銀錢三十扛、
許上打箱打籠銀錢三十扛、磨書磨墨銀錢三十扛、把筆銀錢三十扛、許願勾願銀錢三十扛、
許上寶書、許上寶立、

(3) 許上一名大廟靈師、着起（衣字旁加衣）衫、戴起羅帽、銅鈴一個、牙簡一條、兩邊吹唱二郎、琉璃沙板、横吹竹笛、相倍大廟靈師、摇鈴請聖、請王一便、清王一便、請王二便、協王二便、一勾二請、
馬頭意者以過、退了吹唱二郎、
許上寶書、許上寶立、

許上一名大廟靈師、跑落大廳、過牙三請、請聖齊臨、請出酒几盞獻上、
許上寶書、許上寶立、

許上一名大廟靈師、跑落大廳頭上、揲出大廳意者、記落分明、

許上三姓鄧郎、三姓青衣女人、手拿琉璃沙板、横吹竹笛、男人踏前、女人踏後、男人出唱歌詞、女人出唱歌詞、依禮俸壁、行賀三廟聖王、
許上寶書、許上寶立、

許上下席頭上、盤席銀盞、盤席銀筷、光油細菜、銀嘴細双、金瓶鵝鐸（金字旁加卒）、良延小席、許上起席大盃谷花米酒、

引出三十六段歌詞、
交把四行坐席老人、唱歌唱曲、唱到第一洪水沙、第二峯閑、第三滿段、
三姓青衣女人、銅鈴歌章、銅鈴歌、依禮俸璧、行賀三廟聖主、唱歌唱曲、第四荷葉盃、第五南花子、五郎行山、金鼓行鄉、第六飛江南曲子、

訴為清願、大盃谷花米酒、交把大靈師、所請賞兵師爺相贊、
大廟靈師、着起衣衫、戴起羅帽、銅鈴一個、牙簡一條、添香、伏請出願頭、請出願尾、交把三姓鄧郎、三姓青衣女人、三門外、遊天地、轉天、遊破願頭、扯破願尾、扶上願頭、扶上願尾、
許上寶書、許上寶立、

許上第七梅花丹碗、
爛散歌詞、爛散歌曲、打開馮姓二文、散酒散章、退下四行坐席老人、深深多謝、
琉璃碗盞、便歸碗贊收藏、
許上保書、許上保立、

許上一名大廟靈師、着起紅羅衣衫、戴起羅帽、銅鈴一個、牙簡一條、添香、伏請上宮、請下夏宮完納、湯散保書、送王送聖、
許上寶書、許上寶立、

(4) 許上第一、但保第一、但保人丁、但保人口、但保豬財、雞財、五谷（木字旁苗）稼財粮、
許上第二、但保第二、
小位二十四班無花丹坐寶書、不敢許上第三、一便許上第三、又怕變成千年波河太白良願寶書、萬年太良願、

左手許願、右手執斷、不斷何歲、

願斷人丁興旺、人口平安、求財得上、買賣得行、五谷十二度全收、
三十年踏、四十年踏下、
陽人開口、壁上開花、開口商量、
請師到壇、勾過寶書、陰筶、執斷寶書、
陽人鑑記、把心為記、陰簡有記、把簿齊臨、
陽人無處收藏、紮在東南西北、竹筒裡內收藏、
勝筶、接鈴簿書、
陽人陰筶、收藏寶書、謹管保立、
請下上席三封托盤錢紙、下席四封回車下降坐位銀錢、退下大听、
勸上化錢之酒、化錢酒盃、
銀錢請出、火來放化、
化錢頭上、丟筶所保、來是點、去是收領、勝筶、收領銀錢、陰筶、完納銀錢、

(5) 陽筶各人付位、
連州唐王聖帝、付歸連州大廟、行平十二遊師、伏歸行平大廟、伏灵五婆聖帝、伏歸福灵大廟、伏江盤王聖帝、伏歸福江大廟、五旗兵馬、付歸福大廟、宗祖家先付歸楊州大廟、
請王一便、請王二、三便、伏王三便、陰來陽付、
各人伏位、各人退位、

一拜風吹落地、二拜雲霧漸身、三拜遠鄕相送、回宮轉馬、稽首送王、回席一双、脫下羅衫、脫下羅帽、細接細收、紮在袍栿、掛在東南西壁、退下大廳、

但坐一時、家主收歸盤席、回頭轉面、過水為淨、銅刀(字不明)爛、火爐細煮細煖、谷花米酒、擺起高台几位、相代一名許願童子、願吞飲紙燭散席谷花米酒、台頭飲酒、台尾丟盃、琉璃碗盞、便歸碗贊收藏、
一名童子、手拿袍栿涼傘、深深多席(謝)、回頭轉面、一虔(木字旁加青)(風情)、
(以上　許歌堂良願　以下略)

上に示した資料の最初から（1）の前までは、家に不幸があり問卦して許願することになり、準備をして法師に儀礼を依頼するところまでである。これは許元盆願、許歌堂願の両方に共通する内容である。

その後は、許元盆願も許歌堂願も、基本的構成の上では同じである。双方とも、（1）以下は、許願儀礼の始まりの部分で、請神をする。（2）以下は、神に約束し還願において神におさめるべき紙銭、供物の記載であり、（3）以下は、還願で取り行うべき儀礼プログラムの要点の記載である。これらは許願儀礼において、許上する、すなわち人が神に約束し契約する内容である。（4）以下は、また許願儀礼にもどり、願書の担保と保管に関する処置、（5）以下は、許願儀礼の終わりの部分で、送神をする。意者の文章は、（2）（3）という許願の内容を中心に置き、（1）（4）（5）という許願儀礼の記述で前後からはさむように構成している。

気がつく点は、許元盆願の紙銭は六十分を、許歌堂願の紙銭は三十扛を単位としていることである。

元盆願のプログラムの要点は、神の来臨を請い、酒を献じ、碼頭意者、大庁意者を述べ、その後で賞光し、師に謝す。とりわけ賞光が重要で、その中に次の複数のプログラムが配される。すなわち、神々を迎え入れ、酒を献じ、供物を献じ、紙銭を献じ、願書を細かくちぎって破壊し、魯班（ヤオ族の法師にとっては学法壇院とかかわる神に位置づけられる）の歌を誦唱し、賞兵と運銭をして、最後に脱童する。

歌堂願のプログラムの要点は、王の来臨を請い、酒を献じ、碼頭意者、大庁意者を述べる。その後は、元盆願とは大きく異なる。男性の歌手（現在は法師が代行する）と女性の歌手をまねき、歌詞を取りだす儀礼項目などを含む流楽を行う[21)]。王を宴席で歓待し、盤王大歌の第一から第六までを唱う。ついで遊願を行ってから願書を破壊する。大歌の第七を唱い、歌詞をしまい、歌手に感謝し、王を送る。

以上から見えるのは、プログラムの中枢部分の内容から見て、元盆願は賞光という道教・法教系の儀礼の枠組みを利用して還願する方式を取るのに対して、歌堂願は歌手による唱歌の枠組みを利用して還願する方式を取るということである。このような儀礼のあり方の多元性は、実際の儀礼の参与観察やそれに基づく儀礼項目の整理分析をすれば当然に明らかに知られることではあるが、さらに加えて大庁意者を読み解いて、法師自身が、プログラムを神に向かって説明している言葉そのものを把握することで、より一層鮮明に浮かび上がってくると思われる。

おわりに

本論文は、大庁意者を取りあげて、その冒頭部分の問卦と許願の部分について理解を深めようと試みた。最後に、ミエン系のヤオ族の法師にとって意者を覚えること、特に長大な大庁意者を流暢に述べられることは、儀礼を主催できる一人前の法師になる資格と考えられていることを指摘したい。

馮栄軍氏からの聞き取りでは、法師になる学習に三つの階梯があって、まず舞踏を覚え、次に経書の発音を学ぶが、最後に路が分かるようにする。路というのは儀礼の順序を意味する。路が分からないと儀礼することができないが、路が分かれば儀礼ができるという。そして学びはじめて3年から5年で出師するという[22)]。2015年8月の聞き取りにおいて、趙金付法師は、学び始めて約5年を経て、実際の儀礼挙行の中で自分一人で大庁意者を言えるようになったと説明している。

ここで気づくのは、路とは儀礼の順序であるとしていることと、大庁意者の内容が詳細に儀礼のプログラムについてまさに時系列で記していることとが符合する点である。大庁意者書は、儀礼の順序を述べ、時系列をくずさず書いている。ほかのジャンルの儀礼書の個別内容が、往々にしてランダムに排列され、ある種の備忘録のようになっていて、必ずしも時系列で儀礼を把握するのに適さないということと比較するならば、強調できる独自の特徴である。大庁意者を流暢に述べられることが、法師の学習の積み重ねの達成度をはかる一つの大きな区切りの基準であると見てよいと思われる。大庁意者を理解することは、法師自身の儀礼知識に接近する一つの重要な切り口としての意義を有するといえる。

将来的には、本論文で示したような基礎的な見方を出発点にしながら、大庁意者それ自体の解読作業を進めて、許、帮、耥、転、限、還といった願に対することなった目的を持つ操作のそれぞれの場合に応じて、意者のどこをどう書き分けているのかを検討する必要がある。より大きな課題としては、意者の種類、儀礼の種類ごとの意者の異同、他の儀礼文献・文書との関係、個別の儀礼実践の行為との対応関係、地域・姓氏・法師ごとの異同などを広い視点から解明することが挙げられるであろう。(2015 年 12 月 24 日)

追記　本論文は以下の口頭報告をもとに改修を加えたものである。

「ヤオ族宗教儀礼の特徴について　— 還家願と度戒の文字資料を中心に —」、2015 年 7 月 26 日、儀礼文化研究会例会、儀礼文化学会研修室。

「ヤオ族宗教文献「意者書」から見る還家願儀礼」、2015 年 11 月 28 日、一般社団法人ヤオ族文化研究所主催、国際シンポジウム「瑶族の歌謡と儀礼」、神奈川大学横浜キャンパス。

注

1) 張勁松・趙群・馮栄軍、2002、『藍山県瑶族伝統文化田野調査』、岳麓書社、129 頁に藍山県の還家願に関する意者書に言及するが、録文と分析はない。

2) 大庁は東庁とも書写する。

3) 李祥紅、鄭艷瓊（編)、2010、『湖南瑶族奏鑵田野調査』、岳麓書社、181-191 頁。

4) 李黙（編注)、盤才万、房先清（收集)、1997、『乳源瑶族古籍匯編』上、広東人民出版社、584-597 頁。

5) 李黙（編注)、盤才万、房先清（收集)、1997、676-689 頁。

6) 広西壮族自治区編輯組（編)、1987、『広西瑶族社会歴史調査』第 9 冊 、広西民族出版社、364-386 頁。

7) 張勁松、趙群、馮栄軍、2002、304-313 頁。

8) 丸山宏、2013 、「湖南省藍山県勉系瑶族宗教儀式文字資料的研究価値 — 以度戒儀式文書中心之探討 —〉、呂鵬志、労格文（編)、『「地方道教儀式実地調査比較研究」国際学術研討会論文集』、新文豊出版公司 、201-204 頁。

9) 11 月 16 日の夜には、文献 B が冒頭から末尾までテキストをひろげながら、神壇の前で声を出して誦えられたことも注目できる。

10) 17 日の大庁意者は、大庁意者を機械的に全部述べたのではなく、元盆、招兵、催春の各願にかかわる内容を選択的に述べたと考えられる。

11) 趙金付法師によれば、宝立の立は暦の意味であるという。なお、文字資料では宝書、宝立の宝の字は、保、簿、不などの近似の発音の字が用いられることが多い。

12) 19 日の大庁意者は、歌堂願にかかわる内容を選択的に述べたと考えられる。

13）詳細な儀礼程序は、「還家願儀礼程序」、神奈川大学大学院歴史民俗資料学研究科、2012、『中国湖南省藍山県ヤオ族儀礼文献に関する報告Ⅱ』、33-116頁、廣田律子、2015、「盤王願儀礼程序（2011年還家願儀礼程序）」、『瑶族文化研究所通訊』第5号、15-51頁。

14）張勁松、趙群、馮栄軍、2002、28頁に申願について述べ、暖願ともいい、許願と還願の間にするが、許願の許を申と換えるだけで許願と同じ儀礼、同じ誦詞であると説明する。

15）趙金付法師によると2011年11月の盤栄富氏の家の還家願に関して、依頼主の願書には稍願、転願、限願を書いていないけれども、実際に儀礼として挙行したということである。

16）三座保（宝）書というのは、この段階では元盆良願保書と歌壇良願保書の二つしか出てこないが、後に還願挙行の当年の初めに招兵良願保書が必ず出てくるので、それを含めて三座といっていると考える。保書は願書の意味と見てよく、許願において作成し、還願において破壊する。

17）趙金付法師によれば、歌堂願の宝書を、小趙の人は解愁解怨歌壇良願保書と称するが、盤姓の人は歌堂良願二十四班舞花丹坐宝書と称し、名称が異なるという。

18）許願行来姐（姊）妹とあるのは、許願儀礼を手伝う女性をさすと考えられるが、次の（10）でそれが儀礼をしてもらう法師を意味することに急に変化しているとしたならば、意味が通じにくいので、許願童子すなわち若手の法師をさす可能性もあり、ここでは童子の語も示すこととした。

19）趙金付法師は、筆者に向かって何度も、実は意者というものは、とても「囉嗦」（おしゃべりでうるさいほど）であるのが特徴であると（中国語で）強調しているが、このコメントをする際の趙法師の表情がまた非常にいきいきとしていて、にこやかであることが、印象深く感じられた。これはある家が許願や還願ということを行い得るということはよいことであって、法師が饒舌に意者を述べて、よろこばしい雰囲気をかもしだすことは、依頼主や集まった人々にとっても、さらには降臨した神々にとっても、欠かせないという考えが存在していることと関係があるであろう。

20）2015年8月の聞き取り調査の時に、趙金付法師に大庁意者の冒頭を実際に発音していただき、聞きながら文献Aの該当文字を見ていった経験から判断すると、文中の否定の不や無の字の発音が独特であり、専門的見地から研究すれば、法師が選択的に使用しているどのような系統の漢字音が意者を読むとき使われているか理解できる可能性がある。

21）流楽の詳細な記録と分析は、本論文集に所収の廣田律子教授の論文を参照されたい。

22）丸山宏、2010、「湖南省藍山県ヤオ族伝統文化の諸相 ― 馮栄軍氏からの聞き取り内容 ―」、『瑶族文化研究所通訊』第2号、21頁。

「招兵」における五穀兵・家先兵・元宵神

―― 中国湖南省藍山県の過山ヤオ族の事例から ――

Wu gu bing (五穀兵), Jia xian bing (家先兵) and Yuan xiao shen (元宵神) in "Zhao bing" (招兵)

―― A study of the Mien-Yao in Lan shan (藍山) county in Hunan (湖南) province, China ――

浅野春二

はじめに

中国湖南省永州市藍山県における調査[1)]に基づいて、過山ヤオ（瑶）族（ミエン）の「招兵」儀礼について若干の考察を行いたい。

「招兵」儀礼は、「招兵」「招五谷（穀）兵」とも称され、「五穀兵（五穀魂）」を招くことによって五穀豊穣を祈る儀礼として行われる。始めは私自身もこうした認識であったが、ヤオ族文化研究所で実施した 2015 年 1 月の補足調査（藍山県の趙金付氏・馮榮軍氏・盤榮富氏よりの聞き取り調査）によって、この儀礼で招く対象に「家先兵」（家の先祖の持つ陰兵）が含まれていることが分かった[2)]。五穀豊穣を祈るだけではなく、遊離した「家先兵」を集めることで、家の繁栄と安定を祈る儀礼でもあることが明らかになってきたのである。

そこで、2011 年に調査した「還家願（ゾオ　ダン）」[3)]儀礼中の「招兵願（ツィペェン　ニャン）」として行われた事例について、補足調査で得られた資料も含めて、「五穀兵（ウン　グ　ペェン）」と「家先兵（ジャー　フィン　ペェン）」に対して行われる「招兵」の方法について検討し、「招兵」儀礼の内容や性格について改めて考察してみたいと思うのである[4)]。

1.「招兵」を行う機会

「招兵」は、「還家願」儀礼に際して「招兵願」として行われるほか、「度戒」や婚礼を機会としても行われる。また、家の運が思わしくないときにも行われることがある。

(1)「還家願」における「招兵願」

「招兵」が「還家願」儀礼中の一科目として行われる場合には、前もって「許招兵願」が行われる。神に対して「招兵」を行って五穀豊穣を祈り、供物を供え紙銭を焼いて感謝する約束をして、それを許してもらう。つまり、そうした願掛けをあらかじめ行った後に「招兵」儀礼が行われる手順となる[5)]。このようにして「招兵」を行う場合には、必ず「上光」「紙馬」(「大運銭」の中で紙銭を神にささげる)「拆願」(願解(ほど)き)を含めて行わなければならない。こうした場合には「招兵願」と称するのである。「還家願」儀礼[6)]では、「招兵願」(程序番号339～502[7)])の中で「招兵」を行い、さらに「還招兵願」(程序番号505～615[8)])によって「還願」(願解き)を行う形となるのである。

「還家願」は、いくつかの願を還す願解きの儀礼であるが、この儀礼の中で、祭司になるための通過儀礼である「掛三燈」(掛燈)も行われる。この「掛三燈」を経た者は、「法名」を得て、「下壇兵馬」を授けられ、先祖の香炉を継承する資格を持つことになる。そして「行師」神画の所持・使用ができるようになる[9)]。

(2)「度戒」における「招兵」

祭司としての位階を高める通過儀礼である「度戒」儀礼を機会としても、「招兵」が行われる。

「度戒」では「掛十二燈」が行われ、「上壇兵馬」(三清兵馬)を授けられ、「開天門」の儀礼を行えるようになる。そして「三清兵馬」神画の所持・使用が可能になる[10)]。「度戒」では、受礼者が各自家に帰った後に「招兵」を行うことになっている。2015年1月の補足調査に際して趙金付氏が「度戒の時は新しくもらった兵を招かなければならない」と説明しているので、この場合には「新度兵」(新しくもらった兵）に対する「招兵」に重点があると考えられる。

(3) 婚礼における「招兵」

さらに「婚礼」に際しても「招兵」が行われる。婚礼の準備段階で「招兵」を行い、そのあとで「迎親」（婚礼の当日に新郎の家から新婦を迎えに行く行事）を行う。「結婚式が円満に行えるように五穀兵を呼ぶ」のだという。

(4) 運が思わしくないときに行う「招兵」

以上のような機会の他に、家の運が思わしくないときに行う場合がある。以下に 2015 年 1 月の補足調査で聞くことのできた話の一部を紹介する [11)]。

> 家の運が不順のときは、兵馬が分散している。そういうときは、「招兵」を行うことができる。
> 1987 年に、皇竹平というところで還家願を行った家の向かい（対面）の家が、五穀がとれなくなった。それで「招兵」を行ったことがある。
> （こういう場合には）すぐに行うときもあるし、すこしたってから行うときもある。その家の人が、五穀兵が分散して、食糧が減ってしまったと、自分で考えたときに行う。米櫃の中身が少なくなった。減り方が予想したのよりも早い。減り方がやけに早い。そうしたときに行う。減ってきて、どうもよくない、と感じて行う。虫とか動物に食べられて、畑の中で減っている。これも不順の中に入る。種をまいても芽が出ないというのも不順と考える。

かつてはこのようにして「招兵」が行われたが、現在は考え方が変化して、家の運が思わしくないときに「招兵」を行うことは少なくなっているという。

ここまで「招兵」を行う機会について述べてきたが、基本的な考え方は、「食料が減ってきてしまった」「家の運が振るわない」と感じたときに、「五穀兵」を招くというものであろう。実際に問題が生じていなくても、「還家願」「度戒」「婚礼」のような機会にこれを行うのは、家の重要な儀式・行事に際して、家の繁栄と安定を確実なものにしようという意図が働くためだと思われる。

2015 年 1 月の補足調査のときに、この「招兵」が引越しに際して行われるかどうかを尋ねてみた。引越しの際に兵たちがどこかに行ってしまう心配はないのかと思ったからである。しかし、引越しに際して特に「招兵」を行うことはないという答えであった。どうやら、家の家先壇にいる兵については統制がとれており、勝手にどこかに行く心配はないようである。そうだとすれば、「招兵」で招かなければならない兵（五穀兵と家先兵）[12]は、どのような機会に失われると考えられているのかが問題になる。これについては後に述べることとする。

2.「招兵」にかかわる神々と陰兵

(1) 招く対象

「招兵」で招くのは、「五穀兵」（＝五穀魂）と「家先兵」である。

「五穀兵」は、五穀の魂であり、これが家に集まっていなければ穀物が必要な分だけ得られないと考えられている。招くのは、何らかの事情によって家から離れてどこかに行ってしまった「五穀兵」である。

「家先兵」は、家の先祖が「還家願」や「度戒」を行って得た「陰兵」である。「家先単」（家の先祖の名簿）に記された先祖の持っている「陰兵」は、必要な時に呼び出せると考えられている。子孫の家に一種の財産として受け継がれていくのである。招くのは、そうした先祖たちの兵（「家先兵」）の内、何らかの事情で家から離れてしまった者たちである。

(2) 天兵・粮神・地域の神・喫斎の神

失われた「五穀兵」「家先兵」を招くのに働く神々や「陰兵」については、いくつかのグループに分けることができる。

まず、儀礼を見届けて「証明」する「天兵」「天将」がいる。「開天門」によって天の門が開かれ、天の神（「三清」等）によって派遣されて降ってくる将兵である。「天兵」「天将」は、（屋外の）香炉の線香・紙銭のところや文台のあたりに並んで、儀礼を見ていてくれる。

次には「五谷大王」などの穀物に関わることを扱う神々（粮神）がいる。2013 年の補足調査の資料で示すと以下のような神々である。

五谷大王　　搭車大王
車徳大王　　粮苗使者
粮扣大王　　移種娘娘
禾花姐妹　　五谷仙娘
把倉封印　　開鎖郎官
挑籮童子　　鑒秤二郎
守耗童子　　赶耗一郎[13]　　攤耗二郎
開山童子　　耕種老人

これらの神々は、地上の五穀を管理する神で、普段から五穀に関していろいろと働いている神である。屋外（家の入口の向かって左外）に設けられた卓に祭って感謝する。この他に地元の神々も合わせて祭る。同じく 2015 年 1 月の補足調査の資料によって示す。

屋檐童子　　把門将軍
本方地主　　本洞廟王
把界地主　　欄路大王

高漢二郎　　土地公公　　土地婆婆
求財八宝　衆官
金剛大将　　過往神童

以上は、「招兵」に際して感謝して祭られる地上の神々である。これらの神々は「招兵」を見届けてくれるが、直接「五穀兵」や「家先兵」を探しに行くわけではない。

このほかに、「祭七星」（程序番号 405 ～ 409）で祭られる神々がいる。2015 年 1 月の補足調査によれば、ここで祭られる「七星」は、「天上の神」であり、「喫斎の神」であるという。具体的には次の神々である。

鑒斎大王[14]
天斗星君
七星姉妹

「天斗星君」は北斗七星であるという。庁堂の中に、庁堂の入口に向かって左側に卓を置き（外向き）、そこに供物を供えて儀礼を行う。こうした神々を祭る理由については次のように説明を受けた。

家族の人が喫斎状態になっている。（そのとき家族の人は）その神を尊敬して祭る。神様が立派に精進しているから、人間も精進する。

祭り方については次のように説明を受けた。

喫斎の神は「肉を食べない神様」であるので、酒と紙銭を与えればよい。（他の神々とは）別に祭る。酒は飲んでもよい。

「招兵」儀礼の中でなぜ「喫斎の神」を祭るのかをたずねたところ、北斗の神が穀物を取り返してくれたという伝えがあることを説明してくれた。

（喫斎の神には）苗が生えてくることまで祈っている。
泣いていたら、それを見て下りてきてくれた。小さい穀物、小米を蒔いた男がいて、鳥が来て全部食べていってしまった。そうしたら北斗七星の姉妹が来て、取り戻して、みんな蒔いてくれた。それで芽が出てきた。そういう物語がある。鳥のお腹の中から種を取り戻してくれたという物語がある。
この神は、穀物しか食べられないので、穀物と酒を供える。
穀物が大切。取り戻して、蒔いて、芽が出てきた。恩を蒙ったので、忘れないで祭る。

「招兵」儀礼において「祭七星」を行うのは、穀物を十分に得られるようにすることに関わっているようである。「北斗七星の姉妹」が穀物を取り返してくれたので、恩を忘れずにこの神を祭るが、この神は穀物しか食べない。だから人間たちも喫斎して祭りを行う。「北斗」と穀物との関係はさらに考察する必要があると思われるが、この伝えにおいて、人々が祭りに「喫斎」する、すなわち、肉を食べないで精進料理を食べ斎戒すること自体が、穀物を取り戻してくれた恩に結びつけられているのは興味深い。

以上のような「喫斎の神」については、「五穀兵」や「家先兵」を探して連れ戻すことには直接関わらないが、「穀物」を取り戻してくれた恩があるので祭るという考え方については注意される。鳥から穀物を取り戻すという「北斗七星の姉妹」の働きは、「五穀兵」を招くという儀礼そのものの一つの起源を示しているのではないかと思われる。穀物を取り戻してくれた神を祭って、その神が行ったように穀物を取り戻すというのが、「招兵」儀礼の一つの儀礼的文脈であることを示しているように思われる。

(3) 探して連れ戻す役割を負った者たち

「五穀兵」や「家先兵」を探しに行って連れ戻すのに直接的に働くのは、祭司の「陰兵」および施主をはじめとする受礼者たちの家の「陰兵」(「家先兵」を含む)[15] と「元宵(イョン　フィー)」神である。

祭司の「陰兵」は、祭司が施主の家に来るときに連れてくる。施主の家の「家先兵」は、祭司が「家先単」を読み上げて呼び出す。

「元宵」[16]神は次のような神々である。2013 年の補足調査の資料によって示す。

大位元宵　　小位元宵
山宵　水宵　　常郎元宵
白公元宵
帮粮帮料元宵
戯粮戯料元宵　　添粮添料元宵

「元宵」は身近な神のようである。2015 年 1 月の補足調査では、次のような話を聞くことができた。

人に食べ物を渡したら、食べていないのに無くなる。これは元宵の仕業。そういうときは、「元宵が持っていった」とよくいう。
他人の家に運ぶ。食料を運ぶ。ものを運ぶのが得意な神で、食糧を運ぶときは彼らが運ぶ。彼らにお願いする。運んでください。運んでくださいと。
五谷大王に感謝すると、食糧を運んでやるか、ということになる。元宵に命令して運ばせる。
食糧を、物を運ぶ神。豊かになったり貧乏になったりするのは、元宵のせい。急に豊かになったり、急に貧しくなったりする。それは元宵が運ぶことによる。
ありがとうといって感謝すると、ものを運んできてくれる。(だから必ずしも悪い神ではなく) 正しい鬼、いい神様[17]。
もし、財産、食べ物を運んできてもらうときは、「他人の家に行って持って来たらだめだよ」と言ってお願いをする。
家の外の机で五谷大王などと一緒に祀る。

「五谷大王」に感謝すると、「五谷大王」が「元宵」に「五穀兵」を運ぶように命じるという。「元宵」がものを運ぶ神として考えられているのも面白いが、「五穀兵」が自分では移動できない存在であるのも興味深い。「兵」とも「魂」とも称されているが、この現実世界の穀物のようなイメージなのである。

「五穀兵」については「陰兵」たちは探しに行って帰るように促すだけであり、実際に運んでくるのは「元宵」の役割なのである。

それに対して家を離れた「家先兵」については、「陰兵」たち（仲間の「家先兵」たちを含む）が「兵旗」という旗を使って呼び集め、誘導して帰ってくると考えられている。離散した「家先兵」は、「兵旗」によって導かれて、自分自身で帰ってくるのである。

3.「招兵」の方法

次には、2011年に行われた「還家願」儀礼中の「招兵願」によって、「招兵」の手順・方法について述べていきたい。「招兵」の儀礼の細目（程序における「小儀礼名」[18]）を挙げて一つ一つ述べていかなければならないところであるが、ここでは省略し、招く手順・方法の概略を示し、現時点で気が付いた点を述べることとしたい。

(1) 五穀兵（魂）を招く

1）五穀幡と五穀粮

「五穀兵（魂）」を招く方法について、実際の儀礼の中でまず目に付くのは「五穀幡」と「五穀粮」（五穀穂）である。

「五穀幡」は竹に五穀の穂を多数結び付けて、屋外に立てたものである。わが国の七夕の行事で立てる竹のようなもので、短冊・色紙の代わりに五穀の穂が吊るされていると思っていただきたい。五穀は、2011年11月に湖南省永州市藍山県で行われた「還家願」儀礼[19]では、稲、粟、稗、高粱、玉蜀黍が用いられた。

基本的に穀物が五種類揃えばよいそうである。五穀の穂にはそれぞれ紙銭が一枚取り付けられていた。

この「五穀幡」に、まず「五穀兵」が付くという。穀物の穂が多数取り付けられた竹を立てたところを見ると、いわゆる依代としての機能をまず考えたくなる。そして、これを目がけて「五穀兵」が空中を飛んで集まってくるようなイメージを持ってしまう。しかし、「五穀兵」は自分で移動することができない。「五穀兵」は「元宵」が運んでくるのである。それでは、これは「元宵」に見せる目印なのであろうか。しかし、こうした点を細かく考えすぎると、実際の儀礼から離れた詮索に陥ってしまい勝ちである。ともかくも、「五穀幡」は、「五穀兵」を集めるために立てられ、ここにまず「五穀兵」が集まってくるのである。

この「五穀幡」であるが、「穀物がいっぱい実っている様を表している」という説明がなされる。これは、「招兵」の後半部分で、「五穀幡」を家の中に運び入れて家先壇の脇に立てることが行われる（程序番号489など）が、なぜこのように「五穀兵」を招くのに使った「五穀幡」を家の中に運び入れて立てて置くのかをたずねたときに返ってきた答えである。そして次のような説明を受けた。

> これを立てておけば、この家には食べきらないほど食糧があるという意味になる。五穀豊穣になって苗がのびて永遠に食べきれない。家の中に立てるのは、未来のことを表している。これからどんどん穀物があり続ける。未来のことに意味がある。

どうやら五穀が沢山吊り下がっている竹を立てて置くことには、予祝的な意味があるようである。そうすると「五穀幡」は穀物が沢山実っている様を表しており、「五穀兵」を招く時にも、そうあってほしい状態をあらかじめ表現しておいて、そこに「五穀兵」を集めようとする考え方が働いていると見るのがよいかもしれない。

「五穀幡」の他には、「五穀粮」[20]（五穀穂）を用意する。これは五穀の穂を束ねたものである。まず「五穀兵」は「五穀幡」に付くが、これを次には「五穀粮」に移す。この「五穀兵」のついた「五穀粮」が、家の穀物倉に納められる。こうした手順については、もう少し詳しく説明していく必要がある。

2）架橋と陰兵の派遣

「五穀幡」「五穀粮」を用意した上で、儀礼を始める。「開天門」（程序番号 364 以下）を行って、「天兵」を派遣してもらう。「収瘟」（程序番号 435・436）では、「家の中にどのような疫病神がいるのかを見て、全部出て行ったのを証明する」。「勅水」（水を聖化し、呪力をこめる。程序番号 440 ～ 443）を行い、この水によって「勅旗」（程序番号 442）「勅幡」（程序番号 443）が行われる。これによって「兵旗」と「五穀幡」が「勅変」され「解穢」される。そして「架橋」が行われる（程序番号 446）。「架橋」については次のような話を聞くことができた。

橋を架ける。祭司は手を広げる所作を行い、七星罡を踏む。清めて穢れをよそへどけ、そのあと障害物を切って通していく。手を広げる所作をして、邪魔になるものを切り開いていくことを表す。次に、手を重ねていくような所作をする。一歩一歩橋を架けていくことを表す。運ぶ者が通る橋がなければ、五穀魂はこっちに来ない。運ぶ者が五穀魂を運んでくる。
陰兵は、派遣されて、探して、督促する。追い立てるのが仕事。運ぶのは元宵の役割。

祭司が、「五穀兵」のいるところまで橋を架ける。橋が出来上がると、「陰兵」が派遣され、「五穀兵」を探して、帰ってくるように追い立てる。「五穀兵」は自分で移動できないので、それを「元宵」が橋を渡って運んでくる。そしてまず、「五穀兵」は「五穀幡」にたくさん付くのである（図 1）。

3）五穀粮を棹秤（さおばかり）で量る

次には「五穀兵」が「五穀粮」に移されるが、このとき「五穀兵」が「五穀粮」に付いたかどうかは、棹秤で重さを量ることで確かめられる（図 2）。

まず「架橋」の前に、「五穀粮」を棹秤に掛けて重さを量る（程序番号 444）。「架橋」の儀礼の後、紙銭を巻いたものを棹秤に掛けてある「五穀粮」に挟み込み、重さを量る（程序番号 448 ～ 451）。

秤の穂の中に紙の中に包み込んだ五穀魂を挟み込む。挟み込んでから量り始める。紙銭をただ巻くだけであるが、それで五穀魂が包み込まれることになる。

重くなったことで「五穀兵」がついたことが確認される。

紙銭を巻く時に唱える詞は次のようなものである。趙金付師が紙に書いてくれたものを紹介する。

五谷之魂 失落东方 通得东方收归
失落南方 通得南方收归
西[21]
北
中
失落山猪马户（驴？）肚中 通得山猪九肚那中收归
失落乌鸦百鸟 通得百鸟口中收归
失落石空泥空木空 通得石空木空泥空收归
五谷之魂 禾男禾女禾子禾孙 扶粮仓

「五穀魂」を東南西北中から呼んで集めている。イノシシ、馬、ロバ、カラス、百鳥（いろいろな鳥）に食べられたもの、石、泥、木などの隙間に落ちたものを全部呼んでいる。

棹秤で量って、秤の棹が平らになっている（傾かない）ときは、まだ「五穀兵」が付いていないので、そういう場合には「もう一回運んでこい」と、運ぶ役の小さな神（「元宵」）に言う。「五穀幡」の方から「五穀粮」に移ってきたら、秤は傾く。

4）五穀兵が家を離れてしまう原因

紙銭を巻く時の詞から、「五穀兵」が失われてどこかに行ってしまう原因が分かるが、同様の詞を2013年の補足調査の資料からも示しておきたい。

東南西北中
失落石空・木空・泥空・水空・江辺・水辺・八叉路頭・十字路口
失落山猪・馬驢九肚腸中
丙年丙月丙日丙時出錯米粮売錯米粮
不知何年何月何日何時打發乞丐出錯米粮

これには、石・木・泥の隙間のほか、水の中、川べり、水辺、路がいくつにも分かれているところ、十字路で失くしたり、猪・馬・驢馬に食べられたり[22]、間違って売ったり、乞丐を立ち去らせるのに与えたりしたものが挙げられている。家族の者が食べた分は、五穀兵はそのまま家に留まるが、どこかで落としたり、売ったり、動物に食べられたり、乞丐に与えたりした分の五穀兵はどこかに行ってしまう。そうした五穀兵を「招五穀兵」によって取り戻さなければならないのである[23)]。

5）五穀粮を穀物倉に納める

次には「五穀粮」に付いた「五穀兵」を家の中に運び入れるのであるが、この手順についてはやや詳しく記しておきたい。

「五穀幡」に「五穀兵」が付いたならば、これを棹秤ごと施主に担がせ、庁堂の入り口に内向きに立たせる（程序番号 445）。その背後で祭司が水と剣によって清める。続いて祭司が手訣（関封訣・老君訣）を組んで「五穀兵」が逃げないようにする。祭司が卜具（チャオ）で占う（程序番号 457）。「陽卦」を得たら「进去了」、すなわち（「五穀兵」が家の中に）入ったことになる。

祭司は「五穀幡」に触れながら唱えごとをする（程序番号 458）。そして五方に向かって散米（米粒を撒く）をする（程序番号 458）。この「五穀幡」に触れての唱えごとと散米は 3 回繰り返すが、1 回目は庁堂に入るように、2 回目は壇に入るように、3 回目は倉庫に入るように唱えるという。

散米をするときは、3 回ともに以下の通り唱える（2013 年補足調査の資料）。

差兵差到東方東路去
東方東路収禾回
差兵差到南方南路去
南方南路収禾回
差兵差到西方西路去
西方西路収禾回
差兵差到北方北路去
北方北路収禾回
差兵差到中方中路去
中方中路収禾回
左手接右手回　禾公禾母
禾男禾女禾子禾孫
你付（扶？）々上粮倉　上粮倉　上粮倉[24)]

これが終わると、祭司の弟子が師棍を施主の右肩に置いて、それに（棹秤に掛けた状態のまま）「五穀粮」を掛ける。祭司の弟子は、施主の後ろに立って左手で師棍の端を持つ。そうして施主と弟子の二人で「五穀粮」を掛けた師棍を支えて、庁堂の中に入り、向かって右側の階段から二階に上がり、二階の穀物を入れる桶に「五穀粮」を棹秤から外して収める（程序番号 459）。これで家の穀物倉に収まったことになる。

この後、「家先兵」を招く儀礼を行う中で「五穀幡」が庁堂に運びこまれて、家先壇の横に立てられる。これを立てる意義については、すでに述べたとおりである。

(2) 家先兵を招く

1）家先兵

続いて「家先兵」を呼び集める儀礼が行われるが、これについては、まず「家先兵」に関する情報から整理してみたい。

> 家先兵は（先祖が）代々もらってきた兵。時間が経って分散している兵を連れてくる。時間が経つと、離れていってしまう。

先祖が「代々もらってきた兵」というのは、先祖が「還家願」儀礼中の「掛三灯」や「度戒」儀礼中の「掛十二灯」を通じて得た「下壇兵馬」や「上壇兵馬」を指している。亡くなった後もそうした兵馬を持ち続けており、それが子孫の財産となっていくという考え方があるようである。「時間が経つと、離れていってしまう」ということに関連して、次のような話も聞くことができた。

> (「家先兵は戦死することはあるのか」という質問に対して）戦死したりするという考えはない。かまってあげないで、ずっと経つといなくなる。ほっておかれるといなくなる可能性がある。関係を維持していくには、紙銭をあげて、挨拶するということが、一つの方法になる。(家先兵は）雇っている兵隊なので、ちゃんと取り扱っていないといなくなってしまう。
> (「ほかの家の兵になることはあるのか」という質問に対して）そうしたことはない。ありえない。
> ちゃんと祭らなかったら、不順なことが起こる。

陰間（あの世）で、祖先と陰兵は一緒にいる。
兵を祭らないと祖先を守る兵がいなくなる。

「家先兵」は、定期的に紙銭などを贈って祭らなければいなくなる可能性がある。「家先兵」との関係を保つには、繰り返し関係を確認していく必要がある。しかし、いなくなったからといって、他の家の兵になることはないとしている。また兵隊であるからといって、敵と戦って死ぬというような考え方はしていない。

先祖との関係では、「家先兵」が「陰間」で先祖とともにいるという考え方が注目される。「家先兵」は「陰間」で先祖を守っている存在でもあるのである。

いなくなる理由として「時間の経過」ということが言われているのは、おそらく、こうした兵の数が多いので、たとえ定期的に祭っていたとしても、気のつかないうちに少しずついなくなるという感覚が伴うためであろう。

兵の数については儀式書中（ヤオ族文化研究所整理番号 A-16）にある「招五谷転兵用」に、東方の兵は「九九八十一万一千兵」、南方の兵は「八八六十四万四千兵」、西方の兵は「六六三十六万六千兵」、北方の兵は「五五二十五万五千兵」、中央の兵は「三九二十七万七千兵」と記されている。

2)「家先兵」を招く方法（家先単・兵旗・招兵橋）

「家先兵」を集める際には、まず「家先単」で先祖の名前（家先単に記された法名）を確認することが必要となる（程序番号 450・460）。

家先の持っていた兵の分散したものを呼び集めるから、家先単で名前を確認していく。（その中には）度戒を受けてもらった兵、（度戒を経て）増えた分も含めて全部いる。

家の継承者となるためには「掛灯」儀礼[25]を経て「法名」得る必要がある。「家先単」に記された先祖は当然みな「掛灯」（「掛三灯」）を経ている。「度戒を受けてもらった兵」というのは、「掛灯」を行った後さらに「度戒」を受けた者について言っているのである。先祖の中の「度戒」を受けた者については、「度戒」で得た兵も含めてすべてが対象になるのである。

そして「家先兵」を呼び集める際には、旗が特に重要な役割を果たす。

(家先兵は) 兵旗で集める。家先兵は旗を持った兵が集めてくる。

この「兵旗」は、実際の儀礼空間では庁堂入口の向かって左外の机に準備される。庁堂入口の向かって左外の机は、向かって左向きに置かれ、奥の位置に竹筒に生の米[26]を満たしたものを五つ並べる。これに「兵旗」を挿して立てる。この「兵旗」は、竹を割って作った棒に切り紙（剪紙）の旗をつけたもので、紙は赤い紙を使用している。切り紙で表現された模様の上部は「三清兵」を表し、下部は「天狗」を表しているという[27]（図3)。

「五穀粮」(五穀穂) を家の穀物倉に運び込んだあと、祭司は引き続き庁堂入口前の「五穀幡」が立てられている場所で儀礼を行う。祭司は、まず庁堂入口向かって左外の卓上の竹筒から「兵旗」を抜き取り手に持つ（程序番号464)。2011年11月に調査した「還家願」儀礼では5軒の家から受礼者が出ている[28]ので、「兵旗」の数は5本であった。次に祭司は「文台」(祭場に置かれた木の板) に乗り、その上でしゃがみこんで卜具で占ったり、立って旗を振りつつ唱えごとをしたりしていく（程序番号465・466)。さらに庁堂に向かって立って米を撒き、家先単を見て「兵旗」を分ける仕草をする（程序番号469)。

こうした儀礼については次のような話を聞くことができた。

家先兵が帰ってきたら、家壇の兵（家先兵）を収兵する。(いなくなった兵を探すために) 派遣した兵も全部もどってこさせている。
五つの方角に働きかける。(このとき) 五色の旗があることについて、歌の中で歌っている。
「東方の兵　何万人…」と歌っているときは、(実際には赤い色の兵旗を振っているが) 緑の旗を振っていることになる。
分散していなくなった兵は、派遣した兵が引き連れて帰ってくる。旗を持った兵が先頭で先導する。
旗を使う部分は家先の兵を招いている[29]。

散米については次のような説明を受けた。

米を撒くことについては三段階がある。進庁、下壇、上壇。米を撒いて命令している。このときは文台を踏んでいなければならない。方角ごとに米を撒いて「収帰」している。
米を撒くのは、「領兵」する（兵隊を統率する）という意味。動作全体で、各方向に米を投げることで、兵が庁堂の中に入り込むということを表している。撒く方向が大切である。

「米を撒くこと」については、「庁堂に入ってください」、「下の壇に上がってください」「上の壇に上がってください」と三段階で命令していると解することができる。米粒が兵隊を表すわけではなく、撒く動作によって兵隊を統率しているという説明をしている。穀物を撒くことは、下位の霊的存在に対して供物を投げ与えているという解釈も可能であるが、この散米もそうした理解ができるのかも知れない。祭祀において、供物は神霊を招き寄せるための道具立てとして重要である。米を撒くことによって兵が集まってくるのである。

「家先兵」が戻ってくる時には「五穀兵」のときと同様に橋を用いるが、この橋については次のような説明を受けた。

家先兵は、（自分で）橋を渡ってくる。（五穀魂のように）元宵が運んで来るのではない。
（五谷兵と家先兵とは、一緒に戻るのか、それとも別々に戻るのかという質問に対して）五谷兵は元宵に運ばれてくる。家先兵は自分で歩いてくる。
（派遣した兵が）集めて案内して連れてくる。同じ橋、招兵橋を渡ってくる。
（家先兵を渡す時には）路を改修する。「貼」をする（上にくっつける、修理するといことを意味するらしい）。橋を一回修理する。穀物倉庫のところに橋を架けたあと、（修理して）神様がいるところ、（すなわち）宮殿（梅元殿、大羅殿）などの行き先を示す標識のようなものを貼る。

これによれば、「家先兵」を連れ戻す時に渡る橋は、「五穀兵」が「元宵」によって運ばれてきた橋と同じ橋であるが、一度改修して使う。改修するのは、兵の行き先が異なっていることと関係している。橋を改修すると、「家先兵」は自分で橋を渡ってくる。

ここで「兵旗」が米を満たした竹筒に戻される（程序番号470）。「兵旗」を挿した竹筒は、庁堂の入口で祭司から受礼者に渡され[30)]、受礼者によって家の家先壇に置かれる（程序番号471～474）。これで「兵旗」に導かれた「家先兵」（「旗兵」）は、派遣された兵も離散していた兵も家の壇に戻ったことになるが、これで「家先兵」が全部戻ったことにはならないようである。続いてさらに「収兵」の儀礼が行われる。

玉皇大帝に証明してもらって収兵する。
収兵のために、収兵のための橋に変化させる。
旗兵ではない、鑼鼓兵、傘をさす兵、鶴に乗る兵、騎兵とかの兵を収兵する。
これらはみな家先兵である。

「収兵」では、「旗兵」以外の、「傘をさす兵」「鑼鼓を鳴らす兵」「牛角を鳴らす兵」「鶴に乗っている兵」「騎兵」などを呼び戻してくる。これらの兵もみな「家先兵」であるという。この区別は少し分かりにくいが、「家先兵」について、「兵旗」で先導されるグループと、「傘をさす兵」「鑼鼓を鳴らす兵」「牛角を鳴らす兵」「鶴に乗っている兵」「騎兵」などのグループに分ける考え方があるらしい。前者が離散していた兵で、後者が派遣されて探しに行った兵なのかという質問をしたが、そうした説明はしなかった。「兵旗」で先導される兵にも「傘をさす」「鑼鼓を鳴らす」などの兵にも離散していた兵が含まれており、派遣されて探しに行った兵と一緒に戻ってくる。その際には、橋をもう一度変化させて「収兵」のための橋にするという。

そして祭司は、外向きに文台の上でしゃがみ、紙銭を筒状に巻く（程序番号475）。これによって「家先兵」が紙銭に巻き込まれることになる。この紙銭を巻いたものを剣（祭司が儀礼に用いる小型のもの[31)]）に結びつける（程序番号477）。「踢兵」で、その剣を家の家先壇に蹴り入れるのである。

3）上兵・踢兵回壇

証明するために天兵を派遣してもらったことに感謝して紙銭を焼き、天兵を天に帰す（「閉天門」。程序番号479・482・484）。そして五穀大王などの粮神に感謝して紙銭を焼いて帰す（「送粮神」。程序番号480・481・483）。

それが済むと、祭司は背中に剣を挿して「引兵」を行う（程序番号485以下）。兵を率いて帰るのである。

これとともに、庁堂の外に立ててあった「五穀幡」を庁堂の中に運び入れて立てる「樹五穀幡」を行う（「引帯五穀幡」「樹五穀幡」。程序番号 487・489）。「五穀幡」は、家先壇の「家先単」の置かれている場所の近くに立てる。

そして「上兵」を行う（程序番号 490）。これについては次のような説明を受けた。

祭司が家先壇の前で兵に挨拶し、手を広げるなどの動作を繰り返す。
まず、「尋路」。草木が多いので、それを分けて道をひらく動作をする。次に「砍路」。右左と草木を切る動作。
次に「鏟路」。鍬で道をなおす。
次に「掃平路」。道を平らにする。これが終わったら「鼓兵」を行う。やる気が出るように兵を励ます。両手で、親指を立てて片方ずつ振るようにする。「鼓励」する。
そして、手で兵隊を並べる動作。ちゃんと並ばせる。
（このとき、並行して祭司の弟子二名が「賀兵」を行っていく[32]。肩を組み足をつけて、それぞれ片足で跳ねる動作をする。これは兵たちの喜びを表しているという）。
次に「通信兵」の動作。手を前で組み合わせる。
次に「旗兵」。次に銅鑼や太鼓を鳴らす兵。
次に嗩吶（スオナア）、牛角、楽隊。
ここまで終わったら、「鼓兵」して、兵を排列する。
次に槍兵、刀兵、斧兵、棍兵、拍子兵、鎚兵、錐兵。指で武器をあらわす。
ここまで終わったら、「鼓兵」して、兵を排列する。
次に龍、馬、虎、白鶴に乗る兵（手訣で表現する）。
次に琴を弾く兵。
次に轎に乗る兵。腰に手を当てる。籠に乗っている様を表す[33]。
終わったら、献酒、献茶する。グループごとに一段落したら「鼓兵」して、排列するを繰り返す。
一段落したら、また「鼓兵」して、排列して、一段、一段進めていく。
一通り終わって、献酒、献茶する。献酒、献茶の動作をする。家先壇につぐような所作。
酒を出し終わったら、（剣を）蹴り入れる（踢兵）。
武器を持った兵隊は、（次々に行く兵隊の中に）護衛として（何度も）途中にはさむことができる。

祭司が家先壇の前で様々な「家先兵」の仕草をして、「家先兵」たちが帰ってきたことを表現している。ここで手訣を集中して使うが、祭司は、それによって様々な兵に変身しているということができる。

こうして帰ってきた「家先兵」が家の家先壇に入るところは、先ほど紙銭を筒状に巻いたものを取り付けた剣を、祭司が家先壇に蹴り入れること（足の甲に乗せて蹴るようにして壇に入れる動作）で表現される（程序番号490)。

> (祭司は）剣を蹴るときに、家先の中の一番えらい人（家先主）に、「私は今から蹴り入れますから、受け取ってください」という。もし受け取ってくれなければ、入ることができない。
> (そして白い布を持って）兵隊たちに、「並んでください」「家庭を守ってください」という。
> (剣は）香炉の上を目がけて蹴り入れる。蹴って、何回も入らなかったら、この家に問題があるということになる。

蹴り入れて剣が家先壇に入ったら、「家先兵」がみな戻ってきたことになる。剣から紙銭を巻いたものをはずして、「兵旗」が挿してある竹筒に差し込む。師棍を横にして持ってお辞儀をし、祖師に感謝する。以上が「踢兵回壇」である。これを受礼者の各家で行うのである（程序番号492～502)。

おわりに

「招兵」儀礼について、2011年11月に行われた「還家願」儀礼中の「招兵願」の事例と、その後に行われた補足調査で得られた資料によって検討を試みた。まだ十分とはいえないが、現時点までに把握できた内容およびいくつかの気がついた点を述べて、ひとまずの結びとしたい。

「招兵」で招く対象は、家から離れてしまった「五穀兵」と「家先兵」である。「五穀兵」は、その家の穀物の収穫に影響を与える存在であり、その家の「五穀兵」が減ってしまうと穀物の減り方がなぜか早い、穀物が育たない、収穫量が減る等の悪い影響が生じる。「家先兵」は、その家の先祖たちが持っている陰兵であり、本来は先祖とともにいて先祖を守る存在である。これが減ってしまうと、いろいろな悪い影響があり、家にとって好ましくない事態が起こってくる。そこで、遊離した「五穀兵」と「家先兵」とを招く「招兵」儀礼が、「還家願」儀礼や「度戒」儀礼、結婚式等の機会に、家の繁栄と安定を確実なものにするために行われたり、家にとって好ましくない事態が生じたとき（特に穀物が減ってきたとき）に行われたりする。ここで注意したいのは「還家願」（「掛三灯」）・「度戒」という祭司の資格を得るために行われる通過儀礼に際して「招兵」が行われる点である。特に「度戒」で行われる「招兵」については、通過儀礼によって新たに得られた「陰兵」（「新度兵」）を家に導いて家先壇に収めるために行うことが意識されている[34)]。それに対して「還家願」では、「招兵願」として行われているので、還願儀礼の一環であり、「掛三灯」で得た「陰兵」と「招兵」で招く「五穀兵」「家先兵」とのかかわりはないように思われる。しかし、「掛三灯」が行われる「還家願」にも、「招兵」が含まれているのは興味深い。新たに「陰兵」を得るための通過儀礼とかかわる何らかの儀礼的な脈絡が、「招兵」儀礼にあるのかもしれない[35)]。

「五穀兵」と「家先兵」を招くときに祭る神は、天の神・粮神・地元の神、喫斎の神である。こうした神々の力を借りることで、「招兵」の儀礼を行うことができるのである。「招兵」では、まず天の神々に願い「天兵」「天将」を派遣してもらい、この儀礼を行うことを「証明」してもらう。儀礼が正しく行われるように見届けてもらうのである。このほかに「五谷（穀）大王」をはじめとする「粮神」たちと地元の神々を祭る。そうして「五谷大王」から「元宵」に「五穀兵」を運ぶように命令を出してもらう。さらに「喫斎」の神々を祭り、かつて「北斗七星の姉妹」[36)] が鳥から穀物を取り戻してくれたことに感謝する。「招兵」の穀物の魂を取り戻すという側面に注目すると、「北斗七星の姉妹」が鳥から穀物を取り戻してくれたという物語には、「招兵」儀礼の起源を説明する神話的な性格があるように思われる。「招兵」儀礼は、「北斗七星の姉妹」が行ったことを再現しているという一面があるように思われる。

以上のような神々は、直接に離散した「五穀兵」・「家先兵」を取り戻しに行くわけではないが、離散した兵を招く際には、いわば後ろ盾となって、儀礼の効力を保障してくれるのである。こうした神々の力によって「招兵」儀礼を行うことができるのである。

「五穀兵」・「家先兵」を探して連れ戻しに行く際に実際に働くのは、祭司の「陰兵」と施主・受礼者の家の「陰兵」（それぞれの家の「家先兵」を含む）である。「五穀兵」については、まず「陰兵」たちが探して見つけることをする。見つけたら、「五穀兵」たちは自分で移動できないので、「元宵」が運んで帰る。「元宵」は「五谷大王」などの「粮神」の命令によって、そうした働きをすると考えられている。「家先兵」については、仲間の「家先兵」を中心とした「陰兵」たちが先導して連れて帰る。こうした仕組みになっている。

「招兵」儀礼には、さまざまな霊的存在がかかわっているが、その中で「陰兵」についての考え方が注意される。過山ヤオ族（ミエン）の宗教的文化においては、「陰兵」が重要な働きをしているといえる。その「陰兵」についての考え方や「陰兵」を用いる儀礼的伝統の内容については、天師道（正一道教）の籙および籙の神々のあり方、法教の儀礼における「兵」のあり方などと比べて考えていく必要があるが、ただ単純に道教や法教の儀礼を受容して利用しているだけではない、独自の文化伝統が息づいているように思われる。「陰兵」をめぐってさらに調査研究していく必要があるであろう。

「招兵」の方法については、病気治し等に見られる招魂儀礼との類似が指摘できる。病気治しの招魂儀礼に典型的に見られるのは、内在魂に対する招魂である。内在魂が遊離したことが病気の原因であり、遊離した内在魂を取り戻して身内に鎮めれば、病気は治るとされる。ここに取り上げた過山ヤオ族（ミエン）の「招兵」儀礼の場合は、人の身体に遊離した魂・兵を戻すのではなく、家に遊離した魂・兵を戻して鎮めるものである。家を人の身体のように考えれば、その類似は明らかである。「五穀兵」も「家先兵」も、ともに本来は家にいるべきものとして考えられている。これが一部失われると、その家にとって好ましくないことが生じてくる。これは人が病気になるのと同じである。そうした好ましくない状態を解消するために失われた「陰兵」を取り戻そうとするのは、「魂」を取り戻して病気を治そうとするのと同じ発想である。「招兵」においては「家」が（病気治しの招魂の際の）「人」の身体と同じなのである。それから、5つの方角へ呼びかけたり、「五谷之魂」が居そうなところを次から次にあげて呼びかけたりするのは、招魂歌の類型にも見られるところである[37)]。過山ヤオ族の「招兵」儀礼は、内在魂に対する招魂の類型から解釈できる内容を持っている。この点についても、さらに資料を集めて検討していきたいと考える。

図１　「五穀幡」と趙金付法師

図２　棹秤に取り付けられた「五穀粮」を持つ趙金付法師

図３　家先兵を招くための「兵旗」

注

1）ヤオ族文化研究所では、2011 年 11 月 16 日～ 21 日（農暦 10 月 21 日～ 26 日）に、中国湖南省永州市藍山県所城郷幼江村の盤榮富氏宅で行われた「還家願」儀礼の調査を実施した。その後、儀礼の実施に関わった方々を日本に招いて聞き取りを行う形で、現在までに三回の補足調査を実施している。第一回は 2013 年 8 月 2 日～ 9 日、第二回は 2015 年 1 月 4 日～ 6 日、第三回は 2015 年 7 月 26 日～ 8 月 2 日である。

2）拙稿「招五穀兵について ― 中国湖南省瑤族（過山瑤）の還家願儀礼から ― 」（『瑤族文化研究所通訊』第 5 号、2015 年 3 月）は、2013 年 8 月の補足調査までに得られた情報によってまとめたものである。2015 年 3 月の拙稿末尾の「補足」に、2015 年 1 月の補足調査で得られた情報の要点を簡単に記している。

3）湖南省藍山県の「還家願」儀礼については、張勁松・趙群・馮榮軍著『藍山県瑤族伝統文化田野調査』、岳麓書社、2002 年に報告されている。また、湖南省瑤族の「奏鐺」（「歌堂」の意）すなわち「還家願」儀礼の報告としては、李祥紅・鄭艶瓊主編『湖南瑤族奏鐺田野調査』、岳麓書社、2010 年がある。「招兵願」については、pp.57-76 および pp.191-194、pp.238-242 に記されている。

4）過山ヤオ族の宗教的儀礼では、「陰兵」が重要な役割を果たすが、これは中国東南部の法教において「将兵」を用いて儀礼を行うのとよく似ている。しかし、「五穀兵」や「家先兵」を招いたり、使ったりする儀礼については、漢族の法教において今のところ見出せていない。あるいは過山ヤオ族の儀礼の特徴をなす部分なのかも知れない。

5）「還家願」儀礼を行うに際しては、複雑な「許願」の手続きが存在する。通常最初の「許願」を行ってからすぐに「還家願」を行うことはない。ここでは詳しい説明は省くが、「許招兵願」は「還家願」の準備段階で行う願掛けの一つで、この「許招兵願」については、「還家願」儀礼を実施する当年になってから行うことになっている。

6）2011年11月に調査した「還家願」儀礼の程序（プログラム）については、「還家愿儀礼程序」『神奈川大学歴民調査報告』第14集中国湖南省藍山県ヤオ族儀礼文献に関する報告Ⅱ、神奈川大学大学院歴史民俗資料学研究科、2012年3月参照。

7）前掲「還家愿儀礼程序」2012年3月の大儀礼名「招兵愿」に該当する部分の程序番号。以下小稿では必要に応じてこの「還家愿儀礼程序」の程序番号を示していく。

8）前掲「還家愿儀礼程序」2012年3月の大儀礼名「還招兵願」に該当する部分の程序番号。

9）譚静「儀礼実践から見たミエン儀礼神画の使用」『瑶族文化研究所通訊』第5号、2015年3月、p.67。

10）前掲譚2015年3月、p.71。

11）以下に引用する説明は、祭司の趙金付氏によるものである。

12）2013年8月にヤオ族文化研究所で実施した補足調査によると、この世の人間の世界は「陽」であり、死者や神の世界は「陰」であると考えられている。陽の世界に生きている者には「陽魂」と「陰魂」とがあり、このうちの「陰魂」が「陰」の世界に行って交流することができる。家先（家の先祖）の「兵」は「陰魂」（＝陰兵）である。「五穀兵」（＝五穀魂）にも「陽魂」と「陰魂」があるが、「招兵願」で招くのは「陰魂」の方である。拙稿2015年3月、pp.59-60参照。

13）この神については、2015年1月の補足調査の資料によって補う。

14）儀礼の際に掛ける「鑑斎」の神画の下部には、精進料理を作っているところが描かれている。

15）家壇に祭られている兵をすべてひっくるめて「家壇兵」とも称する。この「家壇兵」には、家壇で祭られる寺廟の兵やその家の「掛燈」や「度戒」を経た現在生きている者の兵も、亡くなって祭られている幾人もの先祖の兵もすべて含まれることになる。

16）「元宵」の「宵」については「魈」とも記すが、調査地ではみな「宵」の表記であったので、ここではすべて「宵」と表記することとする。

17）本来は善でも悪でもない神として考えられているのであろう。人間側の対応次第で善にも悪にも働くので、人間の側が正しく接すれば、「正しい神」「いい神」として働いてくれるという意味でこのように説明したのだと思われる。

18）「程序」における「小儀礼名」については前掲「還家願儀礼程序」2012年3月参照。

19）「還家願儀礼程序」2012年3月および前掲拙稿2015年3月参照。

20）五穀の穂を束ねたものを指して言った言葉であり、「招兵」に用いるそれを特に示したものではない。

21）以下「西」「北」「中」についても、「東方」「南方」のように繰り返すという意味である。

22）2015年7月の補足調査に際しては「人が食べるときは煮炊きをするから大丈夫であるが、

動物は生で食べるから魂がいなくなる」という説明を受けた。生のままであると、五穀の魂もそのまま持ち去られてしまうと考えているようである。

23）前掲拙稿 2015 年 3 月、p.60。

24）前掲拙稿 2015 年 3 月、p.61。

25）藍山県では「還家願」儀礼の中の「掛三灯」として行われる。前掲張勁松・趙群・馮榮軍 2002 年、pp.95-97 参照。日本語訳は前掲『神奈川大学歴民調査報告』第 14 集 2012 年 3 月 pp.141-144 にある。

26）この「竹筒の中の米」は「養兵米」「養米」であるという。すなわち「家先兵」たちの兵糧米である。

27）「三清兵」は「度戒」で受ける「上壇兵馬」を表すと考えられる。「天狗」についてはいろいろな兵を表しているとのことであった。

28）2011 年 11 月の「還家願」儀礼の受礼者については、前掲『神奈川大学歴民調査報告』第 14 集 2012 年 3 月、p.28 参照。受礼者には、このとき受礼した 3 人の兄弟のすでに亡くなっている父親が含まれており、合計 6 名となるが、家の数としては 5 軒になるので、「兵旗」の数は 5 本となった。「五穀幡」「五穀粮」の数についても同様である。

29）馮榮軍氏の説明によれば「家先の兵を集めるときは、家の兵隊に旗を持って行かせる。その家の旗を見てみんな帰ってくる」のだという。またこのとき「祖師が重要な役割を果たす」のだという。

30）祭司は、このとき庁堂に向かって散米する。撒く米はあらかじめ竹筒の中の米を少しつまんで手に持っておく。

31）祭司が用いる法具については、前掲張勁松・趙群・馮榮軍 2002 年、pp.254-257 参照。

32）弟子二名は「両位大尉」の絵を頭につけている。これは「上光」している状態である。

33）以上のような兵の順序は、「大道橋梁」に描かれた神々の行列と基本的に同じであるという。

34）「還家願」の場合は家で行われるが、「度戒」の場合は儀礼の場所が別に設けられ、受礼者がそれぞれ家に帰ったあとに「招兵」が行われる。家に帰ったときに家で行う儀礼として「招兵」が位置づけられているところから「新度兵」を招く儀礼として意識されるのだと思われるが、このときも「五穀幡」を立てて「五穀魂」を招いている。

35）「還家願」における「招兵願」に、「掛三灯」で得られた「陰兵」との直接的なかかわりは認めがたいが、「還家願」に「招兵」が行われ、これによって「陰兵」と「五穀兵」とが招かれて、家の家先壇に収められることには、何か理由があるように思われる。「招兵」と「掛三灯」とのつながりを想定すると、そこに穀霊信仰的なものを見出せるかもしれない。「招兵」では「五穀幡」を立てることが目を引くが、招く「陰兵」に（「五穀兵」だけでなく「家先兵」にも）みな穀霊的な性格がどこかに含まれていると考えることができれば、「五穀幡」は「五穀兵」だけを招くものではないことになる。こうした儀礼で考えられている「陰兵」の性格については、さらに検討していく必要があると思われる。

36）北斗の女神と魂を招くこととの関係は、宋代以降の黄籙斎で行われる神虎召魂法にも見出せる。しかし、なぜ北斗の女神が召魂に関わるのかは、まだよく分かっていない。

37）各方角に向けて呼びかける形は、楚辞の「招魂」にも見られる招魂の詞の典型である（楚辞の「招魂」の場合は、天地四方の六方）。筆者が検討したヤオ族（ミエン）の『招魂書』に記された病気治しのための招魂儀礼にも繰り返し表れて来ている。拙稿「バイエルン州立図書館所蔵『招魂書』に見るヤオ族の招魂儀礼について」『瑤族文化研究所通訊』第3号、2011年11月参照。また、魂が居そうなところに次々に呼びかける形は、「遊離した魂のいそうなところを幾箇所も想定して、そこに呼びかけて魂を誘いだし、身内に帰り鎮めるために歌う」という藤野岩友のB類（大掃除型）招魂歌の形に一致する。藤野岩友『楚辞』（漢詩大系3）集英社、1967年、p.13および藤野岩友『巫系文学論』大学書房、1951年、pp.228-233参照。

ベトナムのミエン・ヤオの衣文化
――ラオカイ省の事例を中心に――
Clothing of the Mien in Vietnam

内海涼子

1. ベトナムのミエン・ヤオの衣文化概要

ベトナムのミエン・ヤオには多くの集団がある。ミエン・ヤオが中国からベトナムに移住してきたのは13世紀～20世紀の間であると推測されているが、集団によって移動の時期には大きな違いがある。これまでのところ、それぞれの集団の方言や、移動経路、慣習や信仰等についての情報は不十分であり、民族集団間の系譜的関係は明らかではない。

ミエン・ヤオはベトナムにおける民族分類ではザオ（Dao）に分類されている。ザオを構成するのは、ミャオ・ヤオ語族のうちヤオ語系のミエン語を話すミエン・ヤオと、おなじくヤオ語系のキム・ムン語を話すヤオである。ベトナム国勢

図1　ベトナム北部地図

調査によると2009年のザオの人口は751,067人であるが、ミエン・ヤオだけの人口資料はない。ミエン・ヤオは、ベトナムのタインホア Thanh Hóa省以北の地域で、ハノイの南側にひろがる紅河デルタ地域を除くすべての省に居住している（図1）。

ベトナムのザオのうちキム・ムン系ヤオの衣装は、どの地域の集団も男女ともに濃紺無地の上衣と袴を着用している。上衣や袴には刺繍による装飾はわずかである。キム・ムン系ヤオの女性は、上衣の首元にピンクや白の絹や毛糸の長い房飾りを垂らし、正装としては頭に銀色の冠のような飾りや、白い手織り綿布に濃紺の刺繍のある頭巾を着用している（図2）。このような衣装様式は、ベトナム北部のみならず雲南省南部やラオス北部に居住するキム・ムン系ヤオの多くに共通し、地域的な違いはあまり顕著ではない。

いっぽう、ザオのうちミエン・ヤオの衣装、とくに女性の衣装には、カラフルな刺繍がふんだんにほどこされ、地域ごとの特徴が見えやすい（図3、図4、図5、図6）。女性の頭の被り物にも、地域ごとの違いが顕著に現れている。ベトナムのミエン・ヤオは衣装の外見的特徴から、ザオ・ドー（Dao Đỏ：赤ヤオ）、ザオ・デン（Dao Đen：黒ヤオ、別称Dao Khâu）、ザオ・クアンチェット（Dao Quần Chẹt：細い袴のヤオ）などの呼称で区別される場合もある。

ベトナムに居住するミエン・ヤオの衣装の違いは、中国においてすでに形成されていた集団ごとの特徴に加え、ベトナムへの移動の時期や経路の違い、居住地域の環境や周辺民族との関係、集団内で衣装製作をになう女性たちの創意の積み重ねにより生じてきたと考えられる。とはいえ、一見多様に見えるミエン・ヤオの基本的な衣装構成や装飾要素には共通点も多い。

ベトナムのミエン・ヤオのなかで、衣文化の違いが際だっているのは、ザオ・ティエン（Dao Tiền）である。ザオ・ティエンは、民族衣装の上衣の背中に中国古銭が付いていることに由来する呼称である。ザオ・ティエンの衣文化には、女性がズボンではなくギャザー巻きスカートを着用し、ロウケツ染めで布に文様をあらわすなど、他のミエン・ヤオにはみられない特徴がある（図7）。ザオ・ティエンに近似する衣文化をもつミエン・ヤオは、中国にもラオスやタイにもいない。

ザオ・ティエンには、ホアビン Hòa Bình省、フートー Phú Thọ省、ソン

図 2（上左）キム・ムン系のザオの女性。ライチョウ Lai Châu 省タム・ドゥオン Tam Đường 県ホータオ Hồ Thầu 村 2005 年撮影。
上衣は足首までの長さがあるが、腰までたくしあげている。頭には黒いナイロン糸を編んで作られた被り物と金属の冠をのせ、白い綿布に青い刺繍の布を掛けている。

図 3（上中）ハノイ市バヴィ県のミエン・ヤオ（他称ザオ・クアンチェット）の女性。2003 年撮影。

図 4（上右）ライチョウ省のミエン・ヤオ。フォントー Phong Thổ 県 2006 年撮影。

図 5（下左）カオバン省のミエン・ヤオ。グエンビン Nguyên Bình 県 2009 年撮影。

図 6（下右）クアンニン Quảng Ninh 省のミエン・ヤオ。ティェンイェン Tiên Yên 県 2004 年撮影。

図7　バッカン省のザオ・ティエン。バベ Ba Bể 県 2003 年撮影

ラー Son La 省、イエンバイ Yên Bái 省、タインホア省北部に住む西部集団と、バッカン Bắc Kạn 省、カオバン Cao Bằng 省、トゥエンクアン Tuyên Quang 省に居住する東部集団がいる。両集団の女性の衣装は頭巾の色以外は、スカートのロウケツ染めデザインを含めほとんど共通している。

ザオ・ティエンは、かつて中国ではザオ・クアンチェットと近い地域に住んでおり、ともに 7 隻の船でベトナムへと移住してきたと伝えられている。ザオ・クアンチェットは女性のズボンが細いことに由来する呼称で、フートー省、タインホア省、ハノイ西部のバヴィ Ba Vi 県、ヴィンフック Vinh Phuc 省、トゥエンクアン省に居住している。ザオ・ティエンとザオ・クアンチェットの伝承や現在の居住地域からは、これらのサブグループは広西壮族自治区の南西あたりから海沿いに、または船で移動し現在のタインホア省あたりからベトナムに入ってきた可能性が高い。ホアビン省には 19 世紀の中頃にはザオ・ティエンが既に居住していたことが確認されている。彼らがベトナムに居住するようになったのは、16 世紀に遡るという説もある [1)]。

2. ラオカイ省のザオ・ドーの衣文化

(1) ラオカイ省のザオについて

ベトナムのミエン・ヤオには、ベトナム語で一般にザオ・ドーと他称される集団が多く、中国国境と接するすべての省とバッカン省、トゥエンクアン省、イェンバイ省、タイグエン省、バックザン Bắc Giang 省、クアンニン Quàng Ninh 省に居住している。ザオ・ドーのサブグループにたいして、ザオ・ロガン（Dao

Lô Gang)、ザオ・タインファン（Dao Thanh Phán）などの呼称が使われる場合もある。ザオ・ドーは「赤いヤオ」を意味し、おもに女性が日常あるいは儀礼において赤を基調とする頭巾や頭飾りを着用することに由来すると考えられる。

ザオ・ドーの一部が居住しているベトナム北部のラオカイ Lào Cai 省では、20 世紀末には、ざまざまな民族の人々が昔ながらの衣装を着用していたが、その後、現代的な洋風の衣服が急速に普及し、民族衣装を日常的に着用する人々は消えつつある。民族衣装の着用が観光収入につながっている一部の地域以外では、民族衣装は婚礼などのために親族に一着しかない、といった例も少なくない。また、男性が日常的に着用していた民族衣装がもう無いという集落も多い。本稿では、1996 年から現在まで現地調査を継続的に実施してきたラオカイ省サパ Sapa 県北部とバサット Bát Xát 県東南部に住むザオ・ドーの 1 集団の衣装について解説する。

ベトナム北端に位置するラオカイ省には、ミエン・ヤオのサブグループであるザオ・ドーと、キム・ムン系ヤオのサブ・グループが居住する。これらのうち、ザオ・ドーの大半の集落はラオカイ省西部のバサット県、サパ県、ヴァバン Van Bàn 県に位置する（図 8）。

サパ県の場合、2009 年の統計では県人口 52,899 人のうち 23.04% がザオである[2)]。サパ県に住むザオはザオ・ドーのみで、キム・ムン系ザオの集落はない。サパ県には、ザオ・ドーの他、モン（Hmông）、タイー（Tày）、ザイ（Giáy）、フーラー（Phù Lá、別称 Xá Phó）などの民族が居住している。タイーやザイは標高が比較的低い川沿いの山麓平地に居住し、ザ

図 8　ラオカイ省東北部地図

図 9　バサット県北部のザオ・ドー。1998 年撮影。
図 10　サパ県南部のザオ・ドー。2008 年撮影。
図 11　ヴァンバン県のザオ・ドー。2010 年撮影。

オ・ドーとモンは標高が高い山間盆地や斜面に主に居住している。村での聞き取りなどからは、ラオカイ省サパ県のザオ・ドーの多くは、雲南省から南下して 18 世紀～ 20 世紀初頭にラオカイ省へ移動してきたと考えられる。

ラオカイ省のザオ・ドーの民族衣装にも地域による違いがある。そのうち、サパ県北部のバンホアン（Bản Khoang）村 3)、タフィン（Tả Phìn）村、チュンチャイ Trung Chải 村と、バサット県南部のトンサイン Tòng Sành 村、フィンガン Phìn Ngan 村に居住するザオ・ドーの衣装は形態も刺繍模様も共通である。本稿ではこれらの村のザオ・ドーをサパ北部ザオと記載する。これより北側の地域や南側の地域のザオ・ドーは、サパ北部ザオとは衣装様式が異なっている（図 9、図 10、図 11）。女性は、同じ衣装様式の集団内で嫁ぐことが多いが、異なる衣装様式の集団間での婚姻も珍しくはない。そうした場合には女性は実家の衣装様式や刺繍デザインと嫁ぎ先のデザインの両方を混用する。また、刺繍好きの女性たちのなかには、自分の村のデザイン以外に他の地域の刺繍デザインを採り入れたりする人もいる。

(2) サパ北部ザオの染織

サパ北部ザオの主たる衣料素材は濃紺の綿布であるが、30年以上にわたり木綿の栽培や糸紡ぎ、機織りはしていない。綿布はかつては周辺のタイー民族などが織ったものなどを購入してきた。既に濃紺に染められた綿布を購入する場合もあるが、いくつかの村では近年までキツネノマゴ科のリュウキュウアイ（学名 *Strobilanthes cusia*）を用いて泥藍を作り、藍染めを行ってきた。刺繍に用いる絹糸も、1980年頃まで養蚕をして自作していた。その後は未精錬の生糸を購入し、ソメモノイモ（学名 *Dioscorea cirrhosa*）、スオウ（学名 *Caesalpinia sappan*）、ウコン（学名 *Curcuma domestica*）などの植物性染料で染めていた。現在は植物性染料による染色は途絶えている。

(3) サパ北部ザオの日常の衣装

ミエン・ヤオの衣文化においては、日常の衣装は、自宅で過ごすときも、農作業をするときも、市場に行くときも、誰かを訪問するときも基本的に同じスタイルである。社会的な地位を示す際だった違いもない。婚礼や祖先祭祀などの場合も、儀礼の当事者と祭司以外は通常の衣装と同じ構成である。衣服は重要な儀礼に参加する際や、新年にむけて新調され、新しい服ができれば以前の服を日常用におろしていた。

1) 女性の衣装

女性の衣装の基本構成は、前開長袖の上衣、腰帯、胸当て、袴、脚絆、頭巾である（図12、図13、図14、図15、図16）。

上　衣

女性の前開き長袖の上衣（*luy*）は、日本の着物のように前後つながった2枚の身頃を後の中央で縫い合わせて仕立てられている。衽はなく、脇は裾から腰まで開いている。前後身頃と袖の肩から肘上までの部分は1枚の布で仕立てられ、袖の先半分と後身頃の腰から下の垂れ部分は刺繍された別布で構成されている。首の後に襟になる布を足し、左右の前身頃につなげている（図17、図18）。前後の身頃は足元までの長さがある。後の垂れは腰帯でたくし上げ、裾がふくらは

図 12、13　サパ県タフィン村のザオ・ドー。2008 年撮影。

図 14、15　サパ県バンホアン村のザオ・ドー。1980 年頃までの古い衣装様式。2008 年撮影。
図 16　1920 年代に撮影されたサパ北部ザオの女性［Pourret 2002: fig. 160］

図 17、18　サパ北部ザオの女性上衣。2008 年撮影

ぎ中程にくるよう着用する。上衣の前開きにはボタンやフックはなく、左右の身頃を重ね、腰帯で固定する。1980 年頃までは、左右の前身頃は前に垂らして着用していたが（図 14、図 16）、現在は、左右の前身頃を腰の前で交叉させ、後にまわし結びあわせる（図 12、図 13）。

女性の上衣はふんだんな刺繍で装飾されている。そのうち一番広い面積を占めるのが後身頃の腰から下の垂れ部分である。（図 19）。周囲を赤、白、青の縞状アップリケで縁取り、その内側に白と黄で小さな杉の葉形モチーフを連続配置した刺繍を 2 ～ 4 段配置している。さら

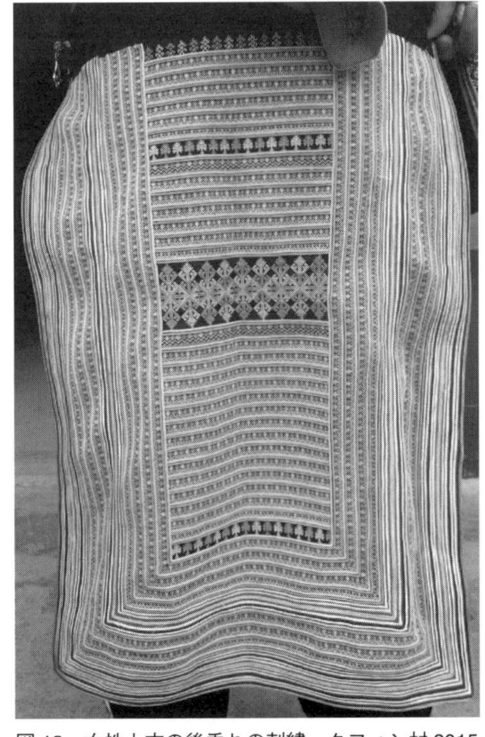

図 19　女性上衣の後垂れの刺繍。タフィン村 2015 年撮影。

に、その内側に周囲と同様の縞状アップリケと刺繍が反復される。垂れの中央部分は水平の段構成になっている。この部分には周囲と同じ小さな杉の葉形モチーフを並べた段のほか、中程に広い段がひとつあり、上下対称の黄と白の大きな幾何学モチーフ（*song chuai*）が繰り返し連続配置され、そのあいだに斜めの卍（*chang blu*）や突起のある山形モチーフ（*song pham*）が黒（濃紫）と青または紫で刺繍されている。上部にはやや大きな樹木形のモチーフを並べた段と、人の形にも見えるモチーフを並べた段がある。

サパ北部ザオの刺繍には植物性染料を用いた場合比較的退色しやすい黄色が多用され、他地域のザオの刺繍とは異なる色調である。黒い刺繍糸は、本来は退色して濃い赤紫になることを意図し、ソンムアという樹木の根を用いて黒に近い濃い赤紫に染められていた。近年では合成染料を用いて黒に近い色に染めている。新しいうちは、地色の濃紺とほとんど同色なので、黒い糸で刺繍をしていても見えないが、何度か洗濯するうちに黒い糸は徐々に退色し赤紫色になる。しかし、最近は、伝統的な衣装が祭礼においてのみ着用され、洗濯して退色するまで使い込まない人も多い。したがって、かつては濃い赤紫に退色する黒い糸を用いて刺繍していた部分も、面積が広ければ退色しない黒糸を用いたり、黄色や白の刺繍模様の間を埋める小さな部分の黒（濃紫）糸刺繍を省略したりしている。

上衣の後の垂れ周囲の部分と同様の装飾が、袖口にもほどこされている（図20）。上衣の袖口の縁には白、赤、青の線状アップリケがあり、次に白と黄の小さな樹木形モチーフの列が４～７段、重ねて刺繍されている。さらに同様の線状アップリケと白と黄色の刺繍が繰り返され、もう一段、別の小さなモチーフが加えられている。このような袖口のデザインは、上衣を２枚重ねて着用し、下の上衣の袖口が重なって見えた状態を表現していると考えられる。男性の上衣の袖口も同じデザインで装飾されている。後の垂れ部分周囲の装飾も、１枚しか着用していなくても２枚を重ねて着用しているように見える効果をもたらす（図19）。サパ北部ザオは婚礼や祭司昇格儀礼において、同じ形式の上衣を２枚以上重ねて着用する。同様に、正装において同じデザインの上衣を複数枚重ねて着用する慣習は、ミャオ・ヤオ系の民族にしばしば見られれ、また、１枚しか着用していなくても重ね着しているかのように見せる装飾も確認できる[4)]。

上衣の背中中央にはルイタン（*luy tan*）とよばれる 長方形の刺繍布が縫いつ

図 20　上衣袖口の刺繍。タフィン村。2008 年撮影。

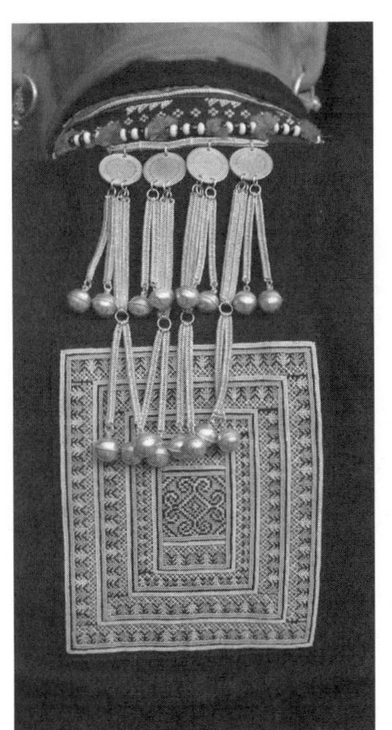

図 21 ～ 24　女性上衣後身頃に縫い付けられた刺繍ピース、ルイタン

けられている（図 21、図 22、図 23、図 24）。ルイタンは男性の上衣の背中中央にも配されている。サパ北部ザオによると、ルイタンは彼らが祀る神がザオであることの証として背中に押した印であるという。ルイタンの刺繍には白、黄、黒（濃紫）の糸が用いられている。ルイタンのデザインは、中央に大きめの上下対称の幾何学的モチーフがあり、その周囲を黄と白の小さな樹木形のモチーフの列が二重または三重に縁取っている。ルイタンの周囲の刺繍のデザインは細かさや段数に違いはあるが基本的に一種類であるが、中央のモチーフは異なる数種類のデザインがみられる。ルイタンの中心のモチーフは家系などによって決まっているわけではない。近年は、モン族の刺繍モチーフを採り入れたデザインが人気がある。

女性の一般的な上衣の首の後にはルイタンの上に絹糸の房（*nyanlip*）が 5 房下がっている（図 15、図 18）。これは、ナイフ、鍬、スコップ、ブタや牛など 4 本足の動物、ニワトリなど 2 本足の動物を象徴しているという。

女性の上衣首周りから前開き部分（*luy leng*）に沿っては、数センチの幅の刺

図 25　女性上衣の前開き端の刺繍。儀礼においては、卍と菱形で構成されたこのデザインは掛七燈儀礼を済ませている女性が着用する。

図 26　女性上衣の前開き端の刺繍。誰でも着用できるデザイン。

繍があり、さらに小指の先ほどの小さな赤い絹糸製のポンポンと白と黒のビーズを並べた装飾がある（図25、図26）。前開き部分の刺繍は、白、黒（濃紫）、青で構成され、サパ北部ザオの刺繍に特徴的な黄色は使われていない。また、ほとんどの模様がクロス・ステッチで表されていることや、杉の葉形モチーフがないことも、他の部分の刺繍とは異なる。襟元の刺繍の主たるデザインは2種類ある。ひとつは三重の菱形（*lu quan*）と卍型（*cao*）で構成され（図25）、もう一種類は米の字のようなモチーフ（*ta hok*）を中心に構成されている（図26）。日常には、すべての女性がどちらのデザインも着用することができる。

前身頃の裾には1980年代中頃までは刺繍はなかったが、近年ではバサット県北部のザオ・ドーの女性達が赤、青、白、黒の4色の糸で刺繍した布を縫い付けることが一般的になっている。

帯

腰帯（*la sin*）には、1980年代中頃までは帯の一方の端にのみ樹木形モチーフなどが白、黄、黒（濃紫）、青で刺繍され、40～50cmの房がついていた（図27）。現在は前見頃の裾と同様、バサット県北部のザオ・ドーによる刺繍布で帯の両端が装飾されている（図28）。着用方法も変化しており、かつては帯を腰に

図27　女性の帯の刺繍。1980年頃まで主流だった古式のデザイン。

図28　女性の帯の刺繍。バサット県北部のザオ・ドーが作った刺繍片を縫い付けている。

2周巻き、刺繍のある端が見えるように房だけを内側に挟み込んで固定していたが（図15）、現在は腰帯の両端を後で結んでいる（図13）。

袴

女性の袴（*hau*　図29）は濃紺の綿布で仕立てられ、ゆったりとした筒型の脚部は足首近くまでの丈がある。腰部分に紐やボタンは無く、腰で余った布を折り、外側に返すなどして固定する。脚部の膝から下の前半分は、びっしりと刺繍された別布で作られている。

女性の袴の近年一般的な刺繍模様は、白、黄、黒（濃紫）の縦長の長方形を2段または3段重ねた構成である（図30）。3色の長方形部分は、布の織目に沿っ

図29　女性の袴。

図30　女性の袴の刺繍。現在もっとも一般的なデザイン。

図31　女性の袴の刺繍。1980年頃まで主流だったデザイン。

図32　女性の袴の刺繍。1980年以降に広まったデザイン。

た運針で紋織のように見えるウィーブ・ステッチで、V字形を重ねてできる菱形を連ねたデザインである。3色の長方形の段の間には、小さな杉の葉形モチーフを白と黄色の糸で交互に刺繍した細い段が2段ある。この部分には黄と白の刺繍の間を埋めるように黒（濃紫）の糸で刺繍されている場合もある。袴の刺繍部分の最上部には、白、黄、黒（濃紫）の樹木形と斜めの卍形モチーフが配置されている。

現在、女性の袴の刺繍はほとんどすべて図30と同様のデザインであるが、このデザインが広まったのは1980年以降である。それ以前の女性の袴の刺繍デザインとして、これまでのところ確認できた最も古いデザインは、図31にみられるものである。図31は、タフィン村で1924年頃に生まれ、バンホアン村へ嫁いだ女性（図64）が、新しい刺繍デザインが導入された頃には既に歳をとっていて覚えられなかったので、昔ながらのデザインで作り続けてきたという袴の刺繍である。上の段にはシダの葉のような斜めのモチーフが表され、下の2段も斜めの卍や鈎型を線で囲む図柄で、現在一般的なデザインと共通するモチーフは最上部の斜めの卍だけである。図32は、タフィン村の1953年生れの女性が袴の古いデザインの刺繍模様として再現してくれたもので、より古いと推測できる図31のデザインと現在の図30のデザインとの中間的なデザインである。20世紀前半にフランス人によって撮影されたラオカイのザオの写真[5)]では、図32と共通する斜めのシダの葉のような模様が袴の裾に確認できる。

脚　絆

脚絆（*la peng*）は幅10cm、長さ70cmほどの長方形の綿布で、日常用としては濃紺の布が使用される（図14、図15、図16、図63、図64）。足首からふくらはぎの上まで巻きあげ、巻き終わりは端に縫いつけられた紐で固定する。最近は、脚絆を着用した女性は寒い時期以外ほとんど見ない。

胸当て

女性は、チャンポン（*changpon*）とよばれる細長い胸当て（図33）を上衣の内側に首から着用する（図12、図14、図16、図63）。胸当ては、幅約10cm、長さ50～80cmで、周囲は赤白の縞状アップリケで縁取られている。胸当ての上半分は赤い布をベースにし、首回りは銀の鋲飾りで装飾され、さらに刻線模様のある銀の長方形の板が縫い付けられている。これらの銀の装飾板は母親が娘の婚礼の際などに贈るものである。胸当ての下半分は濃紺の地に線状アップリケと樹木形や卍形などが刺繍されている。胸当ての下の部分は袴の正面に垂らす。1980年頃まで、上衣の前見頃を垂らして着用していた当時は、胸当ては腰までの長さであった。

ヴェトナムのキン民族の古式の衣装や、ミャオ・ヤオ語族の衣装にはしばしば胸当てが用いられている。胸当ては乳房を被い、上衣の胸元の開きをふさぐ機能がある。タフィン・ザオの胸当ては幅が10cmほどしかないので乳房までは被うことはできない。むしろ、胸元に銀の装飾や刺繍を見せるための機能が大きい。現在は上衣の胸元を安全ピンで閉じる人が多く、また内側にTシャツやタートルネックの衣料を身につけるようになり、胸当てはほとんど見られない。昔とは逆に、胸当ての下半分だけに紐をつけてエプロンのように着用している人も増えている。

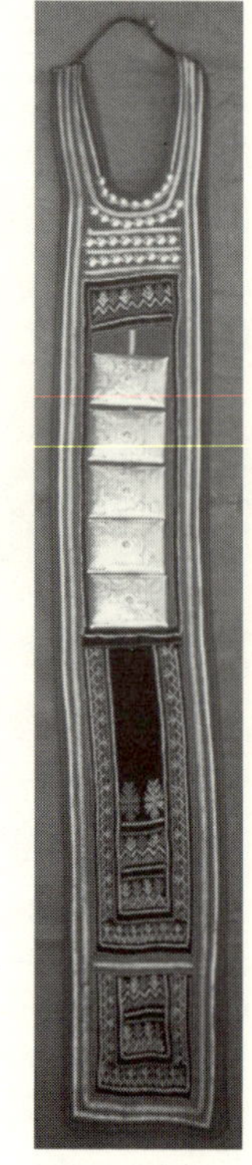

図33　女性の胸当て

頭　巾

サパ北部ザオの女性は、かつては、額上部の生え際や、耳の前の産毛、眉など顔周辺の毛をすべて抜き取り、残りの髪は頭頂部で髷にしていた。現在はこの慣習は廃れている。女性が日常に着用する頭巾は2種類ある。ひとつは、赤い綿布に白で縁取りをした一辺が約65cmの正方形の布を三角に折り、髪全体を包むように巻きつけ、額の上で結ぶゴンコウ *gong khou* とよばれる頭巾である（図36、図37）。現在は大半の女性がこの三角頭巾だけで過ごしているが、20世紀末頃までは、三角頭巾だけでは略装とみなされていた。当時は、ほとんどの成人女性は日常にも、三角頭巾に重ねて65cm × 75cmほどの大きさの長方形の赤い綿布を数枚重ねた頭巾ホン（*hong*）を着用していた（図34、図35）。この頭巾には赤い絹糸を束ねた約40cmの房が三カ所についており、日常には布5～7枚を重ねて着用して整え、崩れないように房を結んでいた。盛装用にはフランス

図 34、35　銀のコインや鈴で装飾された盛装用の頭布（*hong*）を着用した若い女。耳の前の産毛はきれいに抜き取られている。（1998 年撮影）タフィン村 1998 年撮影。

の銀コインや鈴で装飾した頭巾を 10 枚～ 30 枚も重ねることもあった。

負ぶい紐と肩掛け

乳児を背負うための負ぶい紐（*suan nia*）は、長方形の濃紺の綿布に長い襷が付いており、赤白の縞状アップリケで縁取られ、赤い房やビーズ、刺繍で装飾されている（図 36）。負ぶい紐とほぼ同じ形状の肩掛け（*suan yao*）（図 37、図

図 36　負ぶの紐で赤ちゃんを背負う女性。略式の頭巾のみ着用。タフィン村 2008 年撮影
図 37　装飾的肩掛け（*suan yao*）を、帯部分を後に回し着用。頭巾は略式。2001 年撮影
図 38　日常に着用される肩掛け。

38）もあり、紐部分に房やビーズを多量に用いて装飾したものは、未婚女性の盛装で着用される（図 37）。ほとんど装飾のない肩掛けは、外出時や防寒として着用される（図 38）。肩掛けの実用的な機能としては、防寒のほか、背中に篭を背負うときなどに、背中の刺繍や装飾が擦れて痛まないようにする目的も考えられる。

2）男性の衣装

サパ北部ザオの男性の日常の衣装は、正面で閉じる前開き丸首長袖腰丈上衣、足首丈の袴、頭巾で構成される（図 39）。かつては濃紺の脚絆も着用していた。

図 39　男性の上衣と頭巾。タフィン村 2008 年撮影。

図 40　男性上衣後側。

図 41　男性の頭巾。チュンチャイ村 2010 年撮影。

図 42　男性の頭巾。バサット県北部のザオ・ドーから購入した刺繍布を用いた頭巾。トンサイン村 2015 年撮影。

男性の上衣（*luy*）の袖口と背中中央のルイタンの刺繍デザインは女性の上衣と共通する（図40）。前開き部分の端は、白と赤の綿布による線状アップリケで縁取られ、丸い銀の飾りが縫い付けられている。

男性の袴（*hau*）は濃紺の無地であったが、近年ではほとんどの男性が市販の黒いズボンを着用している。

サパ北部のザオ・ドーの男性は、かつては頭頂部だけに髪を残し、髷にしていた。現在ではこの習慣は廃れたが、髭をのばしている男性はいない。男性の頭巾（*gong pyou*）は幅20cm、長さ3mほどの濃紺の綿布で、両端に白と黒（濃紫）の絹糸で小さな杉の葉形を並べたデザインの刺繍がほどこされている（図41）。近年はバサット県北部のザオ・ドーの女性たちが作った赤、青、白。黒の配色による刺繍布を購入し端に縫付けた頭巾が多い（図42）。

男性の日常用の脚絆（*la peng*）は、幅15cm、長さ150cmほどの長方形の藍染め無地布を巻きつけ、紐でとめる形式であった。現在では日常に脚絆を着用している男性を見かけることはない。

(4) サパ北部ザオの婚礼の衣装

婚礼において新婦は日常の衣装と同様の上衣や袴をそれぞれ2着以上重ねて着用する（図43）。かつては、5～7着も重ねて着ることもあった。男性は男性用の上衣を複数着用し、さらに、女性のものと同様の長い上衣を着

図43　新婦と付添い。トンサイン村2015年撮影。
新婦は上衣を二着、袴も二着重ねて着用している。上衣の前見頃を垂らしているが、最近の上衣は前見頃が長いので腰でたくし上げている。込まれた帯、銀コインなどで装飾された帯を着用。右の女性は胸当ての下半分だけをエプロンのように仕立てて着用している。花嫁も胸部分のない胸当てを着用している。

図44　新郎新婦と祭司。トンサイン村2015年撮影

用する（図44）。婚礼で、男女ともに前身頃の裾は前に垂らしておく。新婦は通常の腰帯に加え、白地に濃紺の糸を織り交ぜた腰帯（*la sin pe*）を巻き後側に長く垂らす。さらに男女ともに銀コインなどの装飾のついた飾り帯（*la sin ton*）も巻き付ける。男女ともに赤い襷（*pang hon*）を胸と背中で交叉させて着用する。男性は通常の頭巾に重ね赤い頭巾を巻く。銀製の植物デザインのピン（*nyan pyang*）（図45）を男性は頭巾に、女性は胸の前につける。新郎新婦ともに白地に濃紺で幾何学的な模様を刺繍した脚絆（*la peng pe*）（図46）を巻く。

新婦が新郎の家へ輿入れする際には、花嫁は特別な被り物を着装する。まず、一枚の頭巾を巻き、その上に大きな専用の木枠（*gong*）を固定する（図47）。木枠に大きな赤い布（*hong you*）を顔や身体が全部隠れるように足下まで垂す。さらに正方形の赤い頭巾を数枚重ね、最後に濃紺地に白、赤、黒（濃紫）で細かく刺繍をしたパーとよばれる布を掛ける（図48）。かつては、婚礼用のパーは、花嫁が自分で刺繍することになっていた。もし、自分で刺繍したパーでない場合、刺繍した面を裏にして着用しなければならなかった。また、花嫁がすでに妊娠していたり、再婚である場合にはパーは用いなかった。

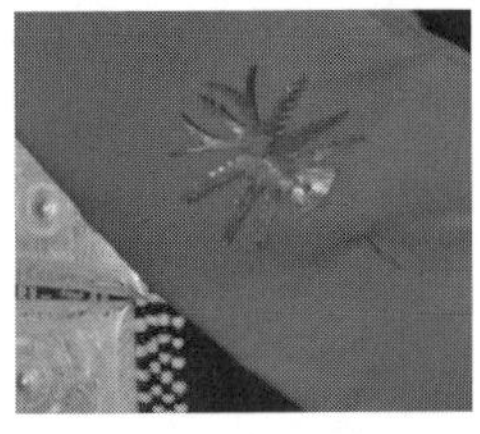

図 45（左上）新婦の襷に付けられた銀の飾りピン。トンサイン村 2015 年撮影。
図 46（右上）新郎新婦が着用する白い脚絆。
図 47（左下）婚礼用の頭飾りの木枠。タフィン村 2002 年撮影
図 48（右下）婚礼用の刺繍頭布、パー。

(5) サパ北部ザオの祭司の衣装

サパ北部ザオの男性には 3 段階の祭司昇格儀礼がある。すべての男性は 8 歳～ 18 歳頃に第一段階の掛三燈または掛燈（*qua tang*）と呼ばれる儀礼を受け、法名を得る。最初の儀礼のなかでは 3 つの燈明が灯される。その後、氏族や儀礼知識の修得状況に加え、暦や占いなどの条件が整えば、掛五燈または掛七燈儀礼を受け [6)]、最後に最高位の掛十二燈儀礼（*to sai*）を受けることが可能である。これらの昇格儀礼には男性の妻も参加し、夫婦ともに霊的な位階が上昇する。ただし、祭司としての学習や修業をする予定がない場合は、掛三燈儀礼は形式的な通過儀礼で、法名を得て、死後の世界でザオとしての霊的な地位を確保する意味をもつ。掛三燈儀礼を通過すれば祭司として儀礼での平易な役割を果たすことが可能であるが、より高位の神や聖霊を招く儀礼を主催したり、祭司昇格儀礼の導

師を務めるには、五燈または七燈、十二燈の儀礼をうける必要がある。最高位の掛十二燈儀礼を行うには、充分な費用や祭司としての知識と経験に加え、暦、占い、三代前までの祖先が掛十二燈儀礼を通過していることなど、さまざまな条件が満たされなくてはならない。

ベトナムでは1975年頃から宗教や信仰活動が制限され、サパ北部ザオも長く祭司昇格儀礼を実施できなかった。そのため、1985年頃サパ県には掛十二燈儀礼を経た最高位祭司がほとんどいなくなった。その後、病気が蔓延するなど不幸な出来事が起こり、サパ北部ザオの人々は、その原因は最高位祭司がおらず、現世の安寧を保つために必要な儀礼を実施していないからだと考えた。そこで、他の地域の最高位祭司を招聘して掛十二燈儀礼を行ってもらおうということになった。最初はサパ県の南に位置するヴァンバン県から最高位祭司を招こうとしたが、途中で警官に咎められ実施できなかった。次に、イエンバイ省ヴァンチャンVan Chấn県のナムムオイ Nậm Mười村に、儀礼画の絵師の資格を獲得するため修業に行っていたチュンチャイ村の男性が伝手となり、1991年にナムムオイ村から12人の最高位祭司を招聘してバサット県のトンサイン村で掛十二燈儀礼を行った。サパ県とバサット県から合わせて37名の男性が参加し、最高位祭司の資格を得た。自分が掛十二燈儀礼を受けるには、父親と祖父、曾祖父も儀礼を済ませている必要があるため、1991年に十二燈儀礼を受けた男性の半分以上は既に死去している祖先であった。

掛三燈儀礼においては、儀礼を受ける男性は腰丈上衣に重ねて、女性の上衣と同様の長衣を着用する。帯は締めない。頭巾を着用し、白地に濃紺の刺繍がある脚絆を巻く。

掛五燈以上の昇格儀礼においては、祭司としての正装となる。腰丈上衣複数枚、女性と同様の長衣、頭巾、白い脚絆に加え、主に赤地に花や鳳凰などの図柄がプリントや織りで表された木綿や絹風の布で仕立てられた袖無し前開き上衣ルイクア（*luy qua*）（図44、図49、図50、図51）を着用する。この上衣の脇は縫われておらず、前身頃と後見頃が紐で繋がれているだけである。袖無し上衣の背中上部には白い無地綿布（シーキャン *si cin*）がぶら下がっている（図50）。これは自分が受けた祭司昇格儀礼の際、供物として米と竹紙銭を包んだ綿布で、導師である上位の祭司からその半分を授けられたものである。

図 49、50　掛七燈儀礼をうける青年たち。チュンチャイ村 2010 年撮影

図 51　掛七燈儀礼の導師を務める祭司。チュンチャイ村 2010 年撮影
図 52　祭司の鉢巻き、ロータイ。
図 53　祭司の頭飾り、パー。

祭司は、婚礼や個人的な悪運払いなど、高位の聖霊を招く必要のない儀礼では、平常の衣服（現在は洋服）に頭巾と袖無し上衣ルイクアだけを着用し儀礼を行う場合が多い（図 44）。

掛五燈以上の昇格儀礼のほか、高位の神々や聖霊を招く儀礼での祭司の正装では頭の被り物も複雑である。通常の頭巾を着用したうえに、濃紺地に赤、白、濃紫、青の絹糸による刺繍と、赤い絹の房、ビーズで装飾された鉢巻きロータイ（*lo tai*）（図 52）を巻き、その両端を背中に垂らす。さらに、正方形の濃紺地に赤・白・濃紫で刺繍をした布を三角に折り、赤い絹の房、ビーズ、銀貨、銀鈴などで装飾した被り物パー（*paa*）（図 53）を、後頭部から後方へ張り出すように着装する（図 50、図 54）。

図 54　一人の神の顔が描かれた神頭とパーを着用した祭司。トンサイン村、2015 年撮影

図 55　11 人神々の姿が描かれた冠を着装する祭司。トンサイン村、2015 年撮影。

図 56　掛三燈儀礼において祭壇に置かれた法衣一式。トンサイン村 2015 年

神々や聖霊を招聘したら、祭司たちは神々の姿が描かれた絵を前頭部に着装する。頭に付ける絵は四角い紙に一人の神の顔が描かれた神頭（*sin tou*）(図 54) と、7 ～ 11 人の神像と龍や鳳凰、花、などが描かれた紙を連ねた冠型のもの（*sai nhe*　図 55）がある。儀礼を司る高位の祭司は冠型のものを着用し、その他の祭司は一人の神像のものを着用する。これらは儀礼画一揃いとともに祭司が保管している。

図 57　掛七燈儀礼で、印と印判を前見頃の裾で受け取る女性。チュンチャイ村 2010 年撮影。

これらの祭司の法衣一式、すなわち、長衣、袖無し上衣、鉢巻き、パー、脚絆は、儀礼のはじめに他の法具や供物とともに祭壇に置き（図 56)、法力を付与されることが必要である。

祭司の昇格儀礼において妻たちは婚礼の衣装と同様に、複数枚の上衣と袴、頭巾、帯、白地に濃紺の刺繍の脚絆、白地に濃紺を織り交ぜた帯を着用する。上衣の前見頃の裾は垂らしておき、導師から授けられる印判や布を、前見頃の裾に両手を添えて受け取る（図 57)。また、掛七燈儀礼を済ませている女性は、儀礼においては上衣の前開き端の刺繍が図 25 の卍形を含むデザインのものを着用し、掛五燈以下の場合は図 26 のデザインのものを着用する。

掛十二燈儀礼の衣装

最高位祭司資格を得る掛十二燈儀礼（*to sai*）においては、導師や儀礼を受ける祭司とその妻たちは上述の儀礼における正装に加え特別な衣装を身につける。男性祭司は、絹布などで仕立てられた赤、黄、黒などの色の長袖の長衣（*tong luy*）と、前掛け様の巻きスカート（*tong hao*）さらに白地に濃紺系が縞状に織りこまれた帯（*la sinpe*）を着用する。女性は頭に方形の木枠をのせ、その上に複数の赤い頭巾や、卍などが刺繍された頭巾パーを掛ける。また、女性は先に装飾的肩掛けとして記述したスアン・ヤオ（図37）を前掛けのように腰に着用し、これを差し出して導師から授けられる印判や布を受け取る場合もある。

(6) 儀礼画に描かれた司祭の脚絆の伝統

サパ北部ザオの男性が婚礼や祭司昇格儀礼等における正装として着用する白地に濃紺の刺繍をした脚絆（図58、図59）は、ミエン・ヤオの祭礼において祭壇に掲げられる儀礼画に登場する「海播」または「海番」、「海播趙二郎」、「大海播」などと称される図像（図60、図61、図62）に表された脚絆と共通している。ミエン・ヤオの儀礼画一揃い17枚のうち2枚に「海播」は描かれている。1枚は杯を片手に蛇にまたがって空を飛んでいる姿で、片方の靴が脱げて脚絆が見えている[7)]（図60、図61）。もう一枚は、掛十二燈儀礼において昇格をめざす祭司が試練として刀梯を登る場面で、「海播」は祭司をたちを先導するように角笛を吹きながら素足で刀梯を登っている姿で表される（図61）。ミエン・ヤオの儀礼画では「海播」は脚絆を着用している図像が一般的である。また、儀礼画の神々や聖霊の図像で脚絆が描かれるのは「海播」だけである。図60は1806年に湖南省寧遠県で描かれた「海番張趙二郎」、図60と図61は1865年に広西壮族自治区東部の昭平県で描かれた「海播」である。いずれも白地に濃紺の刺繍がある脚絆を刺繍部分が見えるように巻き上げており、サパ北部ザオの儀礼における男性の脚絆と近似している。さらに古く、1760年に湖南省常寧県で描かれた「海番

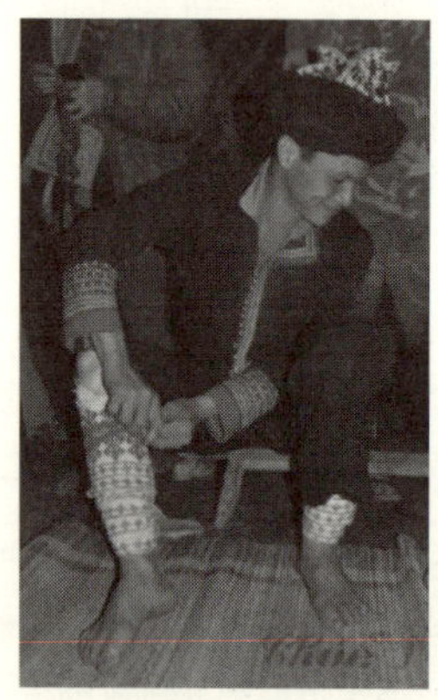

図58　脚絆を巻き、赤い紐で留める祭司。トンサイン村2015年。
図59　男性祭司の脚絆。トンサイン村2015年。

図 60 「海番張趙二郎」の図（部分）。湖南省藍山県匯源瑤族郷荊竹坪村のミエン・ヤオの祭司、盤保古氏所蔵。湖南永州府道州寧遠県の絵師李功和と李功貴が嘉慶 11 年（1806 年）作画。藍山県犂頭瑶族郷三壩村での儀礼で 2015 年撮影。

張趙二郎」（譚 2015: 図 3-16）にも同様の脚絆が表されている。サパ北部ザオによると、「海播」はザオ祭司の師であるという。儀礼画の図像は基本的に定型を踏襲して描かれると考えられるが、海播が自分たち祭司の師と考えられてきたならば、実際の祭司の装いに応じて白い脚絆が描かれてきたと推測できる。2015年に観察する機会を得た湖南省藍山県犂頭瑶族郷のミエン・ヤオの儀礼では、祭司は脚絆を着用しておらず、すでに現物も存在しなかった。しかし、藍山県のミエン・ヤオも 1980 年頃までは、白地で縁に濃紺の刺繍がある脚絆を着用しており、その名称もサパ北部ザオと同じ「ラペン」であった。このような事実と「海播」の図像から、300 年以上の歳月と 1000 km 近い距離を隔ててミエン・ヤオの儀礼の衣装の伝統が継承されてきたことが確認できる。

図 61、62　一組の神画セットに含まれる２枚の「海旛」の図（部分）。広西壮族自治区賀州市昭平県馬江鎮の住民が発注し、鍾敏海が同治４年（1865 年）作画。沖野雅樹氏所蔵・撮影。

おわりに

サパ北部ザオのいくつかの集落において、男性である祭司がなぜ女性と同じ長衣を着用するのかと問うたところ、男性祭司から以下のような話が語られた。「昔むかし、祭司は女性だった。当時は、男性が小指の先ほどの赤児を産んでいた。赤児は非常に小さいので背負うことはできず、バナナの葉で作った紐で脚にくくりつけて育てていた。現在、儀礼で着用している刺繍模様のある脚絆はその名残である。しかし、狩りの途中、赤児を落とし、赤児は死んでしまった。霊となった赤児は非常に怒った。以後、子供は女性が生むことになった。その結果、女性の祭司が儀礼を行っているときに産気づき、儀礼を遂行することができない事態が生じるようになった。そこで、男性が女性のかわりに、女性の長衣を着用し祭司を務めるようになった。」この伝説が語られる背景に、文字での記録により文化を支え継承してきた男性たちが、さまざまな衣装や精緻な刺繍という非言

図63　タフィン村の4世代の女性たち。Phan Su May さん（1926年生まれ）とお嫁さんのChao Su May さん、その娘さんとお孫さんたち。小さい子供2人は男児。刺繍の模様と技術は母から娘へ伝承されてきた。タフィン村2009年撮影。

図64　刺繍をするPhan Ta May さん（1924-2009年）。古式の刺繍の袴や脚絆を着用。バンホアン村2008年撮影。

語媒体によって文化を伝え、儀礼を支え、集団意識を形成してきた女性の役割も充分に重じてきたのだと感じる。

サパ県北部ザオの民族衣装は、変容をしながらも比較的近年まで存続してきた。祭司の衣装要素の一部は300年以上もほとんど変わらず継承されている。しかしながら、今や男性は洋装で過ごし、女性も正式な頭巾や胸当てなどは儀礼時にもほとんど見かけなくなった。他の地域にしばしば見られるように、民族衣装の伝統が、婚礼衣装と埋葬時の衣装以外は、消失するか、観光ビジネスや現代的民族祭などのためのコスチューム化へと向かうことが予想される。

ミエン・ヤオの女性たちが伝承してきた衣文化には、地域ごとの創意による違いはあるものの、互いの関連姓を探る様々な手がかりがある。例えば、上述したサパ北部ザオの袴の古い刺繍デザインは、中国雲南省南部のミエン・ヤオの刺繍との関連がうかがわれる。しかし、衣装の変容に関する主要な情報を与えてくれた女性たちはすでに高齢となり、なかには他界してしまった方々もいる。文書や儀礼画のように紙媒体により継承されることがなく、急速に変容、または失なわれていく民族の衣文化について、できるだけ多くの情報を早急に収集する必要がある。

参照文献

Pourret, Jess G.

2002 *The Yao*. Chicago: Art Media Resources.

譚静

2015 「過山系ヤオ族（ミエン）儀礼神画に関する総合的研究 — 神画と儀礼文献と儀礼実践からの立体化の試み — 」神奈川大学博士論文　http://hdl.handle.net/10487/12858

内海涼子

2004 「ベトナム北部少数民族ザオ・ティエンの衣装文化」、民族藝術学会誌『民族藝術』vol.20, pp.97-106。

2008 「ベトナム北部ラオカイ省サパ県のザオ民族の衣文化（1）」『大阪成蹊大学芸術学部紀要』vol.4, pp.21-29。

2009 「ベトナム北部ラオカイ省サパ県のザオ民族の衣文化（2）」『大阪成蹊大学芸術学部紀要』vol.5, pp.35-53。

注

1）Pourret 2002:38.

2）Cổng Thông tin diện tử huyện Sa Pa（サパ県電子ポータル）2015, "Dân số" http://laocai.gov.vn/sites/sapa/gioithieuchung/danso/Trang/20150624152320.aspx

3）本稿では、ベトナムの行政区分の xã(漢字では「社」）を「村」と表記する。

4）広西壮族自治区北東の白褲瑤、貴州省南部繞家、湖南省藍山県のミエン・ヤオなど。

5）EFEO_VIE04711 Jeune femme Man ngam（http://collection.efeo.fr/ws/web/app/collection/record/251778）

6）サパ北部のザオでは、羅姓の男性は三燈の次ぎに五燈を受け、最高位は七燈となっている。羅の姓の男性は、三燈の次は七燈、最高位は十二燈である。サパ北部ザオでは羅氏が他の氏族よりも遅れて集団に参入したからだと説明される。

7）脱げた靴は蛇のしっぽに被さっている。サパ北部の祭司の説明では、海旛があまりに速く空を飛んだので、靴が脱げ落ち、蛇が拾ったのだという。

過山系瑤族（ミエン）に見る「三清神」について
—— 中国湖南省永州市藍山県の儀礼神画・儀礼文献・儀礼実践からの考察 ——

About The Fam Ts'ing to see in The MIEN
—— Study on The Ceremonial Paintings and Ceremonial Manuscript and Ceremonial practices of the China Hunan province, Yongzhou city, Lanshan county ——

譚　静

はじめに

道教は漢民族の土着的・伝統的な宗教であるが、中国に存在する各々の少数民族の信仰に大きな影響を与えている。瑤族の多くの支系において、民族自称を「ミエン」という最も移動性に富む集団である過山系瑤族もその一つである。張有隽によれば、「瑤族の信仰は道教を中心に、同時に自らの固有の原始宗教を保留している。瑤族の宗教は道教を彼らの信仰する原始宗教の中に完全に融合させ、民族の特色を有した宗教信仰を形成した」という［張 2011:209］。ミエンの伝承している伝統儀礼において、元始天尊・霊寶天尊・道徳天尊・玉皇大帝・張天師・趙元帥・馬元帥・王霊官のような数々の道教系統の神が祀られるのを見ることができる。さらに儀礼の中で用いられる儀礼文献にもこれらの神々に関する記述が収められ、儀礼神画にも神々の姿容が描かれている。

図１　道教三清 [1)]

本稿では、道教の神として知られる「三清神」（元始天尊・霊寶天尊・道徳天尊）に注目し、中国湖南省永州市藍山県に居住するミエンが祀る三清神はどのような姿容か、彼らが伝承している儀礼文献にはどのように三清神について記されているのか、儀礼においてどのように三清神が祀られているのか、儀礼神画・儀礼文献・儀礼実践の三つの角度から考察することを通じ、ミエンの人々にとって三清神がどのような存在であるのかを明らかにしたい。

1. 道教の「三清神」について

『道教事典』によれば、「天尊、道教における最も尊貴な天神の称。三清の元始天尊・霊寶天尊・道徳天尊・玉皇といわれる玉皇大天尊、太一でいう太一救苦天尊などがこれである」という［野口ほか（編）1994:429]。元始天尊は、隋唐道教の最高神であり、三清の天界のうち、玉清天に住まって、上清天に住まう霊寶天尊、太清天に住まう道徳天尊と共に、道教三尊、あるいは三宝と称する［野口ほか（編）1994：128;461]。

元始天尊は、一般に道教の三清殿の中央に奉じられ、頭部に円形の光が覆い、

図２　道徳天尊神画

図３　元始天尊神画

図４　霊寶天尊神画

手に混元珠を持ち、あるいは左手は虚しく捻り、右手は虚しく捧げる姿勢となす。この姿勢は、「天地未形、万物未生[2)]」時の「無極[3)]」を表しているとする［関ほか（編）1995：169］。霊寶天尊は、元始天尊の左側に奉じられ、手に太極図あるいは如意を持つ［関ほか（編）1995：595］。道徳天尊は髪の毛が白い老人像であり、元始天尊の右側に奉じられ、手に持っている団扇は識別を可能とするシンボルの一つである。また、図1に示したように『天地人鬼神図鑑』に収められる道教三清図には、「玉清元始天尊」は左手に如意を持ち、「上清霊寶大法師」は書簡を持ち、「太清李老君」は団扇を持つことが見える。

2. 儀礼神画に見る「三清神」

儀礼神画とは、信仰の対象となる神々の描かれた平面画像の掛軸（掛物）のことを指し、儀礼の際にしか用いられない重要な法具の一つである。

神画は複数の神画をセットとして所有及び使用される。湖南省永州市藍山県のミエンが伝承する神画は「行師」と「三清兵馬」という2種類のセットに分けられている。三清兵馬は行師より等級が高い神画のセットである。行師はまた「行司」とも書かれ、太尉・海播張趙二郎・唐葛周三将軍・総壇の4点の神画のことを指している。三清兵馬は、三清である元始天尊・霊寶天尊・道徳天尊の3点の神画を含む他の十数点の神画のことを指す。この神画のセットに関する区分により、三清神の描かれている元始天尊・霊寶天尊・道徳天尊神画は、最高レベルである三清兵馬という神画セットに属することが分かる。

元始天尊・霊寶天尊・道徳天尊の3点の神画の他、行師に属する総壇神画及び儀礼の際に祭司が付ける「神挿」にも三清神が描かれている。これらの法具はミエンの崇拝する神々の絵画的な表現であるといえる。以下元始天尊・霊寶天尊・道徳天尊神画に描かれている内容を詳細に読み取ることによって、ミエンの理解している三清神の容貌や姿勢などの特徴を明らかにする。補足として総壇神画と神挿に描かれている三清神についても言及する。

なお本項で取り扱う儀礼神画などの資料は中国湖南省永州市藍山県匯源瑤族郷湘蘭村に在住する祭司の趙金付氏（ミエン人、1963年生まれ）が所有するものである。神画の写真資料は、一般社団法人ヤオ族文化研究所（旧神奈川大学プロジェクト研究所）から提供されたものである[4)]。

(1) 元始天尊神画（図3）

元始天尊神画の全体的な構図として、中央部に大きく元始天尊像が描かれ、下部の両側に各一人の脇侍が配される。また、図の上部には、元始天尊の号「玉清」が記されている。元始天尊は玉清境を支配する主神であるため、この玉清とは、間違いなく元始天尊を指している。

元始天尊は、御座に座る姿勢で描かれている。上半身及び頭部に円環と炎状の光背が配され、光背の周りに赤色や青色などの瑞雲が描かれている。髪の毛は頭頂で結び、その上に金冠を被る。鼻の下・耳の下・顎先の3箇所に、やや長い髭を生やす。眉・眼・髪と髭の色は全て黒色である。龍袍を着、袍には龍と瑞雲の模様が見える。あげ衿はお腹のところで合わせ、下に綬帯を垂らして飾る。あげ衿の合わせたところに神獣模様のものが見えるが、帯に付ける魔除けの装身具であると考えられる。

元始天尊の両腕の姿勢に関しては、左腕を内側に曲げ、両手は上向きで手訣を結ぶ姿勢をとる。

元始天尊が着ている龍袍の色に関しては、赤色で描かれている。

元始天尊の御座は、鳳座である。図3に描かれている元始天尊の肩の両側には、口に宝珠を咥えている白い鳳凰の首が見える。これは元始天尊の御座の背もたれにつけられた飾り物であると考えられる。

元始天尊の下部の両側に、光背を配した二人の男性の脇侍が中央を向いてそれぞれ立っている。脇侍は文官の袍を着、両手を胸の前に合わせ、手に圭を持つ。脇侍の間には飛檐[5)]の装飾がある門が描かれており、そこに神画を製作する経緯が記されている。内容は以下の通り（■は解読不能）。

〈銘文〉
福主信士盤法有合家合■発心彩画功徳三位神■供奉惟願人発千丁糧進万石丹青楊子蘭于光緒二十年八月之日大吉
〈訳〉
福主の信士盤法有（法名）は家族を合わせて、三清神を描くことを発心し、子孫が増え、豊作になるように祈願し祀った。絵師楊子蘭によって光緒20（1894）年8

月大吉の日に描かれた。

(2) 霊寶天尊神画（図 4）

霊寶天尊神画の全体的な構図として、霊寶天尊像は中央部に大きく描かれ、下部の両側に二人の脇侍が描かれる。図の上部には、霊寶天尊の号である「上清」と書かれるはずだが、「左禄清」という文字が記されている。正しく書かれていないが、絵師は霊寶天尊の号を示したい意欲が見られると考える。

霊寶天尊は、左腕を内側に曲げ、手首を曲げて立掌しながら手訣を結び、団扇を持っている。右腕を内側に曲げ、右手は上向きで団扇の柄を支え、御座に座る姿である。

霊寶天尊の上半身と頭部に円環と炎状の光背を配する。髪の毛は頭頂で結び、その上に金冠を被る。鼻の下・耳の下・顎先の 3 箇所に、やや長い髭を生やす。眉・眼・髪と髭の色は全て黒色である。深い緑色の龍袍を着、袍の模様は龍と瑞雲である。あげ衿の合わせたところに、神獣模様の装身具が見える。その下に綬帯を垂らして飾る。

霊寶天尊の御座は、龍座である。図 4 に描かれている霊寶天尊の肩の両側には、御座の背もたれにつけられた龍首の飾り物が見える。

霊寶天尊の下部の左右に、光背を配した男性の脇侍がそれぞれ立っている。脇侍は向かって左側に向いている。

神画の背景として瑞雲が描かれている。

(3) 道徳天尊神画（図 2）

道徳天尊神画の全体的な構図として、神画の中央部に道徳天尊像が大きく描かれ、下部両側に二人の従者が描かれている。図の上部には、文字が書かれているはずだが、剥離したため、どういう文字が書かれているのかについて不明である。図 3 と図 4 の上部に書かれている元始天尊及び霊寶天尊の号によると、図 2 に書かれているのは道徳天尊の号「太清」であると推測する。

道徳天尊は御座に座る姿勢であり、右腕を内側に曲げ、手首を曲げて立掌しながら手訣を結び、団扇を持っている。左腕を内側に曲げ、手は上向きで手訣を組み団扇の柄を支える。

道徳天尊の上半身と頭部に円環と炎状の光背を配し、髪の毛は頭頂で結び、その上に金冠を被る。鼻の下・耳の下・顎先の3箇所に、やや長い髭を生やす。眉・髪と髭の色は全て白である。藍色の龍袍を着、袍の模様は龍と瑞雲である。龍袍のあげ衿の合わせたところに、神獣模様の装身具が見え、その下に綬帯を垂らして飾られている。

神画下部の両側に、光背を配す男女の脇侍がそれぞれ立っている。二人とも向かって右を向いている。

(4) 総壇神画（図5）

総壇神画には、約70柱以上の神々が描かれており、儒仏道そしてミエンの神々が一堂に描かれている「衆神図」がある。

図5　総壇神画

総壇神画には、行師及び三清兵馬神画に属する他の神画に描かれる主神らも含め描かれている。しかも神々の位により、上から順番に九つの階層に分けて描かれている。神画の構図としては、それぞれの階層の中央に主たる神を描き、左右両側の神々は中央に向かって拝謁する姿勢をとる。

総壇神画の一番上となる第1層には、長方形のテーブルが描かれ、そのテーブルのところに炎状の光背が配された三清（元始天尊・霊寶天尊・道徳天尊）と、円形の光背が配された玉皇・聖主が描かれる。黒色の衣を着ている元始天尊は最も中央に位置し、元始天尊の前に三つの酒盃が置かれている。元始天尊から見て左側は、深い緑色の衣を着ている霊寶天尊であり、右側は紺色の衣を着ている道徳天尊がいる。向かって三清の左右には、それぞれに黄色の衣を着る玉皇と黒色の衣を着る聖主が描かれている。どちらも、冕を被り、両手を合わせて圭を持ち、左右の両側から中心を向き、中央にいる三清に拝謁する姿勢をとる。また、向かってテーブルの左右には、張天師と李天師と推測される人物が描かれている。

第２層と第３層の中央となる神は白衣の観音である。第２層の観音の肩の左右にあたるところに若い男女が描かれ、観音の脇侍の金童と玉女であると考えられる。またその左右に名前の不明な神々が描かれている。それから、第３層には、兜を被る将軍のような武将及び、冕を被る神が多く描かれているので、おそらく神将と天帝たちではないかと推測する。

第４層の中央となるのは、盤古とされる三面六臂の神である[6)]。６本の手のうちの２本に日と月を持ち、高くあげている。また他の２本は胸の前で組み、拝謁する姿勢を作る。２本は刀を持っている。この神の左右には刀を持つ兜を被る将軍及び武将たちが描かれている。

第５層の中央となるのは、「雲頭龍鳳三姐妹」だとされる３人の女性である[7)]。その左右には、筆と文書を持っている判官だと思われる文官が描かれており、また両手で圭を持つ文官たちも描かれている。

第６層の中央に、兜を被る３人の将軍が描かれている。この三神は、唐・葛・周三将軍であると考えられる。剣を縦に持ち、その両側には、馬に乗って圭を持つ武官たちが描かれている。

第７層の中央に、虎に乗り、赤色の衣を着、手に剣を持った太尉と思われる神が描かれている[8)]。太尉の両側には、それぞれに二人ずつ功曹と思われる武官が描かれている[9)]。その他には、馬に乗る武官たちも描かれている。

第８層の中央には、位牌状の物が描かれ、その中に香炉が描かれている。その左右には、馬に乗る６柱の元帥が描かれている。

第９層には、左から、杖を持つ土地公、逆立ちをする張五郎、「犀牛皆上兵」「猛虎毒蛇兵」「麒麟獅子兵」だと思われる、牛・象・獅・虎・麒麟に乗って刀を持つ武官が描かれている[10)]。

総壇神画の複数の階層を用いて神々の階位を表すという構図の方法は、道教神仙系譜の『洞玄霊宝真霊位業図』と非常に類似している。よって、ミエンのこの種の神画の創作は、道教の『洞玄霊宝真霊位業図』の影響を受けていると考えられる。特に、総壇神画の第１層の中央の位に描かれる元始天尊・霊寶天尊・道徳天尊は、『洞玄霊宝真霊位業図』の第1層の中位に描かれる主神と完全に一致していることが見られる[11]。これにより、ミエンにとって道教神である三清神（元始天尊・霊寶天尊・道徳天尊）は最高神であることがはっきりと分かる。

(5) 神挿（図6・図7）

儀礼を行う際に、祭司が師公衣（サイオンルイ）を着用し、頭に巻いた頭巾（パ）に「神挿」を付けて縛る。図6に示したように、神挿は七柱の神を剣状の紙板（aに元始天尊、bに霊寶天尊、cに道徳天尊、dに玉皇、eに聖主、fに張天師、gに李天師、hに天狗）に描がき、テープで貼付けて作られたものである。aからhまでの神々の並ぶ順番により、元始天尊は神挿の最中心に、その左右は霊寶天尊と道徳天尊が描かれており、三清神は神挿の中央に位置することがはっきりと分かる。これにより、三清神はこの七柱の神において最高神であることが分かる。これは総壇神画に描かれている三清神の階位と一致している。

何故儀礼の際に神挿を頭に付けるについては、藍山県の祭司の間に伝承がある。祭司の趙金付氏と馮栄軍氏によれば、「昔、不倫をしてしまった祭司がいた。そのせいで、祭司の法術が全々効かなくなってしまった。祭司は法術を戻してほしいと神々に懇願したが、だめだった。そこで祭司は元始天尊・霊寶天尊・道徳天尊・玉皇・聖主・張天師・李天師の容貌を描いて頭に付けたところ法術が戻ってきた。それ以降、儀礼を行う際に神挿を付ける習慣になった」とする。この伝承により、ミエンの祭司は不倫が禁じられていることが分かる。不倫をすると学

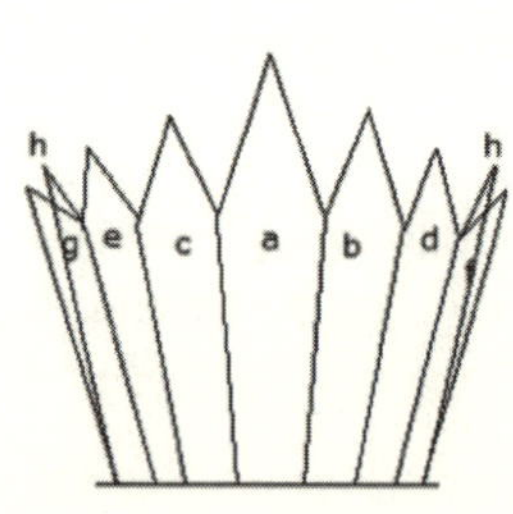

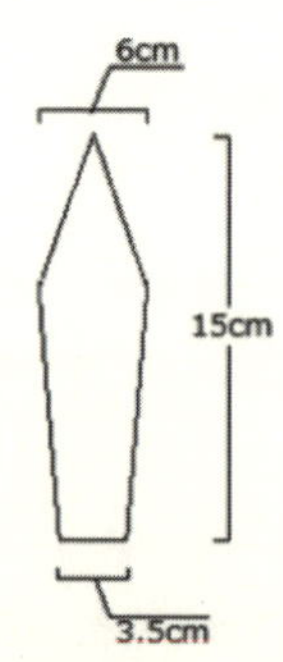

図6　a：元始天尊　b：霊寶天尊　c：道徳天尊　d：玉皇　e：聖主　f：張天師　g：李天師　h：天狗

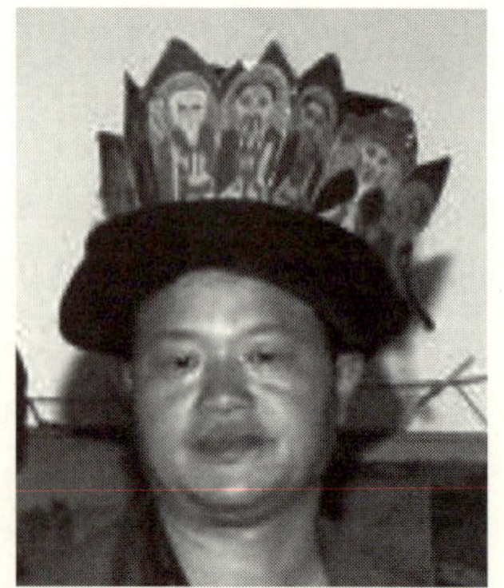

図7　祭司の頭に付けている神挿

んできた法術が消えてしまい、祭司ができなくなるのである。儀礼の際に、神挿を頭に付けることからは、不倫してはいけないというタブーが示されているばかりでなく、祭司は女性と接することが禁じられていると考えられる。神挿に描かれている元始天尊・霊寶天尊・道徳天尊・玉皇・聖主・張天師・李天師という七柱の神は、祭司の言行を監督する存在であると考えられるのではないだろうか。神挿を付けていることは、儀礼を行う祭司はタブーを守る者であることを意味しているといえる。

以上、元始天尊・霊寶天尊・道徳天尊・総壇神画に描かれている内容を詳細に読み取ることにより、ミエン儀礼神画に描かれている三清神の姿容を明確した。この 3 点の神画に描かれている三清神は前方を向いているが、それぞれの神画の下部に描かれた脇侍たちは、元始天尊を中心にし、両側から中心に向いている。このような位置関係から三清の位がはっきりと分かる。すなわち、元始天尊は三神の中に第一位であり、霊寶天尊は第二位、道徳天尊は第三位である。同様なことは、総壇神画の一番上となる第 1 層に描かれている元始天尊・霊寶天尊・道徳天尊などの神々の位置関係からも見られる。また神挿に描かれている三清及びその他の高位神との位置関係も一致している。さらに本稿の「1、道教の『三清神』について」で紹介した道教の三清神と比較してその特徴がほぼ一致していることも分かる。

3. 儀礼文献に見る「三清神」に関する記述

ミエンが行う儀礼において、儀礼文献は不可欠なものである。儀礼で使用される儀礼文献には、通過儀礼に関する写本、儀礼に用いる文書類、神々を崇拝する神歌に関する写本、神々の呪文に関する写本、符、罡歩、手訣に関する写本、吉日を選ぶ暦、宗教職能者の受礼状況を記したもの等が含まれ、それらの内容から「賞光書」・「伝度書」・「請聖書」・「意者書」・「歌堂書」・「超度書」・「暦書」に分類できる［廣田ほか 2011：iii］。そうした分類における儀礼文献には三清（元始天尊・霊寶天尊・道徳天尊）の神名が見られるばかりでなく、特に「請聖書」には、三清神を描写する歌も見られる。本項では、主にこのジャンルの儀礼文献に収められた三清神を描写する呪文や歌などの資料を提示し、内容を明らかにするため翻訳を行い紹介したい。これらの呪文や歌に記述された三清神が、絵画から見た三清神の容貌や服飾などの特徴が一致するかどうかを明確にする。

「請聖書」は手書きの写本であり、縦書き、毛筆で記されている。張勁松によれば、「請聖書」には呪語が多く記されているため、「呪書」とも称されると述べ、また儀礼を担当する祭司たちが請聖儀礼 12) を行う際に使用する主要な文献であるとする［張ほか 2002：215］。

神奈川大学歴民調査報告第 12 集・『中国湖南省藍山県ヤオ族儀礼文献に関する報告Ⅰ』と神奈川大学歴民調査報告第 14 集・『中国湖南省藍山県ヤオ族儀礼文献に関する報告Ⅱ』に載せられているヤオ族文化研究所所蔵の儀礼文献の目録により、湖南省藍山県で行われた度戒儀礼と還家願儀礼の際に用いられた複数の「請聖書」（A-11、A-16b〈Z-20〉、A-18、A-22、A-31、A-32a、Z-18）がある。これらの「請聖書」には、三清神を含め、様々な神について記述し、そして讃えるための呪文や歌などが収められている。以下紹介する三清神に関する記述の資料は、すべてこれらの儀礼文献に収められているものを取り扱うが、補足として上智大学西北タイ歴史文化調査団が収集した資料も取り扱うこととする。

(1)「請聖書」の冒頭部分に配置された「三清神」に関する記述 13)

「請聖書」のはじめに、天地が分かれたことによって生成したとされる字句が記されている。その内容を次のように記述している。

太極分高厚	太極は分れて高く（天）厚く（地）、
謹請上属天	謹んで上天に属さんことを請う。
人民修正道	人民は正しい道を修め、
壇内作真仙	壇の内に真仙となる。
行満三千界	行は三千界に満ち、
時登四萬年	時に四万年に登る。
當台開宝殿	台に宝殿を開き、
金口永流伝	金口は永遠に流伝する。
人生須未老	人生は須らく未だ老いず、
壇内焼炉香	壇内に一炉の香を焼く。

文中の「太極分高厚」とは、陰陽が分れて天が高くなって地が厚くなるという

ことである。「人民修正道（人民は正しい道を修め）」、「壇内作真仙（壇の内に真仙となる）」、「行満三千界（行は三千界に満ち）」、「時登四萬年（時に四万年に登る）」、「金口永流伝（金口は永遠に流伝する）」などの字句は、人々は正しい道を修めるようにと忠告して戒めている。正しい道を修めるならば、真の神になり、修業は大成し、世に盛名を永久に残すとされる。このようなプロローグ的な記述は、ほとんどの「請聖書」の冒頭部分に記されている。この記述の次に、三清の元始天尊、霊宝天尊、道徳天尊をはじめ、様々な神が登場してくる。

まず、元始天尊の記述を確認したい。

皈依天、正法教、神馬通	天に帰依し、法教を正す。神馬が通じ、
妙想慈悲十刼内	妙なる想い慈悲は十刧の内に（行き渡る）。
天星正法得威勇	天星の正法は威勇なるのを得て、
回照下壇宮	下壇宮を回照す。
金宝相、青雲化、化巍々	金宝の容貌で、青雲が化し、高大な様に化し、
照見四邊感大道	四辺を照見して大道を感ぜしめ、
閻浮世界度人民	閻浮世界に人民を救う。
天下滅邪精	天下に邪精を滅す。
聞照請、元始天尊降来臨	招請を聞けば、元始天尊は来臨する。
火急甲速来臨	火急的に速やかに来臨する。

この記述は、元始天尊についての説明である。文中の「金宝相（金宝の容貌）」は、神を褒める言葉である。「天星正法得威勇（天星の正法は威勇なるを得る）」、「閻浮世界度人民（閻浮世界に人民をすくう）」、「天下滅邪精（天下に邪精を滅す）」などの字句は、邪鬼・邪精を滅ぼす者という性格が強く現れている。次に霊寳天尊に関する記述が続く。

皈依法、青雲化、化巍々	法に帰依し、青雲が化し、高大な様に化す。
變化三千感大道	三千に変化して大道を感じ、
度人無數变河沙	人を済度すること無数にして、河の沙を変ずるようなもの、
宝上坐蓮花	宝の上に蓮花に座る。
樓台内高萬丈	楼台の内に（あり）高さは萬丈、
金来装身着仙衣	金によって身を装い、
數白領坐天宮内	仙衣を着すこと数百領、天宮内に坐り、

下照萬方管人民	下は萬方を照らして人民を管理する。
天下滅邪精	天下に邪精を滅し、
聞召請、霊寶天尊降斉臨	招請を聞けば、霊寶天尊は降臨する。
火急甲速来臨	火急的に速やかに来臨する。

この記述は、霊寶天尊が「蓮花（蓮華）」に座り、「仙衣（仙人の衣）」を着、万丈ある高い「天宮（天の宮殿）」にいる様子を描写している。また、「下照萬方管人民（下は萬方を照らして人民を管理する）」とあるが、これは霊寶天尊の位が高いことを象徴し、さらに民を統治する統率者として存在することである。霊寶天尊に関する記述でも、元始天尊と同様の形容が使われており、「天下滅邪精（天下に邪精を滅し）」という邪精を滅ぼすという性格は共通している。

次に道徳天尊に関する呪文が続く。

皈依師、感道徳、天也尊	師に帰依し、道徳に感ず。天もまた尊し。
老母懐胎八十春	老婆懐胎すること八十春、
九龍運水洗陽間	九龍は水を運び陽間を洗う。
頭髪白如銀	髪の毛は白く銀の如し。
道高龍俯付	道は高く龍が付きて俯く、
真有道天仙	真の有道の天仙である。
知善知凶真御領	善を知り凶を知って真の統領、
玉皇案上共同心	玉皇案上に心を共に同じくし、
斬鬼滅邪精	鬼を斬り邪精を滅す。
聞召請、道徳天尊降来臨	招請を聞けば、道徳天尊は来臨する。

松本浩二によれば、道徳天尊は老子が神格化された神で、文中の「老母懐胎八十春」というのは、老子が80歳の母親から誕生したという伝承を踏まえているとされる［松本 2011：25］。「頭髪白如銀（髪の毛は白く銀の如し）」という句は、道徳天尊の容貌を描写している。儀礼神画に描かれている道徳天尊も正にこの記述のように、髪・眉・髭が真っ白な老人像である。このことからも、文献記述と神画に描かれている道徳天尊の特徴が一致していることは明白である。また文中の「知善知凶真御領（善を知り凶を知って真の統領）」、「天下滅邪精（天下に邪精を滅し）」などの句から、道徳天尊の統率者と邪精を滅ぼす者という性格が現れている。

(2)「接大三清歌」[14)] に見る「三清神」に関する記述

さらに異なる「請聖書」に収められる三清神に関する歌を取り上げる。

香煙裡内是壇前	香煙の中、祭壇の前である。
大道[15)] 元来降醮筵	大道は醮筵に来臨する。
大道原来龍虎伏	大道は本来龍と虎が伏す。
南曹北斗在神仙	南曹北斗の仙人もいる。
一個在前個在後	一人は前で一人は後ろに、
踏上州門入旧天	州門に踏み上がって九天に入る。
三清出在青雲殿	三清は青雲殿の出身である。
原在紫雲化出身	本来紫雲から身を化す、
紫雲画身生白■	紫雲から身を化して白い■を生す。
世今壇内得安身	現在祭壇の内に身を寄せている。
頭帯金冠脚踏地	頭に金冠を被って脚は地を踏む。
手拿大扇立胸前	手に大きな扇子を縦に持って胸の前に置く。
聞説今朝有状請	現在招請を聞き、
元始天尊斉下壇	元始天尊たちは一緒に祭壇に来臨する。
元始天尊為第一	元始天尊第一と為す。
霊寶天尊第二名	霊寶天尊は第二である。
道徳天尊第三教	道徳天尊は第三教である。
老君殿上好排兵	老君は殿上で好く兵隊を排列できる。
日裡又発千兵去	昼頃に千の兵隊を出兵させ、
夜裡又発萬兵行	夜に又萬の兵隊を出兵させる。
同来又叫高宮聖	一緒に来て又高宮聖を呼ぶ。
斬鬼除邪界玉皇	斬鬼除邪界の玉皇は、
頭帯金冠脚踏地	頭に金冠を被って脚は地を踏む。
手拿牙簡立胸前	手に牙簡（圭）を縦に持って胸の前に置く。
聞説今朝有状請	現在招請を聞けば、
太上老君斉下壇	太上老君も一緒に祭壇に来臨せよ。

この記述は、三清が青色の瑞雲から現れ、順番に天から降りてくる様子が描写されている。「頭帯金冠（頭に金冠を被る）」、「手拿大扇立胸前（手に大きな扇子を縦に持って胸の前に置く）」という記述は、三清神画に描かれている道徳天尊の姿と一致している。文中の「元始天尊為第一」「霊寶天尊第二名」「道徳天尊第

三教」の字句は、この三柱の神の位の高低を示していると考えられる。三清神の他に、太上老君と玉皇も見られる。「老君殿上好排兵（老君は殿上で好く兵隊を排列できる）」、「日裡又発千兵去（昼頃に千の兵隊を出兵させる）」、「夜裡又発萬兵行（夜にまた萬の兵隊を出兵させる）」などは、太上老君は兵隊を使役する者という性格を強く現しており、「斬鬼除邪界玉皇（斬鬼除邪界の玉皇）」は、玉皇の邪鬼を滅す者という性格を現している。

(3)「混沌歌」に見る「三清神」に関する記述

「混沌歌[16)]」は、1971～1972年に、上智大学西北タイ歴史文化調査団がタイ西北部に居住する過山系ヤオ族（ミエン）地域から収集した「請聖書」のジャンルの儀礼文献に収められている歌である。この歌には、混沌の中から天地が開闢して様々な神が誕生するという内容が記されている。歌に記される神々の名称を見ると、儀礼神画にも描かれている神々はほとんどが混沌から誕生してきたことが分かる。特に、「混沌歌」の内容には、神々の生年月日、誕生時刻なども記されているため、儀礼神画に描かれる神々を一層理解できる非常に重要な文献資料であると考える。このような内容の歌は、湖南省永州市藍山県の祭司が持っている「請聖書」の中には見られないので、取り上げたい。その内容は次のように記述されている。

「混沌歌」

混沌初開分天地	混沌[17)]から初めて天と地が開き分れた。
何羅[18)]世上並無人	世の中に人がいない。
陰陽未分是朦朧	陰と陽が分れず朦朧としている。
並無日月照凡間	世間を照らす日と月もない。
寅卯二年洪水発	寅卯2年に洪水が発生した。
陰陽未到暗朦朧	陰と陽が分からず、暗くてはっきりと見えない。

盤古の天地開闢[19)]の神話伝説と同様に、「混沌歌」の内容から、ミエンでも混沌から天地が切り拓かれたことによって生成したという伝承があることが分かる。文中の「混沌初開分天地」「何羅世上並無人」「陰陽未分是朦朧」「並無日月照凡間」「陰陽未到暗朦朧」とあるように、未だ天地が切り拓かれていない時は、陰陽・人間・日・月はなく、いずれもはっきりとしない混沌の状態であった。

高皇置[20]天経立地	高皇は、天を設立し、地を立てる。
平皇出世置龍宮	平皇は出現し、龍宮[21]を設置する。
盤王出世無衣着	盤王は出現し、着る衣が無く、
唐皇出世置衣縫	唐皇は出現し、衣裳を縫い作る。
置得人民無銭使	人間を作ったが、使う銭が持っていない。
出世唐皇来造銭	出現した唐皇は銭を造りにくる。
出世凡人無有火	人間が出現したが、火が無い。
帯男帯女暗中蔵	男女を連れて暗い所で身を隠した。
出世皇置出竹火[22]	出現した某皇は火を作る。
臨時置出火光明	この時に火を作り出して光明になる。
上界置有陰陽聖	天上界に、陰・陽・聖を設置する。
龍皇號法投経同[23]	龍皇は法を大声で叫び、経典を入れた筒を投げる。
萬々聖主不敢話	神々は恐れて話すことができない。
當天取法教師童	天で法を取って師童に教える。
紅藍赤黒無人着	紅色・藍色・赤色・黒色の服を着る人はいない。
草鞋踏破変成虫	草鞋を履き破れて虫になる。
天上日月置一聖	天上の日月は聖を作る。
天車召轉月陰陽	天車は月を召転し、陰陽ある。
未分日月照天下	未だ世界を照らす日と月は分れていない。
置成日月照凡間	日と月を作り上げ、世間を照らす。

この段落は、宇宙の誕生について説明している。「高皇置天経立地」とは、高皇は天を設立し、地を立てた。「唐皇出世置衣縫」「出世唐皇来造銭」とは、唐皇は衣服と銭を作り出した。「出世皇置出竹火」とは、火を作り出した。さらに、「上界置有陰陽聖」とは、天上界において陰・陽・聖を設置した。「天上日月置一聖」「置成日月照凡間」とは、日と月を設置し、光明を作り出した。その次に、三清神が登場する。

三寶出在清[24]雲内	三寶は青雲の内に生まれた
化身至在大清宮	化身は大清宮に至る。
年庚生在混沌歳	混沌の時に生まれる。
號為三寶大天尊	號は、三寶大天尊と称す。

文中の「三寶」は、三清の元始天尊・霊寶天尊・道徳天尊を指していると考え

られる。三神とも混沌の中から生まれ、「大清宮」という所におり、三神合わせて「三宝大天尊」と称される。その次に、元始天尊について詳しく記述される。

元始出世庚辰歳	元始は庚辰年に生まれる。
二月十五正寅中	2月15日にちょうど寅の刻に生まれる。
勅令金盔頭上帯	勅令の金盔を頭に被る。
手拿宝鏡照天宮	手に宝鏡を持って天宮を照らす。
身着黒衣坐龍殿	身に黒色の衣を着て龍殿に座る。
脚踏連花[25]朶朶雲	脚は蓮の花のような雲を踏む。
得道法高龍虎伏	道を得て法が高くなり、龍と虎が伏す。
號為元始大天尊	號は元始大天尊と称す。

文中の「元始出世庚辰歳」「二月十五正寅中」により、元始天尊は庚辰年2月15日寅の刻（3-5時）に生まれたと分かる。また「勅令金盔頭上帯」「手拿宝鏡照天宮」「身着黒衣坐龍殿」「脚踏連花朶朶雲」から、元始天尊は、勅令金冠を被り、手に宝鏡を持ち、黒色の衣を着、蓮の花のような瑞雲を踏むという特徴が読み取れる。「勅令金冠」は、元始天尊が勅令者であることを象徴しているといえる。さらに「得道法高龍虎伏」から、元始天尊は龍と虎が伏すほど法力が高いことが読み取れる。これらの字句に見える元始天尊の金冠を被り、黒色の衣を着るという特徴は、神画に描かれる元始天尊姿容とほぼ一致している。

元始天尊の次に、霊寶天尊のことが記述されている。

灵宝生在甲子歳	霊宝は甲子年に生まれる。
正月十五是寅時	正月15日寅の刻である。
勅令金盔頭上戴	勅令の金盔は頭に冠る。
脚踏連花五色雲	脚は蓮の花のような五色の雲を踏む。
身着藍衣在龍殿	藍色の衣を着て龍殿に居る。
太陽火扇扇開花	太陽のような火の扇子で扇いで花を咲かせる。
羅沙保[26]扇手中立	羅紗宝扇を手に縦に持つ。
號為道徳大天尊	號は道徳大天尊と為す。

〈後略〉

文中の「灵宝生在甲子歳」「正月十五是寅時」から、霊寶天尊は甲子年1月15日寅の刻（3-5時）に生まれたと読み取れる。「勅令金盔頭上戴」「脚踏連花五色雲」

「身着藍衣在龍殿」「羅沙保扇手中立」とあることから、霊寶天尊は、勅令金冠を被り、蓮の花のような五色の瑞雲を踏み、藍色の衣を着、扇子を持つことが分かる。しかし、筆者が博士論文でのミエンの儀礼神画に描かれた内容の読み取りによれば、藍色系の服を着、扇子を持つという特徴を持つのは道徳天尊であり、緑色系の服を着、如意を持つという特徴を持つのは霊寶天尊である［譚 2015a］。霊寶天尊と道徳天尊の特徴は混同していることが考えられる。またこの段落の最後の部分には「號為灵宝大天尊」と書かれるはずだが、「號為道徳大天尊」という字句が間違って書かれてしまったのではないだろうかと推測する。

この「混沌歌」の内容と類似して比較できる記述を未だ見つけていないため、内容が混沌歌の基本内容であるのかについて把握できていない。しかし三清の元始天尊・霊寶天尊・道徳天尊は基本的にグループで登場するので、この記述から見ると、道徳天尊の部分が抜けていると推断する。

以上は、主に三清神について紹介したが、三清の記述の次には玉皇・聖主・天府・地府・陽間・水府・張天師・李天師などの神々のことも記されている。ここでは略して紹介しない。

「混沌歌」の内容により、ミエンが考えている神々の世界は、混沌に始まり、高皇や盤王などの創世神の誕生・天地の開闢・衣や火や日月などの創造・三清神を含む神々の誕生というプロセスで形成されていることが見える。湖南省藍山県のミエンが伝承している還家願儀礼の中では、三清神を含む神々とミエンの始祖とされる盤王との祭祀は分けられて行われる。儀礼の前半は、三清神などの神々が描かれた神画を用い、受礼者たちが祭司となる法名を得、家を継承し先祖の祭祀を行い、自分も家先単に加えられ祀られる資格を得るために行われる掛三灯儀礼が中心となる。さらに以前行われた願掛けが成就したことに対して願解きの儀礼も行う。後半は三清神などの神々を描かれた神画を使わず、盤王を祀る儀礼が中心となる。ここから三清神を含む神々と盤王とは異なる系統の神であると推断できる。さらに混沌歌に記される神々の登場順番によれば、三清神（元始天尊・霊寶天尊・道徳天尊）は、創世神の高皇・平皇・盤王・唐皇の後に生まれるとされることが分かる。つまり三清神は創世神より位が低いと考えられているのである。

以上、ミエンの儀礼文献に収められた三清神に関するいくつかの記述を取り上げ、その内容を分析してきた。記述の内容から三清神の生年月日、誕生時刻、冠物、持物、衣服の色、乗物などの情報を読み取ることができた。記述から見た三清神の冠物、衣服の色、持物、乗物などに関しては、三清神画に描かれる内容と比べて多少の差異が見られるが、ほとんど一致していることが判明した。そして、盤王などの創世神より位は低いものの、記述に見える三清神は「元始天尊は第一位」、「霊寶天尊は第二位」、「道徳天尊は第三位」とされ、三清神画・総壇神画・神挿に描かれた三清神の順位と一致していることが判明した。さらに、記述の内容によって三清神の生年月日と誕生時刻も分かり、ミエンが祀る三清神に関する情報を一層理解できるようになったといえる。

4. 儀礼実践に見る「三清神」

本稿の「2」と「3」ではそれぞれ儀礼神画の元始天尊・霊寶天尊・道徳天尊神画に描かれている内容と儀礼文献に収められている三清神に関する記述について考察してきた。儀礼神画と儀礼文献はミエンが伝承している儀礼において組み合わされて用いられるものである。ミエンは様々な儀礼を行うが、必ずしも神画を使用するものばかりではない。神画を用いる儀礼において、祭司は神画を祭壇に掛けてから、必ず神画の前で儀礼文献を用いて神々を祭壇に降臨するよう招請する「請聖」儀礼を行い、また儀礼で行われることは必ずこれらの神々に証人として証明してもらなければならない。

本稿の「2」では、湖南省永州市藍山県の儀礼神画は行師と三清兵馬という2種類のセットに分けられていると述べた。儀礼において祭司は自らの分担する役割に合わせて、適切な神画を祭壇に掛けなければならない。例えば、撥兵と作証盟儀礼を行う役割の祭司は必ず行師神画を使用するが、開天門と上兵儀礼を行う役割の祭司は必ず三清兵馬神画を使用しなければならない。藍山県のミエンの伝承している小規模の儀礼においては、開天門と上兵儀礼は行われないので、基本的には三清兵馬神画を使用することはない。本稿では主に儀礼においてどのように三清神が祀られているのかを考察するため、小規模の儀礼を除き、中規模の還家願儀礼及び大規模の度戒儀礼に注目して三清神を祀る様態を考察する。

還家願儀礼の事例としては、神奈川大学プロジェクト研究所ヤオ族文化研究所（現一般社団法人ヤオ族文化研究所 以下ヤオ族文化研究所とする）が調査を行った 2011 年 10 月 21 日から 26 日まで（旧暦）に藍山県所城鎮幼江村の盤家において実施された儀礼、及び 2015 年 11 月 17 日から 22 日まで（旧暦）に藍山県犁頭郷三背村の盤家において実施された儀礼をと取り上げる。度戒儀礼の事例として、同じくヤオ族文化研究所が調査を行った 2008 年 11 月 2 日から 16 日まで（旧暦）に藍山県匯源瑤族郷湘藍村において実施された儀礼を取り上げる。

(1) 儀礼を構成する重要な骨子となる儀礼に見る「三清神」

廣田律子は、神画が掛けられた祭壇が設けられ実施されるミエンの行う大規模、中規模、小規模といった三分類の儀礼の構成要素について比較分析し、儀礼の規模の大小にかかわらず、儀礼を構成する重要な骨子となる儀礼は共通していると指摘した［廣田 2013：1-25］。その儀礼を構成する重要な骨子となる儀礼は、落兵落将、落脚酒、掛聖、請聖、上光、小運銭 / 大運銭、収聖、開斎、拝師、散袱酒、拆兵となる。中で、本稿において注目したいのは、落兵落将、掛聖、請聖、収聖、拆兵という儀礼である。この五つの儀礼は、三清などの神画を使用する最も基本となる儀礼であるばかりでなく、儀礼において三清神がどのように祀られているのかを確認できる儀礼科目であると考える。

1）落兵落将儀礼

落兵落将とは、祭司が使役できる陰界の陰兵を祭壇に降ろすことである［廣田 2013：11］。儀礼の当日の朝に、儀礼を行う祭司は自宅の祭壇で自らの使役できる陰兵を呼び出す「出兵」儀礼を行う。祭場に到着後、祭司はすぐ神画を包んだ布包みを持ち、施主の家先壇の前で拝礼し、唱えごとをしながら落兵落将儀礼を行う。

儀礼において、祭司は自らの分担する役割に合わせて、適切な兵馬を祭場まで連れてこなければならない。行師兵馬を連れてくる者は行師神画を使用するが、三清兵馬を連れてくる者は三清兵馬神画を使用する。ここから、ミエンの儀礼では、祭司の分担する役割と祭司が連れてくる兵馬の種類と儀礼で用いられる神画の種類は全て対応していることが分かる。この儀礼において開天門及び上兵儀礼を担当する祭司が、祭壇に降ろすのは、自宅から連れてきた三清神が統率する三清兵馬である。

2）掛聖儀礼

掛聖とは、神画を祭壇周囲の壁に掛けることである。また「掛功徳」と呼ばれる場合もある。李祥紅らによれば、「掛功徳は即ち画像を祭堂の上方及び左右の両側に掛けることである。掛ける際に祭司は清水で手を洗い、淫らな話をしてはいけない」とされる［李ほか 2010：13］。2014 年 1 月 3 日～1 月 8 日に、筆者はヤオ族文化研究所がタイ北部のナーン県ムアン郡ナムガムガオ村で実施した男性の通過儀礼である掛灯儀礼調査に参加した際に、掛聖儀礼を行う祭司たちは香料を入れた清水で手を浄めてから、神画を祭壇に掛けることを観察できた。このことから、ミエンの信仰する神々が描かれている儀礼神画のような神聖なものに対して、不浄の手で触って行けないというタブーが見られる[27)]。

掛聖に関して、前述したが、還家願儀礼の場合は、前半と後半を分けて装

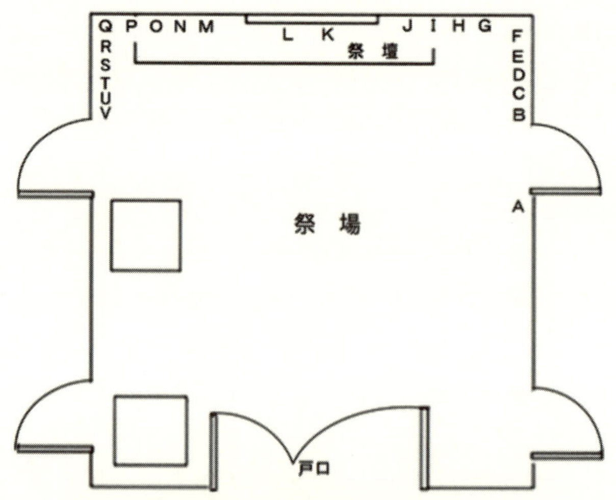

図 8　還家願儀礼神画配置図［廣田ほか 2012:31］
A：監斎大王　B：天府　C：三将軍　D：三将軍　E：張天師
F：張天師　G：総壇　H：総壇　I：玉皇　J：霊寶天尊
K：元始天尊　L：道徳天尊　M：聖主　N：太尉　O：太尉
P：十殿　Q：李天師　R：地府　S：大海播　T：海播張趙二郎
U：海播張趙二郎　V：把壇師

堂[28]は2回行われる。前半の儀礼においては神画を掛けるが、後半の儀礼が始まる前に、祭壇から神画を降ろし、祭壇を全て改め、供物も新たに供えなければならない。このことから、ミエンの始祖である盤王を対象として行われる儀礼の場合は、三清神を含む道教系の神々が中心として描かれた神画を用いないということが分かる。しかし、度戒儀礼の場合は、盤王祭祀に関する内容がないので、装堂は1回のみで儀礼が終了まで神画ずっと祭壇に掛けられる。

神画が祭壇に掛けられる位置に関しては、還家願儀礼において、図8に示したように主に祭場正面にある祭壇の左側・正面・右側の壁に神画が掛けられる。三清の元始天尊・霊寶天尊・道徳天尊神画は正面祭壇の中央に掛けられていることが分かる。

度戒儀礼での掛聖儀礼において、神画の掛け位置は主祭場では4箇所があると見られる。図9に示したように、主祭場正面にある祭壇Aの左側・正面・右側の壁に行師と三清兵馬神画が掛けられる。さらに、主祭場の戸口の左側に設置

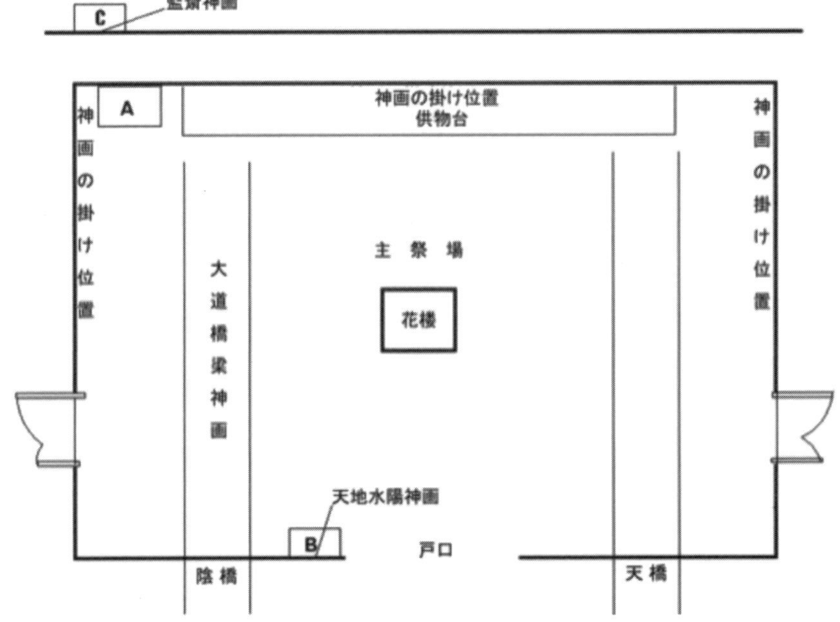

図9　度戒儀礼主祭場配置図
A：家奉壇内衆位香火祖宗聖前之位　B：天地水陽四府功曹使者聖前之位　C：祖霊旗

されたBの「天地水陽四府功曹使者聖前之位」祭壇の壁に「天地水陽」神画[29]が掛けられる。「陰橋」には「大道橋梁」神画が置かれ、主祭場の天井近くに設置される[30]。またCの横に、「監斎大王」神画が掛けられる。さらに儀礼進行中において、「上刀梯」儀礼の際に、祭司が主祭場の正面祭壇から「総壇」と「大海播」の2点の神画を降ろし、主祭場から離れた「雲台」という祭場まで移動し、「雲台」の左右の柱に掛けることも見られるので、「度戒」儀礼において合わせて5箇所で神画を掛けることが見える[31]。少し複雑だが、元始天尊・霊寶天尊・道徳天尊神画の掛け位置は変わらず、正面祭壇の中央に掛けられる。

掛聖儀礼において元始天尊・霊寶天尊・道徳天尊神画の掛け位置から、三清神は間違いなくミエンの信仰する神々の中で最上位の神であると判定できる。

3）請聖儀礼

ミエンの信仰する諸々の神を祭場に降臨するように招請する儀礼は「請聖」儀礼である。ミエンの大中規模の儀礼を行う際に、祭司は神画に囲まれる祭壇を向き、正面に掛けられる高位神が描かれた神画の前で、「請聖書」に収められる神々に関する記述を繰り返して読誦し、神々を三回も招請して儀礼を行う。さらに度戒の請聖儀礼において「請初夜聖」・「請中夜聖」・「請末夜聖」に分けられ、請聖だけで約十数時間もかかる[33]。請聖儀礼はミエンの儀礼科目において最も長い儀礼であるといえよう。神々を招請できなければ、儀礼で行われることを証明してくれる証人がおらず、儀礼は成立せず、儀礼を行う意味も失われてしまう。だからこそ、祭司は一生懸命神々を招請し、神々が確かに祭場に降臨したかどうかポエを使って何回も確認する。ミエンの儀礼において請聖儀礼は非常に重要な儀礼であることは明白といえる。

三清神は請聖儀礼の際に招請される最も重要な神として、「請聖書」の冒頭の部分から登場する。関連する記述に関しては、本稿の「3. 儀礼文献に見る『三清神』に関する記述」においてすでに紹介してあるため、ここでは述べない。祭司はこの儀礼において、三清神画が掛けられた祭壇の前で、三清を含む神々に関する記述を読誦することによって、神々が祭場まで招かれ着席した上で、三清神などの神々がいつ、どこで生まれ、どのような格好であり、何を持ち、何動物に乗り、どういう性格であるのかが紹介される。こうした儀礼神画と儀礼文献はそれぞれ独立するものではなく、請聖儀礼において両者は互いに補足し合いながらミエンの信仰している三清神をトップとする神々の世界を現す重要な役割を果たしているのである。

4）収聖儀礼

収聖儀礼は、掛聖儀礼に対して行われる儀礼である。神画を祭壇から下ろし、巻いてひとまとめにして置くことである。拆兵儀礼が行われる前に、ひとまとめにした神画は師棍に縛られ、祭壇の脇に立てに置かれる。

5）拆兵儀礼

拆兵とは、祭壇を片付け神々を送ることであるとされる［廣田 2013：11］。この儀礼は、落兵落将儀礼に対して行われる儀礼であるため、請聖儀礼の際に招請した三清などの神々を送り、施主の家先壇に降ろした自ら連れてきた陰兵（行師兵馬と三清兵馬）を呼び出すことも行われる。

拆兵儀礼を行う際に、祭司は、家先壇に向かい、師棍に縛られた行師あるいは三清兵馬神画の包みを持って念誦する。神々に感謝するために、紙銭を焼いて送る。また、師棍に縛られた神画の包みを祭場の戸口の脇に置き、戸口で神々が送り各々の居場所に帰ったかどうかをポエで確認する。

ヤオ族文化研究所データベース ― 11 年還家願儀礼程序によると、拆兵儀礼において「拆兵分将起馬登途歌」が歌われる[34)]。歌の内容は次のようである。

師主化銭神収領　　師主は紙銭を焼いて、神はそれを受け取る。
主壇収領送客銭　　祭壇で客を送る銭を受け取る。
石灰発散分兵去　　石灰のように発散し分兵して去る。
主神送客各帰■　　各々帰らせるように神を送る。
行司官将収領銭　　行司官将は銭を受け取る。
収領拆兵拆将銭　　拆兵拆将の銭を受け取る。
収領良銭各轉位　　良銭を受け取って、各々帰る。
管兵帰去保人丁　　兵を引き連れて帰って、家の人々を保護する。
大当[35)]三清収領銭　　大道三清は銭を受け取る。
衆神容納拆兵銭　　諸々の神は拆兵の銭を受け入れる。

収領良銭各轉位	良銭を受け取れば、各々戻る。
管兵帰去照人丁	兵を引き連れて帰って、家の人々を見守る。
掛灯師爺行司将	掛灯の師爺と行司の将兵
行司官将収領銭	行司官将兵は銭を受け取る。
拆兵良銭収領去	拆兵の良銭が受け取られれば、
管兵帰去轉■■	兵を引き連れて帰る。
緊管衆師兵馬去	急いで諸々の師と兵馬を引き連れて行く。
下壇兵馬轉連々	下壇兵馬はしきりに帰る。
各師兵馬各路去	各々の師と兵馬は、各々の路で行く。
管兵帰去万千年	兵を引き連れ帰って万千年になる。
一岔[36] 復在師人屋	一部は、師人の家にもどる。
轉壇座位照人丁	壇に帰って家の人々を見守る。
一岔随師自■去	一部は、師に従って行く。
随師帰去照師人	師に従って帰って、師人を見守る。
装　馬　去	馬に荷物を積んで行く。
師人拿筶伏大堂	師人は筶[37] を持って、大堂に向かう。
装　馬　去	馬に荷物を積んで行く。
大■装馬出官■	馬に荷物を積んで出て官職につく。
装起馬頭拜三拜	馬頭を飾り付けたら、三回礼拝する。
■■眼涙落淋々	涙で顔がぐしょぐしょになる。
装　馬　去	馬に荷物を積んで行く。

〈後略〉

この歌は、三清神を含む諸々の神を送る様子を描写している。歌の「師主化銭神収領（師主は紙銭を焼いて、神はそれを受け取る）」「主壇収領送客銭（祭壇で送客銭を受け取る）」「主神送客各帰■（祭壇で客を送る銭を受け取る）」という字句で、師主（祭司）は祭壇で紙銭を焼き、神々はその銭を受け取って帰宅することを示している。具体的にどの神に銭を差し上げたのかも示している。内容から、銭を受け取る二つの神のグループが見える。下線に示したように、一つは「行司官将」であり、もう一つは「大道三清」である。「行司官将収領銭（行司官将は銭を受け取る）」「収領拆兵拆将銭（拆兵拆将の銭を受け取る）」「収領良銭各轉位（良銭を受け取って、各々帰る）」「管兵帰去保人丁（兵を引き連れて帰って、人口を保護する）」「大道三清収領銭（大道三清は銭を受け取る）」「衆神容納拆兵銭（諸々の神は拆兵の銭を受け入れる）」「収領良銭各轉位（良銭を受け取れば、各々戻る）」「管兵帰去照人丁（兵を引き連れて帰って、人口を見守る）」という字句から、「行司官将」と「大道三清」の二つのグループの神々は、拆兵の銭を受け取ってから各々の居場所に帰ることが読み取れる。そして、神々に対して帰ったら、よく兵を率いて人々を見守るようにという願いも述べられている。実際の拆兵儀礼の中で、祭司は念誦であれ、占いであれ、いずれもひとまとめにした行師あるいは三清兵馬神画を持っている。したがって、「拆兵歌」に記されている「行司官将」と「大道三清」は、実際の拆兵儀礼を行う祭司が手にしている行師と三清兵馬神画を指していると考えられる。

歌の最後には、神々と別れ、手を切ることができず、涙で顔がくずれた様子が描写されている。

上記のように、拆兵儀礼において歌われる「拆兵歌」の内容は、祭司が行う送聖、紙銭を焼くなどの儀礼内容と一致している。特に歌に記される行師と三清兵馬神画の取り扱い方は儀礼実践と対応していると考える。この儀礼を通じて請聖儀礼の際に招請された三清などの神々を帰らせたと考えられる。

(2)「三清神」と直接に関わる儀礼

ミエンの大中規模の儀礼において、儀礼を構成する重要な骨子となる儀礼の他にも、三清神と直接に関わる儀礼が見られる。例えば、三灯を掛ける際に行われる「取法名」儀礼、度戒儀礼の際に行われる「昇職位」と「認三清」儀礼がある。また子供が健康で育つように三清神と父子関係を結ぶ「寄名」儀礼もある。以下これらの儀礼を紹介することにより、ミエンの人々にとって三清神はどのような神であるのかを考察する。

1)「取法名」儀礼

「掛三灯」儀礼は世界に広く分布しているミエンがどこに移住しても必ず伝承している儀礼である。湖南省永州市藍山県において、「掛三灯」儀礼は、また「掛家灯」といい、略して「掛灯」とも称する。ミエンの男子は掛灯儀礼を通して法名をもらう。法名を得ると、受礼者は「師男」と称され、祭司になったことを意味するという［張ほか 2002：96］。同時に陰兵の加護を受けられ、自ら守る法術を身につけ、他人を救うことができ、死後の官職を獲得できるとされる［李ほか 2010：25］。家を継承する資格も獲得することになり、法名を代々の祖先が連記される家先単に加えられるという［廣田 2011：335］。

法名を得る儀礼において、祭司は、三清（元始天尊・霊寶天尊・道徳天尊）神画の前で受礼者の生年月日を記した細長い紅紙を持ち、三清神に対して、受礼者の身分について説明する。そして、紅紙を牙簡に載せ、受礼者の法名を唱えつつ、三清神画に近づける。もし紅紙が自然に神画に貼り付ければ、その受礼者の法名が三清神の承認を得たとされ[38]、紅紙を神画にのりで貼付け、法名が決まる。

2）「昇職位」儀礼

「昇職位」は、また「昇老君職位」ともいう。この儀礼において、祭司は、三清神画（元始天尊・霊寶天尊・道徳天尊）の前で、鈴を持ち、会首の法名及び職位が記された「職位火牌」と呼ばれる細長い黄紙を玉簡（法具）に載せ神画に近づける。図 10 と図 11 の職位火牌には、「太上奉行金闕玉皇門下奉勅弟子事臣馮法有職位陞在浙江省杭州府為號」と記されている。この内容によると、玉皇大帝にかしずく侍臣である馮法有という者は、浙江省杭州府に官職に任じられることが分かる。もし三清神の承認を得れば、職位火牌は自然に神画にくっつき、職位

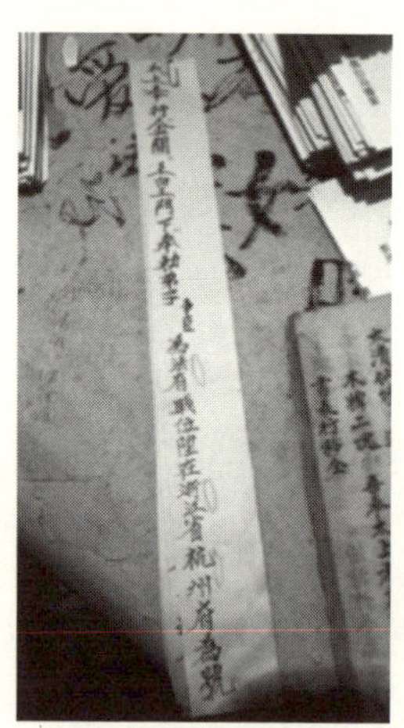

図 10　職位火牌[40]

図 11　職位を三清神に承認してもらう[41]

が成立する。会首たちはこの儀礼を通じ、正式に三清神の承認した神職を得ることになる[39)]。

3）「認三清」儀礼

度戒儀礼の認三清儀礼において、祭司たちは神画を出して主祭場の正面及び左右の壁に裏返して掛ける。そして主祭場の床の敷物の上に布団を敷く。神画が掛けられた正面の壁の裏には、酒甕が置かれ、会首の夫人たちは酒甕の前に並んで立つ。祭司は会首たちと共に靴を脱ぎ、布団に入る。電気を消して真っ暗にし、会首たちは鼾をかき寝ている様子をとる。笛で鶏の鳴きまねを 11 回する。また 3 回鳴らしてから、シンバルで鶏が羽根を鳴る音を鳴らす。また鶏の鳴きまねを 4 回すると、会首たちは布団から起き出して靴を履く。壁の裏に立つ夫人に、白布の端を壁越しに渡す。夫人は渡された白布を受け取り布の端を酒甕の上に畳んでおく[42)]。

同様な儀礼は、張勁松らの『藍山県瑶族伝統文化田野調査』及び、李祥紅らの『湖南瑶族抖篩田野調査』の中に報告されている[43)]。『藍山県瑶族伝統文化田野調査』に詳細に報告されているので、以下に紹介する［張ほか 2002：158］[44)]。

「封大斎」儀礼の際に、「寄魂」と称する儀礼が行われ、藍山県では「封酒瓮」とも称する。儀礼の程序は次となる。新たに「度戒」儀礼を受ける受礼者たちが各々の 1 枚の蓆と 1 幅の神画を持ち、上着を脱いで短パンになり、三清神画の前に立つ。その次に蓆を敷き、神画を枕に、その上に熟睡しているふりをする。その妻たちは、三清神画を掛ける壁の後ろに、一つの酒甕を準備しておく。祭司たちは長さ 1 丈 2 尺の白布を用い、一方の端を会首の頭の下にあて、もう一方の端を三清神画の上方から壁の後ろにいる会首の妻に向かって放る。「白布金橋」が架けられたと意味する。全て用意が整い開始となり、灯火を消され、しんとして物音ひとつなく、ちょうど夜が更けて人が寝静まるようで、一面が蕭然とする。しばらくすると会首たちは鼾をかき熟睡しているふりをする。吹笛師はチャルメラで鶏の鳴き真似をし、3 回を吹くことで真夜中の三更の刻を表す。ここで会首たちが起き、白布の一方の端を持ち、彼らの妻たちは三清神画を掛けた壁の後ろで力を入れて白布を引く。白布を全部引いてしまうと酒甕の口に被せられてきつく封じられることになる。これは会首夫婦の三魂七魄を三清殿の下の空の雲中に宿らせることで、邪魔悪鬼の急襲を免れ、体は人間界に留まり度戒を受けるという意味である。

以上、紹介した儀礼の内容から見ると、儀礼が行われる場所は、三清神画を掛けた壁の主祭場側と裏側であることが分かる。儀礼において、裏返して掛けられた三清神画は、三清殿の向きを現していると考えられる。三清神画を掛けた壁と壁の裏に置かれた酒甕は、それぞれに三清殿と三清殿の下の空の雲を象徴している。主祭場側にいる会首は、白布を壁の裏に立つ夫人に渡して「金橋」を架けることによって、自らの三魂七魄が三清殿の下の空の雲に運ばれる。また夫人は会

図 12　神画を裏返して掛ける[45)]

図 13　壁の裏に並んで立つ夫人たち[46)]

図 14　布団中で熟睡しているふりをする会首たち[47)]

図 15　会首から渡された白布を引く夫人たち[48)]

図 16　主祭場側に残した白布の一端[49)]

図 17　酒甕の上に畳んだ白布[50)]

首から渡された白布の端を酒甕の上で畳み、これにより張勁松が解釈したとおり「夫婦の三魂七魄を三清殿の下の空の雲中に宿らせることができた」と考えられる。封じられた酒甕は「開斎」儀礼の際に開けられ、これによって会首夫婦の三魂七魄がもとの体へ戻されることが意味されている。

この儀礼において、三清神画の使用によって、三清殿を象徴する象徴的空間が表現されていることが判明した。三清神は儀礼に参加する会首夫婦の魂魄を守る守護神として捉えられていることが明らかである。

4）寄名儀礼

ミエンが伝承する還家願儀礼や度戒儀礼などの三清兵馬神画を用いる中規模と大規模の儀礼では、元始天尊・霊寶天尊・道徳天尊の 3 点の神画の中央あたりに既に数多くの紅紙が貼ってあることが見られる。ヤオ族文化研究所データベース ― 08 年度戒儀礼程序によれば、この儀礼は「為解災解難（災難を解くため）」の儀礼であるとされるが [51)]、筆者の 2015 年の聞き取り調査によると、これは「寄名」と呼ばれる儀礼である。三清の 3 点の神画に貼ってある紅紙はまさに寄名儀礼が行われた跡である。

図 18　紅紙を貼られた三清神画

図 19　紅紙を神画に貼付けようとする

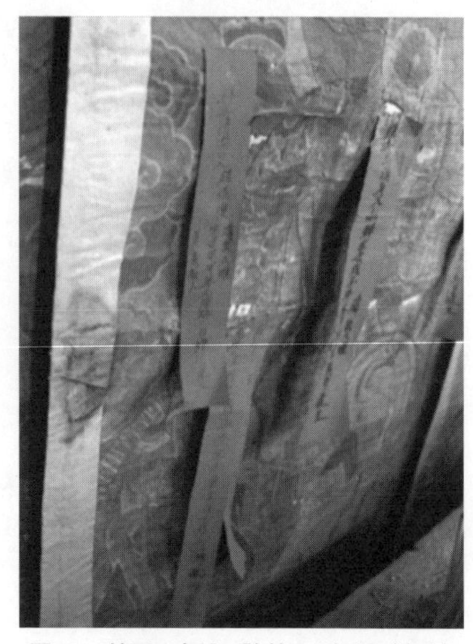

図 20　神画に自然に貼付けた紅紙（左上）

寄名儀礼は三清兵馬神画を用いる儀礼においてよく見られる小さな儀礼であるが、神画を用いる還家願や度戒などの儀礼の本筋とは何の関係もなく、ただ附属の儀礼であるといえる。三清兵馬神画を用いる儀礼であれば、神画を祭壇に掛ける時から神画を下げて片付ける時までの間に、祭司は依頼を受ければいつでも行うことができる。

寄名儀礼は、三清神に子供が災難なく健やかに成長することを加護してもらうために行われる儀礼である。儀礼を行う際に、祭司は祭壇正面に掛けられた道徳天尊・元始天尊・霊寶天尊神画に向かい、銅鈴をもち、唱えつつ、事前に用意した子供の姓名と生年月日を記した紅紙を牙簡に載せ神画に順に貼り付けようとする。自然に吸い付いたら、紅紙にのりを塗り、その神画に貼り付ける。何回も唱えごとをしても吸い付かない場合もある。このような時に、祭司は紙銭を三清神に献じれば、紅紙はすぐ神画に吸い付けられると考えている。筆者は 2015 年 12 月 27 日から 2016 年 1 月 1 日までに湖南省藍山県犁頭郷三背村の盤家で行われた還家願儀礼の中で、寄名儀礼の紅紙が神画になかなか吸い付かない状況を観察することができた。その際に、祭司の趙金付氏は神画の前に置かれた祭壇の上に 60 部の紙銭を供えた。そして紅紙を牙簡に載せ三清神画に貼り付けようとすると、すぐ自然に吸い付いた。これで子供と三清神との父子関係が結ばれた。趙金付氏によれば、「このような関係を成立すれば、子供の名を三清神のところに預けるようになる。三清神はこの子供の健康と成長を守ってくれる」という。

これらの細長い紅紙に記される内容は2パターンがあり、以下の通りである。

パターン①：
投拝三清為父　謝武楊　生於丁亥（2007）年九月廿四日巳時建生
投拝三清為父　盤龍帥　生於己丑（2009）年三月廿七日卯時建生
投拝三清為父　趙江国　生於庚寅（2010）年九月廿七日　　建生
投拝三清為父　盤富兵　生於癸未（2003）年九月廿四日巳時建生
パターン②：
地　　　　　　　　　　　　　　　　　　　　　久
趙敏■生於2008年4月10日建生巳時建生拝三清為父消出八難
天　　　　　　　　　　　　　　　　　　　　　長

地　　　　　　　　　　　　　　　　　　　　　久
馮敏君生於丙戌（2006）年十月十一日子時健生拝三清為父
天　　　　　　　　　　　　　　　　　　　　　長

地　　　　　　　　　　　　　消除八難　　　　久
趙佳寧生於二〇一一年4月28日戌時建生拝三清為父
天　　　　　　　　　　　　　長大成人　　　　長

上記の2パターンの事例の下線に示した「拝三清為父（三清を拝んで父となす）」のように、寄名儀礼を行う最も重要な意味は、まさに子供の健やかな成長を祈願し三清神と父子関係を結ぶことだといえる。

以上、三清神画を用いて三清神と直接に関わる諸儀礼を見てきた。「認三清」儀礼を除き、他の三つの儀礼の所作は非常に相似している。「取法名」儀礼では受礼者の法名が三清の承認を得るために、祭司は受礼者の生年月日を記した紙を牙簡に載せ、三清神画に貼り付けるという所作が見られる。「昇職位」儀礼では受礼者の職位が三清の承認を得るために、祭司は受礼者の法名と職位を記した「職位火牌」という黄色の紙を牙簡に載せ、三清神画に貼付けるという所作が見られる。「寄名」儀礼では子供が健康に育つために、三清神との父子関係を結び、祭司は子供の生年月日を記した紅紙を牙簡に載せ、三清神画に貼付けるという所作が見られる。これらの紙が自然に神画に吸い付くと、三清神の内の1柱の神の承認を得、三清神との縁を結んだことが意味される。これらの儀礼によって、ミエンの人々にとって、誕生と成長、祭司となるために法名を獲得すること、死後の陰職（冥界での官職）を成立させること、この人生の重要な段階において、必ず三清神と縁を結んで三清神の保護と承認をもらわなければならないと考えられていることが分かる。また、「認三清」儀礼を通じて夫婦二人の三魂七魄を三清殿の下の空の雲中に宿らせ、度戒儀礼に参加する最中に邪魔悪鬼の急襲を免れるということも、三清神の保護を受けていることと見られる。以上の儀礼における三清神画の使用からは、ミエンの人々にとって、三清神は子供の神的な親であり、受礼者の身と霊魂の守護神であり、さらに儀礼で行われた全てのことは事実だと承認・証明する重要な存在であると考えられていることが明らかとなった。

おわりに

本稿では、ミエンの人々にとって三清神はどのような存在であるのかを解明するために、儀礼神画と儀礼文献と儀礼実践を組み合わせる方法を通じて湖南省永州市藍山県のミエンが祀る三清神（元始天尊・霊寳天尊・道徳天尊）について多角度から考察を試みた。

儀礼神画の考察を通じ、藍山県のミエンが伝承している三清神画に描かれている三清神の姿容などの外観的な特徴を明らかにした。儀礼文献の考察を通じ、「請聖書」に収められている三清に関する描写と性格を明らかにした。分析により、儀礼神画と儀礼文献から見た三清神の容貌などの特徴はほとんど一致していることが判明した。また儀礼文献から三清神の生年月日と誕生時刻等も分かり、実際に肉眼で三清神の外観を確認することにより、三清に関する情報を一層得られるようになっている。さらに儀礼文献の分析により、ミエンの信仰する神々とする位の高低について、平皇・唐皇・盤王などの創世神は三清神より位が高い神であると考えられていることも判明した。さらに儀礼神画と儀礼文献をあわせて用いる儀礼実践における三清神と直接に関わる儀礼の考察を通じ、三清神はミエンの信仰する道教系統の神々のグループにおいて最高位の神として祀られていることが判明したばかりでなく、最も重要なのはミエンの人々にとって、三清神は子供の神的な親であり、受礼者の身と霊魂の守護神であり、ミエンの伝承している通過儀礼で行われた全てのことは事実だと承認・証明する重要な存在でもあるということが判明した。

本稿では主にミエンが伝承している儀礼から見た道教神の元始天尊・霊寶天尊・道徳天尊に注目して考察したが、ミエンの信仰においては三清以外の数々の道教神も祀られており、また閭山教、梅山教、ミエン自らの信仰する神々も大勢存在している。これらの神々は具体的にどのように祀られているのかについて多くの課題が残されているのだが、今後の研究の中で一つ一つ解明していきたいと考えている。

参考文献

顔新元

1994 「洞庭南岸的祭祀絵画」『湖南民間美術全集：民間絵画』湖南美術出版社 24-36 頁

欧陽詢

1965 『芸文類聚・上』上海古籍出版社

孫暁琴 王紅旗編

1997 『天地人鬼神図鑑』中国対外翻訳出版公司 344-345 頁

譚静

2012 ヤオ族に見る「三清神」について ― 中国湖南省藍山縣匯源郷湘藍村の三清神画及び宗教文献からの考察『歴史民俗資料学研究』No.17 119-129 頁

2015a 過山系ヤオ族（ミエン）儀礼神画に関する総合的研究 ― 神画と儀礼文献と儀礼実践からの立体化の試み ―　神奈川大学博士学位論文［博甲第 197 号］

2015b 過山系ヤオ族（ミエン）儀礼文献における神々の記述 ― 請聖書・賞光書に記された神々に関する歌を中心に ― 『比較民俗研究』No.29 58-96 頁

張勁松 趙群 馮栄軍

2002 『藍山瑶族伝統文化田野調査』岳麓書社出版

張有雋

2011 瑤族的宗教信仰『張有雋人類学民族学文集』民族出版社 209 頁

野口鉄郎 福井文雅 坂出祥伸 山田利明編

1994 『道教事典』平河出版社

廣田律子

2011 『中国民間祭祀芸能の研究』風響社

2013 「構成要素から見るヤオ族の儀礼知識 ― 湖南省藍山県過山系ヤオ族の度戒儀礼・還家願儀礼を事例として ― 」『國學院中國學會報』第 58 輯 國學院大學中國學會 1-25 頁

廣田律子 三村宜敬 佐川潤子 李利 内藤久義 譚静 財津直美 大木都志男

2011 『神奈川大学歴民調査報告第十二集・中国湖南省藍山県ヤオ族儀礼文献に関する報告 I』神奈川大学歴史民俗資料学研究科

廣田律子 三村宜敬 譚静 財津直美 大木都志男 岡田浩司ほか

2012 『神奈川大学歴民調査報告第十四集・中国湖南省藍山県ヤオ族儀礼文献に関する報告 II』神奈川大学歴史民俗資料学研究科

廣田律子 三村宜敬 譚静 侯莉娜ほか

2014 「南山大学人類学博物館の西北タイヤオ族資料の調査に関わって」神奈川大学歴民調査報告第 17 集『南山大学人類学博物館所蔵上智大学西北タイ歴史文化調査団収集文献目録』神奈川大学歴史民俗資料学研究科

閔智亭 李養正

1995 『道教大辞典』華夏出版社

松本浩二

2011 「度戒儀礼に見える神々：呉越地方・台湾の民間宗教者の儀礼と比較して」『瑤族文化研究所通訊』第 3 号 24-34 頁

丸山宏 佐川潤子 広川英一郎 三村宜敬・李利

2009 「張勁松著『藍山県瑤族伝統文化田野調査』「第四章 度戒」岳麓書社出版 pp.131 ～ 254 翻訳」『瑤族文化研究所通訊』第 1 号 29-80 頁

諸橋轍次

1991 『大漢和辞典 巻 7』大修館書店

1991 『大漢和辞典 巻 3』大修館書店

1991 『大漢和辞典 巻 12』大修館書店

ヤオ族文化研究所（旧 神奈川大学プロジェクト研究所・現 一般社団法人）

2009 『瑶族文化研究所通訊』第 1 号

2010 『瑶族文化研究所通訊』第 2 号

2011 『瑶族文化研究所通訊』第 3 号

2013 『瑶族文化研究所通訊』第 4 号

2015 『瑶族文化研究所通訊』第 5 号

李剣楠

2014 「道教神仙系譜『洞玄霊宝真霊位業図』について」『中国哲学論集』37 号九州大学中国哲学研究会 20-57 頁

李祥紅 鄭艶瓊
2010 『湖南瑤族奏鑓田野調査』岳麓書社

注

1）孫暁琴 王紅旗編 1997 年『天地人鬼神図鑑』中国対外翻訳出版公司 344-345 頁

2）天地未だ形成しておらず、万物未だ生成していない。

3）限りがない。はてがない。盡きる所がない。［諸橋 1991：433］

4）ヤオ族文化研究所が課題「ヤオ族の儀礼と儀礼文献の総合的研究」（2008 年～ 2012 年科学研究費補助金（基盤研究（B）研究代表廣田律子）及びトヨタ財団 2009 年度アジア隣人プログラム特定課題「アジアにおける伝統文書の保存、活用、継承」企画題目「中国湖南省永州市藍山県のユーミエンの度戒儀礼に使用される儀礼文献・儀礼文書の保存と活用と継承」のプロジェクトにより、2008 年 11 月 24 日～ 12 月 12 日に湖南省永州市藍山県匯源瑤族郷湘藍村で行われた度戒儀礼の調査、2010 年 4 月 28 日～ 5 月 5 日に同村で行われた第 2 回度戒儀礼の補足調査、2011 年 11 月 14 日～ 22 日に湖南省永州市藍山県所城鎮幼江村で行われた還家願儀礼の調査の際に撮影されたものである。

5）軒先が反った造りになっている造形。

6）廣田は 2011『中国民間祭祀芸能の研究』風響社 350 頁の中で、総壇神画の第 4 層の中央に描かれる 6 本の腕を持つのは盤古であると指摘している。

7）廣田 2011『中国民間祭祀芸能の研究』風響社 350 頁の中で、総壇神画の第 5 層の中央の円に描かれる 3 人の女性が「雲頭龍鳳三娘」であると指摘している。

8）この神の姿勢・冠・服装・持ち物からうかがえる様子は、神画に描かれる太尉に非常に似ている。よって、この神は太尉と推断する。

9）手に文書を捧げるのは四府功曹の特徴である。よって、この 4 人の武官は天府功曹・地府功曹・水府功曹・陽間功曹と推断する。

10）廣田は 2011『中国民間祭祀芸能の研究』風響社 350 頁で、総壇神画の最下層に描かれる虎・牛・象等に乗る 5 武将は五猖であると指摘している。

11）李剣楠は 2014「道教神仙系譜『洞玄霊宝真霊位業図』について」『中国哲学論集』37 号九州大学中国哲学研究会 20-57、24 頁で、「洞玄霊宝真霊位業図」神仙系譜の構成について説明し、その第 1 層の中位の主神は上清派に崇拝される最高の神の元始天尊であると述べている。

12）神々を招請する儀礼である。

13）ヤオ族文化研究所収集写真資料である。文献番号：A-32a。写真番号：IMG_4288 ～ IMG_4291。撮影者：廣田律子。ヤオ族文化研究所より発行された、『通訊第 3 号』「度戒儀礼に見える神々：呉越地方・台湾の民間宗教者の儀礼と比較して」において、松本浩二は請聖書（A-32a,A-20）の神々に関する呪文を日本語に訳し、神々の性格について考察した［松本 2011：24-34］。本節で A-32a と A-20 に当たる神々の呪文と歌については、松本浩二の日本語訳を参考することにする。

14) ヤオ族文化研究所収集写真資料である。文献番号：A-11。写真番号：IMG_1232s-～IMG_1233s-。撮影者：廣田律子。

15)「大道」は、三清または高位の神を指していると考えられる。ここでは三清と推察する。

16) ヤオ族文化研究所収集写真資料である。文献番号9-9。写真番号：DSC_7475～DSC_7480。

17) 天と地がまだ分れず、混じり合っている状態。

18)「羅」の意味は不明であるため、訳していない。

19) 徐整が『三五歴紀』の中で、盤古の天地開闢について記している。欧陽詢が『芸文類聚・上』中で、それを引用し、記述内容は次のようとなる。「徐整三五歴紀日、天地渾沌如鶏子、盤古生其中。万八千歳、天地開闢、陽清為天、陰浊為地。天日高一丈、地日厚一丈、盤古日長一丈、如此万八千歳。天数極高、地数極深、盤古極長。後乃有三皇。数起于一、立于三、成于五、盛于七、処于九、故天去地九万里」[欧陽 1965：2-3]。

20) この記述の中で用いられる「置」とは、世の中にないものを設立し、作り出す意味であろう。

21) 海の龍神の住むところであろう。

22)「竹」は「燭」の同音異字であるため、ここの「竹火」は「燭火」であると考え、灯りであろう。

23)「同」は「筒」の同音異字であるため、ここの「経同」は「経筒」であると考え、経典を入れる竹筒のことであろう。

24)「清」と「青」の中国語の発音は同じである。よってここの「清」は同音異字の「青」であろう。

25)「連」は「蓮」の同音異字であるため、ここの「連花」は「蓮花」であると考え、蓮の花である。

26)「沙」は「紗」の同音異字であり、「保」は「宝」の同音異字であろう。

27) 儀礼神画に関するタブーについて様々である。例えば、女性は触っていけない。神画を祭壇から下ろして巻く際に、股に神画を挟んではいけない。神画に跨がってはいけない。収蔵の際に、堂屋（家屋の中央の部屋）、祭壇、穀倉に置いて良いが、穢れものに近づく処に置いてはいけない。また、儀礼が終了後、祭司の持っている法具、特に神画を儀礼依頼者の家に忘れてはいけない。もし、神画を所有する祭司が亡くなったら、たとえ継承者が居なくても、神画を売り出してはいけない。神画を焚化してあの世にいる元所有者の処に送るか、あるいは他の祭司に贈るしかない。神画を売り出すことは、神々を冒涜する行為であるため、きっと罰を受ける［顔 1994：31-32］。

28) 祭壇を作ったり、供物を供えたりすることである。

29) また「四府功曹」神画とも呼ばれる。天府功曹・地府功曹・水府功曹・陽間功曹の４人の功曹が描かれる神画である。

30) 張勁松らは、『藍山県瑶族伝統文化田野調査』の中で、「天橋は、１丈４尺の白布を用いて敷き架けられ、衆堂から祭壇の正面まで至り、正面の外に置かれた「黄幡」に結ばれて、白布の上は72名の神が描かれた神軸が置かれている。「天橋」と「陰橋」はそれぞれに天の神々と地の神々がそこで馬車を止めたり馬から降りたりして祭壇に入るための通路である。」と述べている［張ほか 2002：143］。張勁松らの報告によって、「大道橋梁」神画は「天橋」を現す白布に置かれることが分かる。しかし、2008 年 12 月に藍山県で行われる度戒儀礼の際に、「大道橋梁」神画は「天橋」に置かれてなく、「陰橋」に置かれたと見られる。

31）2014 年 9 月 30 日にヤオ族文化研究所データベース ─ 08 年度戒儀礼程序 41-46 番を参照した。

32）この図は、ヤオ族文化研究所『通訊第一号』に掲載された「主祭場平面図」を参考にして作成したものである［ヤオ族文化研究所 2009:3］。

33）2015 年 1 月 3 日にヤオ族文化研究所データベース ─ 08 年度戒儀礼程序を参照した

34）ヤオ族文化研究所収集写真資料。文献番号：Z-29。写真番号：khi20111120IMG_1200 ～ khi20111120IMG_1202。撮影者：廣田律子。2014 年 8 月 30 日にヤオ族文化研究所データベース ─ 11 年還家願儀礼程序 1160-1173 番を参考した。

35）「大当」は「大道」の同音異字だと考える。大道は位の高い神であろう。

36）「忿」は「分」の同音異字だと考える。兵馬の一部を現している。

37）ポエのような卜具である。

38）同様なことは、李祥紅らが報告している湖南省ヤオ族の掛灯儀礼中の「昇職」儀礼においても見られる。「昇職は、即ち三清に承認された神職（老君の職位）を獲得することである」とされる［李ほか 2010：45-46］。

39）2014 年 10 月 3 日にヤオ族文化研究所データベース ─ 08 年 度戒儀礼程序 709-710 番を参照した。

40）https://yaoken.sakura.ne.jp/data-room/memonly/image/limage/IMG_5238s-
撮影者：廣田律子。

41）https://yaoken.sakura.ne.jp/data-room/memonly/image/limage/IMG_5292s-
撮影者：廣田律子。

42）2014 年 9 月 30 日にヤオ族文化研究所データベース ─ 08 年 度戒儀礼程序 61-71 番を参照した。

43）『湖南瑶族抖篩田野調査』の中に、「認三清」「寄魂」儀礼と同じの「蓋酒缸」という儀礼が報告されている。酒甕の上に白布を畳むことの意味について、李祥紅らは「これは全ての禁忌を酒甕の中で封じると意味している。入睡（布団に入って寝ること）起床（起きること）は、新たな生活の開始を表し、師男全員は素人の態度を以て学び始まると表す。」という。［李ほか 2014：101］

44）ここの引用の日本語訳は、『通訊第一号』の「張勁松著『藍山県瑶族伝統文化田野調査』第四章 度戒 岳麓書社出版 pp.131 ～ 254 翻訳」を参考したものである［丸山ほか 2009：46-47］。

45）https://yaoken.sakura.ne.jp/data-room/memonly/image/limage/IMG_1541s-
撮影者：廣田律子。

46）https://yaoken.sakura.ne.jp/data-room/memonly/image/limage/IMG_1550s-

撮影者：廣田律子。

47）https://yaoken.sakura.ne.jp/data-room/memonly/image/limage/IMG_1556s-
撮影者：廣田律子。

48）https://yaoken.sakura.ne.jp/data-room/memonly/image/limage/IMG_1562s-
撮影者：廣田律子。

49）https://yaoken.sakura.ne.jp/data-room/memonly/image/limage/IMG_1571s-
撮影者：廣田律子。

50）https://yaoken.sakura.ne.jp/data-room/memonly/image/limage/IMG_1573s-
撮影者：廣田律子。

51）2010年9月30日にヤオ族文化研究所データベース—08年 度戒儀礼程序733番を参照した。

儀礼にみるヤオ族の船

—— ヤオ族のもつ船のイメージ ——

The ship in ritual

—— Image of a ship of the Yao ——

三村宜敬

はじめに

本論では、主に湖南省藍山県の過山系ヤオ族が儀礼で使用する「船」を取り上げるとともに、同省の八峒ヤオ族、広西壮族自治区の過山系ヤオ族、タイ北部のヤオ族（ユーミエン）、そして台湾における送王船などの「船」を用いる儀礼と比較を行うことで、山地民であるヤオ族にとって船とはいかなるものなのかについて検証を行う。

藍山県匯源瑶族郷に居住するヤオ族は、およそ海抜1300メートルの山地に居住しているため、大小問わず「船」とは無縁の生活をしているが、ヤオ族の祭司が行う儀礼には藁で造られた「船」を使用するものがある。儀礼において、この船に乗せられるものは、四季の瘟神であったり、孤魂野鬼であったりするが、その根本にあるものは、災厄の除去である。そして山地民であるヤオ族にとって「船」とは儀礼に登場する非日常的な存在であるといえる。

本稿ではこうした船が過山系ヤオ族の儀礼において如何に使用され、どのように送り出されるのか、そしてそこにどのような意味があるのかについて検証を行う。

1. 東アジアにおける船送りの諸相

船を用いて瘟神や疫神を祓う儀礼は東シナ海及びその沿岸にみられる信仰である。そこで用いられる船は、大小さまざまである。

ヤオ族以外の少数民族において「龍船」と呼ばれる船を使用するのはミャオ

族の龍船節である。これは災厄除去を目的として行われる。ミャオ族の龍船節では、一木造りの丸木船（独木船）で大木を深く刳り抜いたものであり〔鈴木 2012a p.354〕、水に浮かべ且つ、競争をする場合がある。龍船節が行われるのは5月5日の端午節であり、魔物や祟りを避け、雨期に疫病をはやらせて災厄を引き起こす原因と考えられた悪霊、水界の霊、孤魂や異常死者の霊（溺死者・自殺者）が活発に活動するのを抑え和めるのである〔鈴木 2012a p.375〕。

また広西壮（チワン）族自治区や四川省の事例を用いて「送瘟船」に関する研究を行った黄強〔1998 pp.100-144〕は、疱瘡・コレラ・マラリア・ジフテリアなどが船に乗せられて人間の世界から送り出される儀礼の分析を行っている。

さらに船を使った儀礼で最も知名度があるとされるのは、台湾における王爺船による祓い清めの儀礼である。この王爺船を送り出す儀礼であるところの「王醮」に関しては、昭和 13（1938）年に日本人として初めて王爺に関する研究を行った前島信次「臺灣瘟疫神、王爺と送瘟の風習に就いて」であり、その後松本浩一、平木康平や三宅裕子などが研究を行っている。また、劉枝萬は王爺船に関しては台湾南部海岸地方だけで帰結するものではなく、

> 広東省沿岸の火神たる華光神送りや、元宵節に紙船で災害送りをする風習をはじめ、日本・朝鮮などの藁船流しとも、同一類型の民間信仰として、合考さるべきであろう〔劉 1984 p.346〕。

写真１　茅船

写真２　龍王祭

との見解を述べている。

韓国においては全羅北道扶安郡にある蝟島（ウィドウ）において茅船（ティベ）送りが行われる。この儀礼では、水中孤魂を鎮めるため、茅で作った船が使われる（写真 1）。この祭祀において、茅船に対して「龍王祭」を行い（写真 2）、その後に水中孤魂を慰めるための「鋤飯撒き（ガレバップ）」（ジュル飯撒き）をする。鋤飯撒きが終わると、茅船に龍王と孤魂を乗せ、手厚くもてなして送り返す[1)]。茅船は漁船で沖に引かれていき村に戻ってこないように遠洋へ送り出されるのである。

日本において瘟神を船に乗せ送る（焼却する）といった行事は顕著ではない。民間信仰のうちにおいては、「ホウソウ流し」としてサンダワラ（俵の蓋）の上に赤い紙で作った御幣を乗せ川に流す習俗が行われていた。その他には、淡路では疫病流行のとき、小さい船と人形を作り、病家へ持って行った後に海へ流したという〔民俗學研究所 1956 p.1618〕。

特に日本において疫神・厄神・病神・悪霊などに対抗する習俗としては、防御の形態が多く見られ、関東地方を中心に行われているミチキリ（道切り）・ツジキリ（辻切り）はムラ境に呪物を吊るした注連縄を張り、悪霊の侵入を防ぐ、または送り出す習俗である。

船を用いて神を送る習俗としては、精霊流しが思い起こされるところだが、三重県鳥羽市国崎町にて 1 月に行われる「ノット正月」は歳徳神をワラ舟に乗せ海へ流す習俗が現在でも行われている。管見ながら瘟神を船に乗せ送る儀礼に類似する習俗は日本ではほとんど行われなくなっているのが現状であろう。

このように東アジア圏において、除災招福のために船を使用する儀礼は数多く行われている。これらの儀礼はその目的が瘟神や厄神を船に乗せて祓い清め、日常生活に安寧をもたらすことを目的に行われるため、同じ類型の信仰習俗として捉えことができる。

2. 過山系ヤオ族の送船儀礼

湖南省藍山県に居住している過山系ヤオ族が行う年中行事に「送船儀礼」がある。この儀礼は、現在は旧暦3月8日に行われており、龍船が村落を回りながら、祭司が儀礼を行って厄払いを行うのである。

藍山県の過山ヤオ族の年中行事について聞き取り調査をまとめた「藍山県ヤオ族の年中行事」〔李 2012 pp.131-136〕によると、正月から3月までの間に行われる儀礼として「送船送瘟」が記されている。それによると

> （旧暦の）3月4日にやった。1つのグループでは、出稼ぎ者が多くて今年は行わなかった。執行の1ヶ月前に日取りを決める。（中略）藁で五節龍を作り、竹製の船に付け、家々を回った後水辺で焼く。
>
> 引用箇所の括弧は筆者挿入

とあり、かつては四季に合わせ年4回行われていたようである。

2012年に送船儀礼が行われたのは、湖南省藍山県荊竹村の六郎廟においてである[2)]。荊竹村は寒鶏沖組、荊竹坪組、五仔龍組、上桐古坪組、下桐古坪、鶏仔沖組の6組で構成されており、全67戸310人が居住している。その中で、儀礼に参加したのは荊竹村の荊竹坪組19戸、寒鶏沖組15戸の住人のうち31戸であった〔三村・譚 2012 p.224〕。

(1) 送船儀礼の準備

写真3　製作段階の香龍

送船儀礼では藁で作られた龍「香龍」と、船の舳先に龍頭が付けられた「龍船」が使用される。これらの儀礼道具は、儀礼が行われる当日に製作される。これらの儀礼道具は、荊竹村の荊竹坪組の人が製作を担当していた。

香龍は二人組で藁を上顎、下顎となる部分から編み始める。これは向かい合った製作者二人が、藁を捻りながら互いに藁を加えて形作ってゆく。それぞれ、上顎と下顎の部分が出来上がると、この二つを重ね合わせて龍の頭部とする。その際に上顎と下顎の間に藁や草を丸めたものを詰め、竹ヒゴで縛ることで龍が口を開けている様子を表現している。さらにこの詰め物に舌を模した木材をさしていた。そして頭部には角を模した枝をさすことで、香龍の頭部となるのである。

香龍の胴体部は、藁の中に草を詰め、円柱状とする。さらにこれへ持ち運ぶための柄を取り付けるのである。この香龍は頭部から尾部まで五つの部分に分けて作られる。尻尾にあたる部分は、藁をよっている。

この香龍は祭司の勅変儀礼が行われたのちに各部分を持ち、藁製の龍でありながらも躍動しているように見える踊りが行われる。この香龍（写真3）は、次に述べる龍船と共に村内を巡るのである。

(2) 龍船の製作

龍船は船首に龍の頭、船尾に正しく尻尾を付けられた船である。送船儀礼においてこの船は祭司と共に村落を巡るのである。

この船を製作するのは、香龍と同じく荊竹坪組の人びとである。龍船の船首と船尾にあたる部分は、竹ヒゴの一部が延ばされており、そこへ香龍と同じ方法で作成された小さな龍頭と尾が備え付けられる。龍船製作の仕上げに、竹ヒゴを船の上部ドーム状になるように巡らせ、その上に白い紙に鱗模様を描いたものを船体に被せ固定する。そしてこの内部には、板切れで作られたと見られる簡素な箱が入れられた。これには家々から受け取る包み（トウモロコシ殻・コウリャン殻・〔米＋産〕子殻・米殻・木炭）を入れる〔廣田 2012 web〕。この箱の周囲には、趙法明が儀礼を行っている間に参加者によって紙銭が敷き詰められていた。

船首には張舡公、船尾には李舡婆を描いた紙を貼り付ける。祭司の趙氏によると、これは龍船を漕ぐ人で夫婦ではないという。この張舡公と李舡婆に関しては儀礼文献の『送瘟書一本』の中に名前がでてきている。その該当箇所においては、「張舡公　季舡婆」と記されており、李舡婆の字が「季」となっているものの、なぜそのような絵を貼るのかについてその根拠を求めることができる。

龍船が完成すると、担い棒となる竹竿が取り付けられ、この片方には家々から集めるカマドの灰を入れるためのバケツが取り付けられる。

(3) 六郎廟における儀礼

六郎廟では、廟内とその正面で二人の祭司によって同時進行で儀礼が行われた。廟内での儀礼を担当するのは盤法旗であり、廟での儀礼が終わると龍船と共に村落を歩く。もう一人の祭司である趙法明は廟の正面で儀礼を執り行う。

六郎廟内では廟内に安置されている六郎神とされる石の前に酒杯が5つ、水杯が1つ置かれているのみで、線香と蝋燭を供える。法旗は廟の外で趙法明と同時進行で唱えごとをし、卦具による占い、酒杯への献酒、紙銭を積み上がりの

写真4　紙銭を積む祭司

みで燃やしていない。法旗が行った儀礼では儀礼文献の読誦や作成された名簿については用いていない。

廟の外で行われた儀礼を執り行ったのは、もう一人の祭司である趙法明である。儀礼が行われるにあたり廟の正面に供物台が用意され、その上には酒杯が5つ、水を入れる杯が1つ、豚の脂身、米、そして線香と蝋燭が供えられる。趙法明は卦具を鳴らし、礼拝を行った後唱えごとを始めた。

本儀礼において趙法明が読誦した儀礼文献は『送瘟書一本』である。この儀礼文献の読み上げは2度行い、供物台の酒杯へ献酒を行う。この後祭司は紙銭を手に取り、先ほど唱えた『送瘟書一本』の「送水用」のページを唱えつつ紙銭を地面へ積みはじめた（写真4）。

龍船が完成すると趙は右手に剣、左手に水の入った碗を持ち、罡歩（マジカルなステップ）を行った後に碗の中の水へ剣で符を描く勅水を行い、『送瘟書一本』の「又唱造舡」を龍船の前で唱え始め、符を描いていく。さらに龍船の紙に描かれた鱗の箇所には、「又勅変舡用字令」の箇所を見つつ符を描き、さらに龍船全体へと符を描いている（写真5）。これが終了すると卦具を取り出して、勅変儀礼が完了したかを占う。その後龍船の船首と船尾に描かれた「張舡公と季舡婆」に対して勅変を行うことで、龍船に対しての儀礼が終了した。

また龍船だけではなく、香龍にも、法明が勅変を行っている。これも龍船に行ったものと同じように、剣と水の入った碗を持ち、香龍へ符を描いていた。こ

写真5　龍船の勅変を行う

写真６　手訣を行う祭司

の時は龍船の時に見られた火のついた蝋燭による勅変は行われていない。

こうした勅変儀礼が終ると、法明は再び祭壇の前に立つ。そこで行われたのは、罡歩そして手訣（写真６）である。そして卦具による占いの後に、紙銭を巻いたものを「送水用」の項を唱えながら、二つ作り、出来上った紙銭の筒は龍船の中へ入れる。

(4) 家における送瘟の儀礼

六郎廟において二人の祭司が儀礼を終えると、法明が香龍の頭部を、その次を法旗が、その次から尻尾までを参加者が持ち、先頭が龍を上下左右に振る龍の踊りを行う。この踊りが終わると、盤法旗が香龍・龍船と共に村の家いえを巡り瘟を集める。

盤法旗が家いえにおいて行う儀礼は同じものであるため、ここではその儀礼の過程を示す。

①家へ到着すると、祖先壇へ各人が行進をしながら礼を行う。ここで香龍の頭部が祖先壇の前へ来ると頭部に挿されている線香１本を香炉に挿し礼拝をする。その後ろへ続いている香龍の胴体部の持ち手は祖先壇への礼拝のみである。

②香龍の礼拝が終わると、家の主人が庁堂の正面の三廟大王を祀るとされる壁

中央部下、祖先の祭壇の下と庭先の龍船の側で紙銭を燃やす。

③祭司である法旗は、右手に剣、左手に名簿と紙銭を持ち、玄関先で唱えごとを始める（写真7）。

一个是全家魂魄家先保佑（ひとつ　家の魂魄先祖の加護）

一个是灾烧夭烟一年四季瘟神（ひとつ　災難若死に火事、一年四季の瘟神）

④卦具による占いを行い、紙銭を小さく丸める。この時に紙銭の包みを自身の体の周囲を回し、さらに紙銭で手招くような動作を行っている。

写真7　玄関先での儀礼

⑤丸めた紙銭を家人に渡す。家族全員の魂魄を祖先が守ってくれるように祖先の祭壇に置かれる。もう一つは火災起らないようにまた病気がはやらないようにと龍船に入れる。

写真8　バケツに灰を入れる

⑥法旗が玄関先で儀礼を行っている際、この家の家人は穀物の殻と木炭を入れた包みを龍船に入る。さらに龍船と共に運ばれるバケツに炭が混じったカマドの灰とカマドに掛けられていた鍋の水を入れ、香龍を運ぶ人に線香を渡して龍の胴体に挿してもらう。これらには個々の象徴する意味があり、水は天瘟、地瘟を意味し、灰は災殃、火殃といった災禍、木炭は火星、天火星、地火星、土火星を象徴しているという（写真 8）。

⑦龍船へ紙銭が入れ終わると法旗は、玄関の戸を閉めさせそこへ剣で「魁」と書く（写真 9）。

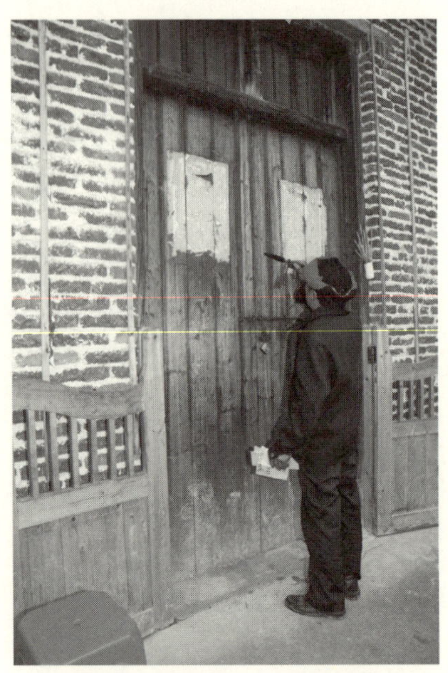

写真 9　玄関の扉に「魁」と書く

以上が、一軒の家で行われる儀礼である。その後は村内の家いえで同様の儀礼を行っていく。

(5) 送船を締めくくる儀礼

送船儀礼は、荊竹の橋の袂においてクライマックスをむかえる。橋の下では川の流れの上に木を渡し、焚き上げる木等が積み上げられ火がつけられる。その側で法明は 5 つの酒杯、水杯 1、豚の脂身が入った碗に線香を立て、米を置いた後に唱えごとを始める。村内の家いえを巡ってきた香龍・龍船が現れ、再び香龍の舞が行われた後に香

写真 10　水辺で龍船を燃やす

龍は炎の中に投げ込まれた。それに続いて犠牲の鶏の血を龍船の上へ撒いた後に龍船は炎の中へ投じられた（写真 10）。家々から集められた灰も川へ流されたようである。これをもって龍船による送船儀礼は終了するのである。

(6) 読誦した儀礼文献の内容

『送瘟書一本』（ヤオ族文化研究所　文献No. S-1）はヤオ族の祭司である趙法明が送船儀礼の際に使用した儀礼文献である。こうした儀礼文献は代々師のものを受け継いでいるのではなく、書写によって伝承している。吉野晃によるとヤオ族（ユーミエン）の祭司は、「多数の儀礼文献を所持しているが、自分が持っていない文献を他の祭司が持っているのを知ると、その祭司から当該の文献を借りてきて書写する。こうした写本によって、代々ユーミエンの儀礼文献が作られてきた〔吉野 2014 p.68〕。」とある。送船儀礼において、儀礼文献を読誦し儀礼を行った趙法明もこの他に多数の儀礼文献を所持しており、同じ内容を含む儀礼文献を何冊も所持していたが、『送瘟書一本』に関してはこの一冊のみしか確認できていない。

この儀礼文献において読誦が確認できたのは「送水用」と「又唱造舡」の箇所であり、その箇所は以下の如くである。「送水用」には四季の瘟神の名前が連ねられている。こうした瘟神に関しては、道教に由来するものである。これに関しては拙著「送船儀礼の比較研究 — 年中行事の送船と度戒儀礼の送船 — 」（2013『通訊』第 4 号）において分析をおこなっているため、本稿では資料とし、龍船を勅変する際に使用した「又唱造舡」に注目したい。儀礼文献の箇所は以下の内容である（□は入力不能文字）。

又唱造舡

告舡便问舡出世　此舡出世有根源
此舡出世有出世　此舡出世有根源
何岸山头有条竹　何人騎馬去斬归
対岸山头有條竹　五郎騎馬去斬归
木甘了　木甘了　戍午二年木正干
去到南安請木匠　請得木匠定魯班
你也且　我也且　木片分々落边两

借问单初何人告　何人告起送何瘟
此有魯班多騎□　魯班告起行送瘟
告起何舡将何用　将来今日送何瘟
告起龍舡将来用　将来今日送行瘟
寅子二年倒條木　又請魯班来豆舡
上头有個盤脚坐　下头有個面朝天
戒得大析相舡脚　界得小析相舡边

大析丁了四千万　小析相了四千万　告起舡头高万丈　告起舡尾到何边
舡头又把鉄丁々过脚　又把鉄丁々舡边　銅丁丁了四万年　鉄丁々了四千万
又把石炭批过脚　又把桐油々过边　石炭批了四千万　桐油々了四万斤
舡正了　舡正了　十三条竹誠舡蓬　誠起舡蓬遮小雨　便遮小雨便遮風
稱舡了　稱舡了　手把竹搞稱过州　一標稱到東海岸　二稱々到海龍门
鳥亀得見走上岸　〔虫偏＋罗〕蛒得見関了门　河泊水官得見呵々笑出世未曾見大舡
家主今日将来用　将来今日送行瘟　天瘟地瘟都送了　家々门下大何□
吾奉太上老君急令勅

【現代訳文】

又唱造舡

船を造る[1]便(すなはち)船が世に出ることを問う　この船が世に出るには根源がある
少し尋ねる初め何れの人が造るのか　何れの人が船を造り初め何れの瘟を送ったのか
この船が世に出る　出るあり　この船が世に出るには根源がある
魯班[2]が居て技術に秀でている　魯班が（船を）造りはじめに送瘟を行う
どこかの岸の山頂に条竹がある　何れの人が騎馬で斬って帰る
何かの船を造り何に用いるのか　何の瘟を送るのか
対岸の山頂に篠竹がある　五は郎騎馬にて斬って帰る
龍船を造り用いる　将に今日来て行瘟を送る
木甘了　木甘了　戌午二年木を求（迁）める
寅子二年に條木を倒す　また魯班に請い〔門＋斗〕船で来る
南安に到り木匠を請う　木匠を魯班と定めて請う
上にいる一人（個）は胡坐で座り　下にいる個は天に向いて座る
你也且　我也且　木片が粉々と両辺に落ちる
戒を得る大きく切ったものは船の底　界を得る小さく切ったものは舡の辺となる
大きな木片は四千万　小さな木片は四千万
はじめに造る船頭の高さは万丈で　はじめに造る船尾の何れ辺に到るのか
船頭はまた把み鉄を打ち打ち脚を渡す　また鉄を把み船縁を打つ打つ
銅を打ち打ちながら四万年　鉄を打ち打ちながら四万年
また石炭をつかみ底を削る　また桐油を把み側面に塗る
石炭を塗ること四万年　桐油塗ること四万年
船が完成した　船が完成した　十三条の竹で船篷[3]を造った
まことに船篷は小雨を遮り　さらに小雨を遮り風を遮るのだ

船を漕ぐ　船を漕ぐ	手に竹竿篙を掴み川をゆく
一つ漕ぐと東海岸に到る	二つ漕ぐと海龍門に到る
黒い亀が岸を歩くのを見える	田螺が門をくぐったのが見える
河泊水官が呵々と笑うを見る	世に出でし未曾の大船を見る
家主今日将に用い来る	将に今日行瘟を送り来る
天瘟地瘟を都に送る	家々の門下に大何諾

吾奉太上老君急令勅

1）テキストの題名に「造舡」とあるため「造」と改めた
2）大工の神。春秋時代に実在したと思われる名匠
3）「篷」と改めた

「唱造舡」では、瘟神を送る船が如何なるものであるかが書かれている。まず、龍船を勅変させる際に竹や藁で作られたこの船は瘟神を送るための船であると唱えられる。さらにこの船を造るのは「魯班」であるという。魯班は、様々なものを作り出す才能に長けていたため、工業の神として信仰されている[3)]。この魯班が造る船は、送船儀礼で用いられた肩で担ぐことのできる大きさではなく、船頭の高さは万丈であり、船体には鉄や銅の金属が使われているのである。さらに船には「篷（とま）」という雨を凌ぐことのできる屋根がつけられる。

この儀礼文献の内容を儀礼の場において再現したものが、本儀礼において使用された龍船であり、龍船は龍のウロコに見える亀甲模様の和紙が付けられ、張舡公と季舡婆という船の漕ぎ手もいる。

こうした儀礼文献の内容には、過山系ヤオ族が持つ龍船のイメージが盛り込まれていることがわかる。これは儀礼を取り仕切る祭司の指示か、「送船儀礼の龍船」というヤオ族の伝承が儀礼の場において再現されたのかは明らかではないが、「唱造舡」には「龍船」や「篷」をもつ構造であることなど、儀礼において造られた龍船は儀礼文献の内容とリンクしていることが窺える。

3. 度戒儀礼における送船

度戒儀礼はヤオ族の男性が祭司として最高位を獲得するために行われる最大規模の儀礼である。2008 年 11 月 26 日より 12 月 10 日まで行われた度戒儀礼は藍山県湘藍村で実施された。度戒儀礼では最高の法術である開天門の伝授や本人ば

かりではなく、叙任候補者、その妻、亡くなった親族まで宗教職能者として高位に叙任されることになる〔廣田 2013 p.3〕。度戒儀礼では、ヤオ族の男性が宗教職能者として法名を得て、祖先として祀られる資格を得るために経なければならない掛三灯儀礼（補掛三灯儀礼)、さらに 12 の灯を点す十二盞大羅明月灯儀礼、刀の梯子昇りや陰界へ赴くといった試練が与えられる。

張勁松『藍山県瑶族伝統文化田野調査』207 頁に記された送船の項には、

54. 送船

度戒完灯后、请一法师到度戒仪场做一“清场”法事、谓“送船”。人们一般认为、在半个月的度戒仪式中、惊动了天神地祇、社庙神灵、也不免混杂孤魂野鬼、为了仪场周边村寨的安宁、回头做一次“清场”法事是必不可少的。其科仪为：法师用竹篾织一小船、上装纸钱、摆在醮坛基地上、献上香茶酒供、请师到位、说明原由、助法“送船”离去。先按“破武连住贪、虎府传朝斗”方位踏罡敕船、然后由二人抬着“船”、沿村搜寻孤魂野鬼、法师用敕变法术分段断路、村中住户大门贴上灵符。船至村口下游河边、钉桃符断路。唱：

船到水、船到水、你有船篙借一根、一漂漂到东海岸、飘飘过海海龙门、河泊水官见到你、出来也曾见大船、今日我来送瘟神。吾奉太上老君急急如律令敕。

最后、竹篾船火化河边、认水推东海、孤魂野鬼永回头。整个度戒科仪全部结束。

【現代文訳】

度戒の完灯儀礼の後、宗教者を 1 人招いて度戒儀礼の祭場で“送船”と呼ばれる“清場”の儀礼を行う。参加者は半月に及ぶ度戒儀礼の間、天神や地祇を驚かせ、様々な魂魄を呼び寄せてしまったので、齊場の周囲の村を安寧にするためにもう 1 度“清場”の儀礼が不可欠である。その儀礼は以下のようである。

宗教者は竹籤を編んで小舟を作り、紙銭を乗せ、醮壇のあった地面の上に置き、香や茶や酒を供え、古師を招き、儀礼を行う理由を説明し、“送船”儀礼を助けて貰う。まず、“破武連住貧、虎符伝朝斗”の方位に基づいて罡歩を踏み、勅船する。その後 2 人がかりで“船”を抱え、村の孤魂や餓鬼を探し、宗教者は勅変の法術で道切りを行い、村内の家々の戸口にお札を貼る。船は村の下手の川べりで桃の符を刺し、路を断って以下のように唱える。

> 船は水に到り、船は水に到る。あなたは一本の棹を借りて持つ、（船は）漂い東の海岸に着く、飄々と海龍門を渡り、河伯水官が見る。かつて大船も見られた、今日は私が瘟神を送りに来る。太上老君を律令の如く急ぎ奉る〔祭文部は筆者翻訳〕。

> 最後に竹ヒゴの船を川辺で燃やし、水によって東海へ向かって流し、孤魂も餓鬼も戻れることなは出来なくなる。これで度戒儀礼の全てが終わる〔ヤオ族文化研究所 2009 p.67〕。

とあり、送船は度戒儀礼を行う場に集まった孤魂野鬼などの祀られない霊を東海へ送り出し「場を清浄にする儀礼」であると述べられている。

この送船儀礼を撮影した映像では、①龍船ができあがる。②主祭場から龍船を運ぶ。③水辺に龍船を置く。④儀礼を行う祭司。⑤船の周囲に紙銭などが積まれる。⑥角笛を吹く祭司。⑧卦具による占いを行う。⑨鶏の血を龍船の上に撒く。といった大きく分けて九つのシーンが記録されていた。

度戒儀礼における送船の意義は、孤神や七精八怪などのマイナスの霊的存在を村外へ追い祓うためには、数年に一度しか行わないような特別な儀礼ではなく、年中行事のようなヤオ族の生活に組み込まれ、日常的に行われている送船儀礼こそが確実に祓い清めをおこなうことのできるものとして組み込まれているのである。

4.「盤王節」祭祀に組み込まれた送船

湖南省新寧県に居住する八峒ヤオ族（過山系）には、「盤王節」祭祀が伝承されている。この祭祀は1948年以降56年間途絶えていたが2004年に復活した〔廣田 2011 p.245〕。

祭祀の次第について「中国湖南省新寧県ヤオ（瑶）族「盤王節」祭祀」〔廣田 2011 pp.245-315〕には、三日三晩の主な演目20種が記されており、特筆すべきは瘟船が盤王節の終盤に行われる「做辞送」から「倒台発散」で使用されることである。「做辞送」はその内容から瘟船の準備し、勅変させる儀礼であると読み取れる。

「做辞送」儀礼の概要としては、二人の祭司が狩りを模し、野鶏と野アヒルをしとめ、獲物を師杖に付け、会話をしながら祭場を回り、神々に礼拝を行う。祭司は手訣、唱えごと、占いなどを行った後に、師杖を倒し、師父は赤の鉢巻をする。師杖を樹木に見立てて、瘟船を作る所作を行う。師刀と笏を使い、木を切ったり釘で打ちつけたりする内容を表す〔廣田 2011 p.270〕。その後瘟船を四値功曹の祭壇にもって行き、瘟船の中に向かって手訣を結び、師刀と令牌を両手でもって揺すり、最後に左足の裏を瘟船に向ける〔廣田 2011 p.271〕。

この次に行われるのは「倒台発散」儀礼であり、この儀礼によって盤王節は終了するのである。儀礼の概要は、人壇と做辞送の祭壇と四値功曹の祭壇において同時進行で行われる。祭司が数々の手訣、唱えごと、ステップを踏んだり、人々が平安に保たれるかを卦で占ったりもする。祭儀が終わると、瘟船が村の中で依頼された二軒の家を訪れ、除災を行う。

> 瘟船は家の中を一巡りし、師父が家の中で牌帯を振り、ステップを踏む。入り口で占いをし、包丁で床に符を描き。水桶をひっくり返す。米や胡麻の入った紙包みを家の人から受け取り瘟船に入れる。
> 土地廟のところまで瘟船を運び、その他の取り払われたものと一緒に積み上げ、全て焚き上げる〔廣田 2011 pp.272-273〕。

このように八峒ヤオ族の行う盤王節の中にも船が使用されている。特に儀礼の中で祭司が瘟船を作る所作を行っているという点は興味深い。そして瘟船は除災のためのアイテムとして使用されているのである。

5. その他の地域におけるヤオ族送船

(1) 広西壮族自治区における送船儀礼

広西壮族自治区恭城ヤオ族自治県河口区に居住する過山系ヤオ族について研究を行った張晶晶「儀礼の諸相 — 中国広西における過山ヤオの人類学的研究」(2012 年 9 月　首都大学東京 博士（社会人類学）学位論文）において、瘟神を送る儀礼が報告されている。まず、「祭社」の項で土地社においては、

> 茅で船を造り、『造船経科』を唱えながら、船を勅変する。そして橋を作る。撤兵する。耗神、瘟神、災神、煞神を呼びつけ、船に送る。天橋は江河水部に至る。

茅船を水辺に捨て、燃やす〔張 2012 p.124〕。

さらに「祭廟」の項において、盤古廟、通天廟の年中行事においても船が使われている。

(5) 煞、耗神（悪いもの）を呼びつける。3 回呼ぶ。陽卦がでれば、悪いものが着いたという。それから、一部の銭紙を、茅船に置き、陽卦がでれば、悪いものを茅船に送る。陰卦がでれば、船を閉じる。
(6) 水辺で茅船を燃やす〔張 2012 p.126〕。

この二つの事例において行われている送船儀礼は、年中行事として行われているものである。この儀礼においては船の具体的な形状などは明らかではないが、やはり瘟神などの災いをもたらすと考えられる対象を船に乗せ、水辺で燃やすことで送っている。

(2) タイ北部における拆解儀礼にみる送船

ヤオ族は中国国内だけではなく、タイ、ラオス、ベトナム、アメリカなどにも居住しており、ミエン語を話し、Iu Mien（ユーミエン）を民族自称とする人びとである。

吉野晃「タイ北部、ユーミエン（ヤオ）の船送り」には、山地民でありながら渡海神話を持つユーミエンが行う船送りの儀礼が述べられている。

タイ北部のユーミエンが船を使った儀礼を行うのは、比較的若い世代の祖先（〈家先〉jaa-fin）に対してであり、その祖先をあの世で苦しめている〈傷神〉（tsun mien または siang sin）という霊的存在を捕らえ、十王図の前に引き出し、裁判を行って〈傷神〉たちに悔い改めさせる。その後、〈傷神〉たちを船に乗せて外へ送り出す〔吉野 2012 p.142〕。

この船が造られるのは拆解儀礼において行われる。

〈傷神〉を示す〈麻人〉も用意される。一つ一つの〈麻人〉には〈頭痛傷神〉という具合に個別の名称を書いた紙が貼られる。何人の〈傷神〉を儀礼で対象とするかは、当の〈家先〉に関する占いで決まる〔吉野 2012 p.142〕。

拆解儀礼は、準備・叫天・補煉堂・断簽・拿傷・審傷神・造船・祭煉堂そして

送玉帝で終了する。そのうちに船が登場するのは、造船である。その内容は、

> 悔い改めた〈傷神〉たちと分断された〈簽〉を船に乗せる。このときに〈造船歌〉を唱える。（中略）〈船〉は〈大門〉から引きずり出され、ある程度離れたところで焚焼される。〈船〉を引きずり出すときに下に水を流しながら引くときもあるし、もしも家の近くに川や水路があれば、そこに流す場合もある〔吉野 2012 p.144〕。

その後は、祭煉堂の儀礼で、鶏の血で十殿神画を労った後、送玉帝を行い〈玉帝〉を天へ送り返す〔吉野 2012 p.144〕とある。

タイ北部におけるユーミエンの拆解儀礼は十王殿神画を用いる儀礼という特徴が見出せる。この神画を使用するのは、傷神[4]を示す麻人は祭司によって十王殿神画の前に連行される。その後「審傷神」において「十殿」神画の裏に座った祭司が「十殿」に成り代わり、傷神の一人一人に悔い改めるか質問して審判を行うのである。すなわち、「十殿」神画は裁きの場という象徴的空間を構築する機能を果たしているのである〔譚 2015 p.161〕。

また吉野によると、ユーミエンの造船は「王爺」などの船送りの儀礼と相同としつつも、

> ユーミエンの龍船送りは既に死んだ祖先から瘟神を駆逐するための儀礼である。また、主催者は、祖先を共にする父系親族に限定される。村落の儀礼ではなく、個別の親族組織の儀礼として行われるのである。瘟神も、主催者たちの共通の祖先を害している瘟神に限られる。これは系譜上の祖先を浄化するための儀礼であって、村落にかかわらない。
> 因みに、タイ北部のユーミエンの許では、生者を害する悪鬼や瘟神を排除し浄化する儀礼には船は一切出てこない〔吉野 2012 p.145〕。

このように中国とタイにおいて大きな違いがあることがわかる[5]。さらに吉野は「船送り儀礼のデザインは、漢族から受容したもの〔吉野 2012 p.145〕」としつつも、渡海神話を伝承するユーミエンにとって、船は祖先の伝承と儀礼に関わる存在であると述べている〔吉野 2012 p.145〕。

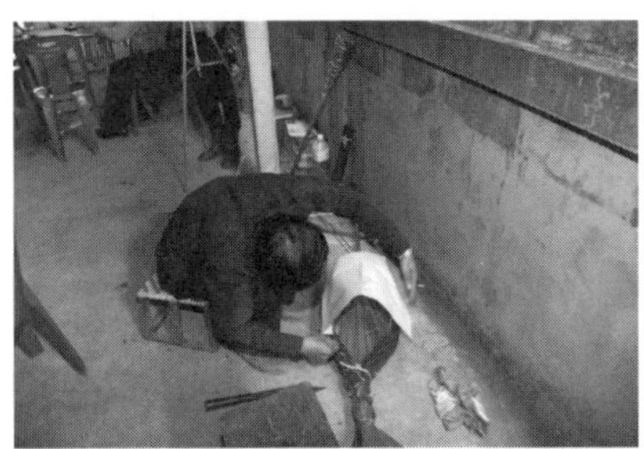
写真 11　船を造る

写真 12　審傷神儀礼

写真 13　船を引き出す

写真 14　船を燃やす

写真は 2014 年にヤオ族文化研究所が撮影

6. 送瘟船に関する儀礼

これまでは中国とタイにおけるヤオ族（ユーミエン）の送船儀礼についてその内容を述べた。こうした船を用いて瘟神を送る儀礼は、湖南省以外の地域においても行っている。そのため、ここでは、広西壮族自治区の「調瘟船」儀礼と台湾の王爺船について取り上げ、その内容を検討する。

(1)「調瘟船」儀礼

黄強『中国の祭祀儀礼と信仰』（下巻）では、広西壮族自治区において行われた「調瘟船」儀礼について、その概要が記されている。

祭壇は「三元宝壇」と称され、壇中央の上方に師公の信奉する各種神像、例えば三元、五帝、四師、聖母等を掛け、神像の前に各種祭品と線香、蝋燭を供えている。祭壇正面の地面にも神を表す四つの仮面を供えている〔黄 1998 p.101〕。

とある。この儀礼では、「招兵」儀礼を行った後に船を使う儀礼が行われる。

祭壇の真正面に彩色された紙でできた「船」が置かれ、その「船」の頭尾に各々一つの紙製の人形が立てられている〔黄 1998 p.101〕

その後は、師公が「魯班が船を造る」という内容を吟唱する。これによりこの「船」は普通の船とは同じ物ではなく、強い神聖性を有していると言うことができる〔黄　1998 p.102〕。さらに師公が「趙元帥」「鄧元帥」「馬元帥」「関元帥」の仮面をかぶり疫病を追い払うという。ここで追い払われるのは、「悪鬼瘟疫」、例えば疱瘡、コレラ、マラリア、ジフテリア、などだという。この儀礼で使用された船は、最終的に焚き上げられ「処理」されることで儀礼は終了する。

本儀礼において特筆すべき点は、神像と仮面の使用であろう。藍山県の過山系ヤオ族の行う送船儀礼では、神を描いた神画を廟や祭壇の周囲に掛けたり、仮面をつけたりして儀礼を行ってはいない。上記した「調瘟船」儀礼においては、祭壇に三元、五帝、四師、聖母などの神画が掛けられ、さらには師公が趙元帥、鄧元帥、馬元帥、関元帥などの道教における武将神に扮して悪鬼疫病を追い払っている。これらの武将神は、「四大元帥」と呼ばれる神であり、これらに扮し元帥神の力によって邪を退けるのである[6)]。そして儀礼に使用される船は、村落内を巡ってはいないことも特徴のひとつである。

(2) 台湾の送王船

台湾南部で行われている「王醮」と呼ばれる道教の祭祀がある。王醮では巨大な木造船（送王船）を造り、儀礼を行い、王爺を迎え、そして船を焼却することで送り出すという祭祀である。この「王醮」と祭祀のについて

台湾南部で行われている疫病神送りの瘟醮、すなわち古代儺祭のなごりである。今では瘟神を王爺と敬称し、これを乗せて海に放流あるいは、焼却する神船を王船という。〔『中国道教の祭りと信仰』下 1984 p.393〕。」

とされている。王爺に関しては、現在では様々な霊験をもつ万能神となって

いるが、もともとは瘟神すなわち疫病神であり、玉皇大帝の命を受けて、人の善悪を監視するために人間界に遣わされるという役目を持っているという〔松本 2004 pp.106-107〕。これは、王爺は瘟神として避けられる神ではなく、招福する神へと変容したことを指している。王爺は台湾の廟で祭祀される神であるが、王醮の最後には王船での儀礼を経て焚化される。これを行うことによって、「王爺はこの地より災厄を除き、福をもたらして去っていった〔高橋 1990 p.67〕」とされ、「信徒たちの穢れは祓われ、害をなす悪鬼は鎮められて、次の祭りまでの間の繁栄が約束〔松本 1994 p.280〕」されるという。すなわち台湾における王爺に関しては、「外部から船に乗って内部にやってきて、再び船に乗って外部に帰っていかなければならない存在〔高橋 1990 p.78〕」なのである。

こうした王爺に対する信仰は台湾においては、これまで挙げた事例と比較しても船の大きさや儀礼の規模などからしても、藍山県のヤオ族が行う送船儀礼よりも大規模なものとなっている。しかし、その祭祀の対象や構造はヤオ族の送船儀礼と類似する点も多い。特に船に乗せられる瘟神に関しては、ヤオ族の祭司が儀礼の際に読誦する文献に類似する内容がみられ、祓い清めの対象としている瘟神は道教に由来するものであることがわかる。

7. 還家願儀礼における船

藍山県の過山系ヤオ族の儀礼において船が使用される点について、年中行事として行われる送船儀礼と度戒儀礼における船について事例紹介を行った。これらの船の他にヤオ族の儀礼には、もう一つ「船」が登場している。

●還家願儀礼の概要

還家願儀礼は、願ほどきを行うための儀礼である。施主や先祖が掛けた願が成就したことと、さらなる願掛けの儀礼が行われる。この還家願儀礼は藍山県においては、2006 年に実施されたもの[7]と、2011 年 11 月 16 日～ 11 月 21 日（旧暦 10 月 21 日～ 26 日）に所城郷幼江村の盤家で実施されている。

本稿では、2011 年に行われた還家願儀礼について述べる。この儀礼で行われたのは、願掛けが成就したことに対する願ほどきの儀礼、さらなる願掛けの儀礼、さらに盤王を祀る儀礼が行われる。

特筆すべきは、儀礼の後半になると盤王を祀る儀礼の祭壇は前半と一変し、神像画の軸は外され、正面に盤王を象徴する紅紙を切り抜いた紅羅緞が貼られ、丸ごと豚一頭が供物として並べられる〔廣田 2013 p.88〕。この祭壇に過山系ヤオ族の神話を象徴とする「船」が登場するのである。

祭壇に表される神話の船

この船は儀礼において瘟神や孤神を乗せて送るものではなく、ヤオ族の神話伝承が反映されたものある。これは一見して「船」と見ることはできない。祭壇には供物として捧げられた豚やちまき、切り紙の旗が飾られる。そしてこの豚こそ藍山県の過山系ヤオ族が渡海神話の際に使用した船であるという。

> 豚の頭の上に載せられた肉片は、舟の舳先で無事を祈るのに使ったハンカチを表す。さらにしっぽは舟の櫂、腸は接岸のロープ、肝臓は舟の碇、脂肪は帆布を表す。豚の上に積み重ねられたちまきは帆を表す葉でくるまれているとされ、その上に挿された旗は盤王の好きな36種の花を表すとされる〔廣田律子 2013 p.94〕。

この儀礼における船は豚の供物によってヤオ族がかつて海を渡り、盤王によって救われ難を逃れた際に祭祀を行うようになった伝承が豚の各部位によって象徴的に再現されている（本著28頁図10参照の事）。さらにこうした神話の内容は儀礼で読誦される儀礼文献に記載されている類のものではなく、伝承によってなされているのである[8)]。

8. まとめ

ここまで、湖南省及びタイにおけるヤオ族（ユーミエン）の行っている送船儀礼について、その概要をみてきた。さらに比較対象としてヤオ族とは異なる民族が行う広西壮族自治区の「調瘟船」儀礼と台湾の王爺船についても取り上げた。

湖南省藍山県において行われている過山系ヤオ族の送船儀礼は、年中行事のものと、度戒儀礼という最大規模の儀礼で行われているもので、村落または家の除災をするという目的がある。さらに新寧県の八峒ヤオ族が盤王節で行う儀礼にも同様に除災の目的が見られた。また広西壮族自治区恭城ヤオ族自治県では、廟の行事として送船が行われていた。

ここでは中国に居住しているヤオ族の行う送船儀礼は生者のための儀礼であり、タイ北部のユーミエンが行う祖先のための儀礼とは目的が異なるという特徴があった。

これらのヤオ族（ユーミエン）の送船儀礼は、漢族の道教から受容されたものであるが、本稿において取り上げた事例はヤオ族の居住する地域によって儀礼の内容、目的にも差異が見られた。しかし、船によって祓われる対象は瘟神をはじめとするマイナスの霊的存在であり、生者の生活に災厄をもたらさせないように祓い清められるのである。

(1) 船と水との関係性

本稿で取り上げた儀礼において、船に乗せられ彼方へと送られるのは瘟神や孤神などの災いをもたらすマイナスの霊的存在である。東アジア社会における船送りの儀礼において、船に乗せられ送り出されるのは瘟神ばかりではなく、神も船に乗り往来する。劉枝萬によると華南においては神が乗る船自体を信仰の対象とする趣向がみられる〔劉 1984 p.345〕。沖縄県の伊平屋島や古宇利島において海神は船に乗って来往するという〔野村 2012 pp.75-76〕。すなわち船は霊的な存在の乗り物として使用されているのである。では、船は神や瘟神などの霊的なものを乗せるモノになったのであろうか。その解には「水」が関わっていると考えられる。

劉枝萬は、陽界の水は冥土に続いているとし、水際で紙銭を焼いて霊に手向ける習俗や邪煞を追い出す際に河岸で紙銭を焚化し流す習俗について「水」が関わることを述べる〔劉 1984 p.314〕。さらに、

> 鬼神は水を渡ってこの世に来るのである。但しその方法はいろいろある。とうぜん漂流と徒渡りが最も簡単で行いやすい、いわば原始的な方法であろう。次が乗船であり、一歩進んだ交通器具を利用する比較的安全な渡水法である〔劉 1984 p.271〕。

また、水（河）は単なる境目としてだけではなく、人世と霊界の境目をなして

いるのである〔劉 1984 p.271〕。

黄強によると、古代中国の「渾天説」を引用し、天と地は水（海）によってつながっていると述べる〔黄 1998 p.134〕。このような観念を背景に送船儀礼を鑑みると、マイナスとなる霊的存在を祓い清める際に、川や海辺など水際において瘟神を乗せた船や紙銭を焚化する。水辺で船を焚化する具体的な事例では、藍山県における年中行事と度戒儀礼の送船儀礼、さらに広西壮族自治区恭城ヤオ族自治県の事例では、二つの事例とも「水辺で茅船を燃や〔張 2012 pp.124-126〕。」していた。さらに水辺でなくとも儀礼においては一時的に水が登場するものも見られた。事例としては八峒ヤオ族の「盤王節」で、家で行われる除災の際に「水桶をひっくり返す〔廣田 2011 p.273〕。」というものや、タイ北部におけるユーミエンの拆解儀礼において、「〈船〉を引きずり出すときに下に水を流しながら引く〔吉野 2012 p.144〕。」とあるように、水が関わってくる。このような「船」と「水」が関係する送船儀礼は、劉や黄が述べるように古代中国の観念を踏襲しつつ伝承されてきたものなのであろう。しかし、ヤオ族においては単に道教から儀礼を受容しているだけではなく、北タイのユーミエンのように独自の解釈を加えて伝承を行っているものもある[9)]。

(2) 瘟神を乗せる船

過山系ヤオ族の行う度戒儀礼、還家願儀礼において招聘された神々は儀礼の最終段階で祭司によって、もてなし送り出されるが、この際には船は用いられていない。藍山県の過山系ヤオ族が行った度戒儀礼では、神々が騎馬・馬車・鳳凰・虎・象に乗って祭壇に向かっている様子が描かれた「大道画[10)]」が「陰橋」として使用された（写真 15）[11)]。描かれている神々は、祭場で掛けられる神画の神々であるが、この中には船は登場していない。譚静における神画の分析によると、儀礼に用いられる神画と儀礼との関係について、譚静が行った研究が大きい。譚は請聖書に書写された神々についての記述と神画との関係性を明らかにした[12)]。

> 祭司によって請聖書に収められる神画に描かれている神々に関する記述などが読誦される。祭壇に掛けられる神画は、祭場に降臨する神々の姿容及び祭場での居

> 場所を示すものである。こうした神画の前で、請聖書に収められる神々に関する記述を読誦することによって、神々が祭場まで招かれて着席し、そこでこれらの神々の生年月日・誕生時刻。服飾・冠物・持物・乗物・性格などが紹介される。こうした儀礼実践からみた儀礼神画と儀礼文献はそれぞれ独立したものではなく、儀礼において両者は互いに補足しながら、有機的に結合してミエンの信仰している神の世界を儀礼空間に顕現させる重要な役割を果たしているのである〔譚 2015 p.176〕。

儀礼神画に描かれた神々と「大道画」については今後対照を行う必要があるが、神画と儀礼空間が補足しながら構成されるのであれば、「大道画」に描かれた神々も請聖書に準じて描写されているのではないだろうか。先にも述べたが、藍山県においては儀礼に招聘される神々は「大道画」にあるように騎馬・車などで祭場を来往するものと考えられる。そして、この中に神の乗る船が描かれていないことから、藍山県の過山系ヤオ族にとって「船」とは瘟神などのマイナスとなる霊的存在を乗せる特別な乗り物として認識されているのであろう。

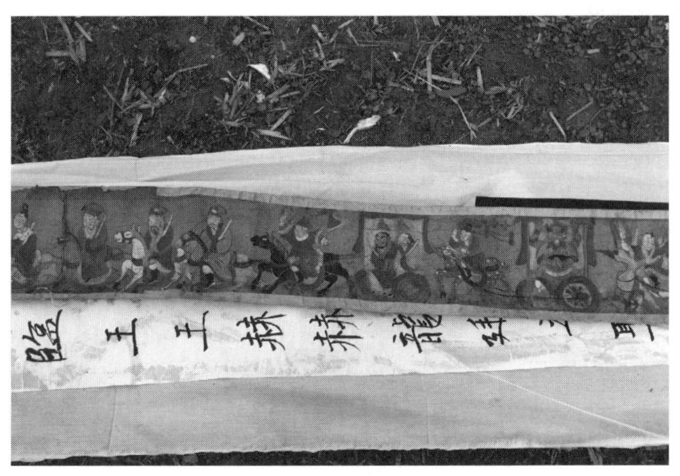

写真 15　度戒儀礼で使用された大道画

(3) ヤオ族の二つの船

ヤオ族の儀礼体系の中には二つの船をみることができた。二つの船とは、ひとつは送船儀礼において使用される「龍船」であり、もうひとつは、還家願儀礼の「盤王愿」で供犠された豚で構成されたヤオ族の神話世界を再現した中に見られる「船」である。

送船儀礼の船は、祭司が儀礼の際に読誦する儀礼文献とリンクしていた。こうした儀礼において使用される船や、その船に乗せられる瘟神については儀礼文献を根拠にすることができる。しかし、こうした儀礼文献の内容は、地域によって異なっているため、儀礼文献の分析と比較を行う必要がある。

さらに「盤王愿」で見られた船は、ヤオ族の始祖である盤王に由来するものであり、ヤオ族のアイデンティティに関わるものである。しかしながら、儀礼文献には断片的にしか記載されず、供物の中などに読み取らなければならない知識[13]として存在していた。そうした点から藍山県に居住している過山系ヤオ族における船とは、伝承の中に存在する自らのアイデンティティに関わるものという面と、道教の儀礼から受容した船という二つの船を持っているのである。

参考資料1『送瘟書一本』

送水用
春季春瘟刘文连　夏季夏瘟張元白
秋季秋瘟鍾世貴　冬季冬瘟使文年　各
人奏到天底行遊殿上四角门楼衛
立春々分神立夏々至神立秋々至神立冬
冬至神春季春瘟夏季夏瘟秋季秋
瘟冬季冬瘟十二瘟王十留瘟器各人奏到
瘟王殿上
龍公龍母龍王太子五海龍王各人奏到五海殿
上出世庙官
大位行瘟五方五位行瘟各人奏到急行礼内禁坛殿
小位行瘟五方五位行瘟各人奏到湯郎州李白县
天車地車陰車陽車各人到天下東行礼内木馬殿上
遊天遊地姑遊天七八娘猛潼仙姑魔黒仙娘十二梅花五
行罡　五姉妹九便十化之人各人奏到天下行遊
四川餓梅山娘々殿上

不怪天光婆不怪地光婆吃沙吃血娘々十一仙姑十二仙
娘各人奏到青云白雲脚下湯郎州要女县要
楼殿上
利血高血三娘紅面黒面将軍各人奏到廣西省
蕉林脚下
天火星地火星大位火星小位火敗担火娘々把
火十郎犯火娘々各人奏到天堂大庙火星火坛殿上
東斗灾央禍央各人奏到廣西都灾垚殿上
青蛇白蛇貞(精)騰貞樹貞古木妖貞鶏婆鴨婆
貞各人奏到急江省白急殿上
人瘟猪瘟鶏瘟苟瘟豆瘟乙年四季　瘟使者行
病仙人王各人奏到三十六金井里内禁坛殿上
遊山五道高楼五傷西鵝大将金罡大帝左女
过住神通各人奏到
送水起頭用初不入話以后水边化舡可用
速告三生我重神明　大王搞过年々歳々々々年々
搞过△年△月△日歳以来請你十二瘟王十六瘟〔さんずい＋器〕各
人奏到天底行遊殿上四角门楼街瘟王殿上
五海龍王奏到五海殿上　大位行瘟奏到急行礼内
小位行瘟奏到湯郎州□〔文＋小〕白县　天車地車奏天底車行
里内木馬殿上遊天遊地姑　十二梅花五行罡五姉
妹奏天下行遊殿四川餓梅山　不怪天光婆奏
青雲白雲脚下十二仙姑奏湯郎州要女县
利血三娘奏廣西都蕉林脚下　担火娘娘把火十郎
奏焼監州焼州县火垚殿上　一百廿四位古木妖貞
奏急江省白急殿上　人瘟猪瘟奏三十六金
井礼内高楼五傷遊三五道奏四角金楼大
殿　天帥地帥人帥鬼帥一百廿四杀廿四帥奏
三十三天雲斉殿上出世庙宮一百二四位傷神
奏乙百廿四方位張舡公季舡婆奏舡头舡尾

引用・参考文献

池上廣正
　1959 「人と神」『日本民俗学大系 第 8 巻 信仰と民俗』平凡社
王　建新
　2006 「広南ヤオ族の父系親族と村落祭祀 ― 伝統文化による権威構築のメカニズムについて」

（特集：地域と民族の生活文化）『文明 21』第 17 号 愛知大学国際コミュニケーション学会 pp.107-140

大森恵子

1992「民俗芸能と疫神送りの諸形態」『念仏芸能と御霊信仰』名著出版 pp.245-281

菊池章太

2007「中国六朝時代の社会不安と終末観の形成に関する比較思想史的研究」（研究課題番号16520038）『平成 16 ～ 18 年度日本学術振興会科学研究費補助金基盤研究 C2 成果報告書』

黄 強

1998『中国の祭祀儀礼と信仰』下巻 第一書房

坂出祥伸

1994『「道教の大事典 道教の世界を読む」』株式会社新人物往来社

2010『日本と道教文化』株式会社角川学芸出版

財団法人民俗學研究所

1956『改訂綜合日本民俗語彙』第 4 巻 ヤクビョウガミオクリ p.1618

鈴木正崇

2012a『ミャオ族の歴史と文化の動態 中国南部山地民の想像力の変容』風響社

2012b「Session2 コメンテーター・リポート 吉野 晃 「タイ北部、ユーミエン（ヤオ）の船送り」」『国際シンポジウム報告書Ⅲ 第 3 回国際シンポジウム “カラダ”が語る人類文化 ― 形質から文化まで ―』文部科学省認定 共同研究拠点 国際常民文化研究機構 pp.155-156

高橋晋一

1990「神様は船に乗って ― 台湾の王爺醮祭における象徴の意味変容 ―」『民俗宗教』第 3 集 木曜会責任編集 東京堂出版 pp.47-82

田中宣一

2005『祀りを乞う神々』吉川弘文館

譚 静

2015『過山系ヤオ族（ミエン）儀礼神画に関する総合的研究 ― 神画と儀礼文献と儀礼実践からの立体化の試み ―』神奈川大学大学院歴史民俗資料学研究科 博士論文

張勁松

2002『藍山県瑶族伝統文化田野調査』岳麓書社出版

張晶晶

2012「儀礼の諸相 ― 中国広西における過山ヤオの人類学的研究」首都大学東京 博士（社会人類学）学位論文

長岡博男

1959「民間療法」『日本民俗学大系第 7 巻 生活と民俗Ⅱ』平凡社

前島信次

1938 「臺灣瘟疫神、王爺と送瘟の風習に就いて」『民族学研究』第四巻第四号　日本民族学会編　pp.25-66

野村伸一

2012 「海の民俗伝承と祭祀儀礼 — 船による神の来往と身体表現 — 」『国際シンポジウム報告書Ⅲ　第3回国際シンポジウム　“カラダ”が語る人類文化 — 形質から文化まで — 』文部科学省認定　共同研究拠点　国際常民文化研究機構　pp.75-78

平木康平

1987 「台湾における王爺信仰 — 東港東隆宮の焼王船をめぐって — 」秋月觀暎編『道教と宗教文化』平河出版社 pp.617-634

2004 「職業神　工業の神・商業の神・農業の神など」野口鐵郎・田中文雄［編］『道教の神々と祭り』あじあブックス 58　大修館書店 pp.125-127

廣田律子

2012 神奈川大学 国際常民文化研究機構 Copyright © 2012 国際常民文化研究機構 All R ight Reserved 共同研究 研究グループ 3-1. アジア祭祀芸能の比較研究 海外調査（中国）【湖南省瑶族送船儀礼調査報告】廣田律子「藍山県荊竹村旧暦 3 月 8 日送船儀礼調査について」2015 年 12 月閲覧

http://icfcs.kanagawa-u.ac.jp/research/group6/2012.html

2013a 「祭祀儀礼と盤王伝承 — 儀礼の実施とテキスト — 」『瑶族文化研究所通訊』第 4 号　ヤオ族文化研究所

2013b 「構成要素から見るヤオ族の儀礼知識 — 湖南省藍山県過山系ヤオ族の度戒儀礼・還家愿儀礼を事例として — 」『國學院中國學會報』第 58 輯　國學院大學中國學會

2015 「儀礼における歌書の読誦 — 湖南省藍山県ヤオ族還家愿儀礼に行われる歌問答 — 」神奈川大学国際交流事業『国際シンポジウム “ 瑶族の歌謡と儀礼 ” 予稿集』2015 年 11 月 28 日

藤野陽平

2004 「台湾の地方祭祀にみる民俗的健康観 — 小琉球における王爺の迎王祭典の事例から — 」『人間と社会の探究』慶應義塾大学大学院社会学研究科紀要 社会学 心理学 教育学 第 58 号 pp.47-58

松本浩一

2004 「王爺と薬王 — 疫病神と医薬の神 — 」野口鐵郎・田中文雄［編］『道教の神々と祭り』あじあブックス 58　大修館書店 pp.106-112

2011 「度戒儀礼に見える神々：呉越地方・台湾の民間宗教者の儀礼と比較して」『瑶族文化研究所通訊』第 3 号 ヤオ族文化研究所

三尾裕子

2006 「民間信仰の「空間」と「神 — 人関係」の再構築 — 台湾漢人社会からの事例から」『社

会空間の人類学 — マテリアリティ・主体・モダニティ —』アジア・アフリカ言語文化研究共同研究プロジェクト一般共同研究プロジェクト「社会空間と変容する宗教」(平成 12 ～ 16 年度) pp.228-254

三村宜敬

2012 譚静共著「湖南省藍山県過山系ヤオ族の送船儀礼」『神奈川大学 国際常民文化研究機構年報』第 3 号 pp.223-240

2013 「送船儀礼の比較研究 — 年中行事の送船と度戒儀礼の送船 — 」『通訊』第 4 号 ヤオ族文化研究所 pp.107-122

山口建治

2013 「瘟神の形成と日本におけるその波紋」『年報　非文字資料研究』第 9 号　神奈川大学日本常民文化研究所非文字資料研究センター pp.1-18

山下一夫

2004 「武神 戦う神々のイメージ」野口鐵郎・田中文雄［編］『道教の神々と祭り』あじあブックス 58 大修館書店 p.99

吉野晃

2012 「タイ北部、ユーミエン（ヤオ）の船送り」『国際シンポジウム報告書Ⅲ　第 3 回国際シンポジウム　“カラダ”が語る人類文化 — 形質から文化まで — 』文部科学省認定共同研究拠点　国際常民文化研究機構　pp.141-147

2014 「タイ北部、ユーミエンにおける儀礼文献の資源としての利用と操作」武内房司・塚田誠之編　『中国の民族文化資源　南部地域の分析から』風響社

藍山県志編纂委員会

1995 『藍山県志』中国社会出版社

李京燁

2014 「蝟島のマウルクッ — 大里の願堂祭を中心に — 」『国際常民文化研究叢書 7　— アジア祭祀芸能の比較研究 — 』神奈川大学国際常民文化研究機構　pp.415-419 （李徳雨訳）

李 利

2012 「藍山県の年中行事」神奈川大学歴民調査報告第 14 集『中国湖南省藍山県ヤオ族儀礼文献に関する報告Ⅱ』神奈川大学大学院歴史民俗資料学研究科

劉枝萬

1983 年『中国道教の祭りと信仰』上・下　桜楓社

注

1) 李京燁 2014「蝟島のマウルクッ — 大里の願堂祭を中心に — 」によると、茅船に乗せる藁人形は、それぞれが船長、船方、船員、火匠 (訳主：船の炊事夫)、領座などであるという。2012 年に大韓民国の蝟島において行われた茅船送りには 6 体の藁人形が乗せられてい

た。

2）『藍山県誌』によると荊竹村（荊竹瑶族郷）は藍山県の西南部の山間に位置している〔『藍山県誌』p.46〕。

3）平木康平 2004「職業神　工業の神・商業の神・農業の神など」pp.125-127

4）傷神に関しては、「猖神」であるという。田仲一成によると猖神はもともと戦いで傷つき死んでいった人々の霊であるという〔廣田 2011 p.235〕。さらにこの猖神は湖南省における儺の祭りでは、猖神が将軍神のもとに兵隊として招集され、悪の化身である猫を退治するストーリーが演じられる〔廣田 2011 pp.225-226〕。

5）本儀礼において読誦される儀礼文献の内容は、藍山県のものとは異なっている (吉野 2012 p.147　資料 1)。この中で「又到相鄧船頭公船尾婆開光点度」は、

船頭公船尾婆　無人鄧你開光点度

五師鄧你開光点度　点度光明

報明随頭点下脚　脚光行十方

と船頭公と船尾婆を開光する際の経文が掲載されており、瘟船には船頭公と船尾婆が乗っていることがわかる。これは藍山県における「張舡公　季舡婆」に相当するものであろう。

6）山下一夫によると、馬元帥は馬霊耀、すなわち華光のことである。三つ目で白面であることを特徴とする。趙元帥は趙公明である。黒面で鉄鞭を持ち、虎を騎獣とする。温元帥は科挙に受からず天下に施しをすることができなかったのを悔い、死後は神となって駆邪を行うことを誓った。青面で剣と金環を持つとされる。関元帥は関羽のことである。

7）廣田律子 2011「第二章　中国湖南省ヤオ族儀礼の道教的性格 ― 湖南省藍山県馮家実施の還家願儀礼」『中国民間祭祀芸能の研究』風響社 pp.317-385

8）廣田によると「盤王を祀る盤王愿儀礼は、この時の再現であり、過去に行われたとされる始祖神盤王との契約を盤王の子孫として決して忘れてはいけないとするヤオ族の信仰の実践である〔廣田 2013b p.18〕。」と述べられている。

9）吉野晃によるとタイ北部のユーミエンの送船儀礼は、漢族から受容した送船儀礼を換骨堕胎し、祖先祭祀の儀礼として再編成したと述べる〔吉野 2012 p.145〕。

10）この神画は、天の神々と地の神々がそこで馬車を止めたり馬から降りたりして祭壇に入るための通路である。

11）ヤオ族文化研究所　https://yaoken.sakura.ne.jp/data-room/memonly/photo.php?submit_view[IMG_1816]=%E7%94%BB%E5%83%8F%E9%96%B2%E8%A6%A7

12）軸としてなっている神画の中には、太尉・将軍の神将は馬に乗っており、功曹は鶴・虎・馬・龍に乗る〔譚 2015 p.73〕。

13）廣田 2013b においては、「ヤオ族にとっては当たり前の知識」であるとし、儀礼の中に断片的に盛り込まれているとする〔p.18〕。

執筆者紹介
（執筆順）

廣田　律子（Hirota Ritsuko）　編者
最終学歴：慶應義塾大学大学院文学研究科史学専攻修士課程修了
専　　門：中国祭祀儀礼・中国祭祀芸能
現　　職：神奈川大学経営学部教授
主要著書：『中国民間祭祀芸能の研究』風響社　2011 年

吉野　晃（Yoshino Akira）
最終学歴：東京都立大学大学院社会科学研究科博士課程単位取得退学
専　　門：社会人類学
現　　職：東京学芸大学教育学部教授
主要著書：『東アジアにおける宗教文化の再構築』鈴木正崇（編）、共著、風響社、2010 年
『生をつなぐ家 ― 親族研究の新たな地平 ― 』信田敏宏・小池誠（編）、共著、風響社、2013 年
『東南アジア大陸部　山地民の歴史と文化』（東京外国語大学アジア・アフリカ言語文化研究所歴史・民俗叢書Ⅸ）クリスチャン・ダニエルズ（編）、共著、言叢社、2014 年

吉川　雅之（Yoshikawa Masayuki）
最終学歴：京都大学大学院文学研究科博士後期課程修了
専　　門：中国語学
現　　職：東京大学大学院総合文化研究科准教授
主要著書：『香港粵語』シリーズ（白帝社、2001 年～）
『「読み・書き」から見た香港の転換期：1960 ～ 70 年代のメディアと社会』（編著、明石書店、2009 年）
『香港を知るための 60 章』（共編、明石書店、2016 年）

丸山　宏（Maruyama Hiroshi）
最終学歴：筑波大学大学院博士課程歴史・人類学研究科単位取得退学
専　　門：道教儀礼研究
現　　職：筑波大学人文社会系教授
主要著書：『道教儀礼文書の歴史的研究』汲古書院　2004 年

浅野　春二（Asano Haruji）

最終学歴：國學院大學大学院文学研究科博士課程後期中退

専　　門：道教儀礼研究

現　　職：國學院大學文学部教授

主要著書：『飛翔天界　道士の技法』（シリーズ道教の世界 4）春秋社　2003 年
『台湾における道教儀礼の研究』（笠間叢書 360）笠間書院　2005 年

内海　涼子（Utsumi Ryoko）

最終学歴：大阪大学大学院博士課程満期退学

専　　門：アジアの衣文化・染織文化

現　　職：大阪成蹊大学芸術学部教授

主要論文：「インドネシアにおける染織品交易と衣文化」「百年前の装い」『海峡を渡る布 ― 展覧会カタログ』大阪歴史博物館　2015 年　pp.19-26、pp.79-92.
「天工開物型腰機の系譜と展開」『民族藝術』　2013 年　vol.29、pp.87-97.
「ベトナム北部のモン民族の大麻織物」『生き物文化史学学会誌 BOISTORY』」2009 年　vol.12、pp.19-22.

譚　　静（Tan Jing）

最終学歴：神奈川大学大学院歴史民俗資料学研究科博士後期課程修了

専　　門：歴史民俗資料学

現　　職：広西民族大学専任講師

主要論文：「過山系ヤオ族（ミエン）儀礼神画に関する総合的研究 ― 神画と儀礼文献と儀礼実践からの立体化の試み ― 」（博士論文）

三村　宜敬（Mimura Nobutaka）

最終学歴：神奈川大学大学院歴史民俗資料学研究科博士後期課程退学

専　　門：民俗学

現　　職：神奈川大学理学部非常勤講師・市立市川歴史博物館　学芸員

主要論文：「岡山県のオドクウ様に関する調査・研究」『年報　非文字資料研究』第 6 号　神奈川大学日本常民文化研究所非文字資料研究センター　2010 年
「送船儀礼の比較研究 ― 年中行事の送船と度戒儀礼の送船 ― 」『通訊』第 4 号　ヤオ族文化研究所　2016 年

ミエン・ヤオの歌謡と儀礼

Songs and Rituals of the Mien-Yao

2016年4月20日　初版第1刷発行

■編 著 者——廣田律子
■発 行 者——佐藤　守
■発 行 所——株式会社大学教育出版
〒700-0953　岡山市南区西市855-4
電話(086)244-1268㈹　FAX(086)246-0294
■印刷製本——モリモト印刷㈱
■D T P——林　雅子

ISBN978-4-86429-364-8